일본 작가들 눈에 비친

3·1독립운동

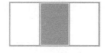

세리카와 데쓰요 옮김

지식산업사

세리카와 데쓰요芹川哲世

　1945년 일본 도쿄東京에서 태어났다. 니쇼가쿠샤二松學舍대학 문학부를 졸업하고 서울대학교 인문대학 대학원에서 한국문학을 전공했다(문학박사). 세종대학교와 인하대학교 일본어문학과 교수를 거쳐 니쇼가쿠샤대학 문학부 교수가 되어 한국어와 한국문학을 가르쳤다. 지금은 명예교수로 연구를 계속하고 있다.

　저서로는 《한일 개화기 정치소설의 비교 연구》, 《1920~30년대 한일 농민문학의 비교문학적 연구》, 《일본의 식민지 지배와 과거의 청산》(공저), 《3·1독립만세운동과 식민지배체제》(공저) 등이 있다.

　한국과 일본의 기독교문학에도 관심을 기울여, 〈늘봄 전영택의 문학 세계〉, 〈해방 전 박계주 문학 연구〉 등의 논문도 발표했다.

　번역서로는 황순원의 《움직이는 성》, 다케모리 마사이치竹森滿佐一의 《만주기독교사 이야기》(한국어역) 등이 있다.

일본 작가들의 눈에 비친 3·1독립운동

초판 1쇄 인쇄　2020. 2. 18.
초판 1쇄 발행　2020. 2. 28.

옮긴이　　세리카와 데쓰요
펴낸이　　김경희
펴낸곳　　㈜지식산업사
　　　　　본사 ◇ (10881) 경기도 파주시 광인사길 53
　　　　　　전화 (031) 955-4226~7 팩스 (031) 955-4228
　　　　　서울사무소 ◇ (03044) 서울특별시 종로구 자하문로6길 18-7
　　　　　　전화 (02) 734-1978 팩스 (02) 720-7900
　　　　　영문문패　　www.jisik.co.kr
　　　　　전자우편　　jsp@jisik.co.kr
　　　　　등록번호　　1-363
　　　　　등록날짜　　1969. 5. 8.

책값은 뒤표지에 있습니다.

ⓒ 세리카와 데쓰요, 2020
ISBN 978-89-423-9077-9(03830)

　· 이 책에 대한 문의는
지식산업사 전자우편으로 해 주시길 바랍니다.

3.1 독립운동

일본 작가들 눈에 비친

옮긴이 **세리카와 데쓰요**

지식산업사

일러두기

1. 작품 속에서 朝鮮(한)반도의 나라 이름과 지역 이름은 작품에 쓰인 용어를 그대로 따라 표기했다. 다만 이조李朝는 조선으로 표기하는 것을 원칙으로 하되, 때로는 혼용되기도 한다.

    보기) 조선, 조선반도, 북조선 등

2. 지금은 잘 쓰이지 않는 명사나, 옛 지명 등은 주註를 달아 설명했다. 일본의 지명, 풍습 등은 현재의 것도 주를 달았다.

3. 작품 첫머리에 작가와 책 사진이 실려 있으나, 책 사진이 실리지 않은 것도 있는데, 그 작품은 신문이나 잡지에 실린 것으로, 단행본으로 출판되지 않은 것이다. 나중에 전집 속에 실린 것도 있다.

4. 인용문이나 이름 등에 쓰인 한자는 일본식 한자가 아니고, 한국에서 쓰는 한자로 표기했다.

5. 일본사람의 이름이나 일본의 지명은 대한민국 문교부의 외래어 표기법에 따랐다. 사람 이름은 알기 쉽도록 성과 이름을 띄어 표기했다. 그러나 한자명은 성명을 붙여 표기했다.

    보기) 나카니시 이노스케中西伊之助

서문

　이 책은 3·1독립만세운동을 일본 작가들이 어떻게 보고 표현했는가를 작품의 번역과 해설을 통해서 소개한 것이다.

　옮긴이의 한국과의 만남은 1965년의 한일회담 때로 거슬러 올라간다. 나는 그해 대학에 들어갔다. 고등학교 때부터 교회에 다니면서 신앙의 길을 걷고 있었는데, 대학생이 되어 세례를 받고, 전국적인 기독교 학생 동아리에 들어갔다. 마침 그때 학생회의 지도적인 인물이었던 오야마 레이지尾山令仁 목사가 처음으로 대학생들 십여 명을 데리고 제암리를 방문했다. 오야마 목사는 방문 동기를 "우리 일본인이 과거에 한국에서 행한 죄과에 대해서 우리 주 예수 그리스도의 이름으로 용서받을 것을 바랍니다."라고 하며 머리를 숙이고 미안하다고 되풀이했다. 그 당시에는 유족들도 아직 많이 생존해 있었고, 곧 돌아가라는 소리를 지르며 냉대를 했기 때문에 아무 말도 못하고 돌아왔지만, 제암교회를 재건하자는 결의를 하게 되었다.

　1966년 아시아 각국 교회의 교류를 목적으로 활동하고 있었던 아시아

5

복음연맹이라는 단체가 한일 대학생 교류를 추진하여 일본의 기독교도 학생 십수 명이 한국을 방문하는 기회를 만들었다. 그때 나도 그 일행에 들어가 주로 서울과 부산에서 모임을 가졌다. 우리 일본 학생들은 오야마 목사가 한 말을 쓴 사죄 카드를 만들어 서울과 부산 길거리에서 나누어 주었다.

일본에서는 1967년 12월 1일 '한국 제암교회 사건 속죄 위원회'라는 명칭으로 교회 재건 모금 운동을 시작했다. 나도 적극 참여하여 도쿄 거리에 나가 사죄 카드를 나누어 주기도 했다. 처음에는 열 명이 시작했으나, 다음 해에는 6백 명이 참가하였고, 계속적으로 매스컴을 이용해 모금 운동을 한 결과, 1969년 3월 말이 되기 전에 목표로 했던 천만 엔까지 모았고, 1969년 4월 15일 제암교회 기공식을 하게 되었다. 그 뒤 유족회와 협의하여, 전체 모금액 가운데 5백만 엔으로 교회를 짓고 나머지 오백만 엔으로는 유족회관을 만들기로 결정했다.

새로 건립된 교회 건물 모습은 하늘에서 내려다보면 '三'과 '一'이라는 숫자로 보여서, '三一 만세 운동' 기념관임을 상징했다. 주춧돌에는 "아버지여 저희를 사하여 주옵소서. 자기의 하는 것을 알지 못함이니이다."(누가복음 23장 24절)라는 말을 조각했다. 공사가 완공되어 봉공예배를 마친 다음에는 일본인들도 자주 방문하여 사죄 기도를 올리게 되었다.

나는 그 뒤에 한국교회사에도 관심을 가지게 되었고, 주로 감리교 신학대학 신학과 학생들과 한국기독교 역사연구소가 개최하는 역사 기행에 참가하여 만주 지역에도 여러 번 갔다. 그 여행에서 1920년 10월 30일 북간도 용정 교외(간도성 명동촌)에서 일어난 샛노루바위間獐岩교회 방화사건'을 알게 된 것이 무엇보다 충격적이었다. 이 사건은 제암리 사건2과 비슷하면서도 그것을 능가하는 대참극이었다.

---

1 스즈키鈴木 대위가 이끄는 일본군 토벌대 72명이 40대 이상의 장년 남성 33명을 교회당에 모아서 묶어놓고 아직 탈곡이 끝나지 않은 좁쌀 다발과 함께 태우고, 회당에서 뛰쳐나오는 남자들을 일본 병사가 총검으로 학살한 사건. 이 사건에 대해서는, 朴殷植,《韓國獨立運動之血史》제30장 〈일본이 우리 양민을 학살한 대참화〉(서울신문사, 1946), 蔡根植,《武裝獨立運動秘史》(公報處, 1949), 朴孝生,〈間獐岩洞の虐殺事件〉(《福音と世界》, 1993.11), 김정배,《日帝의 間島地域韓人敎會彈壓에 관한 硏究─간장암교회 사건을 중심으로》(한신대학교 신학대학원, 1994), 박효생,〈샛노루 바위촌에 흐르는 눈물〉(《교회와 세계》, 통권 119호, 1994년 3월호) 등 참조. 이 사건에 대해 옮긴이가 2004년 9월 2일 심한보(한국교회사 연구원)와 함께 현지를 답사한 보고서인 심한보,〈동북삼성(요령성, 길림성, 흑룡강성)을 다니면서〉(《한국기독교역사연구소 소식》, 68호, 2004.12)를 참조.

2 제암리 사건에 대해서는 小笠原亮一 외,《三·一獨立運動と堤岩里事件》(日本基

이런 경험들로 내가 3·1운동에 관심을 가지게 되었는데, 한국문학을 전공하는 문학도로서 자연히 한국문학은 물론 일본문학에서 3·1운동을 어떻게 표현했는지 알고 싶어졌다.

일본 작가들이 조선을 그린 작품들은 재일 한국인들의 작품 활동과 함께 지금까지 많은 연구 대상이 되었다. 몇 가지 예를 들면, 일본에서 발행된 것으로 朴春日, 《近代日本文學における朝鮮像》(未來社, 1985), 이소가이 지로磯貝治良, 《戰後日本文學のなかの朝鮮韓國》(大和書房, 1992)이 있고 또, 다카사키 류지高崎隆治, 〈日本文學者の見た朝鮮——作品年表〉 (《季刊三千里》 28號, 三千里社, 1981.11)에는 일본인이 조선 및 조선인을 어떻게 표현했는가를 주로 문학 작품에 초점을 맞추어 많은 작품이 소개되어 있다. 그 밖에 《季刊三千里》 全 50호(1975년 봄—1987년 여름), 《季刊青丘》 全 25호(1989년 8월—1996년 2월, 青丘文化社)에도 많은 연구가 소개되어 있다. 한국에서 출판된 것으로 《일본 작가들이 본 근대조선》(소명출판사, 2009)은 일본 메이지 시대 이후에 발표된 소설, 일기, 기행문 등이 소개되어 있고, 그 속에는 《불령선인不逞鮮人》도 포

督教團出版局, 1989), 韓國基督敎歷史硏究所編著, 《三·一獨立運動と堤岩里事件》(神戶學生靑年センター出版部, 1998) 등 참조.

함되어 있다. 또한 국제언어문학회 편, 《신라의 재발견》(국학자료원, 2013) 가운데 옮긴이의 〈식민지시대의 일본 작가는 경주를 어떻게 보았나〉라는 논문에서, 일본 작가들이 쓴 기행문과 수필을 소개했다.

이들을 읽어보면 일본 작가들도 나름대로 이웃나라인 한국에 관심을 갖고 있었다는 것을 알 수 있다. 그런 의미에서 여기 번역 소개한 작품들을 읽고, 지난날 일본 작가들이 무엇을 생각하고 표현하려 했는지를 이해하는 계기가 되었으면 한다.

끝으로 이 책은 석오石梧문화재단 한국역사연구원의 후원으로 나오게 되었음을 밝힌다. 이태진 원장님과 오정섭 사무국장님께 감사드린다. 그리고 출판을 맡아 주시고 문장을 다듬어 주신 지식산업사 김경희 사장님과 편집을 해 주신 김연주 님께도 고마움에 머리를 숙인다.

2020년 삼일절 101주년을 앞두고

옮긴이 세리카와 데쓰요

작가 및 표지 사진 출처

1. 불령선인

나카니시 이노스케中西伊之助(《韓國·朝鮮と向き合った36人の日本人》, 明石書店, 2002, 123쪽)

2. 불

모리야마 게이森山啓(《石川近代文學全集》⑨, 石川近代文學館出版, 1988)

3. 간난이

유아사 가쓰에湯淺克衛(《カンナニ―湯淺克衛植民地小說集》, イソパクト出版會, 1995)

표지(《カンナニ》, 大日本雄辯會講談社, 1946)

4. 어떤 살육사건

사이토 다케시齋藤勇(《キリスト教と英文學》, 日本基督教團出版局, 2006)

5. 살육의 흔적

사이토 구라조齋藤庫三(《藤澤教會100年史》, 日本基督教團 藤澤教會, 1985, 69쪽)

6. 간도 빨치산의 노래

마키무라 히로시槇村浩(《槇村浩全集》, 平凡堂書店, 1984)

표지(《間島パルチザンの歌―槇村浩詩集》, 新日本出版社, 1964.

7. 이조잔영

가지야마 도시유키梶山季之와 표지(《李朝殘影―梶山季之朝鮮小說集》, イソパクト出版會, 2002, 312, 316쪽)

8. 조선·메이지 52년

고바야시 마사루小林勝(《韓國·朝鮮と向き合った36人の日本人》, 明石書店, 2002, 207쪽)

표지(《朝鮮明治五十二年》, 新興書房, 1971)

9. 조선의 여인

스미 게이코角圭子와 표지(《朝鮮の女》, サイマル出版會, 1972)

10. 수양버들처럼 흔들린 손

아키노 사치코秋野さち子와 표지(《秋野さち子詩全集》, 砂子屋書房, 2006)

차 례

1

불령선인不逞鮮人

나카니시 이노스케中西伊之助 지음

I

이른 아침이어서인지, 좁고 딱딱한 자리에 앉아서 꾸벅꾸벅 졸던 우스이 에사쿠碓井榮策는 자기가 탄 기차가 멈춘 것을 퍼뜩 알아채자, 곧 창밖을 바라보았다. 그러나 여기는 역 같지도 않았고 벌판 한가운데였다. 그는 기차가 고장이라도 난 것이 아닌가 생각되어 조금 불안해졌다. 언젠가 이 철도에서는 갑자기 폭도가 달리고 있는 기차를 습격해서 마구 약탈했다는 말을 들었기 때문에, 혹시 또 그런 일을 만난 것이 아닐까 하고 순간적으로 느꼈다.

"자, 여기서 내립니다."

에사쿠가 데리고 온 조선인 통역이 일어나서 그에게 말했다.

"이런, 여기서 내리는 건가……" 하고, 에사쿠는 뜻밖이라는 얼굴로,

"여보게, 이게 S역인가?" 하고 또 물었다.

"네."

통역은 별로 이상해 하지도 않고 가볍게 대답하고는 재빨리 문 쪽으로 나갔다. 그래서 에사쿠도 서둘러서 선반에서 밀짚모자를 집어 들고 그 뒤를 따라갔다.

함께 내리는 사람들은 조선인들 대여섯 명뿐이었는데, 앞에 있는 사람은 객차의 계단에서 두세 자나 밑에 있는 땅바닥에 폴짝폴짝 메뚜기가 뛰듯이 뛰어내렸다. 통역과 에사쿠도 커다란 돌멩이가 가득 깔려 있는 곳 위에 뛰어내렸는데, 구두 바닥에 돌이 끼어서 미끄러져 넘어질 뻔했다.

"대단한 역이군."라고 에사쿠는 기가 막혀 주위를 둘러보았다. 객차는 겨우 2량밖에 달지 않았는데, 뒤쪽에서 내리는 사람은 삼나무 널빤지인지 뭔지로 만든 플랫폼에 발이 닿지 않았다. 거기에서 꽤 떨어진 들 가운데 얼핏 보면 공중변소로밖에 여겨지지 않는 역 건물이 있고, 기차에서 내린 사람들은 그 사이의 넓은 빈 땅에 있는, 밟아서 굳어진 좁은 샛길을 느릿느릿 걸어갔다. 이런 곳에 무슨 필요가 있어 역을 만들었는지조차 의심될 정도였다. 그러나 기차가 출발하고 도착할 때마다 이렇게 사람들이 타고 내리니까, 전혀 필요 없는 것이라고는 생각되지 않았다. 방금 타고 온 기차가 넓은 들판의 공기를 흔들며 발차의 기적을 울리고는, 기세 좋게 하얀 김을 좌우 번갈아 내뿜으며, 생물은 나뿐이라고 말하는 듯이 크게 울리면서 떠나갔다. 역장 같은 사람이 그래도 모자만은 다른 데와 똑같이 빨간 모르(moor)를 감은 것을 쓰고 지팡이에 달린 긴 낚싯대 끝을 잡고 흔들어 대며, 산보라도 하는 양 왔다 갔다 하는 것이 보였다. 에사쿠는 저 건너편으로 길게 뻗어 있고, 반짝거리며 새하얗게 빛나는 선로 위를, 잇달아서 달려가는 기차를 바라보니 이상하게 서운한 마음이 들었다. 잠깐 뒤에 그 모습이 낮은 언덕 너머로 사라져 버린다고 생각하면, 그는 놀이에 빠진 아이가 문득 자기가 땅거미 속에 서 있다는 것을 깨달았을 때처럼 불안했다. 에사쿠가 이번 여행 목적을 친구들에게 이야기했을 때, 그건 너무 무모하다며 끈질기게 말렸던 말이 새삼스럽게 생각났다. 그는 오늘 아침 숙소를 떠났을 때의 마음가짐과 지금의 마음 사이에 이미 상당한 거리가 있다는 생각이 들었다. 그리고 지금 마음이 진정한 그의 본마음이라는 것도 잘 알 수 있었다. 그가 위험을 무릅쓰고 이 나라 서북부에 근거지를 둔 이른바 불령선인의 소굴에 들어가서 그들과 마음을 터놓고 이야기하고 싶다는 영웅적인 계획도, 벌써 첫걸음에 현실과 부딪쳐서 그의 본마음이 조금씩 드러난 것이다. 하지만 그런 것에는 전혀 관심이 없는 통역은 서비스하기 위해 재빨리 그곳 샛길을 앞장서서 걸어갔다. 플랫폼과 역 건물이 무슨 필요로 이렇게 떨어져 있을까 하고 에사쿠는 생각했다. 그런 것까지 이상하게 그의 마음에 걸리는 것을 느꼈다. 그래도 개찰구에는 조선인으로 보이는 역무원이 서 있었다. 보아하니 대여섯 명이면 가득 찰 것 같은 대합실에, 두 사람은 개표원에게 표를 건네고 들어갔는데, 에사쿠는 그곳에 들어가자마자 거의 본능적으로 역무원실을 들여다보았다. 일본인이라도 있지 않나 생각했기 때문이다. 플랫폼에 있던 역장이 혼자 서서 무언가 표 같은 큰 종이에 연필로 써넣고 있었다. 그 역장은 틀림없이 일본인일 거라고 생각했으므로 에사쿠는 창가로 다가갔다.

"저, 말씀 좀 여쭙겠습니다만⋯⋯"

그는 우선 이렇게 애써 또박또박한 일본어로 자기가 일본인이라는 것을 상대에게 알리려 했다.

"여기서 K까지는 얼마나 걸립니까?" 하고 또 물었다. 그러나 이제 와서 그런 것을 물을 필요는 없었다. 떠나기 전에 지리를 상세히 조사해 보았고, S역에서 E면 K동까지는, 4리 반이라는 것을 이미 잘 알고 있었다. 그래도 그는 이 역장하고 이야기하는 것이 혹시 일본인과 말을 나누는 마지막이 되지 않을까 하는 감상적인 느낌이 들었기 때문이다. 역장은 갑자기 쓰던 손을 멈추고, 얼굴을 들고는 에사쿠의 모습을 바라보았다. 아직 서른 살도 되지 않아 보이는 청년으로, 코 밑에 짧게 자른 수염이 있는 기품 있는 얼굴의 남자였다.

"당신은 지금부터 K까지 가십니까?"라고 조금 놀란 듯이, 에사쿠를 뚫어지게 보더니, 기계적으로 위에 있는 커다란 시계를 흘끗 보았다.

"네……"

에사쿠는 다만 이렇게 대답했으나, 무언가 힘센 것에 꽉 눌리는 것 같은 느낌이 들었다. 그 사람이 여기서 오래 살며, 자기가 모르는 크고 어두운 일에 언제나 당면하고 있는 게 아닌가 하고 생각되었다. 상대는 에사쿠의 모습을 지그시 바라보며,

"K까지는 여기서 또 사오십 리나 됩니다. 지금부터 그런 곳에 무슨 일로 가십니까?"라고 어떻게든 에사쿠의 경솔한 행위를 타이르려는 것 같은 말투였다. 그리고 그 말 한마디 한마디가 속속들이 이지적이라고 생각되었다.

"………………"

그러자 에사쿠는 왠지 목이 막힌 것처럼 갑자기 대답이 나오지 않았다. 그는 무의식적으로 뒤돌아서, 거기에 서있는 통역을 살짝 보았다. 통역은 에사쿠의 쓸데없는 대화에 기다리다 지쳤다는 듯이, 물고 있던 담배를 콘크리트 바닥에 던져 버리고는 그것을 구두 뒤축으로 비벼대며,-

"빨리 갑시다."라고 했다. 그러나 왠지 힘없는 목소리라고 에사쿠는 생각했다.

"응, 가세"

에사쿠도 그와 별로 다르지 않은 느낌이 드는 대답을 했다. 주위는 5월 초순의 강한 햇빛을 받아, 구석구석까지 빛났지만 그런 두 사람의 모습에서는 거기에 어울리지 않는 나약함이 보였다.

"실례했습니다. 하여튼 사오십 리라면 이제부터 서둘러 가면 오후 3시쯤까지는 도착하겠군요.……"

에사쿠는 상대에게 그렇게 묻는 것인지, 아니면 자기가 그렇게 작정한 것인지, 매우 애매한 말을 하고, 역장에게 가볍게 머리를 숙였다. 그리고 갑자기 자기의 겁 많은 마음을 채찍질하듯 분발해서, 통역을 재촉하며 그곳을 나가려고 했다. 역장은 바로 에사쿠의 등 뒤에서 말을 걸며,

"여보세요, 뭐하시면 두 분께서는 오늘 여기서 묵으시고 내일 일찍 떠나시면 어떨까요? 급한 용건이 아니면 그편이 안전합니다."라고 말했다. 에사쿠는 그 목소리를 듣자 차분하고 따스한 것이 자기 몸으로 녹아 들어오는 것을 느꼈다. 과연 자기 동족의 피를 가진 사람의 목소리라고 반갑게 받아들여졌다. 그는 자연스레 마음이 끌렸다.

"아, 고맙습니다.……"

두세 걸음 걸어 나갔다가 다시 멈춰 서서 이렇게 말했는데, 좀 생각하고는,

"뭐, 갈 수 있는 데까지 가보겠습니다. ——도중에 안 되면 그때는 부탁드리겠습니다.……" 하고는 결심한 듯 걷기 시작했다.

"그렇습니까. 그럼 그렇게 하십시오. 하지만 조심해서 가십시오. ——통역하고 두 사람이죠……?"

역장은 가만히 시선을 집중해서, 조선옷을 입고 있는 통역의 모습을 바라보았다. 그 생각이 깊어 보이는 역장의 눈길을 받고 통역은 모

르는 척하며 반대쪽을 보았다. 그것은 물론 서로 일부러 그런 것은 아니겠지만, 에사쿠는 역장과 통역 사이에 일종의 긴장감이 떠도는 것 같은 모습을 보니, 이상하게 무슨 암시가 있는 것 같이 생각되지 않을 수 없었다. 그리고 문득 지금까지 역장과 이야기를 나눈 것이, 모두 자기한테만 필요한 것이었다고 생각하자, 그는 다시금 통역의 모습을 잘 살펴보고 싶은 마음이 들었다. 그러나 그런 것은 아무리 에사쿠의 이성이 흐려져 있다 해도 생각할 수 있는 것이 아니었다. 처음에 통역은 에사쿠의 이번 여행이 위험하다고 생각해서 함께 오기를 거절했다. 그런데 에사쿠가 너무 열심히 권했기 때문에 마침내 승낙한 것이다. 통역은 이제부터 가려고 하는 지방에서 태어난 사람으로 이번 여행에는 가장 적임자였다, 그 지방에 태어나서 그 사람들과 같은 환경에서 자랐다고 하는데, 이번 경우처럼 그런 사람에게 조금이라도 불안을 느끼는 것은 무척 모순이 된다고 에사쿠는 생각했다.

"네, 이 사람이 그 근방의 지리를 아주 잘 알고 있으니까 괜찮습니다."

라고 그는 지금까지의 망상을 전부 없애려는 듯, 그리고 또 통역을 충분히 신뢰하고 있는 것처럼 대답했다.

"그러면 다녀오겠습니다."

그는 이렇게 말하며 머리를 숙이고는 재빨리 역 구내를 나왔다. 그러나 역시 그의 마음은 차분하지는 않았다.

2

습기가 없는 대륙적인 하늘이 아득히 펼쳐지고, 가을처럼 공기가 투명해서 멀리 지평선 끝까지도 볼 수 있었으나, 웅대한 산의 기복도 없으며, 그늘 깊은 삼림도 보이지 않았다. 휑뎅그렁하고 공허한 느낌마저 주었다. 여름다운 풀빛은 들판을 물들였으나, 사람의 숨결로 부드러워진 곳은 조금도 없었다. 모든 자연이 본래 모습 그대로 드러나 있었다. 황토 표면이 상처입어 벗겨 짓물러진 개의 몸뚱이처럼 군데군데 드러나 있었는데, 그곳만은 무언가를 경작하고 있지 않나 하고 생각될 뿐이었다. 드물게 가느다란 길이 하나 있는데, 희끄무레한 돌멩이가 길 위로 튀어나와 있었다. 방금 기차에서 내린 두세 명의 조선인이 광목인지 뭔지 더러워진 봇짐을 등에 지고 걸어갔다. 에사쿠 일행도 그 길을 따라갔다.

활모양으로 맑게 갠 하늘에는 비늘구름이 얼룩덜룩 떠 있고, 지평선 가까이는 거무스름한 라일락 색의 달팽이 같은 모양이 되었다. 마치 거인의 주먹같이도 보였다. 무언가를 저주하는 커다란 눈알로도 보였다. 그것이 이상하게 에사쿠의 마음을 끌었다. 등 뒤를 돌아보면 색바랜 미결수 옷을 입고 광야 한가운데 우두커니 서 있는 죄수처럼, 그 친절한 역장이 있는 역 건물이 이 쓸쓸한 두 탐험가를 배웅하고 있었다. ──그러나 에사쿠의 마음에서 지금까지의 신경과민 같은 불안이 어느새 씻은 듯 사라졌다. 듬직한, 될 대로 되어라 하는, 아주 필사적인, 평소의 잠재적인 배짱이 단단히 그의 온몸을 에워쌌다.

"세 시까지는 갈 수 있겠지……?"

이렇게 한마디 통역에게 말하고는 에사쿠는 말없이 걸었다. 고개를 숙이고 ──그가 늘 그러는 것처럼 ──구두 뒤축에 힘을 주고, 가령 여름이라 해도 두 손은 꼭 안주머니에 찔러 넣고 그것을 굳게 쥐고는 우울하게 눈썹을 찌푸리며 걸었다. 그는 원래 그런 우울한 사내였다.

가령 사람들 앞에서는 보통 쾌활한 척 말을 하고 행동을 해도, 마음은 언제나 무거운 쇠사슬에 묶여 감옥에 갇힌 사람처럼 어두운 고민에 빠져 있었다. 그는 소리 높여 웃어도, 문득 그것이 자기의 가엾은 울음소리가 아닐까 하고 생각할 때가 많았다. 사실 그는 여자가 울지 않나 하고 생각될 정도로 묘한 웃음소리를 내는 사내였다. 그가 사람들 앞에서 쾌활한 체 하는 것은 그의 처세술에 지나지 않았고, 그렇게 하지 않으면 그는 밥을 먹고 살 수 없었다. 그만큼 물질적으로는 의지할 데가 없는 사내였다. 약한 곤충류는 자기 몸을 지키기 위해서 여러 가지 무기를 가지고 있는데, 그 무기 중에도 꽤 고약한 것이 있다. 그와 같이 그도 다른 사람 앞에서 쾌활한 척 하는 무기를 마련했던 것이다. 그래서 만일 그가 바깥세상으로부터 적극적으로 괴롭힘을 당하거나 박해받으면, 그에게는 그것밖에 막을 무기가 없었다. 그럴 때 그는 괴로움을 잊기 위해 몸을 비틀어 대는 방아깨비처럼 그 작은 입에서 검붉은 저주의 독물을 토해냈다. ──이번 여행도 그 독물을 토할 곳을 찾으러 가는 것이라 하겠다. ──

에사쿠는 이제부터 찾아가려 하는 사람의 얼굴을 그려보면서, 이미 상당히 지쳤다는 듯이 걸었다. 그는 별로 그 사람에 대해서 알지 못했지만, 그는 그 사람에게 소개해 준 어느 조선 청년으로부터 대강 이야기는 들었다. 청년은 그 사람의 사위가 될 예정이었으나, 몇 년 전에 이 나라에서 어떤 민중운동이 일어나 마침내 큰 소요의 소용돌이가 일었을 때, 아직 여학교 학생이었던 그 사람의 딸은 어린 여자인데도 그 무서운 소용돌이에 휩쓸려서 죽었다. 딸을 잃은 아버지는 바로 경성 생활을 그만두고 시골로 들어갔다고 했다. 그 사람은 지금 항일 조선인 단체의 우두머리로 주목받고 있다. 이제부터 에사쿠가 가려고 하는 그 지방에는 그런 단체가 몇 개나 있어서, 항상 불온한 정보가 퍼져 사람들의 마음을 벌벌 떨게 했다.

비슷한 길이 끝없이 이어지고, 어디를 바라보아도 평범했다. 듬성듬성 작은 소나무가 있는 돌멩이투성이 작은 언덕을 몇 번이나 넘었다. 그럴 때마다 에사쿠는 주위를 둘러보았다. 사람의 모습은 아무 데도 없었다. 역시 그는 불안해졌다. 자기들만 평지에서 좋은 목표가 되는 곳을 걷고 있었다. 자기의 흰옷이나 통역의 새로 맞춘 순백 두루마기가 눈에 띄게 빛나서, 멀리 숨어서 노리고 쏘기에는 아주 알맞다고 생각했다. 언젠가 어느 부청府廳 관리가 구제금을 가지고 시골을 여행하다가, 한 방에 죽을 뻔하고 돈을 빼앗겼다는 이야기를 들었는데, 그 지방은 틀림없이 이 부근일거라고 에사쿠는 생각하기도 했다. 신기하게 기복이 심한 산등성이가 보였다. 가까이 가니까, 한쪽이 무너져서 거기가 골짜기처럼 되었고, 그 골짜기가 길이 되어 있었다. 에사쿠는 그 좁아진 길을 걸어갔다. 그는 산사태가 있었던 지층의 갈라진 틈을 얼핏 바라보았더니, 지금이라도 또다시 높은 곳에서 주르르 미끄러져 떨어질 것처럼 생각되었다. 저 위에 있는 커다란 지층이 와르르 무너지기 시작하면 에사쿠와 통역은 눈 깜짝 할 사이에 묻혀 버리고 말 것이다. 그는 발걸음을 서두르며 손을 뻗어 거기에 있는 흙모래를 한 움큼 집어보았다. 반짝반짝하는 화강석이 섞인, 빛바랜 적갈색 흙모래인데 하나도 끈적끈적하지 않았다. 저 높은 산의 한 모퉁이를 한 번 찌르면, 우르르하고 몽땅 무너질 것 같았다. 에사쿠는 그런 느낌이 들었다. 그리고 그 느낌은 그가 조선민족에게 가지고 있는 느낌과 거의 다르지 않았다. 누군가 그들 가운데 하나가 단 한마디라도 자기들의 압제자를 향해 반항의 외침을 올리면 전 민중은 목소리를 합쳐 열광

했다. ——그것은 마치 조선의 지질과 흡사하구나 하고 에사쿠는 한줌의 흙모래를 만지면서 생각했다. 본토박이로는 드물게 두 사람쯤 마주쳤지만 에사쿠의 양복 입은 모습을 뚫어지게 바라보았다. 그 노골적인 시선을 받고 그는 별로 기분이 좋지 않았다. 지나치고 나서도 그쪽은 몇 번이나 뒤돌아보며, 서로 무언가 속삭이는 것이 에사쿠는 아무래도 마음에 걸렸다. 그도 자꾸 뒤돌아보며 걸었다.

"이 산 너머가 불령선인 무리의 근거지입니다."라고 통역은 방금 만난 토박이들을 보고 생각난 듯이 말하고,

"언젠가 이 산을 경계로 경찰대와 불령선인이 싸웠답니다."라고 또 덧붙였다. 에사쿠는 그 말을 듣자, 갑자기 몸이 굳어졌다.

"드디어 여기부터가 위험지대군."

이렇게 에사쿠는 말했으나 벌써 거기에서 골짜기는 끝나고, 그 너머로 새하얗게 반짝이는 강이 가로놓여 있는 것이 보였다.

"오, 꽤 큰 강이 있네."라고 조금 놀라서 통역의 얼굴을 보았다.

"네, 그 강을 건너면 벌써 3분의 1입니다."

통역은 이렇게 말했으나, 흘낏 방금 지나온 골짜기를 돌아보며,

"저 산 중턱에 그때 총 맞아 죽은 조선인이 많이 묻혀 있답니다."라고 설명해 주었다. 에사쿠는 그렇게 말하는 통역의 얼굴을 뚫어지게 보았다. 자기 동포가 다른 민족과 싸우다가 죽었다. 설령 아무리 명분이 있다 해도, 그렇게 죽어 버려 여기 땅 밑에 뼈가 묻혔다. 이 조선인 통역은 어떤 감회를 품고 그런 것을 상대에게 이야기하는 것일까 하고 에사쿠는 생각했다. 그는 문득 사이고 다카모리西鄕隆盛가 죽었

....

ㅣ(1827~1877) 메이지 유신明治維新의 공신. 막부幕府 타도 운동으로 활약.

다고 하는 시로야마城山²가 생각났다. 어쨌든 인간이 자기보다 강한 것에 반항하다가 죽어 버리는 것은 장렬하다고 생각했다. 땀이 줄줄 흘러나왔다. 두 사람은 상당히 지쳐 있었다.

"저 강을 건너면 이젠 쉽지."

통역은 땀을 닦으면서 스스로 위로하는 듯이 혼잣말을 중얼거렸다.

강 언저리는 물대기가 잘되어 있는지, 풀 따위가 무성하게 자라 있었다. 파릇파릇하게 자란 갈대 그늘에, 그냥 널따랗고, 언뜻 보면 뱃머리도 배꼬리도 없는 긴 네모꼴의 상자 같은 작은 배가 한 척 떠 있었다. 주위를 둘러보아도 뱃사공 같은 사람은 보이지 않았다. 에사쿠가 본 적도 없는, 날개가 새까맣고 가슴털이 노란, 비둘기 만한 새가 뱃전에 웅크리고 앉아 귀여운 머리를 흔들며 두 사람의 모습을 바라보고 있었는데 날아가려고 하지는 않았다.

"여보시오."

통역이 커다란 소리로 뱃사공을 부르자, 새는 놀라서 맞은편 강가로 날아갔다. 그리고 그 소리에 답하여,

"여보시오." 하고 어디에선가 바로 들렸는데, 그것은 메아리였다.

"여보시오."

다시 통역이 부르자, 역시 놀리는 듯이 메아리가 들릴 뿐이었다. 에사쿠는 지친 다리에 힘을 주고 강물 위를 멍하니 바라보고 있었다. 대륙성의 느릿한 흐름이, 곳곳에서 잔뜩 막혀 황갈색 소용돌이가 끈적끈적하게 꿈틀거리고 있었다. 그다지 넓은 강은 아니지만, 물 바닥에는

정한征韓을 주장했으나 퇴관하여 귀향하고, 거병해서 세이난西南 전쟁을 일으켰으나 패하여 시로야마城山에서 자진함.
2 가고시마켄鹿兒島縣에 있는 언덕.

무언가 마성을 지닌 것이라도 숨어 있지 않나 하는 생각이 들만큼 무시무시했다. 이미 서쪽으로 꽤 기울어진 햇살을 받아 뱀 비늘처럼 빛났다. 그런 수면을 바라보고 있으면, 에사쿠는 방금 전 그곳에서 만난 토박이들의 눈이 떠올랐다. 그 토박이들의 눈과 강 따위가 이 지방 일대의 분위기를 그대로 만들어 내고 있는 듯이 느꼈다. 통역이 몇 번이나 불러도 뱃사공은 대답하지 않았다. 이런 곳에서 그렇게 큰 소리를 내는 것이 에사쿠는 자꾸만 마음에 걸렸다.

"배가 없으면 건너지 못하나…… 어딘가 다리라도 없을까?"라고 에사쿠가 통역에게 물었다.

"조선에는 다리가 적답니다. 이런 시골에 물론 다리 같은 건 없습니다."

이렇게 통역이 대답하고는 다시 큰 소리로 외쳤지만, 메아리밖에는 응하는 것이 없었다. 에사쿠는 벌써 짜증이 나기 시작했지만, 통역은 예사로운지, 이번에는 수풀 속에 살펴보러 들어갔다. 사람 키만큼 자란 풀 아래로 허리를 굽혀 옆으로 보기도 하고, 가지고 있는 지팡이로 풀을 옆으로 때려눕히기도 했다. 작은 새라도 찾는 것처럼.

"그 부근에서 자고 있겠지?"

에사쿠가 걱정이 돼서 물으면,

"네 어디선가 자고 있을 겁니다."라고 통역은 소란 떨지 않고 슬금슬금 걸었다.

"어떡하지 ——이런 곳에서 이렇게 시간을 뺏겨서야."

이번에는 불평하듯 에사쿠가 중얼거렸다.

"저번에 왔을 때는 많은 사람이 함께 있었는데, 금방 건넜어요. ——그때는 일본인도 상당히 있었죠."라고 통역은 혼잣말처럼 말했으나 그 말이 에사쿠의 마음을 약간 어둡게 했다. 뱃사공은 아직 보이지 않았다. 배짱 좋은 통역이라 해도 조금 화가 나서 외쳐 보았지만, 여전히 효과가 있을 거라고는 생각되지 않았다. 몹시 난처해서 두 사람은 멍하니 서 있었다. 그러나 눈만은 시종 주위를 살펴보았다.

"아 뭐야, 저런 곳에서 잠을 자다니."라고 통역은 기운이 나서, 그래도 잔뜩 골을 내면서 성큼성큼 걸어갔다. 에사쿠도 그쪽으로 눈길을 돌렸더니, 강가의 무성하게 가지를 뻗고 있는 버드나무 그늘에, 길가다가 쓰러진 것 같은 모습으로, 몸을 큰 대자로 위를 향해 누워 있는 뱃사공인 듯한 사내가 있었다. 조금만 몸을 움직이면 강으로 미끄러져 떨어질 것 같았다. 더러워졌으나 흰 저고리와 바지는 버드나무의 겹쳐진 잎을 통해 밝은 햇살을 받아서, 마치 올리브색 인간이 누워 있는 것 같았다.

"태평스럽군." 하고 에사쿠는 어이가 없어서 중얼거렸다. 통역이 옆에 가서는, 구두머리로 몇 번이고 그 사내의 다리를 찼다. 그러나 뱃사공은 쉽사리 일어날 것 같지 않았다. 마침내 통역은 퉁명스럽게 소리를 질러 대며 자꾸만 구두로 찼다. 그래도 뻗은 두 다리는 움직이지 않았다. 드디어 팔을 잡아끌어 일으켰더니 뱃사공은 벌떡 몸을 일으켜, 멍하니 통역의 모습을 바라보았다. 그리고 두세 번 얼굴을 쓰다듬고는, 커다란 하품을 했는데, 허리를 일으키려고 하지는 않았다. 아직 녹음 속의 달콤한 꿈을 꾸고 있는 것 같았다. 통역이 노려보며 뭐라고 말했다. 무척 답답한 듯했다. 통역의 말을 그제야 알아들었는지 뱃사공은 느릿느릿 일어나서, 그리고 잠이 덜 깼는지, 갑자기 깨운 것이 불만인지, 마지못해 이쪽으로 걸어왔다. 건장하고 구릿빛으로 그을린 큰 사내는 아주 더러운 생무명 수건을 상투 위에 감고 있었다. 에사쿠가 서 있는 앞에 온 뱃사공은 처음으로 그를 발견한 것처럼 흘끗 바라보다가 딱 멈춰 섰다. 그리고 지금까지 잠이 덜 깬 얼굴에서 갑자기 날카롭고 험악스럽게 번뜩이는 표정으로 바뀌었다. 에사쿠는 무언가 충동적으로 가슴이 철렁했다. 뱃사공은 입술을 두세 번 부르르 떨더니, 곧 발걸음을 되돌려, 먼저와 같은 걸음걸이로 원래 있던 버드나무 그늘 아래로 어슬렁어슬렁 가버렸다. 에사쿠의 마음에는 어두운 그림자가 드리워졌다.

"여보게, 사공이 왜 저러나?"

하고 그는 통역에게 물어보았지만, 그러나 너무나도 명백하게 그 이유를 그는 알고 있었다. 그의 말과 마음은 서로 맞지 않았다. 통역은 그 말에는 대답하지 않고, 뱃사공의 뒷모습을 바라보면서, 불러 세우려고 끈질기게 외쳤다. 그러나 뱃사공은 그런 것은 조금도 개의치 않고, 원래의 버드나무 아래에 앉아 다시 부드러운 풀 위에 벌렁 누워버렸다. 통역이 겨우 끌어 일으켜 데려 왔는데, 다시금 원래대로 돌아갔으므로 이제 지금까지처럼 소리칠 용기가 아주 없어져 버린 모양이었지만, 그러나 그렇게만 있을 수 없다고 생각했는지, 다시 허겁지겁 뱃사공이 누워 있는 곳에 다가갔다.

"할 수 없군……" 하고 통역은 몇 번이나 되풀이해서 중얼거렸다.

"여보게, 그 사공은 내가 일본인이라서 건네주지 않겠다는 거지……"라고 에사쿠는 그래도 뭔가 다른 이유가 있었으면 좋겠다고, 작은 희망을 걸고 물어보았다. 그러나 그런 기대는 보기 좋게 배반당했다. 통역은 머리를 끄덕이며 쓴웃음을 지었다. 에사쿠는 자기의 상상이 정확했다고 생각하자, 불끈불끈 본능적인 반감이 치밀어 올랐다. 인간이 어떤 경우에 갑자기 노골적으로 드러내는 비이성적인 아집이, 그가 움직일 수 없는 감정이 되어 치밀어 올랐다. 그럴 듯한 그의 인도주의는 이러한 돌발적인 경우에는 조금도 그의 아집을 완화시켜 주지 않았다. 그의 마음속 어딘가에 숨어 있던 제멋대로의 감정이 불평 가득한 눈으로 잔뜩 그 뱃사공을 노려보게 했다. 폭력을 쓰지 않고는 움직이지 않을 것 같은 뱃사공의 으스대는 모습을 에사쿠가 꼼짝 않고 보고 있자니 그의 거센 반감은 신기하게도 어느새 일종의 통쾌함으로 바뀌져 있었다. 그것은 그 뱃사공의 모습이 똑같이 자기 마음의 모습이 되어 나타난 듯이 생각되었기 때문이다. 그는 문득 여태까지의 자기 마음가짐을 생각했다. 그리고 그건 한없이 어리석은 것이라고 생각했다. 그 어리석음이 ──오랫동안 우월감을 품은 인간의 마음에 둥지 틀고 있는 그 어리석음이, 많은 인간을 괴롭히는 수단을 짜내게 하는 것이라고 그는 생각했다. 그는 이 버드나무 그늘에 있는 프로테스탄트를 더 이상 꾸짖을 마음이 생기지 않았다. 그는 그 사람을 축복할 것 같은 마음이 들었다.

에사쿠는 강물을 물끄러미 바라보았다. 거기에 빛을 던지고 있는 햇살이, 기분 때문일까, 갑자기 빨라지는 것 같이 느꼈다. 갈대 속의 물새가 저녁먹이를 잡고 있는 것인지 세게 날갯짓하며 울었다. 강가의 버드나무나 갈대숲에는 벌써 어딘가 희미한 어둠조차 에워싼 것 같이 느꼈다. 에사쿠는 흘끗 통역 쪽에 눈길을 주었으나, 통역은 아직 끈질기게 무엇인가 말하고 있었다. 에사쿠는 갑자기 또 초조해졌다. 그러자 그는 더 이상 지금까지처럼 느긋하게 생각하지 못했다. 그리고 그 뱃사공이 아주 적인 것처럼 생각이 들었다.

"자네, 이젠 그런 담판은 그만 두게나!"

에사쿠는 부르짖듯이 말했다.

"나는 요런 강쯤은 헤엄쳐서 건너간다오."

수영에 자신이 있는 그는 다시 강한 말투로 덧붙였다.

"네…………?" 하고 통역은 에사쿠의 말을 의심하는 듯이 물었다.

"헤엄친다니까"

에사쿠는 그렇게 말하면서 이미 모자를 벗어 풀숲으로 던졌다.

"네? 헤엄칩니까…………?"

"헤엄친다고, 아무것도 아니지. ——요만한 강쯤은…………!"

에사쿠는 윗옷과 양복바지를 훌훌 벗었다. 잠방이 하나로 되자, 그 것을 둘둘 허리띠로 매어서, 통역 앞에 가지고 갔다.

"이걸 자네가 가지고 가주게."라고 그는 약간 흥분해서 말했다. 벌 거숭이가 되어 버리자, 지금까지의 울적함이 모두 사라지고 그는 더위 나 피로까지 잊어 버렸다. 두세 번 자기의 단단한 어깨 언저리나, 넓 은 가슴의 팽팽한 근육을 두 손바닥으로 문질러 보았다. 포동포동한 젊은 살의 기분 좋은 촉감이 그에게 굳은 자부심을 암시하는 것 같았 다. 그는 아령체조를 하듯이 몇 번이나 두 팔을 흔들어 움직이고 나서 두 다리로 힘 있게 땅을 밟았다. 그러자 그는 자기가 오늘 여기에 오 기까지, 망령처럼 매우 약한 불안의 그림자를 드리우고 있었다는 것에 화가 치밀어 견딜 수가 없었다. 거기 버드나무 뒤에서나, 맞은편 산그 늘에서, 강하고 흉포한 적이 뛰쳐나온다면 아주 유쾌할 것이라고 생각 했다. 그런 에사쿠의 모습을 바라본 통역은 놀라서 눈을 크게 떴다. 뱃사공도 어이가 없다는 듯이 이쪽을 보고 있었다. 에사쿠는 우쭐해서,

"됐나, 어서 오게 ——자네는 조선사람이니까 건네주겠지……" 하고 그는 벌써 더없이 해방된 통쾌함을 느끼며, 나루터의 발판인 커다란 돌 위에 우뚝 서서, 손가락에 침을 발라 귓구멍을 적신 뒤, 황갈색으

로 소용돌이를 치며 흐르는 물길을 살펴서, 자기가 건너갈 만한 곳을 헤아리고 있었다.

"여보세요."

라고 통역이 갑자기 큰 소리로 불렀다. 에사쿠는 숨을 배 가득히 들이쉬고, 지금 막 수면을 향해 뛰어들 찰나, 그 목소리에 휙 돌아보며,

"왜 그러나?"

하고 외쳤다.

"저 말이죠, 사공이 건네준다고 말합니다. ——이 강은 굉장히 깊고 위험하니까, 헤엄쳐서 건너면 죽을 거랍니다…………"

"죽다니? 이런 강쯤 건너다가 죽을 녀석이 있을까. 됐네, 더우니까 딱 좋구먼!"

그 말끝은 벌써 물보라 속으로 사라져 버렸다. 그러자 그는 숨이 탁 막힐 것 같이 몸이 떨렸다. 섬뜩한 차가움이 머릿속까지 파고드는 것을 느꼈다. 다리가 묘하게 미끈미끈하고 부드러운 것에 닿으면 오싹하고 어둡고 어쩐지 기분이 나빴다. 썩은 진흙 냄새가 코를 찔러서, 오랜 늪에라도 빠진 것처럼 느꼈다. 그런 느낌을 모두 정복해 갈 것 같은 마음으로, 그는 두 손을 번갈아 빼서 물살을 거스르며 헤엄쳤다. 다리에 닿은 것은 물에 빠져 죽은 여자의 검은 머리카락처럼 길게 자란 물풀이었다. 물풀은 물가 가까이 얕은 여울에 자라나 있는 것인데, 그가 그 언저리에 서 보면 푹푹 온몸이 빠졌기 때문에 기분 나쁜 강이라고 생각했다. 여울로 나왔다. 그다지 떠내려가지도 않았다. 다시 물풀 속으로 들어가 드디어 맞은편 강가에 다다랐다. 매우 지쳐서, 서둘러 강기슭으로 기어 올라가 곧 풀 위에 털썩 쓰러졌다. 몸이 얼음처럼 되었다.

에사쿠는 가슴이 몹시 뛰는 것을 달래면서 가만히 누워 있었다. 오랫동안 이런 헤엄을 치지 않아서 뜻밖에 괴로웠다. 맞은편 강가를 보니, 통역이 그의 옷을 안고 배를 타고 있었다. 뱃사공이 흔들흔들 천천히 노를 저어 다가오는 한가로운 모습을 보자, 그는 다시 부아가 치밀어서 자기 몸의 괴로움에서 생기는 감정만이 높아졌다. 이게 만일 사오 년 전이었다면 저 배를 빼앗아서라도 건넜을 거라고까지 생각했다. ──그의 '어리석음'만이 가슴에서 날뛰고 있었다. ──

배가 강가로 가까이 오자, 통역도 뱃사공도 에사쿠의 얼굴을 바라보고 싱글벙글했다. 할 수 없이 에사쿠도 히죽 웃어 보였다.

두 사람은 잠시 후 걷기 시작했는데,

"사공은 돌아갈 때는 꼭 태워 준다고 했습니다."라고 통역이 말했다. 그 말을 들으니까, 에사쿠는 뱃사공의 마음가짐이 왠지 마음에 들지 않았다. 그러나 돌아갈 때도 또 헤엄치지 않으면 안 된다고 생각하니 그것도 괜찮다고 생각했다.

3

검푸른 여름 땅거미가 어느 마을 언저리에서 고통스럽게 맴돌고 있었다. 지평선을 물들이고 있는 태양이 무대 조명등처럼 복작복작 작은 집이 모여 있는 마을 한 모퉁이에 빛을 던지자, 마치 한 면을 주홍색으로 물들인 입체삼각형이 땅 위에 떠있는 듯 했다. 드물게 그 삼각형의 정점이라고 생각되는 부근에서 기독교회의 종이 울렸다. 정점이 반짝반짝 빛났다. 그 마을에는 이제부터 찾아가려고 하는 사람이 살고 있다고 통역이 말했다. 에사쿠는 지친 다리가 갑자기 가벼워졌지만 점점 긴장하기 시작했다. 가까이 가자, 정삼각형이 부등변삼각형이 됐다. 그러더니 꼭지각과 그 주위가 땅위에 딱 붙은 것 같은 몇 개의 동그라미가 되어 버렸다. 그리고 그것이 어느새 모두 검게 칠해졌을 무렵에 두 사람은 마을 안에 있었다.

황토로 지은 낮은 초가집 몇십 채가 가을비가 개인 뒤의 독버섯처럼, 그냥 이유 없이 제멋대로 세워져 있었다. 그 한가운데에 마을에는 어울리지 않는 커다란 교회당의 고딕풍 첨탑이 우뚝 솟아 있었다. 아마쿠사 잇키天草一揆[3]의 배경화라도 되는 것 같았다.

둘러보니 어두운 땅굴처럼 보이는 속에, 복숭아색의 작은 인간과 흰색의 커다란 인간이 섞여서 꿈틀거리고 있었다. 어슬렁어슬렁 복숭아색이 굴러 나오거나 흰색이 기어 나오거나 했다. 땅거미에 떠 있던 흰색 모습은 일본 신화 속에 그려진 영웅 같은 인상을 주었다. 굴러 나온 복숭아색은 시바 온코司馬溫公[4]가 항아리를 깨는 그림에 있는 동자를 생각하게 했다. 다른 집을 들여다보았다. 채종유인지 뭔지 흐린 빛의 등불이 어슴푸레하게 타고 있었다. 앉아 있는 사람의 상투가 흐트러져 있고, 공기가 잘 통하지 않기 때문인지 핼쑥하고 기다란 얼굴, 흰 옷차림, 땅속 감옥에 갇혔다는 황태자 이야기를 가진 가마쿠라鎌倉 시대[5]가 눈앞에 떠올랐다. 해는 완전히 저물었다. 회색으로 말라붙기

---

3 (1637~1638) 나가사키長崎현 아마쿠사天草 및 시마바라島原에서 일어난 농민(거의 크리스찬) 봉기, 아마쿠사 시로四郎를 우두머리로 2만 수천 명이 관군과 대립하여 하라原 성터에서 농성했으나 패하고 거의 죽었다.

4 司馬光(1019~1086). 북송北宋의 정치가이자 학자. 왕안석王安石의 신법新法을 비판하고, 그 의견이 받아들여지지 않아 정계를 은퇴. 《자치통감資治通鑑》을 저술.

시작한 초가집의 처마가 땅을 훑으며, 허여스름하게 마른 대지와 색깔이 녹아 서로 합쳐졌다. 모깃불 같은 하얀 연기가 여기저기 집의 좁은 문에서 기어 나오고, 등불이 새어 나오는 언저리에서 사람의 목소리가 들렸다. 그래서 이 부근은 아직 혈거穴居민족이 살고 있는 것이 아닌가하고 의심되었다. ──현실에서 환상으로, 역사에서 선사로, 에사쿠는 꿈을 꾸는 것처럼, 거기 처마 밑을 걸었다.

걸핏하면 그런 환상에 사로잡히기 쉬운 에사쿠의 모습을 집 밖으로 나가서 가만히 바라보며 서 있는 사람이 있었다. 지나는 길에 의아스러운 눈빛을 하는 사람이 있었다. 아이가 달려와서 고개를 갸웃하고 흔들며 올려다보았다. 그리고 그때마다 에사쿠의 환상은 깨어져서 으스스 싸늘한 마음이 되었다. 그 사람들 한 사람 한 사람이 기이한 복장을 한 에사쿠에게 허옇게 빛나는 칼날의 번뜩임을 보여 주는 것 같은 불안에 사로잡히기 일쑤였다. 길이 좁아 맞은편에서 걸어오는 사람과 마주치면, 에사쿠는 살짝 몸을 돌려 피했다. 그 가운데 한 사람이 뭔가를 외치면 와 하고 주위의 집집에서, 손과 손에 무기를 든 마을 사람들이, 단 한 사람 에사쿠를 가운데 두고 열 겹 스무 겹으로 진을 치겠구나 하고 생각되었다. 그리고 이 지방에서 지금까지 몇 번인가 행해진 그 무시무시한 학살이 행해질 것이라고 생각했다. ──그는 빨리 찾아갈 집에 도착하기를 마음속으로 원했다. ──의외로 빨리 그 사람의 집을 찾아냈다. 그 집의 구조로 짐작해도, 이 지방에서는 상당한 가문일 것이라고 생각되었다. 문 옆에서 자고 있던 커다란 동양종

---

5 1192년 미나모토 요리토모源賴朝가 가마쿠라에 정부를 만든 후, 1933년 멸망할 때까지 계속된 무인 정권.

의 삽살개가 냄새를 맡고 있는데 통역은 안으로 들어갔다. 뒤에 남아서 그 대답을 기다리고 있는 에사쿠를, 잠시 후 주위에서 모여온 크고 작은 개들이 멀리서 에워싸고, 사납게 으르렁거리며 짖어댔다. 그 가운데 용감한 놈은 지금이라도 이 이방인의 정강이에 달려들 것처럼 보였다. 에사쿠는 마음속으로 조마조마하면서도 개들한테는 눈을 부릅뜨고 노려보았다. 거기 있는 돌을 주워서 던질까도 생각했으나, 개 주인을 화나게 해서는 곤란하다고 그만두고는, 그냥 땀을 흘리면서 입술을 깨물고 눈을 부라리며 개에게 위세를 떨었으나, 날렵하고 사나움을 자랑하는 서부 조선인을 주인으로 가진 개들은 결코 이 신경질적이고 연약한 문명인이 보내는 근시안의 눈빛 따위에는 지지 않았다. 그들은 턱을 치켜들고 이빨을 드러내고 마구 짖어대면서 육박했다. 에사쿠는 두 다리가 허공에 떠올라가는 듯이 느껴져서, 통역이 나오는 것을 초조하게 기다렸다. 그렇지만 통역은 여간해서 나오지 않았다. 그는 개들을 경계하는 눈을 재빠르게 딴 데로 돌려 몇 번이나 문안을 보았으나, 통역의 모습은 빨리 나타날 것 같지는 않았다. 그러는 사이 시간이 흐르자 그는 다시 새로운 의혹이 걷잡을 수 없이 끓어올랐다. 그것은 이 지방 출신인 통역과 그 주인이 과연 어떤 것을 여태까지 이야기하고 있을까 하는 것이었다. 친구인 홍洪과 통역과 주인이 ──그것은 어느 쪽에서 보아도, 지금까지는 연락해서 무슨 계획을 세우는 사람들이 아니라는 것은 틀림없으나, 그들의 눈과 눈이 맞았을 때 마음과 마음이 통했을 때, 거기에 한 사람의 일본인인 에사쿠가 불을 지폈다고 하면, 그들이 민족의식의 바닥에서 어떤 것을 꾀할지도 모른다고 생각하자, 에사쿠는 이렇게 문 앞에 우두커니 서 있는 자신의 어리석음이 가엾다고도 느꼈다. 그의 발 아래에는 그에게 마구 달려들려는 개들이 있다는 것도 이 커다란 의혹의 그림자 앞에서는 아무것도 아니었다. 그리고 그는 모든 일에 그런 불안을 느끼면서, 왜 자기는 이런 곳에 태연히 찾아온 것일까라고도 생각했다. 그때 불쑥 통역이 나타나서 에사쿠를 손짓해서 불렀다. 그는 튕기듯이 달려갔다. "어떻게 됐나?"하고 중대한 것이라도 되는 듯이 물었다.

"들어오시라고 합니다."하고 통역도 기쁜 표정을 했다. 에사쿠는 그 얼굴을 보자, 지금까지의 어두운 그림자가 말끔히 사라졌다.

"그런가. 그거 고맙군. 이렇게 늦어서 안 됐네. ——그런데 어떤 사람이지?"

에사쿠는 여러 가지 조선인의 타입을 상상하며 말했다.

"뭐, 좋은 사람인 것 같습니다."라고 통역은 대답했지만,

"뭐, 만나서 이야기해 보지 않으면 모르지만요."

"홍군의 소개장을 보여 주었나?"

통역을 따라가면서, 에사쿠는 당연한 것을 확인했다.

"네, 보여 주었습니다."

"어떻게 말하던가?"

그 답변은 이미 들을 수 없었다. 이 나라의 중류계급답게 직각으로 꼬부라져 있는 마루에, 방이 서너 개 늘어서 있었다. 그 가운데에는 수묵화가 그려진 갈색 발 등이 걸린 시원스레 보이는 방도 있었다. 그때 그 발이 안으로부터 사르르 걷혔다. 자기 발의 먼지를 털자, 통역은 공손히 그 방에 올라갔다. 에사쿠도 따라서 올랐다. 바닥을 흙으로 만든 온돌방에 들어가니, 싸늘하게 밑바닥의 차가운 공기가 와 닿았다. 강한 담배 냄새가 코를 확 찔렀다. 등잔에는 희미하게 방안의 세간을 비추듯 불이 켜져 있어서, 농의 쇠붙이 장석만 아름답게 빛났다. 주인

은 얼굴 반쪽만 불빛을 받으며, 거기에 책상다리를 하고 앉아 있었다. 에사쿠는 자기가 생각해도 한심할 정도로 정중하게 머리를 숙이고, 조심스런 말씨로 인사했다. 그것을 통역이 주의 깊게 전했다. 주인은 적은 말수로 그에 응했다. 쉰 살쯤 된 사람으로, 조선인에게서 흔히 보는 수염 숱이 적고 천박하지는 않지만 광대뼈가 튀어나온, 윤기 없는 긴 얼굴이었다. 에사쿠는 가만히 그 얼굴에서 무언가를 읽어 내려는 마음가짐으로 눈을 들었다. 그러자 상대도 거의 같은 표정으로, 그의 얼굴을 들여다보았다. 딱 그 눈길이 마주치자, 그는 지지 않겠다는 마음에 약간 초조해지면서, 마치 명검의 칼날에서 빛나는 것 같은 날카로운 빛을 상대의 기다란 눈의 눈동자에서 느꼈다. 아슬아슬하게 지려고 하는 순간에 상대도 살짝 눈길을 돌렸기 때문에, 그는 마음이 놓여 머리를 숙였다. 무언가를 꽉 잡고 있었다. —— 죽을힘을 다해 자기를 지키려고 하는, 변하지 않는 의지가 그 눈 속에서 눈부실 정도로 번쩍이고 있었다. 그리고 그 번쩍임은 울적한 폭발성을 띠고 있었다. 우유부단하고 스스로 굽혀 물러나는, 그 부근에 흔해 빠진 일반적인 조선인이 아니라고 에사쿠는 생각했다. 주인은 그가 깍듯이 인사해도 묘하게 흥미 없다는 태도를 보였다. 책상다리를 하고 앉는 것은 이 나라 사람들의 버릇이지만, 부채를 한 손에 쥐고, 몸을 비스듬히 하고, 에사쿠가 두 손을 바닥에 대고 머리를 조아려도, 그냥 고개만 끄덕일 뿐이었다. 에사쿠의 예를 다한 말에도 그저 응대할 뿐이었다. 그래서 에사쿠는 일종의 불쾌함을 느꼈다. 자기의 높은 긍지를 모독당한 것 같은 굴욕을 느꼈다. 그것은 반드시 그 자신의 민족 우월감에서 오는 환멸이 아니었다. 그의 지금 마음가짐은 이미 그런 미신에 얽매이기에는 너무 많은 조선민족을 알고 있었다. 그의 정직한 마음은 이젠 도저히 그런 미신을 품을 정도의 용기가 없었다. 그의 불쾌함도 굴욕도, 그것은 사람과 사람 사이에, 어떤 경우에도 품을 수 있는 보통 인간적인 감정에 지나지 않았다. 주인은 거의 충동적인 기민함을 가지고 그의 눈길을 피하면서 뚫어질 듯이 그의 모습을 보았다. 그는 다시 그렇게 주시를 받자 반사적으로 재빠르게 본능으로 알아챘다. 그리고 그는 거기에 무엇인가 불안을 느끼고는, 저절로 상대를 마음으로 응시했다. 그는 거기에 앉아 있는 주인의 이마나 손을 만져 보면, 반드시 얼음처럼 차가우리라고 생각했다. 그리고 파도가 거친 바닷가의 해삼을 만진 듯한 느낌이 들 것이라고 생각했다. ──그는 이러한 인간 동지 생활의 살벌함이 저주스러웠다.

태고처럼 고요한 밤이었다. 다만 가까운 집에서 다듬이질하는 소리가 맑게 들려왔다. 너무나도 쓸쓸한 산사의 여승이 목탁을 두드리는 것 같은 소리를 들으면, 에사쿠는 먼 오랑캐 땅에 사로잡혀 있는 것이 아닌가 하고 생각되었다. 주위에서 떠돌고 있는 그러한 사람들의 생활 바닥에 가라앉은 냄새가 더욱 그의 본능을 그런 쪽으로 유혹해 갔다. 그리고 그가 이 집에 오기까지 품고 있던 따뜻한 정서가 어느새 환상처럼 사라져 버렸다. 에사쿠는 이제부터라도 곧 그만두고 싶다는 아이 같은 마음도 들었다.

"손님, 오늘밤은 편히 쉬시오…………"

문득 주인은 조용한 숲 속에서 사람 목소리라도 들은 양 일본말로 이렇게 말했다. 유창하지는 않지만, 이 정도라면 통역은 필요할 것 같지 않았다. 에사쿠는 그 말을 듣자, 좀 뜻밖의 기분이 들었다. 전에부터 이 사람이 경성에 있었다는 것도 들었기 때문에, 일본어를 쓰는 것쯤으로는 그렇게 놀라지 않았으나, 그 말의 울림은 어딘가 부드럽고 그의 마음을 찌르는 것이 있었다. 나이 많은 사람이 젊은 사람의 수고를 위로할 때 지니는 의젓한 따스함이라고 하는 것 외에도, 그는 무언가 인간적인 감동을 받은 듯이 느꼈다. 그러자 그의 답답하고 차갑게 닫힌 가슴에도 조금은 어렴풋하게 따스함이 밀려왔다.

"네, 고맙습니다.……"

에사쿠는 이렇게 대답하고 머리를 숙였는데, 그때 그는 갑자기 감상적인 마음이 되었다. —— 어렸을 때, 놀던 친구와 무엇인가 말다툼했는데, 싸움에 질릴 때까지 자기가 옳다고 믿고 있었으나, 상대는 흉포한 기세로 그것을 압도하려 했다. 억울함을 참고, 자기의 약한 힘을 의지해 더욱 상대와 험하게 싸워 가려고 했을 때, 자기가 옳다고 편들어줄 사람이 나타난 찰나의 말하기 어려운 기쁨과 서러움 ——드물지만 딱 그와 닮은 것이 지금 그의 가슴에서 느껴졌다.

"정말 갑자기 찾아뵙게 돼서, 대단히 폐를 끼쳐드리겠습니다."라고 그는 다시 덧붙였다. 그리고 되도록 주인의 마음을 그런 대화에서 다른 방향으로 이끌고 싶다고 생각했다.

"아니, 천만의 말씀입니다.……"라고 주인은 누르는 듯한 말투로 말했다. 조선인이 일본어를 말할 때, 아직 발음이 익숙하지 않은 사람은 탁음이 청음이 되거나, 또는 반탁음이 된다. 그리고 모음을 빼버리는 경우가 드물게 있다. 에사쿠가 그 다음에 계속할 화제를 찾고 있자,

"홍은 지금 어디에 있습니까?"라고 주인이 물었다. 그는 완전히 소개자를 잊고 있었다. 대부분의 경우 처음 만나는 사람에게 말을 걸 때는, 먼저 양쪽을 소개해 준 사람의 이야기부터 시작하는 것이 보통인데, 그는 그런 것조차 잊고 있었다. 그걸 깨닫고 그는 자기가 당황하

고 있다고 마음속으로 생각했다.

"아, 그렇지요……" 하고 에사쿠는 미안하다는 듯이 강한 말투로 먼저 말한 뒤,

"홍군이 말씀 잘 드려달라고 했습니다. ——머지않아 꼭 찾아뵙겠지만, 어르신께서도 한 번 경성에 와 주셨으면 했습니다."

에사쿠는 짙은 정서를 그 짧은 말속에 담도록 이렇게 말하고, 퍼뜩 다시 정신 차리고

"그리고 날씨가 더우니까, 부디 몸조심하시라고 말했습니다."라고 덧붙였으나, 그것만은 그의 재량이었다. 딸만 살아 있었으면 그 주인의 사랑하는 사위가 되었을 청년의 장인에 대한 마음을 에사쿠가 대신 말한 것이었다. 그는 그 말을 끝내자, 가만히 주인의 얼굴을 보았다. 그러자 주인도 그의 얼굴을 묘하게 그리움이 담긴 눈으로 바라보며, 고개를 끄덕여 보였으나, 곧 감정에 젖어 보이는 눈을 부드럽게 돌려, 눈을 크게 뜬 채로 눈동자가 넋을 잃고 허공을 응시하고 있었다. 에사쿠는 그런 모습을 보자, 그도 주인에게 끌려 들어가듯이 머리를 숙이고 생각했다. ——그가 경성 거리를 걷고 있으면, 새하얀 저고리에 까만 치마를 입고, 유행이던 귀를 가리게 머리를 묶은 여학생이 양산을 들고 청초하게 걸어가는 모습을 볼 수 있었다. 신흥민족 가운데서 빛나는 앞날을 향하여 나아가는 여성의 선구자다운 긍지가, 그 아름다운 뺨에 넘치고 있었다. 에사쿠는 지금 그런 젊은 여자의 환영을 뚜렷이 마음에 그렸다. 그러자 다시 중절모자를 쓰고, 물색인지 뭔지 두루마기를 길게 걸친 수재 같은 청년과, 그런 소녀가 향기로운 우윳빛 꽃을 달고 있는 아카시아 가로수 길을 달콤한 사랑에 취해 이야기를 나누며 가는 모습 등이 마음에 그려졌다. 그러자 다시 어둡게 바

꿰어 나타난 것은, 물머리처럼 끓어오르는 흰옷의 군중 속에 선혈에 젖어 쓰러져 있는 소녀의 참혹한 모습이었다………

"저, 홍과는 오래 만나지 못했는데, 어떻게 지내고 있습니까? 여전히 빈둥거리고 있습니까?"

"네…………?" 하고 에사쿠는 주인의 말에 환각에서 깨어나, 상대의 얼굴을 쳐다보았다.

"그 사람도 젊으니까, 마음을 정리하지 못해서 곤란합니다."

주인은 또 이렇게 탄식하듯 말했으나,

"저하고는 의론이 달랐지요. ——그 사람은 언제나 공상만 하며 떠돌아다닌답니다.………"라고 덧붙였다. 주인이 말하는 의론이란, 의견이라는 의미일 것이다. 주인과의 의견이 다름은 에사쿠도 잘 알고 있었다. 주인은 어디까지나 조선의 전통을 중히 여기는 사람이었다. 거기에 뿌리 내린 민족의 자유를 열렬히 추구하고 있었다. 그와는 달리 홍희계洪凞桂는 새로운 시대사상의 세례를 받은 청년이었다. 그는 더욱 새로운 감각을 지니고 있었다. 그는 어디까지나 종교를 부정하고, 현실적인 유물주의를 받들었다. 그리고 그는 일체의 조선의 전통을 물리치고 세계주의의 젊은 정열로 기울어져 갔다. 종교는 전제專制 아래 민중을 농락하려고 하는 교활한 최면술이며, 전통은 민중을 학대해 온 그들의 역사적 원수라고 믿었다. 그는 전통을 물리치는 것을 넘어 저주했다. 그에게는 새로운 국가의 독립은 새로운 정복자의 창설에 지나지 않았다. 특히 전통에 대한 동경에서 생기는 독립 따위에는 침을 뱉어도 된다고 믿었다. 그러므로 그는 이른바 독립운동가가 아니고, 인류의 완전한 자유와 자주를 바라 마지않는 사회 혁명가였다. ——우리들은 일본의 권력자에게 반항하기 전에 먼저 역사적으로 조선의 민중을 학대한 낡은 전통과 싸워야만 한다. 조선의 부르주아지와 아직도 조선민중 속에 뿌리 깊게 퍼져 있는 낡은 귀족주의 등에 더욱 반항하지 않으면 안 된다. 그리고 다시 팔도에 넘치고 쌓여서 조선민족의 혼을 좀먹고 있는 종교적 감상주의를 절멸하지 않으면 안 된다고 말하는 것이 젊은 홍희계의 주장이었다.

"바로 얼마 전에도 편지를 보냈답니다. 러시아에 가고 싶으니까, 돈을 보내라고 합니다.――뭐 러시아도 좋지만, 너무 공상만 하는 것은 나쁘다고 했습니다."

"네, 그것은 홍군한테서도 들었습니다. 그 사람도 어지간한 활동가니까요………"

에사쿠는 거기서 자기의 의견도 말할까 하고 생각했으나, 그것은 그만두기로 했다.

그런 이야기를 하는 가운데, 조선 가정에서는 드문 중국차나 비스킷 같은 것이 나왔다. 담배가 놋쇠 접시에 담겨져 나왔다. 신기하게 어떤 것을 둘러보아도 일본 제품은 없었다. 통역은 낮의 피로가 나타났고, 주인이 일본말을 할 수 있기 때문에 할 일이 없어져서, 고개를 축 늘어뜨리고 졸고 있었다. 에사쿠는 주인이 약간 허물없이 이야기하는 모습을 보고, 점점 자기의 말도 열기를 띠게 되는 것을 느꼈다. 이야기는 역시 친구인 홍희계에 대한 것뿐이었다.

"그 사람도 말이죠, 빨리 아내라도 생기면, 생각이 달라지겠지요?"

주인은 이야기 가운데 이런 것을 말했다. 에사쿠는 그 말을 듣자, 다시 어렴풋한 환상 속에서 주인 딸의 피범벅이 된 얼굴이 나타나더니, 곧 또 사라졌다. 번쩍번쩍하고 주인의 눈이 빛나는 것을 기억했다. 그때마다 에사쿠는 묘하게 오싹해졌다. 그는 이렇게 주인의 마음에 가까워졌다가 다시 아주 멀어지는 마음을 몇 번이나 품지 않을 수 없었다. 바로 꿈속에서 몇 번이나 뛰어나가려고 발버둥 쳐도 발이 움직이지 않는 답답함과 아주 비슷했다.

"그렇습니다………"

라고 에사쿠는 대답해 보았지만, 무언가 마음이 개운치 않았다. 그리고 그와 주인의 이야기는 자꾸 끊어졌다.

4

에사쿠는 담뱃재를 커다란 놋쇠 재떨이에 털며, 아주 쓸쓸한 마음에 사로잡혔다.

"우스이 씨는 홍을 어떻게 해서 알게 됐습니까…………?"

이렇게 주인은 잘라 끊는 듯한 말로 그에게 물었다.

"네……?" 하고 에사쿠는 공상에서 깨어났다는 듯이 얼굴을 들었다.

"우스이 씨는 홍과 언제부터 친구입니까?"라고 다시 주인은 고쳐 물었다. 이런 경우, 그것은 당연히 더 빨리 물어야만 했던 질문이었다. 그러나 주인은 언제나 상대의 빈틈을 보고, 갑자기 긴요한 질문을 퍼붓는 버릇이 있었다. 상대가 이런 질문을 받을 것을 예상하고 있는 것 같을 때는 일부러 다른 이야기를 꺼냈다. 그래서 이런 사정까지도 주인은 지금까지 묻지 않은 것 같다고 에사쿠는 느꼈다.

"저와 홍 군입니까………?"라고 에사쿠는 이제 와서 그런 것을 묻는 것은 뜻밖이라는 표정을 했다.

"네"

주인은 낮고 힘 있는 목소리로 대답했다.

"네, 그것은…………" 하고 그는 조금 더듬는 듯이,

"학교에서 홍 군과 함께였습니다."라고 겨우 대답했다.

"그렇습니까…………"

이렇게 말하고, 주인은 너그럽게 고개를 끄덕였으나, 또 무언가 생각하고는,

"그러면 △△대학입니까"라고 물었다.

"그렇습니다……"

에사쿠는 또 묘하게 살피는 듯한 기분이 들었지만,

"그러나 저는 도중에 그만두었습니다."라고, 그것만으로는 모자라서 이렇게 덧붙였다.

"네……그렇습니까?" 하고 주인은 이미 그런 것은 전혀 생각하지 않는 것처럼 건성으로 대답을 하고, 다시 물끄러미 무언가 다른 것을 생각하는 것처럼 보였다. 그러나 주인은 조금 있다가 또,

"그러면 나이도 같습니까?"라고 물었다.

"아닙니다, 제가 아마 두 살 위일 겁니다…………"

에사쿠는 자기가 말하고 싶다고 생각하는 이야기의 중심에서 벗어나, 그 주위만을 걷고 있는 듯한 기분이 되면서, 다시 이렇게 대답하였다.

"네……그렇습니까?"

주인은 또 같은 대답을 하고, 다시 무언가 환각을 쫓고 있는 모양이었는데, 이번에는 에사쿠의 얼굴을 가만히 바라보면서,

"우스이 씨는 부인이 있습니까……?"라고 물었다.

"네…………?"

에사쿠는 퍼뜩 그것을 되물었으나, 곧 그 말이 날카로운 광선의 영상처럼 되어 자기 머리속에 남게 되자, 그는 그냥 반사적으로,

"네………" 하고 대답했다. 그리고 자신과 홍과의 관계를 묻고 있다고만 생각하던 에사쿠는, 주인이 자기에게 말을 건 의도를 문득 짐작하며, 그는 자기 마음이 자석에 끌린 것처럼 주인의 다음 말을 기다렸다.

"당신, 홍한테서 우리 딸 이야기를 들었습니까?"

에사쿠의 예감대로 주인은 역시 딸 이야기를 꺼냈다.

"네, 들었습니다………" 라며, 그는 조금 과장된 표정으로 그 자신의 의분이라고 할 수 있는 어감을 더해서 곧 이렇게 수긍해 보였으나, 퍼뜩 자기가 일본인이라는 것을 깨닫자, 그 말을 상대가 무척 염치없다고 생각하지 않을까 하는 불안이 가슴에 밀려왔다.

"그렇습니까………"

주인은 냉정한 태도로, 그 말투에 한층 괴로움을 담아, 그냥 이렇게 말했다. 그러자 그도 갑자기 암울한 마음이 되었다.

"저………" 하고 에사쿠는 이번에는 그 암울한 마음 깊은 곳에서 올라오는 것 같은 목소리를 내서 조금 두려워하며,

"어르신네 따님은 제 아내와 동갑이었습니다."라고, 그는 홍과 이야기하면서 알게 된 것을 이때 말했다. 그것이 이 경우, 주인에게 어떤 감명을 줄지는 몰랐으나, 그런 인연에서 생겨난 그 딸에 대한 그의 평소의 좋은 감정을 토로하고 싶었다.

"아, 그렇습니까………"

주인은 또 이런 같은 대답을 되풀이했다. 그리고 에사쿠의 그 말에서는 그다지 감동을 받지 않은 것 같은 태도를 보이면서, 한쪽이 희미

한 등잔불에 비쳐진 얼굴을 조금 아래로 숙이고, 잠시 어딘가를 뚫어지게 응시하는 듯한 모습을 했는데, 별안간 팔을 불쑥 뻗더니, 느닷없이 자기 옆에 있는 담뱃대를 집어 들고 후 한숨을 쉬었다. 그 순간의 동작이 무엇 때문인지 모르나 옆에 있는 에사쿠의 가슴을 세게 때렸다. 그는 깜짝 놀라서, 지금 자기가 한 말이 나빴던 게 아닌가 하고 생각했다.

"딸애는 스물에 죽었습니다…………"라고 주인은 상심한 사람의 혼잣말처럼 말했는데, 그 목소리는 떨리는 듯했고 가늘고 날카롭게 울렸기 때문에, 에사쿠는 자기도 모르게 주인의 얼굴을 보았다. 입술 가까이 가져 간 담뱃대의 물부리와 입술도 부들부들 신경질적으로 떨었다.

"그러니까 올해로 스물셋입니다…………"라고 또 이렇게 말했는데, 갑자기,

"하, 하, 하, 하…………" 하고 마치 글자 그대로 죽은 아이의 나이를 센 것을 스스로 비웃듯이 크게 웃었다. 에사쿠는 그 찰나 필름처럼 변해가는 주인의 표정과 말을 놀래서 바라보았다.

"하, 하, 하, 하…………"

담뱃대를 잡아서, 불도 붙이지 않고 물부리를 입술 옆으로 가져간 주인은 다시 이렇게 크게 입을 벌리고 웃었는데, 그것은 이제 완전히 좌담식의 태연한 웃음소리였다. 그리고 담뱃대에 불이 붙어 있지 않았다는 것을 깨닫자, 재떨이 안의 성냥을 집어서, 입술과 바닥 위에 그 긴 담뱃대의 양끝을 기대놓고, 두 손으로 부싯돌을 부딪쳐서 불을 붙였다.

"우스이 씨 부인은 여학교를 졸업했습니까?"

주인은 두세 번 훅훅 하고 하얀 연기를 뱉고는, 또 이렇게 물었다. 그러나 그 몸짓이나 말은 완전히 원래의 냉정함을 되찾았다고 에사쿠는 느꼈다.

"네? 제 아내 말입니까? —— 아니요, 여학교는 졸업하지 않았습니다. ——가난뱅이의 딸이니까요."라고 그는 대답했다.

"그렇습니까, 그건 잘됐습니다. ——여자는 여학교 같은 데 들여보내서는 안 되겠지요…………?"

"그렇습니까. 그렇지도 않은 것 같습니다. 갈 수 있는 사람은 가는 게 좋다고 생각합니다."

"아니요, 안 됩니다. 그건 뭐 일본인이라면 모르겠지만, 조선에서는 안 됩니다."

"그렇습니까. 그러나 참된 학문이라면 누가 해도 좋지 않겠습니까?"

"아닙니다. 참된 것이라도 안 됩니다."

"그렇습니까. 그건 무엇 때문입니까?"

"그건 뭐, 저도 처음에는 학문은 좋다고 생각했습니다. 그래서 딸도 여자고등보통학교에 보냈습니다."

"네…………"

"그건 역시 안 된 거였습니다.……여자는 옛날 조선 여자가 좋았습니다."

"……………"

"제 딸은 옛날 조선 여자였다면, 죽지 않았습니다."

"…………"

"일본인은 문명이 아주 좋다고 말하지요?"

"네, 보통 그렇게 말합니다."

"제가 경성에 있었을 무렵, 일본인의 연회에 초대받아 갔을 때는, 언제나 그렇게 말했습니다."

"역시, 그럴 겁니다."

"그리고 제가 일본을 시찰했을 때도, 어디서든 그렇게 말했습니다."

"네, 그거야 그렇게 말했을 겁니다."

"우스이 씨 역시 그렇게 생각합니까?"

"저 말입니까? 저는 그렇게 생각하지 않습니다."

"아, 그렇습니까. 그러면 어떻게 생각합니까?"

"저는 문명이 지금 같은 것이라면 무서운 것이라고 생각합니다."

"아, 그렇습니까………?"

"인간이 스스로 죽어갈 도구를 만드는 것이, 지금의 문명이라고 생각합니다."

"아, 그렇습니까……그러나 일본인은 문명이 행복이라고 말합니다."

"네, 그건 지금의 무서운 문명 속에 살고 있으면서 자기가 무척 행복하다고 느끼는 사람들은 그렇게 말합니다."

"아, 그렇습니까, 그러면 우스이 씨도 그렇게 느낍니까?"

"아닙니다. 저는 지금의 문명을 결코 행복하다고 느끼지 않습니다. 설령 다른 사람이 아무리 행복하다고 선전해도 자기가 행복하다고는 믿어지지 않기 때문입니다. 행복이란, 말하자면 자기 느낌이니까, 문명이라 해도, 야만이라 해도, 다른 사람이 어떻게 말하든 자기가 행복하다고 느낄 때가 참된 행복입니다."

"아, 당신은 정말 그렇게 생각합니까?"

"네, 참으로 그렇게 생각합니다."

"그렇습니까, 저도 그렇게 생각합니다. 저는 딸이 죽었을 때, 정말 그렇게 생각했습니다."

"…………"

"우스이 씨"

"네"

"제가 당신에게 보여줄 것이 있습니다."

"네"

"한 번 봐 주겠습니까?"

"네, 보겠습니다. 어떤 것이든지………"

"그렇습니까. 저 그거 아무에게도 보여 주지 않았는데, 당신은 좀 봐 주십시오."

주인은 이렇게 말하자, 곧 일어나서, 방에서 나갔다. 에사쿠는 그 모습을 바라보자 이제 주인과 자기의 마음이 서로 통하는 것을 느꼈다. 그리고 자연히 생기가 넘치는 정신이 자기 몸속을 돌아서 오는 것을 느꼈다. 꽤 오랫동안 말했는데, 낮의 피로나 배고픔 따위는 전부 잊은 것 같았다. 그리고 주인의 지금 태도를 생각하면, 그는 험악한 산봉우리나 골짜기를 몇 번이나 넘고 건너, 드디어 커다란 금맥에 도달한 것 같은 기쁨을 느끼지 않을 수 없었다. 그러면서 그는 주인이 보여준다고 한 것이 무엇일까 하고, 강한 흥미를 가졌다.

5

잠시 뒤에 주인은 아름답게 색칠한 작은 책상 만한 상자를 가지고 왔다. 그리고 그 상자를 아주 긴장한 얼굴로 에사쿠 앞에 놓자, 그는 강한 호기심으로 눈을 크게 뜨지 않을 수 없었다. 그러나 다시 가벼운 불안을 느꼈다. 그것은 주인의 이야기로 미루어, 또 무언가 그의 날카로운 자책감을 자극하는 것이 아닐까 하고 생각됐기 때문이었다.

"우스이 씨는 아직 이런 걸 본 적이 없지요? ——이건 제가 동경의 구단九段[6]에서 봤습니다."

창백하게 가라앉은 얼굴이 매우 긴장미가 넘치는 표정으로 그 상자에 두른 두꺼운 무명 끈을 풀면서, 주인은 이런 수수께끼 같은 말을 했다. 그리고 조금 색이 바랜, 붉은 모란과 봉황의 아주 화려하고 짙은 색의 그림이 그려진 뚜껑에 두 손을 대자, 에사쿠는 침을 삼키고 이제 거기에서 나타날 것에 온몸의 흥미를 집중시켜 응시했다. 문득 그 상자 뚜껑에 놓인 주름 많은 두 손이 부들부들 떨고 있는 것을 눈치 채자, 그는 가만히 주인의 얼굴을 훔쳐보고, 다시 눈길을 앞으로 떨어뜨렸다. 기적에 과학의 메스를 들이대듯이, 뚜껑이 열렸다. 에사쿠의 초조한 마음을 가지고 놀듯, 위에는 또 노란 당지唐紙가 잘 덮여 있었다. 주인이 더 없이 침착하고 조용히 그 덮인 종이를 들어내자, 안에는 뜻밖에도 지저분하게 더럽혀진 여자 것 같은 저고리가 있었다. 에사쿠는 그것을 보자 긴장한 마음이 조금 풀어졌지만, 금방 그 옷이 죽은 주인의 딸 것이라고 느낀 순간, 언젠가 자기가 병원의 영안실을 엿보았을 때와 같이 으스스한 기분에 사로잡혔다. 그것은 그 딸에 대한 평소의 다정함을 비참하게 배반한 순간의 마음가짐이었다. 그리고 다음 순간 그의 마음이 반동적으로 어떤 것으로 옮겨가려 하자, 주인은 마치 어머니가 아기의 포동포동한 알몸을 만지려 하듯이, 주의 깊

6 일본 도쿄토東京都 지요다쿠千代田區에 있는 지역 이름

고 자애롭게 조용히 그 윗옷을 집어 들었다. 그리고 자기 환상의 세계에서 아름다운 딸의 모습을 좇는 듯한 표정으로, 넋을 잃고 그 낡고 초라한 옷에 눈길을 쏟았다. 그러나 퍼뜩 자기 앞에 에사쿠가 있다는 것을 깨닫자, 주인은 꿈처럼 그에게 눈길을 돌렸다.

"우스이 씨…………" 하고 다시 환상 속에서 살고 있는 사람으로밖에 생각되어지지 않는 목소리로, 주인은 에사쿠를 불렀다.

"네……………" 하고 에사쿠도 환상의 세계에 살고 있는 듯한 마음으로 이렇게 대답했다.

"우스이 씨, 이건 딸의 옷입니다.……"

"…………"

충분히 예기하고 있던 주인의 말을 들은 것에 지나지 않았는데, 그는 그때 세찬 힘에 의해 날카로운 현실에 휙 하고 내던져진 듯한 느낌이 들었다. 마음속 깊이 괴로웠다. 엄숙한 침묵이 두 사람 사이를 권위 있는 것처럼 지배했다. 1분 2분 3분…………하고.

존귀한 것을 예배하는 것 같은 마음이 되어, 그리고 또 어느 사이엔가 일종의 도취를 느낀 에사쿠는 문득 주인이 무언가 말하고 있는 것을 알아채고 얼굴을 들었다.

"우스이 씨……저, 이걸 잘 보세요……" 하고 주인은 무릎을 내밀고 다가앉으며 그 저고리를 두 손으로 받들 듯이 그의 눈앞으로 가지고 왔다. 잠깐 사이를 두고 가끔 졸음에서 깨어나서는 뭔가 불만인 듯한 통역은 그 주인의 손에 있는 것을 바라보고는, 의아스러운 얼굴을 하고 그것을 들여다보기도 했다.

"이거 ——우스이 씨, 이건 피예요………딸의 피입니다."

날카로운 강철 핀과 같은 목소리였다.

"네엣!" 하고 에사쿠는 반사적으로 놀라서 옷 위에 크게 뜬 눈을 멈추고는 조그맣게 외쳤다.

"여기 얼룩진 것이 모두 딸의 피랍니다."

그 강철 핀이 쿡 하고 에사쿠의 폐를 찔렀다. 그는 미간에 경련을 일으킨 것처럼 되어, 낮에 그 강에 풍덩 뛰어들 때와 같은 전율을 느꼈다.

"............"

그러나 그는 몸이 굳어져서, 손을 꽉 쥐고는, 말없이 그 핏자국이라는 것을 응시했다. 주인이 동경의 구단에서 봤다는 조금 전에 한 말을 그는 생각해 냈다.................

어떤 해전에서 전사했다는 어느 군인의 군모를, 그는 구단의 기념관에서 본 적이 있었다. 이미 세월이 많이 지나 낡았으나, 커다란 모란의 테두리를 닮은 핏자국이 그 모자 위에 온통 반점이 되어 있었다. 습기 때문에 그 반점은 회색 곰팡이로 변해 있었다. 그는 소년시절 처음으로 그 모자를 바라봤을 때 역시 소년다운 의분과 적개심이 끓어올랐다. ——여기 있는 딸의 옷은 낡았다고 해도 아직 3년밖에 되지 않았다. 거기에다 핏자국이라고 여겨지는 것은 그가 지금까지 무슨 모양이 아닐까 하고 생각하고 있었을 정도로, 새하얀 옷감이 약간 쥐색으로 변한, 짧은 저고리의 목깃에서 소매까지 쭉 걸쳐, 흠뻑 배어 있었다. 생피가 거기에 묻었다고 하기보다는 오히려 저고리가 피 속에 잠겨 있다고 상상하는 쪽이 정확하다. 그 핏빛은 이미 완전히 풍화해서 옅은 누런색이 섞인 적갈색을 띠고 있는 것 같은데, 희미하고 어두운 등잔 그늘에서는 지금도 끈적끈적한 진흙을 온통 발라 놓은 것처럼 보였다. ——지난날의 그것은 전혀 자기들의 실생활과 동떨어진 —

─역사적 사실로 본다 해도, 그의 어린 마음에 의분과 적개심을 불러 일으킨 군모 ──비록 그것이 그의 주위 사정 때문에 전부 잘못된 관념에 따라 교화된 정조情操에서 생긴 의분이고 적개심이라 할지라도 ──그것과 이것은 얼마나 큰 그의 감수성의 차이인가! 지금의 그의 체험에서 우러나온 의식이나 감정은, 이 비린내 나고 끈적끈적한 핏자국을 보고, 그 어릴 적의 회고적인 흥분을 돋우기에는 너무나도 생생했다. 너무나도 현실적이었다. 너무나도 짜증이 났다. ──그것은 모두 너무나도 강렬한 자극이어서 어지러웠다. 그는 진흙처럼 새빨갛게 달궈져 짓무른 도가니 속에 머리를 푹 처박은 것 같다고 생각했다. ── 그리고 그의 휘어져 펼 수 없는 초조한 정념이 걷잡을 수 없도록 가슴 답답하게 소용돌이쳐 왔다. 그리고 아주 캄캄하게 어두운 골짜기 밑바닥에서 괴로운 환상이 불꽃 소용돌이처럼 일어나기 시작했다.……
……새하얀 날개와 칠흑의 기다란 꼬리를 가진, 호랑나비처럼 아름다운 여자가 커다란 군중의 물결 속에서 빙글빙글 돌아가다, 붉은 피에 물들어 픽 쓰러져 버렸다. 겨울밤의 차가운 달빛처럼 번뜩이는 칼날을 휘두르는 회갈색의 인간이 회오리바람과 같이 그 위를 빙글빙글 돌면, 얼굴 가득 부라리는 큰 눈과, 피리를 문 것 같이 보이는 찢어진 입으로 고소하고 좋은 듯이 껄껄 비웃고는, 또 으르렁거리는 소리를 내며 어디론가 날아가려 했다. 그 사이에도 해일처럼 덮쳐 와서 물거품처럼 흩어지는 흰옷의 군중이 있었다. 성난 파도와 미친 듯한 부르짖음과 비명들이 괴로운 교향곡이 되어, 어떤 거대한 분위기를 만들었다. ──

"우스이 씨…………"

"…………네?"

에사쿠는 깜짝 놀라서 주인의 얼굴을 보았다. 주인은 에사쿠가 별

로 감동하지 않은 것처럼 보이자, 조금 초조해져서, 무언가 따져 묻는 듯한 말투로,

"당신, 여기 보시오!"라고 상대를 한층 세게 자극하려는 모습으로, "자 이 소매 있는 데…………"라고, 주인은 곧 왼쪽 팔에 그 저고리를 가만히 껴안듯이 하고 ——그것이 바로 자기 딸의 시체라도 되는 것처럼 끌어안고 오른손으로 저고리의 왼쪽 소매를 받치고, 에사쿠의 눈앞에 불쑥 내밀었다.

"네…………?"

하고 그는 위협받은 것처럼, 그 소매를 흠칫흠칫 바라보았다.

"보세요, 여기가 찢어져 있어요. 이게 처음 군도로 팔을 잘렸을 때 생긴 겁니다."

이렇게 말한 주인의 목소리를 듣자, 에사쿠는 그 저고리의 소매를 보기보다는 먼저 눈부신 것이라도 우러러보는 모습으로, 흘끗 주인의 얼굴을 한번 보았다. 그 순간 그는 매우 독한 약물 냄새를 훅하고 맡았을 때처럼, 그의 머릿속이 빙빙 도는 것을 느꼈다. 그리고 곧 눈을 돌렸으나, 그의 눈 속에는 바로 그 명검의 칼날 같은 빛이 남았다. 돌린 눈길을 주인이 내민 소매로 떨어뜨리자, 거기에는 소매의 가는 실을 따라 한 치쯤으로 여겨지는, 조금 비스듬히 찢어진 구멍이 있었다. 그는 그것을 보자, 이제 아무것도 말할 수 없었다. 그냥 두근두근 자기 몸이 열병을 앓고 있는 것처럼 마음이 뜨겁게 되었을 뿐이고, 혀는 묘하게 굳어 있었다. 인간의 감정을 표현하는 언어는 얼마나 빈약한 것인가!

"또 있어요. ——지금 상처는 처음 것입니다."

주인은 다시 이렇게 말했다. 에사쿠는 그 말이 귀에 들리자, 아직

나를 괴롭힌다고 생각했다. 그러나 주인은 그런 것은 아무 상관이 없다는 표정으로 왼팔에 걸친 저고리를 휙 뒤집어 등판을 위로 하더니, 오른손으로 그 옷자락을 들어올리며,

"⋯⋯⋯⋯또 보세요. 이 등에 있습니다. 이게 두 번째입니다."라고 에사쿠를 자극하는 회초리를 휘두르며 추궁하듯이 오른손을 바로 저고리의 오른쪽 옆구리로 보이는 곳에 찔러 넣자, 거기에도 역시 앞 것보다 조금 크게 두 치가량의 찢어진 데가 있었다. 그리고 주인이 찔러 넣은 손가락의 볼이 밑에서 그대로 보였다. 손가락 끝이 부들부들 떨리는 것을 에사쿠는 알아챘다. 그 무렵은 봄이었던지, 하얀 명주 같이 가벼운 천이 두 겹으로 되어 있고, 짠 실도 보풀보풀 풀어져 있었다. 그리고 그 언저리는 완전히 물들인 것처럼, 검붉게 피가 배어 있었다. 가만히 그것을 보고 있던 에사쿠는 어떤 요괴 이야기 속에 나온 여자가 자기를 꼼짝 않고 노려보고 있는 듯한 착각을 느꼈다. 흑흑 날카롭게 흐느껴 울며 부르짖는 여자의 소리가 어디에선가 들려왔다. 그 옷의 찢어진 데서 불쑥불쑥 무시무시한 요기妖氣가 올라오는 것 같이 느꼈다.⋯⋯⋯

"우스이 씨, 이게 딸의 치명상이었습니다."

주인은 이렇게 말하고, 또 두 손으로 받들고 에사쿠의 눈앞에 보였다. 그 주인 딸의 마지막을 결정한 보고가 뚜렷이 그의 의식으로 들어왔고, 그리고는 눈앞의 옷을 다시 자기가 바라보지 않으면 안 된다고 생각했을 때, 그는 드디어 그 주인으로부터 자기도 마지막 단죄를 받은 것처럼 생각했다. 그냥 말없이 움직이지 않는 에사쿠의 모습을 보자, 주인은 가만히 그 윗옷을 상자 속에 넣었다. 그리고 그 밑에 있는 검은 치마에 잠깐 손을 대고 무언가 말하려다가, 조금 생각하고는 갑

자기 그 말을 삼키고, 재빠르게 상자를 정리하기 시작했다.

"이걸 저는 때때로 꺼내서 봅니다……"라고 주인은 상자의 끈을 매면서 말했다.

"그러실 테지요…………"

에사쿠는 그때 처음으로 입을 열고, 다시 한 번 주인의 손 밑에 있는 상자를 보았다. 깊은 한숨이 나왔다.

"처음 제 딸은×××××××××××같이 모였답니다. 그것은×××었습니다.……"

주인은 그 딸의 유해라도 들어 있는 것처럼 느껴지는 상자를 앞에 놓고, 이렇게 이야기하기 시작했다. 조금 흥분이 가라앉아 보였고, 말 가운데 마음이 편안해진 듯한 모습이 있었다.

"모두가 34×××××××××××입니다만, 딸도 함께 모였습니다. ×××××
×××××××××××"

(이하 52줄 빠짐7)

에사쿠는 말없이 머리를 끄덕였다. 주인의 목소리는 어느덧 지금까지의 흥분이 가라앉아 이제는 무겁고 냉정해 보였다.

그리고 주인이 이야기하는 사연의 내용과 그 표정은 전혀 다르다고 느꼈다. 어째서 그런 사연을 그렇게 흥분도 하지 않고 이야기할 수 있을까 하고 생각했다. 에사쿠는 그 딸의 옷을 보였을 때의 주인과, 그리고 그 상자를 정리하고 지금의 이야기를 하는 주인의 태도가 다른 사람 같은 인상을 받았다. 그것은 경우에 따라서는 자기 아이의 비참

---

7 복자 ×××××××××××× 는 검열로 삭제된 문장. 빠진 52줄도 검열로 삭제된 문장. 독립운동에 참가한 딸이 일제의 군인과 경찰에게 살해당하는 경위가 써 있다고 생각됨.

한 죽음을 바라보면서도 얼굴의 근육 하나 움직이지 않는, 동양 특유의 강한 의지를 지닌 사람인 것처럼 보였다. 그 굳고 차가운 의지가 언제나 이 사람의 일상을 지배하는 것이다. 그리고 거기에 명석한 이지가 빛나고 있는 것이다. 그 이지가 아무리 뒤얽혀 복잡한 일이라도 정리한다. 아무리 혼탁한 존재라도 곧 분석한다. 그리고 그 이지의 힘이 이윽고 그의 사회와 인생에 뿌리 깊게 반항의 쟁기질을 해 가는 결과가 될 것이다. 그러나 그 굳은 의지와 차가운 이지도 주인에게는 예를 들어 솜화약을 말아 넣은 커다란 폭탄의 쇠 껍질이다. 그 쇠 껍질이 두꺼우면 두꺼울수록, 폭발하는 힘도 기하급수적으로 강렬함을 더해 갈 것이다. 그 피 묻은 옷을 껴안고 있던 주인과 갑자기 또 그것을 깨끗이 잊어버린 듯이, 그것도 기적 같은 딸의 죽음을 이야기하는 주인을 보면, 에사쿠는 아무래도 그렇게 느끼지 않을 수 없었다.

그 오래된 피에 더럽혀져 흐늘흐늘한 딸의 옷이 그 솜화약이 아닐까 생각되었다.

6

"저녁이 늦어졌군요. 이야기를 길게 해서 배가 고픕니다. 하, 하, 하, 하"

주인은 처음으로 평소와 같은 웃음소리를 냈다.

"진작 알았다면, 더 빨리 준비했을 텐데요"라고 다시 덧붙였다.

"아니요, 갑자기 찾아뵈어 무척 죄송합니다."

에사쿠는 처음 한 인사를 되풀이했다.

"일본인은 스키야키[8]를 좋아하지요, 그러나 여름에는 더우니까 못 먹습니다. 조선의 시골은 맛있는 게 없으니까 미안합니다."

주인은 이렇게 말하며, 거기에 하인이 가지고 온 밥상을 바라보았다. 잘 닦아놓은 커다란 놋쇠 그릇과 접시 위에는 생선자반이나, 기름에 튀긴 고기류 그리고 절인 야채 위에 고추의 붉은 색을 띤 것도 있었고, 도자기 술병에서는 진한 술 향기가 났다. 주인은 하인에게 무언가 자꾸 지시하고 있었다. 에사쿠는 그런 모습을 보고 있으면 눈물이 나올 것 같이 기뻤다. 마음속에 예리한 끌로 깊숙이 새겨진 원한을 전부 잊어버린 듯이 이렇게 대접해 주는 주인의 마음은 에사쿠 일행에게는 고마운 것이었다. 주인이나 자기들의 마음에서 마음으로는 어딘가에 무언가 서로 뿌리 깊게 통하는 관이 있어, 거기에는 언제까지나 은근하고 가늘게 하나의 샘에서 솟아나온 물줄기가 흐르는 게 아닐까 하고 생각되었다.

"당신이 이런 곳에 와 주신 것은 정말 드문 일이니, 오늘 밤에는 친척들도 불러서 함께 술을 마시기로 했습니다."

주인은 이런 말을 했다. 술상이 사람 수보다 많다고 생각했는데, 그 말을 듣자 이유를 알았다. 에사쿠는 그렇게 말하는 주인의 얼굴을 힐끗 보았더니, 이미 아무 데도 숨기는 게 전혀 없는 것처럼 생각됐다. 그저 부드러운 미소를 함빡 지으며, 귀한 손님을 맞은 기쁨조차 감돌고 있었다. 한참 잠을 자고 있던 통역도 주위의 인기척에 눈을 뜨고 한두 번 얼굴을 문지르고는 자기 앞에 늘어서 있는 많은 밥상을 보고

---

8 쇠고기 전골. 쇠고기 닭고기 등에 두부 야채 곤약 등을 더해서, 간장 미림 설탕으로 간을 맞춰, 끓이면서 먹는 요리.

놀라는 모습이었다.

"자, 많이 드십시오. ──오늘은 피곤할 겁니다. 여기로 오는 길은 험하니까요."

주인은 기분이 좋아서 술잔을 집어 들어 에사쿠에게 술을 따랐다.

"이 술은 좋지 않습니다. 맛없지요………?"

"아니요, 천만의 말씀입니다. 아주 좋습니다."

에사쿠가 이렇게 말하면서 넘치려는 술잔을 입술에 대는 순간, 여태까지 느끼고 있던 기쁨이 향기 높은 실감이 되어 가슴에 밀려왔다. 그는 그 술잔을 쭉 비우자, 아랫배까지 그 강렬한 액체가 찌르는 듯 내려갔다. 그가 술잔을 놓자마자 주인은 곧 다시 따라 주었다.

"자, 통역님도 많이 드십시오." 하고 주인은 통역에게도 쥐고 있는 술병 아가리를 향하면서,

"그게 저, 제가 경성에 있었을 무렵엔 여러 가지 술을 구해서 마셨습니다만, 시골에 돌아와서부터는, 이 맛없는 걸로 참고 있습니다. 그러나 많이 있으니까 실컷 드십시오."

이렇게 또 말하고는 자기도 맛있는 듯 자꾸 마셨다.

"경성에서는 상당히 활동하셨다 들었는데요."

에사쿠는 잇달아 두세 잔 마신 뒤 이렇게 말했다.

"아 ──그건 뭐 여러 가지 해 봤습니다."

주인은 에사쿠의 말을 듣자, 미소를 지으며 약간 우쭐해진 말투로 그 다음에 무언가 말하려고 했는데, 갑자기 그만두고 입을 다물었다. 그리고 웃으며 드러난 주름도 완전히 펴진 것을 에사쿠는 알아챘다. 그러자 그는 아뿔싸 하고 생각했다. 모처럼 쌓아올린 것을 한꺼번에 무너뜨린 듯해서, 그의 마음은 기가 죽었다. 그는 누구에게도 쓸 수

있는 이런 평범한 말조차, 살피거나 음미해서 써야만 되는 사람들은 불행하다고 생각했다. 그러나 이 현실은 역시 어찌할 수 없다고 생각하면, 그는 자기의 실수를 어떻게 회복하나 하고 고민했다. 그러자 잠시 말없이 있던 주인은 주먹으로 사람을 때릴 것 같은 목소리로,

"경성은 재미없는 곳입니다. 거기는 노루가 사는 곳입니다."라고 갑자기 말했다.

"네? 노루가 사는 곳이라니요⋯⋯?"

에사쿠는 앵무새처럼 똑같은 말을 되뇌었으나, 그 목과 다리가 길고 가늘고, 사슴을 닮아 가냘프면서도 잘 번식하여, 밭을 엉망으로 만들고 다니는 조선 특유의 노루를 떠올리자, 주인의 신랄한 야유가 갑자기 재미있어졌다.

"호랑이는 점점 산속 깊이 들어가는군요." 하고 말해 보았다.

"하, 하, 하, 하 ──호랑이도 박제가 되어서는 안 되지요. 하, 하, 하, 하,"

주인은 의외로 기분 좋게 웃었다. 호랑이는 조선사람들이 신처럼 떠받드는 동물이다.

"자, 아무튼 많이 드십시오. 이제 친척들도 옵니다."

라고 주인은 또 말하고 술병을 들었다. 그 사이에도 통역은 두 사람의 이야기 따위에는 아무 관심도 없이, 혼자서 술을 따라 마셨다.

"저는 경성에 있었을 때, 일본인과는 많이 사귀었습니다만, 아직 당신과 같은 사람은 처음입니다. ──일본인도 젊은 사람은 꽤 훌륭하군요."

주인은 무릎을 세우고, 왼손은 바닥을 짚고, 쭉 오른손만 쓰고 있었다. 지금도 술잔을 입언저리에 가져가면서 에사쿠의 얼굴을 바라보고

감심한 듯 말했다. 피로와 배고픔에 몽롱했던 신경이 알코올의 강렬한 자극을 받자, 에사쿠는 갑자기 흥분하기 시작했다. 그러자 지금까지 가만히 잠재해 있던 오늘밤의 정신적 감동이 한꺼번에 불타오르는 것을 느꼈다. 그는 평소의 우울에서 벗어난 듯이 크게 고개를 흔들고는,

"뭐가요, 저희들은 틀렸습니다. 일본 청년은 겁쟁이뿐입니다. 저는 조선 청년이 용감하다고 생각합니다. 남자도 여자도. ──특히 어르신의 따님과 같은 경우는 어떻습니까! 정말로 저희들은 부끄럽기 짝이 없습니다.……"

라고 그는 단번에 말했다.

"아니 청년뿐만이 아니지. 첫째로 노인이 참으로 강하지. 저는 그 사건의 예심조서를 보고 놀랐거든요. 모두 예순 전후의 사람들뿐이었어요. 일본인 따위는 이제 중늙은이가 되면 안카行火⁹를 안고 졸고 있어요. 뭐가 저희들이 훌륭한가요, 아하, 하, 하, 하, 하……"

그의 그 기이한 웃음소리는 자조와 차가운 부끄러움과 부정으로 미칠 것 같은 교향곡이었다. 그리고 그 울음 같은 웃음을 멈추자, 그는 약간 목소리를 낮춰,

"그러나, 일본 청년 가운데에는 겁쟁이 나름대로, 당신들을 이해하고 있는 사람도 있습니다.──겁쟁이가 이해했다고 해서 아무 도움도 못 되지만, 아하, 하, 하, 하." 하고 또 웃었다.

"그렇습니까, 일본도 달라지기 시작했군요.……"라고 주인은 지금까지 침묵하기만 한 에사쿠가 갑자기 자명종 시계가 울리기 시작한 것처럼 외쳐댔으므로 조금 어안이 벙벙했으나, 역시 평소의 냉정함을 지

⁹ 안에 숯불을 넣어서 손발을 따뜻하게 하는 작은 난방기구.

니고 대답했다.

"오늘밤에는 제가 놀랐습니다. 이 통역 분한테서 당신의 이야기를 듣고, 홍의 편지를 받았을 때는 뜻밖이었습니다."

주인은 다시 이렇게 말하고, 술잔을 손에서 놓더니, 담뱃대를 집어 들었다. 긴 대에 끼워 놓은 물부리를 물기 위해 힘껏 턱을 당겨서 볼을 부풀리고는, 곧 아기가 젖꼭지에 매달리는 것처럼 뻐끔뻐끔 빠는 주인을 바라보면, 에사쿠는 뭐라고 말할 수 없는 소박한 기분이 들었다. 이런 노인이 인생의 아주 복잡한 배경 속에서, 어떤 사람들에게는 악마가 날뛰는 것처럼 보이고 있다고는, 아무래도 믿기지 않았다. 그는 문득 이 소박함이 강한 의지를 낳는 것이라고 생각했다. 자아에 강인한 것이 나름대로 소박하다고도 생각했다. 그리고 그는 소박함은 귀중한 것이라고 생각했다. 만일 인간에게 진보가 있다면, 이 소박함만이 그것을 빨리 나아가게 한다고 생각했다. 혁명가는 모두 소박하다고 생각했다.

그때 하인이 와서 뭐라고 말하자, 주인은 담뱃대를 문 채로 끄덕였다. 그리고 에사쿠의 얼굴을 보고는 빙긋 웃으며,

"친척들이 왔습니다."라고 했다. 같이 부른 것인지 두세 명이 따라 들어왔다. 모두 말쑥한 옷차림을 하고 있었다. 에사쿠의 모습을 보더니, 이 사람이냐고 말하는 것처럼, 눈을 크게 뜨고 신기하게 여기는 듯했다. 주인은 하인에게 지시하여, 등잔 심지를 돋우거나, 새 술잔을 가져오게 했다. 그리고 어딘지 모르게 자랑스러운 모습으로, 친척들을 하나하나 에사쿠에게 소개하니, 그 사람들은 기분 좋게 인사했다. 그 가운데에는 명함을 주는 사람도 있었다.

"대한국 전 수의부위 종팔품 △△△"라고 근사한 붓글씨로 써져 있

었다. 그 명함의 노인은 몸집이 크고 코가 높고 새하얀 수염이어서, 정말로 옛날 무관다웠다. 주인은 옛날 무관이나 문관의 계급 등을 설명했다. 또 자기 친척 가운데 무관이 한 사람 더 있었지만, 지금은 행방불명이라고 들려주었다. 홍의 아버지는 서당이라는 사설학원을 열어 제자를 기르고 있었다고 했다. 그런 것을 주인은 회고적으로 말하고는 문득 생각난 듯이,

"오늘밤에는 우스이 씨가 제일 노인입니다."라고 했다. 에사쿠는 그 말뜻을 몰라서,

"네⋯⋯⋯⋯?"라고 말했을 뿐 의아한 얼굴을 했다.

"조선에서는 노인이 윗자리에 앉습니다. 오늘밤은 당신이 윗자리입니다."라고 설명했다. 그는 지금까지 그것을 눈치 채지 못했다. 에사쿠는 이 방의 윗자리로 보이는 곳에 앉아 있다는 것은 의식하고 있었지만, 그러나 손님이 윗자리에 있는 것은 그다지 이상한 것이 아니라고 생각하고 있었다.

"그렇습니까, 이거 황송합니다.⋯⋯⋯⋯" 하고 에사쿠는 이미 상당히 취한 얼굴로 미소를 지었다.

"당신은 젊지만 훌륭하니까요⋯⋯⋯⋯"

다시 주인은 미소 지으면서 이렇게 말했다.

"자, 실컷 드십시오." 하고 술잔을 들었다.

"아니 벌써 많이 마셨습니다. 벌써 많이 먹었습니다.⋯⋯⋯⋯"

에사쿠는 두세 번 손을 저었다. 그리고 뜨거운 숨을 내쉬었는데, 그러나 오늘밤만은 몸의 중심이 바로 서 있는 것을 스스로도 느꼈다.

주인은 친척들에게 무언가 열심히 말하고는, 자기가 무척 감동하는 듯 했다. 통역은 벌써 졸고 있었는데, 그래도 묘하게 귀를 기울였다.

주인은 조선어의 특징인, 어미를 길게 빼다가 그것을 조금 치켜 올리듯 하고는, 다시 아주 낮게 누르는 듯한 말투를, 귀에 거슬릴 정도로 되풀이하며 무엇인가 계속해서 감개를 말하고 있는 것 같았다. 그것이, 한마디가 끝나면, 에사쿠의 옆얼굴을 보거나, 손가락으로 허공을 두드리듯 하고는, 그 손가락으로 바로 에사쿠 쪽을 가리키곤 했다. 주인이 자기에 대해서 무언가를 말하는 것이라고 생각했다. 그리고 그것이 자기를 위해서는 결코 나쁜 선전이 아닐 것이라고 직감했다. 듣고 있는 사람들은 정말 그렇다고 그러는 듯이 에사쿠에게 눈길을 던지거나, 턱수염을 쓰다듬으며 끄덕여 보이든지 했는데, 말 중간 중간에,

"그렇지, 그렇고 말구." 하는 대답만 에사쿠는 알아들었다.

7

조금 뒤 에사쿠는 통역과 둘이서 침실로 정해진 다른 방으로 안내되었다. 이미 밤이 상당히 깊어져 있었다. 마루로 나가니, 초여름 밤의 공기가 싸늘하게 느껴졌다 ——대륙의 기분이었다. 촛대를 든 하인이 앞서서 두 사람을 안내했다. 에사쿠는 마루를 걸으면서, 묘하게 복고적인 정조에 빠졌다. 그 방도 안쪽은 천정에서 바닥까지, 노른잣빛 당지로 발라져 있었다. 이부자리 두 사람 분이 깔끔하게 깔려 있었다. 그것도 조선풍의 이부자리여서 이국다운 분위기를 자아냈다. 베갯머리에는 예의 커다란 놋쇠 재떨이와 적갈색 바탕에 먹과 붉은 물감으로 꽃과 새를 그린 부채까지 놓여 있었다. 아직 밤은 그다지 더운 날씨가 아니라고 생각하니, 에사쿠는 주인의 마음 씀씀이를 느꼈다. 주인도

두 사람을 안내하러 와서,

"온돌은 바닥이 딱딱해서, 일본사람이 자면 몸이 아프니까, 바닥에 요를 몇 장 깔았습니다. 너무 많아서 덥겠습니까? 하, 하하, 하." 하고 웃었다. 에사쿠는 그런 말을 들으니, 자기가 군대에 있었을 때, 기동연습을 나가서 사영舍營이라도 했을 때는, 묵게 된 민가의 사람들이 마음으로부터 친절하게 해 주었던 것이 생각났다.

"이거 너무 송구스럽습니다. 아무 데라도 괜찮습니다. 저 같은 건 군대에 가서, 언제나 풀 속에서 자곤 했지요."라고 그는 지금 생각한 것을 솔직하게 말했다.

"변소는 집밖입니다. ──일본처럼 집안에 있으면 편리하지요, 조선의 변소는 겨울에는 춥습니다."

주인은 방 입구가 높게 되어 있는 문지방에 앉아서, 부채를 부치면서 말했다. 조선에 사는 일본인은 어떠한 경우라도, 대화 중에 고국을 가리켜 말할 때는, 결코 일본이라고 부르지 않고 내지라고 한다. 또 일본화한 대부분의 조선인도 비슷하다. 그러나 이 주인은 말 가운데 결코 내지라고 하지 않았다. 전부 일본이라고 했다. 에사쿠는 그 말을 듣고 불쾌하지는 않았지만 무언가 불안해졌다.

"뭐든지 필요한 것이 있으면 이 보이에게 말하세요."

주인은 아직 거기에 있는 하인을 바라보면서 말했다. 그 보이라는 말이, 이 사람이 무엇인지 새로운 것을 이해하고 있는 것처럼 느껴졌다. 주인은 두 사람이 옷을 벗어버린 것을 보자 갑자기 일어서더니,

"그러면 안녕히 주무십시오."라고 말하고는 가버렸다. 통역도 꽤 취해 있었다. 에사쿠도 기분 좋게 취기가 돌아서, 술 때문에 머리가 조금 띵했으나, 그것조차 괴롭지 않았다. 겹쳐 깔린 푹신푹신한 요 위에

서 온몸을 쭉쭉 뻗었더니, 몸 가득이 큰 하품이 나고, 어딘가 여태까지 아직 굳어 있던 몸의 중심도 물렁물렁 녹아 버릴 것처럼 느꼈다. 저녁 해가 지평선 저쪽으로 조용히 저물어 가는 듯한 기분이 되어, 그는 달콤한 잠을 청했다. 그런데, 문득 그는 여기가 과연 자기가 오늘 아침에 상상하고 왔던 이른바 불령선인 수괴의 집인가 하고 생각해 보았다. 왠지 거짓말 같았다. 아니면 친구 홍희계가 무책임한 말을 해서, 자기를 한 방 먹인 것이라고 생각되었다. 그러나 밤에 본 그 주인의 모습을 생각하면, 역시 그게 틀림없다고도 느꼈다. 설령 자기가 주인의 사랑하는 사위로 정한 남자의 소개장을 가지고 왔다 해도, 이래서는 지금까지의 상상과 현실이 너무 동떨어져 있었다. 이런 곳에서 저런 사람들이 어째서 일본인에게 피비린내 나는 처참한 박해를 받았을까조차 풀기 어려운 수수께끼였다. 그는 문득 어렸을 때 장대를 꺼내 지붕 밑에서 찾아낸 벌집을 쿡쿡 찌르러 가서, 심하게 쏘여 울었던 것이 생각났다. 꽃에 꿀을 빨러 온 벌에게 손을 내밀었다가, 목 줄기에 달려들어 눈이 돌 정도로 당했던 것들이 기억났다. 그런 것을 생각하고 있는 동안 그는 어느덧 잠이 들어 버렸다.

에사쿠는 퍼뜩 잠을 깼다. 기분 좋게 곤히 자고 있다가, 갑자기 잠을 깼는데, 아직 몸은 나른하게 술에 취해 있었다. 그리고 왜 잠에서 깨었나 하고 생각했다. 눈꺼풀을 여는 것조차 아주 싫었다. 그래서 그저 눈꺼풀 사이로 희미하게 꿈속에서처럼 비치고 있는 등잔 불빛을 멍하니 바라보았다. 온몸의 뼈 마디마디가 빠질 것처럼 나른했다. 그는 다시 잠에 빨려 들어가려고 했지만, 그래도 아직은 흐릿한 의식이 있었다. 그러나 그것도 어느 사이엔가 몽롱해져서 꿈나라에 들어가는 마지막 선 언저리까지 겨우 이르렀는데, 그는 본능적으로 다시 되돌아왔다. 빛이 약한 별처럼 눈꺼풀을 깜빡거리면서 무섭도록 조용해진 주위의 공기를 가만히 마음으로 응시하고 있었더니, 그러한 그의 본능에 툭 하고 살짝 부딪치는 여름 하루살이 만한 것이 있었다. 그의 의식이 조금 돌아왔다. 하루살이가 이번에는 잠자리 만하게 느껴졌다. 공기의 움직임이 그의 의식을 조금 끌어내 오자, 잠자리는 한 번 날 때마다 상당히 큰 생물이 되었다. 그리고 그 생물이 그의 주위에서 숨 쉬는 것을 깨달았다. 그래서 그의 머리카락이 바늘처럼 긴장하여 뻣뻣해지고 온몸이 오싹하며 털이 모두 곤두서는 것을 느꼈다. 몸 어딘가에 숨어 있던 불안이 재빨리 그의 가슴을 스쳤다. 그는 당황해서 보려는 생각도 없이 눈을 동그랗게 떴다. 그리고 다음 순간 그가 자고 있는 발 밑 언저리에서, 아까 있던 생물이 달그락달그락 움직였다. 그의 몸이 충동적으로 움찔 움츠러들었다. 그리고 와야 할 것이 드디어 왔다고 생각한 순간, 그의 몸이 거인의 팔로 꽉 비틀어지는 것 같이 숨이 막힘을 느꼈다. 그러나 그는 아직 그것이 어떤 것인지 몰랐는데, 도저히 그것을 확인할 용기는 나지 않았다. 구멍 깊숙이 몰린 동물이 어둠속에서 눈을 번뜩이며 으르렁거리듯이, 그는 자기가 어찌 할 수도 없는 궁지에 빠진 것이라고 의식했다. 그래서 거기서 무언가 무서운 기세로 폭발하면 자기 몸이 쉽게 가루가 되어 버릴 것 같은 초조함이 그를 바짝바짝 타오르게 했다. 그러자 그가 자고 있는 오른쪽 벽에 벽을 모두 가릴 정도로 커다란 그림자가 갑자기 비쳤다. 그는 자기도 모르게 앗 하고 비명을 지를 뻔했으나, 놀라서 꾹 참았다. 그림자는 쓱 사라졌다. 온몸의 신경 하나하나가 날카로운 핀으로 쿡 찔리는 것 같았다. 그는 숨을 죽이고 석상처럼 되었는데, 초조함에 타 버린 자기를 지키려는 본능적인 충동이 자칫하면 고무공처럼 튀어 오르려고 했다. 바로 전기의 플러스와 마이너스가 서로 부딪쳐 불꽃을 일으키는 것처럼, 자기를 구하려고 하는 충동적인 수단의 적극과 소극이 서로 부딪쳐서, 그의 몸이 우주에 매달린 것 같이 느꼈다. 지금이라도 벌떡 일어나서 적과 맞붙으려는 충동에 숨이 막힐 듯하다가, 그와는 아주 반대인 아주 이지적이고 밝은 내면에서 조용히! 조용히! 하고 외치는 것 같이 느끼기도 했다. 그리고 그것이 서로 위가 되거나 아래가 되어, 그는 온몸이 잠길 듯이 땀을 흘렸다. 틀림없이 이 부근 일대에 살고 있는 배일 조선인일 것이라고 생각했다. 오늘 여기에 일본인이 온 것을 냄새 맡고 깊은 밤 집안사람들이 잠든 것을 노려, 몰래 숨어 들어온 것일 거라고 생각했다. 그는 집안사람들이 빨리 알아채면, 그리고 주인이 자기를 설명해 주면 아무것도 아니라는, 약하고 비겁한 마음도 들었다.……

침입자가 있는 곳은, 두 사람이 옷을 벗어 놓은 곳이었다. 왜 그런지 침입자는 거기에서 조금도 움직이지 않았다. 그리고 거기에서 가만히 웅크리고 있는 것 같았다. 에사쿠는 그것을 눈치 채자 안심했다. 어딘가 아직 자기가 살아날 수 있는 구멍이 있을 것 같은 기분이 들었다. 즉, 침입자는 그들의 옷이나 소지품만 훔치러 온, 흔히 있는 밤도둑이라고 느꼈기 때문이다. 일본인이 묵는 것을 노리고 들어온 것은 틀림없지만, 그러나 증오로 인한 학살자가 아니라는 것만은 알 수 있었다. 그러나 이 조선의 밤도둑은 집안사람들이 잠이 깼다는 것을 알아챘을 때는, 반드시 맞서서 무시무시한 학살을 하는 것이 보통이다. 삼면은 두꺼운 벽이고, 단지 한쪽에만 작은 문의 출구밖에 없는 토굴 같은 온돌은 숨어드는 것도 역시 문으로 들어올 수밖에 없다. 만일 집안사람들이 잠을 깬다 해도, 도망가는 것도 그 출구밖에 없다. 집안사람과 침입자는 어떡하든 딱 마주치게 된다. 그래서 도둑은 대개 흉기를 가지고 들어왔다. 그리고 집안사람이 알아챘을 경우에는 보통 이유 없는 참극이 벌어졌다. 에사쿠는 그것을 알고 있었다. 그리고 침입자가 도둑이라는 것을 알아채자, 그는 갑자기 희망어린 마음이 되었다. 그의 마음은 조용히! 조용히! 하고 소극적인 이지가 이기고 있었다. 그러나 지금 들어온 도둑이 옷을 자꾸 뒤지며 내는 옷 스치는 소리가 에사쿠에게는 맹수의 숨소리처럼 들려왔다. 그는 안도는 하고 있었지만 몸이 학질에 걸려 떨리는 것처럼 기분 나쁜 오한을 느꼈다. 거기에다 곁에서 자고 있는 통역이 느닷없이 괴상한 소리라도 내지 않나 하고, 그것이 또 새로운 불안이 되어 견딜 수 없었다. 그러나 통역은 기분 좋게 큰 소리로 코를 골고 있었다. 쿵하고 만년필인지 뭔지가 딱딱한 온돌 바닥 위에 떨어졌다. 에사쿠는 앗 하고 얼굴이 갑자기 달아오는 것을 느꼈다. 그러나 그뿐으로 아무 일도 없었다. 그리고 다시 계속해서 옷을 뒤지고 있는 듯했다. 그는 가만히 상대의 모습을 보고 있자니, 조금 불안해졌다. 상대가 만일 내가 상상하는 도둑이라면, 이제 그만 뛰쳐나갈 만도 한데, 기묘하게 언제까지나 꾸물꾸물대고 있었다. 발각되는 것을 두려워해서 옷을 훔쳐내지 않을 정도로 사려있다고는 생각되지 않았다. 그렇게 생각하니 그의 불안은 점점 깊어져서, 어느덧 원래의 불안으로 되돌아오는 것 같았다. ──그는 상대가 어떤 사람인지 전혀 알 수 없게 되었다. 그리고 자기 자신조차도 이런 기괴한 미궁에 빠진 듯한 착각을 느꼈다. 그러자 어수선하게 다시 그림자가 벽에 나타났다. 그는 상대가 무언가 새로운 동작을 시작했다고 생각한 순간, 다시 먼저와 같은 충동이 가슴을 때렸다. 그러나 그 그림자가 저쪽으로 쓱 사라져 간 것을 깨닫자, 그는 처음으로 온몸이 땅에 털썩 떨어진 것 같은 안도의 한숨이 나왔다. 그리고 또 처음으로 침입자의 뒷모습을 조금 머리를 쳐들어 본 순간, 그는 놀라서 자기 눈을 의심했다. 뜻밖에도 그것은 저녁때 본 주인의 뒷모습이었기 때문이다. 에사쿠는 괴로운 듯이 작게 신음하며 몸을 뒤쳐 보았다. 무언가 꿈이라도 꾸고 있지 않나 하고 생각했다. 그러나 그것은 꿈도 무엇도 아니었다. 틀림없이 현실 속 주인의 뒷모습이었다. 그는 그것을 확실히 인식하자, 갑자기 머릿속이 어찔어찔했다. 그의 머릿속 구석구석까지 굵은 쇠막대기로 마구 휘저어 놓은 듯 했다. 그가 지금 자고 있는 곳에 휙 하고 수상한 요기가 서려, 주위는 어느 사이엔가 스산한 참억새 그늘에 뿔뿔이 흩어진 해골이 끔찍하게 뒹구는 황야처럼 느꼈다. 그리고 저녁때 극도의 격정을 나타낸 주인의 모습이 그 허여스름한 억새 속에서 벌떡 일어나, 긴 눈초리를 창끝처럼 번뜩이며 그를 매섭게 노려보았다. ──증오와 복수에 불타고 있는 그 눈! 인류애가 다 뭐냐!? 세계 동포가 다 뭐냐!? 이걸 봐! 이걸 봐! 주인은 피로 물들고 찢어진 딸의 옷을 그 떨리는 손으로 쥐고는 그의 눈앞에서 번쩍 쳐들어 흔들고 또 흔들어 대며, 상처 입은 맹호처럼 미친 듯 울부짖었다. 어느덧 주인의 그 눈에 피가 배어들더니, 날카로운 섬광이 붉게 번뜩이며 그의 온몸을 육박했다. ──사람의 육체를 마음대로 괴롭혔던 대검을 들이대는 것처럼 끔찍했다. 그러나 또한 여름 한낮에 활짝 핀 새빨간 양귀비꽃 같이 아름답기도 했다. ──에사쿠의 머리꼭지에서 그 눈이 끔찍한 환멸의 철퇴를 내리쳤다. 그는 자기도 모르게 튕겨 오른 것처럼 벌떡 일어났다. 지금 주인이 이 방에 온 것은, 에사쿠 일행이 무기를 가지고 있는지 아닌지 살펴보려는 것이었다. 적의 진형을 정찰해 두고, 그 빈틈을 노려, 단번에 두 사람을 잡으려는 전략이었다. ──가장 사랑하는 딸의 피를 꿀꺽 마신 원수 중 한 놈을! 에사쿠는 홍에게 속았다고 생각했다. 홍은 자기들을 주선해서 장인의 복수심을 만족시키기 위한 희생의 제단에 바치려 했다고 생각했다. 값싼 세계주의자는 감쪽같이 그들의 술수에 넘어가 버렸다. ──일시적인 감격이 무슨 쓸모가 있는가! 지금이라도 주인이 봉화를 올리면 이제 두 사람은 비처럼 내리치는 총칼의 세례를 받을 것이다. 에사쿠는 몸을 피하는 것 밖에는 없다고 생각했다. 그는 출발할 때 친구가 호신을 위해서라도 권총을 가지고 가라고, 자기 것을 내주었으나, 그것조차 웃으며 물리친 어리석음을 뉘우쳤다. 그는 그 친구가 인간의 참모습을 알고 있다고 처음으로 생각했다. 그는 감격의 유희가 오히려 이런 인간 동지의 비참함을 낳는다는 것에 전율하지 않을 수 없었다. 이 광야의 한가운데에서 백골이 비바람을 맞게 될, 존재가 알려지지 않은 세계주의자의 죽음!

지금까지 크게 코를 골고 있던 통역이 에사쿠의 모습을 보고 갑자기 일어났다. 통역의 눈이 번쩍하고 크게 빛났다. 통역이 자기와 똑같은 느낌을 품고 있다고 생각했을 때, 그는 깜깜한 절망의 비명을 올리고 싶었다. 그는 온몸에 전류가 흘러, 천정에서 내려온 무거운 철사인지 무엇인지에 낚여 오르는 듯 했다. 두 사람은 속옷을 입은 채로 기계 작동의 인형처럼 문에 찰싹 붙어 버렸다. 그리고 가만히 숨을 헐떡거리면서 문밖의 동태를 살폈다. 그때 가슴이 찌그러질 듯한 소리가 나서, 흉포한 학살자가 이곳으로 밀고 들어오지는 않나 하고 생각했다. 멀리서 달려들어 물듯이 개가 짖어 댔다. 눈이 아찔해질 것 같은 박해의 예감이 바짝바짝 그들을 사로잡았다. 통역의 떨리는 손이 거기 문을 잡으려고 했다. 에사쿠는 저녁에 슬며시 보아 둔 이 집의 구조 등을 재빨리 마음속에 그려 보았다. 통역은 지금이라도 뛰어나가려고 했다.

"자, 잠깐만 기다려, 문밖은…………?"

에사쿠는 거기까지 말했으나, 그 뒤는 가슴이 답답해서 잠깐 끊었다.

"…………괜찮을까?" 하고 곧 묻는 듯이 말하고, 토끼처럼 민감하게 문밖의 동태를 살폈다. 통역은 그런 에사쿠의 목소리에 놀라면서, 새파랗게 질려 얼굴을 이쪽으로 향했다. 그 실신한 듯한 얼굴을 보고 에사쿠는 불쌍하다고 생각했다. 어떻게 해서든 여기에서 도망가서, 이 사람을 죽여서는 안 된다고도 느꼈다. 에사쿠는 마음을 다잡아 먹고 폭발물에라도 가까이 다가가는 듯한 위험을 느끼면서, 삑 하고 그 묵직한 문을 안으로 조금 잡아당겼다. 통역은 펄쩍 물러섰다. 에사쿠가 가만히 문밖을 살펴보니, 희미하게 보이는 납 색깔의 달밤이 무언가를 암시하는 듯이 아주 고요했다. 그러나 사람의 그림자 같은 것은 조금도 보이지 않았다. 에사쿠는 오히려 그 정적을 기분 나쁘게 생각했다. 어디엔가 복병이라도 있어서, 자기들이 모습을 보이자마자 한 방에 처치해 버리는 것이 아닐까라고도 느꼈다. 그러나 한편 우물쭈물하다가 시기를 놓치면 큰일이라고 생각해서, 그는 통역에게 신호를 보내자마자 가만히 몸을 움츠리면서 문지방을 넘었다. 그 문지방은 바닥에서 상당히 높게 되어 있어서, 마루로 나가는 순간, 쿵 하고 발을 내딛으면 마룻장의 이음매가 삐꺽 하고 울렸다. 그 소리를 듣자 그는 오싹했다. 지금이라도 핑 하고 총알이 날아와서 자기의 가슴팍을 꿰뚫을 것 같은 예감이 온몸에 밀려왔다. 통역도 따라서 나왔다. 에사쿠는 맨발인 채로 마루에서 뛰어내리자, 야간 연습의 척후斥候라도 나간 것처럼 희미하게 밝은 달빛 아래서 주위를 살폈다. 잠시 동안 가만히 눈을 크

7 71

게 뜨고 보아도 움직이는 것은 어디에도 보이지 않았고 느껴지지도 않았다. 그러나 그와 통역은 서로 보초선에서 적의 동태를 정찰하듯이 다시 아주 긴장했다. 너무나도 고요해서 사람의 잠자는 숨소리조차 들릴 것 같았다. 그러나 그 고요함이 폭풍우가 오기 전의 으스스한 두려움이 되어 그들을 위협했다. 그러자 에사쿠는 사막에서 거인이 갑자기 앞에 나타났을 때처럼 놀라움을 느끼며 자기도 모르게 전율했다. ── 멀리서 흉악한 무리들을 불러모으는 사람들의 외침이 늑대와 같은 개 짖는 소리에 섞여서 무섭게 으르렁거리며 왔다. 에사쿠는 그 소리를 듣자, 여기로 올 때 지나온 그 풀들이 무성히 자란 넓은 초원에서, 만난 사람 같이 눈이 무척 매섭고 거친 조선인들이 여기 주인의 지시에 응해서 달빛을 받으면서 서로 부르며, 눈사태처럼 모여 오는 것이 마음에 그려졌다. 그리고 평소의 울분을 이 밤에 풀겠다는 듯이, 피에 굶주린 목을 꿀꺽거리고 있었다. ──그 순간의 광경이 마치 지옥의 그림책이라도 보는 것처럼, 그의 눈앞에 굵은 곡선으로 빙글빙글 그려지기 시작했다. 두 바퀴 세 바퀴 하고 언덕에서 언덕으로, 준비 잘하고 미리 짠 듯이 서로 외쳐댔다. 에사쿠는 땅바닥을 차고 올라가, 그 집의 토담 아래로 뛰어내렸다. 토담은 황토로 쌓여진 낮은 것이어서, 넘는 것은 그다지 어렵지 않았다. 그는 지금이라도 그곳에 뛰어가려고 귀를 가만히 기울였다. 너무 당황해서 문밖으로 나가면, 오히려 상대방의 표적이 될 것이다. ──그는 군대에 있었을 때 그런 훈련을 받았다. ──그는 퍼뜩 그것을 깨달았다. 통역은 에사쿠의 그림자처럼 되어 바싹 달라붙어 왔다. 그는 두 사람이 생쥐처럼 살짝 이 집을 빠져나갈 장소를 순식간에 찾아내려고 안달했다. 그러나 도둑이 많은 조선 시골의 이런 집 주위에는 거의 성곽 같은 토담이 둘러서 있었다.

두 사람이 몰래 빠져나가기에 적당한 곳은 조금도 눈에 띄지 않았다. 그는 이제 토담을 넘을 수밖에 없다고 생각했다. 그는 지금 외치는 소리와는 반대 방향으로 달아날 궁리를 해냈다. 그래도 한 번 외치는 소리의 방향을 잘 확인하기 위해서 귀를 기울였으나, 이상하게 그게 싹들리지 않게 되었다. 개 짖는 소리조차 그쳐서, 밤은 다시 원래의 정적으로 돌아가 있었다. 그는 지금도 큰 소리가 들릴 것이라고 예상하고 있었는데, 그와는 정반대로, 죽어 없어진 세계처럼 되어 있었다. 에사쿠 일행을 집안사람들로 잘못 알았는지 어디에선가 개가 나와서, 꼬리를 흔들며 그들의 발에 착 들러붙었다. 그 모습이 참으로 평온했다. 내 주인은 어디에도 나가지 않고, 나를 풀어 두고 조용히 자고 있다고 말하는 듯이, 정겹게 매달렸다. 에사쿠는 갑자기 멍해졌다. 그는 처음부터 꿈이라도 꾼 것이 아닐까 하고 생각했다. 무엇인가에 홀린 것 같은 느낌이 들었다. 에사쿠의 행동대로 하면 틀림없다고 생각하는 듯이 보이던 통역도, 역시 멍하게 서 있었다.

"여보게, 좀 전의 목소리는 뭐지…………?"

에사쿠는 문밖으로 뛰어나온 뒤 처음으로 입을 열었다.

"네…………?"

통역은 허탈한 듯한 얼굴로 에사쿠를 바라보았다.

"좀 전의, 오우─, 오우─ 하는 소리는 뭘까…………?"

"네…………?"

통역은 또 같은 대답을 했다.

그러자 다시 생각난 듯이,

"오우! 오우!"

하고 두 번만 들려왔다.

"들어봐, 저 소리야!"

에사쿠는 쫓기는 듯한 기분으로 이렇게 말했다.

"아아 저것입니까…………?"

"저거야,…………뭐지?"

"저건 올빼미가 우는 겁니다."

"뭐? 올빼미…………?"

에사쿠는 그 말을 듣자, 꽝 하고 높은 곳에서 추락한 것처럼 맥이 풀렸다. ──그는 자기의 너무 허둥거리는 마음에 정나미가 떨어졌다. 그리고 이제 거기 땅바닥에 털썩 쓰러지고 싶은 피로와 공허감을 느꼈다. 오랫동안 도회의 떠들썩함 속에서 살았다 해도, 올빼미 소리를 사람의 소리로 잘못 듣는다는 것은 너무도 어이없는 삶의 집착이었다. 그가 아무리 영웅인 척해도, 그의 정직한 삶의 본능이 결코 그런 오만을 용납해 주지는 않았다! 그것은 얼마나 한심스러운 희비극이란 말인가? ──모든 것을 알았다. 그가 잠자리에서 황급하게 일어나 그때부터 지금까지의 모든 행동은 한바탕의 희비극이었던 것이다. 어쩔 수 없이 강렬한 삶의 집착에서 생겨난 그것은 한판의 몽환극에 지나지 않았다. 밤은 비웃는 듯이 조용히 깊어갔다. ──그 고요한 밤 깊숙이 싸늘한 미소를 히쭉 짓고 있는 것처럼.

"문을 열고 나갈까요…………?"

통역이 갑자기 그런 말을 불안스런 목소리로 중얼거렸다.

"응?"

이번에는 생각에 잠겨있던 에사쿠가 대답했다

"문은 금방 열리니까 빨리 나갑시다.…………?"

통역이 다시 이렇게 말했다.

"……………‥……"

에사쿠는 대답하기 어려웠다.

"언제까지 이런 곳에 있다가는 위험합니다."

통역은 또렷하게 생각을 말하게 되었다.

"문밖으로 나가서 산책이라도 할까…………?"

에사쿠는 희부옇게 푸른 하늘을 우러르며, 자기를 비웃는 듯이 이렇게 말했다. 조선인을 이해하는 신세대 같은, 세계주의를 신봉하는 선구자 같은 모습을 하고 있는 자기 얼굴에 침이라도 뱉어 주고 싶다고 생각했다. 밤공기가 얇은 여름 속옷을 통해 싸늘하게 스며들었다. 벌써 새벽이 가까워지는 듯했다.

"산책입니까…………?"

통역은 기가 막혀서 되물었다.

"그래, 산책이라도 해서 머리를 식히는 거지…………"

에사쿠는 자기에게 들려주는 것 같은 마음으로 또 이렇게 말했다. 그러나 걱정하는 통역이 딱하다고 생각해서,

"여보게, 아무것도 아니야." 하고 조용한 목소리로 속삭였다. 또한 그 자신도 뭐라고 말할 수 없는 안도의 기쁨에 넘쳐서 자기 목소리를 들었다.

"…………"

통역은 대답을 하지 않았다. 그리고 아직 불안이 가셔지지 않은 모습으로, 주위의 소리를 알아내려는 듯, 가만히 귀를 기울이고 있었다.

"자, 들어가서 자자고, 감기 걸리겠네,──꾸물거리다 날이 새겠어."

이렇게 말한 에사쿠는 재채기를 한 번 했다.

"저는 여기 있겠습니다."

통역은 무엇인가 결심한 듯이 말하며, 굳어져서 서 있었다. 에사쿠는 통역이 아직 방에 몰래 들어온 사람이 주인이라는 것을 눈치 채지 못했으리라고 생각했다. 그걸 안다면 혹시 안심해서 방에 들어갈지도 모른다고 생각했다.

"여보게, 아까 방에 들어온 사람은 말이야 ——"라고 여기까지 말했을 때, 끼익 하고 바로 눈앞의 방문이 안으로부터 열렸다. 그리고 눈부신 빛이 쫙 하고 마루에서 두 사람이 서 있는 발 언저리로 흘러나왔다. 뜻밖에 당황한 에사쿠는 가슴이 철렁해서 그 자리에서 몸이 굳어 버렸다. 통역은 당황해서 재빨리 어둠 속으로 몸을 숨겼다.

"……변소, 못 찾겠습니까 ……?"

그 목소리는 틀림없이 주인이었다. 깊은 인상을 남긴 저녁때의 주인의 친절한 말이, 같은 느낌으로 에사쿠의 가슴에 따스하게 스며들었다. 그리고 그 말 어디에 에사쿠가 상상했던 피비린내가 있다는 것인가? 그는 그렇게 깨닫자, 자기 마음이 서글퍼졌다. ——그는 또한 그때 주인이 자기 방에 와서 소지품을 자세히 살펴보고 간 의도를 분명히 알았다. 그는 통역에게 눈짓을 하고는 맥없이 원래의 방으로 돌아갔다.

8

주위가 희부옇게 되는 것을 초조하게 기다리다가, 에사쿠는 서둘러 일어났다. 통역도 따라 일어나서는 곧 에사쿠 옆으로 다가왔다.

"아무것도 없어지지 않았지요?"라고 말했다. 그는 쓴웃음을 지으며 손을 저었다. 준비해 온 이쑤시개를 입에 물고, 그는 이미 열려져 있는 문밖으로 나갔다. 상쾌하게 메마른 대륙성의 여름으로, 얼음 섬에서라도 불어온 것 같은 차가운 이슬이 아직 완전히 밝아지지 않은 군청색 하늘에서 뚝뚝 떨어지듯 그의 볼을 때렸다. 그의 생명이 방금 껍질을 깨고 나온 생물처럼 기쁨에 넘쳐 힘차게 뛰었다. 그 문의 두꺼운 기와지붕에 기다란 버드나무 가지가 드리워져, 짹짹하고 작은 참새가 줄곧 떠들고 있었다. 버드나무 가지가 산들산들 흔들리면 희부연 버들개지가 꿈처럼 언저리에 뿔뿔이 흩어졌다. 툇마루에 내어 준 커다란 놋대야에 얼굴을 씻는 두 사람 옆에 하인이 다가왔다. 공손하게 머리를 숙여 인사를 하고는, 벌써 아침상을 차려 놓았으니 주인의 방으로 와 달라고 했다.

문을 모두 열어 놓은 주인의 방은 산뜻하고 밝았다. 커다랗게 불어들어오는 바람에 아카시아 꽃향기가 문지방을 넘던 에사쿠의 얼굴로 살짝 다가왔다. 검은 비단 두건을 쓰고 연갈색의 시원스러운 베옷을 입은 주인이 세 사람을 위해 차린 밥상 앞에서 상냥한 미소를 지으며 기다리고 있었다. 밥상에 놓인 놋쇠 식기가 아침 햇빛에 반짝반짝 빛나고 있었다. 두 사람의 오늘 점심 도시락 같은 것이 신문지에 싸여 그 옆에 놓여 있었다.

"야, 어젯밤에는 대단히 실례했습니다."

주인은 두 사람의 모습을 바라보자 곧 이렇게 말하고, 시원스런 눈을 빛내면서 인사를 했다.

"이거 참, 어젯밤에는 정말 신세를 졌습니다………"라고 에사쿠는 마음으로 감사의 예를 말하고, 정중하게 주인 앞에서 머리를 숙였다. 그러자 그는 갑자기 눈시울이 뜨거워져서, 넘칠 것 같은 감격에 가슴이 막힐 것 같았다. ──모든 것은 자기들 민족이 져야 할 죄이다.

2

불

모리야마 게이森山啓 지음

I

멀리 바다를 건너온 바람은 세차지만, 마을에는 이른 봄이 와 있었다. 모래먼지가 허옇게 흩날리는 마을길을 사륜마차가 덜그럭덜그럭 달리고, 들 너머 멀리 있는 숲 그늘에 손님을 부르는 나팔소리가 느릿하게 울렸다.

노동자 이진유李眞裕는 그런 나팔소리를, 아직 잠이 깨지 않은 의식의 한 구석에서 무어라고 말할 수 없이 기분 좋게 들었다. 그는 지나가는 마차를 보았다. 창문에서 윗몸을 쑥 내민 것을 본 기억이 있는 소년이 상기된 뺨으로,

"자! 달려라……" 하고 말을 걸고 있었다. 참을 수 없을 정도로 귀여운 생각이 들어,

"허어, 뭐라고 했지, 꼬마가"

마차는 미끄러지듯 숲 그늘로 사라졌다. 소년이 누구였는지를 이진유는 헛기침을 한 번 하면 생각날 듯 했지만 그것이 귀찮았다. 그리고 멀리서 바다가 울리는 소리가 들렸는데, 가만히 귀를 기울였더니, 갑

자기 바닷가에서 거대한 바위 같은 파도가 날뛰는 듯이 소리를 내며 나타났다. 이진유는 놀라서 잠이 깼다.

이진유가 선잠을 자고 있던 숲 곁을 갱차坑車가 궁둥이를 흔들면서 달려갔다.

"저 빌어먹을" 하고 생각해서 돌을 던졌지만, 힘이 없어 닿지 않았다. 그리고 그는 온몸의 뼈마디가 풀어지는 듯한 피로감을 느꼈다. 녹초가 되어 다시 몸을 뒤로 젖혀 위를 보았다.

그러자, 저편 선로 둑 위에 젊은 처녀가 불쑥 몸을 나타내어 헐떡거리면서 달려왔다. 이진유의 곁을 지나가려고 하다가 문득 멈추어서는,

"누구야?"라고 했다.

"네?……당신이야말로 누군데?" 이진유는 혹시 하고 생각해서 몸을 일으켜 처녀를 봤으나, 기억이 없어서, "모르는 사람인가?" 하고 재미없다는 듯이 중얼거렸다.

처녀는 조금 입을 삐죽 내밀었다. 그리고 왠지 다시 열심히 달려갔다. 뒤돌아보면서 이진유는 멀거니 "무슨 일이 있나?" 하고 생각했다. "그런데 그놈은……그 아이는 누구였지?" 그는 꿈속 소년의 정체를 쓸데없이 자꾸만 잡으려고 노력했다. 그러나 그 소년의 기억은 예를 들면, 뒷모습은 기억이 나고, 거기다가 슬쩍슬쩍 옆얼굴을 보이면서도, 이쪽으로는 전혀 뒤돌아보지 않는 식으로, 잡으려고 하면 할수록 안타까웠다.

"애송이가, 애송이가 지금 나하고 무슨 관계가 있나?"

그리고 이진유가 잠에서 깼을 때, 맨 먼저 생각했어야 한 것이 지금 마지못해 생각난 것이다.

"나는 내지內地에서 왔지, 실이 끊어진 연처럼……그리고 기대를

하고 왔던 작은아버지는 죽고 없었지. 아는 사람은 보이지도 않았어. 거기다가 나는 마차 탈 돈도 떨어져서……"

그러나 여기서 이진유는 갑자기 다른 생각이 났다.

"마차 샀? 분에 넘친다. 나는 아직 걸을 수 있다. 밥 한 끼분 정도 의 돈은 있다. 그리고 형제는 경성으로 가면 많이 있잖아…… 그런데 작은아버지는 덜렁이였는데, 죽는 것까지 덜렁이였다니 잘났잖아?"

이런 엉터리 생각이 그를 아주 유쾌하게 만들었다. 그리고 정말이 지 이런 사고방식이 그를 내지의 아주 북쪽——오우奧羽[2]의 산속에서 조선의 한가운데까지 훌쩍 운반해 왔다고도 말할 수 있다.

그에게는 한 가지 일을 오래 염려한 적이 없었다. 몽상가며, 여러 가지 계획을 세워도, 그것이 깨질 때마다, 또 새로운 희망을 만들어 냈다. 자기 마음에 들지 않은 일에는 처음부터 거들떠보지도 않았고, 겉으로는 게으름뱅이 같았지만, 어떤 일 하나가 마음에 들면 완전히 감동하여 열중하기도 했다.

이진유는 봄이 가까워져 갑자기 광산에서 해고되었을 때, 한때 풀 이 죽었지만, 곧 동료들에게 이렇게 말했다.

"나는 오랫동안 여기서 쫓겨나는 것을 기다리고 있었던 것 같아. 잘도 쫓겨나는 것 같다."

그리고 그는 친해진 일본의 동료 노동자와 헤어질 때는 이렇게 말 했다.

---

1 일본을 뜻함.
2 일본 관동關東지방의 북쪽.

"나는 실이 끊어진 연처럼 되었는데, 이런 험악한 산골에 있는 것
보다, 하늘로 날아올라 가는 쪽이 났지. 나는 조선으로 갈래. 일본은
우리를 혼내 주기만 하는 곳이지, 처음부터 나는 잘 알고 있었는데……
그렇지, 자네들 같은 우리 형제를 제외하면, 일본은 아주 지겨워."

이렇게 해서 그는 무언가 많은 것을 기대하면서, 생사도 확실하지
않은 작은아버지를 의지하러 온 것이다.

——이진유는 숲속에서 다리를 질질 끌며 갱차 선로를 넘어 마을에
서 곧바로 읍으로 통하는 희뿌연 길을 갔다.

얼마나 희뿌연 길인가, 그러나 여기에는 어릴 때 그의 희미한 기억
이 흩어져 있었다. 끝없는 여기 들판에는 삼림이나 언덕이 많이 있다.
그리고 저쪽 연두색의 높은 강둑에 구름이 걸려 있는 것을 보았을 때,
그는 다시 한 번 작은아버지가 살아 있었으면 좋을 텐데 하고 생각했
다. 작은아버지가 살아 있었더라면, 여기 바람 속을 마차로 경성의 술
집에 다닐 수 있었을 텐데……그렇더라도 경성에는 일이 있을까, 경성
에는 광산은 없지만 더욱 좋은 일이 있겠지, 일이 있으면 동료도 많이
있다.

"뭐 하러 왔나, 한패인 사내
고생을 나누려고 왔네.
고생을 나눌 필요는 없네.
술을 나누어 주게, 우리 한패야
술도 고생도 함께 나누자.
네? 형제 네? 우리 한패야
……………………………………"

그는 배워서 익힌 노래를 부르며 다리를 끌고 가는데, 갑자기 무언가 오한과 현기증이 엄습해 왔다. 그는 마음까지 말없이 빨리 강둑에 이르려고 서둘렀다.

한 대의 마차가 저쪽에서 급하게 왔다. 가까워지자 그는 손을 흔들며 이렇게 말했다. "태워 줘! 나는 기분이 안 좋아."

"마을까지예요?" 하고 엷은 수염이 난 마부가 성급하게 물었다. "읍 쪽은 안 돼요."

"경성——경성으로 가고 싶어." 하고 입술이 파래져서 덜덜 떨면서 말했다.

"나는 알리러 왔는데, 경성은 굉장한 소동이야. 도저히 갈 수 없어!……" 그리고 마부는 말을 급히 회초리로 채찍질했으나, 문득 생각난 듯이, "마을로 돌아가시오. 어쩌면 이런 데는 위험해."

무엇이 일어났을까……그러나 그는 육체의 고통 쪽이 견딜 수 없었다. 그는 마차에 타는 것과 동시에 좁은 좌석에 쓰러질 듯 엎드려 까무러쳤다.

마차는 달렸고 마부자리에서 반은 몸을 틀어 구부리며 이렇게 말했다. "경성에서는 ××소동의 행렬이……당신은 아직 모르나? 몇 십만이나 되는 사람이야, 그런데 그걸 해치우려고 ××가 출동했다는데……정말이야 당신……"

그러나 마부는 이진유가 엎어져서 정신을 잃고 있는 것을 발견하고, "어이없어, 어떻게 된 거야?"

그렇게 중얼거리고 그는 말을 세게 채찍질했다.

(이건 정확히 말해 1019년 3월 3일 오전이었다.)

이진유가 누군가에게 흔들려 제정신이 들었을 때, 주위를 둘러보았으나, 대체 어디에 있는지 알 수 없었다. 그는 마차를 탔을 때까지의 일을 다시 생각했다. 누군가가 뒤에서 안아 일으키고, "자 약을 드세요."라고 말했다.——여자 목소리였다. 허어 병원이구나 하고 생각해서, 내놓은 알약을 입에 넣었는데, 컵의 물이 차가워서 기운이 되살아난 듯이 맛있었다.

그러나 얼마나 침침하고 초라한 병실이었을까.

"도대체 여기가 어딘가?" 그는 여자를 쳐다보았다. 본 기억이 있는, 눈이 귀여운 처녀가 아닌가?

"그런데 당신 이름은 이진유지?" 하고 그 처녀는 조롱하는 듯한 눈으로 이진유를 바라보았지만, 급히 컵을 방구석으로 가지고 가서, "나는 이렇게 있지 못하지만, 당신은 자는 것이 좋아."라고 말했다.

이진유는 상대가 조금 전에 숲속에서 자기를 부르며 달려간 그 처녀인 것을 생각해 내고 놀랐다. 여기는 병원이 아니라고 생각했다. 바깥으로 나가려는 그녀에게, 이진유는 숨을 헐떡거리면서 물었다. "어떻게 내 이름을 아는가?" 그랬더니, 바깥에서 서둘러 들어온 남자아이가 얼굴만 내밀고, "누나! 누나! 빨리 와!"

처녀는 순간 눈으로 이진유에게 양해를 얻으려는 듯이 하고는, 몸을 돌려 소년과 함께 뛰어나갔다.

멀리 집밖에서 떠들썩한 소리가 났다. 많은 사람이 무언가 일제히 외치는 것 같았다.

이진유는 모든 것을 생각해 낼 수 있었다. 지금 얼굴을 엿보인 소년은 조금 전에 꿈속에서 본 소년과 비슷하다는 것, 여기는 소꿉동무였던 김직영金直永의 집에 틀림없다는 것, 조금 전 두 사람은 그의 여동생과 남동생이 틀림없다는 것, 모두 생각할 수 있었다. 이진유는 가라앉아 있던 피가 동시에 빨리 도는 것을 느꼈다.

"왜 나는 김직영을 생각해 낼 수 없었을까! 아아 녀석은 역시 고향에 있었구나!" 하고 기쁨에 넘쳐서 자기 몸에다 걸치고 있던 얇은 모포를 들추고 일어섰다. "흥흥, 그 처녀의 일도 나는 생각해 냈다. 계집아이인데도 자주 우리와 한패가 되고 싶어 했지. 내가 내지로 떠나려고 했을 때, 마차 옆에 와서 아래 눈꺼풀을 뒤집어 보였던 놈이다……. 왜 나는 생각이 안 났던 것일까, 그러나……경성——××[3], 뭐라고 마부는 말했었지, 예? ××? 그런 일이 정말로! 일어났을까."

그는 거기에 흩어져 있는 먹다 남긴 밥상을 타넘어서 반은 찢어진 문을 열고 바깥을 보았다.

여기 길거리에는 아무도 보이지 않았다. 멀리서는 역시 무언지 소동 소리가 들렸다.

"××?……그런 일이,——아니 일어나지 않는다고 누가 말할 수 있을까! 정말이야, 틀림없이 정말이야. 김직영! 놈은 없잖아. 무언가 용감한 일을,……놈은 하고 있는 게 틀림없어!"

그는 아직 어쩐지 온몸이 나른했지만, 마음은 급했다. 거기 밥상 위의 질주전자에 입을 대어 벌컥벌컥 마시고는 굴러가는 듯이 바깥으로 나갔다.

바람은 거세고 길에는 모래먼지가 자욱하게 일어났다. 어떤 집 앞

-----

3 ××는 일제의 검열로 삭제된 부분이라고 보인다.

에서 병으로 쇠약해진 한 노인이 뭔가 불안한 듯한 얼굴로 이쪽을 보고 있었다. 그리고 뒤에서 마차가 매우 거칠게 와서 질주해 지나갔다. 마부는 조금 전의 마부는 아니었다. 학생이나 농부가 가득 앉아 있는 것이 창문으로 보였다. 이진유는 달렸다. 그는 큰 삼나무 저쪽에 새까만 산처럼 모인 사람들의 무리를 보았다. 그는 곧 숨이 찼다. 간신히 소학교 앞까지 다다랐을 때, 뭔가 또 현기증이 나는 것 같았다.

그러나 소학교의 바깥뜰을 가득 채우고, 한편은 길거리에, 한편은 밭속에 넘쳐서 몇 백인지 모를 사람이 물결쳤다. 마을 동포의 모임은 그에게 전에 없는 감격을 느끼게 했다.

누군가가 청중 한가운데서 연설을 했다. 그는 귀를 기울여 들었다. 그러나 바람이 거칠어서 들리지 않았다. 그는 혹시 연설하는 사람이 김직영이 아닐까 하고 생각했다. 이쪽을 보라! 만약 네가 김직영이라면, 너의 연설을 방해하는 놈이 나오기만 해 봐라! 나는 그놈을 때려 눕혀 주마. 직영아! 네가 어렸을 때 일을 나는 잘 기억한다! 동정심이 많고, 영리하고 배운 게 많고, 그리고 용감한 아이였지, 왜 나는 너를 오랫동안 잊어버리고 있었을까, 그러나 나는 광산 속에서 오랫동안 괴로운 나날을 보내고 있었으니까. 어두운 구멍 안에서는 세상 모습도 보이지 않았으니까.

그리고 이진유는 지금 연설하는 사람이 김직영이 틀림없다는 마음이 들어, 죽마고우에 대해 깊이 숭배하는 마음으로 가득 찼다.

"나는 직영을 모든 동포에게 이야기해야겠다."고 생각했다. 그는 열광한 마을사람들이 만세를 외칠 때, 목구멍이 마를 때까지 그에 맞추어 불렀다.

만세소리는 연설자의 가까이에서 우선 일어나고, 그것이 물 위에 세게 던져진 바위가 일으키는 것 같은 소리를 내며 사방으로 물결쳐 갔다.

그러자 새 연설자가 등단했다. 이쪽을 보았다. 이진유는 가만히 응시하며, 이번 연설자야말로 김직영임에 틀림없다고 생각했다.

"쉬, 쉬, 좀 더 조용히 해" 하고 그는 주위 사람들에게 말했다. 연설하는 사람의 말소리는 가끔 바람에 끊어졌다. 그래도 이번에는 어떻든 들을 수 있었다. 그는 침착한 태도로 이렇게 말했다.

"나는 한 시간 전에 경성에서 급히 달려왔소! 우리 마을의 몇 백을 헤아리는 형제요! 어떤 일이 경성에서 일어났는지 들어보세! 누구나 다 마지막 한 명까지 나아가려 했다. 누구나 모두 오랫동안 기다렸어. 누가 앞으로 더 긴 시간 동안……욕보겠는가! 들어보세. 여자들이—— 젊은 몇백 명의 여자들이 말이야……의 ××를 향해 기가 꺾이지 않고 맨 앞에서 행진했다. 그리고……"

이때 이진유 옆에서 누군가가 큰 소리로 이렇게 외쳤다. "왔다! ××가 이번에는 많이 왔어!"

연설자는 그것을 청중 전체에게 큰 소리로 전했다. 그리고 외쳤다. "그놈들을 향해 나아갑시다!" 무어라고 말도 못하고 긴장해 있던 이진유는 농부들과 함께 가슴 터질 듯이 만세를 불렀다. 일시에 밀어닥친 군중의 선두에 밀려나온 그는 한 사람의 늙은 노인과 팔짱을 끼었다. 숨결이 거칠어지면서, 그는 무언가 죽음을 향해서 돌진하는 듯한 전율과 결의로 힘껏 나아갔다.

그러자 모자 끈을 턱에 맨 검은 옷을 입은 ××대가 한꺼번에 무리를 흐트러뜨리고 아주 빠른 속도로 퇴각하기 시작했다. 이진유는 순간 그들에게 무언가 교묘하게 속아 유인된 것 같은 마음이 들었다. 그러나 쇄도하는 파도는 그와 팔짱 낀 노인을 뱅글뱅글 소용돌이치는 것처럼 해서, 눈 깜짝할 사이에 많은 마을사람들을 추월하게 했다. 얼굴을 찌푸리고 한패인 노인의 헐떡이는 얼굴을 바라보았다. 선두가 멈춘 것 같았다.

문득 "교회 안에서 연설이다" 하는 소리가 선두에서부터 차례차례 전해 왔다. 선두는 이미 교회 안으로 우르르 몰려 들어간 것 같았다.

"야! 진유! 진유 아니야."

갑자기 이진유의 등을 누가 두드렸다. 그는 상대를 직영이라고 직감하면서 뒤돌아봤다. 그리고 키가 크고 콧날이 날카롭고 매우 힘세게 보이는 젊은이를 보고는, 옛날 소꿉친구의 기억을 생생하게 되살려 낼 수 있었다. 김직영은 물론 얼굴이 흥분해 있었으나, 이 경우에는 오히려 조용한 모습으로 미소를 띠면서 이진유를 응시했다. 그는 이진유와 동갑이면서 비교가 안 될 정도로 생기에 차 있었고 젊게 보였다.

이진유는 말없이 고개를 끄덕인 뒤 "김 군! 그래, 그래, 모두 생각난다. 자네가——연설을 했구나!"

직영은 자꾸만 이진유가 집으로 가서 쉴 것을 권유했다. 이진유는 그게 오히려 불만이었다.

"나는 병이 아니야. 다만 피곤한 것뿐이지." 그렇게 그는 말하고, 마침 거기에 동생 손을 잡고 가까이 오려는 직영의 여동생을 보고, 손을 흔들며 "아까는, 아까는." 하고 인사했다. 그리고 그는 이 마을에서 그가 아는 사람이 김직영만이 아니고, 직영의 여동생과 남동생도 있는 것이 무턱대고 기뻤다.

"아버지는 어떻게 됐는지 몰라?" 하고 직영의 여동생(그녀는 간난이라고 불렸다)이 말하고, 주위를 자꾸 둘러보았다. 그녀의 뺨은 빨갛게 상기되어 때에 얼룩지고 땀이 번져 있었다.

그들은 교회 정면 가까이 와 있었다. 이 교회는 넓지 않은 빈터에 세워진 아직 새로운 건물로, 이런 마을에는 어울리지 않게 "하이칼라" 한 것이었다. 그 입구에는 농민 옷을 입은 한 사내가 서서, 이렇게 말했다.

"모두 들어오세요. 바깥은 바람이 세서 연설을 못해요."라고 몇 번이나 되풀이했다.

"보지 못한 사내인데"라고 누가 말했다. 교회에는 농부가 계속 들어가고 있었다. "왜 안 들어가요? 형" 하며 동생 식이 형이 움직이려 하지 않는 것을 안타까운 듯이 재촉했다.

"저쪽을 봐." 하고 직영은 불안한 얼굴로 말했다.

"무언가 이상하다. 경관이 아무것도 안 하면서 우글거리잖아."

"아버지가 들어가시는 걸 잘 보고 있어." 하고 간난이는 오빠 어깨 위에 손을 놓고 발돋움하면서 교회 입구를 바라보고 있었다. 그리고 갑자기 아버지를 발견하고는 "아버지! 아버지!" 하고 외쳤다. 듣지도 못하고 아버지(이진유는 기억하고 있었다)는 키 큰 몸을 교회 안으로 쑥 감췄다. 보아라, 그 찰나 조금 전의 농민 옷을 입은 사내와 또 한 사람 양복을 입은 사내가 교회 현관문을 갑자기 바깥쪽에서 닫았다. 그리고 몇 명의 사내가 아직 들어가려고 하는 사람들을 가로막으면서, "이제 만원이야!"라고 말했다.

"열어 놔! 이봐! 어째서 닫는 거야." 직영은 그때 서슬 푸른 얼굴로 격분해서 외쳤다. 그리고 빠른 말투로 주위 사람들을 둘러보면서 "나는 잘 모르지만 이상하네, 저놈들은 마을사람들이 아니잖아?"

들어가지 못한 농부들이 제각기 소란을 피웠다.

직영은 사람들을 헤치고 입구에 가까이 가려고 했다. 간난이는 그 뒤에서 성급하게, "난 걱정이야! 아버지를 불러내 줘요."라고 했다.

이진유는 동생 간난이 손을 당기면서, "정말 김 군 말대로야. 이상해, 이봐! 이봐 다 같이 저 문을 열어!"

정말 복병이 나타난 듯이 교회 뒤에서 ×××× 등이 나타났다. 총소리가 길 왼쪽에서 세게 울려 퍼졌다.

바깥에 있던 농부들은 혼란상태에 빠졌다. 이진유는 길 왼편에서 한 무리의 ××이 다가오는 것을 목격했다.

"이봐! 거기 문을 열어, 속지 마, 열어라!" 키 큰 직영이 미친 듯이 절규하는 모습은 군중 전체에게 보인 것이다.

총성이 울리고 직영은 여동생 간난이를 밀어 엎어트리면서 뒤로 넘어졌다. "열어라! ×××× 만세!" 그는 헐떡거리면서 말하고, 누군가를 찾는 듯이 간난이 뺨에 손을 댔다. 간난이는 두세 번 오빠 이름을 높이 외쳤다. 그리고 군중에 깔린 듯한 오빠를 자신의 윗몸으로 위에서 덮으면서 말없이 애원하듯 이진유를 뒤돌아보았다. 이진유는 가해자에 대한 분노로 온몸이 떨리는 것을 느꼈다. 그는 직영을 즉시 옆집으로 옮기기 위해 직영의 동생과 간난이를 격려하여, 그 집 처마에 이르자 큰 숨을 내쉬며 이렇게 말했다.──"원수를 갚아야겠다!"

3

집안은 침침했다. 이 집 사람들은 없었다. 이진유 자신은 자기를 의식하지 않았다. 그리고 생각하는 힘이 아주 없어졌다.

이젠 차가워지고 있는 김직영에게 자꾸만 물을 마시게 하려고 "직영! 나야, 나야!"

간난이는 그의 곁에서 우왕좌왕하면서, "불이야, 네, 진유 씨! 불을 질렀다는 거예요. 아아! 난 어떻게 하면 좋아."

이진유는 침착해야 한다고 생각했다. 우선, 직영을 소생시키고…….
그리고 간난이 아버지를 구출한다.…… 간난이와 간난이 동생은 집 뒤쪽 밭에서 도망가게 해야지.…… 뒤쪽 밭은──그렇다, 쭉 위쪽의 제방으로 나갈 수 있다.……그런 식으로 생각했다.

간난이는 이젠 참을 수 없었다. 그녀는 이진유 손에서 물을 떨어트리면서 찻종을 잡아뗐다. "소용없어, 이젠 오빠는 안 돼요."

거기서 이진유는 처음으로 집밖을 보았다.

지옥이라 해도 여기에서 볼 수 있는 이 광경만큼 사람의 마음을 미치게 하지는 않았을 것이다.

집밖의 총소리나, 고함치는 소리, 울부짖는 소리에 대해서는 이진유의 감각은 벌써 마비되었다. 그러나──거기에는 독살스러운 연기와 불길이 날아올라 가는 교회 건물 안에서, 몇백 명의 사람들이 소리를 내고 있는 아비규환이 아닌가. 세찬 바람이 부추겨서 불은 의기양양한 듯이 건물과 건물 안의 사람을 불태우고 있었다.……그리고 이러한 잔악함을 계획한 인귀들을 보라. 그들은 창문으로 빠져나가려 하는 사람을 ××하고, 죽음을 무릅쓰고 접근하는 마을사람들을 같은 마지막으로 내몰고 있었다.

이진유는 바라보면서 잠시 눈이 움직이지 않은 채 석상처럼 움직이지 못했다.

간난이는 외쳤다. 간난이 아버지는──그 온화한, 소박한 본토박이

농부는——이 얼마나 불행한 아버지일까! 그리고 아버지를 가지고 있
는 아이가 간난이뿐만이 아닐 것이다. 인귀들아!

이진유는 이빨이 와들와들 떨렸다. 그는 방안을 둘러보았다. 거기에
는 질주전자가 있었다. 그는 덤벼들 듯이 그걸 손에 잡았다.

"이놈! 어떻게 해 줄까"

그러나 그 순간에 그는 침착해야 되겠다고 생각했다. 간난이를 도
망치게 해야지!

"잘 들어, 자네는 밭에서 제방까지 도망쳐. 아니, 틀렸다! 자네는 집
으로 도망가서, 동생을 데리고 제방으로 도망가, 도망가란 말이야."

간난이 동생은 아까 자기 집으로 붕대와 약을 가지러 뒷문에서 나
갔다. 어떻게 되었을까!

"이젠 안 돼! 봐, 저렇게 타고 있지! 그래, 나도 죽어! 아아 '만세'래!
불속에서 아직 '만세'라고 해!" 간난이는 자신의 머리카락을 잡았다.

이진유는 돌연 간난이를 안고 뒷문에서 밭으로 나갔다. 거기에 우
물이 있었다. 그는 간난이를 밭으로 내던지고 "바보! 바보!" 하고 말하
면서 물을 길어 올려 입을 대고 말처럼 마셨다. 문득 그는 밭 언저리
의 큰 돌을 주워서,

"자아, 너희들 몰살해야 되겠어."

집안으로 비슬비슬 들어가서 그는 집밖을 응시했다. 거기에는 소방
대(이건 늘 나쁜 놈들의 편만 들었다)가 움직이고 있었다. 그러나 그에
게는 단지 새빨간 불길과 검은 사람의 그림자가 보였을 뿐이었다. 그
는 그 검은 그림자를 향해서 치켜든 돌을 쿵하고 내던졌다.

이렇게 비참한 경우에는 하는 일이 오히려 우스꽝스러운 모양이었
다. 그가 던진 큰 돌은 집안에서 겨우 한 칸도 날아가지 않았다. 그러

나 그는 그대로 의식을 잃고 쓰러져 버렸다.

간난이는 밭 위에 엎드려서 통곡했다. 그녀는 잔악한 자에 대한 원한으로 피가 거꾸로 흐르는 듯한, 자기의 피를 토하고 싶은 고통을 느꼈다.

갑자기 그녀는 밭 언저리를 따라 자기 집 방향으로 쏜살같이 달렸다. "식아! 식아!" 하고 동생 이름을 불렀다. 옆쪽에서 질풍처럼 와서 그녀에게 달라붙는 자가 있었다.

동생 식이 아니었다! 원수의 하나! 칼을 든 놈! 짐승이었다.

……사건은 너무나 많았다. 나는 간단하게 말하겠다.── 간난이는 그 짐승을 물리치고 제방 쪽으로 밭을 도망갔다. 돌을 내던졌다. 그녀는 짐승에게 상처를 입히고 도망칠 수 있었다.

해가 기울었다. 강은 졸졸 흘렀다. 그녀는 강가의 짚이나 지저깨비가 흩어져 있는, 약간 높은 자갈 산그늘에 기어가는 듯이 가까이 가자 벌렁 나자빠져서, 동시에 엄습해 온 피로에 몸을 맡길 수밖에 없었다.

그녀의 눈앞에서는 아직 교회의 불길이 어른거리고, 귓속에서는 미칠 듯이 만세소리가 음침하게 울렸고, 아무리 해도 물리칠 수 없었다.

"식아! 식아! 아아 그리고 이진유는 어떻게 됐을까?"

이렇게 번개 같이 그녀의 의식 속에서 세게 번쩍했지만, 무언가 불바퀴가 그녀의 머리 안에서 회전하는 것처럼 그녀는 의식이 몽롱해지고 가위에 눌렸다.

지평선이 빨갛게 타며 이윽고 해는 떨어져 갔다. 바람은 부드러웠으나 얼어붙을 듯이 추워졌다. 그리고 하늘에는 별들이 아무 일도 없었던 것처럼──전혀 아무 일도 일어나지 않았던 것처럼 조용히 빛나기 시작했다.

4

다음 다음 날 정오가 조금 지났을 무렵이었다. 이진유와 간난이와 소년 식은 무사히 마을에서 십 리 정도 떨어진 어떤 바닷가 소나무가 들어선 벌판길을 남쪽으로 향하여 갔다.

이 세 사람에게는 한 사람의 동행이 있었다. 그는 이진유를 전날 마차로 실어다 준 그 마부였다.

그는 엷은 수염을 시종 어루만지면서 젊은 세 사람의 사기를 북돋우는 듯이 자꾸 농지거리를 했다. 그가 웃을 때마다 인품이 좋아 보이는 작은 눈이 웃는 주름살 속에 모두 메워졌다.

"우리 집 마누라는 정말 좋은 마누라야.——내가 마차를 시작한 것도 마누라가 말을 사주었기에……. 아니, 이제 곧 자네들도 우리 마누라를 보면 첫눈에 마음에 들 거야."

실은 그가 젊은 세 사람을 남쪽 이웃마을에 있는 자기 아내의 친정으로 안내하는 길이었다.

그의 아내는 남쪽 마을의 괜찮은 부잣집에서 시집왔다. 원래 그 자신은 처음부터 마을사람이 아니었고 마부도 아니었다. 그가 이전에 어떤 신분의 사람이었는지, 그리고 그가 어떤 식으로 그의 아내를 얻은 건지에 대해서는, 그가 젊은 세 사람에게는 이야기하지 않았지만, 많은 추억담을 가지고 있는 것 같았다.

이진유가 밭에서 가지고 온 돌을 내던지고 의식을 잃은 곳은 이 마부의 집이었다. ——인연은 기묘하다는 것이 진실이었다.——마부는 그때, 마침 이웃마을의 친정에 가 있는 아내의 몸이 걱정되어 이웃마을로 달려갔었다. 그리고 이웃마을에서는 별로 심한 사건도 없었기에,

밀감이나 술이나 다른 음식을 아내에게 내게 하고, 새벽이 되기 전에 마차로 급히 마을에 돌아왔다.

"그런데 자네, 내가 술을 대접하려고 했던 마을 친지의 반은 지옥에 갔단 말이야. 나는 마을 밖 학교 뜰에서, 오냐오냐 흰둥이 기다리고 있어 하고 마차를 버리고 자루를 짊어지고 갔는데, 어스레한 속에 거기도 여기도 ××가 굴러다니고 있었어. 나는 먹을 것은 귀신에게 주어 버리겠다고 생각했는데, 그놈들과 만나는 게 무서웠지. 역시 나는 우리 집안에 그놈들이 들어와 있지 않나 해서 밭쪽에서 가만히 엿보았는데 인기척은 없고,──그런데, 자네 기억하고 싶지도 않아. 간난이 오빠가 벌렁 나자빠져 있고, 또 한 사람은 엎드려 있고, 그리고 식이가(나는 그때 처음으로 안심했지만) 쿨쿨 코를 골고 있었지. 어, 식 군, 아이의 코 고는 소리는 겁쟁이를 안심시키는 힘이 있어."

이렇게 그는 그때 일을 이야기했다. 그리고 그는 이진유가 밀감 즙과 술을 마신 다음에 완전히 원기를 회복했을 때의 일을,

"이 사람은 앞으로 사건이 있을 때는 밀감과 술을 허리에 차게 해 줘야겠네." 하고 놀렸다.

실제로 이진유는 솔밭 길을 터벅터벅 걸어갔으니, 사건이 있었던 날보다는 훨씬 건강하게 보였다. 그는 마부와 간난이하고도 아주 친하게 되었고 특히 식이하고는 손잡고 걸었다.

"이 영리한 아이는 틀림없이 용감하고 훌륭한 아이가 될 거야." 하고 이진유는 생각하고,

"식아, 너는 정말 네 형하고 닮았구나."

"그래요. 이 애는 정말 오빠와 닮았어요." 하고 간난이가 말했다. 그녀는 얼굴이 창백하고, 일행 중에서 가장 기력이 없었다. 이 처녀를 귀

엽게 보이게 하는 눈은 부석부석하게 충혈이 되어 있었다. 그녀는 사건이 있던 다음 날 아침 일찍, 강가의 얼어붙을 것 같은 추위 속에서 열 때문에 괴로워하고 있는 것을 진유와 식이 발견했다. 그날 마부 집에서 하루 종일 간호를 받았지만, 어젯밤에도 나쁜 꿈 때문에 밤새도록 시달렸다.

어젯밤 마부와 이진유가 마을 뒷산의 묘지에 김직영의 유해를 몰래 매장했다. 이진유는 나무 조각에 작게 그러나 정성스럽게 '김직영'이라고 써서, 표적으로 흙에 꽂아놓았다.

그리고 마부 아저씨의 마차는 아저씨가 여러 가지 일에 마음을 쓰고 있을 때——어제 낮 동안에 누군가가 끌고 가버렸다.

"틀림없이 그놈들이 한 짓이지, 아니 놀랄 일도 아니지. 내 목숨까지 아무렇지도 않게 빼앗으려고 하니까. 마차 한두 대는 아무것도 아니지,——그러나 불쌍한 건 말(백마)놈이야. 그건 내가 오 년 동안 귀여워했던 놈이잖아. 우리는 짐승이라도 사람처럼 귀여워했지. 그놈들은 사람을 짐승처럼 취급했고, 그러니까 아마 말까지도 짐승 취급하겠지."

이 마부는 마차를 잃었을 때 욕을 했지만, 시원스럽게 포기한 것처럼 보였다.

하늘은 맑고, 바다는 파랬다. 솔밭이 끝나고 오른쪽이 둔치였다.——이젠 이 온화한 바다에 봄이 오고 있었다. 앞바다에서 건너온 바람이 보였다. 어떤 슬픈 일이 있어도 산다는 것은 기쁘지 않은가?

"이제 곧 우리 집 마누라를 보여 줄게. 자아 저기 산허리의 푸른 숲속에서 지금쯤 마누라가 술안주를 굽고 있을 거야."

"아저씨" 하고 이진유가 말했다. "나는 이제부터 어떻게 먹고 살면 좋을까요? 내 생각으로는 이젠 광산에 가는 것은 지긋지긋해요. 난 할

수만 있으면 바다에라도 나갔으면 하는데."

"좋지" 하고 마부는 말했다. "나는 마차를 날치기 당했지만 당분간은 생활은 할 수 있지. 간난이는 전처럼 여공을 할 거야, 아니면 뭘 하고 싶어?"

"여인숙!" 간난이는 거의 화난 것처럼 입술을 떨면서 이렇게 말했기 때문에 모두 놀랐을 정도였다. 그녀의 머리카락이 바람에 불리어, 뒤에서 보니 우스꽝스럽게 보여서 동생 식 소년은 낄낄 웃었지만, 갑자기 웃음을 멈추었다.

그러나 다음 순간 이진유가 아주 유쾌한 듯이 웃기 시작했다. 그는 간난이의 '여인숙'을 생각했다. 간난이라는 소녀는 별난 놈이고 그녀가 아직 어렸을 때 이진유나 오빠 직영이가 한패가 되어 자주 여인숙 놀이를 하자고 했다. 마을 여인숙에서는 여러 가지 기이한 사건이 일어난 것을 보았기 때문일 것이다.

"하하, 간난이라면 정말 우스운 애였지. 아버지가 나를 데리고 내지로 떠날 때, 마차 옆에서 아래 눈꺼풀을 뒤집어 보이며 경멸했지."――――이 말은 간난이도 다른 두 사람도 웃겨 버렸다. 이진유는 문득 자기 아버지를 생각해서,

"그렇지 않아도 우리 아버지도 돌아가 버리셨어. 하긴 이제 삼 년 전의 일을 생각한다는 게 쩨쩨한 일이지만……그렇지 누구나 다 죽어 버리잖아? 간난이 아버지도――에이 나는 생각하고 싶지 않아, 직영! 그러나 나는 직영에 대한 것은 모두 기억할 수 있어! 어린아이 때도 죽을 때도……"

"그래요." 하고 간난이는 이때 갑자기 생기가 도는 눈을 빛내며, "나는 더 잘 기억해요. 그럴 것이 나는 아버지와 오빠하고 오랫동안

살아 왔으니까, 무엇이든지 기억해요. 직영 오빠는 훌륭한 남자였어요. 네, 마부 아저씨가 기억해 줘요. 그리고 우리 아버지는 직영 오빠와 나와 식을 길러내기 위해 어떠한 것도 희생했지. 그리고……"

이때 식 소년이 갑자기 흐느껴 울기 시작하고, 간난이는 그 손을 잡고 몸을 떨며 울었다.

"울면 안 돼요." 하고 이진유는 자신도 무언가 억누르지 못하고 눈물을 흘리면서, "간난이! 우리는 단지 앞으로의 일을……생각하자. 아무도, 그 일을 잊어 버리는 사람은 없어. 나는 마음속에서 이렇게 맹세했어! 언젠가 보아라! 나는 그날 아무것도 할 힘도, 자각도 없었어. 그러나 나는 직영 일은 잊어버리지 않아, 응, 그렇지." 하고 이진유는 식 소년의 어깨를 두드리며,

"너는 직영의 동생이잖아, 너는 직영을 꼭 닮았어!"

마부는 이럴 때는 지고 있었다. 그는 자기의 농담을 젊은이에게 제공할 수 없었고, 자기 자신이 받은 감동을 숨길 수 없었다.

"간난이!" 하고 그는 말했다. "그리고 식도 너무 낙심하잖아. 지금부터 침울하기만 하면 어떻게 해. 너희들이 해야 할 일은 오늘부터라도 많이 있잖아."

식 소년은 눈물을 닦고 묘한 웃음을 웃으면서 이렇게 말했다. "아저씨 슬퍼서 우는 게 아니야." 그는 잃은 체면을 되찾기 위해 입술을 딱 다물었다.

간난이는 식에게 말했다. "너는 올해 열네 살이지……너는……"

이진유는 이 남매가 어디의 누구보다도 좋다고 느꼈다. 그것은 그가 이 남매에 대해 독특한 존경과 감격을 느꼈기 때문이었다. 그리고 생각했다. 정말로 나에게도 해야 할 일이 무척 많다!

여기 봄이 가까운 파란 바다나 그 하얀 강이나 푸른 숲을 보아라,
──이 땅의 형제가 이 땅에 자유를 심어 놓는 것을 강하게 원할 때
만큼 좋을 때는 없다고 생각한다! 나는 노동자 이진유의 그 후 생활
에 대해 꼭 써야 하겠다. 그러나 그가 마을에서 만난 큰 사건에 대해
서는 대강 이야기가 되었을지도 모른다. 이진유와 간난이 남매는 무사
히 마부 집에 도착할 수 있었다. 그리고 그 후 그들의 생활에 대해서
는, 혹은 누군가 훌륭한 시인이 그려 줄지도 모른다. 이진유, 간난이,
식, 마부 그리고 그들이 태어나고 자라고 짓밟히고 있는 반도 만세!

1928, 4

3
간난이

유아사 가쓰에湯淺克衛 지음

I

샛노란색 연, 빨강과 보라색으로 반씩 나뉜 연, 흰 바탕에 녹색 동그라미를 그린 연, 색종이를 뿌린 듯이 하늘 가득 수많은 연이 세찬 바람에 휘날리며 떠오르다가 내려오다가 했다. 하늘은 가을날처럼 파랗고 높았다. 조각구름이 둘 셋. 그 둘레를 연은 훨훨 돌면서 서로 높이를 겨루고 있었다.

그 가운데에서도 새빨갛게 물들은 연이 빼어나게 높이 올라 있었다. 그 연은 '여기까지 와'하고 자랑하듯이 더욱더 훨훨 춤추었다.

그러자 훨씬 아래쪽에 있던, 흰 바탕에 금색 동그라미가 햇빛에 반짝반짝하고 빛나는 연이 펄럭펄럭하며 비스듬히 날아가더니, 빨강색 연줄과 자기 줄이 가위 자로 되었을 때 거꾸로 떨어져 내려와, 이번에는 바람에 날려 헤매는 연처럼 그 언저리를 빙글빙글 돌다가 줄이 엉키고 말았다.

"와아" 하고, 둑 위의 조선 아이들이 환성을 질렀다. 금색 동그라미 연을 가진 소년은 얼굴 가득히 기쁨을 띠우고 힘주어 얼레를 돌렸다. 때때로 얼레를 탁탁 넓적다리에 쳐서 줄을 팽팽하게 했다.

연은 흔들거리면서 내려와서는 또 날아올랐다. 그러다가 높이 날던 빨강색 연줄이 엉키면서 툭 끊어져 기다란 줄 꼬리를 끌면서 휙휙 하늘 속을 떠돌아 날기 시작했다.

"난다. 난다."

둑 위의 조선 아이들 한 패가 획 하고 메뚜기처럼 흩어짐과 동시에 강가에 모여 있던 아이들, 산 위의 아이들, 흙벽 옆에서 '제기차기'를 하던 아이들, 팽이치기를 하던 아이들까지 연이 날아가는 방향을 눈으로 좇으면서 "난다. 난다." 하며 뛰어갔다.

연은 처음에 산기슭으로 날아갔으나 바람의 방향이 바뀌었는지 이번에는 반대로 강가로 헤매듯이 왔다. 그래서 산을 향해 달려 올라간 소년들은 당황해서 허둥지둥 산에서 달려 내려왔다. 붉은 흙산에 흰옷 입은 소년들의 무리가 하얀 물방울을 튀기는 폭포처럼 띠가 되어 흘렀다. 그리고 끊어진 연은 초가지붕에, 줄은 미루나무에 날아 내려와 걸려 있었다. 소년들은 집과 미루나무 아래에서 먼저 올라가려고 하다가, 이윽고 서로 빼앗으려고 패싸움을 시작했다.

오늘은 설날.

"난다."하고 연을 날리지 않는 소년들은 흙벽 옆에서 '제기차기'나 팽이치기를 하며 설날을 즐겼다.

'제기차기'라는 것은 일전짜리 동전을 종이로 싸서 묶고, 발끝으로 툭툭 차올리는 것이다. 차는 소년은 허리를 굽히거나, 입술을 깨물거나, 입 밖으로 내민 혀끝을 떨거나 하며,

"예끼, 이놈." 하며 차올렸다. 옆의 소년들은 "하나 둘 셋."하고 숫자를 세면서 흰 나비 같은 동전묶음을 입을 딱 벌리고 지켜보았다.

이 놀이로 곧잘 내기를 하기도 했다. 서른 번을 차면 가래엿 둘이

라는 식으로, 이긴 자는 쏜살같이 엿 가게로 달려갔다.

팽이치기는 더 장쾌했다.

갈나무를 둥근 모양 그대로 잘라서 끝을 뾰족하게 하고 둘레에는 빨강 노랑 보라색 등을 바른 팽이에, 막대기 끝에 매달린 한 자 다섯 치 정도의 가는 끈을 감아, 팽이를 왼손으로 누르면서 오른손으로 확 잡아당긴다. 그러면 팽이는 일곱 가지 색으로 복잡한 모양을 그리면서 얼어붙은 길 위를 세게 돌다가 얼음덩이에 부딪치면 팍하고 소리를 내며 멀리 튀었다. 그걸 쫓아서 들고 있던 채찍으로 찰싹찰싹 때렸다. 팽이와 팽이는 불꽃을 튀기면서 서로 부딪쳤다.

강변길에 있는 흙벽 옆에서 류지龍二와 간난이는 '팽이치기'를 보고 있었다. 팽이 두 개가 양쪽에서 풀어 놓아지면 소년들은 그 둘레를 뛰어다니며, 팽이가 핑하고 소리를 내면 자기들도 힘차게 팽이의 주인인 소년의 이름을 서로 부르면서 응원했다.

들떠서 떠들어 대던 소년들은 설날답게 바짓가랑이의 옷자락 끝을 접어 빨강이나 보라색 대님으로 묶고 있어서, 뛰어다니면 그것이 리본처럼 가볍게 팔랑거렸다. 그리고 까만 저고리를 입지 못하고, 여름 그대로 흰 삼베옷을 입은 아이도, 신발만은 무리해서라도 고무신을 받아 신은 아이가 많았다. 일 년에 몇 번밖에 신지 못하는 신발을 신은 소년은 무척 즐거운 듯이 뛰어다녔다. 일본식 설날(신정新正)에 학교에서 부른 '새해의 시작'을 노래하는 소년도 있었다.

류지는 소년들의 무리로부터 떨어져 웅크리고 앉아 턱을 괴고 소년들이 즐겁게 노는 모습을 보았다. 상대가 못 되는 자기가 슬펐다. '나도 같이 놀게 해 줘'라고 말해도 조선 아이들은 쳐다보지도 않았다. 나이 많은 아이라도 보면 '이놈'하고 소리 질렀다. 어쩌다 같이 놀게 해 줘도 모두 흰옷 입은 아이 편을 들어 여지없이 지고 말았다. 류지는 그게 자기의 가스리(紺絣, 감색 바탕에 비백 무늬가 있는 천으로 만든 일본 옷)와 나막신 때문이라고 생각했다. 바지를 입고 발목을 리본으로 묶어보고 싶었다. 모두와 같이 놀고 싶었다.——그리고 팽이도 갖고 싶었다. 유지의 부탁은 무엇이든 다 들어주는 아버지도 팽이는 사주지 않았다. '그런 조선 아이의 노리개 따위를' 이라며 상대도 해주지 않았다. 그래서 어제는 뒷마당의 은행나무 가지를 잘라 끝을 뾰족하게 깎아 보았으나, 뱅그르르 두세 번 비실거리며 돌았을 뿐이었다. 그것을 다시 깎아보니까 연필처럼 가늘어지고, 더군다나 손가락까지 베여 피가 나고 말았다.

류지는 다친 집게손가락을 입안에 넣고 빨아 보았다. 빠니까 얇은 피부 안에서 피가 배어 나왔다. 혀끝에 느껴지는 쌉쌀한 맛이 왠지 서글펐다.

"아프니?"

간난이가 얼굴을 가까이 했다. 기름을 바르지 않고 땋아 내린 머리카락이 유지의 뺨을 간질였다.

  삼국 제일의 신랑이란다.
  누구에게도 기죽지 않으리.
  기쁘도다.
  귀여운 그 아가씨를 만날 때는
  활 활 활 타는 연기.

술에 취해 있기는 했지만, 한가로운 가락이었다.

"신랑 행렬이다"

간난이는 놀라서 벌떡 일어났다.

"빨랑빨랑."

유지도 따라서 뛰었다. 행렬은 강변길을 따라 화홍문華虹門 쪽으로 가는 것 같았다. 따라붙자 간난이는 행렬 뒤에 바짝 붙으며 흥분해서 여자아이와 재잘거렸다.

"류지, 언년玉蓮이 언니가 시집간대. 보러 가자."

그렇게 말하면서 간난이는 류지의 옷소매를 잡아끌고 강으로 내려 갔다. 강은 두껍게 얼어 있었다. 얼음 표면이 거칠거칠해서 별로 미끄 럽지 않았다. 달려서 맞은편 강 둔덕에 올라가서 뒤돌아보았다.

행렬은 천천히 맞은편 강 둔덕을 지나가고 있었다. 제일 앞에서 빨 강 보라 하얀색 초롱을 멘 할아버지가 불그레한 얼굴로 장단을 맞추 면서 노래했다. 행렬 가운데쯤 신랑이 탄 가마가 있고, 가마꾼이 오른 쪽과 왼쪽으로 흔들며 지나가니까 길 전체가 물결처럼 흔들리며 나아 갔다. 그 가마는 앞뒤에 커다란 우산이 꽂혀 있는데, 그것을 들고 있 는 젊은이들도 행렬에 발맞추어 비틀비틀 걸으며 머리를 끄떡끄떡 흔 들었다.

"화홍문을 빙 돌아서 오는 거야."

먼저 돌려고 여자아이가 앞장서서 빨랑빨랑 걸었다.

간난이와 그 여자아이는 빠른 조선말로 옷 이야기를 하는 것 같았 다. 간난이가 자기 연분홍빛 저고리를 가슴을 펴고 보이자, 여자아이 는 자주색 치마를 손가락으로 집어 보이면서,

"이번에 처음으로 사주신 거야. 언니가 시집가는 덕분에."라고 들뜬 목소리를 냈다.

"근데 언니 옷은 말이야, 너무너무 예뻐. 그런 거 나도 입고 싶어.
한 번만이라도……"

'입춘대길立春大吉'이라고 크게 쓴 종이가 붙어 있는 작은 문을 들어
가니, 집안은 무척 붐볐다.

온돌 아궁이 가마솥에서 익힌 요리를, 마루에 빈틈없이 앉아 있는
여든아홉 명의 손님에게 부인들이 나르고 있었다. 고기와 나물과 배추
부침, 국수, 떡 등이 쭉 놓아지고 술잔치가 시작되었다.

각시는 어디 있나 하고 류지가 찾아보니, 바로 앞의 여자아이가 수
수떡을 가지고 와서 류지와 간난이에게 두 개씩 주고 토담 옆으로 데
리고 갔다.

"보이지?"

류지에게 반듯한 일본말로 하며 웃는 얼굴을 보였다. 그곳은 조금
높게 흙이 쌓여 있어서, 마루 깊숙이 있는 온돌방 안을 엿볼 수 있
었다.

각시는 길게 깐 보료 위에 왼쪽 다리를 깔고 오른쪽 다리를 세우고
앉아 있었다. 손을 긴 소매 속에 넣고 팔짱을 끼고 눈을 감고 있었다.
머리의 왕관(족두리)이 금빛으로 반짝반짝하고 빛나서 저고리 깃의 무
지개색이 어느 때는 수수하게 보였다.

"오늘로 사흘째야. 신랑이 올 때까지 저렇게 눈을 감고 기다리는
거야."

"신랑이 오면……"

"신랑이 눈을 뜨게 하는 거지."

"아, 좋네. 어떻게 하면 각시가 될 수 있을까나."

간난이는 한숨을 쉬며 눈을 지그시 감았다. 언년이가 눈을 반짝이며,

| 107

"오십 엔이야. 오십 엔"

이라고 말했다.

"우리 언니는 말이야. 오십 엔에 팔려 갔단다. 신랑이 사 줘야 해."

간난이는 류지의 겨드랑이 밑을 찌르며,

"이봐, 류지"라고 말을 걸었다.

"오십 엔에 사 줄 거야?"

"그래 어른이 되면"

"어른이 되면 류지가 오십 엔을 갖고 있을까?"

라고 말하며 각시 쪽을 홀린 듯이 바라보았다.

"류지의 각시가 되는 거라면 간난이는 공짜로 시집가 주렴"

언년이가 말했다.

"너희들은 마을에서도 유명한 단짝이잖아."

간난이는 입고 있는 저고리 고름을 얼굴에 대면서 얼굴이 빨갛게 달아올랐다. 토담 옆으로 달아나 쪼그리고 앉아서는,

"언년이는 심술꾸러기"라고 종알거렸다.

"오십 엔이야. 오십 엔"

언년이는 그만두지 않았다.

"류지는 일본사람이라구. 돈이 없어도 결혼할 수 있어. 류지는 어른이 되면 부자가 될 거야. 일본사람이니까. 간난이는 행복한 각시가 될 거야. 간난이는 복덩어리야."

그렇게 말하며, 류지를 장난스런 눈으로 힐끗힐끗 보면서 웃었다.

"이놈"

류지는 입으로는 화난 척했으나, 확 얼굴이 달아올랐다. 작은 문 쪽으로 달려가면서, 즐거움에 두근두근 가슴 설레어, 그래서 더욱더 화

난 척을 하며 돌멩이를 걷어찼다.

삼국 제일의 신랑이란다.——

아까 할아버지의 노랫소리가 들렸다. 행렬이 도착한 모양이다. 류지의 뒤에 간난이와 언년이가, 그리고 집안사람들이 우르르 몰려들었다.

신랑이 가마 안에서 시중꾼의 손에 이끌려 나오자, 뒤의 행렬에서도, 각시의 집안사람들도 재를 확확 뿌려 올려, 눈보라처럼 재가 흩날렸다. 신랑의 검은 사모紗帽 위에도, 보라색 두루마기의 어깨에도 재가 수북이 쌓였다. 그리고 신랑과 각시 집 사람들은 서로 머리를 숙이고, 신랑은 작은 문안으로 들어가려고 했다. 그때 류지와 간난이가 몸을 에는 것 같은 마음으로 듣지 않으면 안 될 노랫소리가 들렸다.

류지와 간난이는 수상해
계집애한테 홀리는 건 얼굴에 똥칠

가방을 든 소학생 무리가 골목길에서 나타나더니, 뜻밖에도 류지와 간난이를 보고 깜짝 놀라는 것 같았다.

"얼레"

도토리 눈을 한 갓짱(勝ちゃん)이라는 고등과의 장난꾸러기가 그리 말하고는 돌멩이를 주워서 던졌다. 그러자 일곱 명의 소학생이 흉내를 내어 돌멩이를 던졌고, 뿔뿔이 떨어진 돌은 류지와 간난이를 지나쳐서 행렬에 있는 사람들의 등에 맞았다.

"이놈"

행렬에 있던 조선사람이 눈을 부릅뜨고 소학생에게 덤비는 시늉을 했더니,

"뭐라고, 여보 당(신)" 하고 막말을 하고는 골목으로 달아났다. 행렬에 있던 사람들은 놀라기만 했을 뿐 뒤를 쫓지는 않았다.

　　류지와 간난이는 수상해
　　계집애한테 홀리는 건 얼굴에 똥칠

이번에는 한층 높은 노랫소리가 골목에서 들려왔다.

간난이는 그것을 듣자, 참을 수 없었는지, "돼지새끼, 개새끼"라고, 류지 앞에서는 지금까지 내뱉은 적이 없는 조선말로 욕을 해대면서, 돌멩이를 긁어모아 뒤를 쫓으려고 했다.

"야, 이 개새끼. 죽여 버린다."

그러나 단념하고, 드디어 눈물을 펑펑 흘리면서, 땅바닥에 주저앉아 머리를 숙이고 통곡을 했다.

"보통학교(조선인 소학생이 다니는 학교)에서는 모두 평판이 좋고 기뻐하는데"

언년이는 간난이의 어깨를 껴안고 얼굴을 들여다보았다.

"일본인 소학생은 정말 돼지새끼다"

류지는 더 이상 견뎌낼 수 없어서,

"나 돌아갈래." 하고 달리기 시작했다.

간난이가 쫓아왔다. 어깨와 어깨가 닿자, 말없이 간난이는 얼굴을 류지의 어깨에 비비대며 눈물을 흘렸다.

토담 안쪽에서는 아이들의 즐거운 목소리가 들리고, 널뛰기를 하는

소녀의 주홍색 옷이 훨훨 토담 위로 뛰어올랐다. 그때 기름을 발라 땋아 내린 머리가 맑은 하늘을 향해 핑하고 섰다.

"난다, 난다." 하고 골목 입구에서 조선아이가 끊어진 연을 쫓아서 뛰어나갔다. 그리고 아직도 멀리서, 그 끔찍한 소학생의 노랫소리가 들렸다.

류지와 간난이는 입을 다문 채 어깨를 대고 골목에서 골목으로 정처 없이 걸었다.

벌써 조금 어두워지기 시작한 하늘에 연이 서너 개 떠 있었다. 새하얀 눈으로 뒤덮인 광교산光教山이 석양에 반짝반짝 빛났다.

어딘가 먼 곳에서 느릿한 기차의 기적소리가 들렸다. 그 소리를 듣자, 류지는 갑자기 뱃고동소리를 내며 들어오는 화물선을 기다리며 놀던 고향의 항구가 생각났다. 그리고 간난이와 이런 사이가 되기까지 생긴 여러 가지 일이 지나가는 기차의 차창을 보는 것처럼 연달아 생각났다.

"겐고베이源五兵衛는 뭐하고 있을까? 총독이 되라고 엿물을 주며 격려해 주었잖아."

일본말로 그렇게 중얼대고, 간난이를 보니까, 간난이는 눈물을 머금은 눈을 또 류지의 어깨에 눌러대며,

"일본 생각했어? 일본 좋은 곳이지."라고 말했다.

2

류지 일가는 지난해 함박꽃(작약)이 필 무렵 이 땅에 이주해 왔다.

시고쿠四國의 끝인 바닷가 고향마을에서 제관製罐공장을 그만둔 아버지가 아득히 먼 조선에 혼자 일자리를 찾으러 와서, 그 무렵에는 직공생활보다는 훨씬 대우가 좋은 총독부 순사로 취직했다. 월급은 어떻든 간에 오 할이나 되는 식민지 수당은 고마운 것이라고 어머니에게 편지를 보냈다고 류지는 들은 적이 있었다. 마침 (제1차) 세계대전이 끝나고 얼마 되지 않아, 조선에서는 헌병제도가 순사로 바뀌기 시작했고, 세상이 어수선하기 때문에 순사가 많이 증원되어서 대우도 좋았다. 일본으로 치면 판임관 4급의 월급에 해당한다고 했다며 어머니가 할머니에게 자랑했고, 집안 모두가 아버지의 출세를 기뻐하여 단란하고 떠들썩하고 즐거웠다. 그리고 곧 아버지는 이근李根 자작 댁의 청원순사도 겸하여, 저택 안의 넓은 조선가옥에 살게 되었다. 게다가 '청원' 수당도 들어왔기 때문에, 공부 잘하는 류지를 중학교에도 보낼 수 있다는 편지가 왔다. 그때부터, 중학교도 먼 군청소재지까지 가야만 하는 이 마을에서는 아버지의 출세가 대단한 것으로 칭송받았고, 류지가 다니는 학교의 개구쟁이 친구들은 "중학교에 갈 수 있다니!"하며 부러워했다.

행복해서 활기를 띠던 집안도, 막상 어머니 오슌과 류지가 조선으로 건너가게 되자, 갑자기 불안해졌고, 합방 전후에 폭동이 오래 계속되었다는 이야기를 듣거나 하면, '성질이 거친 다른 나라'로 건너갈 자손들이 불안했다. 무사武士 집안에 태어난 할머니는 '만일의 경우에 대비해서'라며, 조상의 위패 앞에서 어머니에게 비수를 건네기도 했고, 이윽고 떠나는 날에는 일가가 물로 작별의 잔을 나누고, 눈물로 송별회를 했다. 한참 뒤에 어머니는 류지와 장날에 조선인 시장에 장 보러 가서, 생선을 새끼줄에 꿰어 돌아오는 길에,

"이런 무사태평한 조선에 오는데 물 잔까지 들었다니."

라는 등, 그 무렵의 과장된 슬픔을 웃으며 말하곤 했다. 그때 뱃고동이 울리고, 부두에 서서 손을 흔들던 할아버지나 할머니나 친지들의 얼굴이 흐려지고, 하치만신사八幡神社의 큰 기둥 문이 점점 작아지자 어머니는 품 안의 비수를 손으로 만지기도 하며,

"하치만신사의 기둥 문이 안 보이게 됐다. 평생 못 보고 조선에서 폭도들에게 미움을 사서 죽을지도 몰라"라는 등, 눈에 눈물을 머금고, 아이인 류지에게조차 말하지 않고는 배기지 못할 정도로 불안해 했다.

그러나 류지는 반대로 용감하고 활발한 기분이 되어,

"나는 말이야. 총독이 될 거니까, 그런 건 걱정하지 않아. 총독은 조선의 임금님 같은 건데, 폭도는 곧 물리칠 거야."라고 혼자서 힘을 주며, 아직 본 적이 없는 조선의 산하山河를 즐겁게 상상했다.

조금 전까지 류지는 학교 안에서 유명한 육군대장 지망생이었다. 그런데 조선에 건너가게 되자, 조선을 정벌한 도요토미 히데요시豊臣秀吉같은 영웅이 되고 싶다고 생각했다. 그 마음을 더욱 굳게 한 것은 겐고베이라는 할아버지 같은 이름을 가진 촌장 아들인 개구쟁이가,

"조선에서는 총독이 제일 높단다. 총독이 돼라. 총독이 돼. 류지라면 똑똑하니까 될 수 있다고 아버지가 말했어."라고 격려해 주었기 때문에, 류지는 간단히 그 말에 빠져 열렬한 총독 숭배자가 되었고, 헤어지기 전날은 그 겐고베이라는 개구쟁이와 해변에서 엿물로 건배를 하며, "되어라." "된다." 하고 맹세했다. 그리고 조선에 건너가면 조선의 아이들을 귀여워하고, 길들여서 모두에게 존경받고, 마침내 총독이 되어 영광과 영화를 누리겠다고 류지의 소망은 크게 부풀어 갔다.

그렇지만 이렇게 빨리, 어이없게, 총독의 꿈이 무너져 버릴 줄은—

간난이와 만난 것은, 류지가 풍속이 다른 집에 이사해 온 다음 날이었다.

"부엌에서 거실인 온돌방에 음식을 날라 가는데, 세 칸이나 되는 부엌을 걸어, 돌계단을 올라, 넓은 마루를 지나서 가지고 가는 동안에 뜨거운 음식도 식어 버릴 것 같아."라고, 텅 빈 부엌에서 투덜대는 어머니를 남기고, 류지는 호기심에 쫓겨, 신기한 건물을 보고 싶어서 뛰어나갔다.

이근 자작의 저택은 산기슭까지 용마루가 이어져 올라가 있어서, 얼마나 넓은지 류지로서는 짐작할 수 없었다. 류지 집의 작은 문을 빠져나와서 자갈을 깐 넓은 마당을 나오면, 왼쪽에는 어제 빠져나온 홍살문 문루門樓가 솟아 있고, 오른쪽에는 노란색 대문이 있었다. 맞은편에는 서양식 철문이 있고, 그곳만은 돌담과 달리 벽돌담이 둘러져 있었다.

오른쪽 대문 앞에서 들여다보았다. 안은 온통 함박꽃이 피어 있는 뜰로 붉은 바다 같았다. 돌계단 위에는 용궁 같은 전각殿閣이 문이 잠긴 채로 죽은 듯이 조용했다. 들어가려고 하였더니, 갑자기 작약 밭에서 대여섯 명의 흰옷 입은 하인들이 일어났으므로, 겁이 나서 그만두었다.

양식의 철문 안을 들여다보았다. 이곳은 아무도 없는 것 같았다. 온통 잔디가 깔린 정원으로, 분수가 높이 뿜어 오르며 물방울을 날리고 있었다. 산기슭에는 흰색 양옥이 길고 길게 이어져 있었다.

류지는 이런 호화로운 풍경을 여태까지 본 적이 없었다. 기차의 차창으로 본 조선의 집들은 흙으로 만든 만두처럼 작았고, 집안에서 똥오줌을 잔뜩 묻힌 돼지가 사람과 함께 나오곤 했다. 조선에도 이런 훌륭한 전각이 있을 줄은 류지는 상상한 적도 없는데, 그리고 이것은 멀지 않아 간난이에게서 들은 것이지만, 이근 자작은 왕족의 한 사람으로 옛날에는 이 지방의 영주領主였다고 한다.

"총독이 되면 틀림없이 이런 집에 살 수 있을 거야……"

류지는 부드럽게 숨 쉬는 잔디 위에 엎드려 누워서 끝도 없이 환상의 날개를 펴갔다.

그러나 환상은 오래 계속되지 않았다. 갑자기 크고 날카로운 여자아이의 목소리가 들렸다.

"누가 그런 데 들어가 있어?"

여자아이는 얼굴 가득히 겁먹은 표정을 지으면서도 유지의 얼굴을 알아보자 부드러운 목소리로,

"안돼요, 소학생. 그런 짓, 들어가면."

류지는 역시 가슴이 덜컥 해서, 잔디에서 벌떡 일어나 여자아이 쪽으로 달려가자,

"꾸중 들어요. 아주 지독한 벌 받아요."라고 말했다.

류지가 가까이 가니까, 마음이 가라앉은 여자아이는 수줍음으로 얼굴을 붉히면서도 마음을 단단히 먹고,

"소학생, 이번에 온 순사의 자식이네. 류지라고 하지? 아까 어머니가 소학생을 불렀어. 아주 큰 목소리로 말이야."라고 상냥한 눈으로 보았다.

"내가 소학생인 걸 어찌 알지?"

일본말을 유창하게 하는 이 조선의 여자아이를 말끄러미 보면서, 류지는 고향 사투리를 그대로 썼다. 그러자 이번에는 여자아이가 웃으면서,

"소학생은 이상한 일본말을 쓰네."라고 말했다.

"일본 아이는 모두 소학생, 조선 아이는 모두 보통학생, 소학생은 몇 학년? 성은 뭐라고 하지?"

류지는 옛날 전쟁에서 무사들이 자기 이름을 대듯이 굳어져서 차렷 자세로 되었다.

"소학교 5학년, 모가미 류지, 열두 살."

"류지는 무슨 글자로 쓰니?"

"류는 용의 류, 지는 1, 2의 2."

"용의 류?"

여자아이는 미심쩍은 얼굴을 했다. 글자를 머릿속에 그리는 것인지 눈을 감고 머리를 갸우뚱했다. 그래서 류지는 몇 번이나 손바닥에 손가락으로 용자를 써야만 했다.

"아, 아."

여자아이는 알았다는 뜻으로, 손바닥으로 넙적 다리를 두드렸다.

"용산龍山의 용이네. 용산, 경성 입구의 큰 역이야. 저, 간난이라고 해요. 이집에 있어. 우리 아버지는 이근 자작 댁의 문지기"

과연, 류지는 지금까지 눈치 채지 못했으나. 문루 옆에는 수많은 방이 있고, 넓은 뜰과는 돌담으로 나뉘어져 있었다. 돌담 위에는 호박을 닮은 참외가 열려 있고, 그 안쪽에서는 우물물이라도 긷고 있는 걸까, 쇄쇄 하는 물소리와 더불어 간난이 아버지 같은 사람의 기침소리가 들렸다.

"소학생의 아버지도 이근 댁의 부하, 우리 아버지도 이근 댁의 부하, 둘 다 부하의 자식"이라며, 여자아이는 한쪽 보조개가 옴팍 들어가며 웃었다.

"사이좋게 지내자. 사이좋게"

류지의 어깨에 여자아이는 손을 얹어놓고 말끄러미 들여다보았다. 그러자 류지는 여자아이의 살갗에서 무언가 달콤한 냄새가 나서 괴로워졌다. 그래서 굳어지면서 여자아이의 이름을 다시 물었다.

"너, 이름, 뭐라고 했지,"

류지의 말에 여자아이는 픽 웃음을 터뜨리고, 이번에는 아까 류지의 차렷 자세를 흉내 내며, 익살맞게, 체조할 때처럼 힘주어 말했다.

"간난이, 보통학교 야간부 5학년, 나이 열네 살, 끝."

그리고 '간난이'는 의아스러운 얼굴을 하고 있는 류지를 부르며 쪼그리고 앉아 자갈을 주워서 무언가 하려고 했다. 뜰에는 온통 작은 자갈이 빈틈없이 깔려 있었다. 그래서 한 개 한 개 작은 자갈을 주우면, 자갈 밑의 붉은 흙이 한 줄의 선으로 나타나 '一', 그리고는 드디어 이감람'李橄欖'이라고 읽게 되었다.

"아아 이감람李橄欖!"

류지의 목소리에 여자아이는 기쁜 듯이 끄떡거리며,

"모가미 류지와 이감란의 간난이."

그렇게 말하며, 손바닥에 놓여 있던 작은 자갈을 팍팍 던져 올려 허공에 흩뿌렸다.

3

류지와 간난이는 금방 사이좋게 되었다.

다음날 류지가 제복 차림의 아버지를 배웅할 때, 류지 집의 작은 문 앞에서 간난이가 집안을 들여다보는 것을 알았다. 류지와 아버지가 문 옆까지 갔더니, 간난이는 쓱 하고 문짝 뒤에 몸을 감추었다. 류지는 문루 앞에서 아버지와 헤어지고, 아버지가 손을 흔들며 골목길로 모습을 감추는 것을 보고는, "그 여자아이 돌아갔나?" 하고 기대를 하면서 작은 문을 들어섰다.

그러자 이번에는 류지의 집안에 있는 문 뒤에서 간난이를 보았다. 여자아이는 부끄러운 듯이 눈동자를 요리조리 돌리다가, 이윽고 손이 심심한 모양인지 저고리 옷고름을 잡아 입에 댔다. 그러자 옷고름이 낡고 꾸깃꾸깃한 것이 마음에 걸렸는지, 부끄러움에 굳어진 팔을 활처럼 당겨서 옷고름의 주름을 펴기 시작했다.

류지는 어제의 그 용감한 모습이 돌변하여, 내성적이고 얌전한 간난이의 태도에 놀라서 눈을 휘둥그레 뜨고 보았다.

"간난이."

그렇게 부르며, 유지는 씩 웃어 보였다. 그러자 여자아이도 오른쪽 보조개가 옴팍 들어가며 웃어 주었다.

"놀지 않을래? 뒤뜰에 가서."라고 말하면서, 류지는 은행과 앵두나무가 우거진 뒤뜰로 앞장서서 걷기 시작했다. 간난이는 잠자코 따라왔다. 커다란 은행나무의 튀어나온 뿌리에 앉자, 간난이도 맞은편에 오른쪽 다리를 깔고 왼쪽다리의 무릎을 세우고 앉았다. 뭐라고 말을 걸어야 좋을지 몰랐다. 그러자 간난이가,

"너 순사의 아들이구나."라고 말했다.

"뭐야."

간난이는 한 번 더 "너 순사의 아들이구나."라고 혼자 끄덕이면서 어두운 얼굴을 했다. 그리고 의아해하는 류지의 얼굴에 대고 이번에는

일본말로,

"순사의 아들하고 놀면 안 된다고 아버지가 말했어."

"왜 안 되는 거야?"

"아버지는 일본사람을 아주 싫어해, 헌병을 제일 싫어하고, 순사를 그 다음으로 싫어해. 조선사람을 괴롭히니까, 나쁜 짓을 하니까."

"순사는 나쁜 짓은 안 해. 순사는 나쁜 짓을 하거나 괴롭히는 놈들을 퇴치하는 역할이야. 우리 아버지도 그렇게 말했어. 조선인을 괴롭혀서는 안 된다고 말했어. 일본사람은 나쁜 짓은 안 한다고. 천황 폐하가 다스리고 계시니까. 이세伊勢의 오가미사마大神様가 보고 계시니까……"

류지는 열심히 간난이를 설득하려고 했다. 그러나 여자아이는 서글 프게 웃기만 하고 받아들이려고 하지 않았다.

"우리 집에서도"──라고 간난이는 말했다.──"집이 망했어. 가지고 있던 논밭은 어느샌가 새 지주의 것이 됐어. 그럴 리가 없다고 추수를 하려고 했더니, 순사가 와서 아버지를 감옥에 가두고, 아버지가 하던 서당은 아이들에게 나쁜 것을 가르치기 때문이라며 문에 못을 박아 버리고, 아이들을 강제로 보통학교에 넣어 버렸어. 그래서 아버지는 옛날에 드나들던 이근 댁에 부탁해서 문지기가 되어 겨우 생활하고 있지."──

갑자기 간난이는 일어나서 봉선화 밭에 쪼그리고 앉았다. 바람도 안 부는데 봉선화 꽃은 한 잎 두 잎 떨어졌다. 떨어져 깔린 봉선화 꽃이 줄기 밑을 빨갛게 물들였다. 떨어진 꽃잎을 간난이는 집어 올려 손바닥으로 비볐다. 빨간 즙이 피처럼 손바닥에서 흘러내렸다. 그 즙을 간난이는 새끼손가락 손톱에 발라서 문질렀다. 새끼손가락에서 약

손가락, 가운뎃손가락 집게손가락으로 손가락도 손톱도 빨갛게 물들었다.

"왜 그렇게 손을 피투성이로 만드는 거야?"

"어머"

간난이는 밝게 웃으며,

"마르면 좋은 색깔이 된단다. 조선의 여자아이들은 모두 이렇게 하는 거야."

그렇게 말하며 손가락의 빨간 즙을 소매로 닦아, 남색 천에 빨간 얼룩이 많이 생겼다.

"있잖아---일본사람은 모두 싫어, 순사는 아주 싫어, 그래도 너는 아주 좋아."

간난이는 류지의 얼굴을 두 손으로 감싸고 들여다보며,

"당신이란 말은 너를 뜻하는 거야. 조선말을 익혀요. 내가 일본말을 하는 것처럼. 알았지, 그러면 너하고 나는 조선말과 일본말을 섞어서 이야기할 수 있어. 학교 이야기나 그 밖에 이런저런 세상 이야기를 많이 하자."

그래서 류지는 조선말을 배워, 간난이와 사이좋게 되는 것을 맹세하기 위해, 간난이가 '손가락 걸기'를 하자고 해서, 간난이의 새끼손가락에 자기 새끼손가락을 걸었다.

"손가락 걸기, 쇠붙이 걸기, 옆집 아줌마가 손가락 자르고 죽었네. 그게 거짓말이면 손가락 자르고 죽을게"라는 노래를, 간난이는 어디에서 배웠는지, 손을 흔들며 노래했다.

그때부터 류지와 간난이는 매일 같이 놀았다. 간난이는 류지와 어머니 오슌이 아무리 권해도 유지의 집에는 들어가려 하지 않았다. 저택 안의 넓은 뜰이나, 길목이나, 뒤에 있는 팔달산八達山이 두 사람의 놀이터가 되었다. 이근 댁의 부엌일이 한가한 두 시부터 네 시 무렵까지가 간난이의 노는 시간이라서, 류지가 학교에서 늦게 돌아올 때는 간난이는 문루 앞에서 기다리다가, 류지의 모습이 길목에 나타나면 달려가서 껴안았다.

류지는 토요일과 일요일이 견디기 힘들었다. 그날은 간난이가 못 오는 것을 알면서도, 아침부터 자기 집 문앞에서 기다렸다.

이야기는 학교에 관한 것이 제일 많았다. 그래서 간난이가 다니는 보통학교의 모습을 류지는 자기 학교에서 생긴 것처럼 자세히 알아 버리는 것이다.

역사를 가르치는 우에무라植村라는 할아버지 선생님은, 간난이 같은 조선소녀에게 일본은 언제나 좋고, 조선은 언제나 나쁘다고 가르쳤으므로, 간난이는 이 선생님이 제일 싫었다. 그러나, 만일 우에무라 선생님이 아니고, 누군가 다른 선생님이 대신 와도 그다지 달라지지 않았을 것이다. 왜냐하면 그것은 확실히 교과서에 적혀 있었으니까.

진구神功 황후의 삼한정벌 이야기는 더욱 간난이에게는 불유쾌했다.

"만약 그 다스림이 그대로 계속되었더라면, 그 옛날부터 조선은 일본 것이었단다. 너희들은 일본사람이고 지금보다 훨씬 좋은 생활을 하고 있을 거다."

우에무라 선생님의 말을 흉내 내며, 간난이는 분했다. 간난이뿐만 아니라 같은 반 여학생의 절반은 이 말이 불만이었고, 돌아가는 길에 우에무라 선생님의 흉을 보았다.

그래서 다음 '도요토미 히데요시의 조선 정벌'에서는 약속이나 한 듯이 재잘재잘 수다를 떨었더니, 우에무라 선생님은 교단에 선 채로 머리에서 김을 푹푹 내뿜으면서 화를 냈다.

"그러니까 너희들은 나라를 잃은 거야. 비뚤어진 놈들"

전 과목을 가르치는 박 선생님은 젊은데도 건방지고 화를 잘 내서 모두 그다지 좋아하지 않았다.

그래도 지리에서 드디어 조선을 배울 때, 박 선생님은 칠판 앞에 건 지도를 가리키며,

"이것이 우리들이 살고 있는 땅, 조상으로부터 물려받은 땅, 지금부터 조국인 조선의 지리를 공부하겠다."

고 당당하게 말했으므로, 교실 안은 떠나갈 듯이 박수와 휘파람으로 극장처럼 요란해졌다. 그래서 박 선생님은 놀랄 만큼 당황해서, "조용히 해, 조용히 해." 하고 얼굴빛이 달라져 가라앉히기에 바빴다.

그렇지만, 그때부터 간난이는 이 선생님을 좋은 선생님이라고 생각했다.

창가를 가르치러 오는 김이라는 여선생님은 간난이가 좋아하는 선생님이었다. 그 선생님은 입을 예쁘게 벌리고, 고운 목소리로 즐거운 노래를 방과 후에도 풍금 옆에 모이게 해서 가르쳐 주었다.

──그런 간난이의 학교이야기를 언제나 류지는 즐겁게 들었다. 간난이도 될 수 있으면 빠뜨리지 않고 몸짓 손짓 입모습으로 연기해 보였다.

간난이는 노래를 좋아했다. 끝이 올라가고 입 속에서 오물거리는 목소리지만 예쁜 목소리였다. 팔달산의 큰 바위 위에서 간난이와 류지는 나란히 앉아, 자기 마음대로 각각 아는 노래를 큰 소리로 불렀다. 그러면 그 노랫소리가 골짜기에 메아리쳐서 옹 하고 돌아왔다.

그것이 이상하다고 말하고는 웃고, 웃으면 웃음소리가 메아리쳐 돌

아왔다.

밤꽃이 질 무렵이었다. 간난이는 학교에서 배운 거라며 노래를 즐거운 듯 불렀다.

"파란 눈의 인형"이라는 노래였다.

그것을 간난이는──

조선의 항구에 닿았을 때
가득 눈물을 머금었다

라고 노래했기에, 류지는 그걸 '일본의 항구'라고 말했으나, 들은 척도 하지 않았다.

"그건 요코하마 항구야"

"아니야."

"그럼 조선의 어디야?"

"인천이야. 인천 항구에 닿은 거야. 김 선생님이 정말이라고 했어."

그렇게 말하며 양보하지 않았다.

여름밤 류지와 간난이는 자주 화홍문으로 나갔다. 강에 일곱 개의 수문이 만들어져 있고, 수문 위의 누각은 바람이 솔솔 불어와서 시원했다. 누각 위에서 일곱 개의 수문으로부터 떨어지는 폭포의 물보라를 바라보았다.

그럴 때는 반드시 멀리 있는 집집에서 통소와 피리소리가 들려왔다. 권번券番에서 장고소리가 들려오는 때도 있었다. 서도잡가西道雜歌나 남도잡가南道雜歌에 섞여서, 민요 아리랑이 연주될 때도 있었다. 처마 끝이나 골목에서 언뜻 들려오는 노래는 대개 아리랑이었다.

아리랑, 아리랑, 아라리요
　　아리랑 고개를 넘어간다.
　　나를 버리고 가시는 임은
　　십리도 못가서 발병난다.

　그것을 간난이는 즐겨 불렀다. 그 노래는 슬픈 곡조가 배어 있는
것 같았다. 그래서 류지도 배워서 어깨동무를 하고 어두운 언덕길을
올랐다.

　　아리랑 아리랑 아라리요
　　아리랑 고개를 넘어간다.
　　논밭은 자동차 길이 되고
　　계집앤 갈보로 팔려간다.

　　4

　억수같은 비가 매일매일 내렸다. 닷새가 지나도 일주일이 지나도
비는 그치지 않았다.

　흰빛을 띤 굵은 빗줄기가 한바탕 내려치면, 지붕의 기와가 요란한
소리를 내면서 깨져 날아가고, 돌을 끼워 넣은 단단한 흙벽도 어이없
이 탕하고 허물어지고, 뜰은 온통 바다가 되어, 은행이나 앵두나무는
가지만 물 위로 내밀고 헐떡이고 있었다. 물은 또 뜰에서 부엌으로 흘
러들어가, 뜰보다 낮은 곳에 있는 부엌은 목욕탕처럼 되어, 항아리나

냄비나 주걱이 떠올랐다.

비가 그치는 순간이 제일 요란했다. 쾅쾅하며 사납고 사나운 벼락이 느티나무 숲이나 산기슭의 초가집을 태우고 나서 비로소 비가 그쳤다. 비가 그치자 이상스럽게 조용해지고 푸른 하늘이 또렷하고 높게 펼쳐지고, 그 가운데에 동쪽과 서쪽 하늘 가득히 폭넓은 무지개가 곡선을 그렸다.

그렇게 아름다운 하늘을 류지는 고향에서 본 적이 없었다. 그처럼 넓은 하늘 가득히 펼쳐진 강렬한 색채의 무지개를 류지는 여태까지 본 적이 없었다.

그건 칠월 말 태풍 뒤에 이 지방에도 오직 한 번만 찾아온 것이다. 칠월 말 태풍은 일본의 장마처럼 해마다 반드시 반달 동안만 찾아오는 것이다.

비가 그침과 동시에 간난이가 달려왔다. 간난이와 류지는 비가 올 동안에는 만나지 않고 따로따로 집에서 지냈다.

간난이는 넓적다리까지 바짓가랑이를 끌어올리고, 치마를 가슴까지 걷어 올려 저고리 고름으로 위에서 묶고는, 넓적다리까지 올라온 물을 헤치면서 찾아왔다. 소쿠리 속에 나막신을 넣어 머리 위에 이고, 흰 손으로 잡고 있었다. 류지는 마루에서 그걸 보고, 저 부끄럼 타는 간난이가 그런 대담한 짓을 하는 것에 질렸으나, 그렇게까지 하면서 와 준 것이 무척 기뻤다.

"간난이, 간난이—— 잘 왔네."

빗물이 도랑 쪽으로 급속하게 빠져나가니까, 간난이는 물 때문에 발이 좀처럼 앞으로 나가지 못했다. 비틀거리면서 빈손을 흔들며 기쁜 듯이 웃었다.

"류지 강에 가자."

그렇게 말하고 류지에게 눈을 돌리면서, 열심히 흐르는 물과 싸웠다.

"류지 강에는 많이 떠내려 갈 거야. 호박 참외 오이 수박 같은 게 많이 떠내려간다. 주우러 가자."

드디어 간난이는 물에서 나와 마루에 오르는 디딤돌 위에 앉았다. 류지와 어머니가 올라오라고 말해도 듣지 않았다. 소쿠리를 보이고, 거기에 넣어서 돌아갈 거라고 말했다.

어머니 오순이,

"그럼 물이 더 빠진 다음에 가라."고 말했지만,

"그때 가면 벌써 없어져 버려요." 라며 가고 싶어 했다. 끌어올린 바짓가랑이를 내리려 하지도 않고, 전부 드러낸 넓적다리를 치마를 내려서 감췄다.

"집도 떠내려가요."

간난이가 류지의 마음을 끌려고 했다.

"왜 떠내려가는지 알아?"

류지가 물었더니,

"해마다 많이 떠내려가."라고 했다.

조금 물이 빠졌기에, 어머니 오순도 나가기로 했다. 길은 아직도 온통 물바다로, 류지의 무릎까지 찼다. 간난이는 소쿠리를 머리에 인 채로 앞서 달리며, 뒤를 보며 답답해했다.

강가에 가까워지자, 쏴 하고 굉장한 물소리가 들렸다. 간난이는 자기도 모르게 달려갔다.

강가에는 많은 사람들이 있었다. 일본사람도 있었지만 구경하러 온 것이다. 거의 조선사람으로 부인들도 많이 있었다. 남자는 대개 저고리만 입었거나 발가벗고, 갈퀴나 빗자루를 가지고 있었다.

"왔다왔다."

"엄청나게 떠내려온다."

사람들은 몸을 내밀어 상류 쪽을 바라보았다. 집이 겹쳐져서 떠내려 왔다. 다섯 개의 흙 만두가 서로 부딪치고, 부딪칠 때마다 흙덩이가 산산조각이 되어서 떨어졌다.

첫 번째 집은 피했는지 사람의 모습이 보이지 않았다. 두 번째 집에서는 할머니가 온돌 입구의 문지방에 매달려 있었으나, 쿵하고 물결에 떠밀려 집이 반대로 기울어지자, "악!" 하는 소리를 남긴 채 온돌 안으로 사라졌다.

세 번째 집이 제일 비참했다. 부모와 자식 다섯 명이 온돌 문지방에 매달려 있었다. 어머니는 젖먹이를 안고 있었는데 팔에 힘이 지나치게 들어갔는지, 그 아기는 머리와 발을 어머니의 팔 양쪽에 늘어뜨리고, 창백한 얼굴로 눈을 반쯤 감고 있었다. 축 늘어진 것을 보면 죽은 것 같았다. 그 얼굴은 마침 오슌 쪽을 향하고 있었다. 반쯤 감은 원망스러운 눈길에 오슌은 몸이 떨려서, 도저히 계속 볼 수가 없었다. 그 다섯 모자의 서로 다른 울부짖음은 언제까지나 오슌의 귀에 달라붙어서, 집에 돌아와도 잠자기 전이나 변소에 가려고 할 때 등, 어둠 속에서는 그 눈이 보이기도 해서, 온돌방에 있는 류지의 귀에 들릴 정도로 비명을 지르며 뛰어 돌아오곤 했다.

항아리나 책상 등의 가구나 소 돼지 등이 떠내려왔다. 떠내려 오는 가느다란 나무막대기에 매달려 개가 구슬프게 짖기도 했다. 참외 오이 수박 등이 물위에 떠올랐다가는 잠기고 다시 떠올랐다.

그것들을 건지려고 사람들은 갈퀴나 빗자루로 낚아채려고 했으나, 대부분은 강 가운데쯤에서 소용돌이치는 급류에 휩쓸려 있기 때문에 멍청히 보고 있을 수밖에 없었다. 만일 강변 가까이 떠내려오는 것이 있으면, 그것을 서로 빼앗기 위해서 사람들은 소란을 피웠고, 싸움을 벌이고, 급류에 빠질 뻔했다.

류지의 맞은 쪽 언덕 버드나무는 줄기가 강 쪽으로 크게 허리를 굽히고 있는데, 그 줄기에는 열 명 이상의 조선아이들이 모여들어서, 그 무게를 견디지 못할 것 같은 가지에도 매달려 있었다. 무언가 떠내려오면 조선 아이들은 와 하고 환성을 지르며, 손을 내밀었다.

참외가 다발로 떠내려왔다. 조선아이들은 눈빛이 달라졌다. 발을 줄기나 가지에 걸고, 원숭이처럼 거꾸로 매달려서 두 손으로 끌어당기려고 했다. 끌어당긴 채로 이번에는 일어서지 못해서 발버둥치고 있는 아이도 있었다.

그때 불쌍한 일이 생겼다. 무게를 견딜 수 없었는지, 물에 휩쓸려서 그러지 않아도 흔들리고 있던 버드나무 뿌리가, 통째로 확 뽑혀서, 매달려 있던 조선아이들 모두 흐르는 물속에 떨어졌다. 순간 물살은 그들을 삼키고 말았다.

"악."

"아이고."

그 조선아이들 가족의 통곡소리에 끌려 강변의 군중은 모두 불쌍해서 울지 않을 수 없었다. 집이 떠내려가도, 집안에서 발버둥 치고 있는 사람들이나 죽은 아이를 보아도, 그런 것에는 상관하고 싶지 않다고, 눈빛을 바꾸고 눈앞의 먹을 것을 줍느라고 정신이 없던 사람들도, 그 열 명의 아이들의 불쌍한 처지에는 넋을 잃고 울었고, '아이고'라는 통곡소리가 점점 강가로 퍼져 갔다. 마침 그때 사람들은 많이 떠내려 오는 참외나 쌀뒤주를 보는 것도 잊고, 떠내려가는 조선아이들의 모습을 쫓으며 울부짖었다.

그 조선아이들은 푸하고 떠올라서 물살 위에 얼굴을 내밀고, 숨을 헉헉 쉬었다. 그러다가 다시 발이 떠오르며 물속에 잠겼다.

그럴 때는 부모나 친지는 아이의 이름을 부르면서 강변을 달렸다.

"창순아——, 애야."

그러자, 그때 떠오른 창순이라고 불렸던 소년은 죽을힘을 다해 안고 있던 커다란 참외를 눈앞에 높이 쳐들어 보였다. 그리고는 다시 물살에 잠겼다.

류지는 왜 조선아이들이 참외 때문에 그렇게 죽을힘을 다하는지 몰랐다. 그런 짓을 하는 것은 무지하고 경솔하다고 생각했다. 간난이에게 물었더니,

"그걸 몰라?" 하고 상대해 주지 않았다.

그렇지만 훨씬 나중에 류지도 알게 되었다.

조선사람 대부분은 쌀밥은커녕 만주의 좁쌀이나 피조차도 만족스럽게 먹지 못했다. 그래서 여름에 참외가 나오기 시작하면 참외를 주식으로 하여 아침 점심 저녁 모두 이것을 먹었다. 참외는 럭비공 만한 크기인데, 한 개 5리나 1전으로 살 수 있었다. 같은 값으로 조금 굵은 수세미를 길이 1치 정도 살 수 있었다. 그러나 그것조차 아이들은 알맹이는 쉽사리 먹을 수 없었다. 어른들이 먹다 남긴 껍질을 머리에 쓰고, 좋아하면서 가지고 다니며, 손으로 장난치다가 조금씩 씹었다.

언젠가 류지는 간난이의 집에서 참외 한 조각을 얻어먹었다. 그러나 물기가 많고 풋 냄새가 날 뿐 조금도 단맛을 느끼지 못했다. 간난

이는 다른 조선아이들과 달리, 때로는 참외를 통째로 먹고 있었다. 그것을 먹고 있을 때의 간난이의 맛있는 듯한 입모양을 보면 "세상에서 이것보다 맛있는 게 없어."라고 말하는 것 같았다. 그리고 간난이뿐만이 아니었다. 참외를 살 수 있게 되었을 때 사람들은 길옆에서 담소하면서, 이것 보라는 듯이 먹었다. 그래서 누군가 목돈이 생긴 사람은 친구들에게 "참외 먹으러 가자"고 말하며, 지게에 쌓아 놓고 파는 참외가게 옆에서 둥그렇게 둘러앉아 원유회園遊會를 열었다. 그때만 조선의 가난한 사람들이 사는 보람을 느낀다고 류지는 알게 되었다.

5

학교에서 돌아오는 아카시아 가로수 길에서 소학생 한 무리가 모여 있었다. 하하 웃고 있는 남학생 가운데 비명에 가까운 여학생의 새된 목소리가 울렸다. 빙 둘러싸고 있는 사람은 6학년인지 고등과인지 모를 몸집이 큰 남학생뿐으로, 여학생은 아마 그 둘레 안쪽에 있는 듯했다.

류지는 달려서 그 안으로 비집고 들어갔다. 6학년이나 고등과의 악동惡童은 자주 이 뒷골목에서 여학생을 놀리는 경우가 있었다. 아마도 말괄량이 여학생을 재미 반으로 놀려 대는 거겠지.——그렇게 생각하면서 키가 큰 남학생들 사이를 머리로 밀쳐서 목을 내밀었다.

"어머니, 살려줘——"

목을 내밀자 동시에 비명이 들렸다.

보통학교 여학생 두 사람이 네 사람의 남학생에게 밀려 쓰러져 있었다. 한 사람은 머리채가 잡혀서, 다른 사람은 발이 걸려서 흰 모래 위에 쓰러져 발버둥 치고 있었다. 남학생 네 사람은 잡아 넘어트리면서 처음에는 높이 쌓여 있는 모래가루를 여자아이의 얼굴에 던졌다.

그러자, 남학생 하나가 머리채를 잡힌 여학생의 옆구리를 게다(나막신) 굽으로 퍽퍽하고 걷어찼다.

"아얏!"

여자아이는 몸을 버둥거리면서 일어서려고 했다. 계속해서 발이 걸린 여자아이도 똑같이 게다 굽에 걷어차였다.

"아얏!"

그 비명 속에 머리채를 잡힌 여자아이는 잡힌 머리로 상대의 옆구리를 온힘을 다해 들이받았고, 거기에 움칠한 남학생을 붙잡아서, 나막신으로 다른 남학생의 정강이를 후려쳤고, 벗겨진 나막신을 내던진 채, 그 여자아이는 다람쥐처럼 재빠르게 둘러선 남학생 속으로 뛰어들었다.

그 사나운 기세에 놀란 남학생 무리는 쓱 하고 길을 터주었다.

그렇게 해서 한 사람은 도망갔다.

남은 여자아이는 더욱 비참했다. 둘이었던 적이, 더구나 놓쳐 버린 분한 마음에 격앙된 두 사람의 적을 더했기 때문이다.

필사적으로 발버둥 치는 바람에 치마 아래에 입은 속 바짓가랑이의 끈이 끊어졌는지, 발목을 잡고 있던 남학생이 일어나지 못하게 다리를 잡아당기니까, 속바지가 슬슬 내려왔다. 남색 치마가 말려 올라가서 구깃구깃해진 아래에 하얀 손톱 같은 넙적 다리가 아른아른 보였다.

그걸 보자 아무것도 안 하고 있던 남학생 하나가,

"우와" 하고 신음했다.

도토리 눈을 한 갓짱(勝ちゃん)이었다. 아주 흥분해서 무르팍을 부들부들 떨면서, 땅위를 기어 다니며 작은 나뭇가지를 줍자,

"에이, 이렇게 해 주지"

빙긋 웃으며 쭈그리고 앉아 사타구니를 벌렸다.

그리고는 나뭇가지를 찔러 넣었다.

악하고 여자아이가 비명을 질렀으므로, 놀라서, 같이 누르고 있던 남학생도 손을 떼고 일어섰다.

뚜벅뚜벅하고 그 네 사람의 악동을 선두로 소학생 무리는, "만세, 만세" 하고 목소리를 높여 외치면서 썰물처럼 돌아갔다.

류지는 그 여자아이가 간난이가 아닐까 하고 순간 생각했다. 손으로 눈과 코를 가리고 있어서 얼굴은 잘 알 수 없었다.

여자아이는 오뚝이처럼 뱅그르르 일어나자, 박혀 있는 나뭇가지를 쑤욱 뽑았다. 그 바람에 나뭇가지에 묻혀 있던 피가 주르르 사타구니로 흘렀다. 피가 묻은 나뭇가지를 철조망 안의 뽕나무밭에 버리고는, 반대쪽 산으로 쪼르르 달려갔다.

그리고 작은 골짜기를 건너서, 작은 언덕에 오자, 돌연히

"아아, 어머니" 하고 외치고는 푹 쓰러졌다.

류지는 간난이라고 생각했다.

"간난이---"

큰 소리로 부르고, 골짜기를 건너, 작은 언덕에 왔다.

여자아이의 사타구니에서 피가 두 줄기 하얀 넙적 다리에 흘러 애처로웠다.

류지는 손수건으로 넙적 다리의 피를 닦았다. 손으로 얼굴을 가린

채 달리다가, 그대로 쓰러진 것으로 보였고, 눈과 코를 지금도 팔로 가리고 있었다. 팔을 젖히고 얼굴의 피를 닦으려고 했다. 그랬더니 정신이 든 여자아이가 류지의 손을 깨물고,

"야!" 하고 숨통이 조이는 것 같은 소리를 낸 채로, 산 위로 뛰어 올라갔다.

간난이가 아니었다.──류지는 안도하면서, 여자아이가 가는 것을 바라보기만 했다. 여자아이는 발목에 줄줄 흘러내린 속바지를 펄럭거리면서, 미친 사람처럼 산을 비스듬히 달렸다.

류지는 그 일을 어머니 오슌에게 하물며 간난이에게도 이야기할 수 없었다. 일본인 소학생의 그처럼 무참한 행위를 말하는 것은 자기의 치욕 같은 생각이 들었다.

밤에 물린 곳이 보라색으로 부어오르고 욱신욱신 아팠다. 그것을 어머니에게 눈치 채지 않으려고, 그날 밤 저녁밥은 아주 빨리 먹기만 했다.

그렇지만 류지는 마음을 먹고 다음 날 자유 과제의 작문 시간에 그날 생긴 일을 썼다. 그리고 맺음말을 이렇게 덧붙였다. "조선을 잘 다스리고 있다고 듣고 왔더니, 그렇지 않아서 실망했습니다. 우리 집 옆에 사는 간난이는 일본사람이 아주 싫다고 말합니다. 간난이하고 사이좋게 지내면 지낼수록 간난이의 슬픈 마음을 알게 됩니다. 저는 간난이를 좋아합니다. 무척 좋아합니다. 그렇게 좋은 친구는 어디에도 없습니다. 저는 간난이처럼 좋은 친구를 괴롭히거나, 어제 여자아이처럼 가엾은 아이를 괴롭히는 일본사람을 미워합니다. 그런 일본사람은 조선에서 쫓아내는 것이 좋습니다. 교장선생님은 조선인과 사이좋게 지내야 한다, 조선인과 결혼하는 사람은 훌륭한 사람이라고 말씀하셨습

니다. 저도 물론 그렇다고 생각합니다."

류지의 반에서는 작문 시간이 끝난 뒤, 반드시 쓴 작문을 모두 앞에서 읽기로 되어 있었다. 그럴 때는 작문이 훌륭하다고 보이는 학생 서너 명을 지명하고, 그 글에 대해 선생님이 비평을 했다.

그날도 류지는 제일 먼저 지명되었다. 그리고 방금 다 쓴 작문을 어제의 흥분이 새삼스럽게 끓어오르는 걸 느끼면서 읽어 나갔다. 교실 안의 모두는 뭉클 감동되어 듣고 있었다. 류지는 조금 만족했다. '옳은 자가 이긴다'고 생각했다. 다 읽고 선생님을 보았다.

선생님은 창백한 얼굴을 했다. 손이 부들부들 떨리고 있었다. 선생님은 엄한 눈길로 보고 있다가 류지와 눈이 마주치자, 눈을 내리깔고 책상 위를 보았다. 조금 지나서,

"좋아"라고 했다.

"오늘은 이것으로 끝이다."

기분이 나쁜 듯이 말하며, 멍청히 있는 학생들을 남기고 교단을 내려왔다.

류지는 뜻밖의 일이 벌어져서 두려워졌다. 틀림없이 선생님한테 지독하게 야단맞을 것이다. 아니면 퇴학당할지도 모른다고 생각했다.

그렇지만, 학교로부터 류지와 부모님에게 별다른 연락이 없었다. 담임선생님도 다음 날부터는 모르는 척하는 얼굴로 수업을 계속했다.

"계집애를 괴롭힌 고등과나 육학년 학생은 아주 야단맞을 거야."

그것이 반 친구들의 평판이었다. 몹시 우쭐해서 고자질을 하는 아이도 있어서, 이름은 물론 모두 알고 있었을 것이다. 그런데 그 학생들은 야단맞지 않고 끝났다.

그런데 일은 뜻밖의 방향으로 점점 발전했다.

처음에는, 가쓰를 비롯하여 요전의 네 명의 악동들이 학교에서 돌아가는 길에 고함을 치며 돌아다녔다.

　류쨩과 간난이는 수상해
　계집애한테 홀리는 건 얼굴에 똥칠

잠깐 사이에 그 악동의 부하들이 열 명, 스무 명하고 늘어나 시위 행진을 하고, 드디어 매일 행사처럼 서른 명의 소학생이 거기에 가락을 붙여 노래하며 돌아다녔다.

　류쨩과 간난이는 수상해
　계집애한테 홀리는 건 얼굴에 똥칠

이근 댁의 문루 앞까지 와서, 그걸 합창하고는, "와" 하고 달아났다.
어머니 오슌은 그것을 한참 뒤에 알았다. 석 달 전쯤에 강원도에서 전근해 온 노구치野口 순사부장의 아내가 말해 주어서 알게 되었다.
"아이들의 장난이니까, 별 뜻이 없을 거예요."
하며 웃었다.
"그러나 주의하세요. 조선의 여자아이는 꽤 성질이 나쁘다고 하고, 거기다 연상이라고 하니까요."
그것은 차를 마시면서 부담 없이 주고받은 말이지만, 오슌으로서는 언짢은 이야기였다. 그날 밤에 남편인 마타베이에게, "어떻게 하지?" 하고 상담했다.
"그냥 내버려 둬."

마타베이는 상대해 주지 않았다. 그렇지만 오슌은 여자였다. 다음날 류지가 학교에서 돌아오자, 기다리지 못하고 이야기를 끄집어냈다.

"하지만 세간은 시끄럽고 학교에도 나쁘잖아. 너는 똑똑한 아이니까, 교장선생님도 내년에는 오학년으로 중학교에 들어가라고 말씀해 주실 정도니까, 이제 간난이하고 놀지 말고 공부해라. 그러면 금방 잊어버린다."

류지는 "응 응"하고 들었다.

그랬는데 류지가 없어졌다. 저녁식사 때가 되어도, 잠잘 때가 되어도 돌아오지 않았다. 게다가 무슨 일인가. 간난이도 함께 행방불명이 되었다. 오슌은 불길한 예감에 사로잡혀서 가만히 있을 수가 없었다. 공교롭게도 마타베이는 경성에 출장을 갔다. 그래서 오슌은 달려가서 경찰에 수배를 부탁했고, 한밤중 노구치 순사부장의 관사로 가서 문을 두드려 일깨웠다.

"류지가요, 류지가 죽었는지도 몰라요. 류지가 말이에요 죽었는지도……"

미친 사람처럼 같은 말을 되풀이하면서, 쓰러져 울부짖었다.

그렇지만 새벽, 태양이 산마루에 새빨간 얼굴을 내밀자, 어디를 어떻게 지나왔는지, 수사대가 분주하게 찾아다니는 것도 모르는 얼굴로, 류지와 간난이는 병원 앞에서 은행나무 아래에 기운 없이 쪼그리고 앉아 있는 오슌 앞에 모습을 나타냈다.

그때까지 멍한 얼굴로 타박타박 걷던 두 사람은 오슌의 얼굴을 보자마자 말을 맞춘 듯이 큰 소리로 울기 시작했다.

오슌은 안도감으로 멍해지고, 갑자기 기운이 없어져서, 털썩 땅바닥에 쓰러지고 말았다.

지와 간난이는 그날 저녁, 북문 앞의 북지北池에 있었다. 소나무가 있는 작은 언덕에 앉아서, 낚싯줄을 연못에 던졌다. 물고기는 쉽사리 잡히지 않았다. 마른 피라미 두 마리와 새끼손가락 만한 붕어 한 마리가 고기그물 안에 있었다.

"나, 내일부터 공부할거야. 내년에는 중학교에 들어가서, 이런 지겨운 소학교 녀석들에게 보란 듯이 자랑할거야"

"그럼 나하고 안 놀거니?"

"못 놀아, 공부하지 않으면 안 되니까. 엄마한테 야단맞으니까."

"심술꾸러기"

간난이는 작은 돌멩이를 퐁당하고 낚시찌가 떠 있는 곳에 던졌다. 잔잔한 물결이 퍼져갔다.

"있잖아, 중학교에 가는 거 싫어. 총독인지 뭔지 높은 녀석이 되는 거 싫어. 중학교에 가면 조선인을 괴롭히는 짓을 하니까 ——"

하늘은 점점 어두워졌다. 북문은 회색의 옅은 안개에 싸여서 가라앉아 있었다. 그 맞은편에서는 장례식이라도 있는지, "아이고" 하는 통곡소리가 높거나 낮게 흘러나왔다. 그것은 어둠에 가라앉은 거리의 괴롭고 서러운 삶을 가지고 왔다.

두 사람은 그쪽으로 가는 것을 그만두었다.

"저기 봐, 저쪽 하늘은, 저기 봐 저렇게 빨개, 아 예쁘다."

지는 해가 산 고개 중턱에 걸려 있었다. 그것은 불덩어리가 산 저쪽으로 떨어지는 것 같았다. 하늘의 비늘구름에 비추어져 비늘구름은 여러 가지 색을 띠면서, 커다란 전복 껍질을 파란 하늘에 박아 넣은 것 같았다.

고개 맞은편에서 징소리가 들려왔다. 그와 동시에 사람들이 즐겁게 웅성거리는 소리가 실려 왔다. 풍년제였다. 가을이 되면 농사가 잘되어도 잘되지 않아도 백성들은 '풍년만작豊年萬作'이라고 써진 하얀 깃발을 들고, 줄을 서서 춤추며 걸었다. 머리를 상하좌우로 빙글빙글 돌리고, 손목 발목을 그것에 맞춰 흔들어 대는 춤이었다. 춤을 추는 사람들의 모습이 뚜렷이 떠올랐다.

"가보자."

간난이가 말했다. 류지도 일어나서 언덕으로 향했다.

"고개 저쪽은 저기 봐, 즐겁게 살고 있네."

"아, 살고 있겠지. 수원 거리는 난 싫어."

"아, 괴롭히지 않는 곳으로 가고 싶다. 류짱과 둘이서만, 언제나 놀 수 있는 곳으로 가고 싶어."

그리고 고개에 이르렀다.

그랬더니 풍년제의 와자지껄한 소리가 또 다른 방향에서 들렸다. 그쪽 고개는 이 고개보다 더욱더 아름다웠다. 그래서 류지와 간난이는 또 그 고개를 향해 걸었다.

그러는 동안 밤이 깊어졌다. 길도 알 수 없는 갈대밭, 빠져나갈 수 없는 삼림이 계속되었다. 류지와 간난이는 불안해졌다. 어느 사이에 달님이 떠 있었다. 달님이 떠 있는 곳이 아마 수원 거리겠지. 달님은 영롱하게 빛났다. 류지는 달님 속에 어머니의 얼굴을 본 것 같은 기분이 들었다.

돌연, "이렇게 하다가는 사나운 짐승에게 잡혀 먹히고 만다."고 생각했다. 불안이 아주 빠르게 가슴속을 흔들었다.

"돌아가자."

류지는 간난이의 손을 잡자, 구르듯이 산을 달려 내려와, 들판을 가로질러, 강을 건넜다.

6

사온四溫의 날이 시작되었다.

어제까지 꽁꽁 얼어 있던 길은 햇살이 비치면서 조금씩 녹기 시작했다. 류지가 학교에서 돌아올 무렵, 길 표면에는 하얀 거품 같은 것이 떠서 희미한 수증기가 올라가고 있었다.

게다를 벗지 않고 걸으면, 딸가닥 딸가닥하고 딱딱하고 맑은 소리가 나는데, 게다 앞은 흙탕물 방울이 묻어 있었다. 철벅철벅하는 소리도 나지 않았다. 그런 것이 하루 이틀이 지나 사온이 끝나는 날에는, 소달구지의 바퀴가 박힐 정도가 되었다. 그리고 나서 다시 삼한三寒의 날을 맞이했다.

그리되면 바퀴 자국이 그대로 줄이 되어 남게 되고, 게다의 잇자국까지 밟았을 때의 모양 그대로 남고 말았다.

눈이 오거나 비가 내릴 때까지, 그날 돌아갈 때는 자기 발자국을 찾을 수 있었다.

눈은 드물지는 않았지만, 비가 올 때도 있었다. 사온이 끝날 때, 그런 이상한 현상이 더러 일어났다. 한바탕 여름 소나기 같은 비가 내렸나 하고 생각하면, 비가 뚝 그쳤다. 그러면 한가운데를 높게 만든 길 등성에서 양쪽 도랑으로 폭포처럼 물이 흘러내렸다. 그리고 흘러내리다가 이과理科의 실험처럼 도중에 꽁꽁 얼어 버렸다.

그럴 때는 게다를 신은 일본사람이 제일 곤란했다. 이빨 모양대로 옆으로 미끄러지거나, 잘못했다가는 도랑에 빠졌다. 도랑에 빠지지 않으려고 하면 위를 보고 벌렁 자빠졌다. 코트를 입은 아주머니들이 위를 보고 벌렁 자빠져서, 빨간 옷자락이 젖혀져 흐트러진 것이 곧잘 보였다.

조선사람은 짚으로 만든 신발을 신었기 때문에 별로 미끄러지지 않았다. 그래도 가끔 넘어져서 아휴 하고 한숨을 쉬고는, 주위를 둘러보고는, 에잇 하고 멋쩍은 듯이 웃고 일어났다. 그리고 아무것도 묻어 있지 않았는데, 엉덩이 언저리를 털었다.

삼한과 사온은 마치 약속이나 한 듯이 규칙적으로 찾아왔다. 북쪽에서 바람이 휙 하고 얼음 위를 건너와서, 멀리 천둥이 울리는 것처럼 전신주가 윙윙하는 그 반갑지 않은 삼한이 잠시 동안 물러갔다는 것만으로도, 사온이 시작되는 날이 따스하게 느껴져, 어쩐지 몸의 뼈가 하나 빠진 것 같았다.

미국 교회의 모퉁이까지 왔을 때, 류지는 오늘이 장날이란 것이 생각났다. 막다른 곳인 사가리四街里 근처에 인파가 몰려 혼잡했다. 그래서 정신을 차리고 보니까, 지나가는 사람들도 새끼줄에 달아맨 마른 생선 두름이나 옷감을 손에 들고 있었다. 우라시마 다로浦島太郎가 탄 거북이처럼, 납작하고 커다란 조선 솥을 등에 지고 걷는 사람도 있었다.

간난이가 기다리고 있다고 류지는 앞으로 구부리고 걸어 나갔다. 장날에는 틀림없이 사거리의 길모퉁이에 서서 류지를 기다리고 있었다. 류지의 모습을 보면 깜박깜박 눈짓을 하고, 그러고는 앞장서서 착착 걸었다. 그러면 간난이의 모습을 놓치지 않으려고 류지도 숨바꼭질하듯이 따라갔다. 시장 입구에 다다를 때까지 그런 모습으로 가다가,

모퉁이의 초물전草物廛 앞 언저리에서, 와아 하고 소리를 지르며 달려
들었다. 장터 안에 들어가 버리면 안심했다. 일본인 소학생이 없기 때
문이다. 사거리에서는 그 때문에 간난이는 필요 이상으로 경계했다.
자기들의 모습을 알아볼 일본인 소학생이 있을까봐 몇 번이나 둘러보
고. 안심이 안 되면 앞서지 않았다.

사가리 쪽은 사람이 많이 붐벼서, 언제나 간난이가 서 있는 잡화점
의 창호지문도 보이지 않았다.

무슨 까닭인지, 오늘은 이상한 옷차림을 한 사람들이 계속해서 지
나갔다. 모내기할 때 쓰는 풀갓을 크게 해서 소복하게 부풀린 것 같은
삿갓을 쓰고 걸어가는 사람이 있었다. 추운데도 삼베옷을 위에 걸치고
있었다. 그런 사람이 세 명이나 지나갔다. 나중에 간난이에게 물었더
니 그들은 부모님 상喪을 당한 사람들이라고 한다. 삼년이나 오랫동안
그런 복장을 하지 않으면 바깥을 나다닐 수 없다고 했다.

사거리에 와도 간난이의 모습은 보이지 않았다. 잡화점의 창호지
문 앞에도, 고깃간 옆의 돌 위에도, 라이징 선 석유 창고 모퉁이에도
없었다.

어른 옆구리 아래로 재빨리 빠져나가며 찾아 헤매었으므로, 그때까
지 어른들이 떼를 지어 무엇을 하고 있는지 류지는 생각조차 하지 않
았다. 그렇지만 간난이가 없다는 것을 알았기 때문에, 어른 옆구리 아
래를 뚫고 무리들 안으로 목을 집어넣었더니, 싸움을 하고 있었다. 검
은 저고리를 입은 사람과, 흰색인지 쥐색인지 모르는 더러운 저고리를
입은 젊은이였다. 둘 다 선채로 교겐狂言(일본의 전통 희극)처럼 무언
가 말다툼하고 있었다. 말다툼하고는 있으나, 둘 다 눈이 화난 것도
아니고, 쓸데없이 몸짓만 컸다. 일본의 싸움처럼 먼저 상대를 때리고

나서 시작하는 건 아닌 것 같았다.

　두 사람 모두 맞붙지는 않고 오랫동안 참을성 있게 말하며 서 있었다. 점점 목소리가 커져서 고함을 쳐도 살기는 없었다. 이야기가 발전했는지 이번에는 두 사람이 구경꾼을 향해서 호소하기 시작했다. 구경꾼은 그렇다고 고개를 끄덕거리거나 서로 웃거나 했다. 그러는 사이에 너무 길어져서 구경꾼으로부터 부추기는 사람이 나왔다. 그렇게 되자 싸우는 본인들도 겨우 기세가 높아져서 상대의 멱살을 잡고 끌어당겼다.

　그러나 얼마 가지 않아, 서로 비긴 것으로 결말이 났고 두 사람은 헤어졌다. 한 사람은 장터 쪽으로, 한 사람은 남문 쪽으로 구경꾼과 함께 헤어져서 갔다. 잠시 그렇게 헤어지려고 걷는 동안, 마치 헤어지는 것이 아쉽다는 듯이, 서로가 자꾸 뒤돌아보곤 했다.

　그러자 검은 저고리를 입은 쪽이, 장터 가까이에서 말을 걸었다.

　"넌 죽었으면 좋았다. 어미가 돼지하고 붙어서 낳은 새끼——"

　그런 말을 하자, 남문 쪽으로 가고 있던 사내가, "뭐라고."하며 되돌아왔다.

　그러자 이번에는 싸움터가 네거리에서 장터 쪽으로 옮겨졌으므로, 네거리는 갑자기 인파가 사라져서 넓어졌다.

　싸움은 언제나 이 네거리에서 시작되어, 이것저것 밀고 당긴 끝에, 장터 쪽으로 옮겨 갔다. 장터 입구에서 마지막으로 볼만한 장면이 펼쳐졌다. 그때는 어느 쪽인가 반죽음이 되어 길에 드러눕고 말았다. 그걸 도와 일으키고, 물을 끼얹고, 그리고 주물러서, 각각 장터 어딘가에 있는 술집으로 데리고 갔다.

　마치 즐기기 위해서 싸우는 것 같기도 하고, 구경꾼들의 주문으로 서로 다투는 것 같았다. 그러나 가끔 불쌍한 작은 사내가 아침부터 저녁까지 그렇게 끌려다녀서, 이마 여기저기에서 피가 흐르는 것을 보았을 때는, 그런 싸움 속에도 진짜 잔혹함이 있다는 것을, 류지도 알게 되었다. 류지는 싫다고 생각했다. 팍팍 하고 서로 때리고 금방 헤어져 버리는 일본 싸움 쪽이 개운해서 역시 좋은 것 같다는 생각이 들었다.

싸움이 길어질 때는 어김없이, 극장의 문지기 같이, 조선호박처럼 긴 얼굴을 한 사내가 중재를 했다. 도토리 눈으로 눈가에는 마마자국이 있었다. 그 사내가 끼어들면, 아무리 단순한 싸움이라도, 죽기 살기의 막다른 판까지 밀어갔다.

오늘은 그 조선호박의 얼굴을 한 곰보가 없었다. 오늘은 경사스런 일이 있어서, 음식점에서 일찍부터 막걸리를 마시는 순서가 됐을 것이다.

류지는 잡화점 맞은편의 라이징 선 석유 창고에 기대어, 간난이를 기다렸다.

길모퉁이에서는 엿장수가 철꺼덩 크게 가위소리를 내면서 손님을 부르고 있었다.

철꺼덩, 철꺼덩, 하얀 엿
홋카이도北海島의 대추 엿
일본 오사카 밥풀과자 엿

몸을 흔들면서, 그런 말을 하고 있지만, 류지도 알고 있는 오사카의 밥풀과자 엿 같은 것은 본 적이 없었다.

펼친 상자 앞에는 조선아이 서너 명이 모여 있었다. 하얀 엿을 한 가락씩 사서, 그것을 분지르고 있었다. 눈여겨보며, 엿 구멍 수를 서로 맞추고 있었다. 가는 구멍이 밑에까지 뚫려 있으면, 밝은 햇빛이 통과

했다. 그것이 제일 좋은 것이다. 세 가락이나 받아서 기뻐하는 아이도 있었다. 아이뿐만 아니라 더러 어른도 그 앞에 와서 한쪽 무릎을 세우고 놀이에 빠졌다.

류지는 철꺼덩 엿집의 엿을 먹어 본 적이 없었다. 가끔 경성에서 오는 손님이 동그란 흑사탕을 사준 적이 있었다. 흰색과 빨간 색이 들어간 크고 두껍게 썬 엿을 받은 적도 있었다. 그렇지만 류지는 그 막대기 엿이 한 번 먹어보고 싶었다. 더구나 참깨가 발라져 있는 것이 제일 맛있어 보였다.

어머니에게 졸랐더니 눈썹을 찌푸리며, 조선인은 손바닥에 침을 발라가며 엿을 꼬니까 더럽다고 했다. 그러면 참깨 엿이면 엿이 보이지 않을 정도로 온통 참깨가 붙어 있으니까 괜찮다고 말하면, 그거야 말로 침을 발라서 참깨를 바르니까, 곧 병이 옮아서 죽어 버린다고 무서운 얼굴을 했다. 그러면 조선아이들은 모두 병에 걸려 죽어 버릴 테니까 불쌍하다고 류지는 생각한 적이 있었다. 그러나 아이들은 늘 건강해 보이는 얼굴을 하고 있었고, 엿을 먹고 죽었다는 말은 간난이에게서도 들은 적이 없었다.

7

쾅쾅 하고 잡화점 쪽에서 울림은 크지만 조용하고 한가로운 소리가 들려왔다.

보았더니, 가게 앞에 사람이 쭈그리고 앉아, 겹겹이 쌓인 조선가마솥의 가장자리를 손가락 끝으로 툭툭 치고 있었다. 무슨 이유에선지 조선사람은 솥을 살 때 반드시 그렇게 해서, 소리를 듣고 나서야 샀다. 다음 솥에 손을 대자, 쌓여 있던 다른 솥이 떨어지면서 커다란 소리가 났다.

그때 드디어 간난이가 그 가게 앞에 나타났다.

"간난이"

류지가 불렀지만, 길 건너 있으니까 들리지 않는지, 늘 그런 것처럼 학교를 향해 있었다. 사람들이 많이 지나고 있기 때문일까, 몸을 펴서 발돋움을 하고 조금 입술을 벌리고 보고 있었다. 하얗고 고운 잇바디였다. 뒤가 유리창이라서 그런지 햇빛을 잔뜩 받아 빛나기만 했다.

이윽고 오지 않는가 하고 고개를 갸웃하더니, 그로부터 문득 생각난 듯이 쿵하고 한쪽 발을 가볍게 밟고 걷기 시작했다. 왼팔을 옆구리 아래 살짝 붙이고, 오른쪽 어깨를 약간 올려 거드름 피우는 자세로 보였다.

길을 가로질러 엿 가게 앞에 가서, 쪼그리고 앉아 막대엿과 깨엿을 한 가락씩 골랐다. 그리고는 대추엿을 가리키며 동전을 두 개를 놓았다.

엿장수는 가위를 집어, 철꺼덩 철꺼덩 거리며 기세 좋게,

"자아. 홋카이도의 대추엿, 맛은 뛰어난 진짜야."라고 하면서 커다란 엿판 끝에서 뚝 끊어서 건네주었는데, 작은 돌 만한 크기에 지나지 않았다.

그걸 받자, 간난이는 웅크리고 앉은 채, 다시 학교로 가는 길을 바라보고 있었다. 그러다가 일어서서, 이번에는 뒤를 자꾸 돌아보다가, 류지가 보고 있는 창고 쪽으로 왔다.

류지는 깜짝 놀라는 간난이를 보고 싶어, 일부러 잠자코 있었다. 그러자 숨이 막힐 것 같아서, 이번에는 부딪칠 것 같이 점점 다가오는 간난이에게 소리를 지르려고 해도, 목이 잠겨서 소리가 나오지 않는 것 같았다.

이윽고 간난이는 류지를 발견하자, 오히려 야 하고 이상한 소리를 질렀다. 그리고는 몸을 바들바들 떨었다.

얼마 뒤에 간난이는 겨우 숨을 쉬며 말했다.

"뭐야, 류지 이런 곳에 있었어? 놀랐잖아. 왜 나를 안 불렀어?"

"한 번 불렀어. 들리지 않았구나. 그 뒤엔 소리가 안 나왔거든. 꿈 속 같았어."

간난이는 막대엿과 깨엿을 똑 하고 반씩 부러뜨려서 류지에게 건넸다.

"먹어 봐. 류지 먹고 싶다고 했잖아."

류지는 받았으나, 잠시 동안 어머니의 말이 귀에 박혀 있어서, 어찌할까 망설였다.

간난이가 손바닥 위에 작은 돌 같은 엿을 올려놓았다.

"먹어 봐 류지. 안 더러워."

그런데도 조금 부끄러워하는 류지를 보고, 빨간 말린 대추가 들어 있는 엿을 간난이는 입으로 가져가더니 딱 쪼개서, 그 조각을 류지 입에 넣었다. 대추의 부드러운 향기와 혀의 촉감은 좋았다. 간난이의 침이 묻어 있을지도 모르지만, 그것도 한층 즐거웠다.

"어때, 맛있지 류지."

간난이는 목을 갸우뚱하고, 류지를 보고 있다가, 류지가 미소 짓는 것을 보고, 그대로 앞장서서 타박타박 걷기 시작했다.

대추엿도 흰엿도 막대엿도 깨엿도 이렇게 맛있는 것을 류지는 먹어본 적이 없는 것 같았다. 눈썹을 찌푸리던 어머니의 얼굴이 어쩐지 바보 같아졌다.

길은 점차 녹아서, 주의하지 않으면 흙탕물이 게다 위로 튀어 올랐다. 햇살은 밝고 강해서, 벌써 봄이 가까워진 것을 느꼈다.

소달구지가 몇 대나 계속해서 왔다. 그 사이를 솔잎을 실은 소가 느릿느릿 걷고 있었다. 봄이 가까이 온 때문일까, 지금까지와는 달리 많은 사람들이 오가고 있었다.

간난이는 엿을 빨며 즐기고 있기 때문인지, 언제나 같이 상큼 걷지는 않았으나, 류지가 게다에서 버선까지 흠뻑 묻은 흙탕물을 떨어뜨리는 동안, 인파 속에 뒤섞이고 말았다.

싸움 구경꾼이 전기회사에서 장터 밖의 다리까지 늘어서 있었다. 그걸 보려고도 하지 않고 모퉁이를 돌면, 모퉁이로부터 세 번째 건어물가게 앞에서 간난이가 기다리고 있었다.

소달구지에서 짐을 내려놓고, 사람들이 그것을 가게 앞에 쌓아올리고 있었다. 빨간 색을 한 뭔가 이상한 것이었다.

간난이는 뒤돌아보며,

"류지, 뭔지 알아?" 하고 그것을 가리켰다.

"몰라. 뭘까?"

류지는 머리를 갸우뚱했다.

"문어야. 이것 봐, 다리가 많이 있잖아. 그 문어야."

"야아 이게?"

류지는 눈을 동그랗게 뜨고 들여다보았다.

그렇게 말하니, 사마귀처럼 동그란 것이 붙어 있었다. 하나하나의 사마귀가 이전짜리 동전 크기였다.

"류지의 나라에서 잡혀. 멀고 먼 곳에서."

"그런가? 하치반베이八幡浜 바다에서 헤엄치는 문어와는 달라. 어디 살고 있지? 이런 괴물이."

"이봐 지리에서 배웠어. 혼슈本州 북쪽에 있는 섬, 홋카이도"

"아, 홋카이도."

"그래. 그 섬에서 잡힌 문어야. 배에 실려서 길고 긴 여행을 해서 왔네."

간난이는 장터에 관한 거라면 무엇이든지 알고 있는 것 같았다. 이 근 자작 댁의 요리사나 나이 많은 여자하인과 가끔 장 보러 오기 때문인지도 모른다.

명태를 쌓아 놓은 가게나, 말린 대추를 진열해 놓은 가게, 하얘서 설탕인가 하고 생각하면 가성소다라는 것을 포대에서 퍼 올리고 있는 가게.

그 언저리에서 광장이 펼쳐져 너저분하게 노점이 나와 있었다.

간난이는 꽃이 달린 손거울을 만져 보거나, 조개껍질로 만든 단추를 세어 보거나, 바늘 끝이 반짝이는지 아닌지 시험해 보기도 했다.

"류지, 류지야. 돈주머니 만들어 줄까?"

"됐어."

"흥"

조선에서는 좋아하는 사람에게 돈주머니를 만들어 주는 것이 풍속이라고 간난이가 말했다.

"오빠라도 좋고 동생이라도 좋아. 류지는 동생이네. 간난이의 동생이네. 그러니까 만들어 줄까?"

류지는 고개를 끄덕였지만 간난이가 그렇게 어려운 것을 만들 수 있을까 하고 생각했다. 설날에 빨강이나 노란색으로 수를 놓은 돈주머니를 아이들은 차고 있었다. 젊은이 가운데는 원앙새가 두 마리 나란히 헤엄치고 있는 아름다운 것을 가지고 있는 사람도 있었다. 그러나 간난이가 그것을 할 수 있다고는, 또 그런 돈이 있으리라고는 생각하지 않았다.

"류지."

간난이는 방긋 웃으며 류지의 귀에 입을 대고 속삭였다. 달콤한 향기가 전해 와서 류지는 몸이 근질근질 간지러워졌다.

"간난이 오늘 양반이야. 삼전 양반, 돈을 받았으니까."

"삼전 양반?"

"그래. 이근 댁의 아버지는 진짜 양반, 간난이는 삼전 양반."

류지는 겨우겨우 알아듣고, 이상하게 생각되어 웃었다. 간난이도 호호호 하고 목구멍에서 소리를 내면서 함께 웃었다.

류지는 이렇게 기분이 좋은 간난이를 본 적이 없는 것 같았다.

"이봐 그러니까 오늘 삼전 양반이 한 턱 낼게. 뭐든지 좋아하는 걸 한 턱 내겠어."

"아니야. 돈이 없어지니까."

언제나 음식 냄새가 나는 길은 되도록 지나가지 않도록 했다. 그러나 왜 그런지 마음이 쓰여서 힐끗힐끗 보지 않을 수 없었다.

팥떡, 대추떡 모두 잘 부풀어 오른 빵 같은 것이었는데, 그런 것이 류지의 머리를 휙 하고 스쳐 갔다. 그러나 꿀꺽 침을 삼키고 류지가 말했다.

"늘 하던 것처럼 만물상 모퉁이에서 강으로 돌아가자."

간난이도 고개를 끄덕이고는, 실컷 홍정한 끝에 빨강 파랑 노랑의 세 가지 실을 각각 두 타래쯤 샀다. 돈주머니를 만들려고 하는 것 같았다.

좀 떨어진 곳에는 닭을 한 마리 팔려고 새끼줄로 다리를 묶어 서 있는 사람이 있었다. 맞은편이 잡곡전雜穀廛이므로 닭은 거기에 떨어진 낱알을 쪼아 먹고 있었다.

토끼를 한 마리, 새끼 돼지를 두 마리, 그런 식으로 먹이를 주면서 살 사람을 기다리고 있었다. 달걀을 짚 꾸러미에 열 알씩 싸서, 두 꾸러미나 한 꾸러미를 들고 있는 사람도 있었다. 그런 모습으로 팔릴 때까지 하루 종일 서있는 사람도 있었다.

버섯 같은 모양의 초가지붕이 몸통을 드러낸 기둥 위에 얹혀 있었다. 진짜 장터의 한 모퉁이에 오면, 이미 기름이 눋는 구수한 냄새가 났다. 벽이 없이 언제나 땅 위에 기둥만 달랑 서 있는 휑뎅그렁한 집들도, 오늘은 긴 밥상이나 그릇들을 겹쳐서 놓은 소반小盤이 줄지어 있었고, 가게 밖으로 비어져 나와 있는 커다란 조선 가마솥이 장작불 위에서 부글부글 끓고 있었다. 돼지 창자를 삶거나, 소뿔이 쑥 비어져 나와 있기도 했다.

석쇠 위에서 고기를 굽는 냄새, 파를 써는 냄새, 훅훅 하고 솥에서 올라오는 뜨거운 김, 현기증이 날 것 같은 먹자골목에는 어른들이 책상다리를 하고 앉아, 숟가락과 젓가락을 번갈아 가며 입에 음식을 집어 나르고 있었다.

나흘에 한 번 서는 장이 이 지방 가까이 사는 사람들에게는 얼마나 즐거운 일인지 몰랐다. 돈이 없으면 집에 있는 물건을 가지고 길가에 서 있으면 저녁때까지는 돈으로 바뀌어, 이 음식점 처마 밑으로 들어갔다.

얼굴이 벌겋게 취해서, 넓적다리를 두드리면서 노래 부르는 사람이 있는가 하면, 어깨를 들썩 대며 춤을 추는 사람도 있었다. 그 속에서 방금 전에 싸우고 있던 검은 저고리를 입은 사내를 보았을 때 류지는 저도 모르게 앗 하고 소리를 질렀다. 이마에 큰 상처가 나 있었고, 무언가 갈색 잎을 딱 붙이고 있었다. 그 밑으로 검붉은 핏자국이 뚜렷했다.

저 사람은 아까 싸운 남자라고 간난이가 말했으나, 간난이는 흥미가 없는 것 같았다. 갈색 잎이 뭐냐고 물었더니, 담뱃잎이라고 대답했다.

"왜 저렇게 싸우지?"

"재미없고 심심하니까."

"뭐? 재미없고 심심하다고 싸움을 해?"

"싸움하는 사람은 아직 건강하대. 부럽다고 아버지가 말씀하셨어."

"흥."

그러나 류지는 이해할 수 없었다.

간난이는 조금 전부터 흘긋흘긋 달걀부침 쪽을 보고 있었다. 작은 무쇠 솥뚜껑에 노란 반죽을 부으면 그것이 눈 깜짝할 사이에 퍼져갔다. 뽕뽕 하고 구멍이 생겼을 때, 옆에 썰어 놓았던 파를 훌훌 뿌렸다.

조선아이가 한 명 그것을 말아서 입에 넣고 사라지면, 어이가 없어서 할머니는 돌 위에서 책상다리를 고쳐 앉았다.

간난이는 쓱쓱 다가와서는 손가락을 두 개 내보였다. 그리고는 류지를 손짓해서 불렀다.

"달걀부침이지."

"아냐, 틀렸어. 류지."

간난이는 즐거운 듯이 눈을 반짝이면서,

"부침개라고 해. 콩가루 녹두가루. 맛있어. 볼때기가 떨어질라. 누르고 있어."

방금 조선아이가 한 것처럼 둘둘 말아서 먹었는데, 어쩐지 비린내가 나서 류지는 그다지 맛있다고 생각하지 않았다.

그때 타박타박 하고 말굽소리가 났다. 강으로부터 헌병이 탄 말이 두 마리 들어와서 음식점 앞에서 멈추었다. 사람들이 당황해서 피했기 때문에, 류지와 간난이는 깔려 죽을 뻔했다.

부침개 가게의 할머니는 냄비와 사발을 가지고 재빨리 일어났다. 그리고 달아날 준비를 했다.

헌병은 훌쩍 말에서 내리고는, 두 사람 모두 음식점 안으로 들어갔다.

인파가 우르르 그쪽으로 갔으므로, 뒷일은 몰랐다. 짝 하고 채찍이나 새끼줄 같은 걸로 때리는 소리가 났다.

"아이고."

비명소리와 함께 무언가 외치는 소리가 뒤섞였다. 점점 사람들이 여기저기서 몰려와서 조금 전의 싸움보다 굉장한 소용돌이에 휩싸였다.

"저항하면 용서치 않겠다. …… 범인이다. …… 범인이야."

헌병의 목소리가 왁자지껄한 소리 사이에서 들렸다. 무슨 범인이라고 했지만 무슨 범인인지 알아들을 수 없었다.

그러는 사이에 탕 하고 권총소리가 났다. 그러자 사람들의 소용돌이가 흔들려서 류지와 간난이 쪽으로 눈사태처럼 밀려 왔다. 그걸 보자 류지와 간난이는 쏜살같이 도망갔다.

탕 하는 소리가 났을 때, 꼭 잡고 있던 손도 어느 사이엔가 풀어져서, 두 사람은 뿔뿔이 헤어져서 강가 버드나무 아래까지 왔다. 그러고는 간난이가 내미는 손에 손을 얹었더니, 이번에는 꽉 껴안았다.

간난이가 달달 떠는 것이, 류지는 자기가 떠는 건지 아닌지 알 수 없었다. 그렇게 하고 있으면 어쩐지 안심이 되었다.

후다닥 두세 명의 젊은이가 강가에 달려오더니 강에 빠질 것 같으니까, 비로소 방향을 바꿔 다리 쪽으로 혼잡을 틈타서 가버렸다.

그 뒤에서 잘린 상투를 흔들면서, 마치 그 상투처럼 흔들흔들 도망쳐 온 할아버지가 강가에 닿자마자 허리가 빠진 것처럼 털썩 주저앉아서, "아휴——" 하고 고개를 늘어트리고 한숨을 쉬었다.

그 모양이 이상해서 간난이와 류지는 겨우 제정신이 들었다. 당황해서 떨어졌지만, 류지는 얼굴이 뜨거워졌다. 간난이도 수줍어서 얼굴이 빨개졌다. 그 때부터 부끄러울 때의 버릇으로 휴우 하고 입을 뾰로통해서 울렸다.

아직 인파가 눈사태처럼 모여 있는 가운데를, 수갑을 찬 범인을 말 등에 한 명씩 태우고 헌병은 또 달려서 사라져 버렸다. 범인 가운데에는 그 싸움에서 피를 흘린 사내가 없다는 것을 알았다. 그리고 헌병의 권총은 가죽자루에 꽂혀 있었다.

"아휴——"

하고 옆의 할아버지가 그들을 보내면서, 허리를 펴고 지나가는 사람과 무언가 이야기하고 있었다.

"누가 죽었냐고 물었지. 그랬더니 아무도 죽지 않았대. 권총은 하늘을 향해서 쏜 거라는군."

"무슨 범인일까?"

류지는 아직 입술이 조금 떨리고 있었다.

"보통 도둑하고는 달라. 분명히"

간난이는 의미 있는 것 같은 얼굴을 했다.

두 사람은 마른 버드나무 가로수 길을 화홍문 쪽으로 걸어갔다.

"뭘 했을까? 뭘 했지? 나쁜 짓을 했나? 좋은 짓을 했나? 좋은 짓을 해도 붙잡힐 수 있으니까."

강 표면은 조금씩 녹기 시작했어도 속은 아직 그대로 얼음이었다. 그래도 얼음이 흐르기 전의 예고인, 짱 하고 얼음이 깨어지는 소리가 어딘가 멀리 깊은 바닥 쪽에서 때로 희미하게 들려왔다.

8

다음 날 류지는 학교에 가서 뜻밖의 사건을 알았다. 세 시간째 수업이 끝나자 전교생을 교정에 모아놓고 교장선생님이 말씀하셨다.

그날 3월 1일, 경성에서는 이李왕(고종)의 장례식이 있었다. 류지의 아버지 마타베이도 아침 어둑할 때 일어나서 첫 번째 기차로 경성에 갔다. 옛날 왕궁에서 넓은 종로를 지나서, 동대문에서 금곡金谷에 있는 능까지 장례 행렬이 나아갈 예정이었다. 그 길옆에는 전 조선에서 참례하기 위해 몇 만 명이 모일 것이라고 소문이 나 있었다.

류지도 가고 싶다고 떼를 썼지만, 마타베이는 듣지 않았다. 학교도 있고 게다가 장례 행렬이 지나갈 때까지 몇 시간이나 기다리지 않으면 안 될 것이다. 그 사이에서 가만히 서 있거나 지붕에 올라가서 앉

아 있어야 된다. 오줌을 눌 수 있을지 어떨지도 알 수 없으니까, 맥주
병을 가지고 가는 것이라고, 정말인지 거짓말인지 병을 꺼내서 보이기
도 했다.

그래서 류지는 포기했다. 교장선생님의 이야기에 따르면, 그 장례식
도중에, 어디서부터인지 "조선독립만세"라는 소리가 났다. 그리고 그것
이 눈 깜짝할 사이에 퍼져서, 경성은 지금 대소동 중이라고 한다. 폭
동은 점점 지방으로 퍼지고 있어서, 잠시 학교는 쉰다. 돌아가는 길은
역 앞길, 모범장模範場쪽 길, 성 밖의 길, 성 안길, 평촌坪村 길, 원천
리遠川里 길, 각각 조組를 짜서 상급생이 인솔해서 돌아갈 것, 조선인
의 아이를 만나도 싸우지 말고, 조용히 침착하게 무사히 돌아갈 것 등
을 말씀해 주셨다.

모두는 교실로 돌아와서, 가방과 짚신주머니를 들고 왔다. 그리고
나서 교정에 정렬했다. 류지의 성안 조는 성 밖 조 뒤에 따라갔다. 인
솔자는 고등과 2학년인 조용한 와타나베渡邊 군이었다. 그리고는 도토
리 눈인 갓짱이나, 그 밖에 고등과 6학년인 학생이 두 편으로 나뉘어,
줄 앞뒤를 에워싸서 지키는 방식이었다.

선생님이 주의도 하셔서, 교문을 나갈 때까지는 식처럼 정숙했다.
그러나 교문 앞의 언덕을 내려와서, 역 앞, 모범장, 평촌 그런 조가 함
께 헤어져 가니까 반이 한꺼번에 줄어서, 갑자기 쓸쓸해졌다.

앞쪽에서 보통학교의 조선아이가 서너 명 오는 것이 보이자, 도토
리 눈의 갓짱이 "료요조토遼陽城頭를 불러"라고 외쳤다.

러일전쟁 때의 다치바나橘 중좌의 노래였다. 그 노래는 장대 쓰러
트리기, 진 뺏기를 할 때, 적과 아군이 되어 대진하여 기세를 높일 때
불렀기 때문에 하급생들도 잘 알고 있었다. 갓짱이 노래를 시작하니까

따라서 모두 노래를 불렀다. 성 밖의 조도, 원천리의 조도 모두 목소리를 높여 합창했으므로, 서너 명의 조선아이들은 겁이 나서, 쥐처럼 길 한쪽으로 쪼르르 피해 지나갔다. 그것을 보자 모두 갑자기 쾌활해졌다.

"조선아이들 별거 아니네."

"단번에 주물러 버릴 수 있어."

"야마토다마시大和魂가 있으니까"

"정말이야 야마토다마시, 그걸로 가자."

선생님의 흉내를 내는 아이도 있었다. 미국 교회, 프랑스 교회, 영국 성공회 고아원 등이 이어져 있었다. 그 언저리에서 비슷한 수의 조선아이들과 만났으나, 잠자코 지나갔다. 그 다음 관사거리를 지나자, 성 밖 조와 원천리 조가 헤어져서 중심가로 가버려서, 뒷길을 가는 것은 성안 조뿐이었다. 확 줄어서 쉰 두세 명밖에 남지 않았다.

갑자기 불안해졌다. 주위는 아카시아 가로수에 이어 뽕밭이고, 양쪽에 띄엄띄엄 있는 것은 초가지붕의 조선 가옥과 양조회사의 창고뿐이었다.

언젠가 상급생이 간난이를 많이 닮은 여자아이에게 나쁜 짓을 했던 곳에 오자, 모두는 왠지 목이 바싹 말라서 칼칼했다.

"노래 불러, 한 번 더. 결전한다고——그 기세로 가라."

도토리 눈의 갓짱이 모두에게 말했을 때, 뽕밭 가운데서 함성이 일어나며 작은 돌멩이가 날아왔다.

"비겁하다, 비겁하다. 적은 나는 무기를 쓰고 있다."

도토리 눈의 갓짱이 앞장서서 뽕밭 안으로 몸을 날려 들어갔다.

와타나베 군은 굳은 얼굴이 되어,

"다른 사람들은 모두 나를 따르라."라고 말하며 달리기 시작했다. 1학년과 2학년, 여자아이들은 말없이 열심히 달렸다. 울음소리가 입 밖으로 나오려고 하는 것을, 모두 입술을 깨물며 참았다.

혈문六門(지금의 홍예문虹霓門) 있는 곳까지 오자, 뒤쪽에서는 싸움이 시작된 모양이었다.

"앗 갓짱이 밑에 깔려 있어."

누군가가 말했다. 갓짱은 모자를 날리고 두 명의 조선아이에게 맞고 있었다.

5학년 아이가 응원을 하러 가자고 말을 꺼냈으나, 와타나베 군이 말렸다.

"야, 모두 그만두고 돌아와. 빨리 와."

와타나베 군은 그렇게 말하고 앞장서서 걷기 시작했다. 혈문을 나오자마자, 또 약간 우세해 보이는 조선아이들과 마주쳤다.

조선아이들은 처음에는 달려들려고 했으나,

"그만 둬, 순사 아들이 있다."라고 말리는 아이가 있었다.

"류지가 있어, 그 간난이의."

그렇게 말하는 아이가 있었다.

위험한 데서 일단은 피할 수 있었다.

좀 더 가니까, 자전거를 탄 경관 세 사람이 권총과 칼을 철커덕거리면서 달려왔다. 오노다小野田라는 아저씨, 스미가와隅川라는 아저씨, 또 한 사람은 김이라는 조선인 순사였다.

와타나베 군이, 저기서 상급생이 맞고 있으니까 구해 달라고 부탁했다.

"좋아."

경관들은 고개를 끄덕이고, 자전거로 달렸다.

모두와 헤어져서 이근 댁 저택 문루 앞까지 오자, 그 주변은 아직 아무것도 모르는지 아침부터 계속된 '아이고' 하는 곡소리가 지금도 들렸다. 장례식이나 제사 때는 슬프거나 슬프지 않거나 억양을 높여 '아이고' 하고 하루 종일 외쳐 댔다. 꼬리를 이어, 음악 합창처럼, 순례가巡禮歌처럼 높고 낮게 계속되었다.

바로 요전까지의 임금님이 돌아가신 것이다. 나라를 잃은 임금님이, 나라를 팔았다고 원망을 들으니까 돌아가셨다. 가엾은 임금님이었다. 그래서 사람들은 피붙이가 죽은 것처럼, 아니면 그 이상으로 계속 통곡하는 것일까?

류지는 붉은 대문의 쪽문을 밀면서, 왠지 슬퍼서 울 것 같았다.

어째서 일본인과 조선인은 그렇게 싸우지 않으면 안 될까? 어째서 아이들까지 그렇게 서로 으르렁대지 않으면 안 될까?

간난이를 찾아보았지만, 간난이도 없었다.

류지는 다시 넓은 뜰을 가로질러서 자기들이 사는 집의 작은 문을 밀었다.

두들겨 맞고 있는 상급생 편도 들지 못하고, 지금까지 괴롭힘을 당해 온 조선아이들이 앙갚음하는 것을 기뻐하며 보고 있을 수도 없었다.

그것이 어쩐지 칠칠치 못하고 답답하고 괴로웠다. 문을 여는 손에 힘이 들어가지 않았다.

그날 밤부터 "아이고" 소리는 "조선독립만세"로 바뀌었다.

천지가 완전히 바뀐 것 같았다.

이근 댁 솟을대문에도 작은 돌멩이가 날아와서, 쇠 빗장이나 쇠 장식에 맞아서 나는 소리가 요란하게 들렸다.

류지 집의 작은 문과 안뜰에까지 때때로 날아왔다.

어머니 오슌은

"무서워, 무서워"

하고 일찍부터 문을 굳게 걸어 잠그고 잠자리에 들었다.

"그래서 조선 같은 곳에 오는 것은 싫다고 했잖아."

라고 원망스러운 듯이 말했다.

경성에 간 채로 아버지는 좀처럼 돌아오지 않았다.

꽤 밤이 이슥해져서야 돌아온 아버지는 경성에서 있었던 소동에 대해 어머니와 오랫동안 이야기했다. 서장 관사에 가서 보고하고 오느라고, 이렇게 늦었다고 했다.

졸려서 꾸벅꾸벅하고 있어서 어떤 이야기였는지 류지는 기억하지 못했다. 성대하고 아름다운 장례식 행렬이 지나가고 있을 때, 어디서인지 모르게 "조선독립만세" 소리가 퍼져 나오자, 그때까지 지붕에 올라가 있던 자기 옆 사람들도 손을 들고 함께 외치기 시작했기 때문에 난처했다는 이야기였다.

다음 날 아침 류지가 눈을 떴을 때는, 이미 아버지는 없었다. 그리고 밤늦게 피로에 지쳐서 돌아왔다. 첫날은 제복이었지만, 다음 날은 보통 옷으로 바뀌어져 있었고, 사나흘 뒤부터는 어디서 손에 넣었는지 조선옷을 입고 있었다. 군도는 벌써 차지 않았고, 권총만 품에 숨기고 있었다.

오늘은 몇 명 구했다. 오늘은 몇십 명 구했다.──그런 이야기를 아버지는 했다.

과수원을 하고 있는 말더듬이 마쓰가와松川 아저씨나 철물점인 나가사키長崎가게 아저씨가 군도를 차고 설치고 있다는 이야기는 류지를 화나게 했고, 마음을 어둡게 했지만, 아버지가 그 사람들 앞에 나타나서, 몇 사람인가 차례차례 구했다고, 집에 돌아와서 한 이야기는 류지를 기쁘게 했다.

경찰의 검도 교사를 아버지는 아주 미워했다. 검도장에서 죽도를 휘둘러, 범인을 괴롭혀서 자백시키는 모습을 류지는 본 적이 있는데, 그럴 때는 그 검도 교사의 얼굴이 도깨비처럼 보였다. 그 남자가 특기를 보였는데, 집에 내려오는 보검을 시험 삼아 사람을 베는 데 쓰고 있다는 것이었다. 어제도 두 사람, 오늘도 세 사람 하는 식으로, 그 사람 손에 걸리는 사람이 늘어난다고 했다. 일본인을 죽인 주모자를 그리 하는 것은 괜찮지만, 죄도 없이 단순히 따라나선 사람을 칼을 자랑하기 위해 시험 삼아 베는 것은, 검도의 정신이 아니라고 아버지는 이를 갈았다. 아버지는 검도 솜씨는 그 남자에게 지지 않는다고 팔을 두들겨 보이기도 했다. 이 사건이 마무리되면 경찰은 그만두겠다. 빨리 장사라도 하고 싶다.──지친 몸으로 뜨거운 차를 훌쩍훌쩍 마시면서 아버지는 그런 말을 했다.

어머니는 두통연고를 바르고, 하루 종일 자는 척했다. 자지 않고 있다는 증거로는 류지가 온돌에서 한 발짝이라도 나가려고 하면, 바로 "류지!"라고 매서운 목소리로 불러 세웠다. 그렇게 해서 오줌을 누는

데도 일일이 승낙을 받아야만 했다.

파도 소리처럼 소란스런 소동 소리가 멀어졌다가 가까워졌다가 하는 동안, 눈이 내리기 시작했다. 보슬보슬한 싸락눈이었다. 또 삼한에 들어갔나 보다. 거리의 소란스런 목소리도 눈이 내리는 동안은 아주 조용해졌다.

눈이 오면서부터 어머니는 안심했는지 며칠 동안 못잔 잠을 한꺼번에 때우려는 듯이 쿨쿨 잠을 잤다. 다시 바른 두통연고 위에 우메보시(매실짱아지)를 하나 더 바른 것이 류지의 눈에는 애처롭게 보였다.

눈을 먹으려고 마루에 나갔더니, "류지", "류지"하고 부르는 간난이 목소리가 들리는 것 같았다. 둘러보았더니, 뒤뜰 쪽에 있는 두꺼운 조선 창호지문 한 군데에 침으로 구멍을 뚫은 것이 보였다. 옆으로 가니까, 간난이 눈동자 하나만 류지의 모습을 좇아 뱅글뱅글 돌고 있었다.

"있잖아 류지, 바깥에 나가자. 벌써 눈은 그쳤어."

류지는 "응"하고 고개를 끄덕이고, 가만히 발소리를 죽이며 밖으로 나왔다. 그리고 게다를 신고 뒤뜰로 돌아갔다. 한 쪽에는 작은 앵두나무가 눈을 뒤집어쓰고 조그마한 꽃을 피우고 있었다.

간난이는 류지를 보자, 입술에 손가락을 대고, 앞장서서 안쪽으로 달렸다.

말하지 말라는 것이라고, 류지도 끄덕이고 뒤를 따라갔다.

토담까지 가서 간난이는 오얏나무 가지를 붙잡고, 발을 토담 위에 올리고는 어렵지 않게 올라섰다. 가지의 눈이 위를 향해 있는 얼굴이나 가슴에 보슬보슬 내려와서, 그것을 손으로 털어 내더니, 이번에는 가지를 잡아 흔들었다. 눈이 오는 것처럼 주위에 온통 하얀 가루가 떨어졌다. 그 가루가 점차 안개가 걷히는 것처럼 사라지니까, 간난이가 방긋 웃으며 손짓해서 불렀다.

류지는 부르르 몸을 떨었다. 저 토담을 넘으면 이제 어머니의 감시가 미치지 않는 곳에 가게 된다. 어떤 일이 기다리고 있을지, 그 다음은 짐작할 수 없었다.

그러나 류지는 경주의 스타트처럼 기운을 내서 달리기 시작했다. 그러고 나서 간난이가 했던 것처럼, 오얏나무 가지를 붙잡고 턱걸이를 해서, 토담 위에 기어올랐지만 간난이처럼 가볍게 되지 않았다.

간난이는 류지의 몸이 올라오자, 도와서 일으키고는, 손을 잡고 뒤로 돌아섰다. 토담 맞은쪽은 산인데, 비탈진 도랑을 한 발만 뛰어넘으면 갈 수 있었다.

하나 둘 셋

간난이는 작게 맞춤소리를 내고, 도랑을 뛰어넘으려고 했다. 류지도 함께 뛰어넘었다. 비탈진 도랑에 빠지지 않았다. 간난이는 손을 굳게 잡은 채 산을 비스듬히 뛰어올라 갔다. 헉헉 하고 숨을 내쉬면서 류지도 뛰어올라 가서 커다란 바위그늘까지 오자, 갑자기 간난이는 손을 놓고 류지를 안았다.

"류지, 이봐 류지, 뭘 했어? 매일매일 뭘 했지?"

그런 말을 종알거리면서 간난이는 꽉 껴안았다. 간난이의 오열에 가까운 소리를 듣자, 류지도 핑 눈에 눈물이 났다.

이젠 부끄럽지 않았다. 간난이도 얼굴은 달아올랐으나 입술을 뾰족하게 내밀고 피하지는 않았다. 저고리고름을 입에 대고 몸을 비꼬지도 않았다. 한숨 돌리고는, 또 끌어안았다. 류지도 손을 뻗어 간난이의 부드러운 등을 끌어안았더니, 가슴뼈가 뿌드득뿌드득 서로 닿아서 기분

좋게 아팠다.

"류지 가만히 쪼그리고 앉아서 보고 있었어. 류지가 나오는 것을 기다리고 있었지. 몇 시간이나"

간난이는 드디어 팔을 놓고 호소하는 듯한 눈으로 보았다. 길게 찢어진 눈이 그렇게 동그래지는 것을 처음 본 것 같았다.

"그 종이 두꺼워. 그래서 침을 발라도 웬만해서는 구멍이 나지 않아. 종이도 얼어버렸어. 귀를 대고 노래 부르고 있었지. '이치노다니—ノ谷싸움에 졌고'라고 노래 불렀단다. 큰 소리로 부르면 어머니가 듣겠지. 작은 소리를 내면 류지가 듣지 못할 거고. 그랬더니 겨우 류지가 나왔어. 간난이 벌떡 일어났어. 류지 며칠 동안이나 뭘 했지?"

10

두 사람은 산에 올라갔다.

산 아래는 온통 하얀색 세계였다. 흐트러진 머리카락을 늘어뜨린 것처럼, 버섯처럼, 집집마다 하얗고 소복하게 솟아올라, 솜사탕 같았다. 동서남북의 성문, 교회의 높은 첨탑, 다리, 회사 창고, 모두 하얀 설탕을 뒤집어쓰고 있어, 언젠가 잡지에서 본 서양의 북쪽 나라 사진과 아주 비슷했다.

그렇게 생각하며 보고 있으면, 정문 맞은편의 작은 언덕에도, 강 건너 작은 소나무 숲이 있는 들판에도, 흰옷 입은 사람들이 모여서 모닥불을 피우고 있었다. 그 부근에서, 점점 "조선독립만세" 소리가 거리와

거리를 건너서 산으로 울려왔다.

"아, 벌써 나와 있어, 저 사람들"

간난이는 눈을 반짝였다.

"류지, 먼로주의라는 거 아니?"

간난이가 갑자기 물었다.

"몰라."

류지는 대답했다. 간난이가 알고 있는 것을 모른다는 것이 무언가 아쉬웠다.

"미국의 윌슨, 윌슨 대통령이 말했어. 먼로주의 민족은 자결해야 된다고"

무슨 말인지 알 수 없었다.

"조선은 독립할 수 있어. 독립만세를 모두 함께 부르면, 윌슨이 비행기를 타고 도우러 올 거래."

"비행기로?"

"응, 비행기로. 알겠지 류지, 비행기를 타고 도와주러 올 거래."

여기저기 작은 언덕에서는 사람들이 올라가서 독립만세를 불렀다. 그 소리는 산을 타고 메아리치며 울려 퍼졌다.

간난이는 양손을 들어올리고

"만세"를 불렀다.

류지도 손을 들고

"만세"를 불렀다.

"간난이는 조선말로 만세, 류지는 일본말로 반자이, 좋아, 함께 부르자. 그러면 조선은 독립할 수 있어."

팡팡 하고 폭발하는 소리가 들렸다. 미국의 윌슨 대통령이 왔나 하고 하늘을 바라보았으나 맑게 갠 하늘에는 비행기는 없었다. 비행기가 어떤 것인가도 분명히 알지 못했다. 잡지 첫머리에 있는 그림에서 커다란 잠자리 같은, 독수리가 날개를 펼친 것 같은 것이 아닐까?

그러자, 폭음은 맞은편에 있는 작은 언덕 안쪽 길에서 들려오는 것이라고 알게 됐다. 자동차 두 대가 투구벌레처럼 슬슬 기어가고 있었다. 자동차가 멈추자, 연노랑갈색 옷을 입은 병사들이 나왔다. 병사들은 즉시 눈 내린 언덕에 한 줄로 서서 하늘을 향해 총을 겨눴다.

그걸 알게 된 언덕에서는 "만세"를 부르면서 돌멩이를 던지는 것 같았다.

팡팡 총성이 울렸다.

"병사들이다"

류지는 말하면서 왠지 의아한 기분이었다.

그러는 동안 흰옷의 물결이 눈 덮인 들판을 가로질러서 도망쳐 왔다. 그들을 쫓아서 병사들도 간격을 두고 이동했다.

여기저기 작은 언덕의 흰옷은 점차 합류하여 사람 수가 늘자, 다시 뒤돌아서서 돌멩이를 던졌다. 병사들도 어느새 숫자가 늘어났다.

총성도 이번에는 하늘을 향한 것만이 아니었다.

간난이는 파랗게 질려서 입술을 꽉 다물었다.

"류지, 어쩌지? 집으로 돌아갈까? 교회로 갈까? 교회는 미국 거니까 지켜줄 거야."

둘러보니까, 이미 집은 멀었다. 교회는 바로 눈 밑에 보였다. 교회를 향하여 내려가는데, 지금은 통곡 소리처럼 만세를 부르던 흰옷의 집단이 길에서 점점 교회로 와 있었다. 교회에서는 때 아닌 종소리가 땡땡 울리기 시작했다. 그리고는 찬미가 소리가 들려왔다. 노래 가락이 높은 것은 여자들이 많이 모여 있기 때문인지도 모른다.

눈앞에 프랑스 교회의 지붕이 보이는 언덕까지 왔을 때, 쫓기는 흰옷의 집단이 교회 안으로 눈사태처럼 밀려왔다. 그들을 쫓아서 병사들이 왔다.

"류지 여기도 위험해. 역시 집으로 돌아가자"

이번에는 다시 방향을 바꿔서, 두 사람은 언덕에서 도랑을 건넜다.

골짜기를 둘 건너서, 작은 언덕에 올랐을 때, 교회당에서 불길이 올랐다. 어느 교회에서 들리는 것인지, 찬미가는 아직 계속되고 있었다.

"류지 피해서 들어온 사람들은 모두 타 버리는 걸까?"

간난이의 얼굴은 꽉 쥔 주먹처럼 작아져 있었다.

뒤돌아보니 불길은 아직 타오르고, 검은 연기가 자욱하게 올라갔다. 하얀 눈 위에 검은 연기와 활활 타는 불길이 선명해서 어쩐지 무서웠다. 조금 전에 기쁨에 들떠 소리를 질렀던 바위 모퉁이에 오자, 간난이는 류지의 두 손을 잡고 슬픈 얼굴을 했다.

"류지 윌슨은 안 오네. 독립도 안 되는 걸까?"라고 말했다.

류지는 아직 그 "만세"인지 "아이고"인지 잘 구별 못하는 소리가 귀에 달라붙어 있었다.

교회는 탔다. 사람들은 불에 타 죽었는지도 모른다.──

류지는 손바닥에 힘을 모아서 간난이의 손을 잡았다. 그밖에 대답할 말이 없었다.

간난이는 바위 모퉁이에 기운 없이 앉아 잠시 하늘을 쳐다보았는데,

"아, 류지"

조금 힘 있는 소리로 부르더니, 치마 속을 뒤지기 시작했다.

"류지한테 좋은 걸 만들어 줄게."

배 쪽에서 주머니 같은 것을 꺼내서 보였다. 흰색으로 결이 거칠고 울퉁불퉁하며 튼튼해 보이는 헝겊에, 비둘기 두 마리가 나란히 있었다. 비둘기 부리는 빨갛고, 몸 윤곽은 파랗고, 다리는 노란색으로, 저번에 시장에서 사서 조금 남은 실이 함께 들어 있었다.

"류지와 간난이"

간난이는 나란히 있는 두 마리 비둘기를 가리키며 쓸쓸하게 웃었다.

"주둥이를 꿰매고, 끈을 달면 다 된 거야. 그러면 줄게."

류지도 기뻐서, 거친 조선 무명의 헝겊을 쓰다듬었다.

II

똑똑똑

똑똑똑

간격을 두고 문을 두드리는 소리가 났다.

조심스럽게 두드리는 것으로, 그 사람이 얼마나 마음을 쓰고 있는가를 알 수 있었다. 무서워 벌벌 떨면서 두드리는 것이었다.

류지는 잠자리에서 일어나 귀를 기울였다.

문 두드리는 소리는 간격을 두고 다시 이어졌다.

그러는 동안, 문소리와 소리 사이에 사람의 쉰 목소리가 섞여 있는 것을 알아챘다.

"영감, 순사 영감"

순간, 류지는 그 사람이 간난이의 아버지가 아닐까 하고 생각했다.

"아버지, 아버지"

옆에서 자고 있던 아버지를 불러 깨웠다.

"뭐야?"

"사람이 부르고 있어요. 간난이 아버지가 아닐까요?"

"그럴 리가 있겠어? 이런 밤중에"

마타베이는 전등을 켜고, 시계를 보려고 했다.

"잠에 취해 있다고, 류지는 더 자라, 자."

그렇게 말하면서 시계를 들여다보던 마타베이는 시계를 귀에 대고,

"벌써 이런 시간이 됐네. 5시가 다 됐어."

잠옷차림으로 망토를 위에 걸치고 가는 아버지를 따라 류지도 나갔다.

어둠 속에서 눈이 내리고 있었다. 새털 같은 눈이 소리도 없이 계속 내리고 있었다.

작은 문을 여니, 한 장의 종이처럼, 휙 하고 간난이의 아버지가 들어왔다.

"영감, 간난이가 안 돌아왔어요. 밤새도록 기다렸는데 안 돌아왔어요."

아버지는 비틀비틀하다가, 그대로 눈 위에 무릎을 꿇고,

"찾아 주세요. 순사 영감. 그 아이가 살해되었는지도 몰라요."

간난이 아버지는 손을 높이 들고, 손바닥을 비볐다.

류지는 등골이 오싹해서 잠시 목소리가 나오지 않았다.

"안 돌아왔어? 음 그것 큰일 났군."

마타베이는 눈이 내리는 하늘을 쳐다보다가,

"좋아, 찾아 주지. 걱정하지 마오. 어딘가 자러 갈 데는 없나?"

그런 데가 없다고 간난이 아버지가 말했다. 어제부터 밤중까지 아는 사람들을 찾아가 보았지만 어디에도 없었다.

간난이 아버지를 달래서, 집으로 들어오려고 하니까, "아이고" 하고 큰 소리로 한 번 울고는 간난이 아버지는 돌아갔다.

류지는 다리가 덜덜 떨려서 견딜 수 없었다.

마루까지 어머니가 나와 있다가 이야기를 들었는지, 입술이 파랗게 질려 있었다.

"어제부터 나쁜 일만 계속되네."

하면서, 소매로 얼굴을 가렸다.

"주먹밥을 만들어 줘"

라고 마타베이는 말하며, 나갈 준비를 하기 시작했다.

"깃닫이 옷이 좋겠지. 이미 경찰은 그만두었거든."

오슌은 이불로 감싼 밥통에서, 밥을 덜어 내어 주먹밥을 만들기 시작했다.

"어머니 제 것도요."

류지가 말하자 오슌은 화를 냈다.

"무슨 말을 하는 거야, 이 아이가"

"찾으러 갈래요. 주먹밥이 없어도 가겠어요."

류지의 태도를 보고, 마타베이가 거들었다.

"좋아, 데리고 가지. 거리는 벌써 소동이 가라앉았으니까 그리 위험하지 않아."

라고 오슌에게 말했다.

마타베이는 그래도 권총을 주머니에 넣고, 류지의 손을 잡아끌었다.

밖은 점점 밝아지고 있었다. 눈도 조금씩 내렸다. 뒷산에서 언젠가의 바위 모퉁이로, 바위 모퉁이에서 교회 뒤로, 그리고 성벽 샛길을 빠져서, 서문 쪽으로 내려갔다.

서문으로 내려오니까, 두 손이 뒤로 묶여진 남자들이 순사에게 끌려서 왔다.

아버지는 그 동료하고 무언가 이야기하고 있었는데, 침통한 얼굴로, 다시 류지의 손을 잡아끌고, 성벽 사이로 걸어 북문 쪽으로 향했다.

"만세를 부른 사람이에요?"

라고 류지가 물었다.

"응, 그 주모자라고 하는데."

아버지는 더 이상 말하고 싶지 않은 것 같았다.

"간난이――"

류지가 부르자 아버지도 커다란 소리로 불렀다.

"간난아― 애야"

그러나 아무도 대답하지 않았다.

큰 소나무 밑동에 사람이 묻힌 것처럼 올라온 데가 있었다. 마타베이가 눈을 치워 보니, 머리가 깨진 남자의 시체였다.

"싫어 정말로"

마타베이가 말했다.

"어제 노구치 아저씨도 권총을 쏘지 않았으면 그런 일을 당하지 않아도 됐을 텐데."

어딘가 시골 쪽에 진압하러 가서, 상대편이 아무 짓도 하지 않았는데, 공포에 사로잡힌 나머지 권총을 쏘았기 때문에, 던진 돌에 맞았다고 했다.

많은 사람의 돌에 맞아, 종이처럼 납작해져서 죽었다고 했다. 어머니는 문상을 가서, 눈도 코도 알 수 없이 된 순사부장의 모습을 보고, 너무 무서워서 목소리도 나오지 않았다고 했다.

북문에서 소나무 숲을 빠져, 화홍문으로, 화홍문에서 연무대로 향했다.

소나무 밑둥을 아버지가 발로 차니까, 눈 속에서 밤색 버섯이 머리를 쳐들고 있었다.

"겨울 만가닥버섯이 나왔네."

주위를 찾아보니까, 서릿발이 크게 서 있는 단층에 버섯이 대여섯 개 나 있었다.

"허어, 볼만한데."

다음 그루터기에 눈을 주었을 때, 류지는 무언가를 보았다.

"뭐지, 어어 이건 피투성이야. 더러워."

버린 조각을 류지는 가슴을 두근거리면서 주워 들었다.

하얀 조선 무명 주머니, 비둘기가 두 마리 사이좋게 나란히 있는 그것이, 새빨갛게 피로 물들어져 있었다.

"간난이."

류지는 끌어안고 주저앉아 버렸다.

"뭐야, 왜 그래?"

아버지는 뜻밖의 아들 모습에 무척 놀라서 소리를 질렀다.

"이걸 간난이가 배에 차고 있었어. 치마 안에"

"음"

아버지는 손으로 잡으려 했다. 류지는 그것을 건네기 싫어, 보여 주기만 했다.

자기 혼자만 껴안고 싶었다. 손가락이라도 대었다가는 그냥 두지 않겠다고 말하는 류지의 서슬에 마타베이는 하려던 말을 목구멍으로 삼켰다.

"만일 간난이 것이라면 좋은 증거물이 될 거야."

류지는 간난이가 죽임을 당한 것이 틀림없다고, 깊은 골짜기에 끌려 내려진 것처럼 단념하고 있었다. 그것도 자기 동포인 아저씨에게.

"만약에 살해당했다고 하면 이 부근에 시체가 있을 텐데."

아버지는 주위를 둘러보았지만, 온통 희고 흰 눈벌판이었다. 소나무 숲이 끝없이 이어져 있을 뿐 파인 곳도 솟아나온 곳도 없었다.

"그리도 귀여운 여자아이를 죽이는 놈은 없을 텐데. 혹시 조선인 젊은이에게 괴롭힘을 당한 게 아닐까."

류지는 그 말을 듣자 감정이 복받쳐 올라서,

"간난이."

"간난이." 하고 미친 듯이 찾아 헤매기 시작했다.

(간난이를 죽인 사람은 틀림없이 군도를 휘두르는 아저씨일 거야.)

눈은 아직도 계속 내리고 있었다. 간난이의 아름다운 시체를 영원히 묻어 버리려는 듯이.

마타베이도 미친 듯이 찾아 헤매는 아들의 모습을 애처롭게 바라보면서,

"간난아- 애야." 하고, 뒤를 따라 돌아다녔다.

물기를 머금은 무거운 눈이 두 사람 위에 아직도 계속 내리고 있었다.

이미 봄이 가까워서 만지면 녹을 것 같은 눈이었다.

어떤 살육사건

사이토 다케시齋藤勇 지음

어떤 살육 사건

사이토 다케시齋藤勇

그건 터키령 아르메니아의 만행이 아니다.
삼백 년 전 피에드몬트에서 있었던 살육도 아니다.
아시아 대륙 동쪽 끝에서 일어났던 참사다.
영원한 평화를 기약하는 회의 중에 일어난 사건이다.
우리가 사랑하는 조국에서는,
인종차별을 몰아내야 한다고,
이른바 지사志士들이 으르렁거리던 때다.

오대 열강의 하나인 군자국의 관리는,
그가 다스리던 영토의 국민이 결속해서 일어나,
군자국 관헌의 압제를 호소하며,
한 사람의 인간으로서 누려야 할 자유와 권리를

요구하고자 시위운동을 했을 때,
필경 서양에서 온 사교邪敎에 홀린 탓이라고,
칼을 차고 포령布令을 돌렸다.
몇 월 며칠 회당에 모여야 한다고.

그곳은 도시에서 떨어진 호젓한 마을,
나무로 된 소박한 교회당이 서 있다.
흰옷을 걸친 그 땅의 백성들,
어떤 이는 병든 늙은 아비를 두고,
어떤 이는 갓 해산한 아내를 두고,
어떤 이는 겨우 끼니를 잇는 일손을 놓고,
오늘은 일요일도 아닌데 왜 모이는가,
명령 때문이다, 엄한 헌병의 명령 때문이다.

모이는 사람은 이삼십 명, 그중에는 예수를 안 믿는 사람도 있었다.
관헌은 꾸짖었다, 왜 폭동에 가담했냐고.
아아, 자기 조국이 사라진다면 불평 없이 있을 수 있을까.
더구나 당국자가 선정을 베풀지 않는다면,
그 누가 애써 굴욕과 모멸을 참으랴.
더구나 만약, 무단과 폭력으로,
백성의 복종만을 꾀하는 위정자가 있다면 ….
예수의 제자는 관헌에 맞서,
신앙의 자유를 외쳤는지도 모른다.
그 말투가 몹시 격할지라도,

우상 숭배를 강요하는 자에게,

그것은 안 된다고, 불순하다고 어찌 말하랴.

돌연히 울린 총성 한 발, 두 발 ….

순식간에 교회당은 시체의 사당.

그것도 모자라 불을 들고 덮치는 자가 있었다.

붉은 불꽃의 혓바닥은 벽을 핥았으나,

관헌의 독수에 걸린 망국의 백성을――

서양 사교邪敎를 믿는 자를――

꺼리는 것처럼, 두려워하는 것처럼, 지키려는 것처럼,

그들 시체를 깡그리 태워 버리지는 않는다.

그걸 보고, 민가에도 불을 질렀다,

타오른다, 타오른다, 마흔 채의 부락이,

한 채도 남김없이 다 타버린다.

그대가 초가집 잿더미에 서면,

무섭게 타오르는 저 냄새가 코를 찌르지 않느냐.

젖먹이를 안고 숨진 젊은 어미,

달아나다 쓰러진 노인네들

시커멓게 얼룩진 이 참상이 그대에겐 보이지 않느냐.

뭐라고, 헤롯이 아이들을 참살한 것보다는 잔인하지 않다는 것이냐.

피에드몬트나 아르메니아의 학살보다는 적은 숫자라는 것이냐.

시마바라나 나가사키 근처에서 옛날에도 있었다고 하느냐.

군자국에서는 이런 예가 흔하지 않다고 말하느냐.

만일 이를 부끄러워하지 않는다면,

저주받지 않을까 동해 군자의 나라여.

어느 신문은 간단히 전하여 이르기를,
합병 국토의 예수교인은
떼 지어 모여서 소요를 일으키고,
해산을 명한 관헌에게 반항했기에,
사망한 폭도는 스무 명, 가옥 소실 십여 채라고.
또 어떤 신문은 한마디도 이를 쓰지 않았다,
마치 순풍에 휘날리는 꽃을 보는 것처럼

1919.5.6.

(1919년 5월 22일, 제1247호 《福音新報》)

5

살육의 흔적

사이토 구라조齋藤庫三 지음

살육의 흔적

사이토 구라조齋藤庫三

—— 사이토 다케시 씨의 〈어떤 살육 사건〉을 읽고

여기 도시에서 떨어진 호젓한 시골,
붉은 연기 사이로 달이 떠오른다.
어젯밤까지는 즐거웠던 가족도,
지금은 집과 함께 까맣게 타 버리고,
타다 남은 그 속에서 연기만 피운다.

지난날의 마을의 봄, 그리고 크리스마스,
기쁘게 모였던 교회당도 지금은 흔적도 없고,
함께 기도했던 순박한 모습은 어디에 있는가,
보라, 주 예수 그리스도가,
타다 남은 들판을 애도하고 다니시네.

타버린 사람들의 영혼은 하늘로 올라갔다.
그러나 남겨진 이 잔학한 흔적은 어이할꼬.
불로 태우고, 총을 쏘아, 살육한 사람들을 위해
보라, 주님은 자욱한 연기 속에서 기도하시네.
그들은 떠나 버리고 그림자도 보이지 않는구나.

조용히 연기만 내고 있는 타다 남은 것,
아득히 멀리 푸르고 붉은 달빛,
바뀌어 가는 참담한 지상의 문명,
황폐하기 그지없는 흔적을 어이 비추는가.
허나 그리스도는 영원히 계신다네.

심판도 선고도 결국은 주님의 손에 따름이거늘,
위로하라, 위로하라, 하나님을 버리지 말라,
의지하라, 의지하라, 영원히 그를,
복수도 울분도 단지 아름다운 사랑으로 거두어 기도하라.

1919.5.15.

(1919년 6월 15일, 제1251호 《福音新報》)

간도 빨치산의 노래

마키무라 히로시槇村浩 지음

간도間島 빨치산의 노래

마키무라 히로시槙村浩

추억은 나를 고향으로 날랐다
백두의 봉우리를 넘어, 낙엽송의 숲을 지나
갈대 뿌리 까맣게 언 늪 저편
불그스름한 맨땅에 거무스름해진 오두막집이 이어진 곳
고려 꿩이 골짜기에서 우는 함경의 마을이요

눈 녹는 좁은 길을 밟고
지게를 지고, 마른 잎 모으러
누나와 오른 뒷산의 졸참나무 숲이요
산지기에 쫓기어 자갈길을 뛰어 내려가는 둘의 어깨에
지게 줄은 어찌 저리도 파고들었을까
금이 간 둘의 발에
부는 바람이 얼마나 핏덩어리를 얼게 했던가

구름은 남으로 조각조각 날아가고
열풍은 논두렁으로 흐르고
산에서 산으로 기우祈雨를 하러 가는 마을사람 속에
아버지가 짊어진 괭이 끝을 응시하면서
현기증이 나도록 허기진 배를 참으며
누나와 손잡고 넘어갔다.
저 긴 비탈길이요

분버들¹ 연기가 낀 서당 그늘에
폐를 앓아 도읍지에서 돌아온 젊은이의 이야기는
소년인 우리에게는 얼마나 즐거웠는가
젊은이는 흥분하면 금방 기침을 했다
격심하게 콜록거리며
그는 어두운 제정 러시아의 황제를 말했다
폭탄에 그을린 크레물린과
안개 속을 흐르는 네바강의 피거품과
눈을 밟으며 시베리아로 가는 죄수의 무리와
그리고 시월 아침 일찍
해일처럼 거리에 들이닥친 민중의 우렁찬 소리를
차르²의 검은 독수리가 찢어지고
모스크바의 하늘 높이 낫과 쇠망치의 붉은 깃발이 나부낀 그날의

---

1 버들과에 딸린 큰키나무.
2 tsar, 제정 러시아 시대 황제의 칭호.

일을

말을 그치고 휘파람을 분 그의 옆얼굴에는 애처로운 홍조가 흐르고

피가 저고리 소매를 새빨갛게 물들였다

최 선생 하고 불린 그 젊은이는

그 굉장히 울려 퍼지는 소리가 조선을 흔들던 봄도 보지 못하고

잿빛 눈이 내리는 하늘에 희망을 던지며 고향의 서당에서 죽었다.

그러나, 자유의 나라 러시아 이야기는

얼마나 깊은 동경과 더불어 내 가슴에 스며들었는가

나는 북녘 하늘에 울리는 훌륭한 건설의 바퀴 소리를 듣고

고국을 못 가진 우리의 어두운 식민지 생활을 생각했다

어어

업심받아 불구자가 될 때까지 상처 입은 민족의 긍지와

소리 없는 무수한 고뇌를 실은 고국의 땅!

그 너의 땅을

굶주린 너의 아이들이

쓸쓸한 굴욕과 불만을 담아 삼킬 때——

너의 따뜻한 가슴에서 억지로 잡아 떨어진

너의 아이들이

고개 숙이고 말없이 국경을 넘어갈 때——

너의 땅 밑바닥에서

이천만의 민중을 뒤흔드는 격분하는 용암을 생각하라!

오 3월 1일

민족의 피 물결이 가슴을 울린다. 우리들 중 어느 하나가
무한한 증오를 한순간에 내던졌던 우리들 중 어느 누가
1919년 3월 1일을 잊을 수 있으랴!
그날
"대한독립만세!" 소리는 방방곡곡을 뒤흔들고
짓밟힌 ××(일장)³기대신
모국의 깃발은 집집마다 펄럭였다.

가슴에 솟구치는 뜨거운 눈물로 우리는 그날을 떠올린다!
반항의 우렁찬 만세소리는 고향 마을까지 울려 퍼지고
자유의 노래는 함경의 봉우리에 메아리쳤다.
오, 산에서 산, 골짜기에서 골짜기로 넘쳐난
학대받은 자들의 끝없는 행렬이여!
선두에서 깃발을 들고 나아가는 젊은이와
가슴 벅찬 만세를 아득히 먼 지붕까지 큰 소리로 외치는 노인과
눈에 눈물을 머금고 옛 민요를 부르는 여자들과
풀뿌리를 갉아 먹으며,
뱃속 깊은 곳에서 나온 기쁨의 환호소리를 내지르는 소년들!
붉은 흙이 허물어지는 고개 위에서
소리를 질러 부모와 오누이가 외치면서,
복받쳐오는 뜨거운 것에 나도 모르게 흘린 눈물을

---

3 ××(일장)에서, ××는 1932년 4월 〈프로레타리아 문학〉 임시 증간호에 발
표했을 때의 것이며, (일장)은 1984년 平凡堂書店에서 마키무라의 전집을
내면서 편집자가 넣은 것이다.

나는 결코 잊지 않는다!

오오, 우리들의 자유의 기쁨은 너무나도 짧았다!
해질녘 나는 지평선 끝에
연기를 올리고 돌진해 온 검은 덩이를 보았다.
악마와 같이 횃불을 던지고, 마을들을 불길의 파도로 적시며,
함성을 지르고 돌격하는 일본 기마대를!
그러나 ×(타)서 ×(내려앉은) 부락의 집들도
언덕에서 언덕으로 작렬하는 총탄소리도, 우리에게는 무엇이겠는가.
우리는 함경의 남과 여
착취자에의 반항으로 역사를 만들었던 이 고향 이름을 걸고
전한全韓에 봉화를 올린 몇 번의 봉기에 피 흘린 이 고향 땅의 흙에
걸고
고개 숙여, 이대로 진지를 적에게 넘길쏘냐

깃발을 접고 항복하여 땅에 엎드리는 자는 누구인가?
부서를 버리고, 적의 말발굽에 고향을 바치는 자는 어느 녀석이냐?
설사, 불길이 우리를 감싼다 해도
설사, 총검을 겨눈 기마대가 야수와 같이 우리에게 덤벼든다 해도
우리는 높이 머리를 쳐들고
의기양양 가슴을 펴고
노도와 같이 산봉우리를 뒤흔드는 만세를 외치자!
우리들이 진지를 버리지 않고, 우리들의 함성이 들리는 곳
"폭압의 구름이 덮은" 조선의 한구석에

우리의 고향은 살고
우리 민족의 피는 힘차게 뛴다!
우리는 함경의 남과 여!

오오 피의 3월——그날을 마지막으로
부모 누나와 나는 영원히 헤어졌다
포탄에 무너진 모래 안에 잃은 세 사람의 모습을
흰옷을 피로 물들여 들에 쓰러진 마을사람들 사이에
적송赤松에 거꾸로 걸린 주검 사이에
총검과 기마대를 피하면서
밤도 낮도 나는 찾아다녔다

가엾은 고국이여!
네 위에 떠도는 주검의 냄새는 너무도 끔찍하구나.
벌집처럼 총검에 찔려, 산 채로 화염 속에 던져진 사내들!
능욕당하고 갈기갈기 찢겨 내장까지 터져 나온 여자들!
돌멩이를 손에 쥔 채 목 졸려 ××(살해)된 노인들!
작은 손에 태극기를 움켜쥔 채 엎드린 아이들!
오 너희들, 앞서서 해방의 싸움에 쓰러진 만 오천 동지들의
관에도 못 들어가고, 썩은 시신을 독수리의 먹이로 내놓은 몸 위를
황폐한 마을과 마을 위를
망망한 삼나무 소나무 숲에 몸을 숨기는 화전민 위를
북선北鮮의 광야에 싹트는 풀 냄새 머금고
불어라! 봄바람아!

밤새 산은 활활 타오르고

화전을 에워싼 군락 위를, 새는 대열을 흐트러뜨리며 흩어졌다.

아침

나는 새벽하늘에

소용돌이치며 북쪽으로 날아가는 학을 보았다

들쭉 숲을 헤치고

울창한 숲의 바다를 넘어서

국경으로——

불 같이 붉은 구름 파도를 가로질러, 곧바로 날아가는 것!

그 고국으로 돌아가는 흰 대열에

나, 열두 살 소년의 가슴은 뛰었다.

흥분하여, 콜록거리며 최 선생이 말한 자유의 나라로

봄바람에 날개를 치고

환성을 멀리 외치며

지금 즐거운 여행을 가는 자!

나는 뺨이 화끈거려

손을 들어 학에 대답했다

그 13년 전의 감격을 지금도 생생하게 기억하네.

얼음덩어리가 강바닥에 부서지는 이른 봄의 두만강을 건너

국경을 넘어 이미 십삼 년

쓸쓸한 투쟁과 시련의 시기를

나는 장백長白의 평원에서 지냈다.

변덕스러운 '때'를 나는 러시아를 사이에 두고

냉엄한 생활의 사슬은 간도에 나를 묶어 놓았다
그러나 일찍이 러시아를 보지 않고
태어나서 러시아 땅을 밟지 않은 것을 나는 결코 후회하지 않는다.
지금 내가 사는 데는 제 이의 러시아
민족의 울타리를 철거한 소비에트!
들어라! 총을 손으로
깊은 밤 얼음 너머로 들리는 하이란海蘭의 얇은 강바닥 소리에
밀림의 야습 소리가 메아리친 왕칭汪淸의 나무들 하나하나에
×(피)로 물들인 고난과 건설의 이야기를!

바람아, 노여움으로 가득찬 소리를 담고 백두에서 밀어닥치자!
파도야, 격분의 물보라를 올리고 두만강으로 솟구쳐라!
어, ××(일장)기를 휘날리는 강도들아!
부모와 누나와 동지의 피를 땅에 뿌리고
고국에서 나를 내쫓고
지금 칼을 차고 간도로 육박하는 ××(일본)의 군대!
어, 너희들 앞에 우리가 다시 굴종해야 하는가.
뻔뻔스러운 강도들을 대우待遇하는 길을 우리가 모른다고 하느냐

봄은 소리를 내고 여울져 흐르고
바람은 목서木犀 향기를 전해 온다
이슬에 젖은 잔디에 빙 둘러앉아
우리는 지금 받은 훌륭한 전단을 읽는다.
그것은 국경을 넘어 해방을 위해 싸우는 동지의 소리

격철擊鐵을 앞에 두고,
유연하게 계급의 붉은 깃발을 내건 프롤레타리아트의 외침
'재만 일본××(혁명)병사위원회'의 격문!

전단을 호주머니에
우리는 다시 총을 잡고 남모르게 가자
눈이 녹은 얕은 여울에 우리의 진군을 알리고
낯익은 자귀나무 숲은 기꺼이 우리를 맞이할 것이다.
놈들! 당황해서 얼굴색이 바뀐 집정에
돈에 팔린 환성을 올리려면 올려라,
피로에 지친 호외 파는 사람에게
거짓말쟁이의 승리를 알리려면 알려라
우리는 불사신이다!
우리는 몇 번이나 패하기는 했다
총검과 말굽은 우리를 쫓아 버리기도 했다
그러나
밀림에 잠복한 열 명은 백 명이 되어 나타나지 않았는가!
백 리 퇴각한 우리는 이번에는 이백 리를 전진하지 않았는가!
"사는 날 동안은 해방을 위해 몸을 바치고
붉은 깃발 아래 기꺼이 죽자!"
'동방 ××(혁명)군'의 군기軍旗에 입술을 대고,
선서한 그 말을 내가 잊을 건가
우리는 간도의 빨치산몸소 소비에트를 지키는 무쇠팔.
생사를 붉은 깃발과 같이하는 결사대

지금 장백의 봉우리를 넘어
혁명의 진군가를 전 세계로 울린다.
──바다 사이를 우리의 팔 하나로 묶고
──자 싸우자 자, 분기하라 자
──아 인터내셔널 우리의 것……

1932.3.13

(1932년 4월 〈프로레타리아 문학〉 임시 증간호)

7

이조잔영 李朝殘影

가지야마 도시유키梶山季之 지음

ǀ

　노구치 료키치野口良吉가 경성京城 화류계에서 괴짜라고 불리는 김영순金英順이라는 여성을 알게 된 것은 1940년 여름이었다.

　틀림없이 무덥고 모기가 많고 비가 내리는 밤이었다고 기억한다.

　김영순은 이른바 기생이었다. 일본에서 말하는 게이샤藝者이다.

　당시 경성 화류계에서는 게이샤와 기생 둘 다 공인되고 있었는데, 게이샤와 달리 기생은 해마다 쇠미해지기만 해서 종로의 요정料亭에 겨우 옛 모습을 남기고 있었을 뿐이었다.

　그것도 한일 병탄 이후, 시류時流에 휩쓸려 직업화하여 일본 물이 든 기생이 많았다. 다시 말하면 옛날 기생의 학식이나 예의는 시대의 흐름과 더불어 잃어 버린 것이다. 어쩌면 김영순은 그런 사라져 가는 기생의 품격을 지켜 내려고 홀로 반항하는 여자였는지도 모른다.

　조선시대의 기생은 요시와라吉原[1]의 오이란花魁[2]도 따라갈 수 없을

------

[1] 일본 에도江戸시대 에도 교외에 막부幕府가 공인한 매춘업소가 모여 있던 유곽遊廓.

만큼 조선 민중에게는 귀족적인 존재였다.

노구치는 아버지가 가지고 있던 옛날 기생의 명함을 본 적이 있었다. 일찍이 군인이었던 노구치의 아버지는 아주 꼼꼼한 성격으로, 하루도 거르지 않고 일기를 쓰고, 그날 만난 사람의 명함을 날짜와 시간과 용건을 적어서 반드시 스크랩북에 붙여 두었다. 그 낡은 명함첩 한 권에, '정삼품正三品 평양 월계月桂' '정사품正四品 진주 옥란玉蘭' 같이 이상하고 작은 명함이 붙여져 있었다.

그것은 기생의 명함이었다.

"진주나 평양은 옛날 기생으로 유명한 곳이었지. 평양에서 첫째, 진주에서 둘째라고 말할 정도로 둘 다 대단한 미인이었단다."

술에 취해 기분이 좋은 노구치의 아버지는 아직 중학생이던 그에게 가르쳐 주었다.

'정삼품'이나 '정사품'이라고 하는 것은 품계品階의 하나로, 정사품은 군수郡守와 같은 벼슬이었다. 다시 말하면 조선시대의 기생은 그 정도로 사회적 지위가 높은 존재였다는 것이다. 게이샤가 일본에서 벼슬을 했다는 이야기는 지금까지 한 번도 들은 적이 없다.

조선조朝鮮朝에서는 관기官妓 제도를 정하여, 내의원內醫院과 혜민서惠民署의 여의女醫와 상의원尚衣院의 침선비針線婢라는 이름으로 삼백여 명의 기생을 궁전 안에 두었다. 침선비는 바느질을 하는 여관女官을 뜻한다.

이것은 고려高麗의 악제樂制를 본받아 예악禮樂을 국정國政의 으뜸으로 삼았으므로, 예연禮宴을 할 때에는 여악女樂이 필요했기 때문이다.

---

2 요시와라 유곽에서 높은 지위에 있는 유녀遊女를 부르는 호칭.

관기官妓들은 궁중에서 주연酒宴이 있을 때에는 잔칫상 앞에 나가 귀족과 고관高官들에게 술을 따르고 노래와 춤으로 흥을 돋우었다고 문헌에 적혀 있다. 따라서 나라를 다스리는 사람들의 약점을 잘 잡고 그 안색을 살펴서, 뒤에서 간접적으로 정치를 움직이는 지위에 있었다고 생각할 수 있다. 취직이나 소송 같은 문제에 큰 영향력을 가지고 있었을 것이라고는 쉽게 상상할 수 있다.

명기名技의 산지産地로 불리는 평양과 진주에는 기생을 양성하는 학교도 있었다. 춤과 노래·기악·독서·붓글씨는 필수과목이고, 시나 그림까지 가르쳤다고 한다.

물론 기생에게도 계급이 있었다.

일패·이패·삼패의 세 단계가 있어, 삼패는 준기생準妓生이라고 불렸다. 성적이나 행실에 따라 이패로 오르거나 삼패로 떨어지기도 했다. 그리고 일패는 거의 궁중에 출입할 수 있는 관기로, 여간해서는 몸을 허락하지 않았다는 것이 정설定說이다.

기생과 즐기는 데도 절차가 복잡했다.

어느 여성을 보고 반하면 화류계의 사정을 잘 아는 중매인을 찾아야 한다. 사례를 하고 그 사람과 함께 기생집에 몇 번인가 놀러 간다.

낯이 익어지면 비로소 중매인을 통해서 조심스럽게 기생의 의향을 물어보는데, 단번에 거절당하면 그것으로 끝이었다.

상대가 승낙을 하게 되면 그것도 큰일이었다.

많은 돈에 새 옷을 몇 벌 더해서 기생에게 보내고, 상대가 싫다고 말할 때까지는 관계를 끊을 수 없다. 말하자면 서방님이 되는 것인데, 비용은 모두 남자가 부담했다.

준기생으로 불리는 삼패 급을 상대할 경우에도, 유흥을 할 때 닷새나 열흘이라는 기간을 정해서, 그동안에는 기생집에 들어박혀 기거起居를 같이하는 것이 관습이었다. 그래서 기생은 서민庶民에게는 높은 산봉우리에 핀 꽃과 같았다. 손이 닿을 수 있는 대상이 아니었고, 또한 기생들도 긍지를 지니고 있었다.

그러나 시대의 흐름은 기생의 지위와 기예, 그리고 품격마저도 타락시키고 말았다. 높은 산봉우리의 꽃이었던 기생은 갈보라고 불리는 천한 매춘부와 같은 존재로 변해 버렸다.

김영순은 그러한 것을 한탄했는지 모른다. 적어도 처음에는 노구치 료키치는 그렇게 느꼈다.

김영순의 장기長技인 조선시대의 궁중무용을 노구치가 처음 본 것은, 만세사건으로 인연이 깊은 종로 인사동仁寺洞의 '홍몽관紅夢館'이라는 요정에서였다.

미술학교 시절의 친구인 다와라 하루유키俵春之가 만주에 새로 생긴 영화회사의 미술부 조수로 부임하는 길에, 경성에 들른 것이 계기가 되었다.

노구치의 아버지는 남산南山 기슭에 있는 '지요다로千代田樓'라는 여관의 딸과 결혼해서 1920년에 군인을 그만둔 뒤로 여관업에 전념하였다.

아버지는 노구치를 육사陸士나 해병海兵이 되는 학교에 보내고 싶어했으나, 다행히 그는 심한 근시近視여서, 자기의 지망대로 미술학교에 진학할 수 있었다. 그리고 학교를 졸업하자 경성으로 돌아와서 사립여자학교의 미술교사가 되어 좋아하는 유화를 그리며 지내고 있었다.

그 무렵, 그가 그림의 소재로 고른 것은 흥미로운 조선 풍속이었다. 조선 풍속도 일본 물이 들어 해마다 세간世間에서 모습을 감추고 있었다.

이를테면 구정舊正에 조선 남자들은 '윷놀이'라는 내기를 하거나 부녀자들은 '널뛰기'를 즐긴다.

'윷놀이'는 짧은 막대기를 세로로 잘라서 네 개로 만들어, 이것을 던져서, 나타나는 다섯 종류의 표시에 따라 승부를 가리는 게임이다. 조선의 독특한 유희이다.

'널뛰기'는 짚단이나 가마니를 가운데에 받쳐 놓고서, 그 위에 널빤지를 놓는다. 그리고는 널빤지 양끝에 한 사람씩 서서, 교대로 뛰어오른다. 말하자면 시소 같은 것인데 젊은 여자가 화려한 색깔의 옷을 입고, 이른 봄 차가운 하늘에 치마를 펄럭이는 풍경은 그야말로 한 폭의 그림이었다.

그러나 최근에는 그 계절에 농촌으로 찾아가지 않으면 윷놀이와 널뛰기를 볼 수 없게 되었다. 노구치 료키치는 그걸 아쉬워하는 사람의 하나였다.

경성은 주위가 백악白岳·낙타駱駝·인왕仁王·목멱木覓 같은 산에 둘러싸여 있고, 남쪽에는 한강漢江이 흐르는 천연의 요새라고 할 만한 도시이다. 그리고 조선조의 태조太祖와 제4대 왕인 세종世宗 때 만든, 길이 16킬로미터 높이 10미터의 성벽과 여덟 개의 성문으로 지켜 내던 도시이기도 하다.

그 성벽을 쌓는 데 모두 4십 2만 9천 8백 7십 명과 그 밖에 석공石工이 2천 2백 십일 명이 동원되었다고 문헌에 적혀 있다. 5백 여 년 동안 비바람에 견디어 온 경성의 상징이던 성벽도, 한일병합 뒤에는 도시의 발전에 따라 허물어트려 성문도 동대문과 남대문만 남게 되었다.

1940년 8월 어느 날, 노구치 료키치는 친구 다와라와 낮에는 스케치북을 가지고 성벽을 돌았다. 그리고 밤이 되기를 기다려,

"오늘 밤에는 한군데 조선 정서가 진하게 배어 있는 곳으로 안내하겠네."라고 그는 제법 조선을 잘 아는 것처럼 말하며 다와라 하루유키를 종로 거리로 데리고 나갔다.

노구치는 광화문光化門에서 동대문으로 향하는 종로 거리의 풍경을 좋아했다.

이 전찻길만은 옛날 조선의 분위기가 있었다. 그것은 일본인의 긴자銀座[3]라고 할 본정本町[4] 거리와는 아주 대조적인 조선인의 거리였다.

종로 입구에 있는 화신和信백화점. 그 건너편 남쪽 구석에 있는 커다란 종이 달린 보신각普信閣. 13층 대리석탑이 있는 파고다공원. 그리고 길가에 즐비한 상점들 ——

노구치에게는 어릴 때부터 깊이 정든 종로 거리의 풍물이었다. 그는 이 거리에서 조선에 대한 여러 가지 지식을 얻었다.

지식의 종류는 잡다雜多했는데, 예를 하나 들면 점포의 명칭이 있다.

조선에서는 '시치야質屋'를 '전당포典當鋪'라고 부른다. 그것을 알게 된 것도 이 종로 거리이며, '오방재가五房在家'라는 것이 잡화점雜貨店이고, '마미도가馬尾都家'라는 이름의, 말의 갈기나 꼬리를 도매하는 기묘한 상점이 있다는 것도 이 종로 거리에 스케치를 하러 와서 알게 되었다.

온돌에 바르는 노란 기름종이(장판지)를 파는 지물포紙物鋪, 말린

---

3 일본 도쿄도東京都 주오구中央區에 있는 지명으로 일본 번화가의 대명사.
4 지금의 서울 충무로忠武路 일대.

명태나 대구를 여러 겹으로 쌓아 놓은 어물전魚物廛, 문방구를 파는 문구점, 조선 특유의 곤돌라처럼 생긴 나막신이나 고무신을 진열한 신발가게 등. ── 이 종로 거리에 오면 진기하고 흥미를 불러일으키는 풍경이 즐비했다. 노구치가 특히 좋아한 것은 길을 오가는 행상인들의 모습이었다.

커다란 가위를 짤카닥짤카닥 울리면서 동전이 없어도 고철古鐵을 엿으로 바꿔 주는 포장마차 엿장수, 손님의 짐을 지고 나르는 지게꾼, 길을 오가며 석유통 하나의 물을 3전錢에 팔고 다니는 물장수. ──

독특한 갓을 쓰고, 두루마기를 걸치고, 긴 담뱃대를 물고서 느긋하게 손님을 기다리는 약초장수.

여름에는 수박과 참외, 겨울에는 군밤을 소리 높여 파는 과일장수……

하나하나 세려고 하면 그야말로 끝이 없었다.

노구치 료키치는 종로 거리의 풍물로 조선인의 생활을 알았고, 그리고 해마다 사라져 가는 조선 풍속을 알게 되었다.

…… 사실, 종로에는 조선의 정취情趣가 있고, 관습이 있고, 색채가 있었다. 무너져 가는 민속의 풍물시風物詩, 그런 것이 아직 이 거리에는 남아 있었다.

그래서 더욱 그는 미술학교의 졸업 작품에도 종로를 무대로 골라, 파고다공원에서 쉬고 있는 조선의 노인 부부를 그렸다. 졸업해서 다시 경성 생활이 시작되자, 노구치는 일종의 집념 같은 것에 사로잡혀서 조선의 풍속을 찾았다.

노구치는 경성 번화가의 하나인 종로에서는 서서 스케치를 해도 적의敵意를 느끼는 일이 없었으나, 한 걸음 교외로 나가면, 자기를 바라보는 조선인의 눈길이 차갑고 날카롭게 찌르는 것을 느꼈다.

그 적의에 찬 눈길은 그와 비슷한 나이의 조선 청년들한테서 특히 강하게 느꼈다. 그것은 그의 옆얼굴을 찌르고, 등에 달라붙고, 때로는 스케치 연필을 쥔 손가락을 멈추게 했다.

노구치는 처음에는 마음에 두지 않았으나, 조선인들이 왜 자기를 적대시하는지 점점 의문을 품게 되었다.

조선인을 '여보!'라고 욕하며, 마치 노예처럼 다루는 일본인이 더러 있는 것은 사실이다. 그러나 노구치는 경성에서 태어나 경성에서 자라서, 조선인들에게 친밀감을 품고 있었다. 그런 호의를 가지고 있는 사람을, 조선의 풍물을 찾아 헤매는 자기를, 왜 그들은 미움의 눈으로 쳐다보는 걸까 —— 그에게는 아무래도 이해가 되지 않았다.

그래서 김영순이라는 조선의 무희舞姬는 노구치에게, 왜 미워하는가를 가르쳐준 여자이기도 했다. 이렇게 생각해 보면, 노구치 료키치에게는 그날 밤의 일이 숙명적이라고만 느껴졌다.

종로 거리를 4가까지 걸은 다음, 노구치는 2가 뒷골목에 있는 주막酒幕에 다와라 하루유키를 데리고 갔다.

조선요리와 조선술을 맛보는 데는 이런 조금 지저분한 주막이 제일 좋다.

전찻길에서 종로 뒷골목으로 들어가면, 갑자기 세계가 달라지고 구질구질하게 물기가 묻어 있다.

그것은 서서 눈 오줌 냄새와 더러운 하수도(시궁창)의 냄새가 뒤섞여 나는, 어두운 골목이 미로처럼 구불구불 잇달아 있기 때문이다.

건물은 기와집이지만 지붕이 낮고 창이 작아, 아주 누추하게 보이는 집들이 늘어서 있다. 민가民家도 있고 상점도 있었다. 주막을 찾아내는 방법은 입구의 붉은 기둥과 함련頷聯이다.

함련이란 입구 양쪽 기둥에 걸려 있는 연귀聯句로서, '壽如山 富如海 (산처럼 오래 살고 바다처럼 넉넉하다)'라든가, '去天災 來百福(재앙은 사라지고 만복이 찾아온다)'라는 상투적인 문구文句가 쓰여 있다.

노구치가 몇 번인가 온 적이 있는 2가의 주막에는,

'花映玉壺紅影蕩 (꽃은 옥단지를 비추며 붉은 그림자를 드리우고)'

'月窺銀瓮紫光浮 (달은 은 항아리를 엿보며 자줏빛으로 떠오르네)'

라는 칠언절구七言絶句의 시가 걸려 있고, 그것이 노구치가 그 집을 찾을 수 있는 표지標識였다. 구부러진 처마의 곡선과 붉은 기둥을 보면서 주막 안으로 들어가면 넓은 토방이 있다.

그리고 정면正面으로 한 단段 높은 곳에 작은 부뚜막이 두 개 만들어져 있다. 그리고 부뚜막 앞에는 두 남자가 말없이 앉아 있다. 주막 안에는 고기를 굽는 연기와 마늘이 타는 냄새가 후덥지근하게 가득 차 있었다. 다와라 하루유키는 아니나 다를까 콜록콜록 기침을 하며 놀란 듯이 그를 보았다.

"지독한 곳이네 ……"

"술집이란 이런 데야. 이 주막은 그래도 괜찮은 편이고, 시골에 가면 더 지독한 집이 있어."

노구치는 자랑하는 듯이 지식을 떠벌렸다. 주막의 막幕이라는 글자는 오두막집이라는 뜻인 것, 도시에서는 음식점이지만 시골에서는 여인숙을 겸하며, 갈보를 두고 매춘을 하기도 한다는 것, 술에는 막걸리·약주·소주 세 가지가 있고, 창녀가 있는 술집을 색주가色酒家, 그냥 술만 제공하는 술집을 내외술집內外酒店이라고 하는 것 등등 ——

"정말, 노구치 군은 조선 사정을 잘 아네. 허나 이렇게 연기가 자욱하고 더워서야 어찌 견디겠는가!"

다와라는 목덜미의 땀을 닦으며 웃었다.

토방 왼쪽에는 돼지나 소머리가 매달려 있었다. 그리고 아래 선반에는 무언지 모르는 빨간 고깃덩어리나 하얀 내장이 바구니에 나란히 담겨져 있었다.

마당 가운데에는 평상(나무 탁자)와 의자가 있고, 칠팔 명의 손님이 웃으면서 조선어로 이야기하고 있었다. 두 사람은 입구에서 가까운 평상 앞에 앉았다.

"요리는 뭐로 할까?"

노구치는 친구에게 물었다.

이 주막에서는 약주를 주문하면 고기든지 국물이든지 요리 하나가 따라 나온다. 그게 주막의 관습이었다.

"뭐가 있지?"

"대표적인 건 곰탕이라는 국과 갈비구이야."

그는 손가락질하며 가르쳤다.

오른쪽 부엌에는 커다란 아궁이가 있고, 두 아름이나 되는 가마솥에서 보얀 김이 모락모락 오르고 있었다. 그것은 돼지발이나 소 내장을 삶아서 국을 만드는 솥이었다.

왼쪽의 소나 돼지 머리 옆에는 활활 피어오르는 숯불더미가 있고, 그 위에 걸쳐진 석쇠에는 구수한 연기가 자욱이 서려 있었다. 그것은 소의 갈비나 내장을 굽고 있는 것이다.

"그 갈비나 먹어 보세. 그리고 김치도."

다와라 하루유키는 연기가 매운지 눈을 깜박거리면서 힘차게 말했다.

"미안하지만 김치는 여름에는 없다네. 기껏해야 시어빠진 깍두기 정도지."

노구치는 설명을 하고 주모酒母에게 약주와 갈비를 시켰다.

손님이 주문하면 아궁이 앞에 앉아 있던 두 남자는 동시에 일어나서 항아리 뚜껑을 열고 쇠로 된 국자로 술을 떠서 냄비에 옮겼다. 접시처럼 바닥이 얕은 냄비이다.

왼쪽 손은 기계적으로 움직여 말린 솔잎을 한 주먹 쥐어 아궁이 밑에 던져 넣었다. 불씨가 있었는지 금방 빨간 불꽃이 일어나 타 올랐다. 남자들은 쇠 국자로 냄비 바닥을 닥닥 소리를 내면서 젓기 시작했다. 약한 불로 데우면서 천천히 저어서 술을 골고루 알맞게 데우는 것이다.

그 느긋하게 약주를 데우는 방법은 과연 대륙답다고 느꼈다. 그것은 잠시 중국대륙에서 전쟁이 일어났다는 것을 노구치가 잊도록 해주었다. 그러나 원래 성질이 급한 다와라는 그 한가로운 정경이 오히려 초조한 듯,

"이봐, 술은 아직 안 나오나."라고 몇 번이나 재촉했다.

술과 안주가 나오자, 다와라의 기분은 금방 나아졌다.

고기가 붙은 갈비를 양손에 들고, 다와라 하루유키는 원숭이처럼 아랫니를 드러내놓고 그것과 격투를 하기 시작했다. 그러면서 "매워"라거나 "맛있어"라고 계속해서 감상을 말했다.

한 여행자에 지나지 않는 친구에게는 보는 것과 맛보는 것이 모두 진기하고 즐겁겠지만, 노구치로서는 그들 두 사람이 일본어로 말하기 시작하자마자, 칠팔 인의 손님이 갑자기 입을 다물고 말하지 않는 것이 마음에 걸렸다. 마음에 걸렸다기보다 기분이 나빴다.

세 잔째는 막걸리를 마시기로 하고, 안주로는 허연 곱창을 구웠다. 그 무렵에는 먼저 온 손님들의 모습은 거의 사라지고, 흰 모시 양복을 입은 신사 하나만 맥주를 마시고 있었다.

"이런, 모두 없어져 버렸네."

다와라 하루유키가 이상한 듯이 말했다.

그때 노구치는 친구가 군인처럼 머리를 짧게 깎은 것을 알아차렸다. 머리숱이 적고 어렸을 때부터 머리가 벗어지는 경향이 있는 다와라는 고등학생 때부터 늘 까까머리를 하고 있었다.

"군인처럼 머리를 깎은 자네가 일본말로 크게 떠들어 대니까 모두 무서워서 달아난 거지."

쓴웃음을 지으면서 노구치가 말했다.

"내가, 군인으로?"

"그래, 사복을 입은 헌병이라고 생각했겠지."

"그거 참 미안하게 됐군."

술이 들어가서 마음이 들떠 있는 다와라는 갑자기 막걸리가 든 사발을 들고는, 혼자서 맥주를 마시고 있는 양복 입은 신사의 탁자로 걸어갔다. 그리고

"당신은 내가 군인이라고 생각하시오?"라고 물었다.

노구치 료키치는 당황해서 친구 옆으로 갔다.

"이봐, 조용하게 혼자서 마시는데 방해하면 안 돼!"

그러자, 미소를 띤 양복 입은 신사는 유창한 일본어로

"이 주막은 처음입니까?" 하고 노구치에게 말을 걸었다.

이십여 년이나 경성에서 살고 있으면, 한 번 보기만 해도 조선인과 일본인을 구별할 수 있게 된다. 또한 말하는 것을 들으면 백발백중이

었다. 왜냐하면 조선인은 탁음濁音과 반탁음半濁音의 발음이 서툴기 때문이다.

"어어?"

노구치 료키치는 그 신사를 보았다.

주막에서 양복을 입고 넥타이를 맨 남자의 모습을 보는 것은 결코 드문 일은 아니다. 그 사람들은 틀림없이 양가良家의 자제子弟이고 조선의 지식인이었다.

그래서 그는 흰 모시를 입은 신사도 그런 부류의 사람이라고 생각하고 있었다. 그러나 그 유창한 일본어를 듣고는 (혹시 일본사람이 아닐까……) 하는 의문이 가슴을 스치고 지나갔다.

"이 사람은 처음입니다. 저는 네 번째입니다만."

노구치가 대답하니까 신사는 고개를 끄덕였다.

광대뼈가 나왔고, 턱이 네모지게 생겼다. 그리고 수염은 다와라 하루유키처럼 색이 연했다. 조선인의 얼굴이다.

"당신들이 군인이나 경찰관이 아니라는 것은 나는 한눈에 알아요. 자 한 잔 합시다. ……"

그 40대의 조선 신사는 고시정古市町[5]에 있는 세브란스의과전문학교에서 교편을 잡고 있고, 박규학朴圭學이라는 사람이라고 이름을 밝혔다. 내민 명함에는 이미 창씨개명創氏改名[6]을 했는지 조그맣게 '기노시타 게이고木下圭五'라는 일본식 이름이 인쇄되어 있었다.

"조선에서는요, 약주를 마실 때 술잔 밑에 남은 찌꺼기는 땅에 뿌

---

5 지금의 서울 후암동厚岩洞 입구
6 식민지 시대에 일제의 강요로 조선사람들의 성명을 일본식으로 고친 것.

려서 박카스酒神에게 바치는 풍습이 있습니다. 그리고 막걸리 사발은 두 손으로 들고 마십니다. 이걸 대포大砲로 마신다고 하죠. 이게 술을 마실 때의 예법입니다.……"

박규학의 이야기는 역시 조선의 지식인답게 노구치에게는 모두 새롭고 재미있었다.

"옛날부터 경성에서는 남주북병南酒北餠이라는 속담이 있습니다. 옛날에는 남산 밑에 좋은 술을 만드는 주막이 있었다는 거지요. 그리고 북쪽에는 좋은 떡집이 있었다.……"

"네 ──, 우리 집은 남산 밑인데요."

세브란스 의전의 박 조교수는 그의 집인 '지요다로千代田樓'라는 이름을 알고 있었다. 외할아버지가 되는 노구치 규베에野口久兵衛가 지요다로를 경영한 것이 1894년이니까 역사가 오랜 여관이었기 때문일 것이다. 이런 것에서부터 이야기가 길어져서 그날 밤 박규학은 노구치와 다와라를 인사동에 있는 '홍몽관紅夢館'으로 안내해 주었다.

2

박규학이 노구치에게 흥미를 느낀 것은, 틀림없이 노구치가 그림의 소재인 조선의 풍습이 점점 사라져 간다 ……고 하는 뜻의 말을 했기 때문일 것이다.

"당신들은 화가군요?"

"그렇습니다. 저는 이 종로 거리를 좋아합니다만, 예를 들면 집 앞에 종다리 조롱을 걸어둔 이발소는 한 집도 안 남았고 …… 어쩐지 서글퍼집니다."

"잘 아시네요."

"네, 중학교 하굣길에 매일같이 지나가며 놀았으니까요.……"

"그림의 소재입니까 ……"

박규학은 잠시 생각하더니 이윽고 눈동자를 빛내면서 두 사람에게 말했다.

"당신은 춤에 흥미가 있습니까?"

"춤? 어떤 춤입니까?"

"옛날 궁중무용인데요."

"아하".

"조선왕조 때 궁중에서 기생이 추던 것입니다. 지금은 거의 쇠퇴했으니, 그 춤을 바르게 전승했다고 할 수 있는지는 모르겠으나, 하여튼 출 수 있는 기생이 하나 있답니다."

"아, 최승희崔承喜처럼."

노구치 료키치는 맞장구를 쳤다.

"그렇습니다. 최승희의 춤은 발레화했지만 그 기본이 되는 것은 궁중무용이지요. 그 춤에는 조선의 아름다움이 있습니다."

"재미있겠네요."

그가 수긍하자 다와라 하루유키도,

"기생이라도 보통 기생이 아닌 데가 재미있잖아."라고 이상한 방식으로 찬성을 해 주었다.

'홍몽관紅夢館'은 안마당이 있는 순수한 조선가옥이었다. 문을 들어가면 안마당이 있고, 그걸 둘러싸고 디귿(ㄷ) 자 모양으로 몇 개의 방이 나란히 있었다. 각방으로 오갈 때는 하늘로 치켜든 처마 아래를 복도 대신으로 쓰고 있는 것 같았다.

안마당에는 나무도 없다. 살벌한 마당이다. 조선에서는 이게 상식이었다.

박규학의 이야기로는 경성에 이런 요정이 생긴 것은 19세기 말이며, 그 이전에는 기생이 각각 한 채의 집을 가지고 있어서, 손님은 그 기생집에 가는 것이 관습이었다고 한다. 경성에서 제일 처음 생긴 요리집은 바로 근처에 있는 '명월관明月館'이라고 했다.

안내된 곳은 문을 들어가서 오른쪽에 있는 방이었다.

조선의 가옥은 겨울 추위를 견딜 수 있는 구조로 만들어졌다.

목조의 단층 건물로, 바깥벽은 흙과 돌을 섞어서 두껍게 바르고, 안벽은 흙벽 위에 종이를 두 겹으로 바르기만 한 것이 많다. 문은 어른이 몸을 구부리고 지날 수 있는 정도의 크기며, 창문은 거의 없다. 그리고 바닥은 온돌이었다. 겨울 난방으로는 더 할 나위 없으나, 채광이 나쁘고 도코노마床の間[7]와 오시이레押入[8]가 없기 때문에, 일본사람이 생활하기에는 불편하다. 그러나 구조로 보면 여름에는 더울 것 같은데 뜻밖에 서늘한 것은, 온돌 바닥이 차갑기 때문이다.

다다미疊[9] 6장 정도의 온돌방이 둘 있고, 아랫목에 조선 돗자리가 깔려 있었다.

박규학이 하녀에게 무어라고 조선말로 시키니까, 조금 뒤에 선풍기와 맥주가 방으로 들어왔다. 그리고 작고 네모진 상 위에 요리를 몇

---

[7] 일본식 방의 한 쪽에 바닥을 높게 만든 곳, 족자나 꽃으로 장식을 한다.
[8] 붙박이장
[9] 일본식 돗자리.

접시 놓아서 계속해서 날라 왔다.

요리는 모두 절의 음식처럼 담백한 것뿐이었다. 기름에 튀긴 다시마, 고비와 숙주나물을 삶아 무친 것, 가늘게 찢어 초로 무친 도라지 뿌리, 두부에 은행과 야채를 넣어 끓인 찌개, 말린 명태를 두들겨 불리고 구워서 참기름과 간장에 조린 것, 그것들은 하나하나가 조선의 풍미를 가지고 있었다. 맥주와 요리는 끊임없이 날라 왔으나, 가장 중요한 기생의 모습은 전혀 보이지 않았다. "그 여자, 늦네요."

노구치가 답답해서 그리 말하자, 박규학은 히쭉 웃으면서,

괜찮아요. 지금 두세 집 앞의 요릿집에 와 있어요. 차례가 있으니까요.……"라고 대답했다.

노구치 료키치는 군인이었던 아버지 덕택에, 경성에서는 한 번도 이런 홍등가紅燈街에 발을 들여놓은 적이 없었다. 술과 담배 맛을 알게 된 것도 우에노上野¹⁰의 미술학교에 들어가서부터였다. 중학교 때의 친구는 야요이초弥生町¹¹나 신마치新町¹²의 유곽遊廓에 다니거나 하쓰네초初音町¹³ 언덕길에 있는 갈보 소굴에 드나들었으나, 노구치는 그리하지 못했다. 여학교 교사가 된 데다, 집에서 여관을 하니까 요릿집에서 술을 마셔도 금방 아버지 귀에 들어가기 때문이다.

할 수 없이 품행방정品行方正했던 그도 박규학이 안내해 준 홍몽관이 뜻밖에 고급스런 요정이고, 무희를 부르는 일은 인기 있는 게이샤를 부르는 일 이상으로 어렵다는 것을 알게 되었다.

---

10 일본 도쿄도 다이토구臺東區에 있는 지역의 이름.
11 일본 도쿄도 나카노구中野區에 있는 지역의 이름.
12 일본 도쿄도 세타가야구世田谷區에 있는 지역의 이름.
13 일본 가나가와켄神奈川縣 요코하마시橫浜市 나카구中區에 있는 지역의 이름.

두 시간쯤 기다리자, 내리기 시작한 빗소리에 섞여서 디귿 자 모양으로 세워진 맞은 편 방에서 서글픈 통소 소리가 들려오기 시작했다.

"아, 왔네요."

박규학은 그 소리를 듣자 입구의 창호지문을 열고 밖을 내다보았다. 그러자 맞은편 방에 전깃불이 켜 있고 검은 그림자가 흔들리고 있었다.

"비를 맞아서 옷을 갈아입거나 악기를 손보고 있을 거예요."

박규학은 무엇이든지 다 알고 있는 듯해서 때로는 내심 미웠다. 그의 말대로 이윽고 악기를 든 일행이 세 사람이 있는 방으로 들어왔다.

모두 예순을 넘은 노인들로 검은 칠을 한 갓을 쓰고 흰 적삼 위에 검은 중국비단으로 만든 두루마기를 입고 있었다. 두루마기란 일본으로 말하면 하오리羽織이다.

조선옷은 윗옷과 아래옷으로 되어 있다. 남자는 그 위에 두루마기를 걸치고 여자는 아래옷 위에 치마를 입는다.

아래 위 모두 겹옷·솜옷·홑옷의 구별이 있다.

저고리는 겨울 윗옷, 바지는 겨울 아래옷이다. 적삼은 여름 홑저고리, 홑바지는 고의袴衣라고 한다. 남자의 복장에서 갓을 쓰고 두루마기를 입는 것이 예복이다.

노인들은 가야금·통소·장고·생황笙簧·징이라고 하는 진기하고 처음으로 보는 악기를 각각 손에 들고 있었다. 그리고 악기를 구석에 나란히 놓고는 무릎을 세우고 앉아 무언가를 기다리는 표정이었다.

(이대로라면 무희라는 여자는 쉰 넘은 할머니이겠구나.)

맥주를 마시면서 노구치 료키치는 그런 걸 상상했던 것을 기억하고 있다. 그러나 그의 예상은 틀렸다.

미닫이를 열고 모습을 나타낸 것은 20대의 젊은 기생이었다.

금속 장식이 달린 족두리를 쓰고, 비단벌레 색깔의 소매가 넓은 옷을 입고, 가슴 높이 폭 좁은 금란金蘭의 띠를 매어서 겨드랑이에 늘어뜨리고 있었다. 발에는 발톱 끝만 새부리처럼 위로 뾰족하게 튀어 오른 흰 버선을 신고 있었다.

"이 사람이에요, 궁중무용을 출 사람은 —— "

박규학은 낯익은 사이인 듯, 춤옷을 입은 기생과 조선말로 몇 마디 주고받은 뒤에 그들에게 가르쳐 주었다.

그 여자의 이름이 김영순이라는 걸 안 것도 소개받았을 때였다.

"제일 처음 추는 것은 권주가勸酒歌라고 했지요, 조선의 술잔치에서는 어쨌든 제일 처음 불러야 하는 중요한 노래입니다. 그 춤을 춥니다."

노구치와 다와라는 박규학이라는 풍류객을 따라서 이 홍몽관에 온 것을 고마워했다.

낭랑하게 노래를 부르면서 춤을 추는데, 도대체 무엇을 찬양하고 있는지 전혀 모르는 것을, 박규학이 하나하나 통역해 주었다.

…… 그것은 술의 공덕功德을 기리고, 서로의 장수부귀長壽富貴를 기원하는 노래였다.

번역을 하면,

불로초로 술을 담가, 만년술잔에 가득 따라
술잔을 들 때마다, 오래 살기를 기원하네.
이 술잔을 들면 천년만년 살리니,
드세, 드세, 이 술잔을 드세.

이 술은 술이 아니라, 한漢 무제武帝가 승로반承露盤에 받은 이슬이라네.

라는 한문이 섞인 까다로운 가사였다. 그리고 그 권주가의 가사는
끝없이 계속되었다.

빗소리는 거세졌다.

그리고 온돌 건넛방에서는 네 사람의 늙은 악사가 무표정하게 아악
雅樂을 연주하고 있었다. 두 박자와 세 박자가 섬세하게 교대하면서
복잡한 리듬을 만들어, 보다 우아하고 마음을 저리게 하는 구슬픈 음
악이 김영순의 춤 노래와 더불어 방안에 가득 퍼졌다.

(음)

노구치 료키치는 낮게 신음했다.

태어나서 처음 듣는 조선의 궁중아악이다. 그것은 일본 아악과 닮
았으나, 어딘가 더 애절한 느낌이다. 그러나 그가 감동한 것은 결코
아악의 우아한 음률이 아니었다. 춤추고 있는 김영순이었다.

노구치는 마시던 맥주잔을 손에 든 채로 그냥 그녀의 춤사위를 넋
을 잃고 보고 있는 자기를 깨달았다. 그리고 좀 빨개져서, 잔을 상 위
에 놓았다. '권주가' 다음으로 그녀가 춤을 춰 보인 것은 '춘앵전春鶯
囀'이라는 가곡이었다.

노구치는 이 '춘앵전'에는 마음을 온통 빼앗겼다. 화가로서의 본능
이 갑자기 자극을 받아 일거일동一擧一動이 눈꺼풀 속으로 바싹바싹
뛰어 들어오는 느낌이었다.

어쨌든 아름다운 움직임이었다.

얇은 물색 비단 소매가 펄럭이면 하늘하늘하고 아름다운 선이 허공
에서 흘러갔다.

그것은 매화나무 이 가지에서 저 가지로 날아다니는 꾀꼬리의 모습을 흉내 내는 것일까, 발은 조금 움직이는데 방 가득이 춤추고 있는 것 같이 완벽함을 느끼는 것도 흥미로웠다.

노구치는 일본의 노가쿠能樂[14]의 춤사위를 연상했다. 별로 움직이지 않는데 큰 동작을 느끼게 하는 노가쿠를 ──.

봄 햇살을 쬐며 즐겁게 춤추는 꾀꼬리들. 그리고 봄을 기리는 듯 노래를 불러대는 꾀꼬리의 모습.

김영순의 춤에는 그런 정서가 산뜻하고도 아름답게 표현되어 있었다.

뚫어지게 보고 있는 노구치 료키치의 가슴에는 무언가 찡하고 복받치는 격激한 것이 있었다. 가슴 밑바닥에서 그의 감정을 흔들기 시작한 무언가가 있었다.

감동이라기보다는 무조건 그냥 '이거다!' 하고 외치고 싶은 성질의 것이었다. 말을 바꾸면 그림으로 나타내고 싶다는 욕망인지도 모른다.

미지의 세계, 미지의 그림 소재에 접接했을 때의 강한 감흥感興, 그것이 소용돌이치면서 그를 사로잡기 시작했다.……

김영순은 그 다음 '무산향無山香'이라는 춤을 추고 바로 돌아갔다. 시간으로 40분도 되지 않았다.

"어떻습니까?"

박규학은 미소를 띤 채로 두 사람에게 물었다.

"꽤 미인이군요."

다와라 하루유키는 솔직하게 무희에 대한 감상을 말했다. 노구치는

----

14 일본의 대표적인 전통 가면음악극으로 유네스코 무형 문화유산으로 지정되었다.

당장은 말하고 싶은 기분이 아니라서 입을 다물고 있었다.

그러나 다와라의 말로 지금 방에서 사라진 김영순의 해맑은 표정이 눈꺼풀 속에 떠올랐다.

(눈썹이 짙고 성격이 강해 보이는 기생이었지!)

그는 그렇게 생각하고, 다음에는

(왜, 그 기생에게는 무언지 모를 그늘이 있을까?)라고 생각했다. 어느 쪽이냐 하면 날카로운 얼굴 생김이었다. 코가 오뚝하고 눈썹이 짙어서인지도 모른다. 까만 뒷 머리카락이나 하얗고 투명해 보이는 얇은 귀에는 왜 그런지 어두운 그늘 같은 것 —— 박복薄福한 여자의 그늘이 떠돌고 있었다.

"노구치 씨는 어떻습니까?"

세브란스의전의 조선인 조교수가 말했다.

"처음으로 묻혀 있던 조선을 본 것 같은 기분이 듭니다. 서글프지만 사람의 마음에 호소하는 아름다움이군요."

그는 그런 애매한 대답을 한 것을 기억하고 있다. 노구치의 그런 감상은, 무너져 버린 조선의 궁중무용을 예찬하는 것 같기도 하고, 김영순이라는 묘한 매력을 지닌 무희의 아름다움을 칭찬하는 것처럼도 들렸다.

이것이 김영순을 알게 된 첫 만남이다.

박규학은 그날 밤에는 자기가 한 턱 낸다고 했다. 두 사람을 위해서 일부러 차까지 불러 주었고,

"일본의 젊은이 중에도 조선의 미를 이해해 주는 분이 있어서, 그 답례입니다."라고 말했다.

두 사람은 비에 젖어 달리는 택시 안에서, 모기에 물린 목덜미나

손발을 북북 긁으며, 조금 흥분해서 김영순에 대해서 이야기했다. 박규학의 기특한 행위에 대해서도 이야기를 했다.

다음 날 눈을 뜨니까, 다와라 하루유키는 지난밤 일은 잊어버리고 천연덕스러웠으나, 노구치 료키치 머릿속에는 김영순이 춘 '춘앵전'의 아름다운 움직임이 아직 살아 있었다.

그리고 다와라가 경성을 떠나갔어도 그 인상은 지워지지 않았다. 아니, 지워지기는커녕 점점 인상이 짙어졌다.

(그 조선무용의 아름다움을 일본사람은 모른다. 나는 그 아름다움을 캔버스에 그려야 한다.……)

시간이 흐름에 따라, 어느덧 그의 머리에는 하나의 밑그림이 다 되어 있었다.

—— 어스레한 홍몽관의 어느 방

그 방의 한 구석에서 연주되고 있는, 낮게 기어가는 듯이 우아한 궁중음악.

그 음률을 타고 무심히 춤추는 영순의 노가쿠能樂 탈처럼 하얀 얼굴과, 손에서 어깨까지의 아름다운 곡선.

천정에는 영락瓔珞 같은 등燈이 매달려 있다. 높은 창에서 쏟아져 들어오는 달빛은 한쪽 무릎을 세우고 장고를 두드리는 늙은 악사의 옆얼굴을 창백하게 비추고 있다.

대체로 그런 구도構圖였다.

그러나 과연 그는 궁중무악舞樂의 가락이나 하늘하늘한 춤의 곡선에 마음이 끌리고 있었던 것일까.

노구치는 김영순이라는 기생, 그 여자 자신이 갖고 있는 차갑고 그 늘진 부분에 끌린 것이 아닐까.

그것은 자신도 잘 알 수 없었다.

다만 노구치 료키치가 다와라를 만주로 보내고 나서 2주일 후에 다시 흥몽관 문을 두드렸다는 것은 적어두지 않으면 안 되겠다. 물론 그 혼자였다.

하녀에게 부탁하니 역시 3시간쯤 기다리자 김영순은 모습을 나타냈다. 그리고 세 곡을 춤 춰 보이고는 조금도 웃지 않고 가 버렸다.

그림의 모델이 되어 달라고 머리를 숙여 부탁할 셈이었던 노구치는 늙은 악사들에게 둘러싸여 퇴장해 버리는 그녀에게 말을 걸 수 없었다.

세 번째로 영순을 만났을 때, 그는,

"춤은 됐으니까, 술 상대가 되어 주지 않겠나."라고 영순에게 말해 보았다.

"다른 기생을 부르세요."라고 일본말로 대답했다.

"허나 당신도 기생이잖아?"

그는 이상하게 생각하면서 물었다.

"그래요. 저도 기생, 그렇지만 저는 춤만. 다른 건 안 해요."

영순은 눈썹을 꿈틀 움직이며 화난 듯이 대답했다.

그녀는 그림의 모델이 되어 달라는 그의 부탁을 그 자리에서 거절했다. 그리고 그날 밤에는 춤도 추지 않고 분개한 표정으로 거칠게 돌아갔다. 그런 영순의 말씨나 태도에는 일본인 화가의 유혹 따위에 넘어가겠느냐……라고 반발하는 마음이 뚜렷이 나타나 있었다.

3

노구치 료키치는, 고집이 생겼다. 스물네 살이었으니까 혈기왕성血氣旺盛한 나이이기도 했다. 거기에다 자기를 오해하고 있는 조선의 무희에게 어쩐지 화가 났다.

오기傲氣로라도 그녀를 모델로 삼아 보이겠다고 그는 마음속에서 다짐했다. 그녀 춤의 아름다움을 표현할 수 있는 사람은 자기 하나뿐이라고 몰래 답답해하기도 했다.

거의 두 달 동안에 열 번 쯤이나 홍몽관에 다녔을 것이다. 노구치는 드디어 용돈이 모자라기 시작했다.

여학교에서 받는 80원의 월급으로는 세 곡曲에 25원인 김영순의 춤을 겨우 세 번밖에 보지 못 한다. 월급은 한 푼도 집에 안 들여도 되었다. 그런 의미에서 부모 잘 만난 덕으로 좋은 환경에 있었다고 할 수 있다. 그러나 네 명의 악사와 한 명의 무희로 구성된 한 시간도 안 되는 춤 값이 25원이라는 것은 너무 비쌌다.

어머니는 외아들인 그에게는 엄격하지 않았다. 그래서 조르면 10원이나 20원의 용돈은 받아낼 수 있었다. 그 이상이 되면 엄격한 아버지의 눈빛이 심상치 않았다. 그렇지 않아도 갑자기 ,

"료키치, 밤놀이가 좀 지나친 게 아니야?"라고 잔소리를 하기 시작한 아버지이다.

그는 돈을 마련하는 방법을 두고 고민하였고, 그래도 미련을 떨쳐버릴 수 없어 어느 날 세브란스의과전문학교에 전화해 보았다.

박규학의 원조를 청하려고 생각했다.

"허어, 그렇게 반했어요?"

그 조교수는 기쁜 듯이 웃었고, 가까운 날에 김영순을 만나, 모델이 되어달라고 부탁해 보겠다고 약속해 주었다.

"그런데 경성에서 제일 괴팍스럽다는 김영순이니까, 내가 말해도 안 될지 모릅니다."

"모델료는 낼 생각입니다. 1시간에 25원은 도저히 낼 수 없습니다만 ── "

"그렇습니까? 어쨌든 이야기해 봅시다."

박규학은 그와의 약속을 잊지 않고, 일요일 밤이었나, 그쪽에서 전화를 걸어왔다.

"지금 인사동 홍몽관에 있는데요, 그 여자는 아무래도 싫다는 겁니다."

노구치는 수화기에 달라붙었다.

"기다려 주십시오. 저도 지금 곧 가겠습니다."

택시를 타고 종로까지 가서 홍몽관에 뛰어 들어가니, 박규학과 김영순은 단둘이 방에서 술을 마시고 있었다. 오늘밤에는 늙은 악사들도 옆방에서 손님이 되어 떠들고 있는 모양이었다.

노구치는 자기가 내민 술잔은 한 번도 받으려고 하지 않았던 그녀가 박 조교수와는 사이좋게 술잔을 주고받는 것을 보고 샘이 났다. 샘이 나는 반면에, (내가 일본사람이라서 바보 취급하는군!)이라는 기분이 꿈틀대고 있었던 것도 사실이다.

노구치가 방에 들어가자, 김영순은 한쪽 무릎을 세운 체 화난 듯이 얼굴을 옆으로 돌렸다.

"여러 가지로 당신에 대해서 설명했지만, 모델은 되고 싶지 않다고 하는군요. 그러나 그녀가 춤을 출 때 스케치를 하는 정도라면 괜찮답니다.……"

박규학은 온화한 목소리로 말했다. 그것이 그녀의 최대한의 양보이며 협력이라는 것이다.

"어느 지사知事님이 사진을 찍으려고 하니까, 부채를 던졌다는 괴짜라니까요. 자 그 정도로 용서해 주십시오."

달래는 박 교수의 유창한 일본어를 들으면서, 노구치는 옆을 향한 영순의 오뚝한 콧날이 조금 얄밉다고 느꼈다. 우리 민족 중에서는 그렇게 코가 높은 여자는 보기 힘들다. 그래서 그의 눈에는 그녀의 옆얼굴이 차갑게 느껴졌다.

"그럼 스케치하는 건 괜찮다는 것이군요."

"그렇습니다. 같은 자세로 오래 견디는 것은 중노동이니까요.……"

"알겠습니다. 조언助言해 주셔서 감사합니다."

노구치 료키치는 의전의 조교수에게 감사하다고 말했다. 결과는 만족하지 않았으나, 그런 경우에도 감사하다고 말해야 한다. 어느 사이에 경성에는 가을이 슬며시 다가와 있었다. 가을이 되면, 아침저녁으로 제법 싸늘해지기 시작해서, 이윽고 삼한사온三寒四溫의 대륙성 기후인 겨울이 찾아온다.

홍몽관을 나온 다음 박규학은 낙심한 그를 언젠가의 그 주막으로 데리고 갔다.

그리고 약주를 마시면서 김영순에 대해서 이것저것 말해 주었다. 그 말에 따르면

"절대로 남자와 자지 않는다."라고 공언했다. 기생 중에서 별종別種이었다. 나이는 노구치보다 세 살 위로, 27살이 되었을 거라고 한다.

왜 그녀가 기생이 되었고, 어디서 궁중무용을 배웠는지는 아무도 모른다.

종묘宗廟가 있는 원남동苑南洞에서 어머니와 함께 살고 있다는 것만
은 알고 있었다. 그리고 독신이며, 늙은 악사들도 그녀의 집 가까이에
살고 있었다. 그녀가 평판이 좋은 것은 미인이라는 것보다도, 쇠퇴해
가는 전통적인 조선의 무악舞樂을 정확하게 전승하고 있기 때문이었다.
특히 조선의 양반들 —— 즉 부호들이 소중하게 여기고 있었다.

또한 영순은 권력에 아부하지 않고, 오로지 기예技藝 하나로만 살려
고 노력하는 태도에, 일부 일본사람들도 후원을 아끼지 않는다는 것이
었다.

그러나 노구치의 귀에는, 그녀가 남자와 자지 않는다는 것은, 일본
남자에게 몸을 허락하지 않는다는 의미이고, 권력에 아부하지 않는다
는 것도, 일본의 고급관리나 군인들을 차갑게 대한다는 의미로 들리기
만 했다.

박규학의 말투에서 어딘지 모르게 그런 뉘앙스가 느껴졌기 때문이다.

"그런데, 그 여자의 그림을 그려서 어떻게 할 생각입니까?"

조교수는 약주 찌꺼기를 땅바닥에 쏟으면서 물었다.

"선전鮮展에 출품할 예정입니다."

"아, 일전日展에 대항해서 생긴 전람회군요."

"마감 날이 내년 1월 말이니까, 출품하려면 그다지 여유가 없습니다."

"그렇군요. 입선 발표는 2월 말입니까?"

"네, 입선하면 보러 오십시오."

두 사람은 이런 의미 없는 이야기를 하다가 밤 열 시가 지나서 헤어
졌다.

—— 그러나 1941년 1월에 마감한 선전에는 그 춤추는 모습의 그
림은 출품하지 못했다. 영순이 병이 났기 때문이다. 머릿속에 구도構圖

가 다 되어 있어도, 한 번도 스케치를 하지 않고, 배경이 되는 네 명의 늙은 악사들을 캔버스에 그려낼 자신이 노구치에게는 없었다.

할 수 없이 그는 강원도에 있는 외금강外金剛에 가서 이름도 없는 쓸쓸한 절에서 스케치한 풍경화를 출품했다.

외금강은 여성적인 내금강內金剛과는 달리, 웅장한 산악과 계곡의 아름다움을 자랑하는 경승지景勝地이다. 그리고 노구치가 찾아간 10월 하순에는 벌써 단풍이 지기 시작하여, 계곡 곳곳에는 고드름이 달려 있었다.

다만 이때의 추억에 남은 것은, 이틀만 머문 절에서 '이강고梨薑膏'라는 기묘한 맛과 향기가 나는 조선술을 대접받은 것이다. 잘은 모르나 원료는 진남포鎭南浦 부근에서 나오는 최고급의 소주라고 한다.

그 소주 1말에, 배 5개, 생강 50돈, 계피 5돈, 심황 5돈, 설탕 4근을 섞어서 질그릇 항아리에 넣어 열흘 쯤 밀폐密閉한다. 그 후 깨끗한 삼베 자루로 천천히 걸러내면, 담갈색淡褐色의 엿물 같은 색을 한 혼합주混合酒가 된다.

이 이강고는, 한 모금 입에 머금은 순간, 맑은 향기가 찡하고 코를 찔렀다. 그 향기에는 활짝 핀 서향瑞香꽃 같은 강렬함과, 북풍北風이 계곡을 지나가는 것처럼 냉철함이 있다.

그러면서도 맛은 달콤하다. 혓바닥에 부드럽게 달라붙는다. 말하자면 시로자케白酒[15]처럼 부드러운 단맛이다. 시로자케 같은 달콤함과 브랜디 같이 진한 향기를 지닌 기묘한 술 —— 그것이 이강고였다.

---

15 일본의 3월 3일 히나마쓰리ひな祭り에서 여자아이의 건강과 행운을 기원하기 위해 마시는 술.

불알이 빠진 —— 언뜻 보면 비구니 같은 절의 스님이 그에게 권했는데, 노구치는 일본 술을 마시듯이 단숨에 삼키려 했더니, 생각도 못한 향기에 목이 메었다.

(향기는 블루 계통의 울트라마린이야. 그리고 맛은 알자린 레드 같이 강렬한 빨강이다. ……)

문득 맛과 향기를 색채로 바꾸면서, 왠지 노구치는 마음 한구석에서 김영순의 표정을 떠올렸다.

물론 이강고와 그녀와는 아무런 관련도 없다. 그러나 기묘하다는 점에서는 공통점이 있었다. 어느 쪽도 모두 노구치를 애태우게 하는 존재인 것 같다.

(하지만, 꼭 나는 그려 보일거야.)

노구치는 승방僧房 끝에 편안히 앉아서 외금강의 변화무쌍變化無雙한 반상복운모 화강암斑狀複雲母花崗巖의 절벽을 투지에 불타면서 열심히 스케치를 계속했다.

그 '외금강의 만추晩秋'라는 제목의 20호짜리 유화는 다행히 첫 입선을 해서 아버지를 기쁘게 해드렸다.

"뭐, 군대로 말하면 이른바 임관任官 정도겠지. 어떻든 잘됐어!"

아버지는 비로소 외아들에게 그림의 재능이 있다는 것을 인정한다는 말투였다. 그러나 노구치에게는 첫 입선의 기쁨보다도, 눈이 녹자 김영순이 홍몽관에 건강한 모습으로 나타나기 시작한 것이 더 기뻤다.

그는 용돈이 허락하는 범위 안에서 인사동의 요정에 다녔다. 그리고 절 음식 같은 술안주를 휘적거리면서 무희가 오는 것을 기다리다가 장고소리와 함께 스케치북을 잡았다.

여전히 영순은 말이 없고, 태도는 쌀쌀했다. 노구치는 그런 영순의 쌀쌀함은 자기가 일본사람이기 때문이라고 생각되어, 때로는 답답하고 때로는 화가 나고 원망스러웠다.

6월부터는 그 스케치를 기초로 해서, 습작을 시작했다. 그림이 잘 그려지지 않으면, 다시 주홍색을 칠한 홍몽관으로 갔다. 그리고는 아틀리에에 틀어박혀 그림을 그렸다.

이런 생활을 되풀이해서 근무처인 사립여자학교가 여름방학에 들어가기 직전에는 이 정도면 쓸 만하다고 여겨지는 에튀드(습작)가 그럭저럭 완성되었다. 그러나 노구치는 영순의 아름다운 춤의 선을 포착해서 표현하려고 기를 쓰고 있었다.

7월 초 어느 날, 그 습작인 그림을 소중하게 안고, 오전 10시쯤 자기 집을 나왔다. 원남동에 사는 김영순의 집을 찾아가기 위해서였다.

커다란 냄비바닥 같은 경성 거리에는, 벌써 강렬한 한여름의 태양이 머리 위에 군림하고 있었다. 남산정南山町[16]과 왜성대倭城臺[17]의 두 마을은 남산 밑에 발달한 동네이다. 왜성대에는 조선 총독의 관저가 있고, 언제 생겼는지 해군 무관부海軍武官府도 있었다.

소나무가 많은 남산정의 비탈길을 터벅터벅 내려가고 있을 때에는, 아직 조금 시원했다. 그러나 번화가인 본정本町 거리를 건너서 명치정明治町[18]에 갔을 무렵에는 일요일이라 행인이 많은 탓에, 노구치의 와이셔츠 등판은 홍건이 땀이 배었다.

본정 입구에는 조선은행·미쓰코시三越·중앙우체국·식산植産은행 등 석

---

16 지금의 서울 회현동會賢洞.
17 지금의 서울 중구 예장동藝場洞과 회현동 1가에 걸친 지역.
18 일제 식민지 시대의 지명, 지금의 명동明洞.

조나 빨간 벽돌로 된 큰 건물이 광장을 둘러싸는 것처럼 솟아 있다. 노구치는 땀을 닦으면서 동대문으로 가는 전차를 타고 황금정黃金町[19] 4가에서 갈아탔다.

여기에서 북쪽으로 종로 거리를 건너서, 동물원과 식물원이 있는 창경원昌慶苑 앞까지 전차가 다닌다. 원남정은 창경원 남쪽에 위치하고 있다.

전찻길 가까이에 있는 파출소에서 '궁중무용을 하는 기생'이라고 해도 몰랐으나, '늙은 악사 네 명과 함께 일을 하는 기생'이라고 설명하자, 김영순의 집을 곧 알게 되었다.

원남동이라는 이름의 정류장에서 조금 걷다가 왼쪽으로 꺾어서 10분쯤 걸었다. 그러자 이제, 그 부근은 일종의 독특한 냄새가 나고, 흙과 돌로 만들어진 작은 조선인 가옥이 밀집해 있는 지대였다.

공동우물이 군데군데 있고, 그곳에서는 흰옷을 입은 주부들이 빨래를 손에 익은 방망이로 두들기며 와아와아 하고 큰 소리로 이야기하고 있었다. 이것을 빨랫방망이질이라고 하는데, 흰옷을 즐겨 입는 조선에서는 주부의 제일 큰일이 빨래라고 해도 지나친 말은 아니다.

시내나 우물가는 물론 작은 물웅덩이 같이 더러운 개천 옆에서도, 돌 위에 흰옷을 놓고 팡팡 하고 방망이질했다. 그리고 빨래를 한 옷은 푸른 풀밭 위에 널어서 햇볕에 말리는 것을 제일 좋은 방법으로 쳤다.

노구치는 순사가 가르쳐 준대로 걸어서 갔다고 생각했다. 그러나 표지標識인 대추나무는 보이지 않았다. 어느 사이엔가 자연발생적으로 만들어진 촌락이 그대로 동네가 되었기 때문에, 작은 미로 같은 골목

19 지금의 을지로乙支路

길이 뒤얽혀 있었다.

노구치는 일본말을 아는 초등학생을 붙잡고, 김영순의 집을 물었다. 위확장인가 배만 불쑥 나온 아이였다.

한자로 이름을 써도 아이는 머리를 갸웃했다. 노구치는 문득 생각이 나서 옆구리에 끼고 있던 습작한 그림의 포장을 벗겨 김영순의 춤추는 모습을 보였다.

"아, 그 사람이면 알아요!"

아이는 갑자기 노구치를 존경하는 눈빛을 하고 앞에 서서 노구치를 안내했다.

하룻밤에 몇 번이나 손님이 불러, 상당한 수입이 있을 것이라고 예상했으므로, 노구치는 양반이 사는 집처럼 기와를 얹고 흙 담장을 두른 영순의 집을 상상했다. 그러나 실제로 영순이 사는 곳은 중류 이하의 조촐한 조선식 초가집이었다. 노구치는 삐딱하게 부서진 것 같은 문을 열고 안으로 들어갔다.

작은 뜰이 있고, 역시 대추나무가 초가지붕 밑에 숨는 것처럼 잎을 펼치고 있었다. 할머니 하나가 우물에서 두레박으로 물을 긷고 있었다. 노구치가 말을 걸었더니, 할머니는 겁내는 표정을 하며 당황해서 집안으로 뛰어 들어가는 것이 아닌가.

말 부칠 염두도 못 낸다는 것은 바로 이런 것이라고 하겠다.

그림을 안은 채로 당혹해서 좁은 뜰 앞에 우두커니 서 있었더니, 이윽고 문밖에서 이웃사람들이 모여서 속닥속닥 이야기를 하는 소리가 들리기 시작했다. 노구치는 집을 잘못 찾았나 하고 생각했는데, 부엌을 겸한 어두운 토방土房 입구에는 김영순이라는 문패가 걸려 있어서 안심했다.

"실례합니다!"

"실례합니다. ……"

노구치는 어떻든 큰 소리를 질렀다.

네 번쯤 말을 걸었을 때, 영순이 귀찮고 화난 듯 굳은 얼굴을 하고 밖으로 나왔다.

"이거…… 참 갑자기……"

노구치 료키치는 부끄러워서 이마의 땀을 닦았다. 한 시간 가까이 찾아 헤맸기 때문에 셔츠는 땀에 젖어 있었다.

낮에 보는 김영순의 얼굴은 마치 다른 사람 같았다. 하얀 분을 바르지 않은 데다, 눈부신 햇빛 때문일 것이다.

밤에 봤을 때의 그 차가움은 조금도 없었다. 그리고 무거운 춤옷을 입고 있을 때와는 달리, 보통 처녀처럼 짧은 물색 적삼과 분홍색 치마를 입고 있어서 한층 아름답게 보였다.

"무슨 일?"

김영순은 나무라듯이 고압적으로 외쳤다. 양손을 허리에 대었는데, 그것은 조선 여자들이 말다툼을 할 때 취하는 포즈였다. 노구치는 당황했다.

홍몽관에서는 차가운 태도를 보이는 영순이라도, 이렇게 찾아가면 조금은 따뜻하게 인간미를 보여 주리라고 노구치는 쉽게 생각하고 있었다. 그러나 나중에 알게 된 것인데, 영순이 나무라는 듯이 말하는 것은 당연한 것이었다. 조선에서는 옛날부터 남녀의 구별이 엄격하다. 부부가 함께 외출하는 것은 아주 부끄러운 행동이라고 비난한다. 그래서 "남녀유별男女有別"이고, 아무리 부부라 해도 천민賤民이 아닌 한, 방을 따로따로 쓴다. 일반적으로 부인은 남자 손님을 직접 맞는 것을 치욕이라고 여기는 풍습이었다. 따라서 자기 남편이나 가족과 아주 친밀한 사람이 찾아와도, 얼굴을 마주하는 것을 삼가고, 할 수 없을 경우에는 쌀쌀한 태도를 보이는 것이다. 하물며 노구치처럼 여자만 사는 집에 뻔뻔스레 가는 것은 예의를 몰라도 이만저만이 아니고, 상대를 모욕한 것이 된다.

노구치는 어두운 집안의 토방에서 조금 전의 할머니가 영순을 감싸듯이 하고, 적의를 담은 눈으로 자기를 노려보고 있는 것을 보았다. 그리고 삐딱해진 작은 문밖에 사람들이 모여 있는 것을 알아차렸다.

"저……그림이 다 되었기에 보여 주고, 비평을 들었으면 해서……"

그는 15호 정도의 습작 그림을 꺼내서 영순에게 내밀었다.

"사정이 안 좋으면, 두고 갈 테니까…… 다음에 홍문관에서 만날 때……"

노구치는 입 속에서 우물우물 말하며 그림을 영순의 손에 건넸다. 영순은 꼼짝 않고 자기의 춤추는 모습을 뚫어지게 보았다. 노구치는 한 손을 들어 문 앞에 모여 있는 사람들을 헤치며 영순의 집에서 달아났다.

언제나 조선인 마을에서 스케치를 할 때에 느끼는 허전함 —— 그것은 갑자기 자기만 혼자 남게 된 이질적인 인간, 다시 말하면 이방인이라는 쓸쓸함이었는데 —— 노구치는 그것을 영순의 집에서도 날카롭게 느꼈다.

"그 그림을 영순은 찢어버리지 않을까?"

원남정 정류장에 멈춰서, 흠뻑 흘린 땀을 닦았을 때, 그런 불안이 노구치의 마음속에서 커지고 있었다. 습작이니까 태워 버려도 미련은 없겠지만, 요 몇 달 동안, 영순의 춤 모습과 씨름했기에, 그 노고의 결정結晶이 끔찍스럽게 처리되는 것은 기분이 나빴다.

—— 이튿날 노구치는 집에서 10미터쯤 떨어진 작은 아틀리에에 있었더니, 하녀가 전화라고 부르러 왔다. 전화한 사람은 세브란스의전의 박규학이었다.

"모레 밤 홍몽관에 오시겠어요? 시간은 …… 그렇지, 빠른 쪽이 좋습니다."

"무슨, 일이라도?"

"아닙니다. 아주 좋은 일이에요. 그럼 여섯 시쯤 ……"

박규학은 아무 말 없이 전화를 끊었다.

노구치는 박규학의 용건이 김영순에 관한 것이라고 생각했다. 그 밖에 생각할 게 없기 때문이다. 그날 여섯 시 정각에 노구치는 홍몽관의 주홍색 문으로 들어갔다.

제법 낯익은 하녀가 노구치를 보자 왠지 싱글벙글 웃으면서 여느 때와 다른 방에 안내해 주었다. 의아해서 머리를 갸우뚱거리며, 노구치는 방에 들어가는 창호지문 앞에서 멈춰 섰다. 하녀는 (빨리 들어가라)는 몸짓을 하고 가버렸다. 아직 밤이 경성 거리를 완전히 뒤덮지 않았는지, 안뜰을 건너가는 하녀의 흰 조선옷이 유령처럼 눈에 비쳤다.

방에 들어가니, 안에서 기다리던 사람은 김영순이었다. 노구치는 박규학의 모습을 찾았지만, 아직 오지 않은 모양이었다.

전등을 켜고, 노구치 료키치는 영순과 마주 앉았다. 영순은 아직 춤옷을 입지 않고, 얼굴과 목만 하얗게 화장을 했다.

"저번에는 실례했소. ……"

노구치는 형식적으로 머리를 숙였다. 영순은 살짝 웃었다. 처음으로 보는 괴짜 기생의 웃는 얼굴이었다.

"그림을 돌려드리겠습니다."

영순은 보자기로 싼 그림을 벽 쪽에서 가져와서는, 조선 풍습으로는 여자만 있는 집에 독신 남자가 찾아오면 이웃에게 오해를 받는다…… 고 했다.

"몰랐다오. 그냥 그림을 보는 데는 낮의 광선이 좋을 거라고 생각해서……"

"그림은 봤습니다."

"그래 어때요? 그림은 좋아요? 형편없어요?"

영순은 잠시 생각하더니, 갑자기 도전하는 것 같은 눈길로 그를 응시했다.

"저 노구치 씨 당신…… 조선 춤을 그리고 싶어요?"

대드는 듯이 질문했다.

"아니면 저를 그리고 싶은 거예요? 도대체 어느 쪽?"

노구치는 그 날카로운 말투에 순간 기가 죽어서 눈길을 피했다. 그리고 더듬거리면서 말했다.

"내가 그리고 싶은 것은 궁중무용도 아니고 당신 자신도 아니오. 춤 속에 아니면 당신 속에 감추어져 있는 뭐라고 할까, 조선의 아름다움이오. 사라져 가는 조선의 풍속, 그것이 지닌 애절한 아름다움을 나는 그려보고 싶은 건데……"

── 나중에 영순은 그때 노구치가 말한 '사라져가는 것의 아름다움'이라는 표현에, 감명을 받았다고 말했는데, 노구치의 말이 진심 그대로인지 그것은 의문이다.

조선의 아름다움은 노구치로서는 자기보다 세 살 위인 여자의 아름다움이 아니었을까? 일본 남자와는 자지 않겠다고 선언하고, 모든 권력에 반항하는 기생이 김영순이다. 이강고처럼 신비로운 향기와 맛을 지닌 조선 여자…… 그것이 김영순이 아닌가. 노구치는 춤의 아름다운 선보다도, 조선 민족에서는 드물게 윤곽이 뚜렷한 얼굴보다도, 그녀의 그늘진 부분, 왜 그렇게 차가운 태도를 취할까 하는 어두운 과거의 부분을 알아내려고 했던 것이 아닐까?

반대로 말하면, 경성의 화류계에서 명물이 된, 김영순이라는 기생의 차가운 표정, 차가운 눈초리에 노구치가 매혹되기 시작했는지 모른다.

그러나 노구치에게 그런 심리적인 고찰은 필요하지 않았다.

"이, 당신 그림의 춤은 죽어 있어요."라고 그녀는 비평하고,

"그 이유는 이런 좁은 온돌방이니까 ——" 하고 웃었다.

요컨대, 영순의 말에 따르면, 조선의 궁중무용은 넓은 강당이나 햇빛 드는 광장에서 추는 것이었다. 그래서 밝은 햇살 아래서 추지 않으면 그 아름다움은 나타낼 수 없다. 다다미 여섯 장 정도의 어두운 방에서는 춤의 아름다움은 죽어 버린다…… 는 것이다.

"그럼, 어디서?"

"제일 좋은 곳은 경복궁景福宮의 경회루慶會樓예요."

영순은 단호하게 대답했다.

경복궁이란 조선의 태조太祖 이성계李成桂가 한양으로 도읍都邑을 옮긴 뒤에 백악白岳의 남쪽 산기슭에 지은 궁전이다. 그 후 전쟁으로 불타서 황폐해진 것을 1866년(高宗3년)에 섭정인 대원군大院君이 다시 지은 것이다.

당시의 궁궐은, 부지敷地 13만 평, 성벽만으로 3킬로미터에 달했다. 정문은 광화문光化門이라고 했고, 지명으로 남아 있다. 그리고 건물도 근정전勤政殿·사정전思政殿·경회루慶會樓 등을 남기고는 철거되어, 지

금은 조선총독부의 굉장히 큰 석조건물이 지난날의 궁전 자리에 높이
솟아 있다.

경회루는 총독부의 북쪽 뒤로, 높이 4미터 반의 돌기둥 48개로 받
치고 있는 커다란 누대樓臺이다. 동서 34미터 남북 27미터나 되며, 위
층과 아래층이 모두 군신君臣의 연회장으로 쓰였다.

노구치는 두 번쯤 견학한 적이 있는데, 넓은 연못 한가운데 떠 있
는 섬 같고, 웅대한 지붕의 높고 큰 전각이 하늘을 찌르며, 사방을 굽
어보는 모양은, 버리기 아까운 조선의 풍치가 있었다.

김영순은 그렇게 말했다. 노구치는 기뻐서, 무릎을 세우고 앉은 그녀
의 흐르는 듯하는 물색 치맛자락에 입을 맞추고 싶은 충동을 느꼈다.

4

지난날의 왕궁의 연회장이 있는 경회루에서 춤추는 그녀를 스케치
하는 것은 보통 일이 아니었다.

무엇보다 총독부 부지 안에 있고, 월요일을 빼고 매일 오전 11시,
오후 1시 반, 오후 3시로 하루에 3번 관람시간이 정해져 있었다.

안내인은 일정한 코스를 일정한 시간 안에 안내한다. 그리고 들어
오고 나가는 사람 수가 틀리면 눈빛이 달라져서 소란을 피운다.

이런 상황이니까, 장고·퉁소·가야금·생황·징 같은 걸 들고 들어
가, 경회루 위에서 '춘앵전'을 연주하고, 영순이 춤을 춘다는 것은 불
가능에 가까웠다.

노구치는 영순과 상담해서, 무대를 태평로太平路에 있는 덕수궁德壽

宮으로 옮기기로 했다.

덕수궁은 돌아가신 이태왕李太王[20] 전하가 양위讓位하고 나서 계시던 궁으로, 지난 9년 동안 경운궁慶運宮이라고 불렸고, 왕궁이던 적도 있었다. 그런 의미에서는 궁중무악에 어울리는 유서 깊은 곳이다. 덕수궁이라면 이왕직李王職[21]의 관할이고, 어른 아이 모두 5전錢의 관람료로 일반에게 공개하고 있으니까, 편안했다.

이렇게 해서 김영순은 여름방학에 일요일을 빼고는 매일 오전 중 1시간씩 춤옷을 입고, 덕수궁의 파란 잔디 위에 서 주었다.

켄버스 앞에 앉아 있는 노구치는 편했지만, 같은 자세로 두 팔을 펼치고 서 있는 영순은 편하지 않았다.

오후에는 1시간에 1원의 모델료를 받고 싶어서, 네 명의 늙은 악사들이 왔다. 그 네 명의 악사들을 궁전 앞의 잔디 위에 앉히고, 그림의 배경을 마무리했다. 때로는 영순도 오후까지 남아서 그를 위해서 포즈를 취해 주었다.

그녀는 비 오는 날을 빼고, 딱 15일 동안 노구치를 위해서 모델이 되어 주었다.

어느 날 그녀가 춤옷을 입었을 무렵부터 비가 내리기 시작해서 개일 것 같지 않으므로, 할 수 없이 덕수궁의 대한문大韓門 앞에서 택시를 타고 그의 아틀리에까지 간 적이 있었다.

외아들인 그는 자기 집인 지요다로 아주 가까이에 집을 한 채 빌려

---

20 조선왕조의 제 26대 국왕 고종高宗
21 일제 강점기에 조선 왕실의 일을 맡아보던 관청

서, 아틀리에로 만들어 살고 있었다. 다만 식사와 목욕만은 여관인 자기 집에 가서 했다. 영순은 아틀리에 내부에 흥미를 느꼈는지 여러 가지 질문을 했다.

"이거 뭐예요?"

"뭐에 써요?"

"어떻게?"

영순의 말은 언제나 문장이 짧다. 그것은 일본어를 별로 알지 못해서가 아니라, 일본어를 거부하려고 하니까, 그리 되는 것이었다.(하지만 이것은 나중에 알게 된 것인데 ……)

어떻든 친밀하게 그녀가 말을 걸어 주는 것이 즐거워서, 노구치는 그림 도구나 사용법에 대해서 이것저것 설명했다. 이 비 오는 날의 아틀리에에서의 몇 시간은 지금까지 둘 사이를 가로막고 있던 높은 흙벽을 한꺼번에 허물어 내리게 했다.

영순의 눈빛, 말투에서 그때까지의 쌀쌀함이 없어지고, 언젠가 박규학과 둘이서 홍몽관에 있을 때처럼, 경계심이 없는 태도로 바뀌었다.

노구치는 완성한 스케치를 기초로, 30호 유화를 그리기로 했다. 여름방학이 끝나고, 2학기 수업이 시작됐기 때문에, 노구치가 캔버스를 마주할 수 있는 것은 일요일과 축일뿐이었다.

노구치는 붓을 잡으면서 어느 사이엔가 자기 마음속 깊이 그 조선 기생의 모습이 뚜렷이 새겨져 있는 것을 알았다. 여학교 교단에 서 있어도, 학급에 몇 명인가 섞여 있는 조선인 학생의 얼굴을 보면, 문득 김영순의 투명하고 흰 귓불이나 이지적인 코나 검은 머리카락 등이 단편적으로 떠올랐다.

(그 조선 기생을 사랑하는 걸까?)

(세 살이나 위인 그 무희를?)

그는 자문자답自問自答했다. 그리고 그런 자기를 웃어 버리려고 했다. 그러나 마음에 깃든 영순의 모습은 아무래도 쫓아낼 수 없었다. 쫓아내기는커녕 날마다 그의 가슴속에서 숨 쉬고 부풀어 오르고 커져가기 시작했다. ……

견디지 못하고 홍몽관에 간 적도 있었다. 그러나 덕수궁에서 포즈를 취하고, 그의 아틀리에에 왔을 때와는 달리, 춤출 때에는 전보다 차가운 느낌조차 드는 영순이었다. 노구치는 실망해서, 다시 그녀의 웃는 얼굴을 보려고 기를 썼다.

9월 말의 일요일이었다.

돌연히 세브란스의전의 박규학이 여관 하녀에게 안내되어, 그의 아틀리에에 온 적이 있다. 그가 지요다로에서 산다고 생각해서 그쪽으로 잘못 찾아간 모양이다.

"어젯밤 오랜만에 홍몽관에 가서 그녀로부터 여러 가지 이야기를 들었지요. 드디어 모델이 돼 줬다더군요."

박규학은 아틀리에로 들어오자마자, 그리고 있는 도중의 30호 캔버스 앞에 서서, 눈을 가늘게 뜨다가 크게 뜨다가 했다.

"반쯤 그린 겁니다."

노구치는 수줍어하면서 말했다. 박 조교수는 손목시계를 보며,

"아직 그녀는?" 이라고 물었다.

"네, 그녀?"

노구치가 말하자, 상대는 웃으며.

"둘이서 노구치 선생을 격려할 겸 그림을 보러 오기로 했답니다. 여기서 만나기로 했지요."

"네. 그건, 그건"

그는 박규학의 그런 마음 씀씀이가 무척 고마웠다. 종로 2가의 주막에서 만나, 홍몽관에 하룻밤 초대해 준 것 뿐인 인연이, 김영순으로 해서 이처럼 발전하고 이토록 친밀해졌다. 인간의 교제란 알 수 없는 것이다. 노구치는 집에 달려가서 어머니에게 아틀리에까지 와 주시라고 말했다. 집을 나오자 연보라색 치마를 펄럭이며, 과일 바구니를 들고, 양산으로 얼굴을 가리며 남산정의 비탈길을 올라오는 영순의 모습이 보였다.

"아, 박 선생은 벌써 오셨어요."

그녀는 싱글벙글 웃으며 말을 걸었다.

"아, 힘들다. 저번에는 차로 왔으니까, 아주 가깝다고 생각했는데
……"

영순은 하얀 이마에 흠뻑 땀을 흘리고 있었다. 고추잠자리가 날아다니는 계절이 되었어도, 경성 거리는 아직 늦더위가 심했다. 여름에서 건너 뛰어 겨울이 되는 느낌이다.

"그거 …… 내가 들게요"

노구치는 영순이 손에 들고 있던 과일바구니를 받아서, 이웃사람들의 눈치를 보면서 성큼성큼 길을 올라갔다. 비탈길에서 아주 가까운 집에 제자가 있기 때문이다.

비탈길을 오른쪽으로 꺾어서, 제일 구석에 그가 빌린 집이 있다. 다다미 8장 정도의 양실洋室과 6장의 화실和室, 거기에 현관과 부엌이라는 조그마한 집이다. 양실을 아틀리에로 쓰고 있다.

"저기서 그녀를 만났습니다."

노구치는 박규학에게 보고하고, 화실에 방석을 깔았다.

"노구치 씨, 이 노인들의 얼굴이 좀 쓸쓸해 보이네요. 무슨 이유라도 있나요?"

박 조교수는 캔버스 앞에 영순을 남겨두고 다다미방으로 올라왔다.

"의미는 없어요. 그저 네 분 악사들이 연주를 할 때, 옛날을 그리워하는 표정을 하니까요. 그래서 쓸쓸하고 그리워하는 표정으로 그려봤어요. ……"

영순은 노구치의 어머니가 인사하러 오자, 일본식으로 무릎을 꿇고 앉았다. 노구치는 두 사람을 어머니에게 소개했다.

"아 이분 …… 모델이 돼 주신 건."

어머니는 곧 알아챈 것 같았다. 때때로 아틀리에에 청소하러 와서, 그녀의 얼굴 스케치를 보았기 때문일 것이다.

"잘 부탁합니다."

오 분쯤 있다가 어머니는 금방 돌아갔다.

박규학은 의전 조교수를 하고 있으므로, 꽤 교양이 있는 인물로 그림에 대해서도 지식이 풍부했다. 그리고 이야기하는 사람은 한결같이 노구치와 박규학이었다.

가장 중요한 김영순과는, 여름방학이 끝나서, 휴일밖에 그림을 못 그린다는 말을 했을 뿐이었다.

그 후 세 사람은 메이지 거리에 나가서, 이른 저녁식사를 하고 헤어졌다. 헤어질 때 영순은,

"내 얼굴 그림이 걱정되니까, 가끔 와서 볼래요."라고 웃으며 말했다.

—— 다만 그것뿐이었지만. 노구치는 이 갑작스런 방문이 얼마나 기뻤는지! 그날 밤 그는 들떠서 잠이 오지 않았다는 것을 기억한다.

영순이 돌아갈 때 한 말은 거짓말이 아니었다.

다음 일요일 오후, 대구大邱의 파란 사과를 가지고 찾아왔기 때문이다.

여름 햇살과 가을이 되고 나서의 햇살은 상당히 다르다. 노구치 료키치는 덕수궁에서 본 영순의 피부 색깔과 아틀리에에서 보는 그녀의 피부가 상당히 다른 것에 놀랐다. 그러나 가을의 부드러운 햇살이 궁중무용에 어울렸다.

노구치는 그것을 그녀에게 말하고, 얼굴을 그리기 위해서 일요일마다 시간을 내 주지 않겠느냐고 부탁했다. 약간 구실을 삼는 듯, 뒤가 켕기는 것을 느끼면서 ──

하여튼 그는 영순과 둘이서만 만나는 시간을 만들고 싶었다. 그리고 뜻밖에 그녀는 순순히 승낙해 주었다.

…… 일요일은 그에게는 즐겁고 몹시 기다려지는 날이 되었다.

일요일마다 기생이 아틀리에를 찾아온다고 해서, 어머니는 이웃의 소문을 걱정했으나, '그림 때문에'라고 하면 그다지 반대하지 않았다. 목적은 그녀의 얼굴뿐이므로 영순은 아틀리에로 들어오면 의자에 편안히 앉는다. 그것만으로는 지루하리라고 생각해서 노구치는 화집이나 자기의 사진앨범을 그녀에게 내주었다.

한 시간쯤 앉았다가, 잠깐 쉬고, 또 30분 정도 앉는다. …… 는 약속이, 세 번째에는 30분쯤 앉았다가 나머지는 잡담을 하고 헤어지는 모양이 되었다.

잡담이라고 해도 그녀는 적극적으로 이야기를 하지 않으므로, 노구치가 기생의 생활에 대해서 이것저것 질문했다. 영순은 자기들의 생활에 대해서 솔직하게 이야기했다.

"한 시간에 25원이라면 기생 중에서는 최고의 화대花代지?"라고 그가 물었다.

"화대와 달라요. 다섯 명이 한 조가 되어 춤을 보이는 요금이에요."

라고 그녀가 중얼거렸다.

"그렇게 많은 돈을 받는데 왜 그런 집에 살죠?."

노구치가 물었다.

"글쎄요. 25원을 받는 건 양반뿐이에요. 일본사람하고……"

사뭇 당연한 듯, 그녀는 대답했다.

노구치는 그녀의 대답을 통해 기방妓房의 뒷면을 알게 되고, 기생의 역사를 알게 된 것이 재미있었다.

영순의 이야기로는, 한 시간에 25원이라는 요금은, 일본인 손님과 조선 부자들한테 요구하는 금액이고, 실제로는 예를 들어 박규학처럼 궁중무용을 아껴 주는 조선의 지식인에게는 단 5원으로 봉사하고 있다. 일본인과 양반의 경우만 10원을 권번券番에게 납부하고, 나머지 15원을 5명이 골고루 분배한다. 그러면 한 사람당 3원이 된다. 봉사요금일 때는 한 사람에 1원이다.

이 계산으로 하면, 하룻밤에 일본사람이 그녀를 불러 줘도 겨우 9원의 수입이다.

"하룻밤에 단 1원일 때도 있어요. 다만 팁은 모두 내 것……"

노구치는 한여름에, 늙은 악사들이 덕수궁에 부리나케 왔던 속셈을 이제야 이해할 수 있었다. 김영순은 그 늙은 악사들에게 전통적인 궁중무용을 배워, 그 은혜에 보답하고 있는 것이다.

—— 11월이 되자, 경성 거리는 벌써 겨울 준비를 한다. 첫눈이 내리는 것은 이 달 하순부터이다.

아틀리에에 연탄난로를 들여 놓고, 그 일요일 오후에도 노구치 료키치는 마지막으로 얼굴 부분을 수정하고 있었다.

캔버스에 그려낸 것은, 덕수궁을 배경으로 늙은 악사가 아악을 연주하고 있는 앞에서 우수에 찬 조선의 무희가 가을하늘을 쳐다보며 춤을 추는……이라는 구도이다.

노인들은 옛날을 그리워하는 듯, 어떤 이는 눈을 깜박이고, 어떤 이는 황홀하게 영순을 바라보고, 어떤 이는 눈을 감고 있다.

그리고 영순은 살짝 옆얼굴을 보이며 자기의 하얀 오른손을 응시하고 있다. 그 오른손을 응시하는 영순의 눈동자 색을 좀처럼 생각한대로 그려낼 수 없었다.

노구치가 그림물감을 팔레트 위에 섞고 있었더니, 앨범을 보던 영순이, 갑자기 말을 걸어왔다.

"이 사람 —— 누구?"

그는,

"응?" 하고 건성으로 대답했다.

부모의 방에 있는 앨범을 가지고 와서 영순에게 보여 주고 있었다. 영순은 일어나서 앨범을 보이러 왔다.

"이, 이 사람이요……"

노구치는 앨범을 들여다보고 쓴웃음을 지었다. 그녀가 가리키고 있는 것은 군인이던 시절의 그의 아버지였다.

"아, 우리 아버지예요"

"당신…… 아버지? 이 사람이?"

왠지 영순의 목소리에는 대드는 것 같은 긴박함이 있었다.

"원래 군인이었지. 어머니와 결혼하고 나서 군인을 그만두었지만……"

갑자기 영순은 들고 있던 앨범을 완성 직전에 있는 그의 캔버스에 던졌다. 철썩하고 따귀를 때리는 듯 하는 소리가 났다.

"뭐, 뭐하는 거야!"

화가畵架가 기우뚱 쓰러지려 하고, 캔버스는 바닥에 옆으로 떨어졌다. 허리를 일으킨 노구치는 당황해서 그림을 손으로 잡으려고 하다가 의자에서 굴러 떨어졌다.

그림은 그런대로 무사했다.

그녀는 왜 아버지의 옛 사진을 보고 그런 행동을 했을까? 완성 직전의 그림에 신경을 쓰다가, 휴 하고 한숨을 쉬고 둘러보니, 현관문이 열려 있고, 영순의 모습은 보이지 않았다.

"이봐, 자네!"

"왜 달아나는 거야!"

그는 맨발로 뛰어나왔다. 그러나 언덕길까지 나가자, 몰골이 말이 아니라서, 영순을 쫓아갈 수 없었다. 그러나 궁중무용으로 알려진 괴짜 기생은 보라색 치마를 펄럭이며 잔달음질로 언덕을 내려가고 있었다.

5

김영순을 모델로 한 그림은 완성되었다.

그러나 그녀는 홍몽관에 찾아가도, 그가 있는 방에는,

"안 가."라고 할 뿐, 모습을 보이지 않았다.

그는 목메어 우는 듯 하는 퉁소 소리, 구슬픈 장구 소리를 찾아,

오로지 영순을 만나고 싶은 마음에서 다옥정茶屋町[22]에서 종로 주변까지 방황했다. 그리고 어느 요정에서 나오는 늙은 악사 일행을 발견하고 교섭했지만, 영순은 요정 안에 숨어서 나오려고 하지도 않았다.

(그녀는 나를 싫어한다.……)는 것은 그로서도 알 수 있다. 그러나 그가 알고 싶은 것은, (왜 싫어하지?) 하는 것이었다.

그 원인은, 그날 본 앨범 사진일 것이다. 그리고 자기 아버지와 관계가 있다는 건 알겠다.

사진은 결혼 전의 부모님이 교외에서 어깨를 나란히 하고 서 있는, 말하자면 약혼 중의 것이었다. 어머니는 기모노着物를, 그리고 아버지는 장교 제복을 입고 군도軍刀를 차고 있다.

(그 사진의 무엇이 마음에 들지 않는 걸까?)

노구치 료키치는 그렇게 생각했다.

영순을 만나서 그 이유를 들으면, 뭐든지 분명해지는데, 그녀가 만나고 싶어 하지 않는 이상, 화난 이유를 추측할 수밖에 없었다.

앨범 사진을 가리키며, 어머니에게 물어 보면,

"글쎄, 수원水原 근처에 소풍가서 찍은 사진이 아닐까."라고 기억이 애매했다.

이렇게 되면 아버지의 기억에 의지할 수밖에 없다.

노구치의 아버지는 여관 조합장을 하고 있으므로, 낮에는 외출이 잦았다. 그래서 밤에 물어볼 수밖에 없었다.

── 잊히지도 않는다.

바로 태평양전쟁이 시작되기 전날 밤 ── 즉 12월 7일 밤이다.

<hr />

22 지금의 서울 중구 다동茶洞.

노구치는 아버지 아라히라荒平가 카운터에 있는 것을 보고, 그 앨범을 들고 들어갔다.

"아버지 좀 여쭤 보고 싶은 게 있는데요."

"뭐냐?"

아버지는 지배인에게 장부를 돌려주면서 그를 보았다.

"이 사진 말인데요."

"어느 거냐?"

아버지는 노안경을 쓰고 한 번 들여다보고, 지배인 앞에서 쓴웃음을 지으며 앨범을 접었다.

"어머니와 함께 찍은 건, 이 사진이 처음이지요?"

"응, 더 오래된 것이 없으면 그렇겠지?"

"이 사진을 찍은 장소는?"

"글쎄 잊어버렸어……"

"어머니는 수원 근방 같다고 했는데요. ……"

아버지 아라히라는 갑자기 말투가 엄해졌다.

"야, 료키치."

"네……"

"이 옛날 사진이 무슨 관계가 있어!"

"좀 중요한 일이예요."

"중요한 일?"

"경치가 좋아 보이니까 학생을 데리고 사생 여행寫生旅行을 가려고 ……"

"이 12월에?"

"아닙니다, 봄이 되면요. 내년 계획표를 만듭니다."

그는 거짓말을 했다. 여학교에서 교사를 하고 있는 입장을 이용했다. 그의 말을 듣자, 아버지는 노안경을 다시 쓰고 앨범을 펼쳤다.

그리고 전등불 밑에 비추어 보았다.

"수원이라 ……"

아버지가 중얼거렸다.

사진의 배경에는 낮은 언덕이 보이고, 왼쪽에는 목조의 면사무소 같은 것이 보인다. 노구치의 아버지는 기억을 더듬는 모양이었는데,

"아!" 하고 낮게 말했다.

"여긴 발안장發安場이야."

"발안장?"

"지금은 발안리發安里라고 하지. 오산烏山에서 서쪽으로 똑바로 들어간 곳인데, 그리 경치가 좋은 곳은 아니야."

아버지는 노안경을 벗었다.

"왜 이런 곳에?"

"응, 옛날에는 수비대가 있었지. 사과나 배를 따러 어머니가 놀러 왔을 때의 사진일거야."

아버지의 말에는 아무 망설임도 없었다.

노구치는 낙담했다. 무언가 아버지의 말에서 김영순이 화를 낸 이유의 힌트라도 얻으려고 생각했는데, 그건 틀려버린 것 같았다.

"복숭아나 포도가 아닙니까?"

"옛날에는 사과나 배 살구 같은 게 많았어. 이 발안장 수비대는 대단한 공을 세운 수비대란다. 만세 사건 때 ……"

노구치는 눈이 번쩍했다.

"만세 사건이 뭐예요?"

"너는 아직 태어나지 않았을 거야…… 아니 태어난 해인가?"

아버지는 아사히朝日[23] 담배자루에서 빨대가 달린 담배를 꺼냈다. 그리고 빨갛게 된 난로 연통에 갖다 대었다.

"조선인들이 만세, 만세! 하고 소란을 피운 사건이야. 종로 파고다 공원에 조선 학생들이 모여서, 독립선언문을 낭독하였고…… 이게 계기가 되어 조선 전체에 대소동이 일어난 사건이지."

"그런 일이 있었어요?"

노구치는 처음 듣는 이야기였다.

"있었구 말구. 3월 1일에 일어나서 육군에서는 3·1소요라고 말했지. 이것 때문에 팸플릿까지 나왔을 정도였지. 후일을 대비하라는 의미에서 말이야."

"그러면 이 사진의 수비대는……"

"아, 폭도들을 진압한 부대지…… 뭐 됐잖아. 나는 바빠."

노구치는 카운터를 나왔다. 지요다로 건물은 ㄱ자형으로 지어져 있어, 현관을 들어가서 왼쪽 아래층이 하녀의 방, 이층이 부모의 방으로 되어 있다.

내친 김에 그는 아버지의 서재로 쓰는 거실로 들어갔다. 아라히라는 꼼꼼한 성격으로 벽에는 선반을 만들어서, 명함첩·일기장·숙박부 등을 연도별로 정리해 두었다.

그리고 한쪽 선반에는, 군인 시절의 장서와 여관 주인이 되고 나서 사 모은 책과 그 밖의 것이 진열되어 있다.

망설이지 않고 노구치는 옛날 것이 있는 선반을 찾아보았다. 뒤표

....

23 담배 이름

지가 닳아서 찢어지기 시작한 팸플릿 따위를 뒤져 보니, 〈조선 소요 경과 개요朝鮮騷擾經過概要〉라는 표지의 활자가 눈에 띄었다. 손에 들고 첫 페이지를 열어보니, "3월 1일 약 3, 4천 명의 학생이 예정대로 '파고다공원'에 집합해서 독립선언서를 낭독하고 시위행진을 개시하자 군중이 이에 부화하여…… "라는 첫 문장이 눈에 들어왔다.

"이거다!"

그는 그것을 주머니에 쑤셔 넣자, 아무 일도 없다는 듯, 자기의 성城인 아틀리에로 달려왔다.

옛날 1919년 무렵의 군대에서 쓰는 문장이므로 한자가 아주 많아서, 노구치는 질렸으나, 신경 쓰지 않고 문장을 속도를 내서 읽어 갔다.

이 평화로운 조선에서 20여 년 전에 이러한 일대 소요 사건이 발생했다는 것이 그에게는 믿어지지 않았다. 그러나 이렇게 경과 개요까지 발행된 것을 보면, 틀림없는 사실이다.

그리고 당시의 조선에서는 이런 사실은 역사 교과서에도 실리지 않았고, 한일합방 이래 늘 평화롭다고만 강조했다.

……그 경과 개요에 따르면 이 독립운동의 주모자는 천도교도와 기독교도들로 거기에 일부 학생들이 참가했다. 독립선언문을 기초한 사람은 역사학자 최남선이다.

3월 1일 학생들은 동맹휴학을 하고 파고다공원에 모였다. 최초의 계획으로는 천도교 교주 손병희孫秉熙가 독립선언문을 낭독하고, 조국의 독립만세를 세 번 외치고, 데모행진을 할 예정이었다.

그런데 파고다공원에서 열광한 학생들을 본 어른들이 폭동이 일어날 것을 염려하여, 직전에 회장을 인사동에 있는 명월관明月館으로 바꾸었다.

그리고 명월관에서 선언문을 읽고, 그들끼리만 만세를 세 번 외치고, 경무총감警務總監에게 전화를 걸어 자수를 했다.

혈기 왕성한 학생들은 이런 어른들의 배신을 알고 분개했다. 그리고 처음 예정대로 선언문을 군중에게 나누어주며, 동과 서 두 무리로 나누어 데모행진을 했다. —— 이것이 약 9달 동안 조선반도 전체를 뒤덮으며 요원遼遠의 불길처럼 타올랐던 독립운동의 발화점이었다.

파고다공원을 나갈 때는 몇천 명의 학생들이었다. 작은 시내와 같은 존재였다. 그런데 만세를 외쳐대며 학생들이 이태왕李太王 전하의 영구靈柩가 안치된 덕수궁에 밀려들었을 때는, 작은 시내는 이미 큰 강이 되어 있었다.

"조선독립만세!"

군중의 성난 외침은 이윽고 냄비 바닥 같은 경성 거리를 흔들어 대고, 모든 거리는 순식간에 홍수의 소용돌이에 휩쓸렸다.

그날 안으로 평양과 원산으로 불길이 번졌고, 다음 날에는 황주·진남포·안주·그리고 3일에는 개성·겸이포·사리원·선주·함흥 —— 이런 식으로 불길이 번졌다.

(그러나 김영순과 이 3·1 소요는 관계없잖아!)

노구치 료키치는 팸플릿의 경과 개요에서 3월분의 페이지를 읽은 것만으로 싫증이 났다. 다만 그에게는 과거에 그런 사건이 있었다는 사실이 신선한 놀라움이었다. 그날 밤 잠이 오지 않아서, 머리맡 전등을 켜고 잡지를 읽고 있다가 문득 생각났다. 김영순이 화를 낸 것은 아버지가 아니라 그 배경으로 되어 있는 발안장의 수비대 때문이다.

그는 팸플릿 페이지를 넘겨보았다. 소요의 경과는 월별月別 그리고 도별道別로 기록되어 있었다.

4월 폭동의 경기도 란欄을 읽기 시작한 그는 벌떡 일어섰다. 그리고 놀라서 눈이 휘둥그레 졌다.

거기에는 다음과 같은 냉혹한 문장이 쭉 적혀 있었다.

〈……경성부 안에서는 관헌과 부대의 삼엄한 경계 때문에 소요가 일어나지 않았음. 표면상으로는 질서를 유지하고 있다고 하나, 지방에서는 격렬한 소요의 영향을 받아, 4월 상순에는 소요가 극에 달해, 군청 면사무소 경찰서 헌병주재소를 습격, 민가 및 면사무소의 파괴 방화 교량의 파괴 소각 등 온갖 폭행을 감행했을 뿐 아니라, 약 2천 명의 폭도가 수원군 우정면雨汀面 화수리花樹里 경찰관 주재소를 습격하여, 이를 포위 폭행하였으므로, 주재순사는 발포 응전하였으나, 중과부족에 탄환도 떨어져, 결국 참살당하고 시체는 능멸 당했음

상황은 이처럼 거의 내란 상태이며, 따라서 그 지방의 내지인內地人[24]은 위험을 무릅쓰고, 부녀자를 임시 다른 곳으로 피난시키는 등. 인심이 흉흉하고 형세가 혼란해서, 당시 도착한 발안장 수비대장은 현황을 보고 폭동의 주모자를 죽여야 할 필요를 깨닫고, 4월 15일 부하를 이끌고 제암리提岩里에 이르러 주모자로 보이는 예수교도, 천도교도 등을 모아, 20여 명을 살상하고, 촌락의 대부분을 태웠음.…… 운운〉

발안장의 수비대가 등장하는 것은 단지 이 한 군데뿐이었다.

(주모자로 보이는 예수교도 천주교도 등을 모아, 20여 명을 살상하고……)

—— 노구치는 그 활자를 바라보며 멍해졌다.

군대식의 간결한 문장이었다. 그러나 순사 한 명이 살해당한 데 대

---

24 일본인을 가리킴.

한 보복수단으로서는 너무 잔혹한 짓을 했다. 그것은 학살이었다.

모아서 20여 명을 살상했다면 기관총으로 한꺼번에 쏜 것일까? 그리고는 마을까지 불태워 없애는 것은 무슨 속셈일까?

노구치는 이불 위에 다시 일어나, 감기 걸린 것도 잊고, 그 무미건조한 활자를 팔짱을 끼고 계속 응시했다.

그의 뇌리腦裏에서는 제암리라는 자기도 모르는 작은 마을에서, 마을 주민이라는 사람들이 불려와 허둥지둥하는 광경이 눈에 떠올랐다. 삿갓을 쓰고 흰옷 위에 두루마기를 걸친 마을의 장로들.

그 사람들은 실제로 화수리 주재소를 공격한 주모자인지도 모른다. 또한 전혀 인연도 연고도 없는 기독교, 천도교 신자인지도 모른다.

그리고 20여 명의 조선인들은 '폭동의 주모자를 섬멸'하는 목적으로, 폭동 뒤 며칠 지나서 살상되고 마을은 태워져 버린 것이다.

(혹시 아버지는 그 당시 수비대 대장이 아니었을까?)

노구치는 그렇게 생각하고 몸을 떨었다.

그의 아버지가 그런 무모한 살육을 할 인간이라고는 생각되지 않았다. 그러나 김영순의 분노에 차서 번쩍번쩍 빛나던 그 때의 눈빛을 생각하면, 무언가 자기 아버지 얼굴을 보고 분개했다고 밖에 생각할 수 없었다.

—— 다음 날 일본은 태평양 전쟁에 돌입했다. 경성 거리는 진주만을 공격하여 큰 전과를 올렸다는 뉴스로 들끓고 있었다. 전승을 기원하기 위해서, 노구치가 근무하는 여학교 학생들도 남산에 있는 조선신궁神宮에 참배하러 갔다. 384계단의 넓은 돌층계에는 초등학생과 중학생들이 끊임없이 오르내리고 있었다. 그러나 노구치에게는 일본의 전쟁보다도 김영순이 더 마음에 걸렸다.

참배한 후 그는 전화번호부에서 경성의 '예창기조합藝娼妓組合' 사무실을 찾아서, 김영순의 호적에 대해서 물었다.

여사무원이 전화에 나와,

"잠깐만 기다리세요."라고 말하고는 좀처럼 알려주지 않았다.

노구치는 5분쯤 기다렸다. 다음에 나온 사람은 남자 목소리로,

"지금 바쁘니까 찾을 수 없는데요. 어쨌든 전쟁이잖아요." 하고 은근히 거절하는 말투였다. 노구치는 호통을 쳤다.

"이쪽은 헌병대다! 빨리 안 해!"

그의 험악함에 놀라서 상대는 금방 기생 김영순의 페이지를 찾아서 전화기에다 읽어주었다.

그녀의 호적은 노구치가 설마하고 걱정하고 있었던 대로, 경기도 수원군 향남면鄕南面 제암리였다.

"수고하셨습니다."

전화를 끊으면서, 노구치 료키치는 겨울인데도 이마에 기름땀을 흘리고 있었다.

(역시, 그렇다……)

집에 돌아와서 지도를 찾아보았더니, 발암리의 바로 옆 마을이 제암리였다. 가옥 수는 56호라니까, 마을로서는 작은 편이었다.

조선의 읍, 면은 일본으로 말하면 조町, 무라村이다.

리里라는 것은 일본에서는 마을을 가리킨다.

(영순은 3·1사건 때, 일본군이 학살했던 마을에 태어났다. ……그것도 1916년 출생이니까 그때는 4살이다. 기억할 수 있어!)

노구치는 놀랐다. 그리고 만일 자기의 아버지가 부당하게 살해당했다면, 그 원한은 평생 동안 갖게 되는 게 아닌가 하고 생각했다.

제암리와 발암리는 눈과 코앞이다. 어머니로부터

"네 아버지는 발암리 수비대에게 살해당했다."라는 이야기를 들으면, 자라면서 그 수비대의 병사들과 건물을 미워하게 될 것이다. 아니, 발암리의 경치 그것마저도 증오의 대상이 된다.……

(영순은 그 사진의 배경을 보고 그게 어디인가 알았다. 그래서 거기에 군복을 입고 벙글거리며 서있는 노구치 아라히라를 보고, 자기 아버지를 죽인 사람은 이 군인이라고 생각한 게 아닐까 …… 즉 노구치 아버지가 죽었다고……)

노구치는 문득 그녀가 일본 남자와는 자지 않는다고 선언했다는 것에서 새삼스럽게 일종의 중량감을 느꼈다. 만일 그녀의 아버지가 제암리에서 살해된 20여 명의 '주모자' 가운데 한 사람이라면, 일본사람을 미워하는 기분도, 노구치의 그림의 모델이 되고 싶지 않다는 기분도 이해할 수 있었다.

춤을 보여 주고 일본인으로부터 많은 요금을 받는 것도, 도지사에게 부채를 던진 것도, 무엇이든지 납득할 수 있었다.

아버지의 돌연한 죽음으로 그녀의 일생이 불행하게 되었다는 것은 어렵지 않게 상상할 수 있었다. 그 증거로 원남동의 초라한 집에서 어머니와 단 둘이 살고, 한 시간에 1원 많아야 3원의 수입으로 생활하고 있다.

이것저것 깊이 생각하면 노구치는 영순에게 큰 소리로 묻고 싶은 기분이 불현듯 끓어오르는 것 같았다. 그러나 만세 사건 당시 그의 아버지도 군인이었다. 그리고 발안장 수비대 앞에서 어머니와 사이좋게 사진을 찍고 있었던 것을 보면, 아주 관계없다고 잘라 말할 수 없는 두려움이 노구치를 사로잡았다.

(아버지가 그 무렵 수비대 대장이었다면 어떻게 하지? 그리고 영순의 아버지를 죽인 장본인이라면?)

노구치 료키치는 어떤 양심의 가책을 느끼고, 날이 갈수록 우울한 교사가 되고 있었다.

6

노구치 료키치의, 김영순을 그린 30호 유화는 '이조잔영李朝殘影'이라는 제목을 붙여서 선전에 출품되었다.

노구치는 이 그림만은 자신을 가지고 있었다. 영순을 알고 나서 벌써 일 년 남짓 지났다. 그리고 그 일 년 동안은 모두 그녀의 춤 모습에 대한 집념으로 엉겨 있었다고 해도 지나친 말이 아니다. 미술관에 반입한 것은 새해가 되어 금방이었다. 그렇게까지 서두를 필요는 없었지만, 아틀리에 구석에서 영순이 먼지를 뒤집어쓰고 있다고 생각하면, 어쩐지 우울했기 때문이다.

그는 어느 쪽인가 하면 내성적인 성격이었다. 끙끙하고 고민하는 타입이었다.

아버지에게 3·1소요 사건 당시의 일을 확실히 물어보면 될 텐데, 그걸 할 수 없었다. 발안장의 수비대의 일을 틀림없이 아버지는 '대단한 공을 세운 수비대'라고 표현했다고 기억하고 있다. 공을 세웠다는 것은, 아버지 자신이 제암리 살육으로 수원군의 폭도가 진압되었다고 믿는다는 증거였다. 또한 그것은 다른 사람의 공이었다고도 해석할 수 있다.

그런데도, 노구치는 아무래도 아버지가 사건에 관련된 것처럼 생각되어, 쉽게 말을 꺼내지 못했다. 왜냐하면 폭동이 진압된 뒤에, 죄 없는 백성을 살상한 죄는 군대라고 해도 틀림없이 추궁을 받았을 것이다.……라고 추측했기 때문이다. 그리고 아버지 아라히라는 3·1소요 사건 직후 —— 1920년에 육군 보병 대위라는 계급인 채로 퇴직했다.

(아버지의 퇴직과 제암리 사건과 관계가 있는 게 아닐까?)

노구치 료키치는 그렇게 생각하는 것만으로도 숨이 막힐 것 같았다. 아버지의 사진을 보고 얼굴빛을 바꾼 영순의 그때의 굳은 표정이 그의 가슴을 바늘로 찌르는 것이었다.……. 홍몽관에도 가지 않게 되었다.

3·1소요 사건이나 제암리 살상 사건을 알기 전이라면 몰라도 영순이 화를 낸 이유가 무언지 상상할 수 있는 지금은, 얼굴을 마주하는 것도 괴로웠다. 그러면서도 참을 수 없이 만나고 싶었다.

(뭐야 ……일개 조선 기생이잖아!)

노구치는 자기에게 다짐했다.

자기의 그림 모델이 되어 준 만큼, 손조차 잡아 본 적이 없는 기생이었다. 연상이고 거기에 조선사람이며, 아버지 없는 기생으로……라고, 그는 김영순의 결점을 나열해 보기도 했다. 그는 영순을 잊어버리자, 생각하지 말자고 노력하고 있는 셈이었다.

거리에는 기세 좋은 군함 행진곡을 전주곡으로 시시각각 일본 육해군의 전과戰果가 보도되었다.

그리고 그 공세는 화려했다.

말레 앞바다의 해전에서는, 가장 신예新銳라고 자랑하는 영국 함대 두 척을 격파하고, 1월 3일에는 마닐라 시를 점령, 2월 15일에는 싱가

포르 함락이라는 숨 돌릴 틈도 없는 습격으로, 경성 시민들을 전승 기분에 취하게 했다.

그러나 노구치에게는 김영순 일이 머리에 들러붙어서 들떠 있을 기분이 아니었다. 슬라바야 해전의 전과가 보도된 2월 말이었다. 노구치의 근무처인 여학교에 경성신문京城新聞 기자가 갑자기 그를 찾아왔다.

(무슨 용건이지?) 하고 생각하며 교장실에 갔더니, 교장이 싱글벙글 웃으며,

"축하합니다!"

"무슨 일입니까?"

노구치는 어리둥절해서 카메라맨과 기자의 명함을 들여다봤다. 기자는 웃으며,

"선생님 그림이 특선 제 일석이 되었습니다. 감상을 말씀해 주십시오." 라며, 재빨리 메모지를 꺼냈다.

"특선입니까?"

"'이조잔영'을 출품하신 노구치 료키치 선생님이시죠?"

"그렇습니다만……"

"그럼 틀림없습니다."

그는 수상 감상을 말하고, 카메라맨은 그의 사진을 찍었다. 이 소식을 듣고 직원실에 있는 사람들이 입을 모아 축하 말을 해 주었다.

(그 그림이 특선에!)

자기의 기쁨보다도 먼저 김영순에게 알리고 그녀가 기뻐해 주기를 바라는 기분이 앞섰다.

하지만, 과연 그녀가 솔직하게 기뻐해 줄지를 생각하면, 노구치는 알리러 가는 것이 망설여졌다.

결국 노구치는 집에 돌아올 때까지 자기 집과 세브란스의전의 박규학에게 전화했을 뿐이었다.

3월 5일부터 선전은 공개되었다. 총독부 미술관에서 거의 한 달 동안 전람회가 개최되었다. 노구치도 여학교의 학생들을 데리고, 3일째인가 견학하러 갔다.

특선 제일석의 '이조잔영' 앞에는 과연 구경꾼이 모여 있었다. 그는 여학생들 바로 앞에서 흥미가 없는 것 같은 표정을 하면서도 마음속으로는 자랑스러웠다. 그래서 모델인 김영순을 데리고 와서 자기 그림을 함께 쳐다보지 못하는 것이 아주 쓸쓸하고 실망스러운 마음이었다. 그 '이조잔영'에는 25살의 그의 모든 것, 영혼을 바친 것이다. 일 년 가까이 영순을 만나러 홍몽관에 줄곧 다닌 집념이 30호 유화로 결정結晶된 것이다. 이 특선 수상을 누구보다 기뻐한 사람은 군인을 그만둔 이래 명예욕이 강해진 아버지 아라히라였다.

"이걸로 료키치도 한 사람의 화가로서 세상의 인정을 받은 거네!"

아버지는 지요다로에 묵고 있는 손님 모두에게 아들인 그를 데리고 인사를 하러 가고 싶었다. 화가보다 군인이 훌륭하다고 생각하는 아버지로서는 생각지도 못한 변화였다. 박규학으로부터는 축하 선물인 도미가 와 있었다. 일본의 관습을 잘 알고 있는 남자였다. 그 밖에 학부형, 이웃과 친구, 동료들로부터 축하 선물이나 인사말이 왔다.

그러나 그 기쁨도 잠깐이었다.

개최해서 8일 째 되는 날에, 조선군의 참모장參謀長 다자와 가이치로田擇嘉一郞가 견학을 와서 그의 '이조잔영'을 보자마자,

"이건 기생 김영순이 아닌가. ——"라고 부하 참모에게 불만스럽게 말을 내뱉었다.

"네 많이 닮았네요."

참모는 맞장구를 쳤다.

"닮은 게 아니야. 이건 그 여자야, 조사해 봐."

다자와 중장은 어느 날 밤 김영순의 춤추는 모습을 본 뒤로는 그녀를 집요하게 생각했다. 부하 참모는 상관의 그런 기분을 알아채고, 여러 가지 알선을 했으나, 검번에서도 거절당하여 어떻게도 손을 쓸 수가 없었다.

참모장은 자기 뜻에 따르지 않는 기생이 그림쟁이 따위에게는 기꺼이 모델이 되었다는 것이 마음에 거슬렸다. 그날 오후 수업에서 수채화를 지도하고 있던 노구치는 헌병의 돌연한 방문을 받았다.

교장실에서 응대하려니, 상대는 갑자기,

"갑작스러운 질문이지만, 그 그림의 모델은?"라고 물었다.

"조선 여자입니다."

그는 헌병의 이마 위 제모制帽에 흰 선이 한 줄 그려져 있는 것을 힐끗 보면서 대답했다.

"그건 보면 압니다. 주소와 성명은?"

"주소는 정확히 모릅니다. 원남동이라고 생각합니다. 이름은 김영순입니다 ……"

"그러면 기생인가?"

갑자기 헌병은 말투를 싹 바꿨다.

노구치는 불끈해서 말했다.

"그렇습니다."

"음 천박하게도 학교 교직에 있는 사람이 기생을 모델로 하다니, 몰상식하군!"

"몰상식합니까?"

"물론이지. 이 비상시에 무슨 분별없는 짓인가! 일본은 지금 전쟁을 하고 있다."

헌병의 얼굴에는 잔인한 분노가 넘치고 있었다. 그는 의아해서 쳐다봤다.

"그러나 모델이 된 건 작년인데요?"

"변명을 하지 마!"

"허지만 정말입니다."

"아, 어쨌든 갑시다. 여러 가지 물을 것이 있으니까."

수업을 중지하고, 노구치는 헌병대의 차에 실려 용산龍山의 헌병사령부에 연행되었다. 그리고 저녁때까지 방치되었다.

배가 고픈 데다 추워서 그는 조금 울컥 화가 나기 시작했다. 그 무렵이 되어 난로를 피워 놓은 취조실에 안내되었다. 중위의 계급장을 단 남자가 책상 앞에 앉아 있었다. 그는 경례를 했다.

"앉으시오……"

장교라서 그런지 태도는 정중했다.

중위는 '이조잔영'을 언제부터 그렸는가를 묻고, 이어서 영순과 그의 관계에 대해서 이런저런 질문을 했다. 그러나 그의 대답은 하나밖에 없었다.

"음. 그러면 자네와 김영순 사이는 결백하다는 말이네?"

"그렇습니다. 왜 그런 것만 물으십니까? 빨리 보내 주십시오."

노구치는 화가 나서 말했다.

"용건이 끝나면 돌려보내지요. 그런데 자네는 무슨 생각으로 그런 제목을 붙였는가? 그걸 말해 보시오."

"글쎄, 어쩌다 보니까"

"어쩌다 보니까?"

"네, 다른 그림의 소재가 이조시대의 궁중무용이니까요……"

"어쩌다 보니까, 그러나 이조가 그림자를 남긴 거로 되면, 일반 민중에게는 아직 이조가 살아남아 있는 듯한 인상을 주네. 거기에다 장소는 덕수궁이고, 점점 자네의 작품 의도가 느껴지는데?"

"무슨 말씀입니까?"

"까불지 마!"

중위는 벌떡 일어나 탁자를 주먹으로 탁 쳤다. 반복해서 겁주고 구슬리는, 심문하는 무리들의 상투적인 위협이었다.

"아니, 까불고 있는 게 아닙니다."

"거짓말하지 마! 이건 뭐야!"

내민 흰 표지의 팸플릿을 보고 그는,

"앗!"

하고 입속에서 조그맣게 외쳤다. 그것은 아버지의 서재에서 몰래 가져온 '조선 소요 경과 개요'였다.

"자네 아틀리에를 수사했더니 이 책이 나왔어! 이래도 작의作意가 없다고 주장하는 건가!"

"그 그건……그림하고는 별로 관계없습니다."

"그렇다면, 왜 아틀리에에 있어!"

"글쎄요, 언제부터 있었는지 저로서도 기억하지 못 하는데요……"

본능적으로 노구치는 자기 아버지를 감싸려고 했다. 옛날에 군인이었던 아버지가 가지고 있던 팸플릿이다. 그러나 헌병에게 그걸 말하면, 무언가 아버지에게 폐를 끼칠지도 모른다고 생각했다. —— 심문은 계속되었다.

　노구치는 날짜는 잊었지만, 그 팸플릿을 가까운 초등학교 교정에서 주웠다고 거짓말을 했다. 헌책방에서 샀다고 하면 헌책방을 조사하리라고 생각했기 때문이다.

　밤 열 시쯤 심문은 거의 끝났다.

　배가 고프고 화가 나서 노구치는 무뚝뚝한 표정을 하고 있었다.

　"자네 아버님도 원래 군인이셨다 하니, 자 오늘은 너그럽게 봐주지. 이런 과거를 파헤쳐서 흥미를 갖는 게 아니야, 알았지!"

　"네."

　"그리고 앞으로는 게이샤나 기생을 모델로 일체 그림을 그려서는 안 돼."

　"네, 네."

　"마지막으로 그 그림의 제목인데, 즉시 바꿔."

　"제목을 바꿉니까?"

　"물론이야. 민족주의자가 아니라면 제목을 바꾸는 것쯤은 어렵지 않을 텐데 ──"

　노구치는 분개했다. 한낱 군인이 일시적 기분이나 생각으로 권력을 등에 업고 어처구니없는 요구를 하는 것인가 하고 불유쾌했다. '이조잔영'이라는 제목을 보고, 아직 이조가 계속되고 있고, 살아남아 있다고 생각하는 사람은 헌병들만이 아닌가.──

　"어떻게 할래! 바꿀 거야. 안 바꿀 거야?"

　"할 수 없군요. 제목을 바꾸겠습니다."

　"좋아. 자발적으로 그렇게 하고 싶다고 말하는 거지."

　노구치는 또 불끈했다. 자기가 강요해 놓고, 이쪽이 허락하니까, 자발적으로 변경 신청했다는 언질을 받으려고 했다. 너무 제멋대로였다.

그러나 그는 빨리 집에 돌아가고 싶었다.

"네, 그렇게 하고 싶습니다."

"좋아. 그래 새 제목은?"

"붙이지 않겠습니다."

"뭐라고?"

"굳이 붙여야 한다면 무제無題라는 제목으로 됐습니다."

뭐가 비위에 거슬렸는지, 헌병 중위는 일어나서는 노구치를 후려갈 겼다. 주먹은 콧등을 세게 스쳐서, 뜨뜻미지근한 피가 콧구멍에서 흘 러나왔다.

"뭐 하는 거야!"

벌떡 일어나려던 노구치는 턱에 주먹을 한 방 맞고 의자와 함께 쓰 러졌다. 그의 도가 높은 안경은 바닥에 떨어져서 렌즈는 소리를 내며 깨져서 흩어졌다.

"무제가 무슨 말이야. 너는 틀림없이 빨갱이다. 제국 군인을 모욕하 면 어찌 되는지 맛을 보여 주지!"

── 그날 밤 노구치는 차가운 헌병대의 유치장에서 덜덜 떨면서 지내야만 했다. 3월 중순이라고 해도 조선은 아직 겨울 같다. 그는 기 껏해야 그림의 모델이나 제목으로 때리거나 유치留置하는 헌병의 횡포 가 참을 수 없었다. 노구치는 그 제암리의 학살 사건, 그리고 방화 사 건도 일본 군대에서는 일어날 수 있다는 것을 몸소 체험했다.

(영순, 나도 이렇게 모진 일을 당하고 있어! 맞아터지고, 저녁도 굶 고, 콘크리트 벽으로 둘러싸인 유치장에서 떨고 있어.)

담요 한 장을 몸에 두르고, 이빨을 딱딱거리면서, 노구치 료키치는 김영순의 희고 투명한 귓불이나 오똑한 콧날을 열심히 생각하고 떠올렸다.

다음날 아침 노구치는 다시 취조실에 불려갔다.

허리띠를 압수당했기 때문에, 바지를 두 손으로 움켜쥐고, 노구치가 복도를 걸어오자, 아버지 아라히라가 벤치에 앉아 있는 모습이 살짝 보였다. 아들을 인수하러 온 것 같았다.

"어때 노구치! 제목은 어떻게 할래?"

어젯밤의 중위는 활기찬 표정으로 당번병이 바치는 뜨거운 엽차를 맛있게 마시고 있었다.

"네……"

"애써 받은 특선 제 일석을 허사가 되게 할 생각은 아닐 텐데? 그렇지?"

"네……"

"자네 아버님은 3·1소요 때 무훈武勳을 세우셨네. 팸플릿은 자네 아버님 것이겠지!"

"네?"

"왜 숨기었나, 숨기니까 유치장 신세를 졌잖아? 발안장 수비대장으로 무훈을 세운 군인의 아들이 아버님의 공을 숨길 필요는 없잖아……"

노구치는 귀를 의심하며 멍해졌다.

"아버지가 …… 그…… 수비대장"

"그렇다네. 몰랐나?"

중위는 (뭐야, 불효자식) 이라는 표정을 지었다. 그리고 호마레譽[25] 한 대를 꺼내 불을 붙였다. 그 동작은 지난밤과는 전혀 달리, 그에 대한 친밀감이 담겨 있었다.

"당번병! 차 한 잔 더!"

중위는 그렇게 명령하고 나서 노구치를 보았다. 그리고 (어?) 하는 얼굴표정으로 그를 응시했다.

노구치의 뺨이 눈물로 조금 젖어 있었다. 울고 있었다. 그가 제일 두려워하고 있었던 것이 역시 사실이었다. 자기 아버지가 영순의 아버지를 죽인 것이다 …….

"그런데 제목은 뭐라고 붙이지?"

당번병이 노구치 앞에 더운 김이 나는 엽차를 가지고 왔다. 그는 그것을 들고 싶은 충동을 억누르며 조용히 머리를 흔들었다.

"역시 바꾸지 않겠습니다. 아니 바꾸고 싶지 않습니다."

"뭐라고?"

중위는 성난 얼굴이 되었다. 노구치는 다시 한 번 머리를 흔들며 천천히 대답했다.

"그 대신 특선을 취소해 주세요. 괜찮습니다."

다음 순간 그의 몸은 옆으로 뒹굴었다. 그러나 피부에 느껴지는 고통은, 결코 단순한 아픔이 아니었다.

김영순의 얼굴이 환상처럼 아주 가까이에 있었다.

25 담배 이름

8

조선•메이지 52년
—— 이른바 《영광스런 메이지 100년》 중에서

고바야시 마사루小林勝 지음

1919년, 즉 다이쇼大正 8년 3월 2일 일요일의 도쿄東京신문(마이니치 每日신문의 전신)은, 〈전멸의 참상! 다나카 지대田中支隊 아렉세프스크 격전〉이라는 표제로, 레닌과 볼세비키가 이끈, 아직 만 두 살도 되지 않는 소비에트 사회주의 정권에 대한 간섭전쟁을 보도했다.

야마다山田 소장 휘하의 보병 제72연대 제3 대대장 다나카田中 소장이 지휘하는 약 두 개 중대는 니콜리스크에서 증원대가 되어 서쪽으로 나아가고, 따로 하바롭스크에서 야포병 일 개 중대가 니시카와 다쓰지로西川 達次郎 대위 밑의 다나카 지대와 함께 급히 가서, 26일 이래 연일 전투를 계속하여, 26일 오전 2시 아렉세프스크에서 북방으로 약 5리가 되는 유프카 부근에서 대충돌을 하였는데, 다나카 지대는 거의 전멸하고, 다나카 지대장 및 다케모토竹本 일등 군의는 생사불명, 니시카와 대위와 사사키 佐佐木 소위는 전사하고, 그 밖에 아군에서 약 2백 명의 시체를 발견했다 하고, 그 위에 25일 이래의 전투에서 부상자 13명 동사자 24명을 냈다고 한다.

시베리아 같은 것은 어떻게 되든 상관이 없다고, 실업학교의 오무라大村 서기는 다다미¹ 위에 펼쳐져 있는 신문을 흘낏 보며 생각했다.

그런 일은 정말 어떻게 되든 상관없다. 그것보다도 문제는 다름 아닌 이 마을이다. 굉장히 깊은 산속의, 눌려 찌그러질 듯이 추접스런 이 거리에 무슨 일이 일어나지 않을까 하는 것이다. 그렇지, 지금은 시베리아 따위의 이야기를 할 때가 아니다. 그렇게 되풀이하면서 오무라는 계속 벨기에제 다섯 연발 엽총의 총부리를 닦았다. 화약 연기와 쇳녹의 차갑고 날카로운 냄새가 엷게 감돌기 시작하더니, 2일 발행의 신문지 위에 검푸른 가루가 짙은 연기처럼 떨어져서 조금씩 쌓여 갔다. '기시모토岸本 새끼'가 하며, 그는 한층 더 열심히 닦으면서 생각했다. 자네, 자네는 다섯 연발은 이름뿐이고 두 발 쏘았을 뿐이고, 나머지는 불발이었다고 하며 불만스런 얼굴을 하고 있었더니, 어느 마을의 개척자 가운데 한 사람인 고리대금업자 기시모토가 그때 말했다, 그런 일에 성을 내고 있는 한, 사냥 솜씨는 늘지 않아. 꿩을 쏘는데 계속 두 발이나 쏜다는 것은 절대 있을 수 없는 노릇이다. 꿩 사냥은 첫발이 승부야. 한 발이 전부지. 꿩이 똑바로 위로 날아 올라간다. 그리고 도망가는 방향으로 휙 돈다. 그 멈추는 듯한 한 순간 탕 하고 한 발이야. 그게 빗나가게 되면 눈 깜짝할 사이에 날아가 버릴 거야. 그래서 나는 이걸 자네에게 양보할 때 두 발 연속해서 쏠 수 없다고 말하지 않은 거야. '흥, 고리대금업자 새끼' 하고, 그는 기름을 총부리에 바르면서 생각했다. 정말이지 자네는 고리대금업자야, 억지 쓰는 놈이야, 꿩하고의 승부는 한 발이라고 하는 것과 다섯 연발 엽총이라고 하는 것은 별개의 것이지. 그렇다면 그놈은 나한테 팔 때, 벨기에제 다섯 연발이라고 일부러 말할 필요도 없었던 거야. 그게 그놈의 속임수지.

I 일본식 돗자리.

오무라는 금방 수리를 부탁하려고 했으나, 멀리 떨어진 도시의 총포가게에 보내야 하는 번거로움 때문에 그 총을 그냥 내버려 둔 것을 후회했다. 그는 손질을 마친 총으로 몇 번이나 사격 자세를 취해 보았다. 작고 둥그런 가늠쇠 저쪽으로 반도의 푸른 하늘이 있고, 산뜻한 보라색, 빨강, 초록, 갈색, 노란색으로 채색된 까투리의 모습이 있었던 것은 이젠 지나간 일이었다. 이제는 가늠쇠 저쪽에 가로막아 서는 자는 노루나 꿩이 아니고 아마 사람일지도 모른다, 오무라의 목에 날카로운 오한이 스쳤다. 그것은 여기서는 이미 4일 아침부터 시작된 것이다 하고, 그는 총을 겨누어 총알 없이 쏘면서 생각했다.

그날 아침, 그가 묵고 있는 작은 여관방에서 언제까지나 입에 맞지 않는 걸쭉하고 달콤한 된장국을 훌쩍거리며, 일 년 내내 변함없이 구운 김과 조림과 싱거운 김치의 아침밥을 먹고 있을 때, 모두가 순기라고 부르는 말없는 조선인 하녀가 하루 늦게 오는 도쿄신문을 가지고 왔다. 그는 김치를 씹으면서, 우선 마야마 세카山青果의 연재소설 《불길의 춤》을 열심히 읽고는 그리고 기사의 제목을 대충 훑어보았다. 일본 내지에서 무엇이 일어났던 간에, 그건 시베리아에서의 전쟁과 마찬가지로 오무라한테는 어떻게 되든 상관이 없는 일이었다. 그러나 한 기사가 그의 눈을 사로잡았을 때, 그 기사를 만들고 있는 활자들이 갑자기 새까만 모습으로 일제히 일어나서, 그의 얼굴을 향해 부풀어 오르는 듯한 느낌으로 습격했다. 그는 젓가락을 내팽개치고 두 손으로 신문을 잡았다.

1일 발發 경성 특전特電 3월 3일 월요일 조선 경성의 불온
군중이 대한문에 모여 대오를 지어 시가를 행진, 헌병은 오로지 진압

에 힘썼다.

　이태왕李大王 전하의 장례식이 임박했기 때문에 조선 13도에서 많은 조선인이 경성으로 모이러 오는 것을 계기로, 각종 유언비어를 퍼트리고 인심을 현혹하려는 자가 있었다. 불온한 형세이므로, 1일 오후 2시경 경성에서 중학교 이상의 조선인 학생의 일부분이 결속하고, 또한 여학생도 이에 가담하여, 대오를 짜서 정오부터 행진하기 시작하여, 불온한 소리로 외치며 대한문에 이르렀을 때는 수많은 군중이 이에 가담하여 수천에 달했다. 그중 약 5백 명은 대한문에 들어가서, 석조전石造殿에서도 다시금 불온한 소리로 외치며, 또 군중과 함께 경복궁으로 향했다. 이에 경무총감警務摠監 및 경찰들이 모두 출동하여 진압에 힘썼으나 효과가 없어, 헌병이 경찰과 함께 경호와 진압을 하려 했으나, 오후 5시가 되어도 군중들은 여전히 쉽게 물러나지 않고, 대오를 지어 시가를 행진했다. 이 소동으로 체포된 주모자 및 학생 선동자가 120명에 달했다.

　무엇인가가 경성에서 일어났다고 오무라는 생각했다. 무엇이 일어났는지 잘 모르지만 하여튼 그것은 3월 1일에 일어났다.

　그런데도 기사는 전혀 요령이 없었다. 이태왕의 장례는 조선의 예로부터의 방법이 허락되지 않았고, 일본의 국장에 따라 행해진 것 같았다. 그것이 3일장이며, 일본 군대를 장례에 참가시키고 행해졌을 것이다. 무엇이 일어난 것일까 하고 오무라는 짜증을 내며 생각했다. '각종 유언비어'란 어떤 유언비어일까? '불온한 말'이란 어떻게 불온한 내용일까? 그것은 기사로는 전혀 알 수 없었다. 다만 확실한 것은 중학교 이상의 학생과 여학생을 포함한 '수천'의 조선인들이 오후 2시부터 행진하기 시작했고, 경성의 헌병과 경찰이 모두 출동하여 진압하려 했음에도, 오후 5시가 되어도 해산시키지 못했다는 것이다. 이것은 도대체 무엇일까? 단순한 이태왕 추도가 아닌, 무언가 심상치 않은 일이 일어난 것이다. 그것만은 확실한 것 같았다.

오무라는 불안한 마음으로 학교에 나갔다. 경성에서 무엇이 일어났든지, 경성에서 멀리 떨어진 여기 경상북도 산속의 작은 읍邑은 쥐 죽은 듯이 조용했다. 바람은 불지 않았으나 공기는 건조하고 차가웠다. 책방은 가게 문을 열고 바쁜 듯이 청소하고 있었다. 얼음 창고에서 꺼낸 야채를 지게에 산처럼 진 야채장수가 느린 걸음으로 소리 지르며 지나갔다. 쌀장수는 일찍 발동기의 윙윙거리는 소리를 울리고 있었다. 조선인 민가의 초가집에서는 소나무나 마른 볏짚을 태우는 코를 찌르는 듯한 냄새가 퍼져 나가고 있었다. 보통학교(조선인 소학교)로 등교하는 아이들이 달리거나 두드리거나 떠들거나 웃거나 하며 길을 가로질러 갔다. 아무것도 달라진 것이 없었다. 모든 것은 여느 때처럼 분주하고 평범한 아침이었다. 아무것도 아니라고 오무라는 생각했다. 일시적인 일인 것이다 경성의 일은, 그리고 이젠 아마 끝났을 것이다. 간이 재판소의 작은 못에 얼음이 깔리고 사람의 모습은 보이지 않았다. 살풍경한 경찰서도 오무라가 바라보기에 겉으로는 조용했다. 역시 아무것도 아니었다 하고, 그는 조금 안심하면서 생각했다. 식산은행 지점의 길모퉁이를 돌다가 오무라는 깜짝 놀라 발을 멈췄다. 행전行纏을 치고 짧은 기병총을 어깨에 멘 검은 모습이 갑자기 나타났기 때문이었다. 오무라가 움쭉 못하고 있었더니, 그에 이어 허리에 사슬을 맨 빨간 옷을 입은 사내들이 나타났다. '뭐야 이놈들이야' 하고, 그는 몸의 긴장을 풀면서 생각했다. 왜 나는 오들오들 떨고 있는가? 그들은 거의 매일 아침 만나는 사람들이었다. 낙동강을 눈 아래 내려다보는 낭떠러지 위에 마치 유럽의 옛 성과 같은 모습의 형무소가 있고, 거기에서 죄수들이 사슬에 매여서 호안공사護岸工事를 하러 나타났다. 그날 주의해서 관찰해 보아도 조선인 생도들에게서 보통 때와 별로 달라진 데는 보이지 않았다. 직원실에서는 경성 소동 이야기가 나왔으나, 이 태왕의 국장으로 흐트러진 일시적인 현상일거라고 거의 모든 교사의 의견이 일치하였고, 만일의 경우 헌병이나 경찰은 물론 보병 제 19사단까지 있으니까 하고, 모두 입을 모아서 말했다. 일이 끝나자, 오무라는 아침에 온 길을 가지 않고, 이파리가 하나도 없는 포플러 숲을 빠져나가, 어수선한 조선인 부락 안을 걸어서, 그 속에 있는 중국인 거리의 옷감 가게나 솜 가게나 잡화상 앞을 천천히 걸었다. 이 일 년 사이에 단골이 된 작은 음식점에 들어가서, 중국인이 눈앞에서 만들어준 자장면을 혀를 데면서 먹고, 무엇인가 달라진 것이 있느냐고 아무렇지도 않은 듯이 물어보았다. 언제나 똑같아요, 중국인 가게 주인이 말했다. 이 거리는 늘 자고 있어. 정말 심심해요. 장사를 한 지 몇 년이 지나도 벌지 못해요. 그는 돈을 내고 바깥으로 나갔다. 두 마리 개가 얼음이 녹은 진창 위에서 서로 뒤엉켜 상대방을 물어뜯으려는 것을 잠시 바라보고, 몸이 작은 개의 귀가 누더기처럼 갈기갈기 찢어졌기에, 큰 돌을 던졌으나, 겨냥했던 큰 개에게는 맞지 않고, 작은 개의 배에 맞아서 비명을 지르는 것을 보았다. 그는 또 돌을 던져서 개를 쫓아내고, 조선인 부락의 좁은 길을 빠져나가, 큰길로 나오자 여관으로 돌아왔다. 학교를 나간 뒤론 쭉 긴장하고 있었고, 때때로 눈에 보이지 않는 무엇인가에 감시당하고 있다는 생각이 드는 것은 도대체 무엇 때문일까 하고, 그는 가슴 속에서 거듭 물었다. 그건 내 쓸데없는 걱정일까? 가끔 기분 나쁜 눈알이 등에 철떡 붙은 것 같은 그 느낌은……. 그리고 그때부터 한 시간도 채 안 되어, 여관 주인이 그를 부르러 와서 현관까지 잠깐이라고 말했다.

현관에는 여관 주인 부부 외에, 군청에서 근무하는 사루와타리猿渡 청년이 있었고, 오무라를 포함하면 그것이 이 작은 여관에 있는 일본인 전부였다. 현관 앞에는 사루와타리와 고향이 같은 이시즈카石塚 순사부장이 서 있었는데, 그 모습을 보고 오무라는 약간 안색이 변했다. 이시즈카 순사부장은 보통 때는 행전 따위는 치지 않았고, 사벨²을 차고 있을 뿐이었다. 그러나 이시즈카는 행전을 깔끔히 치고, 쓸데없이 장식적인 사벨 대신에 손잡이에 흰 천을 감은 일본도를 허리에 차고, 오른쪽 허리에는 가죽 주머니에 넣은 권총을 차고 있었다. 역시 그랬었구나, 예삿일이 아니라고 오무라는 생각했고, 눈앞이 파래지는 것 같았고, 온몸이 조금씩 떨리기 시작했다.

마침내 여기도인가요, 하고 그는 겁이 난 목소리로 말했다. 무엇이 마침내인가, 라고 이시즈카 순사부장은 짐짓 시치미를 떼는 듯이 말했다. 무엇을 그렇게 무서워하는가. 무서워하지는 않아요, 라고 오무라는 말했으나, 몸의 떨림은 멈추지 않았다. 오무라 선생, 당신은 경성의 소동을 말하는 것 아닌가, 그렇다면 그렇게 겁낼 것 없어요. 그럴까요. 그렇다고, 이태왕 전하가 죽어서, 그래서 조선인들이 흥분해서 와자지껄 떠들었을 뿐이야, 조선 독립이다, 독립만세라든가 아우성쳐도, 여보게 역사를 되돌리는 것은 아무도 할 수 없지, 흥 뭐가 독립만세야. 이시즈카 순사부장은 아주 씁쓸하게 말했다. 그건, 하고 이시즈카가 말했다. 독립만세라는 소동이었던가요, 그랬었구나, 신문에서는 무슨 뜻인지 몰랐는데. 자기 스스로가 독립할 수 있는 힘이 있는지 없는지 그

---

2 sabel, 허리에 차는 서양식 칼.

놈들은 알고 있을 텐데, 라고 사루와타리가 말했다. 독립선언이다 만세다 해 봤자, 여보게, 라고 이시즈카 순사 부장이 계속했다. 말을 꺼낸 천도교의 손병기孫秉岐[3] 일행은 간단하게 체포됐으니까, 도대체 손병기 일행은 자신이 어디까지 자기 말을 믿고 있었는지 의심스러워, 오무라 군 자네는 조선에 온지 겨우 1년이라서 사정을 모르는 것은 이해하겠는데, 그렇게 겁먹을 건 없어요, 주모자들은 검거되었으니까, 소동은 이제 끝났어, 일어나 봤자 작은 불길 같은 거야, 거기다가 조선 전도에 헌병도 있고, 경찰도 있고, 그리고 제국 육군도 있잖아, 이런 시골 읍에도 우리가 있고, 헌병주재소도 있지 않소? 이걸 우리는 멋으로 가지고 있는 게 아니야. 이시즈카 순사부장은 일본도를 두드려 보였다. 뭐 그런 사정이라서 이런 시골까지 소동이 퍼져 오는 일이 당장은 없겠지만, 그러나 조선인이란 놈들은 독립은커녕 전혀 패기도 없으면서, 부화뇌동하는 경향이 강하니까, 어쩌면 소란을 피우는 놈들이 있을지 몰라, 그러니까 경계심만은 잊지 않도록, 게다가 상업학교 주변에서 조금이라도 이상한 낌새가 있으면 곧 우리한테 알렸으면 하네.……

오무라는 손질을 끝낸 총을 벽에 세우고, 빨간 빈 약통을 탁자 위에 쭉 늘어놓았다. 신중한 손놀림으로 화약통 뚜껑을 열고 일정량씩 화약을 떠내서 약통으로 넣기 시작했다.

이시즈카 씨의 그때의 낙관적인 공기와는 사태가 많이 달라져 가는 것 같았다. 이제는 이게 예삿일이 아니었다. 툭하면 떨리는 것 같은 손을 때때로 쉬며, 정확하게 화약의 무게를 계속 달면서 오무라는 생

---

3 손병희孫秉熙를 가리킴.

각했다.

　　5일 경성 발 특전特電 3월 7일 목요일

　　경성의 소요 재발하다. 많은 여학생이 참가. 선동 용의자 3명

　　간신히 평온을 찾은 학생 운동은, 4일 밤이 되어 갑자기 집합하여, 5일 새벽 3번 대한문에 몰려들었으나, 경찰헌병대에 저지되어 속속 구속되고 있다. 다수의 여학생이 가담하여 경성 시내는 다시 소요가 극에 달했고, 5일에 학생 소요로 구속된 자는, 혼마치本町 경찰서에 남자 70명 여자 17명이며, 여자의 반은 남대문 밖에 있는 세브란스 병원의 조선인 간호부로, 많은 붕대를 휴대하고 소요 학생의 뒤를 따른 자들이다. 종로서에 구속된 자는, 남자 15명 여자 15명으로 여학생이 많다.

　　기시모토 녀석, 기시모토 고리대금 새끼가, 종이 코르크를 약통 속에 채워 놓고 노루용 산탄을 건져 올려 약통에 집어넣으면서 오무라는 가슴 속에서 계속 기시모토를 매도했다. 5일 밤에 기시모토와 조금 언쟁을 한 것이 괘씸하게 생각됐다.

　　오무라가 현관으로 들어가자마자 기시모토가 뛰어나왔는데, 그가 왼손에 잡고 있는 것을 보고 오무라는 놀랐다. 기시모토가 가지고 있는 것은 일본도였다. 뭐예요? 그건, 그것은, 하고 오무라는 그 어마어마함에 놀라서 말했는데, 기시모토는 그 말이 들리지 않았는지, 새 정보인가, 무언가, 새 정보가 들어왔는가, 하고 다그치듯이 말했다. 놀러온 것뿐이다, 하고 말했더니 기시모토는 맥이 빠진 듯한 얼굴이 되었다. 온돌방에 들어가니, 기시모토 아내가 3명의 소학교 아이를 감싸고 굳어진 얼굴을 하고 있었다. 새 정보라니요, 여태까지 무슨 여러 가지 정보가 있었던가요?라고 오무라는 말했다. 그건 자네와 같이 여기에

온 지 얼마 안 된 사람과 내 입장은 다르지. 무릇 일단 유사시의 각오가 달라요, 라고 기시모토는 말했다. 이상한 표현을 하네요, 라고 오무라는 말했다. 입장이 다르다니, 그건 무슨 말이에요? 과연 나는 이 읍에 와서 겨우 1년인데, 당신은 합병 직후라고 하니까, 이젠 10년이 되는 거지요, 그러나 식민지로 온 일본인이라는 점에서는 같지 않아요? 아니야, 전혀 다르지, 다른 거지, 라고 기시모토는 말했다. 그럼 물어볼게, 자네는 이 읍에 뼈를 묻을 각오가 있는 거야, 여기를 자기의 제2의 고향, 아니 참다운 고향으로서 이 읍의 흙이 되겠다는 각오를 하고 있는 거야? 그건 질색입니다, 왜냐면 나는 고향이라는 것을 미워해서 그걸 버리고 온 놈이니까.

그것 보라고, 하고 기시모토는 일본도를 무릎 가까이에서 놓지 않고 말했다. 우리하고는 각오도 입장도 달라.

이런 깊은 산속의 쓸쓸하고 더럽고 빈약한 읍을 고향이라고 생각하고 뼈를 묻다니 말이 되겠는가? 하고 오무라는 생각했다. 이런 데서 일생을 마친다고 하면, 내 일생 같은 건 아주 비참하여 보잘 것 없고 가련한 두더지 같은 거지, 작은 고향 마을에서 아주 사소한 재산 싸움으로 나는 형제에게도 친척에게도 절망했던 거야, 더욱 넓고 끝없이 넓은, 자기 힘껏 살 수 있는 곳을 찾아서 조선으로 탈출해 온 나를 고향 선배인 도청 관리는 애물단지 같이, 이런 산속의 조선인 실업학교의 서기 자리에 밀어 넣은 거야, 교원들은 나를 얕잡아 보고, 조선인의 시큰둥한 학생들까지 나를 교원들보다 훨씬 아래로 보고, 나를 수업료의 수금원 정도로 생각했던 거야, 군청의 사루와타리까지 나를 우습게 보고, 내지[4]의 중학교 출신이라는 것을 항상 자랑하고 있어. 그 자신은 뭐 잘났나? 애송이 주제에 콧수염 같은 것을 기르고 머리를 번질번질 광나게 하고, 이웃의 와카마쓰도若松堂에 들어박혀서 거기 외동딸의 마음을 끌려고 비루할 정도로 고심하고 있어, 그리고 보잘 것 없는 와카마쓰도 가게의 사위자리를 노리고 있는 거야, 나도 이 거리의 처녀와 결혼해서 조선인 하녀를 두고 일생동안 이 읍에서 살라고 하는가, 딱 질색이다, 나는 그런 생활은 견딜 수 없어, 나로서는 이 읍이 어떻게 되든 상관없어.

나하고 자네하고는 입장이 다르지, 라고 기시모토는 기름기가 번들거리는 납작하고 큰 얼굴을 똑바로 오무라 쪽을 향해 말했다. 나는 고향마을의 부동산을 전부 처리했어, 알겠어, 남김없이 모두 팔아버린 거야, 그렇게 해서 조선으로 뛰어 들어온 거야, 이젠 뒤로는 되돌아갈 수 없어, 내지에는 내가 돌아갈 수 있는 자리는 어디에도 없는 거지, 그리고 나는 여기에 그 돈을 몽땅 투자했어, 그래서 어떤 일이 있어도, 나는 여기를 떠날 수 없는 것이고, 무슨 일이 있어도 내 집과 재산은 끝까지 지켜야 해, 자네하고는 아주 달라, 자네는 뿌리가 없는 사람이야, 그러나 나한테는 이 읍이 고향이야.

집과 재산인가, 나는 자네가 그걸 어떻게 늘렸는지 여러 사람에게 들어 알고 있지, 하고 오무라는 생각했다. 얼마 안 되는 자작농에게 돈을 빌려주고, 그리고 땅과 집을 담보로 해서, 빚을 갚지 못할 때는 인정사정도 없이 몰수하고, 때로는 경찰 손을 빌려서까지. 오무라는 꽤 큰 집이 겨우 두세 개 방을 빼고는 모두 창고로 되어 있는 것을 보기도 했다. 조선식의 장롱, 가구, 집기, 식기, 의류, 이불, 농기구, 종자 등등을 방이라는 방에 가득 채워 놓아서, 이상한 냄새가 집 전체에

---

4 일제 식민지 시대에 일본 본토를 가리켜 부른 말.

배어 있었다.

우리가 여기에 뛰어들어 왔을 때는, 정말 쓸쓸한 읍이었지, 라고 기시모토는 말했다. 우리 일본인의 힘으로 마을이 점점 커지고, 재판소나 군청이나 학교나 은행 지점이나 상점 등이 차례차례 생겼으니까, 지금은 변두리가 되었지만, 지금 장이 선 광장 말이야 그런 것이 옛날에는 읍의 중심이었지, 거기에 여기 저기 마을에서 소가 끌려와서 작은 장이 서고, 다른 날에는 약 시장, 또 다른 날에는 야채나 고기나 생선이나 잡화 등의 장, 읍의 가장 번화한 거리가 놀랍게도 그 추접하고 어수선한 중국인 거리였던 거야. 어때, 상상만 해도 얼마나 빈약한 거리였는지 알 수 있잖아, 게다가 학교 같은 건 아무것도 없어서, 지금 야학으로 한문 같은 것을 가르치는 옥천서당玉泉書堂 있지, 그게 단 하나의 말하자면 학교 같은 것이었어. 그때는 몹시 난폭하고 괘심하고 반항적인 조선인도 있어서, 지금처럼 태평스럽게 살 수는 없었지만, 형무소나 헌병주재소나 경찰 덕택에 치안이 아주 좋아졌는데……

좋아졌는데, 왜 그럽니까?라고 오무라는 말했다. 정말로 완전히 좋아졌는지요, 그럴까요? 경성 일은 알고 있지요? 그건 일시적인 걸까요? 그거지, 하고 기시모토는 돌변한 태도로 불안스럽게 말했다. 신문에서는 일단 주모자도 잡히고 수습된 것처럼 쓰여 있는데, 경찰에게 물어보니 아무래도 저, 뭐라고 할까, 엄중한 경계가 필요한 것 같아, 어떻게 되어 가는지 잘은 모르지만, 어쩐지 이 거리의 공기도 이상하다고 해. 실업학교 생도들에게는 이상한 데가 없나요. 지금은 없는데요, 다만 나는 뿌리가 없는 사람이라 잘 모르지만요.

그때 뭔가 심하게 깨지는 소리가 들렸다. 오무라도 기시모토도 섬뜩해져서 기겁을 하고 아이들도 불안에 떨었다. 유리가 깨진 거야, 하고 기시모토가 흥분한 목소리로 말하고, 일본도를 잡곤 현관으로 달렸다. 오무라가 뒤따랐다. 밖으로 뛰어나가자, 은행 지점에 근무하는 맞은편 남자 집에서 사람의 모습이 뛰어나왔다. 당했다, 당했단다, 빌어먹을, 하고 그 검게 보이는 모습이 외치는 듯이 말했다. 부엌 창문이 깨졌어, 이 돌이야, 제기랄, 하고 기시모토가 말했다. 조선인이 한 짓이야, 알고 있어, 곧 경찰에 신고해야지.

나한테는, 하고 오무라는 스스로도 뜻밖에 냉담한 마음으로 생각했다. 잃을 것은 아무것도 없었다, 나는 우연히 이 거리에 온 것뿐이었다, 언제든지 내가 원할 때는 여기서 떠날 수는 있다, 내가 바라는 것은 땅이 아니야, 고향도 아니야, 내가 바라는 것은 말하자면 꿈이야, 나는 확실히, 일본인인지 모른다, 그러나 이 읍의 기시모토 같은 일본인과는 다를 것이다, 그건 이 마을의 일본인들이, 아니 조선인도 알고 있을 텐데, 나는 이런 일에는 관계하고 싶지도 않고, 관계하지 않아도 될 수 있을 것이다.

주모자도 잡혀서 수습된 것 같다고 하는 기시모토의 희망적 관측에 따른 말에 반해서, 신문은 그 움직임이 점차로 지방으로 퍼져가는 것을 전하기 시작했다.

6일 경성 발 특전 3월 8일 금요일
각지 동시에 발발
경상남도 충청북도 함경북도만은 평온함
헌병주재소 경찰서 습격당함
이번 폭동은 각지에서 동시에 발발한 것이어서 (중략) 경성의 집단은 폭행을 하지 않았으나, 다른 지방 각도에서 발발한 집단은 어느 곳이나 헌병과 경찰을 습격하여 폭행을 하였고, 별도로 기재한 평양 방면의 성천 成川 헌병 분대장은 전사하는 비참함을 보였고, 기타 각지의 헌병 혹은 경찰도 폭도의 습격을 받았다.(내무성 검열 필)

그것은 서울에서의 시위운동의 테두리를 넘어서, 마침내 헌병대 그 자체를 습격했다는 소름이 끼치는 듯한 피비린내 나는 상황을 다음과 같이 가속도적으로 전하기 시작했다.

△황해도 수안遂安에서도 같은 3일 오전 6시경부터 오후 7시경까지, 3번 천도교도 일당 150명이 함성을 지르고, 헌병 분대 구내로 쇄도하여, 분대장을 넘겨주라고 협박하고 폭행을 하여, 위험이 급박하고

도저히 진압할 가망이 없어져서, 드디어 발포하여 폭도 9명을 쓰러트리고 18명에게 부상을 입혀 격퇴하고, 계속하여 경계하고 있음. 또한 곡산谷山에서는 4일 오전 10시 반 천도교도 50명이 대오를 지어 만세를 드높게 외치며 시위운동을 개시함에 따라, 그걸 이유로 수괴 7명을 체포하고 퇴산시켰다.

△황해도 사리원沙里院 3일 예수교도 80명에 군중이 가담하여, 약 500명이 일단이 되어, 태극기를 앞세우고 만세를 높이 외치며, 시위운동을 시작함에 따라, 즉시 해산을 명하고 주모자 6명을 체포하였다.

△평안남도 강서군 사천砂川 헌병주재소 소장 상등병 이하 부서원이 살해되고 주재소는 불탔다. 평안남도 순천順天도 위험하여 지방은 군대 급파를 희망하였다.

노루 사슴용 산탄散彈을 건져 올리고는 약통에 쏟아 부으면서, 오무라는 자기가 지금 무얼 하고 있는지 깨닫고 자신이 몹시 싫어졌다. 그

는 노루 사슴을 쏘기 위해 노루 사슴용 산탄을 재는 것이 아니었다. 그것은 인간을 향해 발사하기 위해 준비하는 것이었다. 자기 방위이건 무엇이건 엽총 본래의 목적에 완전히 반하여 사용하려는 것이었다. 이 때가 되어도 아직 오무라는 실업학교의 한낱 서기이며, 거의 무일푼이라고 말해도 좋은 자신과 같은 존재가, 조선인에게 습격당할지 모른다고, 실감을 가지고 생각할 수는 없었다. 자기는 땅이나 재산을 구해서 현해탄을 건너온 것이 아니다, 자기가 구하는 것은 한 사람의 자유스런 자연인으로서 자기 마음대로 행동할 수 있는, 모든 속박에서 벗어난 널찍한 땅이다. 다만 그것뿐이라고 그는 생각했다. 도시인의 눈으로 보면 그의 고향마을은, 아름다운 자연과 순박한 농민이 사는 조용한 시골로 보일 것이다. 그러나 그는 그것들이 모두 허상에 지나지 않는다는 것을 알고 있었다. 전원의 논두렁길 하나에 이르기까지 소유자가 있고, 설령 그곳에 귀여운 들꽃이 피었다 해도, 마을 사람이라면 그것을 꺾지 않을 것이다. 그것은 모두 그 소유자가 베어 내서 소나 말의 귀중한 사료로 하는 것이다. 산에 들어가 여러 가지 식용 버섯을 어디서 얼마만큼 따는 것은 허락되겠지만, 나무는 작은 가지 하나라도 소유자의 양해 없이 잘라 내는 것은 허용되지 않는다. 좁은 마을의 논도 밭도 논두렁길도 산도, 모두 어떤 공백도 남김없이 빈틈없이 세분화되어 소유되어, 남의 진입을 엄하게 거부하고 있는 것이다. 남의 소유와 남의 소유 사이를 갈라놓는 것처럼, 가느다란 길을 조심해서 더듬어 가면서 사는 마을의 나날. 그래서 그는 수렁과 같은 재산싸움에서 탈출하여, 그로서는 거의 무한한 자유의 땅으로도 생각된 대륙을 향해서 바다를 건너온 것이다. 거기에는 널찍한 자유가 있을 것이라고 막연히 생각하고 있었다. 사태는 뜻하지 않게, 이런 산속 작은 읍에 귀찮은 존재처럼 밀어 넣어져, 아무 재미도 없는 실업학교 서기 자리가 할당되어, 또한 조금도 사랑할 수 없는 이 황량한 풍물 속에서, 소동에 말려드는 처지에 빠지게 되리라고는, 일본 내지의 시모노세키下關[5]를 떠날 때, 누가 상상했을까? 이런 데서 이런 땅을 위해 목숨을 잃거나, 하물며 생판 남의 목숨을 빼앗거나 하는 것은 절대로 싫다고 그는 생각했다. 그러나 무엇보다도 우선 자신이 죽지 않기 위해서는, 자신의 몸을 지키기 위해서는, 유일한 기분전환이었던 엽총을 손질하고, 인간을 표적으로 하는 것을 전제로 해도 노루 사슴용 산탄을 채워야 했다.

아아, 싫다, 싫다, 하고 그는 입 밖에 내고 말했다. 아아, 정말 싫다. 나는 다른 놈들을 지키기 위해서 탄환을 준비하는 것이 아니다. 마침내가 일본인이며, 그래서 할 수 없이 나 자신을 위해 준비하는 것이다, 기시모토 빌어먹을 놈 같으니.

누군가가 기시모토 맞은편 집에 돌을 던지고 유리를 깬 다음, 기시모토 녀석은 정신착란에 빠진 것처럼 줄곧 아우성쳤지, 하고 오무라는 그때 광경을 분명히 떠올렸다.

읍을 정비하여 치안을 잘하게 해준 사람은 어디 누구지, 예, 누가 그걸 했다고 생각하는가, 우리는 학교를 만들어 줬어, 빌어먹을, 친절히 농업 지도도 해 주었잖아, 공중목욕탕까지 만들어 줬어, 병원도 만들어 줬어, 빌어먹을 놈, 배은망덕한 놈, 마을은 합방할 당시의 모습과는 완전히 달라졌잖아, 도대체 누구 덕택이라고 생각하고 있지, 빌어먹을, 빌어먹을, 조선 놈, 병신자식, 돼지새끼, 도둑놈새끼, 거짓말쟁이,

---

5 일본 야마구치켄山口縣에 있는 항구도시.

이제 와서 독립만세라니 어찌 된 말인가, 어떻게 뻔뻔스런 배은이야, 얼마나 비열하기 짝이 없는 도둑놈 근성일까, 하고 기시모토는 어금니를 딱딱 울리면서 계속 아우성쳤다. 이태왕이란 도대체 뭐야, 집안싸움만 해서 조선을 멸망 직전까지 몰아넣었던 이씨 왕조의 구슬픈 말로가 아닌가. 약간 개혁을 하려다가 금방 반대파에게 비참하게 실각된 무력한 사람에 지나지 않는 것이야, 생각해 봐라, 조선 놈들아, 이씨 왕조의 무력, 부패, 파벌전쟁 때문에, 내버려두면 언젠가는 어느 나라인가에 빼앗기고 말 운명에 있었던 거야, 그건 분명해. 그래서 일본제국의 일원이 됐다는 것은 더 없는 행복이었던 것이야. 망국의 왕이 어딘가 시골 한 구석에서 쓸쓸한 장례식밖에 하지 못할 텐데, 일본의 일원이 되었기 때문에 이렇게 국장으로 매장된다는 영예를 얻을 수 있었던 것이지, 그걸 하필 그 기회를 타서 독립선언만세라니, 도대체 제정신을 가진 사람의 짓이라곤 생각되지 않아, 은혜를 입고 도리어 원한을 품다니, 경관이나 헌병을 죽일 뿐 아니라, 여자나 어린 아이까지 다치게 하거나 죽이거나 한다니, 인간이 하는 짓인가, 귀신의 소행이 아닐까, 라고 기시모토의 말은 계속되었다. 경성에서만 소동이 일어났다면 아직 용서할 수도 있어, 근데 조선 전도에서 소란을 피우다니, 대관절 뭐야? 이씨 왕조 시대와 비교해서 생산도 논밭도 빈약해졌고 쇠퇴했다면 모르겠지만, 그러나 빌어먹을, 생각해 봐, 농림 축산 수산 공업 일괄해서 말하면, 생산액은 메이지 43년에는 약 2억 5천만 엔이야, 그런데 거의 10년이 지난 지금은 약 16억, 그렇지, 빌어먹을, 여섯 배나 되는 거야, 논밭은 메이지 43년에는 약 2백 5십만 정보, 지금은 약 4백 3십만 정보, 1.7배나 늘어난 것 아니야, 하고 기시모토는 이번에는 머릿속 서랍 속에서 뜻밖에도 통계숫자를 차례차례로 꺼내 와서,

합병 뒤의 발전을 설명하기 시작했다.

드디어 돌을 던졌다, 하고 갑자기 조선총독부 통계를 멈추고, 기시모토는 이빨을 드러냈다. 비겁한 놈 어둠에 숨어서 돌을 던지고, 그런 생각인가, 흥, 그런 생각인가요, 여기서도 그렇다면 너희들은 소동을 일으키려고 하는 건가, 상냥한 얼굴로 대하면 기어오르고, 자기나라를 제대로 통치하지 못했던 열등민족이면서, 일본군이 피를 흘리면서 지켜주지 않았다면 지금쯤은 어디 노예가 되었을지 모르면서, 이제 와서 독립이라니 가소롭다, 만세라니 웃기지 마, 흥 그럴 작정인가, 그럴 작정이라면, 해 봅시다, 일본인의 야마토다마시大和魂6가 대체 어떤 것인지, 보여 주고 말 거야, 나도 이 마을의 개척자 가운데 한 사람이야, 몹시 위험한 경험도 했지, 그래도 이 마을을 성장시키기 위해 힘을 써 왔단다. 당신, 혈압이 160이나 된다고 걱정했지, 그렇게 흥분하면 몸에 안 좋아요, 라고 오무라는 말했다. 그러자 눈을 번뜩이며 응시하던 기시모토는 정신을 차리고 목소리를 낮추어 오무라에게 말했다. 여보게, 내가 자네에게 양보한 엽총이 있지, 그때 값의 1할 더해서 줄 테니까 내가 인수하면 안 될까? 안 돼요, 라고 차갑게 오무라는 말했다. 2할 더 줄 테니까. 안 돼요, 나도 내 몸은 소중하니까요. 여보게, 안 되겠는가, 2할 5부 더하면 어때?라고 단념하지 못할 듯이 기시모토는 말했다. 자네도 괴짜야, 자네는 젊고, 식구는 없고 독신이고 몸 하나뿐이지, 내 입장을 생각해 봐요, 나는 내 한 몸을 지키는 것도 아니고, 나는 지켜야 할 사람이 많지. 안 돼요, 라고 오무라는 딱 잘라 말했다.

....

6 일본 민족의 고유한 정신. 근세에 들어와서 국수주의 사상 아래 많이 쓰여진 말.

폭동이라도 일어나면 몸이 하나든, 지켜야 할 것이 산더미처럼 많든 결국은 같은 거지요. 체, 자네는 이기주의자야, 하고 기시모토는 돌변한 태도로 밉살스럽게 말했다.

뭐라고 지껄이는 거야, 기시모토 이기주의자가, 라고 오무라는 혀를 차면서, 약통에 채운 산탄 위에 종이 코르크를 끼워 넣고 손으로 돌리는 도구에 약통을 고정하고, 손잡이를 돌리고 약통 끝을 안쪽으로 말려들게 했다. 하나 만들어질 때마다 총탄을 넣는 띠에 끼워놓고, 총알 띠가 가득 차면 남은 것은 총알 상자 속에 넣었다. 화약과 각종 산탄과 도구 일식을 사냥용 배낭에 넣고, 다시 한 번 총을 들어 올려서 딱 총을 쏠 자세를 취했다. 그때 장지문이 열리고, 총의 가늠쇠 바로 위에 여관 여주인의 둥근 얼굴이 떠올랐다. 여편네의 둥근 얼굴이 가늠쇠 위에서 굳어지고, 눈알이 튀어나오는 것처럼 드러나고, 입이 크게 열렸지만 소리는 안 나왔다. 놀라서 총구를 내리자, 여편네는 주저앉아 한쪽 손으로 장지문에 매달린 채 얼굴을 찡그리고, 너무해, 너무해요, 기시모토 씨 너무해요, 라고만 되풀이했다. 뭘 꾸물꾸물하는 거야, 하고 초조해 하는 주인의 목소리가 차가운 복도 깊숙이에서 들려왔다. 봉화가 오르고 있어, 일직一直 방면의 봉우리에도 의성義城 방면의 봉우리에도 오르고 있어, 일본사람은 모두 소학교에 집합이야, 멍청아, 우물쭈물할 틈이 없어, 이 멍청아.

학생이나 일반시민이나 기독교도뿐 아니라, 드디어 조선인 노동자까지가 움직이기 시작했다는 보도가 전해져 온 것이었다. 그리고 그 움직임이 점점 더 광범위해지고, 마치 조선 전도가 한 마리의 짐승처럼 몸을 흔들기 시작한 것처럼 되어 버렸다. 동시에 일본제국 육군부대

바로 그것이 출동하기 시작했다.

9일 경성 발 특전 3월 10일 월요일
조선에서 검거 폭도 4천 명에 달함
각지의 소요는 그치지 않음, 도처에서 사상자를 냄.

△경성 전철의 차장 운전수는 9일 오후 2시에 이르러 대략 7할쯤 쉬었고, 전철의 운행도 평소의 3분의 1로 줄고 밤이 되자 전부 운휴했다. 용산 총독부 인쇄소 직원 5백 명은 모두 종이로 태극기를 만들고 8일 밤 일제히 만세를 부르고 불온한 행동을 했다. 9일은 일요일이므로 쉬었으나, 10일은 출근하자마자 행방불명, 8일은 백 엔 지폐 인쇄 중이어서, 인쇄를 마친 것이 백만 엔에 달하기 때문에, 직공이 퇴근할 때는 1소대小隊의 병사로 하여금 엄중히 검사를 실시하였다. 용산 스텐더드 석유회사 출장소도 불안하므로, 석유 창고에 기름이 가득해서 엄중히 경계를 하고 있다.

△동아담배東亞煙草의 5백 명도 파업, 병사가 문을 폐쇄하고 조선인 공장을 엄중 경계하고 있다.

△도쿄에서 조사하러 야마다山田 소령이 도착했다. 경무청 총감부는 9일 일요일에도 불구하고 검거자의 심문을 시작하거나 해서 대단히 바빴으며, 또 도쿄 본부로부터 야마다 소령이 9일 아침에 도착해서 폭동 상황조사에 착수했다.

△대구에서는 선교사를 검거, 구금자 141명

(경상북도) 대구에서도 8일 오후 3시 대구보통학교 생도 백여 명과 조선인 수십 명이 옛 국기를 달고 서문시장에 나타났는데 기마헌병에게 제지되어 혼마치本町 방면으로 되돌아가고 시라이白井 서장 아래 경관 수 명이 경계선을 돌파하고 동문시장으로 들어가, 거기부터 3대로 나누어, 도중에 기독교도 경영의 학교 생도도 참가하여 별동대로서 미국인 경영의

사립학교 생도 등 60명도 가담하여 시내에서 운동하다가, 헌병경찰대가 5시경에 일단 진정시키고, 남녀 십여 명 조선인 선교사 박남제朴南霽 이방수李方秀 두 사람을 검거하고, 시내를 보병 80연대의 순찰대와 헌병 경관 소방대가 경계하고 있다. 8일 오후 8시까지 검거한 자 141명.

산꼭대기에는 이 마을을 개척한 일본인들이 만든 작은 신사가 있고, 지붕의 동판이 아침의 푸른 하늘 아래 빛났다. 마을의 일본인 3백여 명이 지난밤부터 묵고 있고, 여자들이 밥을 지어내어 주먹밥을 만들고, 큰 냄비로 된장국을 끓이고, 야채절임을 많이 내와서 아이들에게 먼저 먹이고, 그리고 교정의 가장자리로 흩어져서, 일본도나 사벨을 마련해서 경계하고 있는 사내들에게 그걸 나르고, 자경단을 조직해서 경찰 지휘 아래 들어가 있는 사내들이 순찰하고 돌아올 때마다 식사를 하게 했다. 사내들은 누구나 모두 긴장하고, 너무나 흥분하여 구두에 흙이 묻은 채로 임시 식당이 된 교실로 들어가, 선 채로 뜨거운 된장국을 젓가락도 쓰지 않고 마시고, 흙이 묻은 손으로 주먹밥을 쥐고 차례차례 먹어치우고, 야채절임을 서둘러 씹어 먹었다.

드디어 대구에서 시작했군, 이라고 사루와타리가 보통 때와 전혀 다른 새된 목소리로 말했다. 대구에서라면 이제 경북과 경남 전부 말려들게 되지, 대구와 여기는 언제나 소동의 중심이었지, 라고 실업학교 교장이 완전히 겁난 목소리로 말했다. 한쪽만 소동을 일으키고 한쪽은 조용하다는 것은 이 10년 남짓한 역사에서 보더라도 없었던 일이지요, 분로쿠케초文祿慶長 싸움[7] 때도 그랬었지, 여기는 대구와 달라

....

[7] 1592년에 시작된 임진왜란.

서 자그마한 시골이지만 의병운동의 중심이 되었어요, 합병 전후의 소동 때도 마찬가지였어요, 이렇게 조선 전토의 폭동이 되면, 물론 그들이 여러 가지 연락을 취하는 건 당연한 거지, 경성도 대구도 처음에는 중학교와 여학교가 중심이 되어 움직이기 시작했으니까요, 여기서도 틀림없이 그러겠지요, 실업학교 생도가 갑자기 시작한다는 겁니까? 하고 책방 주인이 말했다. 우리 생도는 꼭 하겠지, 라고 교감이 말했다. 반드시 대구 학생과 연락을 하고 있을 거야, 철도는 제대로 다니고 있나요, 하고 사루와타리가 말했는데, 사루와타리 자신에게는 아무 권리도 없는데도 위압적으로 힐문하는 듯한 말투로 말했다. 그렇다 하더라도 교감님 당신은 언제나 생도와 접촉하고 있으면서, 어느 놈이 주모자인지 생도를 보고 있으면 알 수 없나요. 알 수 없지, 하고 교감은 나지막한 목소리로 대답했다. 놈들이 대관절 마음속에서 무얼 생각하는지 전혀 짐작할 수 없어요, 왠지 기분 나쁠 정도야. 주모자 주모자라고 해도, 라고 책방 주인이 말했다. 신문을 보니 언제나 주모자란 놈이 붙잡히잖아. 손병기가 주모자 제 1호였다, 그런데도 폭동은 점점 더 퍼지기만 하니까요, 이건 어떻게 된 것일까요. 도대체 정부는 전망이 너무 낙관적이지, 하고 교감이 갑자기 화난 목소리로 외쳤다. 경성에서 소동이 일어났을 때는, 그저 일시적인 현상이라고 생각했을 거야, 총독부도 그랬겠지, 그래서 병기 등 천도교의 중심이 되는 자를 검거해서 죄다 안심했던 거예요, 당치도 않은 이야기야, 이제 와서 사태의 중대성을 깨닫고 헌병 소령 따위를 경성에 파견해 봤자 너무 늦었어요, 정말이지, 대구에 있는 놈은 차라리 낫지, 하고 잡화상이 원통한 듯이 목소리가 떨렸다. 뭐라고 해도 대구에는 제 80연대가 있으니까요, 5천 명의 병정, 기관총, 큰 대포, 연대포라 하면 조선인 몇만 명이 폭동을 일으켜도 꿈쩍도 않지, 그 밖에 헌병대와 경찰 본부야, 대구 사람들은 안심하고 있지, 틀림없이, 그에 견주면 불쌍한 것은 산속 읍에 살고 있는 우리들이야, 모든 재산을 쏟아 넣고 간신히 전망이 설 때까지 그게 이만저만한 고생이 아니었으니까, 아아 난 틀렸구나, 이런 산속으로 오지 않았으면 했어, 까딱 잘못하다가는, 하고 정미소가 말했다. 재산은커녕 목숨까지 잃을지도 모르니까요, 그런데 오늘 정말 놈들은 시작할 작정인가, 하고 고리대의 기시모토가 짜증이 난 목소리로 말했다. 저녁때 산에 봉화가 올랐지만 그건 정말로 오늘 한다는 신호일까? 그건 아직도 뭐라고 말할 수 없지, 라고 누군가가 말했다. 신경전을 갑자기 시작했을 뿐인지 몰라,

아니야, 신경전 같은 느긋한 짓을 조선인이 할 리가 없어, 역시 오늘 시작하겠지, 하고 사루와타리가 말하자, 오늘이야 그건 확실해, 라고 다른 사내가 말했다. 그러나 그렇다 해도 마을은 쥐 죽은 듯이 조용한데, 사람이 모이는 낌새도 없네 하고 실업학교 교감이 굳어진 얼굴로 말했다. 그리고 곧 모두가 제멋대로 재잘거리기 시작해서, 누가 누구에게 말하고 있는지 알 수 없게 되어 버렸다. 밥 짓는 건 어떻게 됐어, 주먹밥이 떨어졌어, 야채절임도 없어, 경찰은 경찰대로 밥을 짓고 있으니까, 그쪽은 걱정 안 해도 돼, 수방단水防團은 수방단 사무소가 된장국을 끓이고 있겠지, 아이들에게는 충분히 먹게 해.

홍수가 난 여름과 꼭 닮았어, 하고 오무라 곁에서 사루와타리가 주먹밥을 잔뜩 입에 넣고, 바쁘게 제자리걸음을 하면서 말했다. 여기는 낙동강 상류라 해도 홍수 때는 정말 굉장해, 도저히 이게 냇물이라고는 할 수 없지,

창 너머 아득히 내려다보이는 낙동강의 푸른 물과, 가루와 같은 운

모를 머금고 반짝이는 새하얀 모래톱이 보였다. 이 작은 읍에서 틀림없이 지금 무엇인가가 임박하고 있는 것이 마치 거짓말처럼 생각되는 풍경이었다, 강이 검붉은 흙탕물로 부풀어 오르고, 하고 사루와타리가 야채절임을 삼키면서 말했다. 마치 살아 있는 괴물처럼 되는 거야, 그리고 제방이 무너지고, 읍의 3분의 1은 순식간에 진흙 아래이지, 눈에 들어오는 것은 온통 흙의 호수야, 그것이 햇빛으로 마치 증유와 같이 번쩍이고, 예전부터 그런 호수가 여기에 쭉 있었던 것처럼, 아무것도 할 생각도 없는 나른한 기분이 되어 버리고, 이젠 어쩔 수 없다는 기분이 되어 버리는 거야. 그래도 병원이나 소학교로 수해당한 사람들이 모여서, 일치협력, 밥을 지어내고 자경단에서 활동하지, 지금의 이런 식으로, 이 읍의 일본인은 그런 지독한 일을 겪으면서 읍을 발전시켜 왔으니까, 이 여자들도 남자들도 특별히 자상하게 주의를 받지 않아도, 일단 유사시에는 이런 식으로 움직일 수 있지, 대단한 것이야, 대단한 것이지? 하고 오무라가 말했다. 그렇지 대단한 거야, 아이들도 교사의 말을 제대로 듣고 조용히 하고 있고요, 그러나, 하고 오무라는 엽총을 흔들고 주먹밥을 집으면서 말했다. 이번 일은 낙동강의 홍수하고는 다르지, 상대는 살아 있는 인간들이야, 빌어먹을, 하고 삽시간에 얼굴을 붉히며 사루와타리가 말했다. 조선인의 빌어먹을 놈, 농업 실태 조사 때 꽤나 적당히 봐줬는데 말이야.

　이런 일을 만나다니, 하고 오무라는 낙동강을 내려다보면서 생각했다. 자유다, 광대한 천지다. 자연이다, 라니 참 독선적인 웃음거리였구나, 그렇다 해도, 작년 여름휴가 때 낙동강에서 놀며 보내고 있었을 때는 설마 반 년 후에 새를 쏘는 것도 아닌데 엽총을 메는 처지에 빠지리라고는 꿈에도 생각하지 않았는데, 김용태金容泰 놈은 지금 뭘 하고 있을까?

그러자 실업학교 최고 학년 김용태가 오무라 씨, 오무라 씨 하고 부르는 맑고 상쾌한 목소리가 귀에 들려왔다. 오무라의 전임자 서기는 수업료 수납에 극히 엄격하여 단 하루라도 납입이 늦어도, 금방 사무실 앞에 성명을 게시해 버려서, 학생들을 창피하게 만들었기 때문에 미움을 샀다고 한다. 먼 산속의 지주의 아들들이 제법 재적하고 있었는데, 그들은 학교에 아직 기숙 설비가 없어서, 할 수 없이 마을의 조선인 민가에 하숙하고 있었다. 물론 경편철도輕便鐵道는 도시와의 사이를 달릴 뿐, 교통편은 나쁘고, 기일까지 학교 수업료가 오지 않는 사람도 가끔 있었다. 그러나 오무라가 서기가 된 후에는 성명을 게시하는 일은 없어져 버렸다. 그건 학생들에게 호감을 받았는데, 오무라가 특별히 인정이 있는 사람도 아니었고, 성명을 게시한다는 것은 아주 귀찮은 일이었을 뿐이었다. 그 오무라에게 체납 1호는 반짝반짝하는 눈을 가진 김용태였고, 김용태는 머뭇머뭇 서무실로 들어와서, 송금이 늦어지고 있는 이유를 말을 더듬거리면서 장황하게 변명하기 시작했으나, 오무라는 귀찮은 듯이 손을 흔들어 가로막고, 돈을 보내오면 가지고 오라고, 귀찮은 듯이 하는 말을, 거의 믿지 못하는 마음으로 받아들인 것 같았다. 여름방학이 되어 김용태는 시골로 돌아가도 지루할 뿐이라고, 열흘가량 하숙에 머물고 있었다. 그리고 오무라는 낙동강 강가에서 알몸인 김용태를 만났다. 오무라 씨 하고 김용태는 다정하게 부르고 같이 헤엄치자고 권했다. 차갑고 투명한 물속에 들어가 넓은 강 한가운데로 나갔다. 강물의 흐름은 생각한 것보다 물살이 세차, 그다지 노력을 하지 않아도 몸은 쭉쭉 하류 쪽으로 떠내려갔다. 그것은 오무라에게 아주 새로운 흥분과 쾌감을 주었다. 휙 몸을 뒤집으면 차가운 물이 얼굴 주위에서 철벅철벅 해롱거리고, 그리고 그의 바로 위에는, 일본 내지에서 한 번도 본 적이 없는 새파란 대륙의 하늘과, 대리석 조각 같이 전혀 움직이지 않고 하얗게 빛나는 뭉게구름이 있었다. 떠내려가면서 얼굴을 옆으로 돌리면, 모래톱이 눈부시게 빛나고, 그 저쪽에 포플러의 큰 나무들이 우뚝 솟아 있고, 어디까지나 겹쳐 있는 불그스레하게 퇴색한 언덕의 기복과 먼 산맥이 보였다. 그것들이 천천히 움직이며 갔다. 이건 좋다, 이건 멋지다, 이 자그마한 산속 읍에 이런 곳이 있다는 건 뜻밖의 구원이다, 라고 오무라는 생각했다. 얕은 여울에서 가막조개를 캐고 있는 벌거숭이 아이들의 모습이 시야 속을 흘러가고, 그물을 던져 물고기를 잡는 힘센 사내의 모습이 흘러가고, 반은 물에 가라앉고 반은 모래톱에 올라앉은 썩기 시작한 배가 눈앞을 흘러갔다. 오무라 씨, 오무라씨 하고 김용태의 큰 소리가 들렸다. 시끄럽다 내버려 두라, 나를 내버려 둬, 하고 오무라는 흘러가면서 생각했다. 강에서 빨래한 천을 강가에 펼치고 있는 여자들의 모습이 보이고, 그 천의 눈부심이 오무라의 눈을 가늘게 했는데, 그것은 순식간에 시야의 바닥을 미끄러지며 없어져 갔다. 내 속으로 머무적거리는 마음이, 하고 오무라는 멍하니 생각했다. 이 낙동강과 흰 모래와 파란 하늘 속에 죄다 녹아버린 것 같구나, 이런 강은 태어나서 처음이다, 아아 내 고향마을의 작은 시내, 그리고 오무라는 눈살을 찌푸리고, 침을 실컷 위로 날리자, 그 얼굴 위에 물이 떨어졌다. 신덴新田의 영감이 논의 수구水口에 흙이 들어간다고 호통을 쳤지, 도랑의 물을 퍼내고 물고기를 잡으려고 했더니, 시냇물이 끊어졌다 하여, 아래 논의 녀석들이 얼굴색이 변하여 뛰어 올라와서, 나는 간이 콩알만 해져서 도망갔지, 오무라 씨 오무라 씨, 가만히 있어요, 시끄럽구나, 하고 오무라는 눈을 감고 천천히 손발을 움직이면서 생각했다. 오무라 씨, 여기서 강가로 올라가야 해요, 여기서 올라가야 해요, 올라가지 않으면, 이 앞은 갑자기 물 흐름이 바뀌고, 물 온도도 변해서 작년에도 몸을 씻던 안마장이가 죽었어요. 오무라는 놀라서 휙 몸을 돌려, 김용태를 따라서 강가로 향했다.

아이들이 가막조개를 캐고 있었네, 하고 제방 위를 걸어 되돌아오면서 오무라가 말했다. 거기는 잘 캘 수 있나? 작은 물줄기가 들어가는 데라서, 하고 김용태가 말했다. 자꾸자꾸 캘 수 있어요. 여기 아이들은 행복하구나, 그럴까요, 그렇지, 하고 오무라는 말했다. 가막조개가 먹고 싶으면 캐러 가면 되는데, 잠시 김용태는 잠자코 있었다가, 팽개치는 어조로 말했다. 이전에는 그랬지요, 이 강에서 가막조개나, 가물치나, 잉어나 붕어를 잡아서 그걸 먹었어요. 지금은 읍내로 모두 팔러 가요. 조릿대 잎을 깔고 팔러 가는데, 일본사람은 우리처럼 생선을 좋아하니까요. 파는 거야, 흥, 장사 잘하네. 잘한다 잘 못한다가 아니에요, 읍이 커지고 여러 가지 물건이 기차로 운반해 오게 됐으니까요, 보면 탐나는 건 당연하지요, 손에 넣으려면 돈이 필요해, 하나에서 열까지 돈, 돈, 돈이다, 농민들은 이전에는 그리 현금이 없어도 살 수 있었는데, 지금은 죄다 돈이 필요하잖아요, 그것도 농민도 소작이 늘었잖아요, 그래서 옛날에는 물건이 없었지만 지금보다 훨씬……. 그리고 , 조금 마구 지껄여댔다고 하는 듯이 입을 다물어 버렸다.

자네는 잘했네, 하고 큰 찻잔으로 차를 마시면서 사루와타리가 말했다. 그래 그렇지 않아, 작년 말에 그걸 기시모토 씨한테서 샀지요, 그놈이 당장 도움이 되니까, 실은 나보고 사지 않겠느냐고 기시모토 씨가 권유했지, 그 사람은 엽총 같은 것 가지고 있어 봤자 장사가 너무 바빠서, 사냥은커녕 놀고 있을 처지도 못 된다네, 원래 그 총도 기시모토 씨 것이 아니야, 몰락한 양반한테서 담보로 몰수한 것이니까요, 그리고 벅찬 상대에게는 일부러 그 사람 자신이 엽총을 들고 나올 필요가 없고, 순사를 부른다고 말하면 그만인 것을, 내가 사 두는 것이 좋았을 건데. 와카마쓰도 집 딸과 바빠서, 그게 문제가 아니었지, 라고 오무라는 말했다. 이상한 말을 하네, 부루퉁한 얼굴로 사루와타리가 말했다. 이런 일이 생긴다고 알았으면, 사 놓을 걸 그랬다, 이런 것이라면 미덥지 못하지, 사루와타리는 헌병주재소에서 빌려 온 총검술용의 목총을 바싹 당겼지만, 자못 불안한 표정이 되어 있었다. 제기랄, 이라고 사루와타리는 말했다. 앞쪽에 단도라도 매어볼까? 뭐 몇백 명 몇천 명이 한꺼번에 밀어 닥치면, 섣불리 엽총 따위는 가지지 않는 것이 좋지, 라고 오무라는 말했다. 그때 조선인 부락의 낡은 성문만 남아 있는 헌병주재소 방향에서 이상하고 우렁찬 소리가 들려왔다.

임시 식당 안의 일본인들은 딱 입을 다물고 그 자리에 선 채 꼼짝 안 하고 귀를 기울였다. 그것은 한겨울에 낮은 언덕을 연달아 넘어서 질주해 오는 바람의 신음소리처럼 때로는 높게 때로는 낮게 은은하게 울려왔다. 그리고 쌀장수가 뺨이 굳어지면서 말하는 쉰 목소리가 들렸다.

시작했어, 아아 시작했구나, 만세, 만세 하고 소리를 맞춰 부르짖고 있네. 어디쯤인가요, 하고 떨리는 목소리로 와카마쓰가 말했다. 헌병주재소지, 하고 재판소 서기가 똑같이 떨리는 소리로 말했다. 괜찮은가? 대여섯 명 밖에 없지요. 아니 경찰이 벌써 가 있겠지. 사람들이 제각각 말했다.

그러자, 이번에는 뜻밖에 마을의 정반대 방향에서 일제히 만세를 부르는 소리가 울려왔다. 그것은 파도처럼 높아지거나 낮아지거나 하면서 차차 마을 중앙으로 접근하고 있었다. 조선인 놈들, 시건방진 짓을 하네, 라고 누군가가 말했다. 새끼들이 뭐 하는 거야, 제기랄.

자, 자경단 제2반 집합, 하고 재향군인 잡화상이 부르짖었다. 제2반은 경찰서로 간다. 여자들은 모두 단도를 가졌지요, 제3반은 여자와 아이들을 부탁한다. 모든 사람이 창백해졌고, 가볍게 떨며, 눈은 충혈되어 있었다. 견딜 수 없다는 듯이 흑 하고 우는 여자의 소리가 들렸다. 울지 마 멍청이, 하고 기시모토가 외치고 칼을 뽑았다. 조선인이 가까이 오면 때려 죽여, 하고 누군가가 날카로운 소리를 질렀다. 상대가 누구라도 상관없다 때려 죽여, 이쪽 힘을 보여 줘, 사양할 것 없어, 이렇게 되면 헌병도 경찰도 할 테니까 상관없어, 칼로 치고 베어 버려.

오무라가 소속한 자경단 제2반이 경찰서로 급히 달려갔을 때, 여전히 외치는 소리가 울려 퍼지고 있었는데, 아직 군중의 모습은 보이지 않았다. 먼 데서 총성이 들렸다. 그것은 마을의 신사축제 때의 불꽃소리에 견주어, 자못 작고 미덥지 못하고 공허한 소리였다. 시작했다, 하고 오무라는 생각했다. 아마 헌병주재소가 습격받자, 그래서 헌병들이 실탄을 쏘기 시작했을 것이다. 이것으로 가는 데까지 가 보려는 것이다, 빌어먹을, 이 읍이 어떻게 되든지 어떤 소동이 일어나든, 나하고는 상관이 없는데, 빌어먹을, 그리고 그는 떨리는 손으로 다시 한 번 총을 점검하고 안전장치도 풀었다. 나는 이런 일에 말려들려고 고향을 탈출해 온 것이 아니다, 빌어먹을, 어째서 내가 이렇게 돼 버렸나, 내게 무슨 책임이 있단 말인가, 아아 빌어먹을 쏘지 않고 끝나면 그 이상 좋은 것은 없는데, 나한테는 관계없는 거야, 이런 산속에 와 버린 것은 정말이지 우연이야, 그러나 그놈들은 나를 구별하지는 않을 텐데,

일본 놈이라 해서 같은 것으로 알고 올 텐데, 아아 그놈들이 나를 노리고 습격해 오면.

또 간헐적으로 총성이 들리고, 그리고 그것으로 그것은 끝났다.

만세소리가 뜻밖에 가까운 노지에서 일어나, 물이 넘치는 듯이 검은 조선옷이 나타나서 순식간에 큰길을 막았다. 오무라는 낮은 콘크리트 너머로 눈길을 모았다. 숨이 가빠지고 어딘가를 향해 쏜살같이 도망가고 싶었다. 몸 전체가 이제 곧 뿔뿔이 분해되어 버릴 듯한 기분이 되었다. 실업학교 학생이 있었다. 농민이 있었다. 여자가 있었다. 아이까지 있었다. 그놈들의 옛 국기인 태극기를 흔들고 있었다. 어디에 그런 것을 그렇게 많이 숨기고 있었던 것일까? 하고 그는 생각했다. 사내들은 손에 몽둥이나 낫이나 도끼나 탈곡용의 도리깨 등을 들고, 만세, 만세, 독립만세, 하고 외치면서 천천히 접근해 왔다. 해산하라고 경부가 외쳤다. 해산하라, 해산하지 않으면 총으로 쏜다, 만세, 만세 하고 부르짖으면서 경부의 소리를 눌렀다. 해산하지 않으면 총으로 쏜다고 경부가 외쳤다. 서장 나와라, 서장을 넘겨라, 하고 조선인들이 아우성쳤다. 악당 서장 나오라, 살인 서장을 인도하라, 그리고 휙 하고 공기를 헤치고 무언가 날아와서 창유리를 산산이 깨트렸다, 그걸 신호로 머리를 내놓을 수 없을 정도로 돌이 날아와서, 널빤지가 무딘 소리를 내며, 차례차례 유리가 산산이 깨어졌다. 비명소리가 나고 이마가 깨진 경관이 얼굴이 피투성이가 되어 땅바닥에 자빠졌다. 만세, 만세 하는 소리는 한층 소용돌이쳤다. 살인 서장 나오라, 경찰을 불태워라, 경찰을 불태워 버려, 쏴라, 하고 경부가 외치자 세찬 총성이 울리고 화약 냄새가 자욱이 배었다. 조선인들이 믿기 어려울 정도로 맥없이 땅에 쓰러지고, 비명과 성난 외침이 서로 부딪치고 울음소리가 일어나,

군중은 후퇴하기 시작했다. 쏴라 겨냥해서 쏴라, 쏴 죽여라, 또 조선인들이 땅에 쓰러졌다. 좋아 퇴각한다, 칼을 빼어 돌격하라, 쫓아 버려라, 총성, 외침, 울음소리, 일본도의 번쩍거림, 그리고 오무라의 눈에는 우르르 일제히 도망가는 군중에게 돌격하는 경관들의 뒷모습이 보였다. 부상자의 구원을 부탁하자, 헐떡이는 소리가 났다. 피투성이의 카키색 군복을 입은 헌병이 대문 안으로 굴러들어 왔다. 그 피의 붉은 색깔만이 오무라의 눈에 어렴풋이 비추었다. 폭도는 격퇴했지만 부상병의 구원을 부탁한다 하고 까무러쳤다. 목구멍이 아플 정도로 마른 것을 알고, 오무라는 칠칠하지 못하게 엽총을 질질 끌면서 건물 뒤로 돌아, 두레박으로 물을 길어 얼굴을 물속에 쳐 넣고, 숨도 쉬지 않고 마셨다. 물을 마시고 있다는 감각이 전혀 없었다. 몹시 딱딱하고 아픈 덩어리가 세차게 목구멍을 파서 넓히고 위장으로 떨어져 간다는 느낌이었다. 얼굴을 들어 두레박을 우물로 던지고, 수건을 꺼내 얼굴을 난폭하게 계속 문지르고, 겨우 조금 제정신이 들은 기분이 되었다. 함성은 이제 들리지 않았지만, 마을 안은 일변하여 술렁거리고, 그리고 멀리서 경련하는 듯한 여자의 울음소리가 들렸다. 바로 조금 전에 일어난 일이 안개 너머 저쪽 일 같이 분명하지 않았다. 목소리나 쓰러진 조선인의 모습이라든가, 총성이라든가 화약이라든가 하나하나 관계없는 단편이 되어, 짙은 안개 속을 어지럽게 떠돌고 있었다. 만세인가 독립만세인가, 그렇게 총이 늘어선 앞에 와자지껄 밀어닥치고, 뭘 어떻게 뒤엎고, 독립만세가 될 목표를 가지고 있는지, 하고 오무라는 멀거니 생각했다. 다시 한 번 오면 경찰은 다시 한 번 같은 방법으로 할 뿐이지, 경찰이 못하면 대구 80연대가 끝까지 하겠지, 그리고 그는 엽총을 겨드랑이에 다시 끼려다가 그 총구에서 생생한 화약 냄새가 감도는 것을 알고 눈을 크게 떴다. 열심히 방아쇠를 당겼지만 벨기에 제 다섯 연발용 탄창 속에 약통은 남아 있지 않았다. 그는 거의 아연해져서 손가락을 집어넣고 찾아보았다. 약통은 안 남아 있었다. 나는 확실히 탄환을 장전했다. 두 발씩밖에 연달아서 쏠 수 없으니까, 두 발만 장전했다, 하고 오무라는 눈살을 찌푸리고 계속 생각했다. 폭발해서는 위험하다고 생각해서 쭉 안전장치를 잠그고 있었다. 경찰로 달려가서 처음으로 안전장치를 푼 것이었다. 그리고 곧 그 소동이었다. 그 소동이라고 생각했을 때 그는 깜짝 놀라 자기 오른 손을 얼굴에 가까이 대고, 집게손가락을 응시하며 그걸 꺾거나 구부리거나 해봤다. 그런 어처구니없는, 하고 오무라는 생각했다. 선두에 서서 온 사람은 우리 학교의 학생들이었다. 그들을 노리고 내가 정신없이 방아쇠를 당겼다는 것, 그걸 조금도 기억하지 않고 있다는 것이 있을 수 있는 것일까?

그러나 벨기에제 다섯 연발 엽총의 약통은, 방아쇠를 당겼을 경우에만 자동적으로 밖으로 튀어나가는 것이었다.

내가 그 학생들을 쏘았는지 모른다니, 그런 어리석은 나는 우연히 이 산속으로 떠돌아 온 뿌리 없는 인간이다. 나에게는 총을 겨누어 지켜야 할 것은 아무것도 없다, 오무라는 빠른 걸음으로 자기가 떨리면서 총을 겨누고 있던 낮은 콘크리트 담이 있는 데에 가 보았지만, 그 늘이 진 땅에 약통이 여섯 개나 떨어져 있는 것을 보고 놀라서 숨을 죽였다. 쏜 것이다, 하고 그는 몸을 꼼짝도 못하고 생각했다. 다름 아닌 이 내가 쏜 것이다. 아마 지나친 공포 때문에 제정신을 잃고, 앞쪽 땅에는 아직 검은 옷을 입은 시체가 여기 저기 구르고 있었고, 그 몇 구에 여자가 몸을 엎드려 있거나, 하늘을 우러러 보거나 하며 소리 내어 울어 대고 있었다. 어쩌면 내 노루사슴용 산탄으로 죽은 시체가 거기에 구르고 있는지 모른다, 하고 오무라는 생각하고, 굵은 산탄을 눈에 떠올렸다. 때때로 쏴 하고 바람이 부는 것처럼, 마을의 어딘가에서 함성과 비명소리와 작은 총성이 들려왔다. 추격한 경관대가 일본도와 권총으로 군중을 쫓아 버리고 있는 것이 틀림없었다. 그리고 가두에 빠르게도 뒤로 손이 결박된 조선인들이, 경찰에게 큰 소리로 욕설을 뒤집어쓰며 모습을 나타내기 시작했다. 믿을 수 없다, 도저히 믿을 수 없다, 나는, 나는, 하고 중얼대기 시작하다가 오무라는 그만 말문이 막혔다.

10일 시모노세키 전보
△표적이 된 이토伊藤 공 조선합병의 원한으로
보기만 해도 무참한 헌병의 시체
고故 이태왕 전하 국장 참례의 식부式部[8] 차장 이토 공작(이 사람은 이토 히로부미伊藤博文가 아님)을 시작으로, 센고쿠仙石 사무관 오카타岡田 식부관 사에키佐伯 쇼텐掌典[9] 오키太木 서기관 등 궁내관 일행은 10일 아침 관부關釜 연락선 고라이마루高麗丸로 도착했다. 이토 공작 일행 모두 다이키치루大吉樓로 초대하여 위로의 오찬회를 열고 (중략) 오카다 식부관이 말하기를 "국장이 정체됨이 없이 끝났지만, 그 소동으로 한때는 어떻게 되나 하고 출발 당시에 생각했던 경성은 아무 일도 없었으나, 지방 인심은 아직도 전전긍긍하며, 유언비어가 한창이고, 폭도 때문에 습격당한 어느 헌병의 시체는 손도끼를 휘둘러 목이나 손발을 따로따로 잘라버려서, 참으로 눈뜨고는 볼 수 없는 참상이라고 들었다. 하여튼 조선의 합병

....

8 정부의 의식을 담당하는 고등부서.
9 황실의 제사 일을 담당하는 직원.

은 고 이토 공(이 사람이 이토 히로부미이다)이 주창자로 지목되어 있어서, 사람이 바뀌어도, 이토 공이라는 이름이 이번 폭민들에게 점 찍혀, 만일 위해를 가하는 일이 없을까 하고 걱정했다." 운운.

△대구의 소요, 10일 대구발 전보

대구는 9일도 계속 불온한 기운이 있었으나, 경계가 엄중한지라 무사히 끝났다. 8일부터 검거한 자는 159명에 달했다. 이들은 고등보통학교 생도 15명, 계성啓成중학교 생도 4명, 개성開成중학교 생도 7명, 신학교 생도 1 명이다.

야, 하여간 이시즈카 순사부장은 다시 보았어요, 과연 사쓰마시조쿠 薩摩士族[10]라고 할 만큼 대단해, 검도가 강하다는 건 알고 있었는데 그만큼 대단하다고는 생각하지 않았어, 군청 뒷길에서 조선인을 바짝 추적했는데, 대여섯 명이 낫이나 도끼를 머리 위로 쳐들고 반격해 온 거야, 막다른 골목이라 도망갈 데가 없어서 놈들도 필사적인 상태였던 거지, 순사 같은 것은 죽여 버린다고 외치면서 이시즈카 순사를 밀어붙이려고 했던 거야, 이시즈카 씨는 오른 손에 가진 칼로 옆으로 들이쳐서 조선인들의 얼굴을 베었어, 순식간에 대여섯 명이 눈이 베이거나 코가 베이거나 해서 비명을 지르며 굴러다녔어, 한 사람은 낫을 내던지고 땅바닥을 설설 기면서 두 손 모아 빌었지만, 이시즈카 순사부장은 이놈 하고 외치자마자 칼로 목을 베어 버렸어, 어쨌든 굉장했어, 그거야 이시즈카 순사부장이 아니더라도 같은 행동을 했겠지, 우리는 자제할 만큼 자제했으니까, 실업학교 애송이들도 이 다음에 다시 하면 용서하지 않겠다. 끝까지 뼈저리게 해 주겠다, 분수를 알게 해 주겠다,

---

10 가고시마켄鹿兒島縣 사쓰마薩摩의 무사 계급 출신자

돈 들여 학교를 세우고, 설비를 갖추어서 농장을 사주고, 그리고 장래 이 지방의 중견이 되도록 교육을 해 주었는데, 기르는 사람의 손을 깨물고 폭동의 중심이 된 것이니까, 나는 이제 참을 수가 없어, 한 놈 한 놈 단단히 노리고 쏴 주겠어.

교대해서 가족의 얼굴을 보러 소학교로 돌아온 순사 두 명이 사내들에게 에워싸여, 작은 아동용 책상에 걸터앉아 홀린 듯이 재잘거리고 있었다. 배고프시죠, 자아 배부르게 드세요, 어깨띠를 두르고 여자들에게 지시를 하면서 실업학교 교장 부인이 말했다. 자, 척척 갖다 주어요, 책상을 모아 붙여서 만든 탁자 위에 돼지고기와 야채를 많이 넣은 된장국의 큰 냄비가 놓이고, 김이 나는 주먹밥과 여러 사발에 수북이 담은 김치가 나왔다. 사내들은 흥분한 나머지 큰 소리로 지껄이면서 손을 내밀고 주먹밥을 먹어치웠다.

헌병님은 딱하게 되었어, 라고 한 사람이 말했다. 네 명이 중상이고 그 가운데 한 사람은 위험해, 이건 큰일이지, 뭐, 철저히 추적해야지, 직접 손을 쓴 놈을 찾으면 그 자리에서 죽여 버려야겠어, 하고 또 한 순사가 말했다.

그 자리에서 들어 주세요, 하고 입구에서 큰소리가 났다. 오무라가 뒤돌아보니, 권총을 허리에 차고 일본도를 어깨에 멘 피투성이의 순사가 서 있었다. 사내의 목소리는 쉬었고, 눈은 움푹 들어가 기분 나쁠 정도로 번뜩였다. 생생한 살기가 온몸에서 넘치고 있었다. 방금 사람을 죽인 소름이 끼치는 듯이 처참한 분위기가 사내를 에워싸고 있었다. 그리고, 그것이 안면 있는 이시즈카 순사부장이었다는 것을 간신히 알아차린 오무라는, 단 한나절에 그 변화의 격심함에 놀랐다.

오늘 밤에는 조선인들의 습격은 없다고 생각합니다만, 마을은 극히 위험한 상태입니다, 하고 이시즈카 순사부장은 천천히 말했다. 그 쉰 목소리를 듣고 있자니 사태가 보통 위험한 것이 아님을 알 수 있었다. 습격은 없겠지만, 하고 그는 계속했다. 혹은 방화 같은 것이 있을 수도 있습니다, 실제로 경성과 다른 곳에서는 폭동 뒤에 자주 방화로 말미암은 화재가 특히 야간에 발생하여 민심을 현혹시키고 있습니다, 오늘밤에는 경찰과 수방단을 중심으로 밤새껏 마을 경계를 해야 합니다만, 여러분은 이 소학교 구내 밖으로 절대로 나가지 마십시오, 더구나 자경단 여러분은 교대로 경계를 해 주세요, 이상입니다.

앞으로 전망은 어때요? 언제쯤 우리는 집으로 돌아갈 수 있어요, 라고 질문이 이어졌다. 경찰만으로 괜찮습니까? 이 마을뿐만이 아니라 이 일대가 폭동을 일으키면 견딜 수 있는지요? 다른 사내가 말했다. 80연대는 뭘 하고 있는가?라고 외치는 소리가 있었다. 일개 소대라도 좋아, 기관총을 가지고 와 주면 어떠냐?

대구의, 하고 이시즈카 순사부장은 말했다. 경찰본부, 헌병대본부, 80연대에는 시시각각 상황을 타전하여 연락하고 있습니다. 더욱이 오늘 하루만 해도 폭동의 주모자로 생각되는 실업학교 생도 다수와 군청 고용인 수 명을 검거하여, 지금 조사 중입니다, 이 자들을 검거했기 때문에 조선인의 조직적 폭동을 일으키는 힘의 태반은 제압했다고 생각합니다, 이후 소동이 일어나도 오늘과 같은 통제력을 가진 조직적인 움직임으로는 발전하지 않으리라고 생각합니다.

그리고 이시즈카는 말투를 싹 바꿔서, 아아 배고프네, 나한테 뭔가 먹게 해 주겠나, 오늘은 제대로 먹을 틈도 없었지, 내 칼은 진수성찬을 많이 대접받았지만, 주인은 몹시 배가 고파, 하고 급조한 탁자 쪽으로 걸어왔다. 그 익살맞은 말투로 교실 안의 긴장이 한꺼번에 풀리고, 실업학교 교장 부인의 꾸짖는 소리로 정신을 차린 어깨띠를 두른 여자들이 새로 주먹밥을 나르거나 돼지고기를 넣은 된장국을 사발에 담거나, 김치나 어묵을 날라 오기도 했다. 이시즈카 순사부장은 모두의 주목을 받으면서 소리를 내어 씹거나 삼키거나 손가락 끝의 밥알을 핥거나 하면서 아주 좋은 기분이었다. 이 마을로 온 이래 같은 일본인이라도 법원 판사, 실업학교 교장, 경찰서장, 수방단 단장, 식산은행 지점장, 형무소 소장 등의 사람들을 마을의 최고 유력자 층으로 한다면, 그 이시즈카 순사부장은 그 밖에 여러 사람의 하나에 지나지 않았는데, 모두의 중심이 되어 마을의 유명한 유력자 부인들의 대접을 받으며, 새 정보나 앞으로 전망까지 기대한다는 것은 일찍이 없었던 일이었다.

그렇다 해도, 이시즈카 순사부장은 어묵을 손가락으로 집어서 입에 넣으면서 말했다. 우리 경찰관은 직무라 목숨을 걸고 일하는 것은 당연한 일이지만, 만일의 경우 여러분도 역시 일본인이지요, 오늘 자경단의 활약 등은 정말 훌륭한 것이었어요, 그리고 이시즈카 순사부장은 사람들 위로 눈길을 옮겨 가다가 오무라 얼굴 위에서 멈췄다. 오무라는 그 눈길에서 동류를 인정했을 때와 같은 일종의 친근감이 드러나는 것을 느끼고는 무언가 불길하고 기분이 좋지 않았다. 그러자 과연 이시즈카 순사부장은 오무라 군, 하고 큰 소리로 말했다. 젊은데, 응, 오늘은 아주 침착하더구만, 나는 감탄했어, 모두의 눈길이 엽총을 등에 멘 오무라에게 모였다. 그것은 아침부터 쭉 흥분하고 있는 사람들 속에서, 말수도 적고 눈에 띄지 않는 한 젊은이한테, 사람들을 한층 흥분시키는 새로운 무엇인가를 기대하는 눈길이었다. 오무라는 당황하여 말을 우물거리며, 나는 별로 아무것도, 하고 중얼거렸다. 아니야,

정말로 훌륭했어, 라고 이시즈카 순사부장은 말하고, 처음으로 조선인들이 실업학교 생도들에게 이끌려 경찰을 습격해 온 모양을 자세히 설명했다. 그것은 이젠 자경단 사내들에 의해 몇 번이나 되풀이된 이야기였지만, 사람들은 새로 듣는 것처럼 이상하게 흥분하면서 열심히 들었다. 나는 꽤 주의하고 있었지만, 경찰관이라도 처음에는 당황해서 제대로 겨냥도 하지 못하고, 무턱대고 하늘을 쏘거나 땅을 쏘거나 했지요, 라고 이시즈카 순사부장은 사람들의 반응을 즐기는 듯이 지껄이고, 뜨거운 된장국을 꿀꺽꿀꺽 마셨다. 그런데 오무라 군은 돌이 휙휙 날아오는데, 담 위로 몸을 쑥 앞으로 내밀고 가만히 보고 있는 거예요, 그놈들이 가까이 오는 것을 가만히 기다리는 거예요, 그리고 휙 총을 겨누고 탕탕, 그리고는 몸을 날렵하게 담 안으로 숨기고, 침착하게 또 총알을 채운 거예요, 어쨌든 산탄이니까요, 두 명쯤은 쓰러져서 움직이지 못하게 됐는데, 그 밖에도 상당히 부상시켰을 거예요, 그걸 계기로 조선인들이 와 하고 흐트러진 거예요, 어떻든 나는 오무라 군을 다시 보았어, 얌전한 것 같은 얼굴을 하고서, 정말로 놀라게 했어요. 이런 청년이 군대에 들어가면 가장 우수한 병사가 되는 거예요, 오무라 군은 실업학교 서기 같은 일은 그만두고 차라리 경찰관이 되는 게 어때? 실례지만 실업학교 서기 같은 직업은 앞날이 알만 해요. 아니, 그렇지 않아요, 하고 실업학교 교감이 얼굴을 붉히며 정색을 하면서 말했다. 그렇지 않아요, 마을사람들 속에서 바야흐로 새로운 특별한 지위를 차지하게 된 이시즈카 순사부장은 여태까지의 배려를 팽개치고, 실업학교 교감의 말을 태연하게 반박했다. 선생이라면 근무하기만 하면 출세도 하겠지요. 그러나 서기는 어디까지 가도 서기에 지나지 않지요, 모처럼 조선까지 들어와서 일생을 서기로 지낸다는 것은 좀 견딜 수가 없겠지요, 오무라 군 같은 우수한 인재는 경찰로 들어가야 해요, 그것이 적재적소適材適所라고 하는 거지요. 아니, 이번 같은 일이 생긴 걸 보면, 오무라 군은 우리 학교에서 없어서는 안 될 사람이라는 것을 알았어요, 하고 교감이 집요하게 주장했다. 한심스러운 일이지만 우리들의 필사적인 교육에도 불구하고, 우리 생도가 폭동의 중심이 되어 있는 상황에서는, 이젠 이 이상 우리들 문관들의 손으로는 감당할 수 없어요, 그래서 오무라 군 같은 사람이 반드시 우리 학교에 계속 있어 주어야 하는 거예요, 일단 유사시에 진정한 실행력을 가지고 있는 오무라 군이 있어 주어야 하는 겁니다, 그리고 지금은 서기라도 검정시험만 치면 얼마든지 교원이 될 수 있는 거예요, 그런 길이 분명히 있어요, 우리는 모두 응원을 할 겁니다.

나는, 하고 오무라는 눈을 내려 깐 채 생각했다. 한 사람의 자유로운 몸으로 언제든지 원할 때는 지체 없이 이런 마을을 버리고 만주든지 몽고에라도 갈 수 있으며, 만일 내지로 돌아가고 싶다고 생각하면 돌아갈 수도 있다고 생각했다. 내 미래는 아무도 모르고, 그건 무한한 가능성이라고 생각했다. 그러나 이 마을의 인간들에 의해 내 의지와 상관없이 하찮은 길로 강요당할 것 같다. 나를 붙잡아 이 마을 안에 억지로 밀어 넣고 마을사람들 속 한군데에 꼭 편입시키려고 하고 있어, 내가 이런 데에 온 것은 완전히 우연이었단 말이야, 나는 이 마을이 폭동으로 어떻게 되든 상관이 없었어, 기시모토 녀석이 그놈의 살이 찌고 늘어난 재산을 지키려고 혈안이 되었어도, 미칠 정도로 조선인을 겁내고 무서움에 떨어도, 내가 알 바가 아니었어, 사루와타리가 보잘 것 없는 과자가게의 데릴사위가 될지 안 될지 따위는 알 바가 아니었던 거야, 김용태나 다른 하숙생의 수업료가 좀 늦어졌다 해도 알 바가 아니었단 말이야, 모두들 나한테는 관계없는 거야, 그래서 나는 너희들에게 참견 안 하는 대신에 나를 가만히 두었으면 해, 그렇게 생각했어, 조선으로 온 것도 가장 가까운 데니까 선택한 거야, 이유는 그것뿐이야, 그런데도 지금 나는 싫든 좋든 이 읍 사람들 속으로 억지로 밀어 넣어진 상태야, 아니 벌써 가두어 버려졌는지 모르겠어, 그건 왜지? 그건 내가, 자기도 모르게, 정신없이 지긋지긋한 엽총을 마구 쏜, 여섯 발의 총알 때문인가, 즉 생도를 쏘아 죽였기 때문에 겨우 이 읍에서 일본인으로서의 자격이 주어졌다는 것인가.

나도 엽총을 사야 되네, 하고 사루와타리가 자기가 계속 무시당하고 있는 데에 참을 수 없는 듯이 큰 소리로 말했다. 정말로 이런 조선에 사는 이상, 그리고 군대가 근처에 주둔하지 않는 데서는, 엽총 정도 가지고 있어야 했어, 오무라 군이 부러워요, 나도 엽총을 가지고 있었더라면, 어쨌든 총검술의 목총 밖에 없으니까요, 조선 놈들은 도끼나 낫이나, 손도끼로 무장하고 있으니까요.

내 기억에 없는 여섯 발 총알이 보이지 않는 실로 나를 이 땅과 이 읍의 일본인과 조선인에게 붙들어 매어 버렸어, 제기랄 분해 여섯 발 총알이야, 하고 오무라는 가슴속에서 중얼거렸다. 나는 그놈들이 미웠던 게 아니야, 나는 놈들에 대해서 별로 아무것도 생각하지 않았어, 다만 놈들이 도끼나 낫을 치켜들고, 내가 지금까지 본 적도 없는 태극기를 흔들면서 만세, 만세 하고 밀어닥쳐 왔을 때, 넋을 잃은 듯이 나는 무서워졌단다, 자기가 무얼 하고 있는지 전혀 모르게 되고, 짙은 안개가 나를 감춘 것처럼 된 거야, 그 공포는 내 몸 안에 들러붙어 앞으로도 계속 없어지지 않을 것 같아. 그리고 나는 일생 이 엽총을 몸에서 떼지 못할 것 같아.……

경성을 중심으로 3월 1일에 일어난 소위 만세사건은 이미 3주를 넘었고, 가라앉기는커녕, 한층 조선 각도로 번지는 양상을 보이고 있었다. 신문은 연일 그 동정을 전하였다.

21일 목포木浦 전보

조선 각지의 폭동 그치지 않았다.

20일 오후 2시 전라남도 세안군勢安郡 구호내舊屬內에서 폭도 5백여 명이 시위운동을 했다.

같은 날 경성 전보

19일 충청북도 괴산槐山, 경상남도 함안咸安, 선천宣川, 진주晋州 각 군, 황해도 신천군 문화文化, 수안遂安, 율리栗里 각지에서 예수교도 중심의 폭민 봉기하여 폭행을 일삼아 헌병 군대 경관이 협력하여 해산시켰다. 율리의 폭민, 예수교가 경영하는 소학교 교사가 지휘함에 따라, 즉시 그를 체포했다. 조선 전체에서 검거한 자 가운데, 미결로 돌린 자는 1500명, 그 중 선동된 자 100명은 방치, 그 밖의 사람은 25일부터 예심에 돌입한다.

22일 진주 전보

경상남도 진주에서 조선독립 폭동은 18일부터 일어나 19일 가장 큰 소동을 일으켰고, 20일에는 무사했고, 21일에는 서천西川 방면으로부터 500명이 단체로 집합하여, 밤이 되어도 여전히 그치지 않았다. 22일 또 일어나려고 하는 기운이 있다.

진주 북쪽 13리인 벽양碧陽에서는 20일 오후 세 시부터 일어나 네 명이 즉사, 진주의 북쪽 4리인 단성丹城에서는 21일 즉사자 8명, 중상자 19명을 냈다. 진주와 마산 사이의 군북郡北에서도 20일 오후 1시부터 폭동이 있었다. 즉사 16명 부상자 수십 명을 냈다.

같은 날 경성 전보

경성에서 노동자가 소동을 일으킴, 주모자 속속 붙잡힘

22일 오전 2시 경성 남대문 역 부근에 집합한 노동자들은 선두에 노동자대회라고 크게 쓴 깃발을 세우고, 남대문 길 호라이초蓬莢町[11]에서 만세를 연호하면서 행진함에 따라, 혼마치 경찰서에서 곧 경관 다수를 파견하여 해산시키려 했으나, 단체는 계속해서 행진을 계속하여, 독립문 및 마포 방향으로 향해, 다케조에초竹添町[12] 철교에서 겨우 해산했다. 경관대는 군중과 격투 끝에 주모자로 인정할 만한 13명을 체포했다. 선두에 세운 깃발은 압수하지 못했다. 또 22일 오전 10시 경성 서문 밖에서 폭도 6백 명이 모여들어, 조선만세를 불렀고 불온한 기운이 있었다. 그 가운데 20명을 체포했는데 부상자 여러 명을 냈다.

엽총을 등에 멘 오무라가 중국인 거리의 좁은 길로 들어가니, 길에서 놀던 중국인 아이들이 오무라의 모습을 본 순간, 겁난 얼굴로 휙 흩어져서 각자의 집안으로 뛰어들었다. 불쾌한 감정이 치밀었다. 단골인 작은 요릿집으로 들어가니, 중국인 주인이 흘끗 날카로운 눈으로 오무라의 엽총을 바라보고는 곧 눈초리를 누그러트리고, 여느 때처럼 좀 멍청하고 둔팍한 표정이 되었다. 그러나 주인의 한순간의 날카로운 눈은 오무라에게 충격을 주었다. 그 날카로움은 칼날이었다. 그것이다, 하고 오무라는 입구에 우뚝 선 채 생각했다. 그것이 이 중국인의 참된 얼굴이다. 늘 하는 멍청이 같은 얼굴은 아마 이놈의 가면일 것이다.

---

11 일제 식민지 시대의 지명 이름으로, 지금의 서울 남대문 부근.
12 일제 식민지 시대의 지명 이름으로, 지금의 서울 서대문 부근.

오래간만이야, 하고 주인은 한가로운 목소리로 말했다. 어지간히 바빴던 모양이지, 그건 무슨 뜻이야, 하고 엉겁결에 험악한 말투로 오무라는 말했다. 당신은 뭘 알고 싶은 거야, 아니 아무것도 없어요, 하고 주인은 여전히 느릿느릿한 애매한 말투였다. 나는 그냥 인사했을 뿐이지, 우리 중국인에게는 아무 상관이 없으니까요, 거기 만두를 줘, 그리고 팔보채와 부추볶음, 술을 마시는가? 그런 건 필요 없어, 오무라는 엽총을 등에서 내려놓고 벽에 세워 놓았다. 그리고 작은 칸막이 건너 사람의 낌새를 느끼자, 움찔한 얼굴이 되어, 이전의 그로서는 결코 하지 않았던 염치없는 태도로 칸막이 뒤를 들여다보았다. 너는, 오무라는 엉겁결에 새된 목소리를 냈다. 세 사람의 실업학교 생도가 먹다 남은 사발을 앞에 두고, 가만히 눈을 치뜨고 오무라를 보고 있었다. 가운데에 있는 사람이 김용태이며, 나머지 둘은 얼굴은 잘 알고 있는데 이름이 떠오르지 않았다. 너희들 음식점에 들어오는 것은 학교에서 금지하고 있지, 들키면 2주일의 정학이지, 너희들 졸업 못하게 되지, 아아 불쾌한 말투가 되어 있네, 나는, 하고 오무라는 불쾌한 느낌이 들면서 생각했다. 두 학생이 입술을 삐죽 내밀면서 휙 얼굴을 돌리고, 젓가락을 집어 들어 소리를 내면서 면을 후루룩거리기 시작했다. 그 태도는 노골적으로 혐오감을 드러내고 있었다. 오무라는 얼굴이 삽시간에 붉어졌다. 그는 겨우 자신을 억눌렀다. 김용태 요사이 어떻게 지내는가? 하고 오무라는 되도록 부드러운 소리를 내려고 애쓰면서 말했다. 학교는 쭉 휴교이고, 하고 얼굴을 외면하고 낮은 목소리로 오른쪽 끝에 있는 학생이 말했다. 거기다가 이번 사건과 관계된 자는 퇴학당한다는 소문이라, 식당에 들어가 있는 것이 발견되어도 아무 일도 없죠. 너희들도 소동에 참가했는가, 야 김용태, 하고 오무라는 정체를 알 수 없는 무서움에 압도되어 말했다. 자기의 말이 입에서 나간 순간에 쏙 알맹이가 빠져서 껍데기만으로 될 것 같은 공허함이 오무라를 덮쳤다. 소동에 참가했는지 어떤지, 라고 왼쪽 끝의 학생이 국물을 다 마시고 나서 말했다. 야, 김용태 소동에 참가했느냐고 물었잖아, 세 학생의 얼굴에 냉소인지 증오인지 구별할 수 없는 어두운 그늘이 나타났다. 마치 경찰이야, 하고 오른쪽 끝 학생이 옆을 본 채로 말했다. 그건 너무나 노골적인 도전의 소리였다. 갑자기 어두워지는 듯이 느끼고는 오무라는 뒤를 돌아보았다. 입구에 더러워진 조선옷을 입은 키 큰 사내가 서 있었다. 그 사내는 아무 말 없이 들어오자 입구에서 가까운 자리에 앉았다. 이어서 오른팔에 붕대를 감은, 몹시 아파 보이는 청년이 들어와서 키 큰 남자 옆에 와서 말없이 앉았다. 두 사람은 아무 주문도 하지 않고 침묵한 채로 천정을 쳐다보고 있었다. 중국인 주인은 여전히 종잡을 수 없는 무딘 눈빛을 한 채로 냄비 앞에 서서, 오무라가 주문한 요리를 만들고 있었다. 오무라는 등이 몹시 춥다는 느낌에 사로잡혔다. 그는 몹시 숨이 막혀서, 벽에 세워 놓은 엽총을 흘끗 곁눈질했다. 마을 안이라 해도 아직 방심하면 안 돼요, 그날 이래 마을의 중요인물로서 지위를 확립한 이시즈카 순사부장의 목소리가 오무라의 귓속에서 빨리 울렸다. 작은 충돌은 아직 계속됐다. 그것은 첫날처럼 폭동으로는 되지 않고, 수 명이나 수십 명이 읍의 한 구석에서 돌연, 만세 독립만세, 하고 외치면서 행진을 시작해도, 경찰관의 모습을 보면 금방 휙 흩어져 버렸다. 그러나, 하고 이시즈카 순사부장의 목소리가 멀리서 들렸다. 이걸로 끝나지 않아, 절대로 끝나지 않아요. 주변 부락의 공기도 불온하고, 언제 또 폭동을 일으킬지 몰라요, 경성이나 대구뿐 아니라, 어디서도 다 그래요, 놈들은 정말 질겨요, 그 속셈으로 착수하지 않으면 딴죽 걸려요, 특히 조선인 부락이나 중국인 거리에는 절대로 가서는 안 돼요, 뭐가 일어날지 정말 몰라요, 우리 경찰관도 무심코 발을 들여놓지 못해요.

중국인 주인이 잠자코 팔보채 접시와 고기만두 접시를 가지고 왔다. 오무라는 젓가락을 들었지만, 그 손이 어쩔 수 없이 떨렸는데, 조선인들이 알아차리지 못하면 좋은데, 라고 생각했다. 팔보채를 입에 넣었지만 아무 맛도 느끼지 못했다. 그러나 어찌 되든 먹어야 했다. 아무것도 먹지 않고 나가려고 하면, 그때 무엇인가 일어날 것 같은 느낌이 들었다. 나가는 계기는 이미 잃었다. 먹고 나서, 그리고 나갈 수밖에 없었다. 구부리고 있는 그의 뒤에서 두 조선인이 재잘거리기 시작했다. 그 익숙하지 않은 다른 나라의 말은 그의 마음을 거칠게 어지럽혔다. 그러자, 세 명의 학생이 격한 말투로 무언가 지껄이기 시작했다. 그것도 또 조선어였으며, 그는 완전히 조선어의 소용돌이 속에 놓였다. 낙동강 물결에 몸을 맡기고 내려왔을 때, 김용태의 혀짤배기 일본어는 어디에도 없고, 그날의 김용태의 모습은 없어지고, 조선어를 지껄이는 조선인이 거기에 있었다. 그것은 김용태를 비롯해, 고향마을에 있었을 때와 비교하면 다소는 구체적 현실적으로 이해할 수 있게 되었다고, 오무라가 생각하고 있던 그 조선인 학생이 아니었다. 일체의 이해를 거부한 정체불명의 섬뜩한 외국인이 거기에 있었고, 그리고 그를 에워싸고 이해 못할 말로 지껄이고 있었다. 공포가 오무라의 온몸을 덮쳤다. 쉽게 보았구나, 하고 오무라는 몸속에서 외쳤다. 나는 쉽게 보았어. 나는 엽총을 가지고 있다는 것만으로 안심해서 그놈들을 깔보고 있었어. 그리고 그만 무심코 이런 데에 들어와 버렸어, 이 중국인 거리의 바깥은 조선인 부락이다. 나는 두 겹으로 정체를 알 수 없는 외국인들에게 둘러싸여, 애써 감추어지고 있는 것이다. 나는 쉽게 보았어.

중국인 주인이 부추볶음 접시를 아무 말없이 놓고 갔다. 시작했을 때처럼 조선인들이 갑자기 입을 다물었다. 가게 안이 조용해졌고, 그리고 오무라의 공포는 한층 커졌다.

오무라는 접시를 끌어당겨서 부추볶음을 잔뜩 입에 넣었다. 식욕은 전혀 없어지고, 자기의 이빨이 지금 무엇을 씹어 삼키는지 전혀 몰랐다. 그는 물을 받아서, 부추볶음을 기계적으로 입에 넣고는 물로 목구멍에 밀어 넣었다.

이 읍뿐만이 아니라, 여기 저기 마을에서 소동이 일어나고 있다고도 해요, 하고 어젯밤에 사루와타루가 여관 주인한테 하였던 말이, 아무 관련도 없이 생각났다. 이 읍도 아직 뭔가 있을 것 같대, 그렇게 되면 다시 소학교로 가야 해요, 언제까지 계속될까? 하고 주인이 말했다. 못살겠어요, 장사가 말이 아니야, 그런 말을 했어, 하고 사루와타리가 웃었다. 알고 있지, 알고 있어요. 무얼요? 당신 땅을 샀지, 논도 샀지, 당신은 이제 버젓한 지주이고, 이익도 많아지고 있어, 하녀인 순기는 당신의 소작인의 딸이 아니야, 나는 군청에 근무하고 있어도, 토지대장을 매일 주시하고 작물심기의 통계를 잡고 있어요, 그런 건 잘 알고 있지, 군대는 오지 않는 건가? 아니, 너무 소동이 일어나면 여기에 독립 보병연대가 파견될지 모르겠다고 이시즈카 씨가 말했어. 하긴 이시즈카 씨는, 경찰을 신용할 수 있나, 하고 상당히 불만이었던 것 같은데, 이시즈카 씨에게는 지금이 출세할 기회니까요, 오른손에는 피묻은 칼 왼손에는 피스톨, 벌써 몇 명을 베었을까? 그 호걸은, 하고 주인이 말했다. 그 호걸의 문초를 받고 핏덩이를 토하고 죽은 조선인

학생도 있었다고 하는데, 이 부근이 평온해져도, 하고 사루와타리가
말했다. 그 사람은 반드시 미움을 받겠지, 조선인은 집념이 강하니까
요, 미움을 받겠다면, 오무라 군 자네도 훌륭한 일꾼이었으니까, 자네
엽총 모습은 유명하니까요, 조심하는 것이 좋겠어, 그리고 사루와타리
는 싱글싱글 웃었다. 나는 덕분에 미움받지 않아 다행이지만, 아니야,
아니야, 조선인에게 일본인은 다 똑같아, 그놈은 일본인이다, 그것만으
로 전부야, 그래서 오히려 중도반단中道半斷이 가장 안 되는 거야, 철
저히, 그래, 다시는 한 번도 일어설 수 없게 철저히 때려눕혀야 해, 그
것밖에 없는 거야.

　가게 안은 여전히 조용했다. 입구에 잠깐 조선아이의 얼굴이 나타
나, 안을 살피는 것 같았는데 곧 사라졌다. 지금이야 하고 오무라는
생각했다. 일어서면서 만두를 호주머니에 쑤셔 넣고, 돈을 식탁 위에
놓고, 엽총을 겨드랑이에 끼었다. 세 학생이 창백한 얼굴로 오무라 얼
굴을 보고 있었다. 오무라는 정신이 굳어지는 것을 느꼈다. 그는 어색
한 발걸음으로 입구를 향해 걸었다. 두 청년이 옆에서 그를 가만히 응
시하는 것을 느끼면서 밖으로 한 걸음 내딛었다. 머리 위에 붉은 하늘
이 있고, 거기에는 사람의 모습이 없었다. 아직, 오무라는 떨면서 생각
했다. 아직 안심 못해, 빨리 빠져 나가야지, 그는 당기는 발을 움직이
며 천천히 움직였다. 조금 더 가면, 조금 더, 돌아보지 마, 걸어 가,
그때, 뒤에서 낮은 목소리지만 분명한 일본어가 날아왔다.

　히토고로시(살인자)!

　오무라는 그 소리에 등을 공격받은 것처럼 기우뚱 고꾸라질 뻔했
다. 금방 이 읍을 탈출해서 어딘가에, 아무 속박도 공포도 없는 어딘
가로 도망치고 싶다, 하는 불같이 격심한 충동이 치밀어 올라왔다. 그

러나 어디로, 일본인인 내가 도대체 어디로, 그는 충혈이 된 눈으로 조심조심 살피며 걸었다.

일본 정부와 조선총독부가 바야흐로 한 걸음 한 걸음 대책을 강구하는 상태가 봄이 찾아온 조선의 각지에 신문을 통해서 알려졌다. 그리고 조선인들의 움직임도 집요하게 계속되는 것도.

3월 28일 금요일 시모노세키 전보
야마가타山縣 조선총독부 정무총감은 27일 관부 연락선 시라기마루新羅丸로 시모노세키에 도착, 오전 9시 10분 출발 열차로 상경했으나, 총감이 말하기를 "이번 소동이 각 방면에 준 악영향은 실로 큰 것이지만, 그 월슨 대통령의 민족자결주의의 영향을 받은 것은 숨길 수 없다. 내지인에 대한 불평이라든지, 후박厚薄 등도 어느 정도 관련이 있는지 모르지만, 열거할 정도의 원인은 아니다. 외국인과의 관계는 조사를 기다려야 밝혀지겠으나, 소동에 가담한 조선인의 대부분은, 일부 사람들의 협박을 받고 마지못해 가담한 데 지나지 않는다. 경성에서는 아직 가게 문을 닫은 데가 많고, 때때로 방화하기에 아직 방심해서는 안 된다. 집이 없는 조선인이 독립이라는 것을 무엇이든 자유롭게 할 수 있는 것으로 오해하고, 독립, 독립 하고 외치고 다녀서, 이처럼 방방곡곡에서 독립 소리가 널리 퍼진 것 같다. 또 조선인 관리에 관해서는, 그들의 능력에 따라 대우도 높일 방침이다. 어떻든 교육도 진보했고, 지식도 상당히 발달했기 때문에, 합병 당시와 현재는 천양지차天壤之差가 있다."

4월 2일 수요일
신설 조선사단장朝鮮師團長으로서 조호지瀞法寺 중장이 말했다. "강한 것만이 무사가 아니다. 온정과 권위를 가지고 조선인에게"

조선 용산에 신설한 제 20사단장은 별기와 같이 조호지 고로五郎 중장 (55)이 새로 임명되었다. 우시 고메시牛込市 이치가야市ヶ谷 나카노마치仲の町의 저택에서 유연한 자세를 보이며 중장은 말했다. "(생략) 조선은 꽤나 소란을 피운 것 같은데, 우리 군대와 조선인의 접촉에 대해서는 생각을 순전히 백지로 돌리고 싶다. 조선인을 품에 안을 정도의 온정과 권위가 있어야 한다. 일반적으로 말하면, 부임 후에 허심탄회한 연구를 시도해 본 후지만, 강한 것만이 무사가 아니니까요. (중략) 10일 전후에 부임해서 5월의 사단장 회의로 상경 후, 가족들이 같이 조선으로 건너간다는 것으로 주차군駐箚軍 사령관 우쓰노미야宇都宮 대장도 다카시마富島 19사단장도, 고지마小島 헌병사령관도 친한 사이라고 한다.

3월 30일 경성 특전
폭도 경찰을 참살함.
경기도 수원 경찰서에 근무하는 순사부장 노구치 고조野口廣藏(31)는 28일 같은 군郡의 사하리沙河里 주재소로 폭민 2천 명이 습격했다는 보고를 받고, 한 명의 부하와 함께 급히 가서 진압하다가, 폭민 여러 명에게 포위되어 참살을 당했다. 노구치 부장은 민완으로 평판이 높았고, 아내 가메코龜子(28)와의 사이에 장남 이치로一郎(2)가 있다. 이번 소동 가운데 경찰관 순직의 효시가 되었다.

(문장 가운데의 전보는, 모두 마이니치每日신문의 전신인 도쿄니치니치東京日日신문·다이쇼大正 8년 3월과 4월에 따름——필자)

9

조선의 여인

스미 게이코角圭子 지음

I. '내지'라는 나라

"할머니"

"………"

"할머니!"

나는 한층 더 소리를 질렀다.

"응"

희열喜烈 할머니는 배를 짜는 손을 쉬지 않고 대답했다.

"정말로 할머니는 최씨 집으로 영희英姬를 데려다 줄 거야?"

조선에서는 어떤 산골 마을에서도, 아무리 서투른 말 밖에 하지 못하는 어린 아이라도 윗사람에게 깍듯한 높임말로 이야기해야 한다. 남조선의 경상남도 산청군山淸郡 안에 있는 산골의 중류 농가가 내가 태어난 집이었다. 그리고 이것은 1918년 연말에 생가에서 일어난 일이다.

"정말이야" 하고, 희열 할머니는 오른손으로 바디¹를 무명천에 내던지고 나서 내 쪽을 보고 말했다.

----

¹ 베틀에 딸린 기구의 하나.

"너도 아주 사이좋게 해 주었는데, 추순秋順이나 춘순春順에게 작별 인사를 하고 와야 되잖아."

"작별?"

나는 놀라서 말했다.

"그래, 그렇지만 아무에게도 말하면 안 돼, 최씨 집에서는 모두 바다를 건너 멀고 먼 다른 나라로 가버린다."

"다른 나라?"

"……"

희열 할머니는 잠자코 베틀을 마주했다.

내 주위에는 겨울에는 언제나 그랬듯이, 여자들이 부르는 노동요가 울려 퍼지고 있었다.

신애信愛 할머니는 우리 여동생을 돌보아 주면서 온돌을 지키고 있겠지. 부엌에서 그녀의 노랫소리인지 말소리인지가, 때때로 마른 나뭇가지를 꺾는 소리에 섞여 들려왔다. 이 방에서는 아직 마흔 안팎의 희열 할머니가 민첩한 손발로 베틀소리를 내고 있었다. 이것은 기생이 치는 장구 소리를 밤하늘 아래 듣는 것처럼 고요하나 율동적이었다.

그와 달리, 어머니가 손으로 돌리는 물레는 장난감처럼 작은데, 얼마나 제멋대로 큰 소리를 내고 있었는지. 게다가 답답한 그 소리는 소울음소리 같이 느렸다.

어머니는 왼손으로 목화 끝을 물레에 끼우고, 오른손에 작은 가락[2]을 들고 어색하게 가까스로 그걸 돌렸다. 그리고 한 번 돌리고 나서는

---

2 물레로 실을 자을 때, 실이 감기는 데에 꽂는 쇠꼬챙이, 또는 그렇게 하여 생긴 뭉치.

어깨로 휴우 하고 숨을 돌렸다. 어머니가 무거운 한숨을 쉬는 것과, 목화씨가 마루에 똑 하고 떨어지는 것은 늘 같은 때였다.

보니까, 물레의 두 자루 둥근 막대가 신선의 수염이나 하얀 혀를 늘어뜨린 것처럼 솜을 모두 토해내고 있었다. 즉시 나는 납작해진 솜을 집어 바구니에 넣고, 바닥에 떨어진 씨를 주워 바가지에 담았다. 이것은 이제 겨우 여섯 살이 된 나에게 맡겨진 일이었다.

"저, 할머니! 다른 나라란 뭐예요?"

여러 가지 소리에 내 목소리는 싹 지워져서 들리지 않은 것일까?

"할머니 잉!"

"일본이야!"

역시 들렸던 거야. 왠지 할머니는 내뱉듯이 말하고는, 다리를 소리 높이 밟고, 왼손으로 북³을 휙 찔러 넣었다.

"일본?"

앵무새처럼 나는 되물었다.

"그래, 왜놈의 나라야, 해적이야!"라고 말을 끝내자, 탕탕 하고 희열 할머니는 거칠게 바디를 내던졌다. 그때 우리 어머니는 덜컥 물레의 손잡이를 멈추고,

"어머니!" 하고, 힐책하는 듯한 소리를 냈다.

"뭐야!"

"부탁해요. 영희한테는 내지라고 가르쳐 주세요."

"뭐라고?!"

---

3 베틀에서, 실꾸리를 넣고 실 사이로 오가면서 베가 짜여 지도록 하는 배 모양의 나무통.

희열 할머니는 태도가 갑자기 굳어지며, 우리 어머니 쪽으로 돌아섰다.

먼 조선 말기의 이야기라 해도, 집안 이야기라서, 붓끝도 자칫 무디어지지만, 이 희열 할머니와, 또 한 사람 신애 할머니는 실은 한 사내 즉 돌아가신 할아버지인 정일우鄭─宇를 남편으로 서로 함께 섬긴 사이였다.

일본에서도 '결혼해서 3년에 아이가 생기지 않으면 헤어진다.'라고 하여, 후사가 없는 여자는 절연당해도 불복하지 못하는 시대가 있었다고 들었다. 옛 조선에서는 이혼당하는 슬픔은 없는 대신에, 자기 남편이 같은 지붕 아래서, 때로는 다른 여자와 자는 밤마저 꾹 참아야 했다. 신애 할머니도 그런 처지에 서야 했던 아내였던 것 같다. 나라의 독립이 위태로울 때, 또 주권이 침범되었을 때, 조선인들에게는 '집'의 의미는 무거워졌다. 설령 초가지붕의 농가라도, 조상에게서 물려받은 '조선인의 핏줄'을 끊어지게 하는 일은, 틀림없이 할아버지의 애국심이 허락하지 않았을 것이다.

언제부터인지, 또 누구로부턴지 모르지만, 내가 듣고 알게 된 것에 따르면, 어느 날 할아버지가 먼 여행에서 젖먹이를 껴안은 남루한 옷차림의 젊은 과부 희열을 데리고 돌아왔다. 그리고 아내 신애에게 말했다.

"집에 두어라. 남편은 일본군에게 사살되었다고 한다. 집도 탔다 한다."

그해 지리산 저쪽의 전라도에서, 동학이라는 종교를 믿는 농민들이 군수의 학정에 대항하여 반란을 일으켰다는 것도, 초대받지도 않은 일본군이 인천에 상륙해서, 그 농민들을 죽이고, 민가를 불태우기 시작했다는 것도, 신애는 마을 사람이나 행상인의 이야기를 듣고서 모두 알았다. 외동딸을 역병으로 빼앗긴 채, 후사가 없는 신애는 맨몸뚱이 모자에게 이것저것 해주면서도, 남편의 속마음을 여러 가지로 고민하는 날이 많아졌다. 그러던 어느 날, 할아버지 정일우는 담담하게 아내에게 말했다.

"희열을 어떻게 생각해? 전라도 여자지만(내 고향에서는 전라도 사람은 어쩐지 미움받고 경계받았다.) 정실 아내로 하는 것이 아니야. 일도 잘하고, 무엇보다 사내를 낳았으니까."

즉, 희열이 데리고 온 아기는 사내아이였다. 이 아이는 어머니 젖을 떼자 돌아가신 자기 아버지 마을에서 데리고 갔다. 그리고 희열은 그 때부터 집안에서는 하녀처럼, 들에서는 날품팔이와 같이 일하면서, 할아버지와의 사이에, 우리 아버지 정주일鄭宙―과 삼촌 정주철鄭宙哲을 낳았다. 할아버지는 내가 태어나기 전에 세상을 떠났다.

"내지, 내지, 내지라고! 이 바보가……"

찢어지는 듯한 소리로 거기까지 외치자……아아 희열 할머니는 내 어머니를 어떻게 하자는 것일까? 자신을 베틀에 동여매는 끈의 매듭을 손으로 더듬어 풀기 시작했다. 그러나 신경이 날카로워진 손은 끈을 잘 풀지 못했다. 간신히 다 푼 무렵에는 노여움도 가라앉아서, 희열 할머니는 베틀에서 내리지 않고 그대로 있었다.

"자, 정순貞順, 말해 봐, 내지라고 하는 나라가 도대체, 언제부터, 어디에 생겼다고 하나?"

"……"

"자, 도대체 어디에? 홍, 이 바보가……. 그래도 네가 조선사람인가?"

"하지만……. 면장님이"하고, 젊은 어머니는 불안에 떠는 목소리로 거기까지 말하자, 입을 다물고 다시 솜을 감았다. 끼, 끼, 끼익 하고, 나무 가락을 돌리는 그 소리는 내 귀에는 꽤 나른하고 서글프게 울렸다.

거무스름해진 낡은 온돌방 한가운데 언저리까지 묘하게 붉은 기운을 띤 빛이 비치고 있었다. 빛 속을 헤아릴 수 없는 솜먼지가 술에 취한 장구벌레처럼 춤을 추고 있었다. 공간을 달리는 사선斜線의 이쪽은 막으로 가린 것처럼 어둡고, 거기에 어머니와 나는 웅크리고 있었다. 윗몸을 이쪽으로 비틀고 베틀에 앉아 있는 희열 할머니를, 장지 너머의 석양이 등 뒤에서 비추고 있었다. 뒤로 아무렇게나 묶은 머리가 황갈색으로 테두리가 둘러지고, 흰 솜옷 저고리의 어깨도 조청 빛으로 빛났다. 사내처럼 짙은 눈썹 밑에서, 찌르는 듯한 눈이 우리 모자를 지그시 응시하고 있었다.

갑자기 희열 할머니 등 뒤의 장지가 휙 그늘지더니, 방 빛이 흔들렸다. 그러자 툇마루 끝쯤에서 땅에 쌀가마니라도 떨어진 듯한 소리가 나며, 땅이 울렸다. 나는 부들부들 떨렸지만, 붉은 저고리 옷깃에 목을 파묻었을 뿐이었다. 어머니 마음도 희열 할머니 마음도 나하고는 견줄 바가 아닌 것을 나는 알고 있었다. 그런데 그것은 지붕에서 눈이 한꺼번에 떨어진 것이라고 금방 알 수 있었다. 삼한사온의 조선에서는 한겨울의 눈 더미도 곧 녹는다.

"흥, 면장님이라고?"

희열 할머니는 며느리가 입에 담은 말을 밉살스럽게 되풀이했다.

"그런 패들이 말하는 것을 네, 네 하고 듣고 있으면, 마지막에는 모두 최씨 같이 돼버리는 거야.……" 하고, 세상을 꺼리는 듯이, 그러면서도 말하지 않을 수 없는 듯이, 투덜투덜거렸다. 어머니는 말이 없었다. 나는 이럴 때 어머니 얼굴을 안 보는 것이 보통이었다.

"그런 근성이니까 너에게 사내를 낳게 안 해 주는 거야."

좋은 욕설을 생각해 낸 것처럼, 희열 할머니는 또 활기를 띠고 말했다. 내 곁에서 어머니의 보랏빛 치마에 싸인 무릎이 말을 꺼내고 싶은 듯이 흔들렸다. 어머니 말소리는 역시 없었다.

나는 귀를 기울여 부엌의 낌새를 엿들었다. 혹시 신애 할머니가 오지 않을까 바랐기 때문이다. 그때의 나는 두 할머니 사이에 대해서 아무것도 몰랐지만, 사내처럼 일하는 대신에 성품이 우락부락한 희열 할머니가 신애 할머니가 있는 데에서는 이상하게도 얌전해지는 것을 알아채고 있었다. 무엇보다도 부모나 친척이나 마을사람들이, 즉 모든 어른들이 희열 할머니에게는 인사를 잊어도, 신애 할머니에게는 잊은 적이 없고, 아버지가 밖에서 돌아와도 첫 번째로 머리 숙이는 사람도, 아버지에게는 어머니인 희열 할머니가 아니고, 큰어머니인 신애 할머니로 정해져 있었다. 그런 것 때문에 나는 신애 할머니를 희열 할머니보다 훌륭한 사람, 신뢰할 수 있는 사람으로 여기고 있었다.

그러나, 부엌 봉당에서 들려온 것은 신애 할머니의 발소리가 아니고, 할머니의 여느 때와 같은 노랫소리였다. 할머니 등 뒤에서 나도 실컷 들었던 기억이 있다. 지금 생각하면 등골이 오싹해지는 가사였다. 그 무렵의 사람들은 나라를 빼앗긴 슬픔을 자장가 구절에까지 넣지 않으면 안 되었던 것일까?

아가 울지 마라

울어 봤자
죽은 엄마는 젖 안 나온다.
손도끼 손도끼로
두드려 봤자
마른 줄기면 즙이 안 나오네.

　나는 어른들만 있는 가운데서 자랐기 때문에, 특별히 조숙했던 것일까? 아니면 태어날 때부터 덥적거리는 성격이었던 것일까? 신애 할머니를 의지할 수 없다면, 지금은 어떻게든 어머니 때문에 기분이 상한　할머니의 주의를 나한테로 돌려야 한다고 생각했다. 그래서
　"할머니, 할머니, 희열 할머니!"
　"뭐야, 시끄럽다."
　할머니는 일을 떠올리고 손으로 북을 잡았다.
　"추순도 춘순도 가버리는 거야?"
　"그래."
　"이젠 안 돌아와?"
　"돌아오지 못할 거야."
　"왜요? 추순들이 왜 돌아오지 않는 거야?"
　하고, 끈질기게 물어보면서도, 추순 자매가 어딘가로 가버린다는 것에는 아무 실감도 없다고 하기 보다는, 거의 이해하지 못하는 나였다. 나는 다만 희열 할머니로부터 어머니를 내 몸으로 지켜주면 되는 것이었다.
　"돌아오고 싶어도, 사는 집도 없지, 세금이 밀리고 밀려서, 강가의 마지막 논도 빚의 담보로 빼앗겼어."라고 푸념하듯이, 자기의 슬픔을

노래하듯이, 느릿느릿하게 가락을 붙이는 것처럼 말하기 시작했다.

"그렇게 살이 빠진 소도 팔고, 그렇게 납작한 집도 팔고, 돈이 되는 것은 놋숟가락까지 팔아서, 겨우 겨우 간신히 여비를 만들어서……그리고 나라를 버리고 가버리는 거야."

나는 희열 할머니의 음성에서 비난의 기색을 알아차렸다. 추순이나 춘순의 아버지가 무언가 좋지 않은 일을 하나 하고 생각했다.

"왜 그런 짓을 해?"

"왜 그러느냐고?"

희열 할머니가 놀란 듯이 되묻자, 눈썹을 슬픈 듯이 찡그리고, 빛나는 눈으로 나를 응시했다. 왠지 할머니에게는 이젠 일이 손에 잡히지 않는 것 같았다. 그리고 뱃속에서 한숨을 크게 토해 내고 입맛을 한 번 다시고는,

"아이고! 왜 그러느냐고? 이 할미야말로 누가 가르쳐 주면 좋겠어. 이즈음은 이런 어처구니없는 일이 너무 많아! 아무리 가뭄이 계속되어 풀뿌리를 씹어도, 백성이 외양간에서 쟁기까지 팔아야 한다니, 이런 일은 우리 조선에서는 없었던 일이야! 알아! 영희, 합방 전의 조선에서는 여태까지 한 번도 없었던 일이야. 너는 엄마보다 똑똑하니까 알지?"

나는 성급한 이 희열 할머니에게는 무엇이라도 조금 일찍 수긍해야 한다는 것을 이미 배우고 있었지만, 이때만은 가만히 고개를 숙이고 잠자코 있었다.

풀뿌리는 나도 자주 업혀서 산으로 캐러 갔으니까 알고, 맛도 알고 있었으나, '가뭄'이라든가, '합방' 같은 것은 알리가 없었다. 거기다가 희열 할머니는 누구에게 화를 내고 있는지, 누가 옳고 누가 그른지,

나는 전혀 몰랐다.

희열 할머니에게는 자주 있는 일이지만, 자기가 자기 말에 흥분하기 시작했다.

"응? 영희야! 알겠니? 엄마하고 달라서 너는 똑똑하니까 알겠지? 조선사람만큼 조상님을 소중하게 여기는 사람들이 어디 있어? 집이 기울어도 조상님에게는 제사를 지내잖아, 알겠지? 영희, 최씨가 가는 '내지'라는 데는 보리사菩提寺도 없고, 조상대대의 묘지도 없어! 아이고! 조선사람이, 조선사람이 나라를 버려야 한다는 게, 어떤 것인지 왜놈에게 알려 주고 싶어. 왜놈에게는 부모도 조상도 없는 거겠지. 그래서 그놈들은 딴 나라에 와서, 죽이거나 불태우거나 속이고 빼앗고, 철면피한 짓을 할 수 있는 거야. 종당에는 뽕 묘목이다 무슨 묘목이다하고, 흥, 나무 심는 사소한 것까지 명령하다니! 그렇지, 영희, 도대체 사람인 조선인이 나무껍질을 씹고, 벌레 같은 놈들의 먹을 것만 만들어야 하나? 아이고! 그런 효자인 최씨가……. 가엾은 이야기잖아, 나한테는 남 일 같지가 않아."

나는 안심했다. 나쁜 것은 역시 왜놈인 것 같다. 나는 어머니의 무릎 앞에 떨어진 무명씨를 주워 바가지에 담았다. 그리고 두 손으로 바가지를 안고 흔들어 보았다. 하얀 솜옷을 벗어내고 추운 것일까? 씨들은 서로 몸을 의지하고 뭉개고 녹이고 있었다. 나는 바가지를 흔들고는, 씨들이 한참동안 복작거리다가 곧 가만히 움직이지 않는 모습을 보았다.

그때까지 희열 할머니의 분노와 한탄소리에도, 자기에게 하는 빈정거림마저도, 아무 반응도 보이지 않고 말없이 표정 없이 무명실을 감고 있던 어머니가, 그때 돌연히 한쪽 무릎을 세우고 있던 쪽의 다리를 차 내던지고, 짐승처럼 이상한 목소리로 외쳤다.

"아이고! 괴로워……"

어머니는 두 손을 펼치고, 한순간 몸을 젖히는 듯한 모습을 했다고 생각했더니, 당장 몸을 비틀고 내 옆에 있던 바구니에 손을 뻗쳤다.

"아이고!" 하고 다시 한 번 신음하면서, 그 큰 바구니 가장자리에 미친 듯이 달라붙었다. 바구니는 소리 없이 뒤집히고, 어머니도 옆쪽으로 쓰러졌다. 바구니에서 넘친 솜이 어머니의 검은 머리와 자줏빛 저고리 어깨로 흩어 떨어졌다. 그 하얀 솜 밑에서 어머니는 헐떡였다.

나는 나도 모르는 사이에 두 손에 들고 있던 바가지를 놓치고 말았다. 바닥에는 무명씨가 언저리에 흩어졌다. 그 씨들을 희열 할머니가 흩트리거나 밟거나 해서, 아슬아슬하게 쓰러질 뻔하며, 며느리에게 달려들자,

"정신 차려, 정순아!" 하고 따뜻한 목소리로 격려하는 듯이 말했다.

"부탁이에요. 어머니, 저를 안방으로……, 빨리 안방으로." 하고 어머니는 헐떡거리면서 말했다. 안채의 가장 안에 있는 방을 안방이라고 하는데, 생가의 경우, 그건 우리들이 일하는 방의 옆에 지나지 않았다. 밤이 되면 아버지는 사랑방이라고 불리는 별채에서 와서 그 방에서 쉬었다. 여동생이 생길 때까지 나도 거기서 부모와 잤다.

희열 할머니는 며느리의 머리나 어깨를 덮은 솜을 잽싸게 털어버렸다. 평소 살갗이 흰 어머니의 얼굴이 지금은 검푸른 빛이고, 흐트러진 머리가 비지땀이 스민 조금 넓은 이마에 달라붙어 있었다. 괴로운 듯이 감거나 뜨는 눈가에는 반점이 많이 나타나 있었다. 얼마 안 되는 사이에 어머니의 표정이 무섭게 변해 버렸다. 이건 다 희열 할머니가 나쁜 거라고 나는 생각했다.

그러나 희열 할머니는 기죽는 기색도 없이, 떠받치기 힘들 정도로 큰 며느리를 소중하고 귀여워서 어쩔 수 없다는 듯이 힘껏 안아 일으키고는, 부엌인 토방을 향해 외쳤다.

"언니! 와 주세요."

묘하게 들뜬 기세의 날카로운 소리였다.

"언니! 정순이가, 빨리, 빨리!"

"뭐야? 희열"

신애 할머니의 아주 침착한 소리가 토방에서 되돌아왔다. 이렇게 희열 할머니가 보통 때와는 달리, 새되고 거친 소리를 낼 때는, 거기에 응하는 신애 할머니의 소리는 보통 때와는 달리 낮아지고, 한 마디 한 마디를 일부러 천천히 말했다. 그건 흥분하기 쉬운 희열 할머니의 마음을 진정시키려는 것보다는, 약간 야유하는 식으로 비웃음을 담으면서, 모범을 보이려는 것처럼 들렸다.

이윽고 신애 할머니는 살집이 좋은 허리에 내 여동생 옥희를 등에 맨 모습으로 바닥을 삐꺽거리면서 다가왔다.

어머니는 지금은 몸집이 작은 희열 할머니를 의지하면서, 다리를 질질 끌면서 안방에 들어갔다. 그 머리 뒤의 쪽머리에 꽂은 머리핀에 찌부러진 무명 꽃이 하나 걸려서, 슬픈 듯이 흔들리고 있었다. 그것이 눈에 들어오자, 왠지 나에게는 이 어머니를 잃지 않을까 하는 예감이 엄습했다. 그건 그대로 공포로 변했다. 나는 달려들었다. 어머니 치마를 잡았다.

"엄마!"

그 순간 내 머리 위에서 철썩 소리가 났다. 날카로운 아픔이 정수리부터 가슴을 쳤다. 희열 할머니의 목소리보다 빠르게 손이 나를 때린 것이었다.

"아이는 오면 안 돼!"

희열 할머니는 나를 충혈이 된 눈으로 쏘아 보았다. 나는 굴욕을 느꼈다. "우리 엄만데!" 하는 항의가 몸을 뜨겁게 했다. 그러나 울면 큰딸이 아니야 하고 금방 당할 것을 알고 있었다. 복받쳐 오는 것을 겨우 참고 서 있었더니,

"이리 와, 영희야"

신애 할머니가 특별히 부드러운 소리를 내며, 따뜻한 손이 나의 작고 차가운 손을 뒤에서 잡았다. 신애 할머니는 그 손을 다시 잡으며,

"참 나쁜 여자야, 제발 너는 닮지 마라." 하고 작은 소리로 말하면서, 나를 부엌으로 끌고 갔다. 온돌 아궁이 왼쪽 윗부분이 검게 빛나는 찬장으로 되어 있었다. 거기서 곶감을 꺼내어 내 손에 쥐어 주면서 신애 할머니는 말했다.

"엄마는 너에게 귀여운 동생을 낳아 주는 거야. 정씨 집안의 훌륭한 후사를 말이야. 자, 알아들었으면 사랑방으로 가서 아버지께 그걸 말씀 드려. 진지는 갖다 드릴 테니까, 안채에는 오시지 말라고,"

"네, 할머니"

나는 곶감이 좋아서, 그만 아주 냉큼 대답을 해버렸다.

"자, 이 할머니의 말이라면 영희는 금방 알아듣는다."라고 머리 위에서 신애 할머니의 득의에 찬 소리가 났다. 그러나 나는 알아들었다는 것도 믿었다는 것도 아니었다. 어른들은 자기 사정에 따라, 기분에 따라, 아주 쉽게 나에게 거짓말을 한다. 그 거짓말도 부모님보다는 희열 할머니가 잘하고, 희열 할머니보다는 신애 할머니가 훨씬 교묘했다.

그래서 나는 문에서 등을 돌리고, 떨어지는 듯이 나막신을 발로 찾으면서, 신애 할머니 모습을 주시했다. 귀로는 지금 내쫓긴 안방의 낌새를 살펴보았다. 다름 아닌 우리 어머니이기에 한층 기분 나쁜 그 짐승 같은 기침소리는 이미 끝나 있었다.

"오오, 착하다, 옥희도 착하다. 잘 자 주었다."라고 신애 할머니는 포동포동한 둥근 얼굴에 미소마저 띠면서 엉거주춤하고는 등에 맨 끈을 풀었다. 그리고 아기를 허리에서 가슴으로 요령 좋게 바꿔 안고, 검은 치맛자락을 흔들면서, 발가락 끝이 바깥을 향하는 보통 때의 걸음걸이로 유유히 안으로 들어갔다. 보통 때와 다름없이 태연자약한 신애 할머니의 모습으로 판단하면, 아무래도 이 모든 일은 역시 그다지 무서운 일이 아닌 것 같았다. 꼭, 정말이지 남동생이 생기는 것이다.——

나는 곶감을 잘근잘근 씹으면서 들에 나갔다. 헛간이나 가축 사는 집이 있는 동쪽 뒷문과, 사랑방이나 문이 있는 서남쪽 방향을 향해, 눈이 치워진 황톳길의 좁은 길이 두 갈래로 갈라져 있었다. 그 하나를 더듬어 가기 시작한 나를 부르는 듯이, 등 뒤에서 소가 울었다. 그러나 여러 마리의 닭은 조용했다.

찌르는 듯이 맑고 차가운 공기를 깨고, 달콤하고 새콤한 비린내 나는 냄새가 나를 좇아왔다. 부엌 입구 처마 밑에 묻힌 항아리에서 막 담근 김치 냄새가 나왔다. 맛이 바뀌지 않도록, 겨울철에는 이렇게 김치항아리를 집밖의 땅속에 묻는 것이 우리 조상들의 지혜였다.

조금 전 장지에서 빛나고 있던 저녁 해는 이제 지리산 저쪽으로 지고 있었다. 그래도 자기의 숨을 집을 가리키고 싶다는 듯이, 남은 빛은 깔쭉깔쭉하게 눈이 쌓인 산봉우리의 뒤쪽 하늘을 희미하게 물들이고 있었다. 흰 토끼의 귀와 같이 그 옅은 불그스레함이 해질녘의 어두운 창공에 빨려 들어가는 언저리에, 빛이 없는 별 하나가 어렴풋이 떠 있었다.

겨울밤은 달려왔다. 그리고 밤은 맨 먼저 감나무에 걸렸다. 꼭지를 여기저기 남긴 벌거숭이 가지도, 굵은 나무줄기도 이젠 시커멨다. 그러나 나는 굽 높은 나막신이 무거워서, 빨리 걷지 못했다.

2. 탄생 비극

우리 아버지는 옛날부터 마을에 있는 서당의 보조교사를 하는 것밖에는, 추수로 바쁜 초가을조차 왠지 밭에 나가지 않고, 죽은 듯이 사랑방에 틀어박혀 있는 사람이었다.

아버지가 손수 만든 허술한 책상 위에 늘 내 눈과 마음을 끄는 물건이 하나 놓여 있었다. 그것은 아버지가 애용하는 벼루집인데, 옻칠을 한 상자 뚜껑에 여러 가지 색깔로 빛나는 조가비가 나전螺鈿 세공으로 입혀져 있었다. 소나무가 자라는 앵무조개 언덕에 두 마리 사슴이 놀고 있었다. 사슴 발밑의 풀숲에는 진주색의 놀랄 만큼 큰 꽃이 다섯 송이나 피어 있었다.

그 무렵 식사를 알리는 것은 늘 내 몫이었으나, 벼루집의 그림이 보고 싶은 나머지, 나는 아버지 곁에 가만히 앉아 있었다. 그림의 가장 아래쪽 모퉁이에서 사슴 발에 밟히면서도, 다섯 송이의 꽃은 얼마나 당돌하게 활짝 피어 있었는가. "안녕, 정영희!" 하고, 그 꽃들은 한꺼번에 나에게 말을 거는 것 같았다.

또 아버지가 펴서 읽는 책을 들여다보면, 펴져 있는 쪽 위에, 소달 구지 나룻에서 본 것과 같은 구멍이, 방금 한숨 자고 난 누에가 기어 가는 것처럼 여기저기 뚫려 있었던 것이 기억났다. 벌레가 먹은 자리 라는 것이었다. 종이는 누렇고, 어느 것은 불그스레하게 타서 그을려 있었다.

지금 나는 곰곰이 생각한다. ——그 책들은 내 조부와 증조부, 그 리고 더욱 더 먼 조상들이 번갈아 가며 손으로 만지고, 생선기름이나 들기름 연기가 나는 촛대불로 밝히며, 읽어 온 것이 아니었을까? … …조선 왕조시대, 잘은 모르나 정씨 집안은 유생이라고 하고, 봉건 국 가기관의 말단 관리로 일하는 신분이었던 것 같다.

그런데, 나막신을 신은 발길을 조심조심 옮겨 가니까, 사랑방에는 아버지의 소꿉동무며, 어머니의 사촌오빠인 김씨 아저씨가 와 있었다. 그는 일본에 유학을 가 있어서, 보통 때는 마을에 없었다. 귀성하면 뻔질나게 우리 집으로 왔다.

"아저씨, 별님도 그때 함께하는 거야?" 하고, 내가 그 김씨 아저씨 를 자기 질문으로 가로막은 것은, 몸채에서 날라 온 밥상으로 간단한 저녁밥을 끝낸 뒤, 그가 나를 상대로 이야기를 시작한 지 얼마 안 되 는 때였다. 보통학교 생도인 주철宙哲 삼촌은 희열 할머니의 부탁을 받고, 강 건너 최씨 집으로 달려간 것 같았다.

"뭐라고? 별님도 같이 라고?"

김씨 아저씨는 생각하는 시간을 벌고 싶은지, 특별히 말끝을 끌었 다. 그는 대나무 숲에 호랑이 그림이 그려진 매우 낡은 병풍을 등지 고, 저고리를 입은 팔로 팔베개를 하고, 온돌 바닥에 넓은 옆구리를 대는 모습으로, 내 눈앞에 모로 누워 있었다. 옛날과 다름없이 땋은 머리에 탕건(말총으로 만든 실내에서 쓰는 갓)을 한시도 떼지 않는 아버지와 달리, 아저씨는 머리를 깎아〔斷髮〕 모자도 쓰지 않았다.

"저, 저, 별은 어떻게 됐나? 주일아." 하고, 이번에도 우리 아버지를 시간벌이로 불렀다. 그러나 아버지는 온돌에 불을 지피러 자리를 떠난 뒤였다.

"그건, 너!" 하고, 김씨 아저씨는 몰래 생각을 정한 듯이, 기운을 냈다. 그리고 마을에 전도하러 오는 끈질긴 미국 전도사를 꼭 닮은 높은 콧날 양쪽에 굵은 주름을 만들고, 교활하게 보이는 웃음을 지으며 말했다.

"물론 별님도 함께이지. 별이라는 별은 모두 달님을 좋아하니까. 언제나 한 곳에 모여서 달님을 모시고 걷는 거야."

"거짓말! 거짓말, 거짓말, 거짓말 아저씨!"

나는 조금 전 뜰에서 본 외로운 첫 별을 머리에 떠올렸다. 작은 두 손으로 아저씨 옆구리를 마구 때렸다.

"거짓말, 그만 둬, 아유……. 아저씨 간지러워요, 그만 둬!"

내가 때리는데 간지럽다니, 얼마나 버릇없을까 생각하며 주먹에 더욱 힘을 준 순간,

"영희! 여자애가 할 짓인가, 그게!" 하고 등 뒤에서 아버지의 험상궂은 소리가 났다. 아버지의 고함소리에 나는 엉겁결에 두 주먹을 턱 밑에 갖다 대고 몸을 움츠렸다.

"괜찮아, 뭐. 요렇게 조그만데."

김씨 아저씨는 누운 채 한가로운 말투로 말했다.

"조그매도 여자는 여자야."

젊은 아버지의 여유 없는 소리가 곧 되돌아왔다. 오늘밤 아버지는 기분이 언짢은 모양이다. 몸이 약했던 탓인지, 아버지에게는 기분이 좋은 날과 나쁜 날이 있었고, 어느 쪽이냐 하면 나쁜 날 쪽이 많았다.

아저씨는 아버지 목소리에 통겨져 되돌아온 듯이 벌떡 일어나 숨을 죽이고 있었으나, 이윽고,

"완고한 아버지가 됐군, 자네도" 하고, 배속에서 소리를 냈다. 나는 고개를 숙인 채, 아저씨의 그 소리가 나온 믿음직스러운 배를 이마 너머로 몰래 엿보았다. 그러자 배를 가리고 있던 바지의 연두색 천이 조금씩 떨렸다. 아저씨는 뱃속에서 살짝 웃는 모양이었다. 그리고 중얼거렸다.

"하긴, 접장이니까……"

접장이라는 것은 꼭 그 무렵의 아버지처럼, 유학을 공부하면서 서당 훈장을 하고 있는 사람을 가리키는 것이지만, 한편 그런 사람에게 있기 쉬운, 훌륭하지도 않은데 잘난 체하거나 군자인 체하며, 인륜을 말하는 버릇을 품위 있게 놀리며 하는 말이기도 했다.

그러나 그날 아버지는 기묘하게 얼굴빛을 바꿨다. 여자처럼 뾰로통한 목소리로 아버지는,

"잠깐 일본에 갔다 오면 아주 풍조가 달라지는군요."

김씨 아저씨는 살담배 '장수연長壽煙을 종잇조각에 얹어 요령 있게 칭칭 말고 있었는데, 그 손가락 움직임이 아버지 말로 딱 그쳤다.

"왜 그래?"

"형님은 서당의 전통을 아주 무시하고 있는 거예요."

"허어?"

"아까도 그랬잖아요. 방에 들어오자마자"

"들어오자마자 어쨌다는 거야?"

아저씨는 여유 만만한 태도로 허리를 약간 올렸다. 촛대불로 담배에 불을 붙인 것 같았다.

"그런 벌레 먹은 책만 읽고 있는가 하고 웃었잖아요."

"곰팡이가 슨 책만 읽으면, 머릿속까지 곰팡이가 슬 테니까, 그렇지만 나는 서당을 우습게 여긴 적은 없어. 서당의 역할이 중대하다고 생각해."

그때 나는 아저씨 바지를 잡아끌었다. 아아, 아저씨는 나에게, 이 정영희에게 이야기해 주기로 했는데! 등 뒤의 아버지가 모르게 나는 힘껏 당겼다. 내가 하는 짓을 알아차린 아저씨는 오른손으로 나를 불러, 자기 무릎에 앉혔다. 달콤한 평온함이 나를 에워쌌다. 아저씨 냄새는 마른 풀과 같았다.

"그게 그렇지 않아" 하고 아저씨는 계속했다.

"조선인이 경영하는 사립학교는 닥치는 대로 탄압해. 짓눌려 죽지 않으려면 수업 내용부터 교원의 인선까지 그 놈들의 뜻대로 안 하면 안 돼."

아저씨의 몸속을 통하는 소리가, 저고리를 통하여 땅울림처럼 먼 천둥처럼 내 귀에 들려왔다.

"그런 학교에는 학부형이 아이를 보내지 않아요. 비싼 월사금에다가 일본어를 강요하는 학교 같은 데는"

"조선인이라면 누구라도 그렇지. 그렇게 되면 재정 면에서 망하고 말아, 이대로 가면 우리 민족학교는 조만간에 궤멸하고 말지."

아버지는 아무 말 없이 크게 고개를 끄덕였다. 검은 탕건 테두리 밑에 핏대가 선 어두운 이마, 그리고 치켜 올라간 눈 밑의 높은 광대

뼈를 촛대불이 조용히 비추었다.

"서당은 민족교육을 지키는 마지막 보루라고 해도 좋을 거야."

"그렇습니다."

"우리 아이들이 조국의 문자, 조국의 역사를 배우는 마당은 서당을 빼고는 다른 곳은 나날이 없어지니까."

"그렇습니다!"

아버지는 다시 한 번 크게 맞장구를 치며, 바지 무릎을 움직이고 술병의 목을 잡았다. 그리고 소반 위의 아저씨 사발에 젖빛 막걸리를 넘치도록 더 따랐다. 자기 사발에도 찰랑찰랑 따르자 아버지는 술병을 소반 옆의 원래 위치에 정확히 되돌려 놓았다. 뭔가 다른 곳에 마음을 빼앗기고 있을 때도 아버지의 움직임은 꼼꼼했다.

"형님이 그걸 이해하고 계시면 이의는 없어요."

"나는 오늘날 나라를 사랑하는 접장이 된 자의 책무의 중대함을 알기에, 실은 자네 머리 안이 좀 걱정이 된 거야."

"뭐라고요!"

아버지는 입으로 가지고 가려던 술 사발을 소반에 되돌렸다.

"무어, 그렇게 화내지 말아요,……요컨대, 유학의 효용성은 애초부터 통치자를 위해 있는 것이 아닌가. 그렇다면 적은……왜놈들은 자네가 매우 소중히 간직하고 있는 유교적 봉건사상을 어떻게 보고 있을까?"

"그만 두세요! 추접스러워요. 정씨 가문이 조상 대대로 본받아 온 길이 왜놈과 무슨 관련이 있습니까? 우리한테, 나한테는 이것이 그놈들 동화정책과의 싸움이에요. 합방 전에 우리 집에 있던 모든 것을 바꾸지 않는다는 것, 이 사랑방에 저 서가에 남겨져 전해 온 책……, 형님이 아까부터 바보 취급하고 있는 곰팡이가 슨 이 책들을 나는 썹고,

씹고, 씹어 삼킬 거예요! 내 뇌에서부터 내장 구석구석에 이르기까지, 이걸로 가득 차게 할 거야! 우리 집 질서나 관습 모두 손가락 하나 건드리지 못하게 할 거예요."

보통 때는 차분한 성격의 아버지가 이렇게 흥분해지면 희열 할머니를 꼭 닮아갔다.

"알았어, 주일"

아저씨는 낮고 조용한 목소리로 말했다.

"그것도 또한 중요한 일이지."

"그것뿐이 아니에요. 나는 창가집唱歌集도 입으로 전해 얻고 있어요."

"창가집!"

"모, 모르십니까? 옛날부터 의인의 공적을 칭송하여 아동창가로 만든 거예요."

"허어? 예를 들어 어떤 것이야?"

아버지는 집밖의 낌새에 귀를 기울이는 것처럼, 가는 턱을 비스듬히 당기고 긴장한 표정이 되어, 작은 소리로 노랫말을 빨리 외우기 시작했다.

의병을 일으켜서 싸우다가
끝내 대마도에 갇혀서
일본의 좁쌀은 먹지 않고
조용히 굶어 죽은
최익현의 기개야말로
우리의 모범이어라

늙은 원수 이등박문伊藤博文을
러시아 땅 하얼빈에서 습격해서
삼발삼중三發三中 사살하여
대한만세를 높이 부른
안중근의 그 의기는
우리들의 모범이어라.

"흠 그래서 자네는 아이들에게 가르치는 거야? 그걸,"

소리를 낮춘 아저씨의 질문에 아버지는 말없는 미소로 대답할 뿐이었다. 그리고

"우리 서당도 요즈음 헌병주재소의 감시가 제법 심해졌습니다. 서당 단속 규정이라는 것이 생겼어요." 하고, 낮은 소리로 중얼거렸다.

아버지의 기분이 아주 좋아진 것을 알아챈 나는 아래서 가만히 손을 뻗쳐 아저씨의 두터운 귓불을 잡았다. 내 손에 따라 아저씨는 저항 않고 고개를 기웃했다. 나는 가슴이 두근거려서 그 귀에 소군거리기 시작했다.

"저어, 저어, 해님과 달님은……"

"그놈들의 생각에는" 하고, 아저씨는 내 말을 들어주는 체하면서, 아버지를 향해 말했다.

"조선 전토의 토지조사는 끝났어. 말하자면 갖고 싶은 만큼의 토지를 우리한테서 뺏기는 했는데, 이제는 조선인의 혼을 빼버려야 한다는 거야, 조금 으스스해지지"

"그러고 보니, 자, 이 뒷산도 지금은 총독부림(일본국유림)이니까요. 여태까지처럼 마음대로 산에 나무하러 못 가게 됐어요. 마을사람들은

감시인이 너무 거만하게 굴기 때문에, 노예처럼 엎드려서 고개를 숙이지 않으면, 작은 가지 한 개 주워 올 수 없어. 풀도 벨 수 없어."

"그런가?" 하고 아저씨는 목을 꼿꼿하게 세웠다.

"귀성할 때마다……빌어먹을! 우리 고향도 갈기갈기 됐네, 두보杜甫에게 묻고 싶어, 나라는 멸망하고 산하는 어디 있느냐고."

"이 원한이 면면히 끊이지 않는구나.……자, 마십시다, 형님. 근심하면 바로 술의 거룩함을 알게 된다지요."

"그런데, 주일아 자네 몸은 괜찮은가?"

"아니, 술에는 장이 따로 있다고 말하잖아요. 거기다 오늘밤에는 아들 출생을 미리 축하하는 거예요."

"순산이면 좋겠는데"

"쉬워요, 세 번째이니까요."

"허어, 그런가?"

"형님도 그렇게 언제까지나, 혼자서 유유자적하면 부모님이 속 썩으실 거예요."

"또 설교야, 그러니까 접장은 안 좋아" 하고, 아저씨는 웃으면서 말했다. 나는 즉각 소리를 높였다.

"아저씨! 아까 이야기 계속해 줘요!"

"좋아, 좋아, 아저씨는 영희가 좋아, 아이는 조선의 미래이니까요."

아저씨의 다정한 눈이 나를 보았다.

"저어, 해님과 달님은 왜 번갈아 하늘을 걷게 된 거야!"

"그래, 그래, 그 이야기를 하고 있었구나. 잘 들어 영희야. 앞으로는 잠자코 조용히 듣고 있어야 해, 그건"

"영희! 아저씨 무릎에서 내려 단정하게 앉아서 들어야 해."

아버지 소리에 나는 당황해서 내렸다.

"주일아, 이젠 방해하지 말아요. 마음이 흐트러지면 안 돼."

내 가슴은 설렜다. 이 순간을 얼마나 기다렸을까, 아저씨는 내 손을 잡자, 두 눈을 감고 말하기 시작했다.

"먼, 먼 옛날 어느 날, 해님이 활짝 갠 조선의 자색을 띤 파란 하늘을 산책하면서, 언제나 하던 대로 인간세계를 내려다보고 있었더니, 남강의 맑은 물 위에 지리산의 늠름하고 아름다운 모습이 비춰져 있었어. 그때부터 해님은 자나 깨나 지리산의 남자다운 모습을 사랑하게 되었지. 영희도 마당에서 봐서 알고 있지? 지리산의 초록색은 매우 진하고 울창하게 우거져 있어. 그것은 지리산을 사모한 해님이 매일매일 구름을 털어버리고 녹색 곱슬머리를 덥게 해 주었으니까요, 그런데 가장 중요한 지리산은 활활 타오르는 해님보다 얌전한 달님에게 마음이 끌렸어. 달님은 겉이 그슬린 은처럼 깊고 고요한 빛으로 남강을 비추었지. 지리산은 이 달님을 만날 기회를 즐기고 싶어서, 그 씩씩한 모습을 남강에 비추고 있었던 거야. 자기 산에서 개똥벌레를 풀어놓고, 그 불로 달님의 길 안내를 해 주었어. 너의 상냥한 빛을 이 숲에도 저 늪에도 그리고, 자, 정영희 집의 지붕에도 쬐어 주라고 지리산은 달님에게만 친절을 다 했지만, 자신을 따뜻하게 해 주는 해님은 거들떠보지도 않았지."

온돌이 매우 따뜻했다. 나는 어느 새 아저씨 무릎에 엎드려 있었다.

"해님에게는 지리산의 매정한 태도가 매우 슬펐어. 이런 일을 당하는 것도 달님이 지리산의 마음을 빼앗아 갔기 때문이라고 생각했어. 샘이 무척 난 해님은 어느 날 드디어 달님을 지리산 저쪽 골짜기 밑바닥에 떨어뜨리고 말았지. 그렇게 해서 지리산이 깊이 잠든 밤에

......"

그때 나는 달님과 같이 아저씨의 굵은 무릎을 껴안은 채 골짜기의 밑바닥으로 떨어져 버렸다. 그러자, 잠이 깼다.

"아이고! 주일아, 주일이야!"

요란한 소리가 집 밖에서 들렸다. 그러자 희열 할머니가 사랑방의 미닫이를 들이받으며, 던진 돌멩이처럼 방안에 들어왔다.

"어떻게 됐어요?"

김씨 아저씨는 무릎의 나를 뿌리치고, 그 자리에 우뚝 섰다. 할머니는 한 손으로 가슴을 누르고, 어깨로 숨을 쉬고 있었다. 무언가를 말하려고 하는데 말이 안 나오는 모양이었다. 단호하게 말하듯이 아저씨는,

"정순이가 어떻게 됐어요?"

할머니는 호들갑스럽게 머리를 좌우로 몇 번이나 내저었다. 그러자 자기 생모의 흐트러진 모습을 냉담하게 보고 있던 아버지가 애가 타는 소리를 냈다.

"도대체 어느 쪽이에요? 사내예요, 계집애예요?"

"계집, 계집애요, 우리 며느리가, 아이고, 또 계집애를 낳았어요!"

할아버지의 정실 아내였던 신애 할머니와 달라서, 첩인 희열은 자기가 낳은 이 아들에게 높임말로 말해야 했다. 겨우 거기까지 말을 끝내자 그녀는 마루를 두드리며 울기 시작했다.

한편 아버지는 여자애라고 듣자, 이번에는 자기가 벌떡 일어섰다. 그러나 산실에는 남편이라 해도 가까이 갈 수 없는 풍습이었다. 그는 두 손을 꽉 쥐고 우두커니 선 채, 미닫이 장지의 장살을 쏘아보았다.

"흥 무능한 여자가!"

아버지의 붉고 얇은 입술에서 한 마디가 새어나왔다. 참으로 낮은 소리였다. 아저씨는 신중한 동작으로 방구석에 있던 두루마기를 손에 들자,

"정순도 애기도 무사했군요."

하고 온화하게 말했다.

그러고 나서 매일매일 어린 내게도 숨이 막히는 괴로움이었다. 고향 풍습에 따라, 대문에는 새끼줄이 쳐지고, 소나무 가지와 여자 탄생을 나타내는 숯이 동여매어졌다. 그 바람에 방문하는 사람은 거의 없었다. 아버지는 사랑방에서 한 걸음도 안 나가게 되어버렸다. 때때로 장난꾸러기 주철 삼촌이 가장의 불쾌함을 말하듯이, 울면서 거기를 뛰어나왔다. 두 할머니도 제 각각 울면서 세월을 보내고, 설 준비도 손에 잡히지 않는 것 같았다. 마을에는 2하고 6이라는 숫자가 붙는 날에 장이 서고, 모두들 거기서 물건을 샀지만, 그해 마지막 장날마저 집에서는 아무도 나가려 하지 않았다.

산실을 출입구에서 들여다보면, 가는 짚에 차려 놓은 상 저쪽에 어머니는 혼례 도구인 화려한 이불을 덮고 몸을 눕히고 있었다. 언제 보아도 어머니의 눈꺼풀은 붉게 부어올라 있었다. 그 옆의 검붉은 아기는 언제 보아도 무심코 자고 있었다. 어머니는 나를 보는 것도 귀찮은 듯이 눈을 다른 데로 돌렸다. 나는 그저 어머니의 그런 태도가 슬펐다.……

이상이 아마 내 기억의 시작인 것 같다. 그 뒤 나는 성장함에 따라, 일이 있을 때마다 이 최초의 기억으로 되돌아가서, 내 삶도 거의 이런 식으로 맞아들여진 것이 틀림없다고 생각했다. 그리고 거기에 생각이

미치면, 나는 자기 몸속에서 무언가 작고 이상한 벌레가 출구를 찾아 기어 돌아다니는 느낌이 드는 것 같았다.

훨씬 후년에 일본의 어느 조선인 부락에 살았을 때 일이다. 우리 또래의 주부들은 자주 베니어판으로 이웃집과 칸막이 했을 뿐인 누군가의 집에 모여서, 당면한 괴로운 문제를 서로 의논했다. 그 끝으로는 반드시 고향의 추억담으로 시간이 가는 줄을 몰랐다.

그런데 누가,

"속상했어요, 어머" 하고 기억하게 하면, 누군가가,

"어디를 걸어 봐도" 하고, 민요조의 가락을 붙여서 노래하는 듯이 말했다. 그 다음에는 기다렸다는 듯이 모두 경쟁하는 듯이, 또 양보하는 듯이 번갈아 가며 노래를 계속했다.

"왜놈 헌병!"

"왜놈 경찰!"

"수상했어, 야"

"어디를 걸어 봐도"

"풀이 무성한 들판에 햇빛이 비치는 좋은 밭"

"나무가 무성한 숲에 포플러 너울거리는 가로수길"

"좋은 집, 좋은 가게, 아이고! 모두 일본인 것!" 하고, 마지막에는 한꺼번에 소리를 합쳐서 외쳤다. 그러나 아직 끝나지 않았다. 누군가 익살꾼인 노인이,

"정말 바보 같은 우리들아!"라고 하여 우리 민족의 한스러움을 밝은 웃음으로 날려버리기도 했다. 이름 있는 누가 만든 노래라는 것이 아니었다. 조국의 땅을 그 손으로 일군 경험이 있는 나이의 조선사람이라면, 남녀 할 것 없이 그 마음은 언제 어느 때라도 하나의 노래를

만들 수 있을 만큼 통절한 것이었다. 말하자면 침략의 밀물이 물러간 다음에도, 아직 각자의 마음이나 생활의 구덩이에 남은 바닷물 같은 것이었다.

특히 우리들 여자의 인생에 남겨진 바닷물은 눈물보다 짰다.

나는 일본에 사는 동안에 일본 여자 친구한테, 이런 노래를 배운 적이 있다.

시집 온 밤에 웃었던 며느리를 멀리하여(이혼하여)

에도江戸시대 말기의 센류川柳[4]라는 것이지만, 그걸 들으면서 내 머리 속에는 처녀 때 어머니한테 들은 이야기가 곧 되살아났다.

우리 어머니 김정순金貞順이 정씨 집안에 시집와서 얼마 안 되는 밤의 일이었다. 침실로 물러난 신랑신부는 소년소녀 시대의 추억담에 잠시 시간을 잊고 있었다. 그리고 정순은 남편의 어느 이야기에 소리를 내서 웃었다. 그러자 벽을 두드리는 소리가 나고,

"정순아! 그 소리는 뭐야, 첩 같이"

시어머니 신애의 나무라는 소리였다. 옆방에는 신애와 이전에 첩이었던 희열이 나란히 자고 있었던 것이다.

또 나는 옛 조선의 만화가 생각났다.

어느 곳에 본처와 첩이 친자매와 같이 사이좋게 살고 있었다. 서로 감싸주고 돌보고 질투라는 상스러운 마음은 조금도 없는 듯이 보였다.

....

4 일본 에도시대 중기부터 유행한 5, 7, 5의 3귀 17음으로 된 짧은 시, 풍자나 익살이 특징.

마을의 유력자들은 그녀들을 부덕의 귀감이라고 높이 칭찬했다.

그러나, 여기 호기심 많은 사람이 있었다. 그 마을 사람은 "과연 남의 눈이 없는 곳에서도, 그렇게 사이가 좋을까?" 하고 의심했다. 그리고 어느 날밤, 자는 곳에 살며시 다가가 문틈에서 안의 상황을 엿보았다. 그녀들은 사이좋게 나란히 누워 있었다. 등불의 희미한 빛이 둘의 편안히 자는 얼굴을 밝히고 있었다. 그러나 더욱 자세히 보니 어땠을까? 두 베개 사이에서 본처와 첩의 길게 자란 검은 머리가 서로 엉키고 헝클어져서, 그 싸움은 날이 새도록 끝나지 않았다고 한다.

태어난 집의 여자 방에는 할아버지가 붓으로 '백인당百忍堂'이라고 크게 쓴 종이가 붙여져 있었다. 이 세 글자는 유교와 주자학을 국교로 한 조선 왕조 시대에, 인내를 우리 여자들에게 강요한 것이었다. 합방 뒤에는 그러한 여자의 생활이 더욱 '왜놈 천황'의 식민지 체제에 푹 편입되어 간 것이지만……

3. 도깨비

갓 지은 흰밥이면 늘 같은 김치라도 얼마나 맛있을까!……나는 부엌에 잇닿은 마루에서 삼신三神이라는 하느님에게 감사를 드리면서 아침밥을 말없이 먹고 있었다.

"신애 할머니. 애기 하느님은 언제까지 집에 있어 주는 거야?"

흰밥이 맛있으면 맛있을수록 나에게는 그것이 걱정이었다. 아이를 주는 하느님을 안방의 어머니 머리맡에 모셔 놓는 기간에는, 공물인 흰밥과 미역국을 모두가 대접받는 게 관습이었다. 이런 일이라도 없으면 며느리인 어머니는 물론 여자아이인 나도 도저히 흰밥은 먹지 못한다. 밥 짓기를 마친 솥에서 위쪽의 검은 보리만을 담는 것이 보통이었다.

"문에 금줄이 있는 동안은 계시겠지. 산후병은 목숨과 관계있으니까, 삼신님께서는 오래 계셔 주어야 하니까."

신애 할머니는 자신의 건강한 이빨로 깨물어 으깬 밥을 옥희 입에 손가락으로 옮겨주면서, 태평스럽게 말했다. 민간신앙에서는 삼신이 도망가면 산부와 아기가 병에 걸린다고 생각하고 있었다.

"아아 재미있어. 문의 줄로 하느님 통행금지요."

"바깥에서 오는 귀신놈도 통행금지야, 왼쪽으로 꼰 새끼줄을 귀신이 제일 싫어한단다."

그러자, 그때였다.

"대체 언제까지 여자애가 우물우물 밥을 먹고 있나?"

등 뒤에서 오래간만에 희열 할머니가 기합을 넣었다. 사랑방에 뛰어 들어가서 울었던 그날 밤부터 요 삼사 일 동안 그녀는 전혀 생기가 없었다. 움직이는 것도 귀찮은 듯 했다. 그 대신 입도 조용했던 것이다.

뒤돌아보니, 희열 할머니는 머리에서 물동이를 내리고 있었다. 다 내리자 또아리로 힘찬 소리를 내며 어깨나 옷자락의 눈을 털었다. 그녀의 몸속에서 이제 무언가가 시작되고 있었다. 전보다 조금 세차게……

"아래에 둘이나 생겼으니까. 이제까지와는 사정이 달라. 원래 밥 같은 건 심심풀이로 먹는 게 아니야. 빨랑빨랑 먹고 사랑방으로 가서 밥상을 물리고 와”

아버지와 삼촌 즉 남자는 식사도 여자와는 따로 했다.

“기다려!” 하고 신애 할머니가 말했다.

“영희에게 밥상을 가져오게 한다는 건 당치도 않다.”

“이것저것 모두 차례차례 일을 익히게 해야지, 어찌 된 것입니까?”

“이런, 이런, 대단한 태도인 걸”

“그렇지만 언니, 세 사람이에요, 세 사람! 딸 셋이면 집안이 망한다고 하지요, 만사태평일 수 없지요.”

신애에 대한 희열의 자세가 좀 달라진 것 같았다.

“나라가 망했는데 집도 뭐도 있겠어?”라고, 자포자기로 말한 끝에 신애는,

“어떻든, 이 정씨 집안에 전해온 것은 밥상이든 뭐든, 어디서 주워온 것 하고는 다르니까, 부드럽게 해 주길 바라네.”

희열은, 역시 묵묵히 밥공기를 씻고 있었는데, 역시 우리 집 살림에 책임을 느끼는 듯이.

“영희야, 밥상은 괜찮으니까, 삼촌한테 빨리 소여물을 끓여 달라고 말해 줘요, 정말로 그 아귀는 못난이야. 매일 정해진 일을 어째서 하지 않는 거야.”

마소의 여물은 사랑방 부뚜막에서 끓이는 것이 규칙이었다.

“사내는 소여물을 끓이지 못한다 해도 수치가 아니야. 우리 집은 옛날에는 모두 머슴이 했어.”

신애 할머니는 오늘 아침에는 몹시 말이 많다. 바깥으로 나가보니, 무언가 기쁜 일이 일어날 것처럼 눈부신 은세계였다. 그러나 안뜰까지 갔을 때, 예의 금줄을 친 대문 언저리를 무심코 바라본 나는 거기에서

이상한 광경을 보고 엉거주춤 선 채로 움직이지 못하게 됐다.

귀신들이다! 하고 직감한 것이다.

예부터 외적의 침략과 싸워 온 나라인 조선에서는, 농촌의 우리 아이들이라 해도, 귀신이라고 들으면 기가 죽지 않을 수 없었다. 특히 여자아이는 귀신을 물리치는 방법을 할머니들로부터 배우며 자랐다. 귀신은 부정하고, 깨끗하지 못하며, 교활하다, 그래서 내쫓지 않으면 안 되고 속여도 안 되는 것이었다. 쌍여닫이의 소박한 사립문이 열려 있고, 아버지와 아저씨가 이쪽으로 등을 보이면서 서 있었다. 아버지의 검은 망건과 비슷한 높이에 눈이 쌓인 금줄이 늘어져 있었다. 귀신 놈은 왼쪽으로 꼬인 그 줄이 무서워서, 이렇게 여럿이서 온 것이다, 보시오, 손과 손에 청죽青竹 막대기를 가지고 있다!

나는 손등으로 눈을 비비면서 앞으로 나아갔다. 미친 듯이 춤추는 싸락눈이 속눈썹에 엉혀서 눈이 침침했다. 나는 주철 삼촌이 나보다 먼저 귀신들과 대결하고 있는 것이 분했다. 그는 나에게 마구 뽐내면서도 때때로 나보다 훨씬 기개가 없는 겁쟁이가 됐다. 그런 삼촌에게 지지 않겠다.

봐요, 역시 귀신이다! 덮어쓴 삿갓 밑에 보이는 머리 둘레에서, 저 펄럭펄럭하는 괴상한 것은 이마의 뿔을 숨기려는 것에 틀림없다. 나는 자기의 상상력을 반은 믿고 반은 믿지 않으면서, 마을길에 면해 있는 문 앞의 이상한 옷차림을 한 사람들에게 가까이 갔다. 넓은 소매의 베옷을 입은 그 사람들은 가까이 갔더니, 모두 조선식의 흰 두루마기나 바지를, 그 낯선 옷 아래에 껴입고 있었다. 그리고 우리 집과 같은 귀신 쫓기 금줄을 전대처럼 몸통에 감고 있었다. 귀신이 아니라는 것을 알고 나는 안심하고 또 실망했다.

남자뿐이었다. 신애 할머니 친정할아버지도 있었다. 서당의 늙은 선생도 있었다. 남자 하인에게 고삐를 잡게 하고 당나귀를 타고 있는 노인도 있었다. 그 노인은 흰 수염의 턱을 치켜들고 하인을 가리키며, 당나귀 위에서 아버지에게 말했다.

"어제 이 사람을 심부름 보냈는데 금줄이 쳐져 있어서 그만뒀다고, 용무도 말하지 않고 돌아왔어. 다른 뜻이 있어서 너를 뺀 것이 아니야. 조선왕조를 섬긴 양반가문이라면 처음부터 끝까지 상복을 입는 건 당연한 일이고……"

"산가産家라 해서 특별히 배려해 주신 사정은 알겠습니다. 그러나 우리나라 전래의 관습이라고 하나, 삼신 같은 건 원래, 고작 아녀자의 신앙심이 아니겠어요. 그와 달리 이 태왕님의 홍서薨逝는 천하의 대사大事, 유생 나부랭이로서 유례儒禮를 따른 통곡식의 말석이라도 더럽히지 못한다면 조상에게 면목이 서지 않습니다."

묘하게 뚱하고 끈덕진 모습으로, 젊은 아버지는 나귀 위의 노인을 물고 늘어졌다.

"빨랑빨랑 준비하고 따라오면 돼."

애가 탄 다른 서리가 말했다. 그러자 그 서리 쪽을 향해,

"아시다시피 아버지 탈상은 4년 전에 끝났고, 삼회기일忌日에 상복과 상장喪章 일체를 태워버렸기 때문에 갑자기는 준비하지 못합니다."

"내일도 모레도 아침 이 시각에 여기를 지나서 언덕으로 올라가게 돼 있네. 내일부터 참가하게나."

하고 신애 할머니의 오빠가 되는 사람이 말했다.

"정군, 자네는 이제부터 서당에 아이들을 모아서, 이 태왕님의 가엾은 생애에 대해 잘 이야기 해 주시오. 나는 산 위의 통곡식을 끝내면

거기에 얼굴을 내밀겠어." 하고, 아버지의 대선배가 명령했다.

"그러나 한 선생님! 우리 황제 고종 폐하는 조용히 지내신다고 하나, 병에 걸리셨다는 것은 소문도 못 들었습니다. 왜 이렇게 갑자기 돌아가시게 됐는지요? 도무지 저는 못 믿겠는데요."

그러자 많은 사람들이 일제히 와글와글 떠들었다.

눈길이 추운지, 어느 목소리도 몹시 화가 난 듯 했다.

"뭐야 자네 그것도 모르는 건가?"

"왜 멍청히 서 있는 거야!"

눈은 내리는 것이 아니고, 땅 밑에서 끓어올라, 바닥이 없는 회색 공간으로 빨려 들어갔다.

"자 자 여러분!" 하고 당나귀에 올라탄 흰 수염의 노인이 푸른 대나무의 상장喪杖으로 그 공간에 원호圓弧를 그렸다. 지팡이 끝은 금줄에서 아주 가까운 곳에서 멈췄다. 마침 그 근처에 한 조각의 숯이 꽂혀 있었다. 숯은 하얀 모자를 푹 뒤집어쓰고, 그 밑에서 검은 알몸의 턱을 조금 내비치고 있었다.

"이거 봐요, 가엾어라, 그리고 여자아이 같아, 울적하게 지내고 있었던 거지, 여봐요, 주일아, 이 태왕 전하께서는 왜놈에게……"

그러자, 그때 밭 아래쪽으로부터 한바탕 질풍이 불어와 노인의 쉰 목소리를 삼켰다. 깊숙이 밭을 덮은 눈 이불이, 위 껍데기가 한 장 벗겨지면서, 흰 불길이 문 앞에 모인 사람들 뒤에서 활활 타올랐다.

"아!"

"아이고!"

"제기랄!"

길에 있던 사람들은 한결같이 삿갓을 잡고, 혀를 차며 몸을 서로 의지했다. 삼베옷 아래 입고 있는 것은 모두 순백의 예복이었고, 상喪 모시짚신 끝까지 흰빛이어서 그들의 움직임은 나는 듯이 가뿐하게 보였다. 밤색 당나귀 주위에서, 이것 또한 흰 그들의 삿갓이 서로 부딪혔다. 문 이쪽에 있는 우리는 주위의 담이 지켰다. 담이라면, 생가의 담은 조상대대 양반의 꼬리에 붙어온 정씨 집안의 성격을 잘 말하는 것 같았다. 어느 대代였는지 모르나, 부유한 양반 지주의 저택을 흉내 내어, 돌과 황토로 튼튼한 담을 두르기는 했지만, 그 이상은 아무것도 흉내 내지 못한 것으로 보이고, 기와지붕 대신에 소나무 가지를 덮고 있었다. 지금은 그 소나무 지붕도 눈에 덮여서 마치 담 위에서 흰 뱀이 몸부림치고 있는 것처럼 보였다.

"나리!" 하고 큰 소리가 났다.

"언덕으로 올라가는 것은 나리한테는 어려울 것입니다."

당나귀의 재갈을 잡고 있는 이 젊은이는 걱정스러운 얼굴로 당나귀 위의 늙은 주인을 뒤돌아보았다. 그 한 사람은 보통 농민답게 낡은 도롱이를 입고 불그스레하게 색 바랜 갓을 쓰고 있었다.

나귀 위의 노인은 등을 구부리고 숨을 죽이고 있었다. 그래도 흰 턱수염은 눈보라에 시달리고 얼굴을 가리는 삼베는 갓 아래서 펄럭였다.

돌풍이 가라앉자, 노인은 금방 등을 폈다.

"아니, 뭐 이까짓 일로…… 이왕 조선의 마지막 빛이 영원히 사라져 없어진 거야. 이 말라서 피골이 상접한 늙은 몸에, 이 이상 무슨 목숨이 아깝겠어, 그러나 가령 경성을 내려다보는 하늘이 활짝 개어 있다면 얼마나 슬플까, 보라, 통곡하는 조국의 하늘이……" 하고, 나귀 위의 노인은 심줄뿐인 목을 보이며, 눈발이 가늘어지는 회색 하늘을 우러러보았다.

"어제 밤에는 한숨도 자지 못했다."

그는 하늘에 호소하듯 혼자 말했다.

"그런데 이 임금님은 왜 돌아가셨는데?" 하고 아버지는 기다리다 못해 다른 사람들에게 물었다.

"왜놈들이 독을 탄 것 같대."

"네? 그러면, 독살?"

"독살?"

"앗, 독하다!"

주철 삼촌이 얼빠진 소리를 했다.

"어쩌면……. 어쩌면……"

아버지 것은 말이 되지 않았다.

"그렇지만, 난 어제 시장에서 이렇게도 들었어."라고 어느 사내는 덮어쓴 갓을 돌리며 모두의 얼굴을 보며 말을 꺼냈다.

"내가 들은 이야기로는 이태왕 전하는 자해하셨단다."

"그건 또 왜?"

누군가가 금방 물었다.

"설마, 신체발부身體髮膚는 부모에게서 받은 것이야."

"나라도 머리털도 깎지 않고 있는데"

"첫째, 자해하셨다면 너무 늦어요."

그러자, 이 소리에 대해 누군가가,

"너무 늦다니, 그럼 자네는"

"어이, 어이, 나한테 그 뒤를 말하게 해야지. 자, 동경에서는 황태자 전하가 왜놈의 뭐라고 하는 황족의 딸을 신부로 억지로 떠맡았잖아?"

"나시모토梨本 아니야?"

"목숨 걸고 항의를 하셨던 것인가?"

"국치적인 일이니까"

"아버님의 상을 입는 동안 은璟 전하는 거식을 피할 수 있지."

"생각을 하셨네."

"이건 또, 얼마나 애처로운가."

사람들은 콧물을 훌쩍거리거나, 기침을 콜록거리며, 흥분한 소리를 서로 내질렀다.

"그것도 말이야" 하고 남자의 말은 아직 계속됐다.

"일본으로 연행되기 전에 은 전하에게는 버젓한 조선 처녀인 약혼자가 계셨어."

"뭐야, 그 사이까지도, 그놈들은 갈라놓았구나?"

"파혼을 강요당했다는 이야기다."

"어쨌든 개새끼들이 하는 짓이야."

"그 처녀의 아버지라는 사람이 이 태왕님의 측근이야. 이 사내가 또 이 태왕님이 돌아가신 날에 갑자기 죽었어, 이것도 자해설이야. 잘은 모르나 태왕님 유해 곁에 쓰러져 있었다고 한다."

그때 사람들은,

"에이그, 아이고!"

"아이고! 제발 살려줍쇼."

"제발 살려줘, 살려줘."

등등, 한꺼번에 된소리를 내면서 흩어졌다. 보니까 당나귀가 김을 내며 시원하게 오줌을 누고 있었다. 발밑의 눈길에 순식간에 노란 구멍이 났다.

"눈물이라고 생각하시오. 당나귀의 통곡식이야." 하고, 나귀 위에서 노인이 말했다. 당나귀는 온화한 눈을 깜박였다. 사람들은 무엇인가 짧은 농담을 제각기 말하며 웃음소리를 냈다.

"그렇지만 이상하네요!" 하고, 즉시 아버지가 가로막았다.

"은 전하의 혼례식은 양력 일월 말로 알고 있는데…… 어이 주철, 오늘은 양력 며칠이야?"

뒤쪽의 동생을 향해 작은 소리로 말했다. 주철 삼촌은 모두를 향해 소리를 높였다.

"오늘은 2월 7일, 토요일입니다. 이제 나흘 뒤면 기원절紀元節[5]입니다."

말을 마치자, 곧 나를 돌아보고 콧방울을 벌름거렸다. 그 순간 아버지의 팔꿈치가 삼촌의 저고리 가슴을 세차게 쳤다.

"이 천치 같은 녀석 같으니!"

삼촌은 맥없이 엉덩방아를 찧었다.

나는 어깨를 움츠렸다. 기쁘기도 하고, 불쌍하기도 했다. 그래서 나는 다정하게 삼촌에게 말했다.

"할머니가 여물을 끓이라고 하던데"

"알고 있다! 너 같은 건 이걸 먹어라!"

그는 엉덩방아를 찧은 채로, 눈에 처박힌 두 손을 확 올렸다. 그 순간 내 얼굴과 어깨에서 눈덩어리가 튀었다. 엉겁결에 나도 웅크리고, 눈에 양손을 처박았다. 뒤에서 일어난 일이라 아버지는 알아차리지 못했다.

"요컨대 혼례식은 벌써 끝났을 텐데……"

---

5 1872년 일본의 초대 천황인 신무神武 천황의 즉위를 기념하는 날로, 2월 11일이다. 지금은 건국기념일이라고 한다.

"돌아가신 것은 훨씬 전이야."

"그럼 도대체 숨겨져 있던 겁니까? 우리에게는 임금님이 돌아가신 것을 알 권리도 없다는 말입니까?"

주철 삼촌은 뻐드렁니 입을 딱 벌리고 아버지 옆얼굴을 보았다. 나도 눈을 버리고 손을 털었다.

"아니 돌아가셨다는 기사는 신문에 나왔다고 해, 알고 있던 사람도 있어."

나귀 위의 노인이 뒤쪽 말을 천천히 분명히 했다. 그러자 여기저기서 갓이 돌고 뭐야? 왜 가만히 있었어?라는 소리가 일어났다. 그 소리를 들은 하나가,

"하여튼 산속의 집이라 신문도 늦게 와."

"거가다가 닿았다, 열었다, 예, 계셨다."

"뭐가 계셨나?"

"둔하군, 헌병보조원이야."

"그거야, 나도 섬뜩해, 언젠가 진실이라면 면사무소에서 정부 고시가 나오겠지 하고 생각했거든."

"거기, 거기, 거기야." 하고, 나귀 위의 사람이 말을 받았다.

"우리 노인은 거기서 화가 나는 거야. 왜놈의 메이지 천황 승하 때는 면사무소 직원들 눈빛이 변했어."

"집집마다 일본식의 검은 완장을 사게 됐지."

"봐요, 이토 히로부미伊藤博文의 장례식도 그건 합방 전이지만 면장이 앞장서서 요배식遙拜式을 우리에게 하게 했지."

"그래서 면장들은 지금 뭘 하는 건가요?"

"같은 거지, 왜놈 관리들과 술을 마시고 법석을 떨고 있지!"

"술잔치다, 기생이다!"

"정말, 양반이 상종 못할 놈들이요."

"여기에 없는 양반은 왜놈에게 꼬리를 치고 돈을 번 놈뿐이야."

"호랑이도 제 말하면, 봐요, 그 하나가 왔어, 이런, 마음이 변했나봐, 상喪갓이네." 하고 나귀 위의 노인은 눈웃음을 지었다.

"누구?"

"누구예요?"

"절름발이가 말 재갈을 잡고 있어, 이인식李仁植이다. 그 남자는 우리와 똑같은 양반이라도 선대가 큰돈을 들여서 산 신분이야. 이래 보여도 이 왕가의 녹을 먹은 자가 조상에는 하나도 없어라고, 우리 집 하인에게 큰 소리를 쳤다고 해." 하고 나귀 위의 노인은 웃으면서 말했다.

"흥 미친놈의 벼락부자!"

"철면피한 쌍놈이!"

"어쨌든 이왕조선도 말세였어, 썩은 군수에게 돈을 쥐어 주면, 양반의 신분도 살 수 있었지, 조선인의 혼도 나라마저도 돈으로 바꾸는 놈들…… 여러분! 우리 혼도 팔리지 않도록 조심하오."

정말이야, 지겨운 놈이 왔구먼, 그런 놈한텐 알리지 않았으면 했어, 등등 중얼거리는 사람에게,

"아니, 여러분" 하고 나귀 위의 노인은 목이 쉰 소리를 질렀다.

"이건 몰래 하는 일이 아니야, 저런 패들에게야말로 보여 주어야해! 자, 가자."

"주일! 막걸리 한 잔씩이라도 모두에게"

신애 할머니 오빠가 되는 사람이 말했다.

"아이고, 이건 깜빡했어요! 여러분 편히 쉬십시오, 자 아무쪼록"

아버지는 당황하여 소리를 냈다. 그러자 또 나귀 위에서,

"뭐라고, 주일! 우리가 술을 삼가자는 약속을 한지 얼마 안 되잖아, 정월에도"

"내일부터라고 합시다!"

즉시 누군가가 말하니, 찬성! 찬성! 이렇게 쌀쌀해지면… 등등 제각기 말하기 시작했다.

나귀 위 사람의 상장喪杖이 휭 하니 눈을 헤쳤다.

"여러분 몇 번이나 말하지만 여기는 산가産家야. 상주의 이 몸차림으로 금줄을 모독하면, 삼신의 뒤탈이 정씨 집안뿐으로 끝나지 않을 거야."

노인은 엄숙하게 말했다.

어! 살려 줍쇼, 살려 줍쇼! 아니, 걸으면 더워진다, 가, 가자! 갓이 움직이기 시작했다. 삼신, 아 추워! 삼신, 오 무서워! 삼신, 삼신, 아, 무서워……사람들은 누구부터랄 것 없이 소리를 맞춰, 발을 맞춰 떠나갔다.

아버지는 발길을 돌려 몸채로 서둘러 갔다. 삼촌은 사랑방에 들어갔다. 그 등에 대고 나는 외쳤다.

"삼촌, 귀신이라니, 남자들의 이야기야?"

"가르쳐 줄 테니까, 홍시 가지고 와!"

아저씨는 먹보, 이른 아침부터 홍시 같은 것 누가 줄까……나는 그렇게 판단하자, 밴들거리는 주철 삼촌 같은 사람하고 상대하지 않기로 하고 몸채로 향했다.

그러자, 저쪽에서 아버지가 깡마른 어깨를 으쓱 치키고 흩날리는

눈에 숨을 토해 내면서 되돌아왔다. 험상궂은 눈썹에 눈이 앉아 있어서, 아버지 얼굴이 어쩐지 늙은이 같았다.

나는 무릎까지 눈에 묻혀가며 길을 열었는데, 아버지는 나는 거들떠보지도 않고 지나갔다. 나막신 속에 눈이 가득 차버렸다. 나는 나막신을 벗었다. 버선으로 싼 발은 이미 얼어 있었다. 그러나 그 발은 눈길 위에서 꿈처럼 가벼웠다. 나는 양손에 나막신을 들고 쏜살 같이 달리기 시작했다. 몸채 가까이 오자, 나는 나막신을 내리고 발을 집어넣었다. 그리고 뒤를 돌아보았다.

그것은 아버지가 금줄에 손을 내민 찰나였다. 아버지는 온 힘을 다해 줄을 힘껏 잡아끌었다. 눈덩어리가 후드득 후드득 아버지에게 내려 덮이고, 줄이 사뿐히 빠져 떨어졌다. 아버지는 그걸 끌어당겨서 뭉쳐, 대문 바깥에 내던졌다. 그러자 대문 저쪽에 농삿집 도롱이를 걸친 사람이 나타나고, 이어서 삿갓을 쓴 사람을 태운 당나귀가 나타났다. 아버지는 허리를 굽혔다.

나는 어두운 토방에 들어갔다. 키다리라고 별명이 붙여진 아주머니가 문턱에 앉아 있었다. 그 발밑에는 텅 빈 물동이가 있었다.

"정말이지, 그런 건 조금도 듣지 않았어."

바닥에 웅크리고 앉아 있던 희열 할머니는 그렇게 말을 끝내고는 작은 망치를 치켜들었다. 커다란 다듬잇돌 위에 내 정강이만큼이나 긴 북어가 놓여 있었다. 이것은 조리하기 전에 이렇게 두드리고 두드려서 껍질을 몸에서 떼어내는 것이었다. 드디어 정월이 오는 것이다!

"그런데 도망친 것은 알고 있으면서 왜 아무 말도 안 했어?" 하고 키다리 아주머니가 말했다. 나는 온돌 아궁이에 진을 치고 톡톡 튀는 불쑥으로 젖은 버선발을 쑥 내밀었다.

"도망쳤다?"

희열 할머니는 듣고 따졌다. 자, 싸움이다! 하고 나는 즐거워졌다.

"도망쳤다 라니, 어떻게 그런 말 하는 건가!"

"그럼 그렇지 않은가, 여기저기 빚을 떼어 먹고"

"그 여기저기라니, 도대체 어디하고, 어디하고, 어디인데?"

희열 할머니는 망치를 들고 일어섰다. 그리고 친구 옆에 나란히 앉자 나무망치로 문틀을 탁 치고 계속했다.

"알겠나? 최씨 일가는 빚을 돌려주기 위해 울며 고향을 버린 것이 아니야. 나는 잘 알고 있지. 그 집은 이인식의 고리채와 시장 빚의 이자로 망한 거야. 시장 장사꾼의 연리라 해도 칠 팔부인데, 그 빌어먹을 양반인 색골 영감의 현물 돈놀이라 하면 연리 5할이라고, 5할!"

희열 할머니는 거기서 또 바닥을 탁 두드렸다. 나는 이런 여자들의 입씨름을 들으면서 자랐지만, 그것은 대개 다른 사람의 일이었다. 그래도 그녀들은 쉽게 타협 안 했다.

"흥, 바보 같은" 하고 키다리 아주머니는 냉소하며 시작했다.

"지주의 현물 돈놀이는 연 5할이 시세야. 금융조합이 생기기 전에는 봄의 보릿고개에 빌리고, 가을에 갚아, 5할 정도 빼앗겼지. 반 년 이자가 5할이야, 그러니까 일 년 빌리면 5가마 빌린 것은 10가마로 해서 갚아야 해, 자네 전라도 일은 모르지만요."

"흥 자네 집에서는 색골 영감의 소작을 하는지 몰라도, 최씨는 아니야. 거기 논은 토지 조사로 공교롭게도 왜놈 것이 됐으니까."

"우리 집 산도 마찬가지요."

"그러니까 최씨는 일본인 지주의 소작은 안 해. 그놈은 진주의 일본인 집에 살고 있으면서 소작료의 징수는 이인식에게 맡겨 놓았던 거야."

"난 그런 것을 들으러 온 것이 아니야. 그런 일은 자네에게 듣지 않는다고." 하고, 키다리 아주머니가 볼멘소리로 말을 하자, 희열 할머니는 망치로 바닥을 두드리고,

"좀 기다려 봐. 이인식 놈은 최씨가 소작료를 밀리는 것을 기다렸다는 듯이, 해마다 현물로 꾸어 주는 것을 강요하고, 덕택에 일본인 지주에게는 힘 안 들이고 소작료가 들어오고, 겨우 5년도 안 되었는데, 강가의 몹시 아끼던 마지막 땅도 이인식에게 몰수당하고 말았던 거야."

"그렇지만요."

바닥에서 금방 또 탁 소리가 났다.

"그러니까, 최씨 집은 왜놈의 소작료도 이인식의 현물로 꾸어 주는 것도 떼어먹지는 않았어. 그걸 뭐라고? 여기저기 떼어먹었다니, 도망쳤다니, 조금은 그 집의 처지에 서서 말해야지."

"자네도 조금은 우리 집 처지를 생각해 봐요. 자네 집은 실패한 것도 없어 아무렇지도 않으니까, 겉치레만으로 될지 모르나, 우리 집은 최가 금융조합의 돈을 빌렸을 때 연대보증의 도장을 찍었단 말이야. 그거야 가난한 사람끼리는 피차일반이니까요. 우리 집도 최한테 도움을 받은 적이 여러 번 있었지만."

"그 이야기는 도대체 언제 일어난 것인가?"

희열 할머니는 조용해져서, 혼잣말처럼 말했다. 온돌 아궁이 위에 올려놓은 놋쇠 남비에서 빨래가 소리를 내며 삶아지고 있었다. 옆방에서는 신애 할머니가 물레를 빙글빙글 돌리고 있었다.

"바로 반달도 전의 일이야. 추순秋順 엄마(최의 아내)가 와서, 금융조합 같은 것은 부자밖에 쓸 수 없는 전당포인줄 알았는데, 회비 내고 보증인 5명만 만들면 그럭저럭 빌려주는 방법이 있다고 해. 엄청 이자가 싼데, 그렇다면 우리도 빌렸으면 하고, 우선은 최를 도와줘야지 하고 아버지도 말했어요. 힘든 것은 우리 집뿐만이 아니야, 하여튼 가난뱅이는 가난뱅이끼리 서로 도와주는 거야, 이 이야기, 그런데 자네 정말로 듣지 못했던 거야?"

"조금도 못 들었는데, 우리 집에서는 도장도 돈지갑도 형님이 갖고 있는데, 나는 한눈팔지 않고 일하는 것뿐이에요. 그런 사정은 최씨 집도 잘 알고 있으니까, 그런 이야기는 나한테는 처음부터 가지고 오지 않았어요."

희열 할머니는 눈을 내리깔고, 망치 손잡이를 앞치마 끝으로 문지르면서 힘없는 소리를 냈다.

"난 모르겠다!"

키다리 아주머니는 퉁방울눈에 슬픈 표정으로 긴 목을 흔들면서 한숨 쉬는 듯 말했다.

"몰랐다고 하는데, 왜 최씨 집이 텅 빈 집이 될 때까지 자네가 모르는 체 하고 있었는지"

"그건 자네, 그 집에서는 원수의 일본에 먹을거리를 찾아서 간다는 것, 몹시 부끄러워하며, 떠들지 말고, 반드시 금의환향해서 돌아오니까, 그때까지 아무 말하지 말라고, 눈물을 흘리면서 말하니까요."

"말은 잘했는지 몰라도, 또 주일엄마(희열) 같이 똑똑한 사람이 죄다 곧이듣고요."

"흥, 자네는 고향 버리는 슬픔을 모르지만요, 나는 곧 동정하게 되네요, 나는 고향을 버렸다 해도 아직 이렇게 내 나라에서 살고 있어. 전라도 것, 첩 따위, 등등 몹시 구박을 받기도 했는데, 상대는 모두 자네 같아도 조선인이잖아. 그래서 지금도 말할 수 있어. 응, 자네, 내가 지금 이런 처지에 있는 게 누구 탓이야? 왜놈이 이전 남편을 죽이고 집을 태우지 않았더라면, 나는 첩 따위로 불리지도 않아! 이 세상에 왜놈만 없으면, 아무리 가난해도, 훨씬 더 나은 삶을 살 수 있었어. 이래 보여도 내 배는 처음부터 고추 달린 사람을 밸 수 있었으니까요. 그렇지! 거기다가 전 남편은 가난한 농민이라도, 배짱도 인심도 좋은 사내였고, 그것이 진짜 행복이었지. 흥, 양반이 뭐야!"

희열 할머니의 짙은 눈썹이 떨리고 젖은 눈을 깜박거렸다. 키다리 아주머니는 머뭇머뭇 뒤를 돌아다보았다. 그러나 물레는 여전히 붕붕 울리고 있었다.

"그런데, 그 사람보다 자네는 행복하지. 친 자식, 친 손자들에게 둘러싸이고, 거기다가 여기는 우리 집과 비교하면 큰 농가고요."

키다리 아주머니는 희열의 뾰족하고 가는 코끝을 곁눈으로 내려다보면서 동정하는 듯이 말했다.

"그런 건 위안의 말에 지나지 않아. 주일도 주철도 내 자식이었던 것은 이 뱃속에 들어 있었을 때뿐이야."

희열은 내뱉는 듯이 말했다.

"설마!"

"그렇다니까, 나는 내 배를 아프게 한 아이에 대해서도 무엇 하나 말참견하지 못했어. 그러니까 주일을 봐요. 오른쪽 것을 왼쪽으로 옮기지도 못 하는 약골이 돼 버리고, 어떤 집안인지 모르지만 형님을 꼭 닮은 겉치레꾼이 돼 버렸지. 어린 아이가 둘이나 있어도, 애초부터 농

사할 마음이 없었어. 거기다가 또 계집아이가 한 마리 늘어났어. 이래
서는 아무리 뼈가 가루가 되도록 일한다 해도 소용이 없어."

"그러고 보니, 정말로 자네도 쉽지 않네, 언제 봐도 빠릿빠릿하게
행동하고, 걱정거리도 없는 것처럼 보이는데요."

"그거야 우리는 돌아가신 주인이 제대로 땅을 신고했으니까, 아무리
가운이 기울었다 해도, 소작료를 5할이나 빼앗기는 자네 집보다 훨씬
편하겠지. 그러나 자네는 여자로서 새 치마저고리에 팔을 넣어본 기억
이 한두 번은 있겠지? 나는 이 손으로" 하고, 희열은 트고 울퉁불퉁한
손등에 눈길을 주면서 음미하듯이 말했다.

"나는 이 손으로 얼마나 짜 왔는지 모르지만, 새 치마저고리를 단
한 번도 입어본 적이 없어, 단 한 번도"

"자네만큼 짜는 사람이! 정말로 자기 것은 한 장도 짠 적이 없어
요? 남의 일은 알아차릴 수 없는 것이군요."

키다리 아주머니는 긴 목을 천천히 흔들었다.

"치마저고리는커녕 속옷에 이르기까지, 형님의 물림이야, 주일이 장
가를 들 때도, 물려받은 걸 새로 꿰매서 입었지. 그것도 일일이 고맙
다고 말을 하고 받는 거야. 모두 자는 동안에도 나는 자지도 않고, 누
에 치고, 실을 뽑고, 이 손으로 짜고, 그리고 누렇게 낡아지는 것을 기
다려서……, 네 대단히 감사합니다! 대단히 감사합니다!"

희열은 나무망치를 양손으로 들고, 삼가 받는 식으로 해 보였다. 키
다리 아주머니는 집어삼킬 듯이 입을 열고, 퉁방울눈을 뱅글뱅글 돌렸
다. 그러나 희열은 갑자기 어깨를 떨어트리고 차근차근 털어놓았다.

"이런 일은 누구에게도 한 번도 말한 적이 없다오, 그런 셈치고 들
어 줘요."

키다리 아줌마는 더욱 더 진지한 눈빛이 되어, 등을 구부리고 희열에게 얼굴을 맞대었다.

"나는 그렇게 얼굴을 수그릴 때마다, 마음에도 없는 사의를 말하는 이 혀를 차라리 깨물어 잘라서 죽어버리고 싶은 생각이 나는 거야. 원래 이 내가 바보였지. 나는 돌아가신 나리의 도움을 받았을 때, 아기를 업고 방랑하고 있었지. 젊은 탓일까, 거지보다 첩이 낫다고 생각한 것으로 내 운이 다한 거였지. 그대로 거지로 지냈더라면 이런, 이런 한심한 생각을 안 해도 될 것이 아닌가. 설령 길바닥에서 자도, 거기에는 모자가 등을 펴는 행복이 충분히 있었을 게 아니냐고!……거기다가" 하고 희열 할머니는 계속했다.

"그 애만은, 전 남편의 아이만은 내 손으로 훌륭한 농민으로 키울 수 있었을 텐데. 아무도 말참견 못하게"

"그러고 보니 그 아이를 하다못해 여기에 있게 해주지 못했을까? 지금쯤은 좋은 사내가 돼서 반드시 자네를 도왔을 텐데."

"아이고! 정씨 집안 노예는 나 혼자면 충분해. 그거야 돌아가신 나리도 신애 형님도 두어라, 두어라 했지. 개구쟁이 일이라 먹다 남은 밥이라도 주고, 그 근처에서 뒹굴게 놓아두면, 머지않아 좋은 일꾼이 된다. 부부가 같이 그렇게 계산하는 속마음을 들여다보았으니까 의표를 찔렀지. 내 경우도 주판알 굴린 끝에 내린 결정이겠지. 첩이라도 두면, 봐요, 자못 양반 같고 보기에 좋잖아? 그리고 헌옷을 입히고 일을 시키고"

"그 김에 배도 빌리고"

"바보!"

"그래도 그 일이 가장 중요하지. 그 사람은 남자를 낳지 못하는 여자니까"

"아이고, 여자는 서러워, 그때 형님은 하염없이 울며 부탁했지. 나쁘게는 하지 않을 테니까, 남편 말 잘 듣고 제발 정씨 집안의 후사를 낳아 달라고, 그때까지 아주 친절히 해 주고 나서의 일이잖아? 나는 그렇게 안 하면 형님에게 미안하다고 생각했지. 겨우 열여덟 때니까……. 그랬더니 봐요! 자네들은 입버릇처럼 전라도 치기는 엉큼하다, 엉큼하다고 하지만, 내가 말한다면, 경상도 치기가 훨씬 엉큼하지."

"전라도 치기라도, 주일 엄마, 자네는 다르지, 자네 뱃속은 후련하고 깨끗해서 누에처럼 뱃속이 들여다보이지."

"얼레? 자네 겉보기와 달리, 제법 재미있는 말을 하잖아. 내 배가 누에 같이 비쳐 보인다고?"

희열 할머니는 살이 얇은 볼에 보조개를 지으며 고개를 갸우뚱했다. 이런 몸짓을 할 때, 우리 할머니는 깜짝 놀랄 만큼 아름답고 여자답게 보였다. 그러나 키다리 아주머니는 그 희열 할머니의 허리 부근을 주먹으로 쿵 하고 두드렸다.

"바보 같이, 이 부근이 누에처럼 비쳐 보이니까, 돌아가신 나리가 노린 것 아니야. 됐다, 이건 아들만 낳는 여자다, 쏘아라! 했던 거지."

"이 여자가! 그만두지 못해!"

희열은 나무망치를 치켜들었다. 아주머니는 팔꿈치를 펴고 자기 얼굴을 감쌌다. 그러자, 그때 삐꺽 소리가 나며 부엌문이 열리고, 아버지가 들어왔다. 키다리 아주머니는 재빨리 일어서서 쌓아올린 장작 위에 올려놓은 도롱이를 손에 들었다.

"안녕하세요? 선생님. 비가 많이 오네요."

키다리 아주머니는 지나칠 정도로 정중한 말로 붙임성 있게 인사를 했으나, 아버지는 어깨를 조금 치켜올리고, 약간 고개를 끄덕했을 뿐 나막신을 벗었다. 희열 할머니도 어느덧 문틀 앞에 앉아서, 북어를 향해 나무망치를 치켜들고 있었다. 아주머니는 도롱이를 입고, 항아리 밑에 까는 짚으로 만든 또아리를 머리에 올리자, 텅 빈 물동이를 겨드랑이에 끼었다.

"아이고, 어떻게 새해를 맞아야 하는지, 해마다 고통스럽기만 하군, 정말로 싫기만 해."

아주머니는 진지한 소리로 푸념하면서 문을 밀었다. 희열은 꿰어 말린 북어 묶음에서 재빨리 두 마리를 함께 뽑아내어, 가라앉은 목소리로 말했다.

"이거 가지고 가게."

아주머니는 물동이를 두고 도롱이 밑의 앞치마 끈에 두 마리의 긴 북어포를 꽂으면서,

"어때? 이건 일본인 교사네요!"

마을의 보통학교 일본인 교사는 헌병이나 경관과 마찬가지로 사벨[6]을 허리에 꽂고 있었다. 장난치는 아주머니 귀에 속삭이는 듯이 말했다.

"떡 치는 쌀 훔쳐서 갈 테니까, 믿고 기다려"

키다리 아주머니는 눈을 껌벅거리면서 고개를 깊이 끄덕였다. 그러자 안쪽이 갑자기 시끄러워졌다.

어머니와 아기가 자는 안채 대들보에 신애 할머니 손으로 만든 하얀 조선종이의 오리가 붙어 있었다. 그 밑의 마루에는 전에도 말했듯

---

6 sabel, 허리에 차는 서양식 칼

이 미역국과 흰밥의 제물이 놓여 있었다. 사실은 이렇게 삼신을 모시는 기간은, 남아가 태어난 경우는 28일, 여아가 태어난 경우는 14일이라는 규칙이 있었다. 그러나 그런 것은 부잣집이라면 몰라도 보통 농민 생활에서는 도저히 지키지는 못했다.

삼신이 집에 계실 동안에는 산부는 산욕에 누워 있는 것이 관습이지만, 일꾼인 며느리에게 그렇게까지 편히 자고만 있게 해 줄 수는 없는 노릇이었다. 그래서 임기응변으로 삼신에게 물러가 주시라고 하는 것이 보통이었다.

그러나 삼신은 아기를 태어나게 해주셨을 뿐 아니라, 산부와 아기의 무사함을 보장해 주시는 고맙고 고마운 신이시다. 그리고 상당히 까다로운 분이시고, 자칫 기분을 상하게 하면 스스로 지체 없이 도망가 버리신다. 예를 들어 주철 삼촌이 흰밥을 도시락에 싸서 학교에 가지고 간다. 그러면 그 흰밥은 자기 것이라고 주철을 따라 집에서 나가 버린다. 그 순간 산부의 젖은 멈추고 아기는 자라지 못하게 된다. 또한 삼신은 부정을 싫어하니까, 섬기는 동안은 산실은 신역 즉 성지로서 사람의 출입을 금지하는 것이다. 가장이라 해도 접근하는 것은 허용 못한다.

그러나 그날, 양반 나부랭이로서 산 위의 통곡식에 참석하는 영광을 입지 못한 아버지는, 무지한 여자들이 소란피우는 삼신을 이제 너그러이 봐줄 수 없었다. 성지로 들어가지 못하게 하는 신애 할머니를 아버지는 거의 들이받듯이 해서 안채로 뛰어 들어가자, 대들보에 모신 예물을 느닷없이 잡아당기고 아내를 향해 소리쳤다.

"예복을 내놔! 오늘 안에 상복을 준비해!"

부정으로 으뜸가는 것은 죽음이다. 죽음과 사귀邪鬼는 하나인 것이다. 50이 된 신애 할머니 머릿속은 다른 여자들의 누구보다도 이런 신앙으로 단단히 굳어져 있었다.

"아이고! 상복이라니, 재수 없는 소리, 미쳤나?"

그녀는 몸을 짜내는 듯이 비명을 질렀다. 옆으로 쓰러진 물레 옆에서 겁난 옥희가 작은 얼굴을 천정으로 향해, 침을 흘리면서, 으앙 으앙 울고 있었다.

어머니는 이불을 밀어제치고 아기를 꼭 안고, 부어오른 눈꺼풀 아래서 공포의 눈길을 남편에게 보내고 있었다. 희열 할머니도 봉당에서 뛰어올라 와 안방을 들여다보았다.

"대체, 어떻게 된 거예요?"

아버지는 심술궂은 미소를 지으며, 여자들의 얼굴을 천천히 둘러본 다음에 침착한 소리로,

"대문의 금줄도 떼어버렸으니까요. 삼신 같은 것은 이젠 십리나 앞으로 걸어가고 있어요."

"아이고! 주일. 너는 언제부터 여자가 된 거야? 누가 집의 신을 건드리라고 했어? 화를 입으면 어떻게 해."

옛날부터 집의 신님은 제일 나이 많은 여자가 담당하는 게 관습이었다. 신애 할머니가 주일을 꾸짖는 것은 좀처럼 없는 일이었다. 아버지가 말했다.

"큰어머니, 침착하게 들어 주세요. 이 태왕 전하가 돌아가셨답니다."

모두 숨을 죽였다.

"왜놈이 독살했다는 소문입니다."

아이고! 하고 세 여자는 입을 모아 한결같이 말했다.

"짐승 같은 놈!"

희열 할머니의 목소리가 떨렸다.

"우리를……우리를, 어디까지 바보 취급하는 거야?"라고 하면서 신애 할머니는 그 자리에 풀썩 주저앉아 버렸다.

어머니는 아기를 재우고 머리카락을 쓸어 올렸다. 새 달력은 1919년 2월이 되어 있었다.

결국 우리 집에는 설날이 오지 않았다. 빨강, 노랑, 초록의 알록달록한 무늬가 소매에 붙은 설빔도 나에게는 내주지 않았다.

평소 같으면, 친척 언니들이 와서 흙을 넣은 가마니를 안뜰에 놓고, 그 위에 긴 나무판을 걸치고 널뛰기를 했다. 왼손으로 치맛자락을 누르고, 오른손을 공중에 띄우고, 선녀처럼 높이 떠오르고는 또 내려오는 그야말로 아름다운 모습을 볼 수 있었고, 사랑방에서는 아저씨나 오빠들의 노랫소리나 윷놀이로 흥겨워하는 웃음소리가 끊이지 않고 들려왔다.

그러나 1919년의 설에는 그런 일이 없었을 뿐만 아니라, 우리 집은 여느 때보다 조용하고 음침했다. 신애 할머니는 희끗희끗 센 머리를 풀어 늘어트리고, 흰 무명 상복을 입고 가만가만 걸었다.

평소에는 상투 손질이나 면도질로, 아침에 거의 한 시간을 허비하며 양반 풍의 멋을 내는 데 여념이 없던 아버지가 유교 예법을 따라 수염을 깎지 않았다. 이 태왕 고종의 죽음으로, 산욕에서 두들겨 깨워진 어머니는 평상복인 남빛 치마저고리에 앞치마를 두르고, 나른한 듯이 부엌으로 갔다. 전보다 더욱 말수가 적어졌다. 그리고 일하는 짬짬이 방 한쪽 구석에서 아기에게 살짝 젖을 빨렸다.

또한 봉건 군주의 죽음에 다소 무관심한 농부들이 예년과 같이 농

악대를 조직하여 징과 북을 두드리며 뜰에 들어오자, 아버지는 가문이 더럽혀지는 듯이 격앙해서,

"괘씸한 쌍놈들이!" 하고 큰 소리로 욕을 퍼붓고 쫓아버렸다. 그 아버지 눈을 피해서 주철 삼촌은 재빠르게 농악대를 뒤쫓아 갔다. 나도, 그럴 것이, 여러 가지 색깔의 옷을 걸치고, 검은 갓 꼭대기로부터 하얀 댕기를 길게 늘어트린 이 아저씨들의 무리——이것만이 그 해 단하나의 설이었기 때문이었다.

다음 해부터는 집단으로 하는 민족의 여러 가지 행사가 왜놈의 탄압을 받아, 하기 어려워져서, 점점 모습을 감추거나, 모습을 바꿔갔으나, 그때는 아직 옛날부터 내려오는 정월 대보름날 행사에는 줄다리기나 석전놀이나 다리 밟기 등, 보기만 해도 가슴이 설레는 모임이, 웅장하고 아름다운 관습이 갖가지 있었다. 그러나 그해는 했는지 안했는지 나는 알 수도 없었다.

하지만 마을 농민들은 수확과 결부된 행사를 그해도 피하지 않았다. 정월 첫 쥐날子日 밤이 오면, 마을의 제례를 돌보는 젊은이나 사내아이들은 논밭의 마른 풀에 불을 붙였다. 이렇게 해서 해충의 알이나 번데기를 죽이는데, 그해도 이쪽과 저쪽에서 한꺼번에 타오르는 불이 고향의 밤하늘을 아름답고 장엄하게 장식했다. 이때만은 거무스름한 지리산의 웅자雄姿한 모습도 머뭇머뭇 흔들거리며 물러섰다.

또 우리 집도 달맞이의 관습만은 피하지 않았다. 이건 대보름의 저녁때부터 가까운 산으로 올라가 보름달이 솟아오름을 보는 것뿐이지만, 우리 고향에서는 첫 번째로 달을 본 사람에게는 사내아이를 낳게 해 주신다는 전설이 있었다.

달맞이에 우리 어머니를 모시러 왔던 젊은 여자들 두셋이 몸채의

툇마루에 앉아 있었다. 어머니는 안방에서 옷을 갈아입고 있었다. 눈이 온 흔적도 없는 안뜰은 보랏빛 안개에 싸여서 해가 쉽게 지지도 않았다.

"동경의 오빠는 건강한가?"

신애 할머니는 김씨 아저씨의 여동생에게 물었다.

"편지가 아까 왔어요. 그런데 엄청난 일이 있었어요.…… 오빠가 귀성해 있는 동안에 그쪽 유학생들이 한 사람도 남김없이 모두 독립운동하러 일어섰는데, 왜놈은 조선을 속여서 빼앗고, 이천만 조선인을 노예로 삼았지만, 이젠 용서 못하겠다, 조선 독립을 세계에 알리고 운동에 들어갔다. 자기도 이제부터 결사적인 각오로 싸우겠다. 집 상속은 남동생에게 양보하겠다."

"정말이야?"

"아버지가 어머니에게 읽어 주시는 것을 가만히 듣고 있었어요. 두 분 다 허둥거리고, 전 그 짬에 나와 버렸죠."

둥근 얼굴의 처녀는 먼 타인의 일처럼 말했다. 그리고 안방을 향해 외쳤다.

"언니! 아직!"

큰 감나무에 밥알 만한 싹이 트기 시작하자, 그때까지 고개를 숙이고 가만히 겨울을 견디었던 개나리가 뜰 여기저기에서 갑자기 머리를 들고 손발을 쭉쭉 펴기 시작했다. 이것을 비쳐 보일 듯이 녹색 잎으로 덮고, 노란 꽃으로 매무새를 다듬는 무렵에는 마을도 농번기로 들어가는데, 그때까지는 아직 시간이 조금 있다는 지금, 마을 사람들은 문 앞의 길을 지나서 자주 산으로 갔다. 산의 눈이 녹는 것을 기다리다

못해서 서로 앞을 다투어 올라갔다.

산에서 나는 풀을 뜯는 데는 아직 이르나, 거기에는 칡이나 도라지나 마 등, 배고픔을 견디어 낼 만한 무언가의 뿌리가 있을 것이고, 소나무즙을 먹을 수도 있었다. 소나무 껍질을 벗기면, 그 밑에 향기로운 즙이 스미어 나와서 괴어 있었다. 그것은 어머니 젖처럼 혀에 달콤하고 나라 잃은 고뇌를 다정하게 어루만져 주었다. 아이들도 이 젖을 먹으려고 산으로 올라갔다.

또한 이 무렵에는 삼노로 칭칭 동여맨 마을사람들이 왜놈 경관에게 질질 끌려 문 앞을 지나가는 모습을 종종 보았다.

어느새 총독부림으로 바뀌어 버린 산림에는 낮이나 밤이나 감시인이 지키고 있었다. 나무하러 산에 가려면 감시인에게 닭이나 술 등 뇌물을 바쳐야 했다.

그러나 그것도 없을 때, 피죽을 끓일 땔나무도 없을 때, 사람들은 어떻게 하면 좋을까? 영양실조로 배가 부풀어 오른 어린아이가 가느다란 목을 흔들고 찔찔 울어댈 때, 어머니는 도대체 어찌 하면 좋을까? 감시인의 눈을 속여 땔나무라도 주워, 시장으로 팔러 갈 수 밖에 없는 것이 아닐까? 더구나, 그 산은 바로 요전까지, 조상 전래의 '우리 집 것'이었거나, '마을의 것'이었다.

그러나 감시인은, 자기에게 뇌물도 주지 않고 장작을 슬쩍 훔치는 사람들을 나뭇가지 사이에서 발견하면, 몰래 주재소에 바로 알렸다. 그러면 왜놈 경관이 사벨 소리를 내며 산으로 달려왔다. 그들을 연행해서 유치장으로 넣어버리면, 일꾼을 빼앗긴 식구는 어떻게든 돼지나 쌀을 마련하여 석방을 부탁하러 올 것을 알고 있었기 때문이다. 장작 도둑이 많으면 많을수록 그들은 사복을 채울 수 있었다.

문 앞에 질질 끌려가는 사람의 모습은 여러 가지였다.

"아이고! 아버지께 약을 드려야 하는데! 풀어 줘요! 우리 아기가 내 젖을 기다리는데 풀어 줘!"

젊은 농부의 울부짖는 소리가, 햇살이 희미한 이른 봄의 하늘을 찢었다. 온몸으로 저항한 것 같아, 치마는 찢어지고, 틀어 올린 머리는 풀어지고, 이마에서 흐르는 피가 뺨을 타고 내려왔다. 콧수염을 기른 왜놈 순경은 야비한 미소를 띠고 돌아다보고 또 돌아다보며, 젊은 아기 엄마의 풍만한 앞가슴을 추잡한 눈길로 어루만졌다.

또한 조선말을 모르는 순경을 뒤에서 도둑이라고 부르면서, 끌려가는 늙은 농부도 있었다.

"흥, 이 도둑놈새끼의 얼간이, 네 불알 같은 것은 개구리에게 먹여 버려! 조선사람이 조선의 나무를 베는데 뭐가 도둑이야? 너희들은 나라 도둑이잖아. 나를 처넣으려면 처넣어 봐, 주재소 같은 것 네 마누라와 함께 날려 버릴 거야, 흥, 이 큰 도둑놈아!" 하는 식으로 투덜거리면서 빠르게 말하며 계속 욕설을 퍼부었다. 말주변은 꽤 좋은데, 발걸음은 주정뱅이처럼 똑바르지 못했다. 비틀거릴 때마다, 일본 경관은 줄을 힘껏 잡아당기며, 노인을 쏘아보고, 사벨소리를 내며 위협했다.

혹은 날카롭게 번뜩이는 눈으로 먼 하늘을 응시하며 입술을 꽉 다물고, 스스로 끌려가는 젊은이도 있었다.

그들은 모두 우리 집 문 앞을 지나갔다. 뒷산에서는 그해도 꾀꼬리가 울어서 봄이 바로 코앞에 와 있는 것을 알리고 있었던 것인데……

4. 독립의 깃발

"댕기! 할머니, 댕기!"

희열 할머니는 시장의 북적이는 곳을 헤치고 가면서, 모르는 체하고 나를 세차게 당기며 갔다. 그녀의 오른손은 머리에 얹고 있는 옷감 보자기를 단단히 붙들고 있었다.

"그렇지, 아가씨 귀여운 아가씨 댕기 사요, 빨강, 노랑, 파랑, 뭐든지 있어요! 굵은 것, 가는 것 뭐든지 있어요! 자아 여러분 사요, 사요, 댕기 사요! 자 거기 아가씨, 시집가고 싶으면 댕기 사요!"

댕기 장사 아저씨는 세 자루의 대나무 막대기를 사다리처럼 가는 끈으로 매어 목에 걸고 있었다. 그 세 자루에 가지각색의 댕기를 걸어 폭포처럼 늘어뜨리고, 그 밑에서 더러워진 짚신을 내보이고 있었다. 마치 만국기로 치장한 네모진 거북이 같았다. 게다가 아저씨는 댕기 사이에서 햇볕에 탄 양손을 쑥쑥 내밀고 짝짝 하고 손뼉을 쳤다.

"자, 사시오, 사시오!"

"할머니! 영희에게 댕기, 댕기 사줘요!"

나는 북적이는 데에서 등을 돌린 채로 끌려가면서, 열심히 주장했다. 거기에는 이유가 있었다.

그 무렵의 나는 부엌 토방에 여러 장 겹쳐서 깐 가마니 위에 하루 종일 앉아서, 볏짚 마디 가르는 일을 맡고 있었다. 밀짚은 지붕을 이는 데 쓰지만, 볏짚은 보들보들해서 뿌리 쪽은 짚신, 위쪽은 가마니를 짜는 데 썼다.

어떻게 된 것인지, 우리 고향에서는 짚신이나 가마니 등을 짜는 것은 남정네로 정해져 있었다. 그러나 우리 집에서는 아버지가 풋내 나는 유학자이며, 주철 삼촌은 할 마음이 없고, 신애 할머니에게도 시킬 마음이 없어서, 짚신을 삼을 사람이 없었다. 물론 시장에서는 팔고 있었지만, 금세 닳아 없어지는 짚신까지 일일이 돈으로 살 수 없었다. 그래서 희열 할머니는 아이인 나에게, 볏짚을 뽑아, 마디 자르기를 배우게 했다. 마른 잎에 감싸여 있는 줄기를 빼내고, 마디를 자르고, 대바구니에 세로로 놓아 채워 넣었다. 그것이 석 장 생기면, 희열 할머니는 어딘가에 가지고 가서 짚신 한 켤레와 바꿔 왔다. 한 말 정도의 대바구니 한 개는 매일 꼭 해내야 했다. 한 해 동안 쓸 짚신을 겨울 안에 벌어야 했다.

낮에 조금 꾸물거리면 저녁식사가 끝나도 나는 가마니 앞에 앉아야 했다. 문틀에 놓인 촛불은 어두웠고, 인기척이 없는 토방은 어린 나에게는 불안했다. 어느덧 짚단에 묻혀서 잠들어 버리는 밤도 있었다.

그러나 그럴 때 나를 안아서 잠자리에 데려다 주는 사람도 왠지 항상 희열 할머니였다. 그녀는 내가 일어나 있을 때는 듣지도 못했던 다정하고 작은 소리로,

"귀여운 영희! 잘했어! 잘했어! 얼마나 참을성이 많은 애일까! 네가 사내아이였더라면, 얼마나 훌륭한 농부가 될까……. 아니, 역시 여자라도 괜찮아"

나는 자는 체하고 할머니의 속삭임을 듣고 있었다. 깨어 있는 줄 알면, 희열 할머니는 나를 안아주기는커녕, "반듯하게 서, 혼자서 걸어!" 하고, 기합을 넣을 게 확실했다. 희열 할머니의 속삭임은 나를 잠자리에 눕히고도 계속됐다.

"이 할머니는 네가 여자이니까 행복한 거야. 가령 사내아이였다면, 아무도 이 할머니에게 너를 맡기지 않아, 귀여운 영희! 부디 언제까지

나 착한 아이로 내 말을 잘 들어줘, 일 잘하고 바른 조선 여자가 되어 다오. 그렇지 이번 장날에는 꼭 데리고 갈게, 빨간 댕기도 사 줄게, 이 할머니 손으로 귀엽게 매 줄게, 너만이 내 사는 보람이니까."

그렇게 희열 할머니는 미적지근한 눈물로 젖은 볼을 내 잠자는 얼굴에 꼭 대고, 이불을 덮어 주었다. 나는 숨을 쉬는 것도 조심하면서 내일은 더욱 열심히 일하겠다고 생각했다. 그리고 빨간 댕기도 물론 잊지 않았다. 그러나 희열 할머니는 지금 내가 외치는 것에 귀를 기울이지도 않고, 굳게 쥔 손을 힘껏 잡아당기며 시장 안을 나아갔다.

소백산맥에서 흘러내리는 남강은, 파도가 사나운 바다처럼, 차례차례 겹친 봉우리 사이를 남쪽으로 흘러서 내 고향 산천에 이르고는, 단성으로 내려가 지리산 기슭의 기름진 들을 적시면서, 옛 도시 진주로 향했다. 진주에서 동북으로 방향을 바꾼 남강은, 경상남도의 곡창지대를 품어 기르면서 낙동강에 합류하고, 이윽고 부산의 남해안으로 흘러들어 갔다.

이 남강과 평행하고, 때로는 교착하면서, 마지막에는 진주로 통하는 낡고 낡은 길거리가 우리 마을에 있었다. 이것은 아마, 8·9세기의 신라시대부터 긴 역사를 거친 길거리에 틀림이 없었다. 이 길거리가 진주로 이어져 가는 것을 마을사람들은 모두 알고 있었다. 진주라 하면 1919년의 그 무렵에는 아직 경상남도의 도청소재지였다. 왜놈들이 이 해利害를 따라 도청을 부산으로 옮긴 것은 6년 뒤의 일이었다.

그러나 특히 마을 여자들은 이 길거리가 도청소재지로 이어지는 것을 알았고, 그 명기 논개를 낳은 도시 진주에 연결된 것을 생각해서, 이 강이 논개를 삼킨 같은 남강의 상류인 것을 자랑으로 생각했다.

그것은 도요토미 히데요시의 침공을 받은 16세기 말의 임진왜란 때의 일이었다. 진주성을 점령한 적장 게야무라 로쿠스케毛谷村六助는 남강을 바라보는 성의 정자에서 전승의 술잔치를 열었다. 미인이며 예술의 재능으로 이름이 높았던 논개는 그 잔치에 불려 온 기생의 한 사람이었다. 게야무라는 마시면 마실수록 취하면 취할수록, 민족의 분노를 숨기며 도도하게 흐르는 남강의 절경에 끌려 홀로 강가에 섰다.

논개는 열 손가락에 미리 준비한 금은보석의 눈부신 반지를 쭉 끼고, 펴놓은 부채에 희고 가지런한 이빨을 숨기고, 적장에게 가까이 갔다. 검객으로서 명성을 떨친 게야무라 로쿠스케도 논개의 현란 우아한 모습을 보고 순식간에 매혹되었다. 이렇게 해서 논개는 적장을 껴안고 우뚝 솟은 암벽에서 함께 투신하여 그의 목숨을 빼앗았다. 스스로의 목숨과 함께……. 얼마나 격렬하고 아름다운 애국의 필사적인 불꽃인가, 17세기에 들어가자, 우리 조국에서는 전란으로 폐허가 된 그 강가에, 지금도 건축미로 이름 높은 촉석루를 다시 지었다.

남강은 그날도 논개와 몸을 던진 강가를 목표로 해서, 우리 마을에서 쉬지 않고 흐르고 있었다. 나는 거기에 놓인 대교를 건너 생전 처음으로 장이라는 데에 왔다. 그리고 장은 진주로 통하는 낡은 길에 있는 역참驛站을 중심으로 넓게 퍼져 있었다.

말하자면 장은 생산물이 이동하고 모이며, 상거래를 하는 장소이며, 대중 금융기관이며, 민중에 의한 정치 문화의 전달기관이기도 했다. 우리 마을에 전해 내려온 가면극 등도 옛날의 시장 상인들이 남강의 하류에서 가져온 것이라고 했다. 그 정도니까 장이라면 우리 고향과 같이 산간벽지라 해도 그 흥청거림은 대단했다. 더군다나 오늘은 농한기 마지막 장이다.

마을에서 쌀가마니를 소달구지에 싣고 장으로 몰려 들어오는 사람은 지주, 당나귀 등에 쌀이나 잡곡을 싣고 몰려들어 오는 사람은 부농, 지게에 이것저것 식량 혹은 부업인 수공업품을 동여매고 팔러 오는 사람은 중농 하고, 대부분 시세가 정해져 있었다. 그리고 지푸라기나 나뭇가지나 장작을 팔러 오는 사람은 가장 가난한 농민이었다.

"알아듣지 못하는구나. 할머니는 이 옷감을 팔지 못하면 아무것도 사주지 못하는 거야."

내가 포기하고 앞을 보고 걷기 시작하자, 희열 할머니는 말했다. 집에서 10리 가까이 있는 이 장으로 내려오는 동안에 내 짧은 다리는 너무 지쳐버렸고, 그것보다 무엇보다도 배가 고파서 서러웠다. 사람들 사이에서 주막의 익는 고기국물 냄새가 푹푹 났다. 둥 둥 둥 북을 두드리며 엿을 파는 아저씨의 탁한 목소리에도 군침을 삼켰다. 앗, 저 아주머니 머리 위에 올려 있는 소쿠리에서 떡이 떨어질 것 같아! 난 그걸 먹어본 적이 있어. 조릿대를 벗기면 반들반들 빛나는 밥이 나와서 그 속에 호두나 잣이나 닭고기가……

"저런 귀여운 손녀까지 있는데, 자네도 잘 이해를 못하는 여자네!"

가게 주인은 무게를 단 옷감을 앞에 놓고 뺀들거리는 웃음을 띠면서 말했다. 거기는 노점이 아니고 여인숙을 겸한 오래된 포목점이었다. 물론 이런 가게도 장날은 대목이다.

가게 앞을 흰 두루마기나, 가지각색의 치마저고리의 강물이 봄 햇살을 받아 빛나면서 쉴 새 없이 흐르고 있었다. 서로 이야기를 주고받고 하면서 거니는 사람들, 어머니를 부르는 아이의 소리, 아이를 부르는 어머니의 소리, 노점상이나 가두판매 상인이 손님을 부르는 장황한 이야기, 거기다가 소 울음소리까지 합쳐져, 오후로 접어드는 장의 혼잡함은 점점 활기를 띠었다.

"너무 이해심이 많으면 먹고살기가 힘들어져요."

희열 할머니도 흰 이빨을 드러내고 웃으면서 말했다. 바깥이 밝은 만큼 가게 안은 어두웠다.

"농담하지 마시오, 댁 같은 사람이 쓰는 대사가 아니오. 뭐하면 한 달 가량 맡겨 보면 어떨까? 그쪽이 부르는 값으로 시험 삼아 팔아 보지."

"그것 봐. 어차피 팔릴 것 아니야? 그러면 지금 그 돈 줘도 되지 않아."

"그건, 당신, 우리는 도박을 하는 것 같고, 일 년 뒤도 팔아치우지 못하는 물건도 있어. 매입과 위탁판매가 뒤죽박죽이 되면 곤란해요. 아니, 40과부는 무섭다, 알고 있으면서 억지를 쓰니까."

"알았어, 알았어! 자네에게는 이길 수 없네. 항상 그렇지만 재산 남기는 인간은 다르지, 금고를 짊어지고 묘지로 가는 마음이지? 요새는 저 세상도 세금에 힘들다는 이야기니까요."

"정말로 전라도 미인은 입이 험해요." 하고, 중년의 주인은 도장을 새긴 금반지를 낀 손으로, 긴 담뱃대를 문틀에 내던지고,

"어떻게 할래요? 놓고 갈 거예요?"

"이젠 논 두둑도 만들어야지, 남의 손도 빌려야 하는데, 우리 집은"

"좋겠습니다."

"얄밉다! 그래서 돈이 급하다 이거야, 자네 값으로 좋으니까, 사 줘."

"그래, 그래, 그렇게 해야지!"

가게 주인은 피가 비쳐 보이는 듯한 엷은 분홍빛 피부의 얼굴에 가는 주름살을 많이 만들며 득의의 미소를 짓자, 무릎 앞에 펼쳐진 천을

그대로 몽땅 껴안고 안으로 들어갔다.

"자, 이걸로 댕기도 살 수 있어. 그전에 뭘 먹어야지."

실패한 거래 뒤인데도, 희열 할머니는 후련한 얼굴로 나에게 말했다. 나는 덩실거리면서 할머니 무르팍으로 다가갔다. 그러자, 곧,

"아니?"

문틀에 앉아 있던 희열 할머니가 나를 밀어젖히는 듯이 하며 가게 앞으로 튀어나왔다. 그 순간,

"……, 만세!"

누군가 외치는 소리가 내 귀에 뛰어들어 왔다. 정신을 차리자 조금 전까지 느긋하게 흐르고 있던 사람들의 물결이 내 앞에서 딱 멈춰 있었다. 서 있던 사람들은 소리 난 방향으로 시선을 맞추고 숨을 죽였다. 목소리의 남자는 흰 바탕에 붉은색, 검은색의 태극 모양을 둥글게 물들인 작은 깃발을 내걸고, 쌍수를 들고, 다시 한 번 뱃속에서 목소리를 짜냈다.

"조선독립만세!"

그러자 이번에는, 사람들 등 뒤에서 다른 소리가 더욱 굵고 힘차게 외쳤다.

"조선독립만세!"

군중은 전기 장치처럼 일제히 새로 나온 목소리 쪽을 보았다. 거기에도 같은 크기의 태극기가 펄럭이고, 그걸 가진 젊은이의 힘센 양팔이 사람들 머리 위로 튀어나와 있었다. 군중은 숨도 쉬지 않고 몸을 달싹도 하지 않았다. 희열 할머니를 보니까, 두 주먹을 쥐고 입술을 파르르 떨고 있었다.

꼼짝도 않는 군중의 무거운 침묵은 겨우 몇 초 동안의 일이었지만,

어린 나를 숨 돌릴 사이도 없이 위압했다. 나는 희열 할머니의 허리에 달라붙어 흰 치마에 얼굴을 파묻었다. 할머니 몸도 부르르 떨었다.

그러자 내 귀에 바람 부는 밤의 산울림보다도 우뢰보다도, 우렁찬 인간의 외침이 멀리서 들려왔다. 주변의 가라앉은 공기가 갑자기 되살아나고 흔들리기 시작했다. 바로 가까이에서 사내의 굵은 목소리가 외쳤다.

"동포 여러분! 산청군山淸郡의 동포 여러분! 독립만세를 부르는 우리의 우렁찬 소리는, 이미, 이미 조국 전도에 널리 퍼지고 있어, 우리 이천만 조선사람은 바야흐로……"

다가온 우렁찬 소리가 이 소리를 삼켰다. 그러자,

"만세! 만세!"

"조선독립만세!"

"만세!"

가게 앞의 군중이 둑이 터진 듯이 저마다 외치기 시작했다. 걷기 시작했다. 모두 같은 방향으로 걷기 시작했다. 내가 달라붙어 있는 희열 할머니의 몸이 애가 타는 듯이 발버둥 치고,

"만세! 독립만세!"

미친 듯이 흥분한 목소리로 한마디 외치고는 곧 풀썩 주저앉아 버려, 모래먼지 길가에 엉덩방아를 찧었다. 나는 놀라서 할머니 얼굴을 들여다보았다.

"배가 아파?"

"……"

할머니는 얼빠진 눈으로 군중을 보고 울대뼈를 굳히며 오열하였다. 길게 째진 눈초리에서 솟구치는 눈물이, 봄 햇빛을 받아 반짝이면서,

새파래진 뺨을 천천히 미끄러졌다. 반은 입을 열고, 꿈꾸는 듯이 부드러운 표정으로 흐느껴 우는 희열 할머니가, 내 눈에 예쁘게 보이면 보일수록, 더욱 슬픈 듯 했다. 거기다가 이렇게 조용히 우는 희열 할머니를, 나는 본 적이 없었다.

"할머니! 배 아파?"

나는 고개를 갸웃하고 다시 한 번 할머니 귀에 입을 댔다. 가게 안에서도 사람들이 뛰어나와, 군중의 외침 속으로 들어가는 것 같았다.

"만세! 만세!"

"조선독립만세!"

외침은 차례차례로 일어나서 길거리의 하늘을 흔들고 흙먼지를 일으키면서, 성난 파도처럼 오른쪽 방향으로 밀어닥치는 것 같았다. 그러나 나는 아무것도 눈에 들어오지 않았다. 이 영문 모를 돌연변이 속에서, 나는 희열 할머니의 눈물에 어쩐지 마음이 불안했다. 할머니는 내 물음에 고개를 옆으로 흔들면서도 역시 오열했다.

"할머니! 울면 싫어!"

나는 드디어 울기 시작했다. 의지하고 있는 할머니가 엉덩방아를 찧고, 이렇게 힘없이 울고 있다. 나와 할머니는 이제부터 어떻게 될까? 나는 엉엉 울었다. 목청껏 울고 있었더니, 공포심이 다소 안정되어 머리 안에서 댕기가 아른거리기 시작했다. 내 댕기는 어떻게 되는 것일까?

"할머니! 댕기! 댕기! 영희의 댕기!"

그 순간 나는 머리를 철썩 손바닥으로 얻어맞았다. 보니까 희열 할머니가 어느새 반듯이 서서,

"바보 같이! 독립하면 댕기 같은 것, 산더미만큼 사주지." 하고 보

조개를 만들며, 위에서부터 웃으려고 했다. 그건 조금 전과는 달리 몰라볼 만큼 밝았다. 빛나는 얼굴이었다. 나는 어안이 벙벙했다. 이 모든 것은 무서운 일이 아닌 것 같다, 꼭 축제와 같은 것이다! 나도 갑자기 기운이 났다.

"독립?"

"왜놈들이 없어지는 것이야, 한 놈도!"

"언제?"

"이제부터!"

"그러면 아까 댕기, 모두 사 줄 거야?"

"시끄럽구나!"

혀를 차고, 할머니는 갑자기 안절부절 못하기 시작했다.

"이키, 아가씨 비켜다오, 비켜요!"

가게 문을 닫은 시장 상인들이 덧 문짝 등을 메고 돌아와서 포목전의 토방에 넣었다. 여인숙을 겸한 이 가게에 묵고 있는 사람일 거다. 나와 할머니는 아직 그 앞에서 우왕좌왕하고 있었다.

"야, 부탁해!" 하고 그 가운데 누군가가 가게 안쪽을 향해 고함쳤다.

"뭐야, 텅 비었나."

"당연하지, 이럴 때 집에 틀어박혀 있다면 조선인이 아니지."

"방에 올려놓을까? 아무리 독립해도 물건이 없어지면, 밥을 못 먹겠지."

"멍청이! 누가 도둑질한다는 거야? 이렇게 되면 이천만 동포가 일심동체지. 그래도 네가 그렇게 걱정이라면, 여기 남아서 지키고 있어. 엉덩이에 곰팡이가 슬 때까지"

"이 새끼! 사람을 깔보나!"

모두 흥분된 소리를 냈다. 그 사이에도 큰 보따리나 상자 등이 넣어지고, 삽시간에 토방이 가득 채워졌다.

"저…… 모두 이렇게 해서 어디로 가는 건가요?"

희열 할머니가 누군가를 붙잡고 물었다.

"모르겠다, 어디라도 상관없지"

"독립, 독립, 독립에 남도 북도 없잖아요."

"자네들, 좀 모자라네, 주재소, 헌병파출소, 면사무소, 닥치는 대로 도는 거지, 왜놈이나 개들의 소굴을 향해 독립만세를 외치는 거야!"

"그래, 그래"

"물론 그러는 것이 당연하지!"

"자, 누님도 같이 갑시다!"

"아이를 데리고 가도 괜찮은가요?"

"봐요, 모두 가지요, 애기도 할아버지도"

지금 생각해 보니 희열 할머니에게는 어울리지 않는 망설임이었지만, 이건 일본군에게 전 남편을 살해당하고, 집이 불태워진 20년 전의 비참한 체험이 있었기 때문일 것이다.

이번에는 나에게 물었다.

"영희야, 할머니가 돌아올 때까지 여기서 기다릴래?"

섬세한 느낌의 소리였다. 그리고 내 마음을 정말로 알고 싶다는 듯이 다정하게 빛나는 눈을 내 눈에다 정확히 맞추었다. 나는 울고 싶을 정도로 눈앞의 할머니가 슬펐다.

"싫어! 싫어! 싫어!"

나는 알고 있었다. 집을 한 발짝이라도 떠나서 둘만 되면 희열 할머니는 나에게 얼마나 무른 사람이 되는지……, 여전히 얼마 동안, 희

열 할머니는 보채는 나를 자애로운 눈으로 보고 생각에 잠긴 모양이었으나, 이윽고,

"좋아! 너와 할머니는 어디까지나 함께 한다, 가자!"

거칠고 거슬거슬한 할머니 손이 내 손을 펄쩍 뛸 정도로 꽉 쥐고, 만세의 도가니 속으로 난폭하게 끌어들였다.

"자, 이렇게 양손을 쳐드는 거야! 만세!"

"만세"

"더 높이! 더 확실하게!"

"말해 봐! 조선!"

"조선"

"독립!"

"독립!"

"조선독립만세!"

"조선독립만세!"

나는 바싹 마른 목구멍 안에서 겨우 목소리를 짜냈다. 새로운 말을 하는 것과 양손을 드는 것은 그리 잘하지 못했다. 거기다가 뒤에서 밀거나 앞에서 되밀거나 해서……. 게다가 보이는 것은 치마나 바지나 두루마기의 엉덩이뿐이었다.

발, 발, 발, 흰빛을 띤 먼지에 메워진 발의 대군이 여봐란 듯이 대지에 슨 녹을 억지로 벗기며 전진했다. 농부의 짚신, 양반의 가죽신, 남자의 발, 여자의 발——모두 함께 단 하나의 길거리를 힘차게 나아갔다.

고함지르는 소리가, 환성이 노호하는 소리가, 내 머리 위에서 서로

부딪치고 튀고 또 소용돌이쳤다.

발호하는 민족의 체취와 열기가 눈으로 코로 입으로 우르르 밀려들었다.

나는 숨이 막힐 것 같았다! 도대체 여기는 어딜까? 나는 과연 걷고 있는 것일까?

"영희 힘내, 자, 만세!"

희열 할머니의 목소리도 어쩐지 얼빠지고 멀리 들렸다.

그러나 그때, 무엇인가 강렬한 냄새가 내 허기진 배를 갑자기 푹 찔렀다. 불고기 양념이나 기름에 타는 생생한 냄새였다. 술 냄새도 코를 찔렀다. 내 오관은 짜릿하게 긴장했다. 바로 옆에서 돌연 장구가 빠르고 다채로운 리듬으로 울리기 시작했던 것이다. 앞쪽에서 박수와 환성이 일어났다. 곧 놋쇠 냄비나 접시 등을 두드리는 익살스러운 소리가 장구 리듬에 겹쳐져서 요란스레 행진에 굴러 들어왔다. 피리도 징도⋯⋯

나는 고함지르는 숲을 빠져나와 길가로 달려 나갔다.

"자아! 독립의 축하 술! 대접 술! 쭉 한 잔 들이켜고 가세! 아니 돈도 걱정도 필요 없다니까, 자아 여러분 쭉 한 잔, 기운을 내요!"

주막에서 춤추며 나간 기생이나 취객들의 피리와 북이 '만세!'의 열광에 용합된 뒤에, 큰 갈색 항아리를 갖다내어, 그 옆에서 50살 가량의 사내가 손뼉을 치면서 외치고 있었다. 금니가 번쩍였다.

안에서 허리가 굽은 노파가 작은 바가지를 서너 개 껴안고 비틀비틀 나왔다.

"야, 잘한다! 주인!"

"당장, 한 잔!"

환성을 지르며 사내들이 뿔뿔이 행렬에서 뛰어나와 항아리 주위에 떼를 지어 모였다. 할머니가 나를 잡아끌고 걷게 했다.

뛰어나온 사내들은 서로 어깨를 차거나, 껴안거나, 마시거나 마시게 하거나 하고 있었다. 주막 주인은 득의에 찬 얼굴로 술을 바가지로 퍼 올렸다. 반지가 번뜩였다. 노파는 구부러진 등 아래에서 쭈글쭈글한 턱을 쑥 내밀고, 행진을 우러러보면서 짓무른 붉은 눈을 깜박거렸다.

"자아, 모두 마시고 가, 대접하는 거야요!"

쭉 들이킨 바가지를 올리며 행진하는 대열에 알리는 사내도 있었다.

"흥, 왜놈 덕으로 돈을 번 가게니까요, 네 말 항아리 열이나 스물 정도는 당연하지."

행진 대열 가운데서 농부 같은 여자가 밉살스럽게 말했다.

"정말 약삭빨라요, 독립이 되면, 손님 종류도 달라진다고 내다보는 거죠."

옆의 여자가 받아서 말했다.

"저런 쓰레기 같은 공짜 술에 달려드는 사내도 사내지."

희열 할머니가 말참견했다. 그러자 행렬에서 두루마기 입은 청년이 상쾌하게 웃는 얼굴로 돌아보았다.

"아주머니들 그만 두세요, 모두 같은 조선인이 아니에요?"

"그런가요? 가난한 숫처녀를 빼돌려서 왜놈들에게 팔아넘기는 놈이라도?"

처음 여자가 즉각 반박했다.

"그런 짓을 하는 가게?"

청년은 질려서 소년 같은 얼굴이 되었다.

"어디 도련님인지 모르나 좋은 신세시네, 서민의 사정도 모르면서"

여자들은 웃었다. 청년은 눈길을 앞으로 돌리고, 머리를 치켜 깎은 목덜미가 붉어졌다. 대신 상인풍의 거무스름한 사내가 놀리는 얼굴을 돌렸다.

"엄마들이! 자기가 마시고 싶은 거 아니야, 한 잔 들이키고 와요, 여자라 해서 사양 말고"

"미안하지만 지시도 필요 없네, 여자도 독립!"

처음 여자가 곧바로 말했다.

"만세! 독립만세!"

여자들이 손과 입을 맞추었다. 보조도 맞추었다. 이날 선심을 쓴 것은 주막집 주인뿐이 아니었다. 이웃 마을에서 송편이나 찐 밥을 만들어 팔러 온 농부 아주머니들도,

"먹고 가! 먹고 가! 돈 필요 없어요."

"내 것도 먹고 가! 돈보다 독립이 좋아요, 모두 잔뜩 먹고 힘내요!"

그리고 삽시간에 비워 버린 소쿠리를 하늘 높이 올리고, '독립' 하고 양손을 쳐들고 행진에 뛰어 들어왔다. 포목전 주인으로부터 돈을 적게 받은 우리 할머니는 기회를 놓치지 않고, 송편을 받아 와서 나에게 주었다.

길가에서 무도 날라 왔다. 흙이 묻은 채로 잎까지 내려왔다.

"먹고 가! 먹고 가! 내 것도 먹고 가!"

멍석 밑에서 지저분한 할아버지가 정신없이 야채를 꺼내 던졌다. 마치 어린이가 장난을 하는 것 같았다.

"아무리 할아버지의 진수성찬이라도 흙투성이의 무나 잎을 먹을 수 있나!"

"그만 둬, 그만 둬, 귀엽지."

"나한테 줘요, 자 보라 ……, 엄청 크다, 우리 자지, 만세!"

사내가 무를 치켜들었다. 와 하고 모두 입을 크게 벌리고 웃었다.

"피! 잘도 했구먼!"

무를 빼앗긴 사내는 그때 마침 떨어져 온 무 잎을 잡자, 머리 위에 받치고 지지 않게 외쳤다.

"조선 사내의 자지, 만세!"

"한심해! 물렁물렁하네."

또 크게 웃었다. 장구가 피리가 징이 울렸다. 접시가 하늘로 날았다. 젓가락이 삿갓이 날았다. 무섭지만 어쩐지 재미있었다.

작은 깃발을 쥔 젊은이들이 길가로 춤추며 나가서 정색한 얼굴로 행진했다. 그 가운데 한 사람인, 아까 아주머니들에게 혼난 두루마기의 젊은이가 하얀 얼굴을 붉히며 외쳤다.

"여러분! 산청군의 여러분! 우리의 이 정의로운 운동을, 바야흐로 세계의 ……, 세계의 ……, 특히 혁명을 성취한 러시아 민중의 쌀 소동으로 궐기한 일본의 민중이……"

아무도 듣지 않았다. 낯선 도련님의 연설 같은 것은 듣고 있지 못했다. 모두 기쁨으로 터져 버렸다. 단념한 젊은이들은 서로 알리고는 행렬에 나란히 들어갔다.

"하나, 둘, 셋!"

그들은 낮게 소리를 맞추자, 깃발을 든 손으로 어깨동무하고 힘차게 소리 높이 노래 부르기 시작했다.

　　동포여 전진하라 씩씩하게!
　　맨주먹으로 어찌 근심하랴

　노래를 좋아하는 고향사람들은 남자도 여자도 노인도, 귀에 새로운 음률과 억양인 노래 소리에 곧 조용해졌다. 앞쪽으로 퍼져서 징이 그치고, 피리가 그치고 이윽고 기생의 장구도 조용해졌다. 행진은 이따금 젊은이들을 돌아보면서 아무 말 없이 걸었고 귀를 기울였다.

　"지난 초하루 이래 전국 방방곡곡에 울려 퍼진 노래예요! 바야흐로 조국의 하늘을 달리는 독립운동가예요! 산청군의 여러분도 배웁시다!"

　한 젊은이가 외치자, 그 행렬은 '하나, 둘, 셋' 하고 박수를 맞추었다. 그리고 윤기가 흐르는 생기발랄한 소리는 전보다 자랑스럽게 드높이 외쳤다.

　　동포여 전진하라 씩씩하게!
　　맨주먹으로 어찌 근심하랴
　　정의와 인도의 빛이 나는 곳
　　천군만마의 적도 타도하자
　　동포여 전진하라 씩씩하게!
　　지금이 바로 십년 원한 풀 때
　　가슴이 뛰고 피 끓어 흐를 때
　　이천만은 죽나 사나 한마음

　노래 소리는 광기를 지우고 길거리를 엄숙함과 긴장의 공기로 바꿨다. 모두 주먹을 쥐고 무언지 무서운 얼굴이 되었다.

　젊은이들의 노래 소리에 행진은 망설여가며 같이 부르기 시작했다. 이윽고 모두 부르게 되자 행진은 아주 대담해지고, 상냥한 햇살의 하늘에 분방한 불협화음을 뿜어 올렸다.

동포여 전진하라 씩씩하게!
지금이 바로 십년 원한 풀 때

마치 길거리가 너무 비좁다는 듯이 몸부림치는 구렁이가, 자기 손
으로 자기 배의 내장을 거머잡고 필사적으로 끌어내는 것처럼 무시무
시했다.

나는 송편을 다 먹자, 할머니가 주워 준 사과를 끈적거리는 손으로
씨앗까지 베어 먹었다. 사과가 없어지자, 나는 또 댕기 생각이 났다.
댕기 파는 아저씨에게서 멀어지기만 하니까,

"댕기……, 댕기……"

할머니의 치마를 잡고 굳어진 다리를 질질 끌면서 나는 흐느껴 울
었다.

"영차!"

굵은 소리가 갑자기 뒤에서 나를 안아 올렸다. 나는 행진의 머리
위 높이 떠올랐다. 붉은 치마의 내 다리 가랑이에서 상투를 튼 사내의
머리가 나왔다.

"미안해요……잘됐네!"

할머니는 기쁜 듯이 나를 올려다보았다. 나도 방긋 웃었다. 아저씨
이마는 번드르르했다. 아, 행진의 선두가 보였다. 큰 깃발이 나부꼈다.
집들이 벌써 없어졌다. 모밀잣밤나무 그늘에 가리어 여기 저기 개간된
논이 펼쳐졌다. 논바닥에 낮은 소나무가 흩날리고 있었다. 초가지붕의
둥근 지붕이 몰려 있거나 흩어져 있거나……. 붉은 흙 벼랑이 서로

부딪치는 언덕 저쪽에, 하얀 눈의 땅 주름이 생긴 거무스름한 지리산이, 무언가를 기다리는 듯이 지긋이 우뚝 솟아 있었다.

길거리에 수직으로 부딪치는 포플러 가로수 길을 아이들 무리가 달려왔다. 주철이도 있을까? 저 네모진 괴상한 집은 틀림없이 보통학교다. 연두색 싹이 돋은 포플러가 자꾸만 인사를 했다. 산그늘이 벌써 그 근방까지 길어졌다. 그러나 행진은 소리도 쉬지 않았다. '만세!'가 울려 퍼질 때마다 눈앞이 검붉은 구릿빛의 팔 숲이 되었다.

왠지 행진의 선두가 멈춘 것 같았다.

그래도 상관없이 군중은 밀고 당기며 앞으로 좁혀갔다.

"헌병주재소야!"

"면사무소야!"

"좋아, 힘내자!"

옆에서 여러 소리가 났다. 길거리에 따라서 고(ㄱ)자 형으로 잘록한 광장이 있고, 그 안으로 판자로 둘러친 면사무소와 헌병주재소가 서로 이웃해서 세워져 있었다. 그 양쪽 끝에 일본인 관사가 흩어져 있었다. 지금 군중은 잘록한 광장으로 들이닥친 것이었다.

"조선독립만세!"

"만세!"

뒤에서도 쭉쭉 밀려왔다. 돌아다보니 얼굴, 얼굴, 입, 입 가득 찬 군중이 일제히 외치는 함성이 불을 토하는 기세였다. 아저씨는 내 발을 아플 정도로 세게 잡았다. 할머니는 군중에 끼여 나한테서 떨어지거나 붙거나 하면서, 늘 조마조마해서 나를 올려다보았다. 나는 재미있어서 참을 수 없었다.

"면장 나와라!"

"보조원 놈들 나와라!"

"너희들도 조선인이라면 왜놈의 개짓은 그만 둬!"

"헌병! 잘 들어! 조선은 독립했다!"

"조선독립만세!"

"만세!"

주먹 같은 구름놀이 마치 내 얼굴을 향해 밀어닥치는 것 같았다. '만세! 만세!'──나는 아저씨의 상투를 흔들고 까불며 떠들었다.

그러자 그때 팡 팡 하고 폭죽을 터뜨린 것 같은 소리가 났다. 그 순간 모든 것이 딱 그쳤다. 움직임도 소리도 숨도,

"영희 위험해, 내려 줘!"

희열 할머니의 소리가 터졌다.

다 다 다 다 하고 땅울림이 나고 모래가루와 함께 인파가 앞쪽에서 밀어닥쳤다.

"아이고!" "빌어먹을!" 주위 사람이 허둥거리고 뒷걸음치며 신음소리를 냈다. 아저씨도 되밀려서 나를 어깨에서 허리로 떨어뜨렸다. 나는 두터운 등에 달라붙었다.

팡 팡 하고 또 울렸다.

"발포한다!"

"공포야! 협박이야!"

"우리는 맨주먹이야, 쏘지는 않아!"

"알 수 없어!"

"도대체 뭐가 일어났다?"

"여자나 아이도 있는데 설마!"

뒤쪽으로 발버둥 치는 사람, 앞쪽으로 고꾸라지는 사람, 이쪽저쪽으

로 서로 밀치락달치락하고 부딪치고 외치는 사람들 속에, '영희야! 영희야!' 하고 목소리를 짜내는 희열 할머니의 필사적인 얼굴이 나타나거나 사라지거나 했다. 나도 할머니를 부르려고 했지만 목소리가 나오지 않았다. 어떻게 해도 입이 열리지 않았다. 튼튼한 뒤 팔이 내 엉덩이를 저릴 정도로 심하게 휘감기는 그 감각만을 의지하고, 나는 몸을 달싹도 하지 않고, 얼굴도 모르는 아저씨 등에 매미처럼 붙어서 숨을 죽이고 있었다.

뒤쪽에서는 아무것도 모르는 열광적인 군중이 밀려 왔다. 내 주위의 혼란이 그걸 되밀어 냈다.

"아니, 어떻게 된 거야?"

"쐈어!"

"제기랄!"

"어떻게 해?"

뒤쪽이 으르렁거렸다. 째지는 소리가 울음소리가 되었다.

"당황하지 마! 공포다!"

"여러분! 산청군 여러분! 침착합시다! 우리는 조선사람……유구한 역사를 가진 조선사람입니다! 여기는 우리 조국 조선입니다!"

이 호소를 신호로 그 노래가 무겁게 흘러내렸다.

동포여 전진하라 씩씩하게!
맨주먹으로 어찌 근심하랴
정의와 인도의 ……

태극기를 쑥 내민 젊은이들이 이쪽에서 저쪽에서 소리를 합치기 시작하자, 주위가 점점 잔잔해졌다. 한 사람 한 사람 그 자리에서 등을 일으켰다. 하나하나 얼굴을 긴장시켰다. 깃발을 응시했다. 저 볼에도 이 눈초리에서도 눈물이 흘렀다. 석양이 그 볼을 비추었다.

이윽고 젊은이들은 노래 속에서 외쳤다.

"조선독립만세!"

"만세!"

"만세!"

손을 위로 쳐들고, 끓어오르듯 외쳤다.

나도 아저씨의 목덜미에 대고 외쳤다.

그러나 이 영광도 오래 가지는 않았다. 진주로 이어지는 길거리에서 군청이 있는 읍 쪽으로 세 사람의 기마병이 말을 몰아가며 온 것이다. 그들은 군중 속에 마구 말을 타고 들어가, 군중을 쫓아 흩트렸다.(그러나 이것은 나중에 어른들한테서 들은 이야기고, 나는 그 후 무턱대고 답답했던 것과, 소달구지에 흔들리며, 희열 할머니 무릎에서 푹 잠들어 버려 집에 도착했던 것을 기억했을 뿐이다.)

주재소의 헌병은 수비대가 들어온 것에 힘을 얻어, 공포가 아닌 권총을 정말 난사하여, 마을사람 다섯 명을 죽였다. 경찰관은 조선인 보조원을 질타 격려하여, 사벨로 군중을 마구 벴다. 소방대도 달려와서 도비구치[7]를 휘둘렀다. 격분한 군중은 적에게서 무기를 빼앗고, 어떤 사람은 돌멩이를 가지고, 또 어떤 사람은 맨주먹으로 응전했다. "독립만세!"로 환희의 도가니였던 작은 광장은 한 순간에 유혈의 수라장으

---

[7] 막대 끝에 쇠갈고리가 달린 소방 용구.

로 변했다.

그리고 다음 날 1919년 3월 22일 서울의 조선주찰헌병대 사령관 고지마兒島가 그때의 육군대신 다나카 기이치田中義一 앞으로 다음과 같이 전보를 보낸 것이, 반세기 뒤인 오늘날에 밝혀졌다.

"산청군 단성丹城 헌병주재소에 폭도 팔백 내습, 폭행함. 발포 해산, 그들에게 사상자 수명 있을 것"

5. "몇 번이라도 죽어 준다"

나뿐 아니라 조선인 모두가 걸어온 길을 배우기 시작해서 이걸로 몇 년이 되는지? 그때까지 나는 자기가 경험한 일, 본 일, 들은 일 밖에 모르는 여자였다. 만약 그대로의 나였더라면 이 수기도 이런 식으로 쓰지 않고, 틀림없이 내가 흘린 눈물만 열심히 쓴 게 아니었을까 생각된다. 반드시 누구에게도 같은 것이라고는 생각하지만, 자기 인생은 어떠한 것이었나를 알기 위해서는 자기가 체험하지 않았던 것, 보지도 듣지도 못했던 것도, 많고 많이 알아야 한다는 것도 절실히 느꼈다. 그리하여 조금이라도 역사를 공부해 보면, 그때까지 내가 매우 소중히 간직하고 있던 추억 속에서, 몇 개는 갑자기 빛이 바래고, 이 이상 품고 있어도 아무 쓸모가 없다는 것을 알았다. 한편으로는 몇십 년도 전혀 생각해 낸 적도 없는 이런저런 체험이 싱싱하게 되살아났다. 지금 거기에 있는 것처럼 생생하게 숨을 쉬기 시작한 것이다. 그리고 "과연, 과연, 그것은 그렇게 된 것이었구나" 하고 짐작이 갔다.

이렇게 배움에 따라, 되살아남에 따라, 나는 추억의 보고를 다시 정돈해야 했다. 나는 평범한 조선여자에 지나지 않았지만, 오히려 그러면 그럴수록, 내가 체험한 일, 보거나 듣거나 한 일 중에는, 역사와 조선인 전체의 체험이 많이 포함돼 있다는 것을 알게 되었다. 그것들은 때로, 내 한 사람이 애환의 기억을 버리고 가도, 보고하는 자리를 만들고, 소중히 보관하여 자손에 전하고, 또 기회 있을 때마다 사람들이 보았으면 좋겠다고 생각하게 되었다.

나는 틀림없는 조선인, 일본의 여러분을 향하여, 예를 들어 희열 할머니를 말하면서, 혹은 군중의 모습을 말하면서, 나는 정영희라는 이 자신을 말하고 있었다. 또 앞으로 영희가 스스로를 말할 때, 역시 나는 그렇게 함으로써 군중을 말하고 싶다고 생각한다. 그렇게 생각하는 것이 아니면 왜 이 하찮은 나의——조선인이라는 것만이 단 하나의 자랑인 여자의——추억담으로 여러분의 귀중한 시간을 빼앗을 마음이 될 것인가.

눈이 땅속으로 숨으면 고향의 봄은 건조하기만 했다. 그 다음 날도 아침부터 개 있었다. 신애 할머니가 야채를 솎아 내러 나간 뒤 부엌 미닫이문이 절반 열려 있었다. 거기에서 스머든 아침 해가 부엌바닥을 지나 문틀까지 와 있었다. 나들이용 내 첫 짚신이 겨우 하루로 이렇게 더러워졌다.—— 나는 어른의 나막신을 신고 지푸라기나 섶나무 가지가 흩어져 있는 토방을 쓸었다.

"뭘 해! 정순!"

희열 할머니의 날카로운 목소리가 났다. 방금 일터를 청소하고 있다고 생각했더니, 어느새 그녀는 여러 번 빨아 빛바랜 흰 치마저고리 모습으로 김치냄새가 나는 마루에 서 있었다. 희열 할머니는 어머니 눈앞에 빛나는 눈길을 쏟았다. 어머니는 김치를 수북이 담은 사발을 옆에 놔두고 놋쇠그릇에 밥을 채워 넣고 있었다.

"주철 도련님의 도시락인데요.……"

어머니는 부석부석한 얼굴을 들어 의아스러운 표정으로 희열 할머니 쪽으로 뒤돌아보았다. 출입구가 그늘지고 신애 할머니가 뒤쪽 채소밭에서 되돌아왔다.

"조선인이 아직 뻔뻔스럽게 왜놈 학교 같은 데 갈 수 있다고 생각하니?"

희열 할머니는 어머니 얼굴을 보고 한마디 퍼부었다.

"……"

어머니는 말없이 놋쇠그릇을 기울여 가마솥에 둥근 밥을 내던졌다.

"어머나, 어머나, 비싼 돈을 들여 주철을 공부시키는 것이 불만인가 봐."

신애 할머니가 보통 얼굴대로 평온하게 말했다.

"어제 일이 있어서, 오늘이에요! 형님"

희열 할머니의 검은 머리를 빈틈없이 말아 올려 꽂은 비녀가 목소리와 함께 떨렸다.

"어제, 어제 하고 그 이야기는 이제 너무 들어서 싫증이 나네."

신애 할머니는 문틀 앞에 서서 앞치마에서 솎아낸 채소를 털어 버리면서 말했다.

"그렇지 않아? 정순아"

어머니는 한쪽 무릎을 세운 채 밥주걱을 잡은 손을 움직이지 않았다. 신애 할머니는 독살스러운 말투가 되었다.

"마치 자네 혼자 뭘 한 것 같이……, 사실인지 뭔지도 알 수 없지."

"아이고!"

희열 할머니는 얼굴이 굳어지면서 발길을 되돌렸다. 어머니가 어깨로 살짝 웃었다.

"주제넘은 여자가!"

신애 할머니는 잎사귀 뿌리를 찢으면서 낮게 중얼거렸다.

오후, 희열 할머니의 베틀 소리가 안뜰까지 울렸다.

"기마에 쫓겨서 흩어지고, 우리는 모두 도망치려는 자세가 돼 있었어요."

감나무 밑에서 검은 삿갓과 흰 두루마기를 입은 마을 아저씨가 신애 할머니를 향해 흥분된 소리로 이야기했다. 신애 할머니는 허리를 조용히 흔들며, 등에 업은 옥희를 재우고 있었다. 그 옆에서 탕건을 쓴 아버지가 감나무 줄기에 등을 기대고 들었다.

"그 젊은이는 날뛰는 말에 양손을 이렇게 벌리고 맞섰어. 날았다 했더니 훌륭하게 말 재갈을 잡았어. 그러자 말 위에서 헌병이 군도를 휘둘렀어……. 쫙 피가 튀었지, 그건 보였지만 나한테는 뭐가 일어났는지 모르겠어. 다만 당했다고 생각했어요, 그러나 남자는 고개를 숙였어."

아저씨는 거기서 입을 다물고 말았다. 수염이 없는 턱에 손을 가지고 가서 신애 할머니 눈을 지그시 보았다. 바디 소리가 안 뜰의 침묵을 얌전하게 깨트렸다.

"야, 대단한 배짱의 젊은이였어요!"

아저씨는 신음했다. 흰 명주 입은 어깨로 숨을 돌리고는 계속했다.

"무언가를 주워 올렸다 했더니 놀랍게도 팔이지 않았습니까!"

"팔?"

"자기 팔이에요, 자기의, 왜놈이 피도 흘리지 않을 정도로 싹둑 잘라버린 거예요. 곧 어깨에서는 새빨간 피가 뿜어 나오고, 흰 두루마기가 순식간에 흠뻑 물들었어, 이거 정말 사람의 일심불란―心不亂이라는 것은 무서운 거예요. 사내는 잘린 팔을 이렇게 잡아서"

아저씨는 긴 담뱃대를 오른손으로 옆으로 잡자, 양다리를 벌리고 힘껏 버텼다.

"드높이 이렇게 올리고 외친 거야. 조선독립만세!"

아버지는 감나무 줄기에서 살짝 등을 뗐다. 신애 할머니는 침을 삼켰다. 아저씨는 손을 내리고 이야기를 계속했다.

"그것이 또 기합을 넣는 소리였어요. 뭔가 이렇게 땅속에서 솟는 듯이 힘이 찬 것이었지, 우리는 멀찍이 둘러싸고 숨도 쉬지 못하며 보고 있었는데……. 그 올린 팔이 크게 보였어요. 사람의 것으로는 생각도 못했어. 다만 저녁 해가 저쪽에서 비치고 있었어. 몸도 조선인으로서는 작은 편이었지만, 그것이 기마보다도 크게 보였어, 아니, 우리는 기마도 뭐도 눈에 들어오지 않았지만……"

"그래서 그 젊은 사내는?"

신애 할머니의 소리는 쉬어 있었다.

"또 한 마디, '왜놈' 하고 외쳤을 때, 적이 칼끝으로 가슴을 푹 찔렀어."

"아이고!"

"젊은이는 팔을 잡은 채 쓰러져서 숨이 끊어졌어요."

납작하고 온화한 얼굴의 아저씨는 검고 작은 구멍과 같은 눈을 깜박거렸다. 깊은 한숨 밖에는 잠시 아무도 소리를 내지 않았다. 어딘가

부터 산비둘기가 울었다.

"그때부터예요! 우리가 미친 것은, 일제히 말에 덤벼들고 헌병을 끌어 떨어트리고 군도를 빼앗고, 권총도 우리 것이 되고, 밟고, 차고, 이쪽에서도 저쪽에서도"

"어떤 청년이었어요?"

아버지가 아저씨 이야기에 끼어들었다.

"잘은 모르지만 일본에 유학했다든가, 재일조선인은 아닌 것 같대요."

"그런 사람이 왜 이런 산에?"

신애 할머니가 물었다.

"시장 상인의 이야기로는 따로 몇 명인가 그런 젊은이들이 거기에 들어가 있고, 쭉 만세 선창을 하고 있었대요, 나라의 여기저기를 도는 운동원이라고 할까요, 여기는 좋은 소식도 나쁜 소식도 늦게 오니까요……. 그러고 보니 건방진 상인이 있었지, '시골 촌놈인 자네들은 꼴찌로 독립만세 했잖아. 동포가 사는 데는 일본이라도 중국이나 러시아거나 모두 벌써 결사적으로 왜놈과 싸우고 있지, 이 정도 일로 뽐내지 말라'고 하는 거야. 아무도 뽐낸 일이 없지만"

"역시 그 아저씨가 말한 것은 진실인지 모르겠네."

신애 할머니가 아버지에게 소곤거렸다. 아버지도 목소리를 낮추고 들었다.

"동경의 형님 일입니까?"

"응, 어쨌든 그 집에서는 내색도 안 하니까 모르지만"

"누구 이야기예요?"

"아니, 좀……"

그때 대문에서 주철 삼촌이 허리에 매달린 빈 도시락 그릇 소리를 내면서 숨을 헐레벌떡거리며 달려왔다. 아저씨는 좀 뒤돌아본 다음에 신애 할머니를 향해서,

"아니 깜박 긴 이야기를 해 버렸어요. 그럼 오늘밤을 잊어버리지 마세요. 절의 종이 신호라고 하니까요. 뒤쪽 집과의 연락은 자네한테 부탁해." 하고, 뒷말은 아버지를 향해서 말했다.

"도자에몬土佐衛門[8](물에 빠져 죽은 사람)이, 도자에몬이……, 둘이나!"

주철 삼촌은 형식적인 인사를 빠른 말로 끝내자, 아직 헐떡이면서 말했다. 붉어진 이마의 둥근 앞머리에서 굵은 땀방울을 흘렸다. 바지 무릎은 흙투성이였다. 아저씨는 막 돌아가려던 발을 멈추었다.

"어디에 떠올랐는가?"

"남강의 큰 다리 밑입니다. 다리말뚝에 걸려 있었대요. 둘 다 상처 투성이. 한 사람은 머리 뒤가 텅 비었대요! 뇌가 없었대요."

"이상하네요." 하고 아버지가 손님에게 조용한 소리로 말했다.

"큰 다리라고 하면 강의 상류가 아닙니까?"

"어제 것은 아니겠지, 상류 어딘가에서 있었던 게지, 같은 일이"

"무서워, 무서워요!"

신애 할머니가 얼굴을 찡그렸다.

"그리고 농민 아저씨들이 잔뜩 낫이나 몽둥이를 들고 읍으로 갔어요. 잡힌 사람을 되찾는데……, 우리 집은 안 가도 되지요?"

"주철아 도시락 그릇을 두고 와."

---

8 일본 에도江戶시대에 뚱뚱하기로 이름난 씨름꾼의 이름이며, 그의 몸꼴이 물에 빠져 불은 시체와 같다는 비유에서 생긴 말.

신애 할머니가 애가 탄 소리를 냈다.

"그리고, 그리고"

"주철!"

그는 아쉬운 듯 몸채로 향했다. 나는 그 뒤를 따랐다.

"아저씨 '도자이몬'이 뭐예요?"

"이거야."

주철이 뻐드렁니의 이빨을 드러내고, 눈을 크게 뜨고 달려들어 물 것 같은 얼굴을 한 채 부엌으로 뛰어들었다. 빈 도시락그릇을 그물주머니 채로 마루에 내팽개치고,

"다녀왔어요! 누나, 포플러가 학교 앞의 포플러가 쓰러져 있었어!"

"그게 어쨌다는 거야?"

안에서 어머니의 중얼거리는 소리가 났다.

"그래도 몇 그루나 몇 그루나 뿌리 채요!"

"포플러가?"

기쁜 듯한 소리가 들리고, 희열 할머니가 자신의 목덜미를 가볍게 두드리면서 나왔다. 베를 짜는 오후의 여느 때처럼 눈이 붉어져 있었다.

"그래, 그건 잘됐다. 밤새 한 거야!"

"했다고!"

"정순아!" 하고 희열 할머니는 안을 들여다보며,

"자네도 이 정도 일은 기억해 둬, 포플러라든가, 아카시아라든가 이상한 나무는 모두 왜놈이 발을 들여놓고 심어 놓은 거야. 내가 젊었을 때는 그런 것은 어디에도 보이지 않았어. 알았지? 주철아, 포플러는 조선사람의 눈물을 빨아먹고 자란 나무란다. 그것이 뿌리 채라니 가슴

이 후련해진다!"

그날 우리 집은 일찍 저녁을 끝냈다. 신애 할머니는 치마저고리를 살피고는,

"그럼 정순도 희열도 술시戌時⁹ 절의 종소리가 신호니까"라고 말해 두고, 전날 희생자를 낸 집집으로 문상하러 나갔다.

"오늘은 자네도 밤일은 그만 둬요, 나도 안 할래."

밥상을 치우는 며느리에게 희열 할머니는 부드러운 소리로 말했다. 희열 할머니의 밤일은 솜을 만드는 것, 씨아질,¹⁰ 옷을 기워 고치는 것 등이고, 베 짜는 일은 항상 낮이었다. 젊은 어머니는 어슴푸레한 호롱불을 의지하여 밤에도 부지런히 바느질을 했다. 우리 집 일가 여덟 명이 입는 것은 모두 어머니가 바느질을 했다. 바느질은 신애 할머니가 가장 잘한다고 하는데, 웬일인지 그녀는 자기가 직접 안 했다. 그리고 아버지와 자기가 입는 것만은 엄하게 감독했다. 시집와서 7년째가 되는 어머니가, 두루마기나 저고리 안쪽 동정의 둥그스름한 모양을 두세 번이나 할머니 말대로 고쳤다.

"야 옥희야! 빨리 자, 나는 싫다, 너를 허리에 동여매는 것은, 응? 알지, 이 할머니는 딱 질색이야."

옥희를 무릎에 안았던 희열 할머니는 자세가 좋은 상반신을 약간 흔들면서, 말없는 손녀에게 말을 걸고 웃어 보였다. 아기는 안방에서 자고 있었다. 바깥은 조용히 저물고 그릇을 포개는 금속음이 검은 마루에 냉랭하게 울렸다.

---

⁹ 오후 8시쯤, 또는 오후 7시부터 9시 사이.
¹⁰ 목화 실을 빼는 틀인 씨아를 돌리는 일.

종소리다! 나는 벌떡 일어났다. 그러나 귀를 기울여보니 아무것도 들리지 않았다. 나는 어둠속에서 눈을 문질렀다. 아까 어머니는 부엌일을 끝낸 손으로 온돌방에 할머니들의 잠자리를 펴고, 나를 거기다가 억지로 자게 했다. 자지 말자 자지 말자 했는데 꾸벅꾸벅했던 모양이다.

"할머니!"

"……"

"엄마!"

"……"

점점 잠이 깨자 방 가운데는 어슴프레 밝았다. 베개 두 개가 말쑥하게 나란히 있었다. 절의 종소리가 울렸나? 나는 치마를 앞뒤도 모르고 뒤집어쓰고, 저고리에다 손을 꿰자 사뿐사뿐 부엌으로 나갔다. 나막신으로는 좋지 않다. 내 짚신이 겨우 발에 닿았다. 문짝을 열고 한숨을 쉬었다.

새하얀 치마저고리가 푸른 달빛을 받아 깜박깜박 움직이고 있었다. 희열 할머니다. 뭐야 엄마도 있네. 사랑방에서 뭔가 안고 온다. 장작다발 같다. 저쪽에는 자른 면이 고른 장작더미가 아궁이 근처에 쌓여 있었다.

"어떻게 된 거야? 영희"

여전히 기분이 좋은 할머니 소리가 밤의 물기를 머금고 젖어 있었다.

"오줌" 하고 엉겁결에 말해 버렸다. 나는 치마를 걷어 올리고 웅크렸다. 똑똑 떨어질 정도의 오줌 소리가 분명히 들렸다. 사랑방의 장지에 비친 등불 빛이 노랬다.

"할머니 절의 종이 울렸어?"

"아직, 너 똑똑해, 알 수 있어?"

"응"

희열 할머니의 태도로 추측하면 무언가 좋은 일이 있을 게 틀림없었다.

"지금 뭐 하러 일어나?"

어머니의 거무스름한 모습이 엄한 소리를 던졌다.

"오줌"

나는 엉덩이를 다시 내렸다.

"끝나면 빨랑빨랑 자!"

"왜?"

"어떻든!"

"잠이 안 오면 일어나 있어!"

어머니와 할머니 소리가 겹쳤다.

"어머님! 영희는 어린아이예요."

"안 되나? 조선아이가 보면 안 되는 건가?"

희열 할머니는 타고난 말투가 되었다. 어머니는 입을 다물었다.

"일어나 있어! 영희야, 정신 차리고 잠을 깨고 일어나 있어!"

말끝이 높아지는 소리가 여운을 남기고 없어질 때, 문 앞을 밟는 엄청나게 많은 발소리가 얼마 안 되는 사람 소리와 함께 기어가는 듯이 들려왔다. 그러자 사랑방의 등이 꺼졌다. 달만이 할머니와 어머니를 밝혔다.

우리 고향의 집집은 일본 농가에서도 볼 수 있듯이, 뜰에서 한 단 높이 흙을 쌓아올린 곳에 지어져 있었다. 우리 집은 거기에 돌로 방토

防土가 되어 있었다. 지금 할머니와 어머니는 몸채 툇마루 끝의 방토에서 한 간 정도 떨어진 곳에 섶나무 가지를 놓고, 그 위에 장작을 짜 맞추고 있었다.

"어머니 다녀오겠어요!"

갑자기 주철 삼촌의 새된 목소리가 울렸다.

"힘내라!"

희열 할머니가 몸을 일으켰다. 대문 앞을 말없는 흰옷의 행렬이 지나갔다. 아버지와 삼촌의 흰옷이 거기에 섞여 갔다.

길고 긴 행렬이 끝나는 것을 기다리다 못해, 희열 할머니가 아까와 다른 목소리를 냈다.

"정순아, 미안하지만 이건 자네가 해줘, 난 영희 데리고 잠깐 갔다 올게."

"어디로 또? 오늘밤은 남정네뿐인데요."

어머니 목소리에는 놀라움과 비난이 깃들여져 있었다.

"나는 아니야, 저 산마루 정자 거기에 영희를 데려 가고 싶어서 그래."

"혼자서 가시면 어때요?"

어머니는 방토 돌에 가볍게 앉아서 머리를 숙인 채 무뚝뚝하게 말했다. 들에 아직 나가지 않은 어머니의 주걱턱이 허여스름했다. 희열 할머니를 향한 불만이 오늘 아침부터, 아니 어쩌면 어제부터 쌓여 있는 것 같았고, 부풀어 오른 가슴이 느릿하게 물결치는 것이 밤눈에도 알 수 있었다.

희열 할머니는 한순간 말이 없었다. 그러나 곧 싹 태도를 바꾸고,

"자네가 낳은 영희에게는 다행히 눈알이 두 개 붙어 있어서, 이놈을 나는 자네 같은 눈 뜬 장님으로 만들고 싶지 않아. 나라가 어떻게

되든 암컷만 듬뿍 낳으면 된다는 얼굴을 하는 여자가 되면 이 내가 곤란해요. 이 아이에게는 공교롭게도 내 피도 들어 있는 거니까!"

단숨에 떠들었다. 어머니는 얼굴을 가리고 방토 위에서 툇마루로 뛰어올라 안방으로 들어가 버렸다.

"제기랄 재미도 없어!"

할머니는 아까 쌓아놓은 장작 하나를 짚신 발끝으로 차버렸다. 장작은 마른 소리를 내고 한 번에 무너졌다. 할머니는 당황해서 웅크리고, 하나하나 장작에게 사과하는 듯이 다시 정중하게 쌓아올렸다.

"정자로 가요? 할머니"

"그만 뒀다. 네 엄마가 벽창호니까"

그러나 벽창호 씨는 안방에서 금방 내려왔다.

"잠에서 깨서 춥잖아, 쓰고 가"

어머니는 자기 저고리를 내 어깨에 입혔다.

"그래, 미안하네." 하고 희열 할머니는 자기가 입혀진 것처럼 소리를 냈다.

"좀 잘못해서 쓰러트렸어, 미안하지만 부탁해요. 영희, 자 가자! 봐라 달이 저렇게 떠올랐어.……"

우리는 손을 잡고 산마루의 정자로 서둘렀다. 대문 앞길을 오른쪽으로 일 킬로쯤 올라가니, 벼랑을 따라서 길이 활처럼 젖혀져 굽어 있었다. 그 쑥 내민 평지에 느티나무 거목이 남쪽으로 대담하게 기울어 뿌리를 내리고 있었다. 정자는 조선의 어느 마을에도 있는 것이지만, 우리 마을에서는 이 느티나무 그늘에 서 있었다. 바람이 불어 빠져나가는 다다미 열두 장 정도의 마루에 여섯 개의 둥근 기둥이 초가지붕을 떠받치고 있을 뿐인 소박한 정자였다. 마을사람들은 여기서 술잔을 나누면서 사계절의 정취를 즐겼다. 아래는 완만한 물매로 되어 있어서, 여름에는 칡잎사귀가 고사리나 감초와 다투면서, 끓어오르는 듯이 솟아올랐다. 그 둑의 2미터 내려간 곳에 부채꼴의 계단식 밭이 비늘처럼 네 면을 덮고는, 이윽고 남강가의 작은 분지로 사라졌다. 지리산은 오른쪽의 서쪽으로 우뚝 솟아서, 남쪽으로 산기슭을 펴고 있었다.

지금은 음력 2월 중순의 둥근 달이 으스스 들을 비추고 있었다. 저쪽으로 한 덩어리 이쪽으로 한 덩어리, 또 그 사이를 띄엄띄엄 집의 등불이 반짝였다. 남강의 재촉하는 듯한 여울소리가 저 먼 은빛 띠에서가 아니고, 바로 그 부근을 흘러가는 것처럼 들려왔다. 이윽고 절의 종소리가 강물소리를 싹 지웠다.

"울렸다! 보아라, 영희야!"

메아리치는 소리가 여음과 겹치고, 그걸 부수고 다시 종이 울렸다. 집의 등불이 일제히 꺼졌다.

"저쪽을 봐, 아버지들이"

보았더니, 붉은 횃불이 셋 넷 다섯 하고 점점 늘어나서 지리산 기슭으로 파 들어갔다. 강 건너의 언덕도 어느덧 불사슬로 테두리를 두르고 파도처럼 구부러져서 무언가를 외치고 있었다. 일단 어두워진 집집의 주위에서도 큰 화톳불이 흰 연기를 위로 뿜어 올리며 타기 시작했다.

"볼만하지? 독립의 봉화야."

할머니는 득의에 차서 말했다. 언덕의 불의 외침은 집으로 가서 이부자리에 든 다음에도 아직 마루 밑에서 솟는 듯이 들려왔다.

다음 날 아침에 깨어보니, 엉덩이 밑의 요가 뜨뜻하게 젖어 있었다. 철이 든 뒤로 오줌을 싼 것은 처음이었다. 당장 희열 할머니가 신애 할머니에게, "밤놀이 같은 데 데리고 가니까" 하고 꾸지람을 들었다. 덕분에 나는 꾸지람을 면했다.

아침식사도 끝나고 아버지는 서당으로, 삼촌은 나가고, 여자들은 각각 일을 시작해서였다. 문득 생각난 듯이,

"그래 그래, 영희에게 소금을 받으러 가게 해야지." 하고 시켰다. 나는 2백 미터 떨어진 윗집으로 갔다.

"뭐? 소금 달라고?……좋다, 지금 듬뿍 줄 테니 기다리고 있어."

윗집 아주머니는 왠지 싱글거리며 바구니를 받자, 아궁이에서 불을 헤집는 막대를 잡고 와서 느닷없이 내 머리에 바구니를 덮었다.

"이 오줌싸개! 똥싸개!"

바구니 위에서 막대가 내 머리에 잇달아 쳐내려졌다.(이것은 조선의 부모가 서로 힘을 합쳐 아이의 야뇨를 고치는 관습이었다.) 나는 깜짝 놀라 엉엉 울면서 돌아왔다. 그러나 부엌문을 열고 다시 놀랐다.

토방이 왜놈 병정으로 메워졌다! 그런 느낌이었지만, 실은 완장을 단 헌병 둘과 조선인 보조원 하나였다.

"운동원을 숨기다니 당치도 않아요. 어떤 사람인지 알지도 못해요."

신애 할머니가 불안에 떠는 목소리로 말했다.

"하여간 조사하겠다." 하고 보조원이 말하자마자, 헌병들은 신발을 신은 채로 안으로 발을 들여놓았다. 나는 신애 할머니에게 달려들었다. 안에서 비명소리가 나고, 옥희와 아직 이름도 붙이지 않고 내버려둔 아기가 자지러질 듯이 울기 시작했다. 듬성듬성 콧수염이 난 보조원은 입구에 허리를 내리고 군복 주머니에서 궐련을 꺼냈다.

"그저께 시장에 누가 갔지?"

"당치도 않아요, 우리 집에서는 아무도……"

신애 할머니가 얼버무리는 동안에, 눈이 충혈된 헌병들이 황새걸음으로 돌아왔다. 희열 할머니가 뭔가 욕설을 퍼부으면서 다가왔다.

"그쪽 할멈 기운이 있네, 너 시장에 가서 만세 불렀지?"

보조원이 말했다.

"했지! 그게 어때?"

"희열!"

"주재소까지 와 주어야겠네."

콧수염이 그렇게 말하며 눈짓하자, 헌병 하나가 희열 할머니를 군화로 차서 쓰러트렸다. 나는 으앙 울었다. 신애 할머니 손이 내 입을 막았다. 헌병이 희열 할머니 쪽머리를 잡고 팔을 비틀어 올렸다.

"가면 되지, 가면!"

할머니는 몸을 발버둥거리면서 엉겁결에 말했다. 보조원이 뭐라고 일본어로 지껄였다. 헌병들은 손을 놓았다. 희열 할머니는 저고리 끈을 맸다. 얼굴은 창백했다. 검은 머리는 등쪽으로 늘어졌다.

"빨리 해! 너 혼자만 상대하는 게 아니니까"

보조원이 재촉했다. 희열 할머니는 말없이 일어섰다. 그러자 헌병이 뒤에서 다시 찼다. 할머니는 토방에 굴러 떨어졌는데, 곧 문지방을 잡고 일어서려고 했다. 그 뺨을 왜놈이 손바닥으로 때렸다. 오른쪽에서 왼쪽에서, 토방에 뛰어내린 또 한 사람이 할머니의 머리털을 잡아서 짐짝처럼 질질 끌기 시작했다. 할머니는 머리칼 밑을 누르고 한마디도 말하지 않았다. 질질 끌려가면서 드디어 일어섰다.

"간다고, 가."

사내들의 손을 추접스러운 듯 털어버렸다.

"나는 벌써 죽은 여자야! 빌어먹을! 몇 번이든지 죽어 주마"

그렇게 외치고, 희열 할머니는 버선발로 토방 문을 차버렸다. 신애 할머니는 나를 굳게 안은 채 몸을 떨었다. 어머니는 희열 할머니의 짚신을 가지고 네 사람의 뒤를 따랐다.

그리고 며칠이 지난 어느 저녁때 희열 할머니는 덧문에 실려 돌아왔다. 아버지를 비롯해 마을의 남정네 몇 사람이 날라 온 것이다. 미간에서부터 한쪽 뺨에 걸쳐서 큰 자색 멍이 생겼다. 눈을 감은 채 그 뺨을 찌푸리고,

"물, 물" 하고, 희미하게 말했다. 어머니가 바가지에 담은 물을 입에다 대 주니, 희열 할머니는 사내처럼 목구멍에서 꿀꺽꿀꺽 소리를 내며 마셨다. 그리고 눈을 또렷하게 뜨고, 신애 할머니를 응시하며,

"미안해요, 폐를 끼쳐서" 하고 쉰 목소리로 말했다.

"첩 주제에 지나치게 나서서, 혼 좀 나야지."

신애가 그렇게 말하자 희열 할머니는 힘없이 눈을 감았다.

잠자리에 옮긴 다음이었다. 몸을 닦고 옷을 갈아입혀 주려던 어머니는,

"아이고!" 하고, 절규했다. 희열 할머니의 몸 이곳저곳에 구타를 당한 검푸른 흔적이 있었고, 채찍질당할 때 긁힌 자리가 부르터서 생긴 상처가 수없이 많았다. 속옷은 여기저기 피가 묻어 말라서 울퉁불퉁했다.

"닦을 데가 없잖아요!"

어머니는 젖은 수건을 가지고 울음 섞인 소리로 말했다. 희열 할머니는 숨이 끊어지는 듯한 소리로,

"대 줘, 차가운 것을……, 타서 불같아."

"지독해! 지독한 짓을"

"모두 그래, 젊은 아가씨는…… 거시기에 막대기를 처넣었어."

"……"

"소금과 콩을 줄 뿐이지, 물도 주지 않았어. 자기 오줌을 마시는 사람도 있었어."

"아이고!"

"나는 마시지 않았어. 죽을 각오로 갔지,……죽으면 좋았을 텐데"

"어머니가 안 계시면 이 집은 어떻게 되라고요?"

어머니가 희열 할머니에게 깨끗한 속옷으로 갈아입혀 주었는데, 며느리의 호소로 입가에 조금 웃음을 지었다.

"형님이 있잖아."

"어머니는!"

어머니는 희열 할머니 목덜미에 팔을 대고, 가만히 위로 향하게 하고 재웠다.

"안심해요, 그리 간단히 죽을 수 없지."

희열 할머니는 아직 쓸쓸함이 남은 웃음 띤 얼굴로 말했다. 아버지는 뜰에서 닭을 잡고, 주철 삼촌은 한약을 사러 달려갔다. 신애 할머니는 아버지 지시대로 큰 솥에 벌꿀을 넣고 닭을 그냥 삶기 시작했다.

다음 날도 또 다음 날도 아버지는 가끔 몸채로 와서 자기 생모를 문병하고, 이것저것 어머니에게 지시했다. 어머니는 열심히 간병했다. 신애 할머니는 어두운 얼굴을 하고 거의 말을 안 하게 되었다. 느릿느릿 움직이면서 젊은 부부가 하는 일을 이따금 곁눈질해서 보았다. 옥희가 보채면 보통 때와 달리, 매정하게 냅다 때렸다.

나흘째 아침에는 희열 할머니는 벌써 일어나, 아직 조금 멍이 남은 얼굴을 찡그리면서 자기 스스로 잠자리를 개기 시작했다.

"무리하지 마세요! 걷어치우는 것은 아직 일러요." 하고 어머니가 달려왔다.

"대단히 비위를 맞추네."

그 방 한구석에서 머리카락을 풀고 있던 신애 할머니가 참다못해 말했다. 어머니는 그 소리로 꼼짝 못하게 되었고 얼굴을 붉혔다. 신애 할머니는 빗에 착 달라붙어 삐어져 나온 머리카락을 집으며 입속에서 중얼거렸다.

"이 집안에서 나는 타인이고 애물단지인가봐요."

"큰어머니 무슨 말씀을 하세요?"

"좋아, 좋아."

신애 할머니의 눈초리에 살짝 눈물이 글썽했다. 그 뒷벽에는 신애 할머니의 남편이 쓴 '백인당百忍堂' 종이가 불그스름하게 될 정도로 그을어 있었다.

6. 동녀童女의 슬픔

희열 할머니는 두 사람이 주고받는 소리가 귀에 들어오지 않는 것처럼 묵묵히 잠자리를 걷어치웠다.

여느 때는 봄갈이에 정신없는 계절이었다. 그러나 마을에는 며칠 전부터 병정의 수가 눈에 띄게 늘어났지만, 들에서 일하는 사람의 그림자는 드문드문했다. 논밭은 여기 저기 간신히 파헤쳐진 채 방치되어 있고, 사내들은 '독립'의 정보 수집에 들떠 있고, 여자들은 몰래 장례식의 허드렛일이나 상처 입은 사람을 보살피는 것으로 손발이 묶여서, 한식寒食(동지 후 105일 째 되는 날)의 진수성찬은커녕 조상의 성묘마저 멈춘 상태였다. 우리 집에서 일어난 일은 마을에서 많이 일어난 일 가운데 사소한 한 사건에 지나지 않았고, 일꾼이 아직 잡혀 있는 집도 적지 않았다. 이런 때도 곤란하지 않은 사람은 머슴을 거느린 지주뿐이며, 우리 집도 날품팔이를 찾지 못하고, 여자만으로 농번기를 견뎌내지 않으면 안 되었다. 물론 아버지는 나와는 관계없다는 태도였다. 그것은 정씨 집안의 범할 수 없는 가풍이었다.

우울한 아침식사가 끝나자 여자 셋은 들에 나갔다. 희열 할머니의 얼굴색은 흐리고, 몸가짐도 다른 사람처럼 느려서, 회복하기에는 아직 시간이 걸릴 것 같았다. 그래도 할머니는 소를 외양간에서 꺼냈다.

"그만 둬요, 보기 흉해."

신애 할머니가 나무랐다. 여자인 주제에 소를 부린다는 것은 그 시대 경상도에서는 생각지도 못했던 일이었다.

"위험해요, 어머니."라고 어머니가 걱정했다.

"전라도에서 가난하게 자란 사람은 남자도 여자도 없어. 해야 할 일이 있을 뿐이지."

희열 할머니는 그렇게 말하고 소를 끌고 나왔다.

나는 여동생인 옥희와 이름이 없는 아기를 보는 게 임무였다. '이름 없어'가 너무 울어대면 텅 빈 집에다 옥희를 놔두고 '이름 없어'를 업고 어머니에게 가야 했다. 들에서는 젖을 빨리는 어머니 옆에 신애 할머니도 앉았다.

희열 할머니는 쟁기를 다루면서 나에게 눈길을 던졌으나, 그 눈에는 여느 때처럼 빛나지 않았다. 가래질로 일구어진 흙에서 한창인 봄

향기가 나왔고, 소는 누런 등에 화창한 햇빛을 실컷 받으며 느릿느릿 기어가듯이 걷고 있었다. 그 저쪽 논두렁을 두 사람의 병정이 사냥감을 찾는 사냥꾼처럼 눈을 번뜩이며 바른 자세로 걸어갔다. 산속의 우리 마을에서는 일본인을 봤다고 하면, 이런 병정 순경 관리로 제한되어 있었다. 동양척식東洋拓植이민[1]도 여기까지는 몰려들지 않았다.

저녁때가 되면 나는 명령대로 통보리 밥을 지었다. 무거운 쇠 솥뚜껑을 반 정도 열어 놓고, 씻은 통보리를 솥에 넣고, 물을 붓고 불을 붙였다. 아궁이 앞에 다리가 저릴 정도 갈게 쭈그리고 앉아서, 간신히 타오르는 불춤에 넋을 잃고 보고 있었더니, 뒤에서 옥희가 으앙 하고 울었다. 보니까 토방에 굴러 떨어져 있었다. 나까지 흙투성이가 되어 겨우겨우 마루에 올리면, 이번에는 잠을 깬 아기가 안에서 울어댔다. '이름 없어'를 달래고 있으면 아궁이 불은 다 타버렸다. 나는 지치고 배가 고파 울고 싶었다.

모두가 돌아온 것은 완전히 해가 진 다음이었다. 어머니는 그 길로 내가 짓던 통보리 위에 쌀을 넣고 물을 부어 또 불을 붙였다. 나는 보리밖에 못 먹는데, 지금 넣은 쌀이 익어질 때까지 밥을 기다려야 했다.

희열 할머니는 짚신도 벗지 않고 마루에 몸을 눕혔다. 그날 밤 할머니는 수건으로 머리를 꽉 동여매고 잤다. 내가 이부자리 속에 들어가도 희열 할머니는 여느 때처럼 나를 껴안으려고 하지 않았다.

------

[1] 조선에서 농업생산을 위한 중심적인 인물을 육성하는 것을 목표로 했다. 처음에는 5년 동안 12만 명을 일본에서 이주시킬 계획이었으나, 실제로는 5년 동안 2,695호에 지나지 않았다. 그리고 처음에는 스스로 땅을 갈았으나, 조선사람의 땅을 매점하는 것이 유리하다는 것을 알아차려 지주화되었다. 高崎宗司,《植民地朝鮮の日本人》(岩波書店, 2002), 110~111쪽 참조.

다음 날도 어두울 때부터 일어나 가축을 보살피고, 세탁 청소 밥 짓기 등 집안일을 모두 끝낸 여자들은 이제 점점 밝아지는 햇살을 걱정하면서, 마루에 놓인 김치 사발을 급히 비우고, 밥상에 차리지도 않은 변변하지 않은 아침밥을 쓸어 넣듯이 먹고 있었다.

"이렇게 사람 손이 없어서야, 올해는 술 같은 건 담글 수 없겠네."

"그럴 수야 없지, 술 정도는 틈틈이 할 수 있지요. 그것보다 이 정도라면 누에가 많이 늦어져요. 올해 모내기는 누에와 겹쳐져서 힘들어요."

"곤란하군, 뽕나무만 억지로 떠맡아서."

"독립되면 그렇게까지는 필요 없을 거예요. 잘은 모르지만 아래쪽에서는 밤중에 작년 뽕나무를 뽑아내어 면사무소 앞에 놓고 왔다는 이야기예요. 유행이라고 해요."

"그런 바보 같은 짓을 해. 어차피 가난한 사람이 한 것이겠지만, 발견되면 갇힐 텐데, 그런 무리들은 갇혀도 아무렇지도 않을 테니까, 기가 막혀요."

어머니는 신애 할머니 이야기가 신애 할머니 앞에서 빗나가니까 곤혹스러운 듯이, 조금 높은 소리로,

"누에는 어찌 하든, 논은 내버려둘 수 없어요."

"그렇지! 그러니까 우리 집은 곤란하지. 남자 손이 없어서."

"그래도 모내기까지 어떻게든 목표에 도달하면 돌려가면서 하니까요."

"그래, 그래! 역시 막걸리 정도는 담가 놓아야지. 그때 창피를 당할 거야."

신애 할머니와 어머니의 농사를 둘러싼 그런 주고받기 이야기에 희열 할머니는 전혀 말참견하려고 하지 않았다. 한 입 먹고는 무언가 생

각하곤 했다. 기분을 새로이 하고는 또 입으로 가져갔다.

"어머니 오늘도 소를 꺼낼까요?"

어머니는 희열 할머니의 상태를 알아차렸는지, 마음을 떠보듯 물었다.

"윽? 윽, 윽"

희열 할머니는 목구멍에서 산비둘기가 우는 것 같은 이상한 소리를 냈다.

"에? 어머니!"

"윽, 윽"

갑자기 희열 할머니 손에서 놋숟가락과 보리밥이 들어 있는 그릇이 흘러 떨어지듯이 맥없이 굴러 떨어졌다. 무서운 느낌이 들었다.

"어떻게 되신 거예요?"

어머니가 깜짝 놀라며 말했다. 통보리 밥알은 마루에 어이없이 흩어지고 숟가락은 열린 문으로 들어온 아침 햇살에 번쩍거렸고 부르르 떨다가 멈추었다. 희열 할머니를 보았더니, 검은 눈동자로 허공의 한 점을 응시하며 이를 악물고 양 주먹을 꽉 쥐고 있었다.

"뭐야? 그 이상한 짓은"

신애 할머니가 어이없다는 듯이 비웃는 투로 말했다. 그러나 희열 할머니는 더욱더 이를 악물었다.

"도대체 뭘 화내는 거야?"

"큰어머님! 아니에요, 뭔가 이상해요."

어머니는 무릎의 옥희를 뿌리치고 엉거주춤했다. 희열 할머니는 더욱 더 얼굴과 몸이 뻣뻣해져서, 자신이 자신에게 놀란 듯이 눈을 크게 떴다. 악문 턱이 떨리기 시작했다. 꽉 쥔 양 주먹도 떨리기 시작했다.

세운 한쪽 무릎도 떨리기 시작했다. 마루에서도 놋그릇이나 김치사발이 희미한 소리를 내며 떨리기 시작했다.

"왜 이래? 희열!"

신애 할머니도 소리가 달라졌다.

"어머니! 뭐라고 말씀하세요!"

어머니가 소리를 짜냈다. 그래도 희열 할머니는 대답하지 않았고, 힘을 주고 떨었다. 이빨 가는 소리가 뿌드득뿌드득 울렸다.

모두가 놀라서 숨을 죽이는 동안 희열 할머니는 윗몸을 쭉 폈다. 턱을 쑥 내밀고 몸을 뒤로 젖혔다. 그러자 그대로 옆으로 넘어졌다. 국그릇도 김치사발도 차 버리고 쓰러졌다. 쓰러지는 순간에 튀어 돌아왔다고 보일만큼 경직하여, 그처럼 딱딱하고 굉장한 소리를 내고 넘어졌다.

신애 할머니도 어머니도 나도 모두 일어섰다. 옥희가 요란하게 울기 시작했다. 어머나는 토방에 뛰어내려 사랑방으로 달렸다. 신애 할머니는 안방에 이부자리를 폈다. 주철 삼촌이 한방의를 부르러 갔다. 아버지와 어머니가 병자를 잠자리로 옮겼다.

잠자리에 옮겨진 희열 할머니는 베개에서 머리를 떨어트리고, 양다리를 버티고 역시 몸을 젖혔다. 젖힌 채로 또한 양 주먹을 쥐고 이를 갈며 계속 경련했다. 모양이 좋은 콧방울이 오므라들고는 소리를 내며 공기를 빨아들이고, 콧방울을 벌리고는 거칠게 숨을 내쉬었다. 그때마다 가쁘게 눈썹을 부풀리고 눈을 힘껏 열었다.

주철 삼촌은 그대로 학교에 갔는지 도무지 되돌아오지 않았다. 의사도 오지 않았다.

30분이나 지나자 발작은 상당히 가라앉았다. 그러나 희열 할머니는 입을 열지 못했다. 목구멍이 굳어져, 관자놀이의 핏줄이 떠오르고, 이를 악문 채, 눈만으로 무언가를 말하려고 했다. 아무도 이해하지 못했다. 턱을 약간 흔들며 출구를 가리켰다.

"일하러 가라고 하는 거예요?"

아버지가 물었다. 희열 할머니의 눈에 기쁨이 나타났다. 의사가 왔을 때는 아버지와 나만 있었다.

"댁이 세 번째예요. 전염병이에요."

"뭐, 전염병?"

"아니, 누구나 무턱대고 옮는 게 아니에요. 고문으로 생긴 상처 자리에 균이 들어가 잠복하고 있었던 거예요. 파상풍이라고 하는 것 같습니다."

의사는 그 이상은 말을 못하는지 말하고 싶지 않은지 간단히 그것만 말하자, 판에 박은 듯이 이것저것 달인 약을 놓고 먹는 법을 알리고 돌아갔다. 그러나 아무 소용없는 일이었다. 병자의 입은 일분도 열리지 않아서 더운 물도 넣을 수 없었다. 그리고 뒤로 젖히고 경련하는 기묘한 발작은 약 한 시간 간격으로 되풀이됐다.

하루하루 하고 희열 할머니는 초췌해 갔다. 말하는 것은 고사하고, 마시고 먹는 것도 못하고, 악다문 입은 거기서 숨 쉬는 것도 허락하지 않았다. 그래도 발작할 때마다, 그 쇠약해진 몸 어디서 이런 힘이 나올까 하고 생각될 정도로 힘주고, 뒤로 젖히고, 이를 갈고, 꽉 쥔 주먹을 떨고, 마치 온힘을 다해 굳어지고, 아주 긴장시키고, 와들와들 떠는 것처럼 보였다. 그러나 목구멍에서 울리는 산비둘기와 비슷한 신음소리도 나날이 가냘파졌다.

그래도 희열 할머니는 거뭇해진 눈을 움직여서, 다음 날도 그 다음 날도 머리맡에서 사람을 내쫓았다. 일하러 나가게 했다. 자신의 뒤처리는 자기가 하고 싶다고 말하는 것 같은 얼굴을 했다. 그리고 몸채에 나와 옥희와 아기만 남으면 희열 할머니 눈에는 안도하는 기색이 나타났다.

극심한 발작이 끝나고 조용히 누워 있을 때, 희열 할머니 눈은 어딘가 멀고 먼 데를 응시하는 것 같았다. 광대뼈와 가는 콧날이 눈에 띄게 높아지고 말았다. 이를 악문 창백한 얼굴은 제법 작아졌다. 한층 눈이 커 보였다. 그것만은 조금도 변하지 않은 새카맣고 숱 많은 머리카락이 작은 이마를 또렷하게 선 두르고 베개 언저리에 흘러 있었다. 이 생기 없는 아름다움이 나에게는 너무나 슬펐다. 적어도 저 눈이 나를 보고 나를 생각하고 있었으면 했다.

그러나 나는 희열 할머니의 마음이 지금 나에게서, 정씨 집안에서 떠나서 어딘가 먼 데에 가 있다는 것을 알 것 같았다. 그곳이 어디인지는 몰라도, 저 눈빛을 방해할 권리는 아무에게도 없었다. 어린 마음에도 막연히 그리 느끼게 하는 분위기를, 외롭게 말없이 앓고 있는 할머니는 가지고 있었다.

그래도 희열 할머니의 그러한 여행길이 너무 길어지는 것이 나는 견디기 어려웠다. 거뭇해진 깊은 눈가를 지닌 옆얼굴에, 너무나 길게 조용한 애수가 감돌고 떠나지 않는 것에, 나는 익숙해지지 않았다. 그곳에 틀림없이 희열 할머니가 누워 있기에, 그 밖에 희열 할머니는 뜰에도, 들에도 아무데도 없다고 생각하면, 희열 할머니가 눈앞에서 우리 할머니가 아닌 사람이 되어버린 한때가, 나에게는 너무나 슬프고 외로웠다. 게다가 나는 희열 할머니의 귀에 익은 소리를, 그 초가을의 햇빛과 같이 열렬하고 마른 목소리를 벌써 며칠이나 듣지 못했지, 그렇게도 날카롭게 빛나고, 그렇게 싱싱하게 분노와 기쁨을 나타내던 눈이, 빛을 잃은 다른 눈이 되고 나서 얼마나 지났을까? 그러나 어쩌면 이번에는, 하고 생각해서 나는 불러보았다.

"할머니!"

"……"

"아이 참, 할머니!"

겨우 두꺼운 속눈썹이 부르르 떨었다. 다갈색의 눈이 어두운 구멍에서 나를 주시하며, 힘없이 미소를 띠웠다. 그것 역시 내가 알고 있고, 내가 정들었던 눈은 아니었다. 나는 삶도 죽음도, 그 골짜기의 병이라는 것조차, 이해하지는 못했지만, 하루하루, 시시각각, 희열 할머니가 나한테서 멀어져 간다는 그것만큼은 한층 순수하게 느낄 수 있었다. 빛깔 없는 아주 마른 입술 틈에서 악다문 이빨이 보였다. 나는 물에 적신 천 조각을 거기에 몇 번이나 몇 번이나 대주었다. 할머니를 위해 할 수 있는 것은 그것밖에 없었다. 그리고 그걸 하는 것은 내가 할머니를 놓치지 않으려는 주술이기도 했다. 할머니는 순수하게 그걸 받아들이면서 내 눈을 가만히 들여다보았다. 깊고 깊은 눈으로 들여다보았다. 나는 누그러졌다.

그러나 다음 순간에는 벌써 발작이 시작되었다. 나는 딱딱한 주먹으로 밀어젖혀졌다. 나는 당황해서 얇은 이불을 벗겨주었다. 조금이라도 편안하게 경련할 수 있도록. 희열 할머니의 완전히 굳은 뺨은 괴로움으로 찡그리는 것조차 할 수 없고, 코로 하는 세찬 호흡과, 이래도, 이래도 하는 것처럼 힘껏 크게 뜬 눈에 참기 어려운 고통이 나타날 뿐이었다. 해 드릴 수 있는 것은 아무것도 없는 병시중의 슬픔을, 그것도 가장 사랑하는 사람 때문에 여섯 살의 나는 일찍부터 맛보아야 했다.

그런 만큼, 그 짚으로 인형을 만들 때의 기쁨은 어떠했을까.

그것은 물도 넘길 수 없는 며칠 동안이 지난 다음이었다. 그때까지는 식사 같은 때는 희열 할머니의 험담만 하던 신애 할머니가 갑자기,

"무당에게 부탁해 보자."라고 말하기 시작했다.

"또 굿이에요? 어리석어요." 하고 아버지가 비웃었다.

"그렇게 말해 봐야, 자네 마음에 든 돌팔이 의사가 대체 무얼 해 주었나? 먹을 수도 없는 약만 팔고"

아버지는 대답하지 않았다. 신애 할머니는 잔뜩 골을 내고, 그 기세로 자기 스스로 부탁하러 갔다. 돌아오자 어머니에게 팥떡을 찌고 좁쌀 밥을 짓도록 시켰다. 자신은 부지런히 짚 다발을 앞마당으로 꺼냈다. 나에게 거들게 하고 길고 짧은 두 자루의 대나무 막대기를 십자꼴로 세우고, 그걸 밀짚으로 감싸기 시작했다.

"뭘 만들어요?"

"인형이야, 희열 할머니야."

"희열 할머니가 인형이 되요?"

"인형이 희열 할머니가 되는 거야. 저승에서 멀지 않아 병자를 마중하러 와. 그렇지만 지금 희열이 가게 되면 곤란하니까, 이 인형을 대신 가게 하는 거야."

"그러면 희열 할머니는 이젠 아무 데도 안 가는 거죠?"

"그렇지, 병이 낫고 일할 수 있게 되지."

나는 꽁꽁 얼었던 가슴이 한 번에 풀려서 뜨거워지는 것을 느꼈다.

나는 열심히 거들었다. 신애 할머니는 희열 할머니의 평상복이라고 해도 신애 할머니의 후물림인 낡아빠진 치마저고리를 인형에 입히기를

끝내자, 감나무 밑에 구멍을 파기 시작했다. 나는 지푸라기가 흩어진 뜰을 쓸었다.

　점심때쯤 되니, 가까운 이웃 아주머니나 할머니, 아이들이 앞마당이나 툇마루에 모여들었다. 들에서 곧장 온 듯한 모습의 여자도 있고, 산뜻한 몸차림으로 온 사람도 있었다. 농부 작업복을 입은 키다리 아주머니는 오자마자 안방 장지를 제멋대로 열고, 툇마루 끝에서 병실을 들여다보았다.

　"주일 엄마! 주일 엄마!"

　물론 병자의 대답은 없었다.

　"주일 엄마야, 힘을 내야지, 네? 언니, 자네 죽으면 나는 너무 쓸쓸해, 응, 힘을 내줘."

　키다리 아주머니는 울음소리를 냈다. 아기를 업은 노파가 엉거주춤한 채, 키다리의 손을 잡아끌었다.

　"이 바보! 그만 둬, 머리는 온전해."

　"그런데요, 아무 말도 안 해! 죽어버리는 게 아니야?"

　키다리는 퉁방울눈에 아이처럼 겁나는 표정을 짓고 노파를 뚫어지게 보았다.

　"그러니까 굿을 하는 거지 않아?"

　"아이고! 싫어요, 불쌍해! 고생만 하고"

　"쉿!"

　"말귀를 못 알아듣는 여자네."

　나이 많은 여자들이 키다리 아주머니를 끌어내고, 토단에서 앞마당으로 떼밀어 떨어트렸다. 아주머니는 쓰러진 것을 빌미로 양다리를 내던지고 땅바닥을 치고 외치며 울었다.

"아이고! 주일 엄마야! 나 싫어, 자네가 이대로 죽어버리면, 불쌍해! 형님 얼굴도 못 보고, 일만 하고! 첩이다 뭐다 하고 구박만 받고, 아이고 좋은 사람이었는데!"

신애 할머니와 어머니는 부엌에서 대접 준비에 바빴다. 아이들은 놀라서 아주머니를 보고, 어떤 여자는 눈물을 글썽글썽하고, 어떤 사람은 눈과 눈을 맞추고 비웃었다. 이윽고,

"무당이야!"

누군가가 협박하는 듯이 외치자, 키다리 아주머니는 멍청한 얼굴로 울음을 그쳤다.

양쪽 뺨이 처지고 불그레한 얼굴의 살찐 무당 할머니는 손에 활과 화살과 청룡도를 가지고 엄숙히 등장했다. 신딸이라고 하는, 무녀 수습을 하는 열두세 살 소녀가 보자기로 싼 물건을 가지고, 모두의 눈길에 수줍은 듯이 약간 고개를 숙인 채 뒤따라 왔다.

"단골무당이 아닌가? 크게 하는구먼."

누군가가 놀라운 듯이 소리를 냈다. 천한 신분으로 되어 있는 무녀에도 세습하는 정통파 무녀와 일대一代뿐인, 말하자면 무허가 무녀가 있었다. 정통파는 단골무당이라고 하여 무당 옷을 입고 가무강신歌舞降神을 한다. 무허가는 선무당이라고 하여 가무를 못한다. 무당 옷도 입지 못하고 무녀일도 간단하게 한다.

"정말이네 신애 아주머니로서는 희한한 일이네."

"자네 머리가 나빠, 주일 엄마는 일벌이지, 돈이 되는 나무지."

"과연, 살아 있으면 밉고, 죽으면 곤란하지."

"이러지도 못하고 저러지도 못하고"

"이 정도라면 시주는 쌀 두 말인가?"

"두 말로 끝나면 나은 편이지."

"아이고! 나 농민 그만 두고 무당이 될까 봐."

여자들은 소곤소곤한 목소리로 서로 눈치 보며 이야기하고 있었다. 그 사이에도 희열 할머니는 안방에서 이를 갈고, 경련하고, 뒤로 젖히고, 외롭게 괴로워하고 있었다. 짚 인형의 희열 할머니는 아이들에게 둘러싸여 감나무 줄기에 등을 기대고, 가만히 저승길로 가는 것을 기다렸다.

저승에서 희열 할머니를 마중하러 나오는 일곱 명의 사자들이 시시각각으로 우리 집에 다가오고 있었다.

병실 앞마당에는 이미 꽃방석이 깔리고, 시루떡과 물을 올린 상이 일곱 개 놓여졌다. 사자들에게 가짜로 용서를 빌기 위해서는 얼마간의 대접을 해야 하는 게 도리였다.

올려진 상 앞에 인형이 가로누워 있고, 활 화살 청룡도가 놓여 있었다. 거기에 새 짚방석이 한 장 깔리고, 놋그릇에 담긴 잿밥이 그 끝에 놓였다.

무당 할머니는 툇마루에서 검은 삿갓을 쓰고, 빨간색 남색 노란색의 화려한 색깔의 무당 옷을 입었다. 드디어 사자들이 오는 것이다. 신애 할머니와 어머니와 나는 제장祭場에 서고 구경꾼들은 토단에 올랐다. 옥희와 '이름 없어'는 그들 손에 맡겨졌다.

무당은 상 앞에 서자, 버들고리 바닥을 채로 두드리거나 문지르거나 하면서, 뭔지 모르는 주문을 우는 듯, 노래 부르는 듯, 혹은 짐승이 짖는 것처럼 외우기 시작했다. 뒤룩뒤룩 살찐 뺨이 재채기라도 하듯이 와들와들 떠나 했더니, 슬프게 미간을 모아 쉰 목소리를 냈다.

다음 순간 충혈이 된 눈을 크게 뜨고, 기분 나쁘게 으르렁거리는 소리를 냈다. 위협하고, 눈물로 애원해서, 사자들을 설득하려는 것이었지만, 그 태도는 어린 아이의 눈에는 추악하게 비쳤다.

그래도 저승사자들은 납득을 해 준 것인지, 무당 할머니는 버들고리와 채를 부채로 바꿔 쥐고, 늘어선 상 하나하나 앞에서 노래 부르고 춤추기 시작했다. 조선 춤은 무당에게서 시작됐다고 하는데, 그 할머니의 춤은 마을 여자들보다 훨씬 서툴렀다. 시주에 따라 종고鐘鼓 반주가 붙는 것이지만, 지금은 그것도 없고, 땅딸보 할머니가 꾀죄죄한 얼굴에다 어울리지 않는 원색 옷을 걸치고, 바보같이 어깨를 떨며 부채를 흔들고 있었다. 농악대의 춤 쪽이 훨씬 즐거운지 모른다. 그러나 어른들은 진지한 눈빛으로 단조롭게 반복하는 것을 지켜보고 있었다. 나는 아주 지루해졌다.

그러나 내 지루함은 네 개의 상 앞에서 춤이 되풀이될 때까지였다. 그것이 끝나자 내 진짜 할머니가 무당과 소녀의 손에 들려 안방에서 뜰의 짚 멍석 위로 옮겨졌다. 구경꾼들 사이에 억눌린 웅성거림이 일어났다.

멍석에 눕힌 희열 할머니는 얼마나 작고 애처롭고 쇠약해졌는지 모른다.

"아이고!"

"불쌍해!"

"아주머니!"

"주일 엄마!"

사람들은 제각기 부르고 한숨을 쉬고, 어떤 사람은 오열했다. 그들 소리에도 희열 할머니는 아무 반응도 보이지 않았다. 눈을 감고 뼈마디뿐인 작은 주먹을 쥐고, 여전히 몸을 움츠리고 와들와들 떨었다. 흰 멍석에 더부룩한 검은 머리카락이 흩트러지고, 그 바로 위에서 잔인한 봄 햇살이 내리쬐었다. 가는 콧날은 어디까지나 푸르누렇고, 움푹 들어간 눈동자는 더욱더 어두웠다.

무당은 주문을 외우면서 희열 할머니에게 잿밥을 던졌다. 그러자 할머니는 확 눈을 크게 떴다.

"봐라, 떴다!"

"대단해!"

감탄하는 소리가 토단에서 일어났다. 희열 할머니는 멍석에 정수리를 대고 뒤로 젖혔다. 멍석을 다리로 걷어 올리며 뒤로 젖혔다.

"봐라, 저 힘"

누군가가 말했다. 무당은 아무것도 거들떠보지 않고 행사를 진행했다. 복숭아나무 가지의 작은 화살을 세 방향으로 쏘고, 짚 인형을 구덩이에 묻었다. 흙을 뿌리는 동안 신애 할머니와 어머니는, "아이고, 아이고!" 하고 소리를 맞춰 울었다.

매장이 끝나자, 무당은 흰 통나무를 굴리는 것처럼 희열 할머니를 뒤집었다. 눈이 번쩍번쩍 이상하게 불탔다.

"살인귀야, 영원히 떠나라!"

무당은 한마디 사납고 광포하게 외치고, 희열 할머니의 새우 같이 젖힌 상태의 마른 등에 칼을 푹 찔렀다.

무당의 이것은 병자의 몸에 사는 살인귀의 숨통을 끊는 행위였다. 다시 희열 할머니는 안방으로 옮겨지고, 사람들은 몸채에서 다섯째 상, 여섯째 상, 일곱째 상과 함께 사자보내기 대접을 받았다. 그리고 흩어져 갔다.

가짜 희열 할머니의 장례식은 이렇게 순조롭게 끝났다. 향연의 뒤처리도 끝나고 내가 앞뜰을 청소하고 있을 때는, 짚 인형을 파묻은 흙도, 겉이 말라서 엷은 갈색이었다. 나는 거기에 손바닥을 대 보았다. 그것은 조금 따뜻해서, 밤마다 나를 안아 재워주던 희열 할머니의 향기롭던 살결을 생각했다.

"가 버려! 너 같은 것 멀리 가 버려!"

나는 소리를 내고 중얼거리며 부드러운 흙을 톡톡 두드렸다. 그것으로도 모자라서 발로 짓밟았다. 하나 둘 셋……그렇게 해보니 할머니 몸을 대신하는 인형이 저승으로 점점 도망가는 것 같았다. 희열 할머니가 발소리를 내며 점점 다가오는 것을 느꼈다.

"할머니! 희열 할머니!"

나는 꺼릴 것도 없이 소리를 외치며 방토를 기어올라 안방 미닫이문에 흙투성이 손을 댔다.

"열지 마! 때린다!"

신애 할머니의 기운차고 화난 목소리가 안에서 들려왔다. 그러나 나는 손가락을 핥았다. 서쪽으로 기울어지기 시작한 해가, 내 그림자가 장지에 비치는 것도 깨닫지 못하게 했고, 나는 젖은 집게손가락을 장지에 대고 가만히 밀기 시작했다. 확 장지가 열렸다.

"장난꾸러기! 뜨끔한 맛을 봐야 해?"

신애 할머니의 가는 눈초리가 치켜 올라가고, 차가운 증오심이 번뜩였다. 나는 뒷걸음쳤다. 장지문은 굳게 닫혔다.

아무리 먼 눈빛의 말 못하는 희열 할머니였지만, 나는 바로 어제까지 그녀와 마주 보았다. 외로움에 견디지 못하면 몇 번이라도 부를 수 있었다. 나는 이 손으로 마른 입술을 적셔주고, 이불을 벗겨주고 덮어 주었다. 그런데 왜 나는 갑자기 내쫓겨야 하는가?

나는 짚 인형을 묻은 흙 위에 두 다리를 내던졌다. 감나무 가지의 짙은 그늘이 나의 짧은 정강이를 비스듬히 가로질렀다. 나는 허리 주위에서 따스한 흙을 집어 올려서 묽은 치맛자락에 흩뿌렸다. 그 위에 뜨거운 눈물이 뚝뚝 떨어졌다.

희열 할머니는 그 뒤에 곧 죽었다. 그 뒤로 한 번도 나를 보지 못하고 죽었다. 발작 때의 질식사로, 얄궂게도 그 마지막을 지켜본 사람은 신애 할머니 혼자였다. 사랑방에서 달려온 삼촌은 물론 부엌에 있었던 어머니마저 그 시간에 맞출 수 없었다. 향년 마흔한 살이었다.

죽었다고 하면 머슴이라도 정중히 애도하는 고향 풍습에 따라, 희열 할머니도 성대하게 초상이 치러지고, 그동안 우리 집은 술과 맛있는 음식 냄새로 가득 찼고, 유족의 통곡을 빼면 설날에도 없는 요란스러운 모습이었다. 부정한 것으로 여기고 시체에 접근 못하는 마을 여자들은 오로지 부엌에 와서 부지런히 일했고 혹은 뒤뜰에 멍석을 펴놓고, 거기서 죽은 사람을 그리워하면서, 우리 유족의 상복을 꿰맸다. 여자는 죽어도 사랑방에 들어가지 못했다. 북두칠성을 새긴 칠성판이라는 판자 위에 시체를 눕혀서, 안방에 머리를 북쪽으로 향해 눕혔다. 다른 방은 몸채도 사랑방도 모두 남자만으로 메우고, 여자들이 가지고 온 제사요리를 먹고, 술을 실컷 마시고, 세상 물정을 논하고, 화투를 쳤다. 조문객은 음울한 기분으로 있지 않는 것이 관습이었다.

삼일장이 끝나자, 붉고 흰 천을 장대에 매달아 세우고, 관은 화려한 가마에 태워져 장례의 전송에 들어갔다. 우리 유족은 맨 앞에서 걷고 통곡소리를 짜내고, 흰옷 입은 마을사람들이 관 뒤로 끝없이 이어졌다. 가마의 선창자가 뭐라고 노래하듯 외치고는 종을 울리고, "어이"라고 소리를 메겼다. 다른 가마꾼도 소리를 맞추어서 "어이"라고 따라 했다.

서글픈 "아이고" 하는 통곡소리와, 축제 같은 종소리와, "어이, 어이" 하는 우렁찬 맞춤소리가 기묘하게 조화되어 산길을 따라서 먼 묘지까지 계속되었다.

7. 새벽 묘지

"안녕하세요! 안녕하세요!"

장지문을 몹시 거칠게 흔드는 소리에 나는 잠을 깼다. 엉겁결에 희열 할머니에게 달라붙으려는 생각에 손을 뻗쳤더니, 흐물흐물한 작은 물체가 만져졌다. 옥희였다. 그 무렵 보통 잠에서 깰 때처럼 묘지의 흙무덤이 머릿속에 두둥실 뜨고, 가슴은 새까맣게 막혔다.

"누구!"

옆 잠자리에서 신애 할머니가 질타하는 듯이 말했다.

"나예요. 키다리예요. 좀 일어나세요."

달은 이미 높이 오른 듯, 키다리 아주머니의 머리 그림자가 장지 아랫 부분에 약간 비쳤다.

신애 할머니는 마지못해 일어나 장지를 열었다.

"뭐야? 이렇게 늦게"

"저……, 저……, 왔어요."

"누가 온 건가?"

"형님, 아니 정 선생의 형님이라는 사람이"

"자네는 뭘 잠에 취한 거야? 주일은 정씨 집안의 버젓한 장남이야.

듣기 거북한 말을 하면 곤란하네!"

옆 안방에 등이 켜졌는지 오른쪽이 밝아졌다. 희열 할머니가 아플 동안 사랑방을 잠자리로 하고 있었던 아버지가 지금은 다시 안방에서 어머니와 아기와 자게 된 것이다.

"우리 형이라고요? 아주머니!"

아버지는 저고리 끈을 매면서 툇마루에 나왔다.

"왜 여기에 오시지 않는 건가요? 왜 어떻게, 우리 형이라고 알았을 까요?"

"그것이……"

"어떻게 형이 여기를 알았을까요? 왜 또 이럴 때!"

아버지는 잇달아 고압적인 태도로 질문을 퍼부었다. 어머니도 아버 지 뒤에 섰다.

"주일! 자네도 생각해서 말을 해요."

신애 할머니는 위엄을 보이면서 천천히 말했다.

"그래서 형님은 어머니가 돌아가신 것을 알고 오신 겁니까?"

"알 리가 없지, 선생님이 알리지 않은 건데, 병이 났을 때 알렸으면 좋았을 텐데……"

"……"

"선생님은 글 쓰는 게 장사이니까."

"그런데 아주머니, 생전에 어머니는 형에 대해서 일체 말하지 않았 어요. 나도 그런 사람이 있는 것을 다른 데서 듣고……"

"내가 가르쳐 주었으면 좋았을까?"

하고 신애 할머니가 드물게 큰소리를 냈다.

"자네 아버지가 어린애가 딸린 과부에게 자네를 낳게 했다고, 내 입에서 자네는 그렇게 듣고 싶었나?"

신애 할머니의 말끝은 분노에 떨렸다.

"큰어머니! 이상하게 듣지 마세요."

아버지는 낮은 목소리지만 엄한 기세로 말했다.

"어쨌든 되돌릴 수 없는 일이야."

키다리 아주머니는 둘의 말다툼을 얕보는 듯이 말했다. 그리고 아버지만을 향해 계속 말했다.

"자네 어머니가 형님을 얼마나 보고 싶었겠나.……난 선생님이 편지 정도는 썼을 거라고 생각했지요. 어머니가 병에 걸린 다음에도 물을 기회는 얼마든지 있었지요. 선생님은 아이들한테 효도를 가르치는 서당 선생님이 아닌가요?"

아버지를 보면 금방 도망가는 아주머니가 오늘밤은 전혀 달랐다.

"그것이, 아주머니, 어머니는 쓰러져서 숨을 거두실 때까지 한마디도 말씀을 못하셨어요."

"그래서 사내인 자네가 가만있었던 건가?"

아주머니의 퉁방울눈이 반짝 빛났다. 툇마루 끝에 한쪽 무릎을 세우고 가만히 고개를 숙이고 있던 어머니가 깜짝 놀란 듯이 얼굴을 들었다.

"선생님이 그럴 마음이 있었더라면, 왜 큰어머니의 멱살을 잡아서라도 입을 열게 하지 않았던 거예요? 이 집에서는 돌아가신 아버님도 안주인도 어머니가 자기가 낳은 자식을 누구에게 주었는지 분명히 아셨을 텐데요!"

키다리의 뚝배기 깨지는 듯한 소리는 깊은 밤의 처마 밑에서 윙윙 울렸다. 그 소리를 비틀어 덮어 누르는 것처럼 신애 할머니가 힘을 주어 말했다.

"자네 우리 집 첩과 얼마나 좋은 사이였는지 모르지만, 다른 집에 이상한 말참견은 하지 말아요! 주제넘게 나서지 말아요! 정말로 서로 닮은 사람이네. 소작하는 신분으로 건방지게 주제넘은 소리도 이제 그만 둬!"

키다리는 신애 할머니를 마주 보고 조금 몸을 뒤로 젖혔다.

"외람된 말이지만, 나는 이 집에서 소작한 기억은 없네요! 부인께서 나한테 뽐낼 건 조상대대로 요만큼도 없네요! 나는 여태까지 주일 엄마를 생각해서 자네한테도 머리를 숙이고 있었는데, 오지 말라고 하면 내일부터라도, 흥! 도와주는 것도 뭐도, 누가 오겠어!"

키다리 아주머니는 긴 몸을 되돌려서 토단을 내려가려고 했다.

"아주머니! 기다려 주세요. 용서해 주세요. 내가 꾸물꾸물 궁리하는 사이에 이렇게 돼 버렸어요……"

"그렇지 선생님이 잘못했지. 글만 많이 알고, 우리한테는 어려운 일은 모르지만, 인정이라는 것은 더욱 소중히 해야지. 말하지 못하고, 마음속을 아무에게도 밝히지 못하고 죽었다고 생각하니, 난 자네 어머니가 불쌍해서요."

"그러니까 이 큰어머니도 힘껏 일하셨으니까, 제발 화내지 마세요."

"그러고 보니 정말이요."

아주머니 목소리는 갑자기 누그러졌다.

"부인께서도 정중하게 해 주셨는데, 그런 사치스런 굿을, 난 몇 년 동안 본 적도 없네, 그래도 효과가 없었어.…… 난 진실로 왜놈이 미워요."

"그럼, 아주머니 우리 형은 왜 여기에 와 주지 않는 겁니까? 왜 아주머니에게 간 겁니까?"

"모처럼 알리려고 밤길을 왔는데 중요한 이야기도 하지 않고 돌아가는 사람이 어디 있어?"

신애 할머니는 연상의 '부인'의 관록을 새로이 하고 웃음마저 섞인 소리로 거만하게 말했다. 키다리 아주머니는 툇마루 끝에 앉아서 작은 소리로 말했다.

"우리도 슬슬 자려고 잠자리에 들어가서 얼마 안 될 때였어.……, 똑똑……하고 문을 두드리는 소리가 나서요. 그 소리가 너무 작아서, 애 아버지는 "아니 고양이지" 하고 상대하지 않았어요. 난 "사람이야" 하고 주장했지, "그럼 네가 나가 보라"고 애 아버지는 이불을 뒤집어 썼지. 난 문을 두드리는 상태가 무엇인지 두려워서, 문을 열지 않고, "누구시오?" 하고 물어 보았다오. 그랬더니 "사람을 찾으러온 나그네인데, 김희열을 모르시나요?" 하고 전라도 사투리로요. 역시 소곤소곤한 소리로요. 젊은 남자 소리가 나서요. 난 그때 즉시 머리에 왔어. 주일 엄마가 병이 든 다음부터 난 언제나 만나게 해 줘야지, 만나게 해 줘야지 하고 생각했으니까……"

키다리 아주머니는 퉁방울눈으로 신애 할머니와 아버지 눈을 차례차례로 원망하는 눈으로 바라보고 계속했다.

"자네 엄마는 자네가 다섯 살이 되면, 그 애는 일곱 살, 자네가 스물이 되면, 그 애는 스물둘 하고 세고 있었어.……"

"그건 잘 알았으니까요."

"김희열 씨면 나하고 친한 사이니까 하고 말하자, 문 저쪽에서 "어!" 하고 정말 기쁜 듯, 안심한 듯 신음소리가 나오지 않겠어요. "난 그 김희열의 아들입니다!" 하고요. 난 문을 확 열었지. 그리고 난 두 번

놀랐지!"

"왜 그러세요?"

아버지가 마른 침을 삼켰다.

"새까만 갓 속에 큰 눈알이 반짝반짝 빛나고 있었지. 보아하니 옷도 너덜너덜해진 옷이잖아."

"구걸이라도 한 모양이지"

신애 할머니가 냉정하게 말했다.

"젊은 사내가 구걸을 할까? 거꾸로 서도 일을 하지요. 형님도 참......"

아주머니는 거기서 입을 다물었다.

"무슨 일이 있었던 겁니까?"

"있어, 있어, 큰일이 있었어. 그래도 괜찮은지? 자네들....... 난 그것이 걱정이라서 다짐하러 왔는데"

"어찌 된 겁니까? 나를 믿고 빨리! 피를 나눈 사람이니까요."

"그거예요. 바로 그거야. 나도 안심해서 이야기하겠어. 자네 엄마가 형님을 맡긴 집은 볼 것도 없고 논밭도 없는 빈농이에요. 형님을 매우 귀여워했던 모양인데, 가난하기 때문에 병에 걸려서, 형님이 개구쟁이였을 때 양친 모두 죽어 버렸지. 그리고 마을 첫 번째 가는 지주에게 팔렸대요. 그런데 그놈이 나쁜 놈이라, 형님을 노예처럼 심하게 다루고 혹사해서, 어렸을 때부터 상처가 아물 날이 없었다고 해요."

"희열을 닮아서 말 듣지 않는 개구쟁이였던 거지."

신애 할머니가 말참견을 했다. 키다리 아주머니는 일부러 상대하지 않고 이야기를 계속했다.

"형님은 한창 나이에 장가도 못 가고 일하는데, 이 독립만세가 있었잖아요. 그 악덕지주가 또 지독한 배반자 노릇을 했지요."

"무얼 했답니까?"

"왜놈과 거래해서 죄도 없는 농민들을 닥치는 대로 밀고하고는, 한 사람에 얼마 하고 돈을 받았어. 그 집 하녀가 형님께 말하기를 주인은 '한 마리 얼마로'라는 말로 흥정을 했답니다. 그걸 들은 형님은 머리에 확 피가 올라서요. 난 구속된 몸으로 독립만세도 못하지만, 그래도 사내로 태어나서"

"무얼 했단 말이야?"

신애 할머니가 날카롭게 물었다.

"주인을……죽여 버렸지요."

"아이고!"

"그래서 도망갔고"

"이 집을 의지하러 온 거야?"

"천만에요. 납득하고 있어요. 붙잡히면 목숨도 없는 몸이라, 어차피 죽는다면, 낳아준 어머니를 한 번 만나 보고 죽고 싶다고 생각해서요."

아주머니는 말하면서 콧물을 훌쩍거렸다.

"낮에는 어딘가에 숨어서 짚신을 짜고, 밤이 되면 걷고, 나무뿌리나 날고구마를 캐 먹으면서 여기까지 온 거지."

"주일! 나는 거절이야."

신애 할머니가 딱 한마디로 거절했다. 아버지는 팔짱을 끼고 말없이 있었고, 몸을 달싹도 하지 않았다.

"그것 보시오. 나는 부인의 성격을 잘 알기 때문에 데리고 오지 않았지."

키다리 아주머니 목소리는 다시 높아졌다.

"아주머니" 하고, 아버지는 팔을 풀었다.

"내가 갑니다. 어쨌든 형을 보게 해 주세요."

"그렇게 해 주지요."

아주머니는 벌써 일어났다.

"주일! 데리고 온다면 나한테도 생각이 있으니까, 아이고 이 얼마나 지겨운 일이 차례차례 일어나는가, 희열은 정말 정씨 집안 애물이야."

신애 할머니의 중얼대는 소리를 들으려고 하지도 않고 아버지는 툇마루에서 어머니를 밀고 들어가 둘이서 안방에 들어갔다. 아내에게 무언가를 명령하는 것 같았고, 장롱을 여는 소리가 나더니, 잠시 후에 부엌문에서 두루마기 모습의 아버지가 보자기를 손에 들고 나왔다.

다음 날, 아침이라고 해도 아직 캄캄할 때, 어머니는 비몽사몽간의 나를 정자가 있는 고개에 데리고 왔다. 나는 그 사람에게 희열 할머니의 묘지를 안내해야 했다.

"주철 씨가 모시고 가면 좋을 텐데, 아무래도 시어머니가 흥분하니까."

"아니요, 나도 폐를 끼치고 싶지 않으니까요. 남자는 앞날을 소중히 해야지."

어스레한 속에서, 어머니의 변명에 답하는 남자의 소리는 낮고 평온했다.

"그래서, 형님은 이제부터 어디로? 어딘가 갈 만한 데라도?"

"듣지 않는 것이 좋소." 하고 날카롭게 어머니를 가로막은 것은 키다리 아주머니의 소리였다.

별빛이 갑자기 엷어지고 동쪽 하늘이 희어졌다. 그러나 마을은 아직 거무스름하고 께느른하게 가라앉았고, 남강만이 그 밤과 같은 물결 소리를 내고 있었다. 제방에 피어 있는 진달래가 향기를 내고 있었다.

"자, 빨리 가시오."

"그런데 정말로 이런 좋은 옷을 받아도 되는 건가요? 난 두루마기 같은 건 생전 처음으로 입어요."

"모두 어머니가 만들어 주신 거예요."

"나리님 같이 보이니까 안성맞춤이지. 누구와 만나도 무서워하지 말고 뽐내며 걸어요. 머지않아 좋은 세상이 올 것이고, 그때 또 봅시다. 엄마가 흙 밑에서 지켜보고 있으니까 힘내요."

"아주머니도 건강하세요."

키다리 아주머니와 어머니가 떠나는 방향에서 불그스레한 햇빛이 비쳐왔다. 바로 조금 전에 희게 보이던 동쪽 하늘이 벌써 금빛으로 불타고 있었다.

"영희라고 했지? 너의 큰아버지란다."

흰 두루마기를 입은 그이는 등을 구부리고 내 얼굴을 들여다보았다. 짙은 눈썹 밑의 큰 눈은 희열 할머니를 조금 생각나게 했지만, 그 빛은 오히려 온화했다. 면도한 턱이 탄탄하게 펴 있었고 두터운 입술도 무겁게 움직여서, 할머니 것과는 달랐다. 넓은 가슴에 얻은 옷인 명주옷을 작은 듯이 어색하게 입고 있었다. 양반 갓도 뒤로 젖혀 이상하게 썼고 거무스름한 얼굴에는 어울리지 않았다. 그러나 그 사람은 내 걸음에 맞춰 천천히 걸었다. 물집 투성이의 굳은 큰 손이 내손을 부드럽게 감싸고 있었다.

가는 길을 가리고 있었던 아침안개가 삽시간에 아래서부터 맑게 개는 것 같았다. 산길은 갈색의 흙 살결을 드러내고 길가 풀숲이 산뜻한 초록으로 빛나기 시작했다. 거기서 새가 두 마리 날아올랐다. 하늘이 이젠 파랬다.

말없는 사람이었지만 그래도 때때로 어눌한 말투로 희열 할머니에 대해서 물었다. 아름다운 사람이었는지, 상냥한 사람이었는지, 마을사 람들한테서 사랑을 받았는지? 그러나 당시의 나로서는 답할 수 있을 리가 없었다.

이윽고. 공동묘지에 도착했다. 거기는 전망도 좋지 않은 산그늘의 볼품없는 장소였다. 크고 작은 수없이 많은 흙무덤이 복작거리며 차례 차례 겹쳐졌고, 그 쌓은 흙 사이에 작은 잎사귀를 단 백일홍 나무가 점점이 서 있었다. 열 개에 하나는 작은 비석이나 나무판이 서 있거나 푸른 잔디가 덮여져 있었지만, 대부분은 마른 흙인 적토의 발가숭이 그대로며 표식조차 없었다. 여기에는 마을에서도 가장 가난한 사람들 이 일생동안 일만 하고, 별로 행복하지 못했던 사람들이, 그리고 그 아이들이 잠자고 있었다. 성묘하는 사람들은 저 백일홍 나무에서, 또 는 아무개의 비석에서 세어서 몇 번째라는 식으로 가족의 묘지를 알 아냈다.

"응, 여기에? 네 할아버지도 여기에?"

그 사람은 버티어 서서 당황한 말투로 물었다.

"할아버지 것은 저 멀리"

나는 말했다. 땅모양이나 전망이 조금이라도 좋은 곳에 죽은 사람 을 묻는 것은 예부터의 관습, 아니 오히려 도덕이었다. 그 무렵은 총 독부의 묘지규칙에 따라 누구나 다 공동묘지에 묻는 방침으로 되어 있었으나, 양반집에서는 그것을 지키는 것은 첩을 묻을 때뿐이었다. 희열 할머니의 그 들썩한 장례가 다다른 장소도 연고 없는 잡거의 이 초라한 공동묘지였다.

"그렇겠지."

그 사람은 눈을 깜박이며 고개를 끄덕였다.

"그럼 어디? 할머니 것은"

말끝이 떨리고 있었다. 타원형으로 퍼지는 묘지의 서쪽 끝에 할머니의 흙무덤이 있었다. 관목이 우거진 곳에 괭이를 박아놓고 만들어서 얼마 안 되니까, 금방 알 수 있었다.

"여기" 하고 나는 그 사람을 뒤돌아보았다. 슬픔에 가득 찬 큰 눈이 비석도 나무판도 없는 무덤을 주시하며, 두터운 입술이 부들부들 떨렸다. 그 사람은 검은 갓을 숲속에 내던졌다. 그리고 절도 하지 않고 그대로 그냥 우두커니 서 있었다. 나는 몇 걸음 뒤에서 양손의 손등을 이마에 대고 서기도 하고 무릎을 꿇기도 하고, 배운지 얼마 안 되는 여자의 절을 열심히 되풀이했다. 그 사이에 그는 두루마기를 거칠게 벗어 뭉쳐서 숲에 던졌다. 그러자 내가 놀랍게도,

"엄마!" 하고 아이 말로 한 마디 외치고 높게 쌓은 흙 위에 몸을 던졌다.

"어머니 얼굴은 어디? 눈은? 입은? 어디. 어디입니까?"

그 사람은 미친 듯이 흙을 거칠고 무딘 손으로 뒤졌다.

"아이고! 모르겠다."

목을 애가 타는 듯이 한 번 휘두르자, 양팔을 펴고 위에서 흙더미를 껴안았다. 흙에 뺨을 바짝 댔다. 잠시 그렇게 눈을 감고 있었다. 자기 일은 잊어버린 것 같았다. 눈가에서는 눈물이 한없이 떨어지는데, 입가는 넋을 잃고 미소 짓고 있었다.

그러나 그것도 잠깐 동안이었고 넓은 어깨가 때때로 거칠게 물결치기 시작했다.

"아프셨지요, 어머니……, 거기는 차갑지요. 어머니, 대체, 어머니는

어떤 얼굴인데요?"

"왜 나를 기다려 주시지 않고,……, 나한테는 이젠 아무도, 아무도 없는데, 이제부터 앞으로 무슨 낙으로 도망 다니며 살아야 하나요?……우리는 왜 이렇게 괴로워하는지 몰라요? 왜 이렇게 슬퍼요? 어머니"

그는 흙무덤을 두들기고 본래의 낮은 목소리로 외쳤다. 나는 그때까지 그렇게 우는 남자 어른을 본 적이 없었다. 내 무릎은 충격으로 떨렸다. 그리고 바로 조금 전까지 내 손을 부드럽게 잡았던 그 사람의 솟구치는 슬픔이 차츰차츰 내 가슴속을 흠뻑 적시고 있었다. 그리고 그 사람은

"개새끼, 왜놈! 하고 낮게 중얼거리고 일어섰다. 얼굴을 훔치고, 흙을 털어내고 큰절을 했다." 몸을 추스리고는,

"미안해, 영희"

부끄러운 듯이 웃으며, 그는 또 내손을 쥐고, 올라온 길을 잠시 내려왔다.

"큰아버지, 아무도 없어요?"

"응?"

느닷없는 질문에 그 사람은 놀라서 내 얼굴을 들여다보았다. 내 마음은 연민으로 가득 찼다.

"아니, 큰아버지한테는 조카딸 영희가 있지."

그는 흰 이빨을 드러내고 싱긋 웃었다.

그 뒤 우리 집에서는 이 큰아버지의 일은 물론, 희열 할머니조차, 왠지 입에 담지 못했다. 그러나 마을사람들은 내가 성장함에 따라 나에게 할머니 이야기도 전해 주었다. 그리고 내 가슴속에서는 언제나

이 큰아버지가, 희열 할머니 기억에 따라오는 피부로 느끼는 그리운
사람이 되었다.

10

수양버들처럼 흔들린 손

아키노 사치코 秋野さち子 지음

수양버들처럼 흔들린 손

아키노 사치코

1919년 3월 1일 조선 전토에서
독립운동(만세사건)이 일어났다.

그날 아침 단발머리의 나는
세 갈래로 머리를 땋은 아이와 대문 밖에서 놀고 있었다
저편에서 양쪽 선두에
흰 바탕에 태극 무늬를 그린 깃발을 들고
갓을 쓰고 흰 두루마기를 입은 사람들이 줄을 지어
발 맞추어 걸어오고 있었다
선창을 하는 사람이 무어라 외치면
일제히 양손을 들고 '만세'를 불렀다
한 무리가 지나가면 또 한 무리가 왔다
거기에는 노인도 있었다 아이를 업은 여인도
(등에 업힌 아이들은 무엇을 보았을까?)

조금 흐트러진 발걸음으로 똑같이
두 손을 들고 〈만세〉라고 외쳤다
흔들리는 손에서 손으로 무지개가 섰다.

어머니는 말없이 부적을 내 몸에 붙이고
집 안 양반 마님에게 나를 맡겼다
어머니의 눈은 무언가 결의에 차 있었다
그 집 여자애처럼
예쁜 치마저고리를 입고
나는 울음을 참고 있었다

그때는 남과 북이 갈라져 있지 않았고
흰옷의 사람들은 하나의 울짱을 뽑으려 했다
깃발의 태극 무늬는 횃불이 되어
눈 속에서 포효하고 있었다
검은 갓과 흰 두루마기는 이 나라 사내의 정장
정장은 힘찬 영혼의 행진이었다
서선西鮮의 삼월은 춥고
살구꽃도 아직 피지 않았다
완만한 산줄기에 청기와
정다운 사람들의 그리움이 감도는 성천成川 땅에서
여섯 살 아이의 절절한 눈동자에 새겨진 것
어른이 되어 알게 되었다고는 말할 수 없는
어둡고 깊은 한 조각의 아픔을 씹어본다

'만세'를 부르고
수양버들처럼 흔들던 손
그 손에서 손으로
기도가 무지개가 되어 떠오른
하얀 행렬을 잊지 못한다

시집 《북국의 눈》(1982) 수록ㅣ

ㅣ《秋野さちこ全詩集》, 砂子屋書房, 2006, 240~242쪽.

작품해설

세리카와 데쓰요芹川哲世 씀

일본의 문인들은 3·1운동을 작품에 표현하였다. 3·1운동을 작품의 일부분이라도 역사적 시점에서 다룬 작품으로, 해방 전 소설로는 나카니시 이노스케中西伊之助의 《불령선인不逞鮮人》[1], 모리야마 게이森山啓의 《불火》[2], 유아사 가쓰에湯淺克衛의 《간난이カンナニ》[3] 등이 있고, 시로는 사이토 다케시齋藤勇의 〈어떤 살육사건或る殺戮事件〉[4], 사이토 구라조齋藤庫三의 〈살육의 흔적殺戮の跡―사이토 다케시 씨의 어떤 살육사건을 읽고〉[5], 마키무라 히로시槇村浩의 〈간도 빨치산의 노래間島パルチザンの歌〉[6] 등이 있다. 해방 후의 소설로 가지야마 도시유키梶山季之의 《이조잔영李朝残影》[7], 고바야시 마사루小林勝의 《조선·메이지 52년朝鮮·明治五十二年》[8], 스미 게이코角圭子의 《조선의 여인朝鮮の女》[9], 시 작품으로는

1 《改造》 4권 9호, 1922.9.
2 《戰旗》 1928.5. 창간호
3 《文學評論》 1935.4 후에 講談社 간행 《カンナニ》 1946.11 수록.
4 《福音新報》 1919.5.22.
5 《福音新報》 1919.6.15.
6 《プロレタリア文學》 1932.4.
7 文藝春秋新社, 1963.8.

아키노 사치코秋野さち子의 〈수양버들처럼 흔들린 손楊柳のようにゆれた
手〉[10] 등을 소개하고자 한다.

I. 나카니시 이노스케中西伊之助(1887-1958)의 《불령선인》

　나카니시 이노스케中西伊之助는 1887년 2월 7일 교토후京都府 우지시
宇治市 마키시마무라槇島村에서 농가의 아들로 태어났다. 14,5살쯤 부근
이 도시화됨에 따라 땅을 빼앗기고 집이 몰락했다. 기관차 청소부나
화약공장 직공 등을 거쳐, 18살 때 도쿄에 나가 고학하면서 다이세이
大成중학교에서 공부했다. 1906년 징병으로 입영하여 상등병이 되었다.
1911년 제대해서 어머니가 있는 조선에 건너가 《평양일일신문》 기자가
되었다. 데라우치寺內 총독을 공격하는 글을 쓰거나, 대자본인 후지타
구미藤田組가 광산 노동자를 학대하는 실상을 폭로하여, 명예훼손죄로
투옥되어 4개월의 실형을 받았다. 이 시기의 체험을 쓴 작품이 출세작
《붉은 땅에 싹트는 것赭土に芽ぐむもの》(1922.2)이다. 그 뒤 중국으로
건너가, 한때 만철滿鐵에서 일하기도 했다. 1924년 2월 7일 나카니시
미쇼中西未銷라는 이름으로 《평양과 인물平壤と人物》[11]을 내고 귀국했다.

8 新興書房, 1971.5.
9 サイマル出版會, 1972.2.
10 시집 《북국의 눈ほっこく 北國の雪》, 國文社, 1982.8.
11 평양일일신문사, 1914.

도쿄로 돌아와 《시사신보時事新報》 사회부 기자가 될 때까지는 변호사가 될 생각으로 여러 대학에 다녔고, 여러 신문사에서 일했으나, 모두 도중에 그만두었다. 노동운동에 투신한 것은 이때부터였고, 나카니시는 《시사신보》 기자로서 노동쟁의를 취재하는 동안 열악한 환경에 있던 도쿄시전東京市電 노동자와 알게 되어 그들의 노동조합 결성을 돕게 되었다. 1918년 9월 3일 일본교통노동조합이 결성되었다. 나카니시는 이사장(지금의 서기장)으로 선출되었다. 이 일이 《시사신보》사에 알려져서 해고되었다. 그리고 1920년 2월에 도쿄시전의 파업을 지도하다가 검거되어 투옥되었다. 따라서 신문기자로서 살 수 없게 되었는데, 이때의 체험도 《붉은 땅에 싹트는 것》에 들어 있다. 이때부터 나카니시는 사회운동가로 활동하면서 많은 작품을 발표했다.[12]

출세작 《붉은 땅에 싹트는 것》을 낸 다음 해 4월에 《씨 뿌리는 사람種蒔く人》(1921.2-1923.8)의 동인이 되고, 그 후신으로 재건된 잡지 《문예전선文藝戰線》의 편집과 발행인으로 참여했다(1924.6). 그 밖에 《개조改造》, 《해방解放》, 《신조新潮》, 《와세다문학早稻田文學》, 《인민전선人民戰線》 등의 잡지에 많은 작품을 발표했다. 나카니시 작품의 소재는 대체로 (1) 조선 체험과 만주와 대만을 다룬 작품[13] (2) 재판이나 원죄冤罪를 다룬 작품[14] (3) 농민을 다룬 작품[15] (4) 노동운동을 다룬 작품[16]

---

12 勝村誠, 《中西伊之助文學における '朝鮮'》(第2回 〈3·1運動と植民地體制〉大連學術會議發表), 2016.3.16 참조.
13 《붉은 땅에 싹트는 것》을 비롯하여, 《너희들의 등 뒤에서汝等の背後より》(1923), 《불령선인》, 《나라와 인민國と人民》(1926) 등이 있다.
14 《사형수와 재판장死刑囚と其裁判長》(1922), 《재판관을 재판한다裁判官を裁く》(1936) 등.
15 《농부 기헤이의 죽음農夫喜兵衛の死》(1922), 《어떤 농부 일가或る農夫の家》

등이 있다.

나카니시는 1937년 3월 합법적인 좌파인 일본무산당日本無産黨을 창립할 때, 상임위원으로 참가했고, 같은 해 12월 노동파勞動派 제1차 인민전선사건人民戰線事件으로 검거되어 실형을 받았다. 이후 전쟁 중에도 반파시즘의 입장에 서서, 문학보고회 같은 전쟁 협력 단체에도 가입하지 않았다.[17] 제2차 세계대전 후, 일본공산당에 입당하여 가나가와神奈川현 후지사와藤澤에 살면서 중의원衆議院 의원이 되어, 잡지 《인민전선人民戰線》(1945.12-1949.8)을 발행했다. 그리고 《불령선인》을 개작한[18] 《북조선의 하룻밤北鮮の一夜》(1948) 등 여러 작품을 발표했다.

나카니시는 조선 문단과도 관계를 맺고 있었다. 1925년 8월 14일 조선 프롤레타리아 계통의 4단체(화요회, 조선노동당, 무산자동맹, 북풍회)가 나카니시를 초청하여 강연회를 열었다. 1925년 8월 15일과 16일에 열린 사상 강연회는 이 4단체 합동위원회가 주최한 첫 번째의 대외적인 공개행사였다. 이 위원회는 화요회나 북풍회가 결성 초기부터 내세운 일본인 동지 및 좌익단체와의 국제적 연대투쟁이라는 전략으로 조선의 식민지 상황을 비판적으로 그려 내고 있었던 나카니시 이노스케를 초청한 것이다.[19]

....

(1926) 등.

16 《살아 있는 분묘生ける墳墓》(1923), 《겨울의 빨간 열매冬の赤い實》(1936) 등.

17 小林茂夫, 《プロレタリア文學の作家たち》(新日本出版社, 1998) 52쪽 참조.

18 《불령선인》과 《북조선의 하룻밤》의 차이에 대해서는 황선영, 〈搖動と不通〉—中西伊之助の《不逞鮮人》の《北鮮の一夜》(比較文學·比較文化論集) 20號, 東大比較文學文化硏究會, 2003.3 참조.

19 권영민, 〈나카니시 이노스케와 1920년대의 한국 계급 문단〉(《외국문학》 1991. 겨울호 29호, 1991.12), 114쪽 참조. 기타 권영민, 《한국민족문학론연구》(민음사, 1988)와 《한국계급문학운동사》(문예출판사, 1998), 吳皇禪

8월 15일 종로 청년회관에서 열린 강연회는 〈유물사관에 나타난 문예〉라는 제목이었는데, 거기에서는 1924년 자신이 번역한 춘향전[20]을 말하면서 강연했다. 강연 내용은 《요미우리신문讀賣新聞》(1924.8.19~24)에 연재된 〈조선 문학에 대해서〉였다. 8월 16일에는 공회당에서 〈인간 예찬〉이라는 제목으로 강연했는데, 조선에 거주하고 있었던 일본인 국수주의 단체 회원 십여 명의 습격을 받았다. 그러나 나카니시를 옹호하려는 청중들의 도움으로 아무 부상도 입지 않았다 한다.[21] 또 다음 날인 17일 나카니시 환영 문예좌담회가 저녁에 개최되었다. 이날 최초의 프로문학 단체인 〈염군사〉와 〈파스큘라〉 회원들 가운데 11명이 모였는데, 이 나카니시 환영간담회가 곧바로 조선프롤레타리아 예술동맹(KAPF)의 준비 모임이 된 것이다. 그 뒤 1925년 8월 23일 정식으로 결성되었다.[22] 나카니시는 한국 근대문학사에서 역사적인 사건이라 할 수 있는 현장에 증인으로서 입회할 수 있었던 유일한 일본인 문인이었다.

여기서는 번역한 《불령선인》이 나왔을 때, 문예시평으로 신문에 발표된 두 평론가의 글만을 소개하겠다. 이쿠타 조코生田長江는 〈9월호의 창작에서〉[23] 다음과 같이 평했다.

〈植民地下の文學―中西伊之助における朝鮮〉(《明治大學文學部紀要》 第30集, 文學篇, 1993) 참조. 기타 《동아일보》 1925.8.15 기사 〈사상 운동의 투사 中西氏〉 등.
20 원문은 여규정呂圭亨의 한문역 《春香傳廣寒樓記》(《女性改造》 9~11월호).
21 《조선일보》(1925.8.18) 석간 기사.
22 《시대일보》 1925.8.19에 실린 사진, 박영희, 〈초창기 문단 측면사〉 4(《현대문학》 60호, 1959.12).
23 《讀賣新聞》(1922.9.2), 7쪽.

너무나 성급하게 모든 것을 이야기해 버리려고 하는 경향이 있다. 특히 어느 여학생의 비참한 최후를 그렇게도 여러 번 반복해서 기술하여, 분노했을 때의 애수와 무시무시함이 적지 않게 감소해 버린 것은 아깝다. ……그러나 그런 서투른 솜씨에도 불구하고 어디까지나 성실하게 살아가려고 하는 작자의 두드러진 성실과 용기와 열정은 주머니 속의 송곳과 같이 작품의 표면에 잘 튀어나와 있고, 지나가는 모든 사람에게, "적이냐? 내 편이냐?" 하고 퍼붓고 있는 듯한 느낌이 든다.

에구치 칸江口渙은 〈나카니시 이노스케 군의 작품을 통독해서〉[24]에서 《붉은 땅에 싹트는 것》을 "나는 인간으로서의 신세리티가 그 예술품을 얼마나 잘 살리는가를 이 작품에서 똑똑히 보았다."고 평가했는데, 《불령선인》에 대해서는 다음과 같이 말했다.

너무나 힘을 쏟아서 완전히 딱딱해지고 어색해졌다고 생각한다. 또 차례차례 말을 되풀이함으로써 독자를 향해, "이것 봐라, 이것 봐라" 하고, 자신의 생각을 강요하는 느낌이 든다.……작자가 곳곳에서 심리묘사를 하려고 해서, 사실은 심리강의를 하고 있다는 느낌이다. 심리묘사가 일변하여 심리강의가 되면 독자는 싫증이 난다.……'불령선인'과 회견하는 곳에서 한 줄 회화를 쓰고는, 바로 심리설명을 덧붙이기 때문에, 모처럼 숨이 막혀야 할 비통한 대화가 전혀 숨이 막히지 않는다. 동시에 서로 맞선 '불령선인'도 그리고 '불령일인日人'도 오히려 작자의 상식적 감상을 진술하기 위한 괴뢰로 써진 것이 아닐까? 특히 후반부, 한밤중 침실에서 사람의 그림자를 인지하고 벌떡 일어나는 부분에서는, 그 뒤에 첨가된 공포의 심리묘사가 너무 장황하기 때문에, 어쩐지 거짓말이 아닐까 하고 생각

24 《讀賣新聞》(1922.12.26-29), 7쪽.

된다.[25]

《불령선인》의 작품 비평은 이 밖에 여러 편[26]이 있으나, 여기서는 생략하겠다.

2. 모리야마 게이森山啓(1904-1991)의 《불》

《불》의 작자 모리야마 게이는 소설가, 시인, 평론가로 알려져 있다. 노동자의 거리에서 살았던 프롤레타리아 시인으로서, 그곳에서 살고 있는 노동자와 생활하는 사람들에 대한 관심을 노래한 시집 《스미다가와隅田河》(1933)로 잘 알려졌는데, 쇼와昭和 10년대에는 《문학론》(1935), 《문학논쟁》(1935)으로 사회주의 리얼리즘의 추진자로서 활약했다.

《불》은 모리야마의 초기 작품이다. 제암리 학살 사건의 모습이 정

----

25 심리 묘사에 치우쳤다는 에구치 칸의 의견은 다른 비평가의 글에서도 볼 수 있다. 堺利彦, 〈《楮》の中西君〉(《改造》, 1922.10). 大杉榮, 〈勞動運動と勞動文學〉(《新潮》 1922.11) 등이 있다.

26 森山重雄, 〈中西伊之助論〉(《人文學報》 80호, 東京都立大學人文學部, 1971.3)
高柳俊男, 〈中西伊之助と朝鮮〉(《季刊三千里》 29號, 三千里社, 1982. 春號)
大野淳一, 〈中西伊之助《不逞鮮人》ノート〉(《武藏大學綜合硏究所紀要》 9號, 1999.
渡邊直記, 〈中西伊之助の朝鮮關聯の小說について〉(《日本學》 22號, 동국대학교 일본학연구소, 2003).
アンドレ·ヘイグ, 〈中西伊之助と大正期日本の'不逞鮮人'へのまなざし〉(《立命館言語文化硏究》 22卷 3號, 2011.1).

확하게 그려져 있는 것은 아니나, 제암리 학살을 모델로 하고 있음을 알 수 있다. 이 작품에는 그가 본질적으로 가지고 있는, 가난하고 불행한 노동자와 서민 생활에 대한 관심과 가까운 이들을 사랑하며 살려고 하는 자세가 잘 그려져 있다.

3. 유아사 가쓰에湯浅克衛(1910-1982)의 《간난이》

《간난이》의 작자 유아사 가쓰에는 가가와현香川縣 젠쓰지善通寺에서 태어나 조선의 경찰서에 근무하게 된 아버지를 따라 1916년 수원으로 이주, 1927년 경성중학교를 졸업하고 도쿄로 이주할 때까지 거기서 살았다. 따라서 1919년의 3·1운동을 조선에서 시위가 가장 격렬했던 지역의 하나인 수원에서 목격했다. 유아사의 작품은 수원을 무대로 한 것이 많으며 수원이 아주 중요한 모티브가 되어 있다. 《간난이》를 처음 발표한 잡지에는 복자伏字가 많고, 또 작품 후반부에 해당하는 46장이나 되는 분량이 삭제되어서 작품의 전체적인 모습을 보기는 어렵다. 그러나 전후에 발간된 창작집 《간난이》에는 복자와 삭제된 부분이 복원되어서, 원작품과 약간 다른 점이 있다는 문제는 남지만 대체로 그 전체상을 볼 수 있다.

《간난이》는 모가미 류지最上龍二라고 하는 12살 일본 소년과 이감람李橄欖(간난이)이라는 조선 소녀를 주인공으로 하여, 3·1운동을 배경으로 시정詩情이 풍부한 소년소녀의 세계를 그린 작품이다.

《간난이》는 비교적 많은 조선인들에게 읽혔다고 한다. 작가 자신이 언제나 고향이라고 생각하고 골목골목까지 잘 알고 있던 수원을 특별한 정열을 갖고 사실적으로 묘사했다는 점과, "조선의 사계절을 바탕으로 조선의 풍속을 넣어서" 작품 전체를 시적으로 형상화한 점에 끌렸기 때문일 것이다. 또한 "독립을 바라는 조선인들의 마음에 감동받아 울면서"[27] 썼다는 작가의 진지한 자세 때문일 것이다. 이 작품은 작가가 24살 때 쓴 처녀작으로 "나는 만세 사건이 일어났을 때는 심상과尋常科 2학년생이었는데, 어린 마음에 새겨져 있는 (그때 조선의) 인심과 정경은 꽤 인상 깊은 것이었다. 그중에서도 수원은 3·1운동 역사에서 가장 격렬했던 곳으로, 군내에서 일어난 교회 방화 사건은 대표적인 것이었다."[28]라는 작자 자신의 말처럼, 직접적인 체험에 따른 것이다. 작품 속 조선인이 도망해 들어간 교회가 불타는 장면은 제암리 학살 사건을 떠올리게 하고, 소녀 간난이의 죽음은 유관순의 이미지와 겹치고 있다. 수원의 3·1운동 기록에 따르면, 3월 1일 대규모 시위 이후 약 반 달 동안의 소강상태가 있었지만, 3월 16일 장날을 이용해서 팔달산의 서장대西將臺에도 수백 명이 모였고, 또 동문 안의 연무대練武臺에도 수백 명이 모여서 시위를 했다고 한다.[29] 간난이와 류지가 팔달산에 올라간 것은 바로 일시적인 소강상태를 지나 운동이 재연된 시기였다. 경기도의 운동은 연락이 잘되지 않았는지 수원의 운동과 보조가 맞지 않았고, 경기도 중심부에 있는 서울의 시위운동이

27 湯浅克衛, 〈作品解說と思ひ出〉(《カンナニ》, 講談社, 1946), 230쪽.
28 湯浅克衛, 위의 책, 230쪽.
29 李炳憲 編著, 《三·一運動秘史》, 時事時報社出版局, 1959, 868쪽 참조.

파문을 일으켜, 점차 가까운 곳으로부터 먼 데까지 퍼져나갔다. 경기도 지방은 거의 두 달에 걸쳐 끈질긴 운동이 이어져서, 일제의 탄압이 심해지자 여기저기서 충돌이 일어났다. 그중에서도 시위가 눈에 띈 것은 주로 서울 이남의 각 군에서였다. 특히 제암리 학살 사건이 일어난 수원군이 대표적이었다. 수원에서는 3월 23일부터 4월 15일까지, 시위 회수가 27회, 시위 군중 수가 11,200명, 피해 상황은 학살이 996명, 중상자 889명을 내었고 1,365명이 검거되는 등 극심한 탄압이 행해졌다.[30] 작품 속의 "류지, 윌슨은 안 오네, 독립이 안 되는 걸까?"라는 간난이의 말처럼 3·1운동은 독립이라는 목적을 이루지 못하고 끝나버렸다. 간난이의 죽음은 그 자체로 3·1운동의 좌절을 의미하는 것이었다.

4. 사이토 다케시齋藤勇(1887-1982)의 〈어떤 살육사건〉

해방 전의 시 작품으로서는, 먼저 제암리 학살 사건(4월 15일 오후 2시 무렵 발생)이 일어나자 외국 신문《Japan Advertiser》[31]의 그 보도를 재빨리 입수하여 《복음신보》에 〈어떤 살육사건〉[32]이란 시를 기고한 영

---

30 《韓國現代史》④, 新丘文化社, 1973, 250~252쪽 참조.
31 1919.4.29일자, A.W.Taylor 특파원 보고, 그는 4월 16일과 19일에 특파원으로 처음 취재를 하고 있었다.
32 이 사건부터 멀지 않아, 우에무라 마사히사植村正久 목사는 후지미초富士見町교회에서 설교 중, 사건에 대해 언급했다고 한다. 우에무라는 《Japan

문학자 사이토 다케시의 시와, 이를 읽고 〈살육의 흔적―사이토 다케시 씨의 어떤 살육사건을 읽고〉를 발표한 사이토 구라조(전 일본기독교교단 후지사와교회 목사)의 시를 들 수 있다.

사이토 다케시의 〈어떤 살육사건〉은 일본의 기독교 지성으로서 상당히 양심적인 내적 반성을 통해서 제암리 사건을 표현한 명시라고 평할 수 있다. 일본 측에 제암리 사건의 진상이 알려진 것은 위 신문의 르포라이터 기자의 기사인데, 기자는 사건 다음 날인 4월 16일 오후에 H.D.Underwood(장로회 교사, 세브란스 의학교 교수), R.Curtice(미국영사)와 함께 첫 번째로 현지를 방문했다. 그는 3일 뒤에는 영국 대리공사 Royds, 수원 지방감리사 Noble 등과 함께 다시 현장을 찾아가서 취재했다. 언더우드의 증언은 미국 기독교연합회의에서 편찬한 《3·1운동진상보고서》(1919)에 수록되어 미국 의회 특별청문회에서 인용되었지만, 나중에 강용흘이 쓴 자전소설 《초당草堂》(*The Grass Roof*, 1931)에는 다음과 같이 기술되어 있다.

하루는 내가 책상에 붙어 앉아 있는데, 전에 내가 번역을 도왔던 미국 부인의 아들 호레이스 씨(필자 주: 언더우드 2세)가 그 부인에게 말하

Advertiser》나 《Kobe Chronicle》을 통해서 사건을 알고, 사이토는 그것을 자료로 하여 이 시를 썼다. 高崎宗司, 〈堤岩里虐殺事件と長詩〈或る殺戮事件〉, 《妄言の原型―日本人の朝鮮觀》, 木犀社, 1990, 178~184쪽 참조.
　이 시는 존 밀턴의 〈피에몬테에서의 학살 보도를 듣고〉("On the Late Massacre in Piedmont" John Milton)에 영향을 받아 쓰여진 것으로, 밀턴은 알프스 산속 농촌에서 12세기 이래로 살면서 반로마교회적 신앙을 지키던 발도파 사람들이 1655년에 사보이공의 군대에 의해 학살된 보도를 접하고 이 14행시를 썼다. 平井正穂訳編, 《イギリス名詩選》, 岩波文庫, 1990, 84~87쪽; 西川杉子, 《ヴァルド派の谷へ》, 山川出版社, 2003, 5~9쪽 참조.

기를, 일본인들이 까닭 없이 마을 사람들을 학살하고 마을을 불태웠다는 보고를 확인하기 위해 수원 지방에 간다고 하였다. 호레이스 씨는 즉각 미국 영사와 함께 출발했다. 그는 몹시 기분이 상해서 눈살을 찌푸리며 돌아왔다. "듣던 것보다 더 참혹했습니다."라고 그는 주위 사람들에게 이야기하였다. "일본인들은 한국인들을 학살했습니다. 먼저 나는 그 일대를 누구도 답사하지 못하게 하는 헌병들의 눈을 피하기 위해서 산을 넘어 몇 마일을 돌아갔습니다. 파괴된 마을의 하나인 제암리에 갔을 때에는 아무 제재도 받지 않으면서 그 마을을 둘러보고, 이 사진을 찍기도 했습니다. 원래 서른아홉 채였던 곳이 여덟 채만 남아 있었습니다. 잿더미 산에는 김칫독만 몇 개 남아 있었습니다. 얼빠진 듯한 표정으로 멍석에 앉아 있던 과부들과 어린이들은 내가 한국어로 말을 걸어도 아무 대꾸가 없었습니다. 그러다가 한 소년이 말하는 것을 들어 보니까, 군인들이 와서 그리스도인이거나 천도교인인 성년 남자는 모두 마을 교회에 들어가 의무적으로 강의를 들으라고 명령했습니다. 남자들이 다 모이자 밖의 군인들은 종이 바른 창문으로 총을 쏘기 시작하면서 교회의 초가지붕에 불을 질렀습니다. 두 여자는 그들의 남편이 있는 교회 안에 들어가려 애쓰다가 사살되고 말았습니다. 마을에는 무기를 가진 사람이 하나도 없었습니다. 나는 서천에도 갔는데, 거기에는 마흔두 채 가운데 겨우 여덟 채만이 남아 있었습니다. 이곳의 늙은 여자들은 모든 일에 흥미를 잃어 무관심했고, 어린이들은 들에서 풀뿌리를 캐어 먹고 있었습니다."[33]

앞서 언급한 대로 위의 《Japan Advertiser》의 기사를 처음으로 인용하고 기사화한 것이 《복음신보福音新報》이며, 5월 1일부터 6월에 걸쳐서 매주 싣고 있었는데, 그 가운데 하나가 위 사이토의 시다. 참사의

33 張文平訳,《世界文學の中の韓國》vol.2 正韓出版社, 1975, 133~134쪽.

실상, 관헌의 횡포에 대해서 묘사하고 사건에 대해서는 거의 침묵하거나 축소하기에 급급한 언론을 질타하기까지 했다. 한없는 "심통心痛"을 표현한 이 시는 사건에 대한 소수 일본인의 진실한 신앙 표현이며, "비애悲哀"를 미의 경지까지 끌어 올린 문학성도 평가할 만하다.

　다만 자신의 "사랑하는 조국"을 끝까지 "칼을 차고 포령을 돌리는" "오대 열강의 하나"로 표현하고, 결국 조선인 만세 시위의 주요 원인을 근본적으로 찾지 못했다. 당시 조선을 통치한 총독부의 잔혹한 무단통치를 직접적인 원인으로 판단한 대다수 일본 지성들의 논평을 크게 벗어나지 못했다. 그리고 "지배자의 선정善政" "무력과 폭력으로 백성의 복종만을 꾀하는 위정자" "우상 숭배를 강요하는 자" 등, 이 시의 여기저기에 등장하는 3·1운동의 원인에 대한 견해는 당시 사이토가 가지고 있던 정보와 인식의 한계를 나타낸 것이다. 그러나 "자기 조국이 사라진다면 불평 없이 있을 수 있을까" "한 개인으로서 누려야 할 자유와 권리를 요구하고자" "망국의 백성" 등의 표현에서 볼 수 있듯이 어느 정도는 조선인에 대한 적극적인 상황 이해를 하고 있다고 하겠다.

5. 사이토 구라조齋藤庫三(1887-1949)의 〈살육의 흔적—사이토 다케시 씨의 어떤 살육사건을 읽고〉

　잔혹한 정경 묘사, 죽어가는 사람에 대한 애절한 진혼의 메시지 등은 위 사이토 다케시의 시에 결코 떨어지지 않는다. 그러나 사이토 구라조가 쓴 이 시는 우선 "속죄보다는 화해"를 말함으로써, 결국 동족의 죄에 대해서 그리스도의 이름으로 "면죄부"를 주는 "자기 합리화"의 성격이 보인다. "보라, 주 예수 그리스도가 타다 남은 들판을 애도하고 다니시네"라는 부분에서는 참상의 장소에 화해의 상징인 그리스도의 임하심(臨在)을 묘사함으로써(제1차 세계대전 때 유럽 전장에 그리스도가 몇 번이고 출현한 것을 병사가 목격했다는 전설이 있다) "성급한 화해"를 표현하며, 마침내 "살육한 사람들을 보라, 주님은 자욱한 연기 속에서 기도하시네" "심판도 선고도 결국은 주님의 손에"라는 직접적인 표현으로, 결국은 살육을 용서하고 "피난처"를 제공하는 의도를 노출시키고 있다는 오해를 받을 만하다고 생각한다. 물론 궁극적으로 "최후의 심판"과 "속죄"가 그리스도의 몫이라는 것은 기독교의 정신이며 당연한 귀결인지도 모른다. 그러나 이러한 용서받지 못할 만행이 일어난 지 한 달 남짓한 시기, 그의 말 그대로 '타다 남은 들판'인 잿더미에서 연기만 나오고 있는 참극의 장소에서 "원론적인 기독교의 사랑"을 노래한다는 그 자체가 너무나 작위적이고 불감증적인 태도라고 볼 수 있다.[34] 끝부분의 "복수도 울분도 단지 아름다운 사랑으로 거두어 기도하라"고 권고하는 것이 과연 타당성 있는 표현이라고 할 수 있을까.

독실한 그리스도 신자인 그로서는 복수보다 화해를 바랐는지도 모른다. 그의 생애를 보면 그러한 사상을 엿볼 수 있다. 사이토 목사는

----

34 徐正敏, 〈堤岩里敎會事件に對する日本側の反應〉(《三·一獨立運動と堤岩里敎會事件》, 神戸學生靑年センター出版部, 1998), 156-157 참조.

제2차 세계대전 말기부터 전쟁 직후까지 교회가 어려웠던 시기
(1943-1949년)에 일본기독교단 후지사와藤澤교회에서 사역을 했다. 교
회 신도들의 증언을 따르면, 시인이며 아주 엄격하면서도 정다운 사람
이었다고 한다.[35]

6. 마키무라 히로시槇村浩(1912-1938)의 〈간도 빨치산의 노래〉

3·1운동으로부터 13년째 되는 1932년 3월, 마키무라 히로시는 장편
서사시 〈간도 빨치산의 노래〉[36] 속에서 3·1운동을 노래했다. 이 시는
전부 14연으로 되어 있는데 그 가운데 3·1운동 부분(6~10연)이 가장
긴 중심부를 이루고 있다.

이 시는 당시 일본에 살면서 조선에 간 적이 없는 작자가 조선의
한 소년이 되어 조선을 노래하고 있다. 조선의 함경도에서 태어난 소
년은 누이와 함께 고된 노동의 나날을 보내고 있었다. 서울에서 귀향
한 어느 젊은이가 전해 주는 러시아 10월 혁명에 가슴 벅차하며, 자신
들의 암울한 식민지 현실을 생각했다. 그리고 1919년의 그날. 그러나
자유의 환희는 너무 짧았고 일제의 가혹한 탄압이 시작되었다. 12살이
었던 소년은 '소용돌이치며 북으로 날아가는 학'을 쫓아가듯이 국경을
넘어 만주·간도로 도피했다. 만주에는 19세기 말부터 압록강과 두만강

35 《藤澤教會100年史》(日本基督教團藤澤教會, 1985), 66~84쪽 참조.
36 《プロレタリア文學》임시증간, 1932.4.

부근에 거주하던 극빈의 농민들, 국법을 어긴 망명인사, 일제에 저항하여 건너온 독립투사가 살고 있었고, 1920년대에는 민족주의자들, 1930년대에 들어서는 중국공산당과 손잡은 조선인 공산주의자들이 무장 투쟁을 전개했다. 3·1운동 전후에는 이주 호수가 4, 50만호, 인구가 200만을 넘었다.[37]

마키무라 히로시, 본명 요시다 도요미치吉田豊道는 고치현高知縣에서 태어났다. 6살에 아버지를 여의고, 간호사·산파 자격을 가지고 있는 어머니 슬하에서 자랐다. 초등학생 시절부터 많은 동요와 동화를 썼다. 가이난중학교海南中學校 4학년 때 생도 전원이 군사 교련의 필기시험 답안을 백지로 냈다. 당시에는 중등 이상 학교에서 육군 현역 장교에 의한 군사교련이 실시되기 시작했다. 1925년은 치안유지법이 성립된 해이다. 전국 각지에서 군사교련 반대 운동이 일어나고 있었다. 마키무라는 이 운동의 영향으로 백지 답안 제출을 주도한 것이다.

1931년 9월 만주사변이 일어났다. 11월에 프롤레타리아 작가동맹 고치高知지부가 결성되자 마키무라도 그 일원이 되어 프롤레타리아문학 운동에 참가했고, 처음으로 마키무라 히로시 이름으로 〈살아 있는 총가銃架〉라는 반전시反戰詩를 발표했으며, 다음 해 〈간도 빨치산의 노래〉를 썼고, 그것들은 다음 해 잡지에 게재되었다.

1932년 4월 21일, 반전反戰 전단을 뿌린 것이 치안유지법 위반으로 검거되었고, 투옥되어 고문을 받았다. 징역 3년형을 선고받고 1935년 6월 석방될 때까지 전향하지 않았다. 1936년 '고치 인민전선 사건'으

---

37 《韓國現代史》⑤, 〈光復을 찾아서〉, 新丘文化社, 1973, 140쪽.

로 구속되었지만 몸이 쇠약해져 석방되어 1938년 9월 3일 26살의 나이로 생애를 마감했다. 마키무라와 조선인과의 접점은 어디에 있었을까. 고치 시내에는 조선인 거주구역이 있었는데 거기에는 간도지방에서 온 사람도 있었다. 마키무라는 그곳에 드나들고 있었다. 그가 가이난중학교를 퇴학당하고 1년을 지낸 오카야마岡山의 간세이關西중학교와 고치高知고등학교에도 조선인 유학생이 있어서 그들과 친했다고도 전해진다.[38]

1929년 3월 1일은 3·1운동 10주년에 해당하며, 《전기戰旗》를 비롯해 좌익계 신문·잡지는 3·1운동에 대해서 보도했다. 그리고 1930년 5월 30일에 간도에서 중국공산당의 폭력혁명노선과 조선인 공산주의자들에 의한 반일무장투쟁이 일어났는데, 이것들이 계기가 되어 〈간도 빨치산의 노래〉가 태어났다고 생각된다.

....

38 小川晴久, 《アジアチッシュ·イデオロギーと現代─槇村 浩との対話》, 凱風社, 1988에는 〈槇村浩小傳〉, 22~69쪽이 있다. 후에 마키무라의 생애를 모델로 하여 두 개의 작품이 탄생했다. 하나는 고치에 살던 향토 작가 도사 후미오土佐文雄의 《人間の骨》, 新読書社, 1974이며, 또 하나는 역시 고치 출신인 오하라 도미에大原富枝의 〈一つの青春〉(《群像》 1967년 2월호, 후에 講談社, 1968년 6월에 단행본화)이다.

오가와 하루히사小川晴久는 모리야마 게이의 〈불〉을 읽고 작품 말미의 "이후 그들의 생활에 대해, 혹은 누군가 훌륭한 시인이 그려줄 지도 모른다"란 요청을 받고 〈간도 빨치산의 노래〉를 썼다는 가설을 세우고 있다 (같은 책, 65~66쪽).

7. 가지야마 도시유키梶山季之(1930-1975)의 《이조잔영李朝残影》

가지야마 도시유키는 1930년 서울에서 태어났다. 아버지는 당시 조선총독부의 토목 관계 기술관료였다. 1943년 유아사 가쓰에와 같은 경성중학교에 입학, 4학년일 때 일본이 패전했다. 1958년 무렵부터 르포라이터 생활을 하기 시작했고 주간지 톱기사를 쓰게 되었으며, 특종 기자로서도 이름을 날렸다. 1961년 기자를 그만두고 미스터리, 산업스파이, 포르노 소설을 발표하기 시작해서 속속 베스트셀러를 내놓았다. 일반적으로 미스터리, 산업스파이, 포르노 소설 작가라는 이미지가 강했지만 1963년 《이조잔영》이 나오키상直木賞 후보에 오르고 나서부터 조선·한국에 대한 글을 꾸준히 발표해 평생의 테마로 삼게 되었다. 조선·한국에 대한 관심은 일본에 돌아간 다음부터지만, 식민지 관료의 아들인 자신의 내면에 조선·한국에 대한 인식이 결여되어 있다고 느끼기 시작했고, 그것을 찾기 위해 소설 세계로 그려내는 것을 평생의 테마로 삼은 듯하다. 베스트셀러 작가가 되기 전부터 헌 책방을 통하여 모은 방대한 조선 관계 자료(현재 하와이 대학에 기증되어 있다)는 그러한 내면적 결여를 느낀 가지야마의 정신적인 보상작업이라고도 할 수 있다. 10여 편이나 되는 조선에 관한 작품 가운데 특히 유명한 것은, 설진영薛鎭英이라는 창씨개명을 거부하고 죽은 실존인물을 모델로 쓴 《족보族譜》와 이 글에서 다루고 있는 《이조잔영》이다. 두 작품은 모두 한국에서 영화화되어 평판을 얻었고, 《The Clan Records – Five Stories of Korea》라는 제목으로 영역[39]도 되었다. 이 두 편은 한국어로도 번

----

39 《족보》, 《이조잔영》 등 5편을 수록, 하와이대학 출판부, 1955년 펴냄.

역40되어 있다.

가지야마의 관구棺 속에 넣어진 저서는 베스트셀러가 된 그 어떤 책도 아닌 《이조잔영》이라고 한다.41

《이조잔영》과 비슷한 제재를 다뤄 이 작품의 원형이 된 〈무지개 속霓の中〉(1953)이라는 작품도 있다. 여주인공 설옥순薛玉順은 3·1운동 희생자의 유복자다. 아버지는 운동 직후 망명하기 위해 두만강을 건너 월경하려다 실패하고는 붙잡혀 소식이 끊어졌다. 그녀를 모델로 그림을 그려 일전日展에서 특선에 오르고, 일찍이 함께 동거도 했던 주인공인 화가 가지梶는 옥순에게 "당신은 밉지 않아요. 하지만 일본인이라 미워요"라는 말을 듣고, "자신의 애정으로도 어쩔 수 없는 피에 대한 증오에 견딜 수 없는 실의를 맛보"지만, "그런 불행한 옥순을 구하기 위해 일본인으로서 속죄하려고 결심했던 것이다."42

《이조잔영》은 주인공 노구치와 여주인공 김영순의 관계가 두 사람 모두 부자 2대에 걸쳐서 제암리 학살 사건을 매개로 정확히 설정되어 있고, 궁중무용, 기생의 생활에 대해서도 더 상세히 그려져 있으며, 박규학이라는 지식인을 등장시키는 등, 소설로서 깊이를 가지고 있다. 또한 주인공들의 연애를 쉽게 이루어지지 않게 한 점도 소설로서 성공했다고 볼 수 있다. 그리고 무엇보다도 군대뿐 아니라 관원의 횡포도 부각시켜 주인공으로 하여금 "제암리 학살 사건, 그리고 방화 사건도 일본 군대에서는 일어날 수 있다는 것을 몸소 체험"43시켰고, 헌병

---

40 《세계문학 속의 한국》 6권, 정한출판사, 1973년 펴냄.
41 井口順二, 〈梶山季之文學の中の朝鮮〉, 《季刊三千里》 28號, 1981.11. 참조.
42 《李朝殘影―梶山季之朝鮮小說集》, インパクト出版會, 2002, 116, 118쪽.
43 위의 책, 88쪽.

작품해설 466

의 부조리한 요구를 "거절"하게 했다는 점에서 조선인에 대해 속죄하는 작가의 마음을 읽을 수 있다.

가지야마는 한일 양국의 국교회복 후 한국을 방문한 최초의 문인이다. 생생한 한국사회 현실에 대한 동시대적 관심과 관찰은 르포라이터로서 출발한 가지야마에게는 당연한 것이었으나, 그 열의는 단순히 소년시대의 향수가 아닌 식민지지배 책임의 일부를 져야 한다고 자각했기 때문에 가능했다. 1961년 한국의 저널리스트 장준하張俊河로부터 초청장을 받고 답신한 내용에서 가지야마는 한국을 방문하게 되면 반드시 만나고 싶은 인물로, 자살해서 족보를 지킨 설진영의 유가족과 더불어 일본 헌병에게 학살된 제암리 사건의 목격자, 또는 연구가를 열거하면서, "저는 일본이 귀국을 식민지로 했던 시대의 과거의 죄를 찾아내서 일본사람들에게 알리고 싶습니다. 저는 일본과 한국이 새로운 우정으로 맺어지기 위해서는 먼저 과거의 잘못을 충분히 인정하는 것으로 출발해야 한다고 생각했습니다. 그 반성의 자료로서 그분들을 만나 직접 이야기를 듣고 싶습니다."[44]라고 말했다.

8. 고바야시 마사루小林勝(1927-1971)의 《조선·메이지 52년》

고바야시 마사루小林勝는 1927년 조선의 경상남도 진주에서 태어났

---

[44] 《積亂雲梶山季之—その軌跡と周邊》, 季節社, 1998, 381쪽.

다. 아버지는 농림학교 교사였다. 1940년 대구의 한 초등학교를 나와 대구중학교에 입학하였고, 1944년 중학교를 졸업하자 육군사관학교 예과에 입학했다. 1945년 육군 항공사관학교에 진학하나, 일본이 패전하자 그만두었다. 일본이 패전하기까지 17년 동안 소년기의 대부분을 식민지를 다스리는 일본 관료의 아들로서 자라난 작가다. 거의 20년 동안에 걸친 창작 활동은 조선 체험과의 끊임없는 싸움이었으니 보기 드문 생애였다고 할 수 있다. 《조선·메이지 52년》은 3·1운동의 보도기사를 신문기사의 형태로 작품에 삽입하여 구성을 복선화시켰다. 운동 봉기에서부터 약 한 달 동안의 상황을 배경으로, 운동이 시시각각 주위로 퍼져나가고, 시위와 그에 대한 탄압이 얼마나 치열했는가를 다큐멘터리 식으로 전달하고 있다. 뿐만 아니라, 3·1운동이 임진왜란의 민중 봉기 전통을 이어받은 조선 민중의 저항이고, 그에 대한 탄압은 임진왜란과 정유재란부터 이어진 일본의 침략이라는 인식을 명확히 나타내고 있다. 조선인 실업학교의 서기인 오무라大村 등 일본인의 의식과 행위를 통해서 그 존재 자체가 악이라는 것에서 벗어날 수 없다는 지배자의 모습을 추출하여 묘사하고 있다. 오무라는 자신의 처지를 비관하여 될 대로 되라는 마음으로 이방異邦에서 생활하고 있었다. 그런 오무라라고 해도 깊은 산골에서 조선 민중이 봉기했을 때 무의식적으로 발포하였고, 정신을 차렸을 때는 벌써 몇 명의 조선인을 살해해 버렸던 것이다. 그러한 장면을 그림으로써 식민자 가운데서도 소외된 처지에 있었던 한 일본인의 의식 깊숙이 감추어져 있던 비뚤어진 근성을 드러내 보였다. 식민지에서 식민자의 행동을 묘사함으로써 한층 더 충격적으로 일본인의 침략적 에고이즘을 끄집어내는, 고바야시의 일련의 작품군 가운데에서도 전형적인 작품으로 평가받았다.[45]

식민자가 상황에 휩쓸려 현지 주민을 죽여 버린다는 기본적인 줄거리는 알베르 카뮈의 《이방인》하고 통하는 점이 있다.[46] 자기도 모르는 사이에 조선인을 쏘아 죽인 오무라는 맹렬한 죄책감에 시달리게 된다. 그러나 한편 일본인들한테는 반대로 영웅으로 떠받들린다. 이 작품을 통하여 고바야시는 "평범한 일본인이 식민지에서 어떻게 하여 지배자의 틀에 박혀지는가를 응축해서 표현했다. 식민지 지배에 무통無痛·무감각해지면 자유에 대한 소망조차도 식민지 지배로 가는 통로가 된다는 것을 고바야시는 정확하고 세밀하게 표현했다."[47]

이와 관련하여 작품 속에서 이 사건은 1919년 3월 중순 무렵으로 설정되었는데, 실제로 안동에서는 23일에 소설의 내용과 흡사한 큰 규모의 시위가 일어났고 많은 사상자가 나왔다고 한다. 안동의 향토사에 따르면 다음과 같은 기술이 있다. "오후 7시 30분경 시위가 시작됐다. 3천 명이 넘는 군중이 '경찰서와 재판소의 안동지소를 파괴하고, 구금된 자를 구출하자'는 슬로건을 내걸고, 두 기관에 밀어닥쳤다. 수비대가 공포를 쏘고, 실탄을 사격해, 삼십여 명이 사망하고, 오십여 명이 부상했다. 군중은 북서부에 있는 산으로 퇴각하여 만세를 외치고 해산했는데, 다음 날 새벽 4시쯤이었다.' 이것이 소설의 묘사와 큰 테두리에서 부합한다.[48]

....

45 磯貝治郎, 〈戰後責任を追及する文學─井上光晴と小林勝〉, 《季刊青丘》 15號, 1993.2, 164쪽 참조.

46 原佑介, 《禁じられた鄉愁─小林勝の戰後文學と朝鮮》(新幹社, 2019) 277쪽 참조.

47 仲村豊, 《受け繼がれるべき歷史への視座─小林勝〈万歲·明治五十二年〉》(《社會評論》 23卷 4號, 小川町企劃, 1997年) 94쪽. 주43); 原佑介의 같은 글, 281쪽.

48 안동대학교 안동문화연구소 엮음, 《안동근현대사》 2권(도서출판 성심, 2010), 110~111쪽.

9. 스미 게이코角圭子(1920-2012)의 《조선의 여인》

스미 게이코角圭子(본명 石山芳)는 러시아문학을 전공한 작가·평론가이다. 《조선의 여인》은 경상남도의 벽촌을 무대로 '나' 정영희鄭英姬의 6살 시점에서부터 시작하여, 전반부에서는 희열喜烈 할머니, 후반부에서는 나를 중심으로 조선 여자들의 삶을 통하여 식민지가 된 민족의 비애와 통분을 꿰뚫어 보고자 한 작품이다.

특히 전반부에서, 누구보다도 가슴속에서 일본인에 대한 증오를 불태우고 있는 희열 할머니가 3·1운동과 조우할 때도 망설임 없이 민중의 대열에 참가하고, 밤에는 마을 남자들이 횃불을 들고 독립을 외치던 때도 어린 영희의 손을 끌고 언덕 위의 정자로 데리고 가서, 빨갛게 타오르는 불길을 보여 주곤 했다. 다음 날 아침 일본 헌병이 와서 장날에 독립을 외쳤다고 희열 할머니를 연행했고, 그녀는 고문으로 온몸에 무참한 상처를 입고 덧문 짝에 실려 돌아왔다. 희열 할머니는 경찰에서 고문을 당하면서도 "몇 번이고 죽여라!" 하고 외쳤다고 한다. 며칠 뒤 그녀는 발작을 일으키며 쓰러졌다. 희열 할머니의 열정 뒤에는 슬픔과 참을 수 없는 한이 있었다. 일본인인 작가가 조선 여자를 일인칭 주인공으로 설정하여 3·1운동뿐만 아니라, 여러 사건이나 여자들의 모습을 묘사한 인상적인 작품이라고 하겠다.

조선의 여인은 제1부가 처음에 《고인 바닷물忘れ潮》이라는 제목을 붙여서 《신부인新婦人신문》 지상에 연재되었다. 제2부를 연재 중에 제1부만을 《조선의 여인》이라고 제목을 고쳐 사이마루출판회에서 1972년 2월에 출간했다. 연재가 끝나고 제1부와 제2부를 합해서 《조선의 여인·전全》이라고 하여, 1977년 2월에 같은 출판사에서 간행했다.

여기에 번역한 것은 초판본인 제1부 〈해조음潮騷〉의 전 15장 가운데 1장부터 7장까지이다. 제1부의 약 반에 해당하고, 1부와 2부를 합친 전체의 약 4분의 1에 해당하는 분량이다. 번역한 부분은 마침 3·1운동 관련 부분으로 주인공의 할머니 일생을 그린 것으로, 하나의 독립된 중편소설로도 볼 수 있다.

작자는 출판의 머리말에서 다음과 같이 말했다.

지금으로부터 15년 전, 나는 가와사키川崎의 어떤 조선인 부락으로 이사했다. 거기서 생활은 3년도 채 안되었지만 그 무렵부터 나는 언젠가 어떤 형태로든《조선의 여인》들을 써야겠다고 시간과 틈이 있을 때마다 자기 자신에게 타일러 왔다. 왜냐하면 첫째, 우선 나는 그녀들의 생활 내면에 다름 아닌 일본의 부인 문제와 뿌리를 같이한 날카로운 전형을 보았기 때문이다. 둘째로, 우리나라 일본의 과거와 현재의 지극히 추악한 면이 그녀들 한 사람 한 사람의 인생과 현실 속에 정밀하게 새겨져 있는 것을 아주 괴로운 경험으로 맛보았기 때문이다. 셋째로, 그러면서도 그녀들은 내 눈앞에서는 거의 예외 없이 훌륭한 생명력을 발휘하여 과감히 살고 있기 때문이었다. 특히 그 가운데 한 사람 조순남曹順南 씨는 내 가슴에 깊은 존경과 감동을 주었고, 지금으로부터 5년 전에 귀국했다.

이 작품은 그녀의 인생과는 다른 설정 위에 성립되어 있지만 이 붓을 든 내 눈앞에는 늘 그녀가 서 있었다. 아직 나를 매혹해 마지않는 그 이웃나라 여인의 아름다움은 도대체 어떻게 하여 형성된 것일까? 나는 그것을 찾아내고 싶었다. 내가 전혀 모르는 그녀의 성장과정을 이러쿵저러쿵 말하는 식으로, 값비싼 꽃을 꺾으러 험한 길을 헤치고 들어가는 심정으로 썼다.[49]

....

49《朝鮮の女》,〈まえがき〉(サイマル出版會, 1972.2), 1~2쪽.

10. 아키노 사치코秋野さち子(1912-2004)의 〈수양버들처럼 흔들린 손〉

마지막으로 북한에서 태어나 소녀 시절 3·1운동을 목격하고, 그 체험을 시로 남긴 아키노 사치코의 작품을 소개하겠다.

작자는 에세이 〈환상의 고향〉(1982)에서 다음과 같이 썼다.

조그만 정원에도 가을이 깊어지고 무궁화와 도라지가 올해 마지막 꽃을 딱 한 송이씩 피우고 있다. 이를 봤을 때 '괴이하게'란 옛말이 내 마음에 떠올랐다. 무궁화는 '무궁화 삼천리'라 불리는 조선반도의 꽃이고, 도라지는 '도라지'란 조선민요로 부르고 있다. 그 두 꽃이 마지막 한 송이를 동시에 피우고 있다는 것에 내 마음은 흔들렸다. 조국은 아니어도 출생지를 고향이라 부른다면 북조선은 내 고향이기 때문에. ······ 여기서 거슬러 올라가 써야 할 것이 있다. 다이쇼 8년(1919) 3월 1일에 조선 전도에 독립운동이 일어났다. 이를 나는 성천成川에서 봤다. 성천에서는 3월 4일 이른 아침, 천도교를 신봉하는 흰옷의 사람들이 무리를 지어 지나가는 것을 나는 그 집의 동갑내기 여자아이와 문 쪽에서 보고 있었다. 그 즈음에는 남도 북도 없었다. 그 사람들은 하나의 울타리를 넘으려 했던 것이었다. 조선 북부의 3월은 추워서 자두꽃도 아직 피지 않았었다. 어려운 것은 전혀 모르던 여섯 살의 나도, 그 사람들의 눈에서 격렬한 빛이 뿜어져 나오는 것을 느꼈다. 어른이 되어 그럴 수밖에 없었던 흰옷 입은 사람들 마음의 아픔을 알 수 있었다.[50]

이 에세이에 따르면 아키노는 아버지가 한일합방 반년 전에 평안남

---

[50] 《秋野さちこ全詩集》, 砂子屋書房, 2006, 632~634쪽. 작자는 같은 시집의 시 〈遠きにありて─北朝鮮平壤近郊の都邑成川を憶う〉 속에서 '조국은 아니더라도 고향인 그 땅'을 그리워하고 있다(위의 책 239쪽).

도 덕천德川 군수로 부임했기 때문에 그곳에서 태어나, 그 뒤 평양 근교 성천으로 옮겼으며 1922년 4월 도쿄로 이동할 때까지 유년기(공립 성천심상소학교)를 그곳에서 보냈다. 1925년 4월 평양의 부모님에게 돌아가 평양공립고등여학교를 다녔고, 1928년 7월 아버지의 병 때문에 귀국하여 조선에서 살았던 기간은 약 13년 3개월에 이른다.

이 시는 시인이 유년 시절에 보고 들은 3·1운동의 강한 인상을 나중에 회상하고 객관적인 입장에서 노래한 시이다. 전 4연 가운데 제1연은 유년 시절 작자가 목격한 만세시위 행진, 제2연은 그때 어머니가 작자를 보호하고, 제3연은 어른이 된 시인이 느낀 만세시위의 의미, 제4연은 어른이 되고도 잊히지 않은 만세시위의 인상과 그에 대한 해석을 노래하고 있다.

제3연의 "깃발의 태극무늬는 횃불이 되어 눈 속에서 포효하고 있었다" "검은 갓과 흰 두루마기는 이 나라 사내의 정장" "정장은 힘찬 영혼의 행진이었다"에는 행진하는 사람들의 강한 독립 의지가 표현되어 있다. "무지개" "태극무늬" "횃불" "포효" "정장" 등의 시어에는 이 시의 모티브가 숨겨져 있다. "여섯 살 아이의 절절한 눈동자에 새겨진 것" "어른이 되어 알게 되었다고는 말할 수 없는" "어둡고 깊은 한 조각의 아픔을" 되새기면서, 작가는 시위행진을 통해서 한민족이 나타내려고 했던 독립에 대한 의지를 궁극적으로 보았다. "수양버들처럼 흔들리는 손에서 손으로" "기도"가 "무지개"가 되어 올랐다는 표현에서는 3·1운동에 대한 작가의 공감을 볼 수 있는 것이다.

평안도 지방은 특히 운동이 격렬했는데 3·1운동 일지를 보면, 성천 지방에서 첫 시위가 일어난 것은 3월 4일이며, 3월 5일, 7일 그리고 4월 13일에 시위가 일어났다. 3월 5일에는 헌병 분대장이 군중의 돌에

맞아 죽을 정도였다 한다.[51]

앞의 시 전집 해설 〈끝없이 '고향'을 바라는 시업詩業〉 속에서 하라 시로原子朗는 "그녀의 시에는 태어난 고향의 흰 환상이 된 북조선이 숨을 쉬고 있다. 시에서는 계절감 없는 눈, 바람, 강(덕천, 성천 등)의 잔물결, 흰옷, 치마저고리, 가짜 아카시아 냄새가 나는 꽃, 배추, … 들 자면 끝이 없어서 독자들이 읽고 맞춰 주길 바란다. 아키노 시의 색깔은 거의 페이지마다 나오니까."[52] 북한에서 태어난 시인은 이 시가 실린 시집 《북국의 눈》(1985)의 〈후기〉에서 "내 고향은 북한입니다"라고 썼다. 나중에 나온 작가의 시집 《붉은 하늘에夕茜の空に》[53]에 수록된 〈고향이라는 말 속에서ふるさとという言葉の中で〉를 인용하고자 한다.

일찍이
출생지를 고향이라 부른다면
――[54]이라고 썼지만
그 땅에서 왜 내가 태어났는지 생각할 때
마음 편히 고향이라 불러도 되는지 묻는다.
한 사람 한 사람의 마음은 서로 통해도
나라와 나라의 다툼에 휘말린다.
그 소용돌이 속에서
따뜻하게 대해 준 흰옷의 사람들
완만한 산과 풍부한 강의 흐름

---

51 《3·1民族解放運動研究》, 靑年社, 1989, 266－270쪽 참조.
52 《秋野さちこ全詩集》, 700쪽.
53 土曜美術社, 2000. 11.
54 ――는 '북한'을 가리킨다고 보인다.

빨간 봉선화와 바가지꽃의 노란 꽃잎
서로 바라보며 잡은 손을 흔들며 노래했다.
빨간 댕기와 저고리의 여자아이는
고향이란 말 속에서
부드러운 시냇물을 채우고 있었다.

그 시냇물의 노래는 반세기를 지나
지금 소리가 없는 나라에 갇혀 있다.──
그 저고리의 여자아이의 동포들은
기아의 채찍에 시달림당하고 있다 한다.
얼마 안 남은 시간 속에
귓속 구석에 끊임없이 떠도는 것은
고향 상실의 냇물소리.
그래도 내 출생지는 단 하나
그 환시통幻視痛은 없어지지 않는다[55]

II. 맺음말

이상으로 일본문학과 3·1운동이 어떻게 관련되어 왔는지, 3·1운동 관련 문학작품을 해방 전과 해방 후로 나눠 소개하였다. 해방 전 작품으로는 나카니시 이노스케의 소설 《불령선인》, 모리야마 게이의 소설

---

55 《秋野さちこ全詩集》, 405-407쪽.

《불》, 유아사 가쓰에의 소설 《간난이》, 사이토 다케시의 시 〈어떤 살육사건〉, 사이토 구라조의 시 〈살육의 흔적-사이토 다케시 씨의 〈어떤 살육사건〉을 읽고〉, 마키무라 히로시의 장시 〈간도 빨치산의 노래〉, 해방 후 작품으로는 가지야마 도시유키의 소설 《이조잔영》, 고바야시 마사루의 소설 《조선·메이지 52년》, 스미 게이코의 소설 《조선의 여인》, 아키노 사치코의 시 〈수양버들처럼 흔들린 손〉 등을 다루며 3·1운동과의 관련 양상을 살펴보았다.

여기에 소개한 10편의 작품 가운데 5편이 3·1운동 탄압의 상징적 사건으로서 제암리 사건을 직간접적인 작품 테마로 다루고 있다는 것은 특히 인상적이었다.